高等学校教师教育规划教材

文学概论

姚文放 主编

南京大学出版社

图书在版编目(CIP)数据

文学概论 / 姚文放主编. —南京：南京大学出版社，
2020.11
　ISBN 978-7-305-23868-0

Ⅰ.①文… Ⅱ.①姚… Ⅲ.①文学理论 Ⅳ.①I0

中国版本图书馆 CIP 数据核字(2020)第 198398 号

出版发行	南京大学出版社
社　　址	南京市汉口路22号　　邮　编　210093
出 版 人	金鑫荣
书　　名	文学概论
主　　编	姚文放
责任编辑	胡　豪　　　　　编辑热线　025-83594071
照　　排	南京紫藤制版印务中心
印　　刷	江苏凤凰扬州鑫华印刷有限公司
开　　本	787×960　1/16　印张 20.75　字数 340 千
版　　次	2020 年 11 月第 1 版　2020 年 11 月第 1 次印刷
ISBN 978-7-305-23868-0	
定　　价	58.00 元

网址：http://www.njupco.com
官方微博：http://weibo.com/njupco
官方微信号：njupress
销售咨询热线：(025)83594756

＊ 版权所有，侵权必究
＊ 凡购买南大版图书，如有印装质量问题，请与所购
　图书销售部门联系调换

目 录

绪 论 ·· 1
　第一节　文学理论的性质 ·· 1
　第二节　文学理论的对象 ·· 3
　第三节　文学理论的内容 ·· 5
　第四节　文学理论的范围 ·· 8

第一章　文学本质论 ·· 16
　第一节　作为社会意识形态的文学 ································ 16
　　一、文学在整个社会结构中的位置 ······························ 16
　　二、文学受到社会经济基础的制约 ······························ 17
　　三、文学的相对独立性 ·· 20
　　四、文学对社会结构中其他部分的反作用 ························ 25
　第二节　作为审美意识形态的文学 ································ 27
　　一、人类对世界的艺术掌握方式 ································ 28
　　二、文学用形象来反映社会生活 ································ 31
　　三、文学的反映对象以人为中心 ································ 33
　　四、文学的反映运用形象思维的方式 ···························· 35
　第三节　作为语言艺术的文学 ···································· 36
　　一、文学以语言为媒介 ·· 36
　　二、文学语言与其他艺术语言的比较 ···························· 36

第二章　文学特征论 ·· 42
　第一节　文学的形象性 ·· 42
　　一、什么是文学的形象性 ······································ 42
　　二、文学形象的涵容力 ·· 43
　　三、文学形象的概括力 ·· 46
　　四、文学形象的感染力 ·· 50

第二节 文学的典型性 ... 52
一、什么是文学的典型性 ... 52
二、典型人物与典型环境 ... 54
三、典型化及其原则和途径 ... 55
四、典型与意境 ... 63

第三节 文学的真实性 ... 66
一、艺术真实与生活真实 ... 66
二、真实性与假定性 ... 68
三、真实性与逼真性 ... 72
四、艺术真实的内在构成 ... 74

第四节 文学的倾向性 ... 78
一、文学倾向性的丰富内涵 ... 78
二、文学倾向性的存在方式 ... 78
三、作者的主观倾向和作品的客观意义 ... 82

第三章 文学功能论 ... 86
第一节 文学功能的分类 ... 86
一、文学功能的多元取向 ... 86
二、文学的几种主要功能 ... 87

第二节 文学的诸种功能的辩证关系 ... 97
一、融理于诗 ... 97
二、寓教于乐 ... 98

第三节 与文学功能相关的几个问题 ... 100
一、文学功能的多元取向和综合效应 ... 100
二、文学的功能范围和功能限度 ... 101

第四章 文学发展论 ... 105
第一节 文学艺术的起源 ... 105
一、文学艺术起源的几种主要观点 ... 105
二、对于文学艺术起源的合力论阐释 ... 113

第二节 文学发展与社会发展 ... 115
一、社会发展是文学发展的客观基础 ... 115
二、精神生产发展与物质生产发展的不平衡关系 ... 119

第三节　文学的纵向流变 ································ 122
　　　　一、优秀文学传统的继承 ···························· 122
　　　　二、文学传统的革新 ································ 124
　　　　三、批判继承,古为今用 ···························· 127
　　第四节　文学的横向交流 ································ 129
　　　　一、不同民族文学的交流促进文学的发展 ·············· 130
　　　　二、批判吸收,洋为中用 ···························· 131

第五章　文学创作论 ·· 134
　　第一节　作家的整体素质 ································ 134
　　　　一、丰富的生活经验 ································ 134
　　　　二、较高的思想水平 ································ 136
　　　　三、良好的艺术修养 ································ 138
　　第二节　文学创作的过程 ································ 140
　　　　一、准备阶段 ······································ 140
　　　　二、构思阶段 ······································ 143
　　　　三、启发阶段 ······································ 146
　　　　四、传达阶段 ······································ 149
　　第三节　文学创作中的形象思维 ·························· 152
　　　　一、"形象思维"概念的由来 ························ 153
　　　　二、形象思维的审美心理机制 ························ 154
　　　　三、形象思维与抽象思维的关系 ······················ 161

第六章　文学风格论 ·· 166
　　第一节　文学风格 ······································ 166
　　　　一、文学风格的涵义 ································ 166
　　　　二、文学风格的成因 ································ 170
　　　　三、文学风格的变迁 ································ 174
　　　　四、文学风格的艺术辩证法 ·························· 176
　　第二节　文学流派 ······································ 180
　　　　一、文学流派的涵义 ································ 180
　　　　二、文学流派的成因 ································ 182
　　　　三、文学流派的意义 ································ 186

第三节　文学思潮……………………………………………… 189
　　一、文学思潮的涵义、成因和意义……………………… 189
　　二、文学思潮的几种主要类型…………………………… 191

第七章　文学作品论………………………………………… 203
　第一节　文学作品的内容与形式…………………………… 203
　　一、文学作品的内容与形式及其相互关系……………… 203
　　二、文学作品的内容……………………………………… 211
　　三、文学作品的形式……………………………………… 214
　第二节　文学体裁…………………………………………… 218
　　一、文学体裁的分类……………………………………… 218
　　二、文学体裁的基本类别………………………………… 219

第八章　文学语言论………………………………………… 231
　第一节　什么是文学语言…………………………………… 231
　　一、文学语言的地位……………………………………… 231
　　二、日常语言与文学语言………………………………… 234
　第二节　文学语言的构成…………………………………… 239
　　一、文学语言与艺术符号………………………………… 239
　　二、文学语言中的"言""意"关系………………………… 244
　第三节　文学语言的审美特性……………………………… 251
　　一、语音层面……………………………………………… 252
　　二、语法层面……………………………………………… 256
　　三、修辞层面……………………………………………… 262

第九章　文学鉴赏论………………………………………… 268
　第一节　文学鉴赏的性质和作用…………………………… 268
　　一、文学鉴赏的性质……………………………………… 268
　　二、文学鉴赏的作用……………………………………… 271
　第二节　文学鉴赏的条件和过程…………………………… 276
　　一、文学鉴赏的条件……………………………………… 276
　　二、文学鉴赏的过程……………………………………… 279
　第三节　文学鉴赏的一般规律……………………………… 282

  一、文学鉴赏的客观性与主观性 ……………………………… 282
  二、文学鉴赏的一致性与差异性 ……………………………… 283
  三、文学鉴赏的确定性与不确定性 …………………………… 284
 第四节 文学鉴赏的重要范畴 ……………………………………… 285
  一、文学鉴赏中的共鸣 ………………………………………… 286
  二、文学鉴赏中的曲解 ………………………………………… 287
  三、文学鉴赏中的成见 ………………………………………… 288

第十章 文学批评论 …………………………………………… 291
 第一节 什么是文学批评 …………………………………………… 291
  一、文学批评的特点 …………………………………………… 291
  二、文学批评的历史发展 ……………………………………… 295
 第二节 文学批评的对象和功能 …………………………………… 296
  一、文学批评的对象 …………………………………………… 296
  二、文学批评的功能 …………………………………………… 300
 第三节 文学批评的标准和方法 …………………………………… 302
  一、文学批评的标准 …………………………………………… 302
  二、文学批评的方法 …………………………………………… 308
  三、文学批评的文体 …………………………………………… 312
 第四节 文学批评家 ………………………………………………… 313
  一、文学批评家的素质 ………………………………………… 313
  二、文学批评的创造性 ………………………………………… 315
  三、文学批评的个性和流派 …………………………………… 317

参考书目 ……………………………………………………………… 321

后记 …………………………………………………………………… 323

绪　论

　　文学理论是对于人类的一种重要的精神现象——文学的理论阐述,它不是对文学作一般性的介绍和评价,而是从感性层面上升到理性层面,对文学的内在本质和普遍规律作出深入把握,进而反过来对于现实中的文学活动起到理论参照的作用。在这里首先必须考察有关文学理论本身的一些基本问题:文学理论的性质如何? 文学理论的对象是什么? 文学理论的内容有哪些? 文学理论的范围有多大? 对于这些基本问题的认识直接关系到能否正确运用文学理论,能否很好发挥文学理论的作用以促进文学的发展和繁荣。

第一节　文学理论的性质

　　任何一门学科的性质都是由它的研究对象决定的,文学理论也不例外,它以文学作为研究对象。现在人们习惯上将研究文学的本质和规律的学科称为文艺学。"文艺学"这一名称最早是从日语中引进的,实际上它正确的名称应是"文学学",即关于文学的学问,但这一说法并不符合中国人说话的习惯。另外,无论中国还是西方,研究文学的学问最早都称为"诗学"或"诗论",但这是用文学中某一类型的研究来取代对整个文学的研究,显然存在着以部分取代整体、以偏概全的毛病,所以现在人们还是沿用"文艺学"的说法。近代以来,各个学科得到迅速发展,纷纷趋于独立,趋于成熟,在这种情况下,文艺学作为一门独立的学科才摆脱了那种混沌笼统的状况,不仅它本身与其他人文科学、社会科学分化开来,而且它内部各个分支的分工也有了明确的界限,在这时文学理论才作为文艺学的一个相对独立的分支得以成立。

　　目前,无论国内外,人们一般将文艺学分为三个分支,即文学理论、文学批评、文学史,它们在研究的对象、范围、性质和功能等方面都有所不同。美国学者R.韦勒克指出:"'文学理论'是对文学原理、文学范畴、文学标准的研究;而对具体的文学作品的研究,则要么是'文学批评',要么是

'文学史'。"①不过文学批评与文学史对于具体文学作品的研究还有不同，前者是一种共时的、静态的研究，而后者则是一种历时的、动态的研究。下面对这三者的性质、对象、范围和功能作一具体的界定，同时既指出它们之间的区别，又指出它们之间的联系。

文学理论不像文学批评和文学史那样直接面对具体的文学作品和文学现象，而是以文学批评和文学史为基础，概括出文学的基本原则、规律和范畴，它不是对文学作品和文学现象进行具体的介绍和批评，而是对于作为社会历史文化现象和审美现象的文学本体进行理论的阐释，进而为文学批评和文学史研究提供总体观念、价值标准和方法论。因此，文学理论是整个文艺学的基石，对于文学批评和文学史研究具有理论规范意义。

文学批评是文艺学的应用学科，是文艺学中直接参与具体文学活动的一个分支，它需要具备文学理论的背景，运用文学理论所提供的观点、原则和方法去剖析作家、作品和其他文学现象，对其成败得失、高低优劣作出实事求是、恰如其分的评价和判断，从而为作家总结创作经验和提高创作水平，为读者正确把握作品和提高鉴赏水平提供理论参照。

文学史以文学发生、发展和演进的历史过程为研究对象，它要研究各个历史时期的作家作品以及其他文学现象的地位、作用和价值，揭示各个历史时期文学之间的沿革和更替，分析各个历史时期的文学与经济、政治、文化之间的相互联系和作用等，最终达到总结历史经验，掌握一般规律，进而为现实的文学发展提供借鉴的目的。它可以是文学的通史，如中国文学史，外国文学史等，可以是文学的断代史，如中古文学史，19世纪文学史等，也可以是文学形态的分类史，如小说史，戏剧史等，还可以是以上几种类型的交叉，如中国诗史、英国戏剧史等。

必须指出的是，尽管文艺学所包含的三个分支各有其独特的研究范围、对象、任务和目的，但是它们是不能截然分开的，而是相互依存、相互作用的。正如韦勒克、沃伦所指出："文学理论不包括文学批评或文学史，文学批评中没有文学理论和文学史，或者文学史里欠缺文学理论与文学批评，这些都是难以想象的。显然，文学理论如果不植根于具体文学作品，这样的文学研究是不可能的。文学的准则、范畴和技巧都不能"凭空"产生。可是，反过来说，没有一套问题、一系列概念、一些可资参考的论点和一些抽象的概括，

---

① [美] R.韦勒克：《批评的诸种概念》，丁泓、余徵译，四川文艺出版社1988年版，第8页。

文学批评和文学史的编写也是无法进行的。"①也就是说,一方面文学理论要以文学批评和文学史研究所提供的大量材料和成果作为基础,如果缺少了这一基础,文学理论便将变成空中楼阁,它所总结的原理、规律、范畴等便将统统失去存在的依据;另一方面,文学批评和文学史研究也不能离开文学理论所提供的观念、方法、原则的依据,如果离开了这种依据,文学批评和文学史研究便失去了立论的基点,可能流于杂乱无章的材料的堆砌和即兴式的感想的拼凑。因此文艺学是一个完整的知识体系,而文学理论只有在这一完整的知识体系中才能更好地发挥其特有的功能。

第二节 文学理论的对象

文学理论以文学作为研究对象,这就遇到了一个问题:什么是文学？对于这个问题,中西方人们的认识既存在着巨大的差异,又不乏相互趋同之处。

我国早在先秦时代就已出现了"文学"的用法,最早使用"文学"一词的是《论语·先进》:"德行:颜渊、闵子骞、冉伯牛、仲弓;言语:宰我、子贡;政事:冉有、季路;文学:子游、子夏。"这里所说的"文学"是指孔门四科中的一科,从其内容而言,则是泛指学术文献,含义比较宽泛,但已偏重于关乎审美的诗书、礼乐、章句之类了。《论语正义》注文引朱彝尊语曰:"诗书礼乐,定自孔子,发明章句,始于子夏。盖自六经删述之后,《诗》、《易》俱传自子夏。"先秦以后,文学日趋繁荣,到了汉代,辞赋有了较大发展,于是在《史记》、《汉书》中,开始有了"文学"与"文章"之分。不过此时"文学"是指一般文献经典,如《汉书·武帝记》,"选豪俊,讲文学";而"文章"则是指有文采的作品,如散文、辞赋等,如《史记·儒林传序》:"文章尔雅,训词深厚。""文学"一词被用来指称创作才华或华丽之辞,则是稍为晚近的事了。明人杨基《句容送蔡惟中》诗云:"子方年少富文学,面如红玉肥有光。"随着文学创作和文学研究的发展,人们对于文学的审美特征以及体制类型的认识也日趋精细。在汉代的论著中,用"文笔"一词作为"文章"的别称,如王充《论衡·超奇》:"文笔不足类也。"到了南朝宋颜延之,在辨析文章体制时将"文笔"一分为二,"文"归"文","笔"归"笔",后来的文论家多采用这种划分方法,但划分的依据又有差别。刘勰依据文辞的音韵形式来划分,将韵文划归"文",将散文划

---

① [美]韦勒克、沃伦:《文学理论》,刘象愚等译,江苏教育出版社2005年版,第33页。

归"笔",《文心雕龙·总术》说:"今之常言,有文有笔,以为无韵者笔也,有韵者文也。"稍晚于刘勰的萧绎更进了一步,不是仅从文辞的音韵形式来区分"文"与"笔",而主要是从文辞的审美特征来加以区分了。萧绎的《金楼子·立言》指出,在各类文章中,"吟咏风谣,流连哀思者,谓之文","至如文者,惟须绮縠纷披,宫徵靡曼,唇吻遒会,情灵摇荡",就是说,"文"必须像民间歌谣一样抒发情思,像精美的丝织品一样文采繁富,音韵节奏娓娓动听,语言的运用简洁明快,表现出内心情感的波动。而那种"善为奏章"、"善辑疏略"的论事说理实用之作则称为"笔","笔"虽不像"文"那样追求辞采、声韵之美,但也要"神其巧惠(慧)",讲究艺术性,与"直言之言,论难之语"有所区别。总之"文"与"笔"都属于文学的范畴。

西方人对于"什么是文学"的问题也经过了长期的探索。西方人将"literature"这个词作为现代意义上的"文学"来使用不过只有两百余年的历史。最早对此作出经典性界定的是法国女作家斯达尔夫人,她在1800年出版了《从社会制度与文学的关系论文学》(中译本名为《论文学》)一书,该书"序言"开宗明义地宣称:"我的本旨在于考察宗教、风尚和法律对文学的影响以及文学对宗教、风尚和法律的影响。"[1]这是欧洲文学研究的历史上第一次将文学与宗教、社会风俗和法律等方面区分开来。该书进而对于文学作为"想象的作品"进行了专门的论述,使得 literature 一词,从泛指一般的"著作"或"书本知识"变为专指"想象的作品",从而在西方文论史上第一次有了现代意义上的"文学"概念。一种比较普遍的意见认为,文学是一种想象性的作品,现今主要是书面创作,而在早期则主要是口头创作,不论它是取戏剧、韵文还是散文的形式,情况大致一样。[2] 但是有人据此反对使用"文学(literature)"这一术语,理由是它的词源 litera 意指"文字"、"字面",使用这一术语容易将文学局限于手写的或印刷的书面文献,而排除了口头文学。持这一意见的人主张用"诗"(poem)作为一般术语取代"文学"的概念,认为 poem 一词来自古希腊语 poetes,保留着词源学上的最初含义,即"精致的讲话"的意思,从而可以避免使用"文学(literature)"一词时所带来的欠缺。而所谓"精致的讲话",即讲话具有节奏韵律方面的形式美。(见专栏0.1)

---

[1] [法] 斯达尔夫人:《论文学·绪言》,徐继曾译,人民文学出版社1986年版,第12页。
[2] [英] 罗杰·福勒编:《现代西方文学批评术语辞典》,春风文艺出版社1988年版,第244页。

专栏 0.1

薄伽丘论诗

"诗"这个语词导源于一个很古的希腊语词 poetes，它的意义是拉丁语中所谓精致的讲话。最初有些人，由于上面所说的灵感作用，说起话来运用了一种精致的风格，例如在向来粗野的时代里唱起一首歌来，使这种前所未闻的说话对他们的听众发出响亮的声音；他们这样做时，便使说话成为有节奏的美文；为了避免说得简单而不能感人，或说得冗长而使人生厌，他们把一些固定规则的标准，应用到说话中来，把说话约束在一定数量的音步和缀音中。于是他们不再援用较为一般的名称——写诗的艺术，来称谓这种讲究的说话方法，而管它叫诗。①

综上所述，无论中西方，随着文学的发展和研究的深入，人们对于"什么是文学"的问题越来越倾向于这样一种认识：文学是一种由想象创造出来，具有形象性和情感性，以一定的形式美打动人的语言艺术，它不仅包括文辞章句之类用文字书写的书面文学，而且包括流传在唇吻口耳之间的诗词歌赋之类的口头文学。文学理论就是以它作为自己的研究对象。

第三节　文学理论的内容

文学理论的内容构成存在于对象之中，也就是说与对象本身所包含的关系有关，那么，文学本身包含哪些关系呢？美国学者 M.H.艾布拉姆斯在《镜与灯——浪漫主义文论及批评传统》一书中提出了著名的文学四要素理论，深得国内外文艺学界的认同。他指出，文学由作品、世界、艺术家、欣赏者四要素构成，这四要素以作品为中心形成了某种确定的三角形结构，这种三角形结构可以进一步展开为作品与世界的关系、作品与艺术家的关系、作品本身的关系、作品与欣赏者的关系，而这四个方面的关系也就构成了文学理论的内容。（见专栏 0.2）

---

① ［意］薄伽丘：《异教诸神谱系》，见伍蠡甫主编：《西方文论选》上卷，上海译文出版社 1979 年版，第 178 页。

专栏 0.2

M.H.艾布拉姆斯论文学四要素

每一件艺术品总要涉及四个要点,几乎所有力求周密的理论总会在大体上对这四个要素加以区辨,使人一目了然。第一个要素是作品,即艺术产品本身。由于作品是人为的产品,所以第二个共同要素便是生产者,即艺术家。第三,一般认为作品总得有一个直接或间接地导源于现实事物的主题——总会涉及、表现、反映某种客观状态或者与此有关的东西。这第三个要素便可以认为是由人物和行动、思想和情感、物质和事件或者超越感觉的本质所构成,常常用"自然"这个通用词来表示,我们却不妨换用一个含义更广的中性词——世界。最后一个要素是欣赏者,即听众、观众、读者。作品为他们而写,或至少会引起他们的关注。

在这个以艺术家、作品、世界、欣赏者构成的框架上,我想展示各种理论进行比较。为了强调这种构架的人为性,同时使分析更加醒豁,我们可以用一个方便实用的模式来安排这四个坐标。就用三角形吧,把艺术品——阐释的对象摆在中间:

……运用这个分析图式,可以把阐释艺术品本质和价值的两种尝试大体上划为四类,其中有三类主要就是作品与另一要素(世界、欣赏者或艺术家)的关系来解释作品,第四类则把作品视为一个自足体孤立起来加以研究,认为其意义和价值的确不与外界任何事物相关。①

按照 M.H.艾布拉姆斯的意见,文学理论的内容就包含对于以下四个方面关系的论述:

(1)"作品"与"世界"的关系。这一关系要求文学理论必须研究这样一些问题:文学在整个社会结构中处于何种位置,这一位置使得文学具有哪些特殊的规定性;文学如何将现实生活转化为审美对象,文学将现实生活转化

---

① [美]M.H.艾布拉姆斯:《镜与灯——浪漫主义文论及批评传统》,郦稚牛等译,北京大学出版社 1989 年版,第 5—6 页。

为审美对象时表现出哪些审美特性;文学如何对现实生活发挥功能,文学对现实生活的诸种功能存在着何种关系;文学是如何发生、发展的,文学在发生、发展中与现实生活又发生哪些关系;等等。这些问题构成了文学本质论(广义)的内容。

（2）"作品"与"艺术家"的关系。这一关系要求文学理论必须研究这样一些问题:作家必须具备何种整体素质,文学创作包括哪些过程,文学创作采用何种思维方式,其审美心理机制如何;文学创作的风格、流派和思潮如何形成,它们具有何种意义,具有哪些表现;等等。这些问题构成了文学创作论(广义)的内容。

（3）"作品"本身所包含的关系。这一关系要求文学理论必须研究这样一些问题:文学作品的内容如何,形式如何,内容与形式的关系如何;文学作品有哪些体裁和类别;文学语言与日常语言的关系如何,文学语言作为艺术符号有哪些特质,文学语言中的"言"、"意"关系如何,文学语言有哪些审美特征;等等。这些问题构成了文学作品论(广义)的内容。

（4）"作品"与"欣赏者"的关系。这一关系要求文学理论必须研究这样一些问题:文学鉴赏的性质和作用如何,文学鉴赏条件和过程如何,文学鉴赏的一般规律如何,怎样看待文学鉴赏中出现的一些特殊现象;文学批评的性质和作用如何,文学批评的标准如何,文学批评有哪些类型、模式和文体,批评主体必须具备哪些条件;等等。这些问题又构成了文学接受论(广义)的内容。

还需要说明的是,文学理论在对上述问题的研究中,不是孤立地把握其中的某一种要素和关系,而是要把握这所有要素和关系之间的综合联系、系统反馈、总体活动和完整流程,以达到对于文学的整体把握之目的。

以上四个方面构成了文学理论的基本内容,但为了分析的方便,我们将这些基本内容分为十章,即:

第一章　文学本质论;

第二章　文学特征论;

第三章　文学功能论;

第四章　文学发展论;

第五章　文学创作论;

第六章　文学风格论;

第七章　文学作品论;

第八章　文学语言论;

第九章　文学鉴赏论；

第十章　文学批评论。

其中,从第一章到第四章涉及"作品"与"世界"的关系；第五章、第六章涉及"作品"与"作家"的关系；第七章、第八章涉及"作品"本身所包含的关系；第九章、第十章涉及"作品"与"读者"的关系。

第四节　文学理论的范围

文学理论的范围须从文学理论与其他学科的关系中去圈定。按照通常的惯例,学科分类有三个层次:一是从人类知识体系的总体构成去区分,可分为人文科学、社会科学和自然科学；二是从具体的学科科目去区分,有哲学、美学、社会学、心理学、文化学、语言学等,文艺学也是并列其中的学科之一；三是从同一学科中不同的专业性质去区分,例如文艺学可分为文学理论、文学批评、文学史三个分支。关于文学理论与文学批评、文学史的关系,以上已经作了辨析和论证,因此这里对于文学理论的范围的界定主要在前两个层次上进行。

现在一般将人类知识体系分为人文科学、社会科学和自然科学三块,自然科学主要研究自然现象,社会科学主要研究社会现象,人文科学则既涉及自然现象,又涉及社会现象。自然科学面对的是客观自然世界,旨在探求真理；社会科学面对的是客观社会生活,它也探求真理,但它所探求的并非自然之真,而是社会之真；人文科学面对的是整个世界,但其旨并不在于探求真理,而在于确认价值。英国美学家E.H.贡布里希指出:"如果人文科学想要求得自身的生存,它们就必须关心价值。这种关心是人文科学与自然科学的最明显的区别。"[①]因此,自然科学、社会科学建基于人与对象的认知关系,而人文科学建基于人与对象的价值关系。它们都对对象作出判断,但判断方式迥然有异,自然科学、社会科学诉诸认知判断,而人文科学则诉诸价值判断。以上区别决定了这三大学科在研究方法上的殊异。自然科学追求共相,重视一般性和普遍性,它要为自然世界建立普遍法则；人文科学追求殊相,重视个别性和特殊性,它在确认客观世界的价值时总是表现出强烈的主观性,表现出主体的个性。德国学者H.李凯尔特指出,自然科学采用普遍化的方法,人文科学(他称"历史科学")采用个别化的方法。他说得非常

[①] ［英］E.H.贡布里希:《艺术与人文科学》,范景中编选,浙江摄影出版社1989年版,第15页。

形象,自然科学只缝制一套对保罗和彼德都同样合适的现成的衣服,因为这套衣服并不是按照这两人的体形裁制的,而人文科学则不想缝制一套对保罗和彼德都同样合适的标准服装。① 因此自然科学所做的工作是证明,它必须保持客观性、无我性的立场,其最终研究结果是确定的、明确的、可以量化的;人文科学所做的工作是评价,因而不能避免主观性,其最终研究结果总是包含着不确定、不明确、无法量化的因素。社会科学则处于自然科学和人文科学之间,它采用自然科学的普遍化方法去研究社会现象,揭示社会生活的一般本质和规律,为社会生活建立普遍的规则和秩序,但既然如此,也就与人、与人的行为方式、与人的精神生活和观念意识有着比较切近的联系,而研究本身也不能完全消除价值判断的成分。因此在社会科学与人文科学之间往往不能划出一条非常清晰的界线。按照惯例,经济学、政治学、社会学、人类学、地理学等划归社会科学,哲学、历史学、法学、语言学、心理学、文化学、文艺学、美学、文学史、艺术史等划归人文科学。

由此可见,文学理论作为文艺学的一个分支,通常被划归于人文科学。当然这归根结柢还是由其学科特点决定的。文学理论以文学作为研究对象,其主旨在于把握文学的价值,它所感兴趣的是文学的特殊性,而研究者对于文学的特殊性的把握不能缺少其个人的体验、感悟和领会。虽然文学理论也谈论文学的"本质"、"规律"、"原则"之类话题,但是有人认为:"没有任何的普遍法则可以用来达到文学研究的目的:越是普遍就越抽象,也就越显得大而无当、空空如也;那不为我们所理解的具体艺术作品也就越多。"② 另一方面,文学理论也可以运用自然科学的研究方法,例如运用数学、系统论、统计学的某些模式来对文学进行量化分析,但这终究不是文学研究本真的方法。试问对于哈姆莱特犹豫彷徨的原因如何定量?对于林黛玉多愁善感的性格特征如何统计?在这里,人文科学自身长期形成的经验方法,那种建立在经验基础上的感悟、体会、玩味仍然是有效的。因此,如果说文学理论所探讨的文学的"本质"、"规律"、"原则"等是一种普遍性的话,那么它也只是一种人与人相沟通的普遍人类价值。韦勒克、沃伦说得好:"就像一个人一样,每一文学作品都具备独有的特性;但它又与其他艺术作品有相通之处,如同每个人都具有与人类、与同性别、与同民族、同阶级、同职业等的人

---

① [德] H.李凯尔特:《文化科学和自然科学》,徐纪亮、杜任之校,商务印书馆1986年版,第42、第50页。
② [美] 韦勒克、沃伦:《文学理论》,刘象愚等译,江苏教育出版社2005年版,第7页。

群共同的性质。认识到这一点,我们可以就所有戏剧、所有文学、所有艺术等进行概括,寻找它们的一般性。"①说到底,这种一般性还是对于人类与文学之间的普遍价值联系的概括。

那么,再深入一步,文学理论与其他学科,如哲学、美学、社会学、心理学、文化学、语言学等的关系如何呢?毫无疑问,文学理论与哲学、美学、社会学、心理学、文化学、语言学等学科有着密切的联系,这种联系的形成取决于文学理论对象的性质。文学所包含的诸种关系的展开使之总是与其他学科领域有所交叉有所重叠,文学进入其他学科或其他学科进入文学均属于正常情况,其中出现的问题需要得到文学理论的关注。例如文学对社会生活的反映关系、文学的思维方式、文学的内容与形式之关系等问题,都必须上升到哲学的层面才能真正得到解决;再如文学艺术的起源问题,已不只是文学艺术的问题,而是一个文化的问题,必须全面研究原始文化的状况才能获得比较确切的认识;又如文学创作作为一种复杂的精神活动,牵涉到许多心理过程和心理形式,从而不能缺少心理学的说明;又如文学是一种语言艺术,以语言作为物质媒介是其独特之处,如果缺少语言学的分析也势必不得要领,如此等等。当然另一方面,文学与上述各个学科之间又存在着重大区别,相互不能替代、不能等同。总之,文学理论需要在它与其他学科的交会与分流、趋同与趋异之中圈定属于自己的领地。

文学理论与哲学。哲学作为一种原则大法,为文学理论提供本体论、认识论和方法论的基础,因此哲学对于文学理论具有一般的指导意义,这一点可以用中外文论史上的许多例证来加以说明。例如刘勰的《文心雕龙》"原道"、"征圣"、"宗经",糅合儒、道两家思想为其文学理论确定宗旨;严羽的《沧浪诗话》"以禅喻诗",以禅理晓谕诗理;狄德罗的戏剧理论辉映着启蒙主义哲学的波光;左拉的自然主义文论留下了孔德实证主义的投影。可见无论古今中外,哲学上的每一次演变和进展都有可能引起文学理论的变化。于是有人将文学理论视为稀释的哲学思想,但这一理解并不确切。这里需要思考的一个问题是:在文学理论中哲学的存在方式应该是怎样的?是否文学理论应该成为哲学观念的一种阐释和转述?是否一种文学理论所阐述的哲理越多就越好?是否评价一种文学理论优劣高下的标准就在于它所表达的哲学思想的正确性和深刻性?对此显然不能作肯定的答复。文学理论有其特定的目的、宗旨和标准,也有其特定的学术规范、理论构成和表述系

---

① [美]韦勒克、沃伦:《文学理论》,刘象愚等译,江苏教育出版社2005年版,第8页。

统，它是贴近文学现象、贴近文学的审美特征的，它不应成为哲学的传声筒，不应成为哲学观念的一种图解和例证，文学理论有一片属于自己的广阔、宽松的理论空间。

文学理论与美学。文学艺术是美的高级形态、典型形态，在审美活动中具有举足轻重的地位，从而以此为研究对象的文学理论便不能不与美学发生密切的联系：美学需要借助文学理论从文学艺术的经验材料中总结出来道理，全面地研究人与现实的审美关系。文学理论需要运用美学有关美和美感的哲学概括来深入探讨文学的审美特征。因此文学理论的问题与美学的问题经常是相互纠结缠绕在一起的，但是这两者也有重要的区别。美学更多地对文学艺术进行哲学的思考，以至它被称为"艺术哲学"，从而它抽象和概括的层次也更高；美学的内容也更为广泛，不仅研究文学艺术，而且还要研究自然世界和社会生活之中的美；另外，美学也更多研究在历史上涌现的形形色色关于美和艺术的思想观点。与之相较，文学理论更多是经验形态的东西，它所研究的内容相对集中于文学本身，它直接面对文学的感性现象，以具体的文学创作、作品和欣赏的深入精湛的分析为看家本领。因此，文学理论是以美学的哲学思考为引导来考察和研究文学的具体问题的，它处于哲理思辨与直观经验之间的中间层次。

文学理论与心理学。心理学与文学理论结缘很早，柏拉图对于文学创作中"迷狂"现象的论述，亚里斯多德对于悲剧的"卡塔西斯（katharsis）"作用的论述，孟子的"养气"说，庄子的"心斋"、"坐忘"说等等，均初步探讨了文学活动中的各种心理现象，只不过当时这种探讨还不具备系统的完备的科学形态。近代以来，在西方文学理论中心理学研究成为一种重要倾向，最为突出的是弗洛伊德的精神分析学，它对于文学研究产生了至为深远的影响。心理学是研究人的心理活动的规律的科学，而文学理论也要研究文学创作和文学欣赏中的各种心理活动，以及文学作品中的各种心理现象，因此，心理学与文学理论的结缘就在情理之中了。对于心理学研究成果的吸取，对于心理学研究方法的采用，大大地促进了文学理论的发展。然而在吸取和采用心理学的成果和方法时，也要避免那种机械照搬、简单比附，忽视文学的社会内容和审美特性的做法。例如弗洛伊德将精神分析学的概念"情结"、"利比多"、"本我"、"升华"等直接搬用于文学研究，将许多文学作品如索福克勒斯的《俄狄浦斯王》、莎士比亚的《哈姆莱特》、陀斯妥耶夫斯基的《卡拉玛佐夫兄弟》等统统解释为作者"恋母情结"的表现，这显然是穿凿附会，不能令人信服的。弗洛伊德的毛病在于，他没有将心理学的原理与文学的社会内容和审美特征有效地结合起来,从而也就不能在文学理论中为这种心理学的解释取得必要的合法性。因而,有人批评弗洛伊德的精神分析学"有些言过其实","因为这样似乎就把无意识精神的作用与诗歌本身等同了,忘记了在无意识精神与完工的诗歌之间还有社会意向和有意识精神的形式的控制两者在起作用"。① 将心理学的原理与文学的社会内容和审美特征结合起来,这是文学理论在运用心理学的成果和方法时需要特别予以重视的。

　　文学理论与社会学。文学的两头都通往社会生活,一方面文学来自社会生活,受到社会生活的制约;另一方面文学又要回到社会生活中去,反过来对社会生活产生影响。因此将文学放在整个社会生活的大背景前来加以考察,考察社会生活对文学产生什么影响以及如何产生影响;考察文学反过来对社会生活产生什么影响以及如何产生影响,便成为文学理论不可或缺的内容。正如美国学者魏伯·司各特所说:"只要文学保持着与社会的联系——永远会如此——社会批评无论具有特定的理论与否,都将是文学批评中的一支活跃力量。"②因此文学理论与社会学的紧密联系也就成为必然和必要。中外文学理论中社会学方法的运用由来已久,在以往的文论著述中可以找到大量这方面的论述,但是文学社会学方法的运用走向自觉,则是近代社会学兴起以后的事。一般将1839年作为社会学这一学科诞生的时间,在这一年,法国实证主义哲学家孔德出版了《实证哲学教程》,在第4册里,他提出了"社会学"这一名称。然而此前1800年法国作家斯达尔夫人出版的《从社会制度与文学的关系论文学》则已为文学社会学研究开了先河,该书开了"以文学以外的因素来解释文学"的先例,旨在"考察宗教、风尚和法律对文学的影响以及文学对宗教、风尚和法律的影响"。③ 后来法国学者丹纳提出"种族、环境、时代"三元素说,即以种族遗传因素,地理、气候、政治、立法、战争、宗教等环境条件,以及时代精神来解释文艺的产生和演变。与其同时代的还有圣伯甫、居约、左拉等人,也就文学社会学的问题提出过重要的见解。马克思主义为文学社会学研究奠定了一个良好的出发点,马克思、恩格斯运用辩证唯物主义和历史唯物主义的方法研究文学的有关论述为文学社会学奠定了科学的基础,至今仍不失其经典意义。其继承人梅

---

① [美]卡尔文·斯·霍尔等:《弗洛伊德心理学与西方文学》,湖南文艺出版社1986年版,第165页。
② [美]魏伯·司各特:《西方文艺批评的五种模式》,蓝仁哲译,重庆出版社1983年版,第66页。
③ [法]斯达尔夫人:《论文学·绪言》,徐继曾译,人民文学出版社1986年版,第12页。

林、拉法格、普列汉诺夫等人也在这一领域中作出了有益的尝试，取得了重要的成果。但是其后庸俗社会学的出现，为文学社会学研究造成了重大的曲折和失误。如苏联二三十年代的庸俗社会学，把物质经济生活对于文学的制约看成直接的决定作用，将文学简单地从属于政治需要，将文学作品视为阶级意识的形象说明，对作家做阶级定性，为文学作品粘贴上政治标签，从而抹煞了文学的审美性和艺术性，给文学造成了灾难性的后果。目前国内外文学社会学发展极为迅猛，其学科领域不断得到拓展，学术成果也令人瞩目，例如在文艺生产、文艺传播、文艺消费、文艺政策、文艺管理、文艺预测等方面的研究，对于现代社会的优化和发展具有重要的价值，正受到日益广泛的重视。但是文学社会学以往所经历的曲折和失误，以及当代文学社会学将文学理论社会学化、自然科学化的苗头的出现则向我们提出了警示，使我们不能不对此引起重视，即文学理论在吸取社会学的成果和方法时必须守住自己的本位，社会学的研究不能代替文学理论的研究，社会学的方法也不能代替文学理论的方法，文学理论对于文学的社会属性的研究仍需与对其审美属性的研究结合起来。

　　文学理论与文化学。在考察文学的外部关系时，如果说社会生活是一种测度的话，那么还有一个更大的测度，那就是文化的测度。有人正确地认为，"文学（以及其他表现艺术）是一种文化中的意义载体"[①]，从而将文学放进文化的测度中去衡量便成为必要。因此文学理论与文化学也有不解之缘。20世纪下半叶以来，文学的文化学研究勃然兴起，概括其中诸多观点，这一研究热潮在三个维度上展开：一是文化域的维度，即研究文学与哲学、道德、宗教、政治、经济、科技等文化因素的联系，这是一种横向研究，这方面的工作主要由文学社会学来承担；二是文化层的维度，即对文学按照文化层次分出表层结构和深层结构，这是一种纵向研究，例如弗洛伊德为文学活动寻找深层意识的动力结构，荣格发掘出在群体心理背后的"集体无意识"的巨大力量，结构主义语言学分析出人类语言的表层结构和深层结构，符号学则将语言符号分为能指与所指，都为文化研究提供了一种深度模式；三是文化史的维度，如果说前两个维度都是共时性的话，那么这一维度则是历时性的，是一种长度研究，例如现代阐释学提出的"视界融合"、"效果历史"问题，

---

　　① ［英］理查德·霍加特：《当代文化研究：文学与社会研究的一种途径》，见《当代西方文化艺术学》，周宪等编译，北京大学出版社1988年版，第36页。

接受美学提出的"期待视野"问题,都嵌入了历史的因素。① 以上三个维度构成了更为宏阔纵深也更为系统完备的文化学视野,使得文学理论更加丰富更具新意。但是在文学的文化学研究中,同样会遇到一个与文学的社会学研究类似的问题,它必须在文学对文化的他律与自律、同质与异质之间寻求适当的张力,亦即将文学的文化意味与其审美价值恰到好处地平衡起来。

　　文学理论与语言学。已如上述,文学是一种语言艺术,以语言为物质媒介,这是文学不同于其他艺术门类的独特之处,离开了语言形式就无法理解文学,因此文学理论与语言学的关系应比其他学科更加亲近一层。在我国古代哲学和文论中,很早就表现出对于语言问题的关注,《庄子·天道》中就有"言不传意"、"得意忘言"的说法,《周易·系辞上》提出了"言不尽意"、"立象尽意"的命题。后来许多文论家在文学理论中对于这种语言哲学思想作了进一步的阐发,皎然《诗式》"但见性情,不睹文字",司空图《二十四诗品》"不着一字,尽得风流",严羽《沧浪诗话·诗辨》"不涉理路,不落言筌",王夫之《薑斋诗话》:"全用比体,不道破一句",叶燮《原诗》"言语道断,思维路绝",等等。相比之下,20世纪以前的西方文论对于文学语言的重视程度却稍逊一筹,但是随着20世纪初西方哲学中"语言学转向"的新变,西方文论中也出现了"语言学转向"的强劲势头,其标志就是俄国形式主义、文学现象学、结构主义文论、文学符号学、"新批评"文论、分析美学、后结构主义文论等的纷至沓来。尽管流派众多,但其脉络清晰可见,其主旨就是将语言的现象、形式和知识置于文学的本体和中心的地位而予以深入的研究。这样一来,也确实从语言学的角度发掘出许多以往为人们所疏忽的文学规律,如俄国形式主义提出的"文学性"、"陌生化"问题,文学现象学关于文学作品的"多层次结构"分析法,"新批评"文论关于文学的"内部研究",结构主义文论对于文学语言系统的结构模式的分析等,都大大推进了文学理论的变革和发展。但是这也带来了新的问题,即从一个极端走向了另一个极端,趋于对语言问题重要性的过度夸大,甚至将其视为文学中唯一的和最高的东西。无可争辩,语言问题确实是文学中的一个重要问题,但它不是文学中的所有问题,也不是文学中至上的问题,文学与语言有相互交叉重叠之处,但也有相互不能兼容互包之处,相应地,文学理论与语言学也是既相交会又相独立的。我国古人元好问早就说过:"诗家圣处,不离文字,不在文字。"(《陶然集诗序》)当代西方学者中对此执公允之见者也不乏其人,弗兰克·帕默尔以

---

① 参见《当代西方文化艺术学·译序》,周宪等编译,北京大学出版社1988年版。

为:"仅仅钻研乐谱解释不了音乐巨作的价值,语言学家也不应指望通过语言学调查来解释文学作品的美学价值。"①说到底,语言对文学作品的意义好比人的四肢百骸、五脏六腑对人的生命的意义,人体器官无疑是重要的,但是统摄和支配这些器官活动的灵魂难道不更重要吗?文学理论对于文学之灵魂的把握,就不是仅仅钻研语言学能够做到的了。

通过以上对于文学理论与诸多学科相互关系的逐一梳理,就不难见出,文学理论必须在综合哲学、美学、社会学、心理学、文化学、语言学等学科并保持自己的独立性的基础上,明确自己的学科领域和理论范围,形成自身特有的体系、原则、方法和范畴,才能成为一门不断发展的独立学科,与其他众多学科并驾齐驱、携手共进。

思考题

1. 文艺学包括哪几个分支?文学理论在其中居于何种位置?
2. 文学理论的研究对象是什么?
3. 文学理论的内容主要包括哪四个方面?它们是为哪四种关系所决定的?
4. 文学理论在人类知识体系的总体构成中居于何种位置?为什么?
5. 文学理论与哲学、美学、社会学、心理学、文化学、语言学等学科的关系如何?试举例加以说明。

拓展阅读书目

1. 马克思、恩格斯:马克思恩格斯论文学与艺术(陆梅林辑注)[M].人民文学出版社,1982年版.
2. (美)M.H.艾布拉姆斯:镜与灯[M].北京大学出版社,1989年版.
3. 童庆炳主编:文学理论教程[M].高等教育出版社,2015年版.

---

① [英]雷蒙德·查普曼:《语言学与文学》,王士跃等译,春风文艺出版社1988年版,第10页。

第一章 文学本质论

　　古往今来无数文学家、文论家和美学家都曾试图从不同途径探讨文学的本质,有的从作者方面寻找文学的本质,有的从作品方面分析文学的本质,有的则从读者方面反观文学的本质,它们都有一定的道理,都有一定的可取之处,一起推进了文学本质的研究。但是,从文学与社会的关系(亦即 M.H.艾布拉姆斯所说"作品与世界"的关系)方面把握文学的本质则无疑是一种积累了大量思想资料、已经为人们所确认、至今尚行之有效的途径。那么,如果我们从这一途径出发去探讨文学本质的话,就必须解决这样一些问题:整个社会是如何构成的? 文学在整个社会结构中处于何种地位? 文学同社会结构中的其他部分有着何种关系? 文学在整个社会结构中又如何保持自身特点的? 对于这些问题的探讨构成了本章的内容。

第一节 作为社会意识形态的文学

一、文学在整个社会结构中的位置

　　马克思在《〈政治经济学批判〉序言》中,曾对整个社会结构的总体构成作了精湛的分析,对于其构成要素以及这些构成要素之间的相互作用作了经典性的论述。(见专栏 1.1)

专栏 1.1

马克思论社会结构的总体构成

　　人们在自己生活的社会生产中发生一定的、必然的、不以他们的意志为转移的关系,即同他们的物质生产力的一定发展阶段相适合的生产关系。这些生产关系的总和构成社会的经济结构,即有法律的和政治的上层建筑竖立其上,并有一定的社会意识形式与之相适应的现实基础。物质生活的生产方式制约着整个社会生活、政治生活和精神生活的过程。不是人们的意识决定人们的存在,相反,是人们的社会存在决定人们的意识。社会的物质生产力发展到一定阶段,便同它们一直在其中活动的现存生产关系或财产关系(这只是生产关系的法律用语)发生矛盾。于是这些关系便由生产力的发展形式变成生产力的桎梏。那时社会革命的时代就到来了。随着经济基础的变更,全部庞大的上层建筑也或快或慢地发生变革。在考察这些变革时,必须时刻把下面两者区别开来:一种是生产的经济条件方面所发生的物质的、可以用自然科学的精确性指明的变革,一种是人们借以意识到这个冲突并力求把它克服的那些法律的、政治的、宗教的、艺术的或哲学的,简言之,意识形态的形式。我们判断一个人不能以他对自己的看法为根据,同样,我们判断这样一个变革时代也不能以它的意识为根据;相反,这个意识必须从物质生活的矛盾中,从社会生产力和生产关系之间的现存冲突中去解释。①

  这里提出了三个极其重要的概念:经济基础、上层建筑、社会意识形态。所谓经济基础,是指一定社会发展阶段上与一定的物质生产力发展程度相适应的生产关系的总和,包括生产资料的所有制关系,人与人在生产中的地位和相互关系,以及相应的分配关系、交换关系等。所谓上层建筑,是指在一定经济基础上形成的政治、法律制度和设施,以及与之相适应的社会意识形态。所谓社会意识形态,是指人类社会一切精神活动的总和,包括政治观点、法律观点,以及哲学、道德、宗教、文学、艺术等。
  根据马克思的论述,我们可以看出,在这样一个社会整体结构中,文学处于何种位置了:文学属于社会意识形态,而社会意识形态又是上层建筑的一个部分,上层建筑、意识形态最终为经济基础所制约。而文学的本质,就首先在这一特定的位置上得到界定。

二、文学受到社会经济基础的制约

  作为社会意识形态之一的文学,是在一定社会经济基础之上形成和发展起来的,它的形成和发展归根结柢是受到经济基础制约的,正如马克思所说:"物质生活的生产方式制约着整个社会生活、政治生活和精神生活的过程。"②经济基础对于文学的制约表现在以下几个方面:

---

① [德]马克思:《〈政治经济学批判〉序言》,《马克思恩格斯文集》第2卷,人民出版社2009年版,第591页。
② [德]马克思:《〈政治经济学批判〉序言》,《马克思恩格斯文集》第2卷,人民出版社2009年版,第591页。

首先,从文学的题材来看,一定时代的文学是当时社会生活的折射,而社会生活的面貌和性质,最终是为经济基础所制约的,因此由于经济基础的不同,在社会的不同发展阶段便有不同的生活内容,也就有不同的文学题材。例如产生于远古时代的《弹歌》("断竹,续竹。飞土,逐肉")便是狩猎时代的生活写照;《击壤歌》("日出而作,日入而息。凿井而饮,耕田而食。帝力于我何有哉")便是农耕时代的生活写照;产生于奴隶制时代的《伐檀》、《硕鼠》、《七月》等诗篇便是当时奴隶的生活状况和情绪、愿望的表现;产生于封建时代的《水浒传》、《儒林外史》、《红楼梦》等小说展现了当时社会各阶层五光十色的生活画面;产生于资本主义时代的《名利场》、《悲惨世界》、《艰难时世》等作品正如其取名所昭示的那样,逼真地再现了资本主义制度下污浊惨淡的社会现状。但是在中外文学史上也有这样一些作品,它们并非当时实际生活准确、逼真的描写,而是采用了非现实或超现实的手法如夸张、扭曲、变形、荒诞等来表现社会生活,例如汤显祖的《牡丹亭》、吴承恩的《西游记》、蒲松龄的《聊斋志异》、拉伯雷的《巨人传》、歌德的《浮士德》、卡夫卡的《变形记》等,但是只要略加分析便可见出,这些作品仍然植根于现实生活之中,只不过表现出浪漫主义或现代主义的倾向,使得对于现实生活的反映相对间接、迂回和曲折而已。对此鲁迅有一段很好的论述:"描神画鬼,毫无对证,本可以专靠了神思,所谓'天马行空'似的挥写了,然而他们写出来的,也不过是三只眼,长颈子,就是在常见的人体上,增加了眼睛一只,增长了颈子二三尺而已。"①

其次,从文学的风格来看,每一种文学风格的形成,都不会是无缘无故的,而总是有着一定的社会原因。文学风格是作家在文学作品中所表现出来的创作个性,它的形成并非只是作家、艺术家个人的事,它也有着一定的社会根源。目前国外有影响的艺术风格学研究大多从主体与客体、个人与社会两个根源来考察艺术风格的形成。瑞士美学家 H.沃尔夫林主张从艺术家的个人气质和时代精神,这双重根源来研究艺术风格。他据此分析了文艺复兴艺术与巴洛克艺术不同的风格。② 英国学者库柏在编《文学风格论》一书时提出,应从三个因素出发来研究文学风格,即:(1) 作家所隶属的种族、国家、方言或文学流派、家族;(2) 历史阶段或历史时代;(3) 作者在创

---

① 鲁迅:《且介亭杂文二集·叶紫作〈丰收〉序》,见《鲁迅全集》第 6 卷,人民文学出版社 2005 年版,第 227 页。
② [瑞士] H.沃尔夫林:《艺术风格学》第一章,潘耀昌译,杨思梁校,辽宁人民出版社 1987 年版。

作时试图采用的文学种类和样式。① 这同样也涉及到时代和历史。美国学者托马斯·门罗也将历史时期作为风格分类的重要依据。② 由此可见，文学风格的形成始终有着社会生活的背景。就以中国文学史为例，所谓秦汉气派、魏晋风度、盛唐气象，它们的形成都与当时的社会生活状况有关。其实对此古人早有认识，明人胡应麟在分析唐代盛、中、晚三期的诗歌风格时指出："盛唐句如'海日生残夜，江春入旧年'；中唐句如'风兼残雪起，河带断冰流'；晚唐句如'鸡声茅店月，人迹板桥霜'。皆形容景物，妙绝千古，而盛、中、晚界限斩然。故知文章关气运，非人力。"（《诗薮》）这里所说文学的"气运"，当是时代更替、历史变迁、现实生活变动的素朴的说法。

再次，从文学的样式和类型来看，它们的产生、演变和衰亡都受到社会生活的影响。在每一个时代，几乎都有新的文学样式和类型产生、兴盛，也都有旧的文学样式和类型走向衰落甚至消亡，如诗经、楚辞、汉赋、唐诗、宋词、元曲、明清小说等等，这种变化也可以到物质条件、经济生活和社会背景之中去寻找原因。例如到了近代，古代的神话、传说走向了悲壮的衰落，只是将其永恒的魅力留在人们的记忆之中，导致这一变故的重要原因便是近代以来科学的发展和社会的进步，对此马克思曾有过十分精彩的论述："成为希腊人的幻想的基础、从而成为希腊〔艺术〕的基础的那种对自然的观点和对社会关系的观点，能够同走锭精纺机、铁道、机车和电报并存吗？在罗伯茨公司面前，武尔坎又在哪里？在避雷针面前，丘必特又在哪里？在动产信用公司面前，海尔梅斯又在哪里？任何神话都是用想象和借助想象以征服自然力，支配自然力，把自然力加以形象化；因而，随着这些自然力之实际上被支配，神话也就消失了。""从另一方面看：阿基里斯能够同火药和铅弹并存吗？或者，《伊利亚特》能够同活字盘甚至印刷机并存吗？随着印刷机的出现，歌谣、传说和诗神缪斯岂不是必然要绝迹，因而史诗的必要条件岂不是要消失吗？"③不仅旧的文学样式和类型的消亡常常是物质经济生活变动的结果，而且新的文学样式和类型的产生也是如此。20世纪以来，第三次技术革命特别是70年代以来"新技术革命"的兴起，以广义信息技术为中心，包括微电子技术、机器人技术、光纤通讯、空间技术、生物工程、新材料和

---

① 〔德〕歌德等：《文学风格论》，王元化译，上海译文出版社1982年版，第27—28页注(20)。
② 〔美〕托马斯·门罗：《走向科学的美学》第六篇，石天曙等译，中国文联出版公司1984年版。
③ 〔德〕马克思：《〈政治经济学批判〉导言》，《马克思恩格斯文集》第8卷，人民出版社2009年版，第35页。

新能源、海洋开发、第五代电子计算机等标志性技术的开发和运用，大幅度地提高了劳动生产率，引起了产业结构的科学变革，也把人们推到了一幅崭新的世界图景面前，空前有力地改变了人们的生活方式、思维方式和情感方式，同时也为文学艺术的迅速发展带来了勃勃生机。特别是大众传播媒介的长足发展，电影、电视、广播、录音机、录像机、CD、音响、卡拉OK、电子音乐、激光造型、4G、5G等等无时无处不在影响着人们的文化生活，许多新的文艺样式便在传统样式与现代传播媒介的结合部孳生出来。就拿文学与电视的联姻来说，就导致了电视剧、小说TV、散文TV、诗TV等崭新的文学样式的诞生。

除了上述文学的题材、风格、样式和类型之外，文学的意蕴、形象、修辞等也能通过科学的分析在社会生活之中找到其终极原因，可见文学最终受到社会经济基础的制约。

三、文学的相对独立性

虽然文学作为社会意识形态之一，总是受到社会经济基础的制约，但它作为在整个社会结构中"更高地悬浮于空中的意识形态的领域"[①]，一经产生，便具有了相对的独立性。当有人片面理解马克思主义的唯物史观，将其歪曲为"经济决定论"时，恩格斯曾进行了驳斥，并进一步对唯物史观作了全面的解释。（见专栏1.2）

专栏 1.2

恩格斯驳斥"经济决定论"

根据唯物史观，历史过程中的决定性因素归根到底是现实生活的生产和再生产。无论马克思或我都从来没有肯定过比这更多的东西。如果有人在这里加以歪曲，说经济因素是唯一决定性的因素，那么他就是把这个命题变成毫无内容的、抽象的、荒诞无稽的空话。经济状况是基础，但是对历史斗争的进程发生影响并且在许多情况下主要是决定着这一斗争形式的，还有上层建筑的各种因素：阶级斗争的各种政治形式和这个斗争的成果——由胜利了的阶级在获胜以后确立的宪法等等，各种法的形式以及所有这些实际斗争在参加者头脑中的反映，政治的、法律的和哲学的理论，宗教的观

---

① ［德］恩格斯：《致康·施米特》，《马克思恩格斯文集》第10卷，人民出版社2009年版，第598页。

点以及它们向教义体系的进一步发展。这里表现出这一切因素间的相互作用,而在这种相互作用中归根到底是经济运动作为必然的东西通过无穷无尽的偶然事件(即这样一些事物和事变,它们的内部联系是如此疏远或者是如此难于确定,以致我们可以认为这种联系并不存在,忘掉这种联系。)向前发展。否则把理论应用于任何历史时期,就会比解一个简单的一次方程式更容易了。①

总的说来,文学对社会经济基础的相对独立性表现在以下几个方面:

首先,文学总是受到上层建筑,特别是政治的支配而呈现出特有的面貌。不过从政治到文学之间总是存在着许多中介因素,这些中介因素与政治和文学之间的关系也十分复杂,从而政治对于文学的影响并不是直接的、一一对应的。对此不妨以元杂剧的勃兴为例说明之。当时蒙古族在不到半个世纪内相继消灭了中国北部的金朝政权和南方的宋朝政权,建立了元朝的一统天下。元朝统治者在开国之初面对长期战争刚刚平息、新旧制度交相更替、民族矛盾和阶级矛盾十分尖锐的复杂局面,采取的是军事统治制度,在政治、经济、思想、文化等方面推行相应的政策,其中最突出的是实行严酷的民族歧视和阶级压迫政策。他们将国人分为蒙古人、色目人、北人、南人四种,把汉人压在最底层;他们还按职业把人分成十等,即一官、二吏、三僧、四道、五医、六工、七匠、八娼、九儒、十丐,②将读书人的社会地位置于娼妓和乞丐之间。这一政治措施的落后性自不待言,但是它也有摧毁汉族统治者长期撑持的腐败的政治格局、冲决儒学特别是程朱理学所造成的思想禁锢的积极方面。例如从金元之交到元朝初期废止科举制度达七八十年之久,这无论从政治上还是从思想上看,都不乏积极意义。政治体制的急剧变动和社会结构的重新组合,使得大批知识分子既失去了以往较为稳定的社会地位和优裕的生活条件,又破灭了读书求仕进的梦想,缩短了与下层民众的距离;由于元朝统治者的嗜好,元代杂剧得以广泛流传,吸引了无数被断绝了仕途经济的文人,成为他们糊口谋生的职业和一逞才情的寄托;另外,程朱理学这一思想巨网的暂时被撕破,也使下层文人和艺人较为自由地表达思想感情成为可能。王国维曾经这样评价元杂剧的创作:"彼但摹写其

---

① [德]恩格斯:《致约·布洛赫》,《马克思恩格斯文集》第10卷,人民出版社2009年版,第591—592页。

② [宋]谢枋得:《叠山集》。

胸中之感想与时代之情状,而真挚之理与秀杰之气,时流露于其间。"(《宋元戏曲考·元剧之文章》)这一切都推动了元杂剧这一艺术样式在很短时间内迅速形成崛起之势。后来明代戏剧美学家王骥德曾对此啧啧称奇:"是此窍由天地开辟以来,不知越几百千万年,俟夷狄主中华,而于是诸词人一时林立,始称作者之圣,呜呼异哉!"(《曲律·杂论上》)在此不难见出,政治因素对于文学的影响是何等的深刻有力。

其次,文学也常常因受到哲学、道德、宗教等其他社会意识形态的影响而改变其总体性质和发展态势,从而表现出并不与社会经济基础的变迁相同步的相对独立性。如玄学对于魏晋南北朝文学,佛教、禅宗对于唐宋文学,理学对于明清文学,都曾产生过重要的影响。西方文学也是如此,像19世纪的德国浪漫派诺瓦利斯、史雷格尔兄弟、蒂克等人所倡导的浪漫主义文学,主张回到古代,回到中世纪,他们到宗教情绪中去寻找那种神秘主义的体验和幻想,到心向往之的古代社会去营造牧歌式的理想世界,从而否定现实,缅怀过去,颓废晦暗,怪诞不经,成为其文学创作的突出特点,这与当时整个欧洲新兴资本主义的发展正在有力地冲击着封建统治的陈旧樊篱的时代气氛是格格不入的。德国浪漫派这一美学倾向的形成,与其本土流行的以康德、黑格尔、费希特、谢林为代表的德国古典哲学所鼓动的唯心主义思潮,以及根深蒂固的西方基督教文化传统密切相关。正如海涅所指出:"确实,我国初期浪漫主义者的活动是从一种连他们自己也不了解的泛神论的本能出发的。他们对于天主教总教会所怀的那种思慕的感情,要比他们自己所意想的,有着更深的根源。他们对中世纪传统、民间信仰、鬼怪、魔法和巫术有着崇敬和偏爱……这一切在他们中间突然觉醒了,但他们却没有理解到这一切只是追求古日耳曼泛神论的一种复古倾向;在这个卑污的和被恶意摧残的形象中他们就只喜爱属于他们祖先的、基督教以前的宗教。"[①]这里还有一种情况值得注意,即一种哲学、道德、宗教的观念对于人们过于强硬的钳制,往往引起人们强烈的抗拒意识,这种抗拒意识在文学中的表现也能酿成风靡一时的文学思潮,它与社会经济基础并不都是相互一致和相互平衡的,这可以说是文学从反面受到哲学、道德、宗教的影响而形成的一种特殊现象。

再次,过去时代的文学艺术并不会随着它赖以产生的社会经济基础的消亡而消亡,而常常是经过时间的淘洗沉淀下来、积累下来,变成一种相对

[①] [德]海涅:《论德国宗教和哲学的历史》,海安译,商务印书馆1974年版,第128页。

稳定的"思想资料",构成了以后文学发展的一种前提和基础。恩格斯说:"每一个时代的哲学作为分工的一个特定的领域,都具有由它的先驱者传给它而它便由以出发的特定的思想资料作为前提。"①因此是否具备丰厚的"思想资料"作为前提,对于后来的文学如何发展、以及能达到什么样的水平,无疑是至关重要的。唐代诗人杜甫被人们奉为"诗圣",无论是古体、近体,还是五言、七言,都达到了炉火纯青的境界,这一卓著成就的取得,除了他对于诗歌艺术的执着追求外,一个重要原因就是他守持"不薄今人爱古人"、"转益多师是汝师"(《戏为六绝句》)的主张,吸收了从《诗经》、楚辞到汉魏六朝以及同时代的文学成果,再将其加以熔铸和锤炼,别出心裁,自铸伟辞,才登上了诗歌创作的顶峰。前人已经讲出了个中道理,元稹说:"杜子美上薄风骚,下该沈宋,言夺苏李,气吞曹刘,掩颜谢之孤高,杂徐庾之流丽,尽得古今体势,兼人人之所独专,则诗人以来,未有如子美者。"(《唐故检校工部员外郎杜君墓志铭》)。

具体地说,这种被保存和延续下来的相对稳定的"思想资料"包括传统的主题、题材和审美经验。例如有一些典型的生活经验和思想感情是古往今来人们所共有的,像男女之爱、亲子之情、游子思乡、家人团圆等,以至这些生活内容和情感内容成为文学"永恒的主题",一旦这种"永恒的主题"被某一个作家恰到好处地表现出来时,它便能使得人们更好地了解自己的内心经验并确切地表达这种内心经验,从而成为人类共同的精神财富并为后人所继承和沿用,成为文学中相对稳定的因素。爱尔兰作家叶芝说:"莎士比亚描写的理查二世,在文艺复兴以前,在意大利影响发生以前,甚至在那些无数思想涌进莎士比亚脑子以前的一小时,是断乎不会诞生的。我们今天无法知道的无数经验,使莎士比亚创造了理查二世的形象,他之所以成为典型,并不是因为他曾经生活在人间,而是因为他使我们了解到我们思想中的某些东西,这些东西,要不是作者创造出这个人物,我们是永远不会知道的。"②

另一方面,某种文学形式一旦固定下来,也总是能够在较长时间内得到保存和延续。文学形式是众多作家总结长期的创作经验而概括和提炼出来的,作家经过摸索而创造出来的某种文学形式,只要它是适合表达思想感情

---

① [德]恩格斯:《致康·施米特》,《马克思恩格斯文集》第10卷,人民出版社2009年版,第599页。

② [英]叶芝:《语言、性格与结构》,《外国现代剧作家论剧作》,中国社会科学出版社1982年版,第48页。

的,而且是符合美的规律的,那么它便不会是稍纵即逝的,而往往会被别人所沿用和效法,而且在此过程中不断得到完善,逐渐成为一种积淀、一种结晶,凝结成为文学创作中的一种相对固定的规范,反过来制约着作家的创作。例如体裁形式对于作家的创作活动就起着明显的制约作用。小说家在创作小说时所关心的主要是人物的性格和命运,以及决定其性格和命运的社会环境和社会关系;诗人在吟咏诗词时所突出的是自己内心的情感波动,以及这种主观情感在外部事物上的投射;剧作家留意的是生活中那些包含着复杂而集中的矛盾、冲突的事件;而报告文学则要求作家捕捉那些社会生活中的重大事件和人民群众所共同关注的热点问题;如此等等。可见,作家的审美取向和创作程序总是受到种种形式规范的限定。这些形式规范并非轻易形成,也不会轻易消失,它的变化比起与现实生活密切相关的文学内容来要缓慢得多。像我国古代诗歌从四言到五言、七言再到杂言,就经历了极其漫长的过程;西方戏剧的"三一律"的形成和沿用,也经历了两三个世纪!在这漫长的过程当中,文学形式的相对稳定使之能够容纳不同的内容,甚至新的内容可以用旧的形式来加以表现。例如18世纪启蒙主义运动在艺术上是否定17世纪新古典主义的伪理性主义的,但是启蒙主义剧作家所创作的戏剧却又因袭着新古典主义奉为圭臬的"三一律"。对此勃兰兑斯有一段很好的评论,他说:"法国人已建立了一个共和国,推翻了基督教的统治,却还没有想到对布瓦洛的权威提出疑义。伏尔泰把传统打翻在地,用悲剧作武器向以传统为主要支柱的势力专制制度和教会发起进攻,却从来没有打破旧例,让剧情的发展持续二十四小时以上,或是让一个剧发生在两个地方。他对天上地下什么都不尊重,却严守诗歌的韵律。"[①]

由此可见,如果不考虑政治等上层建筑的支配作用,不考虑哲学、道德、宗教等其他社会意识形态的影响,不考虑文学自身的历史延续性,而忽视文学对社会经济基础的相对独立性,那么对于文学本质的说明便势必是不得要领的。在这个问题上,著名英国文论家特里·伊格尔顿对于庸俗社会学所表现出的简单化倾向的批评值得参考。英国现代派诗人T.S.艾略特在1922年出版了长诗《荒原》,该诗一直因其艰涩难通、神秘莫测而惹得聚讼纷纭、注者蜂起,而一些带有庸俗社会学色彩的文学批评认为,这首诗是直接由资本主义经济因素决定的。当时的第一次世界大战标志着帝国主义

[①] [丹麦]勃兰兑斯:《十九世纪文学主流》,徐式谷等译,人民文学出版社1980年版,第一分册,第2—3页。

时代资本主义的危机,这种危机造成了普遍的精神空虚和资产阶级意识形态的枯竭,而《荒原》就是这种精神状态的产物。伊格尔顿指出:"这是将这首诗解释为那些条件的直接'反映',但是它显然不能说明'介于'作品本身和资本主义经济中间的一系列'层次'。"例如,这种批评没有说明艾略特本人的社会地位,他作为一个贵族式的美国流亡者,后变成一名繁华城市中的职员,与英国社会有一种难以捉摸的关系;艾略特所深为投合的是英国意识形态中的保守传统,而这种批评没有说明这种意识形态的结构、内容、内在的复杂性以及所有这些是怎样从当时英国社会极端复杂的阶级关系中产生的;这种批评不提为什么尽管艾略特在政治上是极端的保守派,但作为一个先锋派诗人,又选择了激进的、实验性的技巧,也不提他这样做的意识形态基础是什么;依据这种批评方法,人们无从知道当时的社会条件怎么会产生这首诗所吸收的半基督教、半佛教、弗雷泽的人类学和布雷德利的唯心主义,以及这些思想学说在当时的意识形态构成中所起的作用;从这种文学批评中也搞不明白这首诗与有关美学理论之间的联系,搞不明白这种美学在当时的意识形态中起什么作用,又怎样形成这首诗本身的结构;等等。针对庸俗社会学在不曾对上述诸多问题作出说明的前提下便对长诗《荒原》妄下断语的情况,伊格尔顿指出:"要全面理解《荒原》就需要考虑到这些(及其他的)因素。将这首诗简化为资本主义现状的产物,是不解决问题的。"[①]伊格尔顿的这一批评意见对于如何理解文学在诸多上层建筑、意识形态因素的交互作用之下保持自身的相对独立性问题无疑具有方法论的参照意义。

四、文学对社会结构中其他部分的反作用

在整个社会结构中,文学虽然受制于社会经济基础,也受制于上层建筑和其他意识形态,但它并不是消极被动的,它也能反过来对社会经济基础、上层建筑和其他意识形态产生有力的影响。

文学能够对社会经济基础产生反作用。恩格斯在论述上层建筑、意识形态各个部门的反作用时指出:"只要他们形成社会分工之内的独立集团,他们的产物,包括他们的错误在内,就要反过来影响全部社会发展,甚至影响经济发展。"[②]这同样适用于文学。也就是说,积极的、进步的文学能够促

[①] [英]特里·伊格尔顿:《马克思主义与文学批评》,文宝译,人民文学出版社1980年版,第18—19页。

[②] [德]恩格斯:《致康·施米特》,《马克思恩格斯文集》第10卷,人民出版社2009年版,第599页。

进社会发展和经济发展,而消极的、倒退的文学则对社会发展和经济发展起到阻碍作用。在中西方近代史上,对于新兴资本主义产生有力的推动作用的恰恰是互相辉映的两大文学运动。在西方是席卷意大利、英国、法国、西班牙等国的文艺复兴运动,涌现了薄伽丘的《十日谈》、莎士比亚的《哈姆莱特》、拉伯雷的《巨人传》、塞万提斯的《堂吉诃德》等充满人文主义色彩的文学作品,不仅扫清了宗教神学这个"奥吉亚斯的牛圈",而且为新兴资本主义的发展在观念意识上开辟了道路;我国明代中叶以后在东南沿海地区也出现了最早的资本主义萌芽,它的发展也曾得力于当时兴起的启蒙主义文学思潮的推动,在李贽、徐渭、汤显祖、袁宏道等人的大力倡导下,涌现出大批具有启蒙思想、市民意识的文学作品,如徐渭整理的民间歌谣、汤显祖的《牡丹亭》、"公安三袁"的小品文、冯梦龙的"三言"、凌濛初的"二拍"、兰陵笑笑生的《金瓶梅》等,对宋明理学所宣扬的礼教进行无情的抨击,为个性自由和思想解放大声疾呼,对新兴市民的形象作了有力的肯定,这一切都对新兴资本主义的发展构成了一种积极的思想背景。

文学对于社会经济基础产生反作用常常是通过政治的中间环节起作用的。文学与政治虽然都属于上层建筑的范畴,但它们同社会经济基础却并不是等距离的。文学作为更高地悬浮于空中的社会意识形态,与社会经济基础的距离比较疏远;而"政治是经济的集中表现"[1],与经济基础的距离更加接近。然而所谓"政治",分政治制度和政治观点两个部分,政治制度属于上层建筑领域,政治观点则是意识形态中最活跃的因素。文学对于经济基础的反作用就是通过政治的中介实现的。普列汉诺夫在阐述马克思主义关于社会结构的理论时曾提出过著名的"五项因素公式",即:"一定程度的生产力的发展;由这个程度所决定的人们在社会生产过程中的相互关系;这些人的关系所表现的一种社会形式;与这种社会形式相适应的一定的精神状况和道德状况;与这种状况所产生的那些能力、趣味和倾向相一致的宗教、哲学、文学、艺术。"[2]这里将整个社会结构分为五个层面:(1)生产力;(2)生产关系;(3)社会制度,即政治制度、法律制度等;(4)精神和道德状况,即政治、法律、道德的观点;(5)宗教、哲学、文学、艺术。从这五项因素的关系来看,从文学到达经济基础的反作用必须经过政治的中介环节才能实现。

---

[1] [俄]列宁:《再论工会、目前局势及托洛茨基和布哈林的错误》,《列宁全集》第32卷,人民出版社1958年版,第71页。

[2] [俄]普列汉诺夫:《唯物主义史论丛》,《普列汉诺夫哲学著作选集》第2卷,三联书店1961年版,第186—187页。

文学也常常对其他意识形态产生重要的影响。文学与哲学、道德、宗教等同属于社会意识形态，处于整个社会结构的最上层，它们之间的联系最为密切，不仅哲学、道德、宗教等影响文学，而且文学也影响哲学、道德、宗教等，也能极其深刻地改变哲学、道德、宗教等的状况。首先，文学包含着作家对于整个世界的认识，包含着作家对于社会生活的理解，而这种认识和理解往往带有哲学的意味，而那些具有重大影响的文学作品则可能以这种认识和理解改变整个时代的哲学思想。在这一点上西方现代派文学堪称典型，它表现出明显的哲学倾向。例如萨特，他关于"他人即地狱"、"他人即豺狼"等存在主义的观点就是通过《恶心》、《苍蝇》、《间隔》等作品加以表达的，影响所及，推动了风靡现代西方的存在主义哲学思潮。其次，任何时代的文学都包含着丰富的道德内涵，成为一定道德标准、道德范畴和道德理想的形象显现，而某个时代人们道德观念的形成，除了受到当时制定的道德规范的制约外，主要受到文学作品的影响。例如建国以后在塑造新的时代精神方面，一大批中外优秀的文学作品起到了难以低估的积极作用，如《牛虻》、《母亲》、《卓娅和舒拉的故事》、《青春之歌》、《林海雪原》、《红岩》、《英雄儿女》等。像牛虻、尼洛夫娜、卓娅、舒拉、林道静、杨子荣、江姐、王成等文学形象为整整一代人树立了光辉的道德楷模，对于当时青年人的成长产生了巨大的作用，而且由于文学的形象化和以情动人的特点，这些道德楷模往往更加深入人心，更能给人留下难以磨灭的印象。再次，在中外文学史上，人们也往往通过文学来表达自己对宗教的看法，有人借此宣传宗教教义，有人却借此揭露和批判宗教的虚妄，它们对于一定宗教思想的流传能够起到推波助澜或阻碍遏止的作用。例如西方近代浪漫主义的勃兴，基督教精神起了重要的作用，不仅偏于保守的浪漫派诗人如夏多勃里昂认为只有上帝和基督教才是美和诗意的源泉，而且偏于激进的浪漫派诗人雨果、雪莱也将其汪洋恣肆的诗情勃发归于基督教的指引。相反的情况则是，文艺复兴运动中但丁的《神曲》、薄伽丘的《十日谈》、乔叟的《坎特伯雷故事集》等作品，揭露了教会的腐朽和虚伪，都对宗教的思想钳制起到了有力的消解作用。

第二节 作为审美意识形态的文学

我们指出文学是一种社会意识形态，与社会经济基础、上层建筑有所区别，这还不能完全说明文学的本质，因为与文学同样属于社会意识形态的还有哲学、道德、宗教等，它们之间还存在着许多共性。要说清文学的本质，还必须指出文学不同于哲学、道德、宗教等其他社会意识形态之处何在,从而将文学与后者区分开来。

一、人类对世界的艺术掌握方式

肯定文学是一种审美意识形态,需要从人类对世界的艺术掌握方式说起。所谓"人类对世界的艺术掌握方式",是马克思提出的一个重要命题。(见专栏 1.3)

专栏 1.3

马克思论人类对世界的艺术掌握方式

整体,当它在头脑中作为被思维的整体而出现时,是思维着的头脑的产物,这个头脑用它所专有的方式掌握世界,而这种方式是不同于对世界的艺术的、宗教的、实践—精神的掌握的。实在主体仍然是在头脑之外保持着它的独立性;只要这个头脑还仅仅是思辨地、理论地活动着。因此,就是在理论方法上,主体,即社会,也一定要经常作为前提浮现在表象面前。[①]

需要先说明一下的是,根据上下文,马克思这里所说的"整体",是指辩证思维最后达到的思维总体或思维具体,这是人的思维的产物;而马克思这里所说的"主体",则是指客观实在,或客观社会现实,这是人的思维的对象。

对于马克思这段话中所划分的人类掌握世界的方式是几种,学术界的意见颇为分歧。有人认为是一种,有人认为是两种,认为是三种或四种者亦有之。在众多意见中,我们持第二种意见,即认为马克思在这里所讲的是两种掌握方式:(1) 理论的掌握方式;(2) 实践-精神的掌握方式,其中包括艺术的、宗教的掌握方式。

我们认为,这里首先有一个方法论的问题,即理解马克思不能只凭他的只言片语,而要根据他一贯的思想,才能理解得更科学更确切一些。根据马克思在其他论著中的大量论述,可知他始终认为艺术的掌握方式介乎精神和实践之间,是认识活动和实践活动的中间物。首先,马克思认为艺术与科学理论和感性实践有相通之处。一方面,马克思认为艺术具有认识性和真理性,艺术也要追求真理,也要解决"世界是什么"的问题,也要把握现实生

[①] [德] 马克思:《〈政治经济学批判〉导言》,《马克思恩格斯选集》第 2 卷,人民出版社 1972 年版,第 104 页。

活的本质规律,艺术中也凝结着艺术家对生活的认识、理解和思考。艺术对于科学认识也具有重要的参考价值,马克思本人对于资本主义经济规律的深刻认识经常是从笛福、莎士比亚、巴尔扎克等人的作品中获得启示的,他曾高度赞扬狄更斯、萨克雷、勃朗蒂、盖斯凯尔等人说:"现代英国的一批杰出的小说家,他们在自己的卓越的、描写生动的书籍中向世界揭示的政治和社会真理,比一切职业政客、政论家和道德家加在一起所揭示的还要多。"①另一方面,马克思也确认艺术具有实践性和目的性。马克思最早提出"艺术生产"的概念,将其与一般物质生产形式相并列,从而艺术生产也是一种有意识的、自由自觉的活动,在活动之前活动的结果就已预先存在于人的头脑之中,表现为理想、意图和预见。艺术也需要借助一定的物质媒介和操作过程才能完成,它需要驾驭和整合色彩、线条、形体、声音和语言等物质媒介才能将上述理想、意图、预见变成物化的存在。就拿比较抽象的文学来说,也"受到物质的'纠缠',物质在这里表现为震动着的空气层、声音,简言之,即语言"。② 这样,艺术生产在很大程度上也为生产的普遍规律所支配。另外,马克思恩格斯还多次指出,艺术总是要达到一定的目的,产生一定的社会效果,进而对人们的社会实践发挥积极的功用。

但是,马克思又认为艺术与科学理论、实践活动之间存在着重要的区别。一方面,科学理论以概念为核心,它要通过从感性具体到思维抽象、再从思维抽象到思维具体这两条道路,最终达到建立理论体系的目的。这就是说,科学理论以感性现象为起点,从感性认识上升到理性认识,但是一旦上升到理性认识层次,便粉碎和扬弃了感性经验,仅仅"达到一些最简单的概念","达到越来越稀薄的抽象","达到一些最简单的规定",这就是思维抽象;然后又从这种简单概念出发,展开从一个概念到另一个概念的逻辑运动,其中前一个概念是后一个概念的前提,后一个概念是对前一个概念的论证,从而在不停的逻辑运动中逐步增加规定性,使得这些概念一个比一个丰富、一个比一个具体,最终得到的结果就是思维具体,"具体之所以具体,因为它是许多规定的综合,因而是多样化的统一"。③ 这个综合了前面所有概

---

① [德]马克思:《英国资产阶级》,《马克思恩格斯全集》第 10 卷,人民出版社 1965 年版,第 686 页。

② [德]马克思、恩格斯:《费尔巴哈》,《马克思恩格斯文集》第 1 卷,人民出版社 2009 年版,第 533 页。

③ [德]马克思:《〈政治经济学批判〉导言》,《马克思恩格斯文集》第 8 卷,人民出版社 2009 年版,第 25 页。

念的规定性的丰富的总体,也就是科学理论体系。马克思的《资本论》就是运用这一方法的典范。该书从"商品"这个资本主义最初、最简单、也是最抽象的概念出发,从"商品"到"货币"(商品的一般等价物),再到"资本"(能增殖价值的货币),再到"剩余价值",再到"工资",再到"地租"……一个概念比一个概念更加具体、更加丰富、更多规定性,通过这种从思维抽象上升到思维具体的逻辑运动,《资本论》建立了一个完整的理论体系,将资本主义从发生到发展、到高潮、再到衰落的整个现实过程在思维中复制出来。与科学理论不同,艺术始终固守着感性具体,它始终不脱离艺术形象,并从艺术形象这种感性现象直接深化到理性内涵,在这里"感觉在自己的实践中直接成为理论家"。① 另一方面,艺术也不同于实践活动,实践活动必须发动人体的自然力,发动肩膀、腿、头和手,造成对象的现实形态和性质的改变,而艺术则具有假定性,它并不以改变或消灭对象的物质存在来满足自己的实际功利需要,而是在想象的世界中达到创作的目的,可以说,艺术具有"无目的的合目的性"。因此,艺术既与实践活动和科学理论相通,又与这二者有所区别,成为物质与精神、感性与理性、具体与抽象、有目的与无目的的和谐统一。正是在这个意义上,马克思将艺术的掌握方式归入"实践-精神"的掌握方式。这样,以艺术为重要表现的"实践-精神的掌握方式"便与"理论的掌握方式"并存,成为在社会实践基础上形成的对世界的两大掌握方式。而文学就属于"艺术的掌握方式"之一。

应该指出的是,马克思将宗教也归入"实践-精神"的掌握方式,不无道理。宗教与艺术有着天然的密切联系,在推动艺术起源的众多因素中,原始宗教是一个重要的方面;宗教也同艺术一样诉诸感性具体的形象;在宗教中也有对世界的认识,也有观念和哲理;另外宗教礼仪则表现为顶礼膜拜、献身受难等感性实践活动,而支配着这些感性实践活动的乃是狂热的情绪和虔诚的信仰。可见宗教同艺术一样,在本质上也介乎实践与精神之间。

另外还需要说明的是,在诸种社会意识形态中,道德也接近"实践-精神"的掌握方式,宗教的上述特性也为道德活动所具有,只不过宗教活动是彼岸性、神本位、来世主义的,而道德活动则是此岸性、人本位、现世主义的;就心理结构来说,主导着宗教活动的是迷狂、虔信、崇拜等非理性意识,而主导道德活动的则是清楚智慧的思虑、明确的意志和深厚的情感。尽管马克

---

① [德]马克思:《1844年经济学—哲学手稿》,《马克思恩格斯文集》第1卷,人民出版社2009年版,第190页。

思在以上论述中并未提及道德，但它无疑也是人们对于世界的一种重要的掌握方式。

既然如此，那么要界定文学作为审美意识形态的特殊性，就先要对"艺术的掌握方式"与"理论的掌握方式"作出区分，然后再对"艺术的掌握方式"与宗教的、道德的"掌握方式"作出区分。

二、文学用形象来反映社会生活

文学作为审美意识形态，它的基本特点是用形象来反映社会生活。这一点拿文学艺术与理论相比较可以见出。文学艺术与理论都是对于客观世界的反映，但二者的反映方式不同，理论是用抽象的概念来反映客观世界，而文学艺术则是用具体的、鲜明生动的形象来反映客观世界。文学艺术也要揭示客观世界的本质、规律，但它不是以概念、公式、定理和原则的形式表现出来，而是通过对现实生活的生动描绘，特别是通过对于人物形象的塑造，构成历历在目、呼之欲出的生活图景，以形象表现出来。别林斯基指出："哲学家用三段论法，诗人则用形象和画面说话，然而他们说的都是同一件事。政治经济学家被统计材料武装着，诉诸读者或听众的理智，证明社会中某一阶级的状况，由于某一种原因，业已大为改善，或大为恶化。诗人被生动而鲜明的现实描绘武装着，诉诸读者的想象，在真实的图画里面显示社会中某一阶级的状况，由于某一种原因，业已大为改善，或大为恶化。一个是证明，另一个是显示，可是他们都是说服，所不同的只是一个用逻辑结论，另一个用图画而已。"[①]理论与文学作品的这一区别可以从马克思《资本论》与巴尔扎克《人间喜剧》的比较中见出，这二者都揭示了资本主义从发生、发展、鼎盛、到衰落的过程。但前者是通过运用概念和范畴，诸如三段论之类逻辑推演的方法来加以揭示的。如上所述，它从资本主义社会中最简单、最抽象也是最小的细胞——商品出发，按照"商品—货币—资本—剩余价值—工资—地租—……"这一次序从简单到复杂、从低级到高级、从抽象到具体，从而将资本主义所经历的全部过程及其必然规律在理论思维中复制出来。而巴尔扎克的《人间喜剧》则是通过五光十色的生活场景、气势恢宏的形象画面和活灵活现的人物性格来达到这一目的。例如通过《高利贷者》、《欧也妮·葛朗台》、《纽沁根银行》这三部小说中所描绘的形象画面，勾勒出西欧

---

① ［俄］别林斯基：《1847 年俄国文学一瞥》，《别林斯基选集》第 2 卷，满涛译，上海文艺出版社 1979 年版，第 429 页。

资本主义从原始积累到金融资本过渡的鲜明轮廓:《高利贷者》中的高布察克还是一个留有中世纪高利贷者明显烙印的犹太人,他那种敲骨吸髓、囤积敛财的经营手段和吝啬刻薄的生活方式表明他的盘剥还只是停留在原始积累阶段;到了《欧也妮·葛朗台》中的老葛朗台,情况就不同了,如果说老葛朗台的贪婪和吝啬成性还带有高布察克的影子的话,那么他与高布察克有一个绝大的不同就是他已经懂得"钱是能够生儿子的"这一道理,并毫不犹豫地加入了投资者的行列,这就跨过了原始积累的水平而向企业经营发展了;再到《纽沁根银行》中的纽沁根男爵,就已是靠金融资本暴发的新型资产者的形象了,他的生财之道就是使所有的资本处于不停的流通之中并从而获得巨额利润,而他在生活上则与前两人截然相反,穷奢极欲,挥金如土,逞能斗富,完全是走向腐朽衰败的西欧资本主义的象征了。在这里一个显而易见的事实就是,巴尔扎克的《人间喜剧》用形象显示的方式对资本主义发展规律的揭示,其深刻性和说服力比起理论论证来,可以说毫不逊色。

如果说文学的特点在于形象显示,那么宗教和道德也具有形象显示的特点。宗教需要用形象(塑像、壁画等)来宣扬其教义,因此无论中外,宗教都成为一种"像教";道德的播布也需要借助于形象,例如《烈女图》、《二十四孝图》宣扬封建伦理规范,自由女神像高举象征"自由、平等、博爱"等资产阶级道德信条的火炬,现在我们也利用平面的纸媒和流动的网络宣传新的道德观念。但是在宗教和道德活动中,形象是从属于抽象概念的,一般性的宗教概念和道德概念是压倒和排斥形象的个性特征的;文学则以塑造个性为最高要求,它的主题、意蕴如盐在水地溶化在个性形象之中,文学中的人物是有个性的,情节是有个性的,意境是有个性的,甚至语言也是有个性的,它们都是不可重复、不可雷同的,没有个性的文学形象是失败的形象。列夫·托尔斯泰说:"实际上,当我们阅读或思考一个新作家的一部艺术作品的时候,在我们心里产生的一个主要问题经常是这样的:'喂,你是个什么样的人呀?你在哪一点上跟我所认识的人有所区别?关于应当怎样看待生活这一点,你能够对我说出什么新鲜的东西来呢?'……如果这是一位已经熟知的老作家,那么,问题就不在于你是什么样的人,而是:'喂,你能够对我说出些什么新鲜的东西呢?你现在是从哪一方面向我阐明生活的呢?'"[①]这就是说,能否塑造出具有个性特征的文学形象,乃是人们评价一个作家、一部作

[①] 转引自[俄]赫拉普钦科:《作家的创作个性和文学的发展》,满涛等译,上海人民出版社1977年版,第69页。

品的基本的,也是最高的标准。另外,文学形象与宗教形象、道德形象的区别也可以从下面这一点看出:随着时间的流逝,以往包含在宗教形象和道德形象中的概念就会淡化和消解;作品具有的个性摆脱了概念的钳制,其中的文学形象仍然能够以丰富的艺术的意味,供后人来加以欣赏。如敦煌壁画、云冈石窟、《女史箴图》等就是如此。

三、文学的反映对象以人为中心

文学艺术与理论从总的方面来说存在着共同之处,它们反映的都是客观现实世界,但是在反映内容上却有不同的侧重点。理论是将自然现象和社会现象分门别类地进行专门研究,寻找各个领域特有的规律,从而形成了各种不同的专业,例如社会科学中政治经济学主要研究社会的生产方式,法学主要研究社会的法权关系等等。当然理论也要对自然现象和社会现象作综合研究,但这种综合研究仍然是建立在分类研究的基础之上的。然而"文学是人学",文学作为一种审美意识形态,它是把"一切社会关系的总和"的人作为反映的主要对象,来描写和表现的。文学作品要把人和人的现实生活的各个方面作为一个整体来加以表现,它要关心人的生存状况和生活质量,它要思考人的生命意义和存在价值,它要关注人类命运以及人类在与命运的抗争之中所经受的磨难和痛苦,它要为人类自由以及人类在争取自由的路途中提供信念和理想。尽管作家对于生活的了解和熟悉程度不同,但都有他们独特的方面,他们所采用的题材也有所侧重,但当表现人所牵涉到的社会关系时,他们的作品便不能不包含人的某些本质的东西。米兰·昆德拉将这种本质的东西称为"存在",对此有一段很好的论述。(见专栏 1.4)

专栏 1.4

米兰·昆德拉论文学中人的存在

小说以自己的方式、自己的逻辑,一个接一个地发现了存在的不同方面:与塞万提斯的同代人一起,它询问什么是冒险;与萨穆埃尔·理查德森的同代人一起,它开始研究'内心所发生的事情';与巴尔扎克一起,它揭开了人在历史中的生根;与福楼拜一起,它勘察了到那时为止一直被人忽略的日常生活的土地;与列·托尔斯泰一起,它关注着非理性对人的决定与行为的干预。它探索时间:与马塞尔·普鲁斯特一起,探索无法捉住的过去的时刻;与詹姆斯·乔伊斯一起,探索无法捉住的现在的时刻。它和托马斯·曼一起询问来自时间之底的遥控着我们步伐的神话的作用。等等,等等。①

我国新时期的文学创作也是如此。在新时期的作家中,蒋子龙擅长写工业题材,周克芹擅长写农村题材,陆文夫擅长写市民生活,李存葆擅长写军营生活,但是他们都写出了当今改革开放时代汹涌奔腾的生活大潮中人的命运遭际。

从文学作品所采用的题材来看,并非都是写人,有许多作品恰恰写的是自然景物,是动物,是幻想中非现实的事物。那么,这是否也能证明"文学是人学"这一命题呢?回答是肯定的。一个显而易见的事实就是,在这些作品中,融合在自然景物中的是人的思想感情,动物的故事表现的是人生的哲理,而非现实的事物之间构成的是人与人之间的社会关系。例如伊索寓言《龟兔赛跑》,昭示的是"骄傲使人落后,勤奋使人成功"的道理。再如古希腊神话中奥林匹亚山上神的世界是一个等级森严的世界,这恰恰是人类社会等级制度的曲折反映。又如王维的《鹿柴》:"空山不见人,但闻人语响。返景入深林,复照青苔上。"尽管诗中"不见人",但最终还是有一个人,那就是作者自己,在诗歌所描写的宁静幽远的山色之中,融贯着作者恬适冲淡的心情,留有作者思想观念的明显痕迹。

宗教和道德也是与人密切相关的,但是它们往往转向了人的对立面。在宗教中,上帝和神灵是人的信仰借助假想在彼岸世界的设定,虽然它们说到底是人的本质的曲折反映,但在这里属人的世界却从属于属神的世界,人在神面前必须放弃自己的正当权利和合理需求,于是人所臆想出来的东西变成了人的异化物,成为压抑人、钳制人的力量。道德也同样有可能变成人的异化物,人类建立一定的道德原则原本是用来规范人们的社会行为,协调人们的社会关系,进而保障社会活动的正常进行,但是它常常被统治集团利用,加以狭隘化、僵硬化,作为维护其统治地位的重要手段,于是这些由人所制定的制度、规则、条例和章法便变成了与人相对立的东西,甚至走向教条主义、禁欲主义。例如封建礼教所宣扬的"三从四德"、"三纲五常"、"忠孝节义"等道德教条就在中国很长历史上阻碍了社会发展和人的发展。然而文学艺术对于人的关注却始终是此岸性、本位性的,文学也通过想象虚构出神魔鬼怪的世界,但在这里一切恰好反了过来,属神的世界从属于属人的世界,如《封神榜》、《西游记》等;文学也要构想出一定的生活模式和道德规则,

---

① [捷克]米兰·昆德拉:《小说的艺术》,董强译,三联书店1992年版,第3—4页。

但这是通过情感的模糊性和想象的假定性给人以熏陶和感染,并不带有任何强制的意味,人的本位在这里是得到充分尊重的,如《桃花源记》、《镜花缘》等。

四、文学的反映运用形象思维的方式

艺术掌握世界的方式与理论掌握世界的方式的又一个重要区别在于理论是用抽象思维,而文学艺术是用形象思维。所谓抽象思维,也叫逻辑思维,就是从事物大量的感性现象出发,通过分析、归纳和综合,扬弃其中的具体性和个别性,而得出一般性的概念,再通过判断、推理、演绎,概括出其中的内在本质和普遍规律,最后得出科学性的结论。文学艺术所运用的是形象思维,所谓形象思维,就是不脱离形象的思维,它也要对社会生活加以概括,但这种概括并不扬弃事物的感性现象,并不粉碎事物的具体性和个别性,而是与具体形象同起伏、共始终,最终创造出从个别中见一般、从现象中显本质的艺术形象。例如关于20世纪初全世界范围内无产阶级革命风起云涌的形势,关于当时俄国社会各阶层力量的立场以及革命必将到来的前景,列宁的大量理论著作如《社会民主党在民主革命中的两种策略》、《小资产阶级的社会主义与无产阶级的社会主义》等所作的分析是以抽象思维为主,而在高尔基的散文《海燕之歌》中,却呈现为一幅无比壮观的形象画面:海风呼啸,乌云密布,海浪迎着轰鸣闪烁的雷电向上冲击,海鸥吓得连声哀号,海鸭和企鹅躲藏不及,只有矫健勇猛的海燕在雷电和海浪之间翱翔,激起阵阵浪花,充满着胜利的信心,大声呼唤"让暴风雨来得更猛烈些吧"!这就运用形象思维,借助形象对俄国革命的态势作了生动具体的概括。另外,抽象思维排斥情感因素的介入,情感能够成为抽象思维的动力,却不能成为抽象思维的内容,抽象思维讲究的是冷静的思考、明确的界定和严密的逻辑,感情用事、以感情代替思想,是抽象思维所不容许的;但形象思维却是始终以情感为核心,用情感凝聚着其他审美心理因素的。在高尔基的《海燕之歌》中,对于当时俄国革命的呼唤分明受到作者战斗激情的支配,使得作品成为一篇充满豪情壮志和理想色彩的战斗檄文。

宗教和道德活动所依凭的思维方式也与形象思维迥然不同。宗教思维也是与形象结伴而行的,但是这种形象从属于普泛的宗教理念,是被消解了个性的,所以黑格尔认为宗教的特征在于"表象",而不是"形象",二者仍有着重要的区别;宗教思维也带有较强的情感性和情绪性,宗教情感或者表现为害怕神灵惩罚的恐惧心理,或者表现为祈求神灵保佑的虔敬心情,但这种

情感方式是缺乏理性控制的,常常表现为如痴如醉的狂热情绪,带有非理性的特点。而形象思维则是准乎事、依乎理、合乎情,是情理交融、合情合理的。道德活动虽然也要借助形象来加以显示,但形象对它说来只是外在的东西,衡量道德价值的标准是人的道德实践是否符合一定的道德概念,而不在乎这种道德实践具有多么动人的外观形象,道德活动要的是内容,而不是形式;另外,道德活动也是排斥情感因素的,"情"与"理"的冲突是道德活动常常会遇到的两难处境,而能否做到以理制情也往往是衡量是否合乎道德的一条重要标准。

综上所述,文学作为审美意识形态,它是一种对于世界的艺术掌握方式,它以形象来反映社会生活,以人为表现中心,而以形象思维作为特有的思维方式。

第三节 作为语言艺术的文学

说文学是一种审美意识形态,将文学与哲学、道德、宗教等区别开来了,但这仍不能完全说清文学的本质,因为与文学同属于审美意识形态的还有艺术,文学与艺术之间还存在着许多共性。要最终揭示文学的本质,还必须指出文学不同于艺术的特殊性之所在,从而将这二者区分开来。

一、文学以语言为媒介

把文学称为"语言艺术"是根据使用的媒介所做出的分类。一般说来,根据所运用的媒介、材料和方式,可以将艺术分为造型艺术、表演艺术、语言艺术和综合艺术。造型艺术运用线条、形体、色彩等物质媒介,塑造出可以直接感触到的艺术形象,绘画、雕塑属于这一类型;表演艺术运用音调、节奏、旋律或人体动作,塑造出可以直接进行观赏的艺术形象,音乐、舞蹈属于这一类型;综合艺术是综合运用各种物质媒介来塑造艺术形象,戏剧、电影属于这一类型;语言艺术就是文学,它是运用语言文字的媒介来塑造艺术形象。总之,文学作为一个独立的艺术类型,其主要依据在于它所运用的媒介是语言,这是它的特殊规定性,这一特殊规定性将它与运用其他媒介的音乐、舞蹈、绘画、雕塑等艺术类型区分开来。

二、文学语言与其他艺术语言的比较

如果说音乐、舞蹈、绘画、雕塑等所运用的物质媒介也是一种"语言"的

话,那么将其与文学语言相比较,便可见出文学语言的特点。我们试举其中两个有代表性的方面加以比较:

先对文学语言与绘画语言作一比较。绘画语言是通过色泽鲜明、清晰可见的色彩、线条和块面诉诸人的直观,造成历历在目、毫发毕现的视觉印象。文学语言也要塑造形象,但从文学语言本身来看,却并不构成可供直观的画面和图景。文学语言只是提供一种语词概念,通过生动具体的描绘,通过比喻、象征、比拟等修辞手法来唤起读者的想象、联想、通感和直觉,进而将语词概念转换成宛在目前的视觉形象,进而在头脑中恢复对象有声有色的画面。在这方面,朱自清的《绿》对于梅雨潭的绿色的描写提供了绝佳的范例。(见专栏1.5)

专栏 1.5

《绿》(节选)

梅雨潭闪闪的绿色招引着我们;我们开始追捉她那离合的神光了。揪着草,攀着乱石,小心探身下去,又鞠躬过了一个石穹门,便到了汪汪一碧的潭边了。瀑布在襟袖之间;但我的心中已没有瀑布了。我的心随潭水的绿而摇荡。那醉人的绿呀!仿佛一张极大极大的荷叶铺着,满是奇异的绿呀。我想张开两臂抱住她;但这是怎样一个妄想呀。——站在水边,望着那面,居然觉着有些远呢!这平铺着、厚积着的绿,着实可爱。她松松的皱缬着,像少妇拖着的裙幅;她滑滑的明亮着,像涂了"明油"一般,有鸡蛋清那样软,那样嫩;她又不杂些儿尘滓,宛然一块温润的碧玉,只清清的一色——但你却看不透她!我曾见过北京什刹海拂地的绿杨,脱不了鹅黄的底子,似乎太淡了。我又曾见过杭州虎跑寺近旁高峻而深密的"绿壁",丛叠着无穷的碧草与绿叶的,那又似乎太浓了。其余呢,西湖的波太明了,秦淮河的也太暗了。可爱的,我将什么来比拟你呢?我怎么比拟得出呢?大约潭是很深的,故能蕴蓄着这样奇异的绿;仿佛蔚蓝的天融了一块在里面似的,这才这般的鲜润呀。——那醉人的绿呀!

这段文字既可以说是一幅笔触细腻、秀色逼人的的图画,但又与真正的图画有着很大的区别,它并没有让人直接看到那种苍翠欲滴、明丽温润的绿色,缺乏视觉的直观性和确定性,但是它却能够通过文字形式引起读者更加丰富的想象和联想,在形象思维中激发起大大超过文字表达的视觉印象。总之,文学语言与绘画语言相比较,因语言媒介的特点而表现出间接性和不确定性。但同时也提高了丰富性和弥散性,这就增强了文学语言的表现力。

再对文学语言与音乐语言作一比较。文学语言与音乐语言有共同之处,它们作为符号都具有一定的抽象性,不像色彩、线条、形体那样直观、可感。但是文学语言则表现出更明显的间接性。音乐语言是形式与情感的直接对应,二者之间不需要任何中介,有人强调所谓"音乐形象",其实"音乐形象"对于音乐欣赏来说是多余的和外在的,音乐能够直接唤起情感的波动,这种情感波动无需形象的触发,也无需概念的阐释,一个显而易见的理由就是音乐不需要翻译,不同国度的音乐人们都能够欣赏,音乐是全人类的共同财富。但文学语言便不同,文学语言也能激起人们强烈的情感波动,但它需要通过语词概念唤起形象才能做到这一点,没有语词概念的中介,文学无法做到"以情动人"。对于一个不懂外文的人来说,莎士比亚和歌德的原作便不能打动他,对于一个不懂汉语的外国人来说,也无法领略唐诗宋词的意境,这就需要翻译。一个有趣的现象就是,当人们用文学语言来描写音乐时,它往往需要在音乐中添加许多语词概念,进而创造丰富的形象,才能有效地打动人的情感,而这些成分对于音乐本身恰恰是多余的。试看刘鹗的《老残游记》中对于"王小玉说书"一段的描写。(见专栏1.6)

专栏 1.6

刘鹗《老残游记》中"王小玉说书"

王小玉便启朱唇,发皓齿,唱了几句书儿。声音初不甚大,只觉入耳有说不出来的妙境:五脏六腑里,像熨斗熨过,无一处不伏贴,三万六千个毛孔,像吃了人参果,无一个毛孔不畅快。唱了十多句之后,渐渐的越唱越高,忽然拔了一个尖儿,像一线钢丝抛入天际,不禁暗暗叫绝。那知他于那极高的地方,尚能回环转折;几啭之后,又高一层,接连有三四叠,节节高起,恍如由傲来峰西面,攀登泰山的景象:初看傲来峰削壁千仞,以为上与天通;及至翻到傲来峰顶,才见扇子崖更在傲来峰上;及至翻到扇子崖,又见南天门更在扇子崖上。愈翻愈险,愈险愈奇。

那王小玉唱到极高的三四叠后,陡然一落,又极力骋其千回百折的精神,如一条飞蛇在黄山三十六峰中腰里盘旋穿插,顷刻之间,周匝数遍。从此以后,愈唱愈低,愈低愈细,那声音渐渐的就听不见了。满园子的人屏气凝神,不敢少动。约两三分钟,仿佛有一点声音从地底下发出。这一出之后,忽又扬起,像放那东洋烟火,一个子弹上天,随化作千百道五色火光,纵横散乱。这一声飞起,即有无限声音俱来并发。那弹弦子的亦全用轮指,忽大忽小,同他那声音相和相合,有如花坞春晓,百鸟乱鸣。耳朵忙不过来,不晓得听那一声的为是。正在撩乱之际,忽听霍然一声,人弦俱寂。这时台下叫好之声,轰然雷动。

  不难看出,小说对于王小玉绝妙演唱的表现是通过语词概念,运用大量的比喻唤起读者的视觉形象而实现的。
  通过以上比较可以对文学语言得出这样一些认识:文学语言是一种观念性的符号,它缺乏直接诉诸人的感官的形象,也不能直接对应着人的情感,它是依靠读者在欣赏过程中借助想象和联想,对语词概念所提供的意思加以补充和扩大,在头脑中进一步创造出新的形象,这就使得文学形象往往带有间接性和不确定性,这是文学语言比其他艺术语言逊色之处。
  然而文学语言也有为其他艺术语言所不及的长处。一方面,文学语言作为一种观念性的符号,它缺少其他艺术媒介(色彩、线条、乐音、节奏等)的具体性,但也摆脱了这些艺术媒介物质材料的束缚,从而使文学能够打破时间和空间、外部世界和内部世界的界限,自由灵活地反映广阔而复杂的社会生活。因此文学比起其他艺术具备更大的容量,更加丰富的艺术手法,更加深入细致的表现功能,特别是刻画人物的内心生活和情感活动,这是其他艺术类型所达不到的。例如黄花冈七十二烈士之一的林觉民在参加起义前夕给妻子所写的绝笔书《与妻书》,对于自己复杂的情感活动和超拔的精神境界所作的淋漓尽致的抒写,便是这方面的好例。(见专栏1.7)

专栏1.7

林觉民:《与妻书》(选段)

  汝忆否?四五年前某夕,吾尝语曰:"与使吾先死也,无宁汝先吾而死。"汝初闻言而怒,后经吾婉解,虽不谓吾言为是,而亦无词相答。吾之意盖谓以汝之弱,必不能禁失吾之悲,吾先死留苦于汝,吾心不忍,故宁请汝先死,吾担悲也。嗟夫!谁知吾卒先汝而死乎?吾真真不能忘汝也!回忆后街之屋,入门穿廊,过前后厅,又三四折,有小厅,厅旁一室,为吾与汝双栖之所。初婚三四个月,适冬之望日前后,窗外疏梅筛月影,依稀掩映;吾与(汝)并肩携手,低低切切,何事不语?何情不诉?及今思之,空余泪痕。又回忆六七年前,吾之逃家复归也,汝泣告我:"望今后有远行,必以告妾,妾愿随君行。"吾亦既许汝矣。前十余日回家,即欲乘便以此行之事语汝,及与汝相对,又不能启口，且以汝之有身也，更恐不胜悲，故惟日日呼酒买醉。嗟夫！当时余心之悲，盖不能以寸管形容之。

这段文字通过对于作者与妻子婚后生活的几个片断的回忆，将作者舍生取义、慷慨赴死的英雄气概与生离死别、依依不舍的儿女情长糅合在一起，表达了一种十分复杂微妙的情怀。很显然，要确切而又充分地表现这种复杂微妙的情怀，其他艺术如音乐、舞蹈等往往是无法达到的。在这方面相比起来，其他艺术倒恰恰存在着模糊、不明确、不确定的问题。

另一方面，由于文学语言是一种观念性的符号，以语词概念为核心，所以任何为人们的感知所把握到的东西一旦经过语词化，便能够在意识中固定下来，并获得相对明晰的概念，形成相对确定的理性内涵。如果说别的艺术类型（音乐、舞蹈、绘画、雕塑等）是难以言说的话，那么文学是可以言说的，而且是可以说得很好的。像古代诗词中"曾经沧海难为水，除却巫山不是云"（元稹），"春蚕到死丝方尽，蜡炬成灰泪始干"（李商隐），"两情若是久长时，又岂在朝朝暮暮"（秦观），"此身行作稽山土，犹吊遗踪一泫然"（陆游）等佳句，从独特的角度、用独特的方式对人们典型的生活感受和生活经验（如爱情）作了恰到好处的言说，使人们的体验成为一种明晰、确定的意识。正如萨特所说："在通常的情况下，当我们将思想置于语词之中的时候，我们也就了解了这些思想；语言使这些思想得到延续，使之完成，使之得到明确；模糊的'虚无飘渺的意识'，或多或少无确定性的观念，由于说了出来而成为一种清晰明白的命题。"[①]因此每一件文学作品的产生，都为人们的思想感情开辟了一个新的领域，揭示了一些新的真理，都是为人们的精神世界增添了新的财富，提出了新的话题，为人们省察和传达自己的内心感受打通了新的途径，提供了新的方式。这就是为什么优秀的文学作品常常出现在人们的言谈之中，不断为人们所引用和仿效的原因。

以上通过"作为社会意识形态的文学→作为审美意识形态的文学→作为语言艺术的文学"这三个层次的解说，对文学的本质作了不断深入的探讨，至此有必要作一回顾和小结：肯定文学是一种社会意识形态，是将文学艺术以及其他意识形态（哲学、道德、宗教等）与社会的经济基础、上层建筑区别开来，在一般性的层面上对文学的本质作出界定；肯定文学是一种审美意识形态，则是进一步将文学艺术与其他意识形态（哲学、道德、宗教等）区

---

① ［法］萨特：《想象心理学》，褚朔维译，光明日报出版社1988年版，第139页。

别开来,指出了文学艺术不同于其他意识形态的独特本质,在特殊性的层面上对文学的本质作出界定;而肯定文学是一种语言艺术,则是在个别性层面上对文学的本质作出界定,指出文学有何不同于同样属于审美意识形态的其他艺术的特殊性。这样,我们就通过一般性、特殊性、个别性三个层面对文学的本质作了越来越深入、越来越明确的揭示。

通过以上讨论,我们可以对"文学的本质"给出如下的定义:文学是运用语言媒介加以表现的审美意识形态。如果将这一定义表述得更清楚一点的话,那么可以这样说:文学是通过语言媒介表达的审美意识形态,这种审美意识形态是一般社会意识形态的特殊形式,而一般社会意识形态又属于整个社会结构中的上层建筑,它受制于并反作用于社会经济基础。

思考题

1. 社会结构的整体构成如何?
2. 文学作为一种社会意识形态,它如何表现出相对独立性?
3. 经济基础对文学的制约作用表现在哪些方面?
4. 文学如何对经济基础产生反作用?
5. 为什么说书本知识只是"流",而不是"源"?
6. 文学作为一种审美意识形态,它有哪些特点?
7. 试与绘画艺术比较,说明文学作为语言艺术的特征。
8. 试与音乐艺术比较,说明文学作为语言艺术的特征。

拓展阅读书目

1. 列宁:列宁论文学与艺术[M].人民文学出版社,1983年版.
2. 南帆等:文学理论[M].北京大学出版社,2008年版.
3. 韦勒克、沃伦:文学理论(刘象愚等译)[M].江苏教育出版社,2005年版.

第二章 文学特征论

文学有什么样的本质,也就决定了它有什么样的特性。因此,在讨论了文学的本质以后,便需要进一步讨论文学的特性。文学为其本质所决定而表现出来的特性有多种,这里择其要者而加以论述。

既然文学是以形象来反映现实生活,那么就有一个形象性的问题;而文学在反映生活时总是追求那种以鲜明的个性反映其普遍共性的完美状态、优化状态,于是又有一个典型性的问题;文学作为现实生活的形象反映,与现实生活存在着既相一致又不一致的地方,这就有一个真实性的问题;然而文学所重视的真实性又不应成为对实际生活的直观摹写,它总是融贯着作者的态度和立场,这就又有一个倾向性的问题,等等。对于这些文学特性的研究,便是这一章的任务。

第一节 文学的形象性

一、什么是文学的形象性

在第一章的讨论中可以见出,文学作为通过语言媒介加以表现的审美意识形态,其一大特点就是用生动具体的形象来反映客观现实生活,这就涉及到了文学的形象性问题。

关于"形象"的概念,在我国古代典籍中早就出现了,《周易·系辞上》就有"在天成象,在地成形,变化见矣"的说法,指出了天之日月星辰、地之山川动植之类的形象因阴阳刚柔相摩相荡而变幻无穷。关于文学的形象性,则更有大量的论述。如陆机《文赋》,"笼天地于形内,挫万物于笔端","虽离方而遁圆,期穷形而尽相"。刘勰《文心雕龙·物色》:"诗人感物,联类不穷,流连万象之际,沈吟视听之区。写气图貌,既随物以宛转;属采附声,亦与心而徘徊。"钟嵘《诗品序》也将"指事造形,穷情写物"视为写诗的最高要求。古代西方文论也是如此,亚里斯多德《诗学》将悲剧概括为六大要素,即情节、性格、言词、思想、形象、歌曲,指出"形象"是悲剧"摹仿的方式"。① 贺拉斯在《诗艺》中指出:"情节可以在舞台上演出,也可以通过叙述。通过听觉来打动人的心灵比较缓慢,不如呈现在观众的眼前,比较可靠,让观众自己亲眼看看。"② 朗加纳斯在《论崇高》中也说:"(文辞)风格的庄严,恢宏和遒劲大多依靠恰当地运用形象。……这词(按指形象)现在一般用于这种场合,即说话人由于其感情的专注和亢奋而似乎见到他所谈起的事物并且使听者眼前产生类似的幻觉。"③

总结前人的众多论述可知,文学的形象性是文学形象所表现出来的生动具体、宛在眼前的特性,文学形象是具有一定美学蕴涵的艺术画面,这一艺术画面由人物、情节、场面、环境、景物等构成,但一般是以人物形象为中心,而情节、场面、环境、景物等其他形象则从属于人物形象,而文学形象的美学蕴涵由作家的思想倾向和情感意蕴灌注而成,同时又与作家对于社会人生的体验、认识、思考和态度相连。可见文学的形象性具有特殊的规定性和丰富的内涵。

二、文学形象的涵容力

现在人们对这一点一般不会持什么异议,即文学的基本要义在于描绘生动、具体、可感的形象。这原是不错的,但又是不够的,因为这种生动、具体、可感的形象并非文学所独有,科学研究和日常生活也有,甚至其形象比起文学来更加鲜明生动和准确逼真,科技模型、教学挂图和各种各样的生活场景等等无不如此。但是在这方面文学形象有一点是科学研究和日常生活所不具备的,那就是文学形象同时又是具有深厚的底蕴的,在其生动、具体、可感的外观之下,潜伏着更为深刻、更为隽永的东西。正如黑格尔所说:"遇到一件艺术作品,我们首先见到的是它直接呈现给我们的东西,然后再追究它的意蕴或内容。前一个因素——即外在的因素——对于我们之所以有价值,并非由于它所直接呈现的;我们假定它里面还有一种内在的东西,即一种意蕴,一种灌注生气于外在形状的意蕴。那外在形状的用处就在指引到

---

① [古希腊]亚里斯多德:《诗学》,《诗学·诗艺》,罗念生等译,人民文学出版社1962年版,第21—22页。
② [古罗马]贺拉斯:《诗艺》,《诗学·诗艺》,罗念生等译,人民文学出版社1962年版,第146页。
③ [古罗马]朗加纳斯:《论崇高》,钱学熙译,见《西方文论选》上卷,上海译文出版社1979年版,第128页。

这意蕴。"因此,艺术作品"不只是用了某种线条、曲线、面、齿纹、石头浮雕、颜色、音调、文字乃至于其他媒介,就算尽了它的能事,而是要显现出一种内在的生气、情感、灵魂、风骨和精神,这就是我们所说的艺术作品的意蕴。"①固然科技模型、教学挂图之类也要说明一定规律、定理、公式等,这些规律、定理、公式等比起外观形象来无疑也是更为本质的东西,但它只是一种抽象、普泛的概念或结论,不足以成为黑格尔所说的"意蕴",亦即"内在的生气、情感、灵魂、风骨和精神"。像作家的道义感和责任感,他的认识和思考,他的喜怒哀乐,他的独到感受,他的个性气质,以及他的创造性劳动等,对于这种丰富底蕴的涵容力,是唯有文学形象才独具的。莫言的小说《红高粱》中描写"我奶奶"中弹临死前的一段文字很能说明这一问题。(见专栏 2.1)

专栏 2.1

莫言:《红高粱》(选段)

奶奶的眼睛又朦胧起来,鸽子们扑楞楞一起飞起,合着一首相当熟悉的歌曲的节拍,在海一样的蓝天里翱翔,鸽翅与空气相接,发出飕飕的风响。奶奶飘然而起,跟着鸽子,划动新生的羽翼,轻盈地旋转。黑土在身下,高粱在身下。奶奶眷恋地看着破破烂烂的村庄,弯弯曲曲的河流,交叉纵横的道路;看着被灼热的枪弹划破的混沌的空间和在生与死的十字路口犹豫不决的芸芸众生。奶奶最后一次嗅着高粱酒的味道,嗅着腥甜的热血味道,奶奶的脑海里忽然闪过了一个从未见过的场面:在几万发子弹的钻击下,几百个衣衫褴褛的乡亲,手舞足蹈躺在高粱地里……

这一段描写形象性非常鲜明,强烈地冲击着读者的视觉、听觉、嗅觉、味觉、触觉,造成一种全方位的塑形效果。它用"我奶奶"弥留时的种种所感所受,包括朦胧中看到的鸽子的飞翔,听到的熟悉的歌曲,闻到的高粱酒和血腥的味道,感觉到的生命在消逝时的飞腾,想到的乡亲们在枪弹钻击下的痛苦挣扎,构成了一幅极其壮观的形象画面。但是这些形象恰恰包容着比它自身更多的东西,那就是作者对于生命的热爱,对于杀戮生命的兽行的憎恨,对于"我奶奶"这一美之化身的赞美,以及对于美的消逝的巨大悲痛。描写抗日战争题材以及控诉日本侵略者滔天罪行的作品不可胜数,但是《红高粱》却选择了赞美生命的力与美、鞭挞泯灭生命的战争暴行的恶与丑这一角

---

① [德]黑格尔:《美学》第 1 卷,朱光潜译,商务印书馆 1979 年版,第 24—25 页。

度,可谓匠心独运,表现了作者的创作个性,这种爱憎之情和创作个性铸成了作品涌动在整个形象画面之下的深厚意蕴。在这里小说所展现的形象画面固然是重要的、不可或缺的,但其价值却超出了其自身,引向了那些更为深刻的东西。正因为有了这种涵容力,所以文学形象与科技模型、工程蓝图、教学挂图等迥然不同:第一,文学作品的内在蕴涵是个性化的,是独一无二、不可雷同的,因此文学形象是不可复制的,一旦加以复制便将变得毫无价值,而科技模型、工程蓝图、教学挂图却可以无限复制而丝毫不影响它们的价值;第二,文学形象对于其内在蕴涵的指引是一种"显现",即把认识和思想融化在情感和感知的律动之中表现出来,而科技模型、工程蓝图、教学挂图对于概念的说明则是一种图解和例示;第三,对于文学形象所隐含的意蕴,读者需要用全身心去感受、体验和领悟,其欣赏效果是总体性的,带有强烈的人文色彩,而科技模型、工程蓝图、教学挂图所提供的概念却只是诉诸认知而已。

既然文学形象对于其内在蕴涵的指引是一种"显现",那么其"显现"的方式和途径就不能不有所讲究了。由于文学不能像绘画那样直接描绘出历历在目的形象来让人观摩、体会和玩味,它只是运用一定的文字形式,让人通过想象、联想、直觉和通感等进一步深化到理解的深度,因此需要在感性与理性之间架设起一座桥梁。这座桥梁就是修辞,包括比喻、象征、寓意、比拟、夸张、变形等手法。这些修辞手法正如黑格尔所说,其中"应该分出两个因素,第一是意义,其次是这意义的表现。意义就是一种观念或对象,不管它的内容是什么,表现是一种感性存在或一种形象"。"它们的本义是涉及感性事物的,后来引申到精神事物上去。"[1]关于这个问题,我们可以用我国传统的修辞手法"赋比兴"来加以说明。"风、雅、颂、赋、比、兴"最早见于《周礼·春官》:"大师……教六诗:曰风,曰赋,曰比,曰兴,曰雅,曰颂。"后来《毛诗序》称为诗之"六义",但《毛诗序》只对作为诗之分类的"风雅颂"作了解释,并未解释作为诗之手法的"赋比兴",于是后来注疏者蜂起,其中阐释得比较贴切、影响也比较广泛的有以下一些说法。郑玄注《周礼·大师》云,"赋之言铺,直铺陈今之政教善恶;比见今之失,不敢斥言,取比类以言之;兴见今之美,嫌于媚谀,取善事以劝喻之。"又引郑司农云:"比者,比方于物也;兴者,托事于物。"刘勰《文心雕龙·比兴》云:"观夫兴之托谕,婉而成章,称名也小,取类也大。""且何谓为比?盖写物以附意,言以切事者也。"朱熹《诗

---

[1] [德]黑格尔:《美学》第2卷,朱光潜译,商务印书馆1979年版,第10、128页。

集传》云,"赋,敷陈其事而直言之者也";"比者,以彼物比此物也";"兴者,先言他物以引起所咏之词也"。总之,所谓"赋比兴",其要义就在于体物写志、取类言事和托事于物,也就是通过生动、具体的形象所引起的联想、想象、直觉和情感的活动,将人引向作品的深层意蕴和精致的主题,达到感性现象与理性内涵的相互过渡和往复交流。清人魏源对此曾发表过精辟的见解,他说:"词不可以径也,则有曲而达焉;情不可以激也,则有譬而喻焉。《离骚》之文,依诗取兴,善鸟、香草以配忠贞,恶禽、臭物以比谗佞,灵修、美人以媲君王,宓妃、佚女以譬贤臣,虬龙、鸾凤以托君子,飘风、雷电以为小人,以珍宝为仁义,以水深雪雰为谗构。荀卿赋蚕非赋蚕也,赋云非赋云也。诵诗论世,知人阐幽,以意逆志,始知《三百篇》皆仁圣贤人发愤之所作焉,岂第藻绘虚车已哉!"(《诗比兴笺序》)。这就是说,文辞不可以直露,必须委婉地表达出来,情感不可以激切,必须借助比喻加以抒发,像屈原的诗、荀子的赋,都是这方面的上乘之作。只要了解作者的为人,了解作者生活的时世,按照其创作意图去理解作品的内容,那么就可知这些作品包括《诗经》在内都是发愤之作,而不是仅仅空图文采而已。这就指出了文学形象通过"赋比兴"之类修辞手法引申到深层意蕴的蕴涵性特质,在这一点上,尤其是"荀卿赋蚕非赋蚕也,赋云非赋云也"一说颇为耐人寻味。

三、文学形象的概括力

文学形象具有一定的概括性。在中外文学艺术的长廊中,大凡成功的艺术形象都能对事物的本质、规律作出有力的概括。巴尔扎克指出:"艺术作品就是用最小的面积,惊人地集中了最大量的思想,它类似总结。"①美国现代作家威廉·福克纳以他的家乡美国密西西比州约克纳帕塌法县为原型,创造了"约克纳帕塌法世系"这一神话的王国,以庞大的规模、众多的人物和离奇的故事刻画了二百年来美国南方社会的传统观念与北方社会的现代进程之间所产生的严重对立和猛烈碰撞。在长篇小说《沙多里斯》中,福克纳通过持传统主义的沙多里斯家族与反传统的斯普诺斯家族的冲突对此作了戏剧化的描绘。在另一部小说《圣殿》中,他又通过代表现代精神的恶人"金鱼眼"强奸了代表"尚未被玷污的南方女性"谭波尔,而谭波尔由此堕落下去,终于成了"现代精神"暗中的同盟者,这一寓言式的故事表现了南方

---

① [法]巴尔扎克:《论艺术家》,《古典文艺理论译丛》第10辑,人民文学出版社1965年版,第101页。

社会所守持的传统终究抵挡不住现代精神的强力征服的事实。总之，福克纳以系列化的形象营造了一个在现代生活冲击下趋于分崩离析的美国南方社会的缩影，概括了二百年来美国历史不可逆转的现代进程。他说："我总感到，我所创造的那个天地在整个宇宙中等于是一块拱顶石，拱顶石虽小，万一抽掉，整个宇宙就要垮下。"① 许多评论家指出，福克纳在创造"约克纳帕塌法"神话王国时主要是通过象征、隐喻、比拟和寓言来工作的。② 由此可见，文学形象具有极强的概括性，而这种概括性乃是一种具象概括性。

也许有人会认为，所谓"具象概括性"是一个自相矛盾的说法，因为按照通常的理解，只有通过抽象思维，才能达到对于事物内在本质的概括。其实这完全是误解。因为对于事物内在本质的概括原本就不是概念、推理、演绎等抽象思维形式的独家专利，根据心理学的分析，不仅理性认识形式，而且感性认识形式，包括感觉、知觉、表象、想象、联想、记忆、通感、直觉等，都具有初步的概括能力，只不过它们是以感性的、具体的方式，或者说是以具象的方式来进行概括而已。进而言之，如果没有这些感性心理形式的概括能力垫底，理性认识阶段较高的概括能力也无由形成。具体到文学形象，它所依托的诸种心理功能如知觉、想象、情感等都有具象概括的功能，这就使得文学形象的具象概括性成为可能。

首先，知觉是具有概括性的。格式塔心理学家鲁道夫·阿恩海姆在现代实验心理学所取得的大量研究成果基础上提出了"知觉概念"这一说法，他指出，人的知觉过程，本来就是一种形成"知觉概念"的过程，当然这样说并不意味着已经把知觉看成是一种理性活动了，而是说，"在初级的感觉活动和高级的思维或推理活动之间，是有着某些惊人的类似之处的"，"现在看来，有某些机制，不仅在理性思维水平上进行着，而且还在知觉水平上进行着。因此，类似概念、判断、逻辑、抽象、推理、计算等字眼，同样也应该适用于描绘感官的工作"。③ 视觉就是如此，它在感知着一定对象的时候，总是创造出一种与对象的性质相对应的一般形式结构，以此作为感知的框架来把握眼前的原始材料。这个一般形式结构不仅能代表眼前的个别事物，而且

---

① ［美］威廉·福克纳：《福克纳谈创作》，《福克纳评论集》，李文俊编选，中国社会科学出版社1980年版，第274页。
② ［美］马尔科姆·考利：《福克纳：约克纳帕塌法的故事》，李文俊译，《福克纳评论集》，中国社会科学出版社1980年版，第34页。
③ ［美］鲁道夫·阿恩海姆：《艺术与视知觉》，滕守尧等译，中国社会科学出版社1984年版，第55页。

能概括与这一个别事物相类似的无限多个其他的个别事物。(见专栏 2.2)

专栏 2.2

阿恩海姆论视知觉

当我们离开这些规则的人造形状,转而去观看周围的风景时,我们看到的是什么呢?那密集的树林和灌木丛,看上去是一种相当混乱的景物。其中可能会有某些树干和树枝显示出一种确定的方向,类似这样的景物就容易吸引眼睛去注意它。一棵树或一团灌木丛的整体轮廓,往往会为眼睛提供一种易于理解的球形或圆锥形,也可以粗略地提供树叶的质纹和绿色的色彩。然而,在这片风景中还有许多东西是眼睛不能立即把握的。这混乱的全景,只有被看作是一种由清晰的方向、一定的大小及各种几何形状和色彩等要素组成的结构图式时,它才算是被真正地感知到了。

形成这种清晰的结构图式的大脑过程是不可知的。我们可以推定,在对那些由作为刺激物的原材料所暗示出的知觉性质作出反应时,在大脑视皮层区域中,可能生成了一个与这些性质相对应的简略的结构图式。①

在文学形象中经常可以发现这种"知觉概念"作用,也就是以一定的知觉形式作为框架来把握对象,而这种代表个别事物或概括同类事物的知觉形式也就具有了某种隐喻性和象征性。试看《诗经》中的《小雅·大东》:

> 维南有箕,不可以簸扬。
> 维北有斗,不可以挹酒浆。
> 维南有箕,载翕其舌。
> 维北有斗,西柄之揭。

诗中将原本凌乱无序的星宿感知为箕和斗一样清晰、有规则的形状,在比喻和象征中怨刺天上的星宿徒有空名而毫无用场,指出不合理的现象到处存在,从而抒发对于周王室苛政的怨愤之情。

其次,想象的具象概括作用也是文学形象的概括力之所本。想象是重新组合大脑皮层上已有的表象,以创造新表象的心理过程。这就使得想象

---

① [美]鲁道夫·阿恩海姆:《艺术与视知觉》,滕守尧等译,中国社会科学出版社 1984 年版,第 54—55 页。

起码具备这样两个功能：一是能够补充事物的相互联系之中尚未发现的缺环，将事物的相互联系呈现为一个完整的闭环，譬如门捷列夫构想出元素周期表；二是能够根据事物自身的逻辑推测其未来发展，开拓通往理想的路，譬如科学家对于21世纪人类生活的构想。在这两个方面，文学都能够充分施展它的特长。古罗马批评家斐罗斯屈拉德斯在回答别人的诘难时说："是想象。它创造了那些艺术品，它的巧妙和智慧远远超过摹拟。摹仿只会仿制它所见到的事物，而想象连它所没有见过的事物也能创造，因为它能从现实里推演出理想。"①想象的这种补充和推测功能乃是分析和综合的结果，也就是概括的结果。心理学通过大量实验确认，"想象过程也像知觉、记忆、思维过程一样，带有分析综合的性质"，然而想象又有不同于思维过程的分析综合之处，"想象中的分析与综合有另一个方向，而且在积极运用形象过程中表露出另一种趋向"。② 艺术家在创作经验中得出的见解也为此提供了佐证。达·芬奇说："每逢到田野里去，须用心去看各种事物，细心看完这一件再去看另一件，把比较有价值的事物选择出来，把这些不同的事物捆在一起。"③反之，如果想象不能在形象创造中有效地概括事物之间的联系，那就不可取了。法国16世纪诗人龙沙说过："我教你创造美丽和伟大的东西，意思并非指那种荒诞和阴沉的创造。那种创造出来的东西彼此之间不相联系，就像疯子和发高烧病人的纷乱的幻梦；这些人的想象力受了损伤，因此就臆造出无数杂乱零碎的奇形怪象。"④

再次，文学形象的概括力又是一种情感的概括力。在文学形象对于生活现象的概括中，情感意蕴始终起着重要的作用，它甚至超过了理智和认识的作用，使得这种概括往往成为在情感逻辑支配下的概括。卢卡契说："在每首真正的抒情诗里，诗人的主观性、感受、向往、感情和印象等都直接扩展为对世界的概括，并同时紧缩为他个人在瞬间存在的轮廓。"⑤由于情感意蕴具有这种强大的概括力量，所以通过它的转换和凝定，文学形象得以在与一

---

① ［古希腊］斐罗斯屈拉德斯：《阿波罗尼阿斯传》6卷19章，钱锺书等译，《古典文艺理论译丛》第11辑，人民文学出版社1966年版，第6页。
② ［苏联］彼得罗夫斯基：《普通心理学》，朱智贤译，人民教育出版社1981年版，第377页。
③ ［意大利］达·芬奇：《笔记》，杜莉译，《西方文论选》上卷，上海译文出版社1979年版，第183页。
④ ［法］龙沙：《法国诗学要略》，钱锺书等译，《古典文艺理论译丛》第11辑，人民文学出版社1966年版，第7页。
⑤ ［俄］卢卡契：《卢卡契文学论文集》（一），中国社会科学院外国文学研究所编，中国社会科学出版社1980年版，第262页。

定思想观念的相互对应之中达到堪与理智活动相媲美的理性深度。例如鲁迅在《阿Q正传》中就是通过"哀其不幸,怒其不争"的情感态度概括了他对于中国国民性的思考和评价,使得作品的形象具有了较之理论分析毫不逊色的深刻性和说服力。人的喜怒哀乐、爱憎好恶等情感态度之所以也是一种对于世界的概括方式,是因为它本身具有深厚的理性背景。现代心理学提出的"情绪的评定-兴奋"学说确认,人在大脑皮层下所产生的情绪行为以在大脑皮层上所进行的认知和评估为基础,在任何情绪兴奋中都已包含有对于外界环境的评价和估量,因此在研究情绪时应把皮层下全部过程与皮层的作用联系起来,把情绪与认识联系起来。① 正因为有了这种理性的背景,作品的情感意蕴才以自身的逻辑支配着整个作品的形象体系,使之成为现实生活的有力的概括形式。

四、文学形象的感染力

以上所说文学形象的情感概括作用已经涉及到文学形象的感染力问题。文学形象所蕴含的丰富情感内涵有如一根纽带,连接着作者和读者,使得两者在同一个点上发生共振,得到沟通。正如列·托尔斯泰所说:"人们用语言互相传达思想,而人们用艺术互相传达感情。""艺术是这样一项人类活动:一个人用某种外在的标志有意识地把自己体验过的感情传达给别人,而别人为这些感情所感染,也体验到这些感情。"② 因此可以说情感内涵是文学形象的灵魂之所在,也是文学形象的生命力之所在,就这一点而言,文学形象与统计图表、科普读物、施工蓝图中的形象也就大相径庭。

那么,文学形象的情感内涵是如何凝成的,又是如何感染读者的呢?这取决于作家在创造文学形象时情感表达的途径,它主要分两步。第一步是将情感变成意象。所谓"意象",即表意之象、表情之象,它是融合形象与情感意蕴的"合金",用庞德的话来说:"一个'意象'是在一刹那间呈现一种理智和情绪的复合物的东西。"③ 将情感变成意象,就是通过感知、直观、忆念、想象、联想和幻想将情感转化为具体可感的形象,因为情感是不可触摸、无法目睹的,它必须通过形象展现出来,所以意象的营构在文学创作中便占有十分重要的地位。正如刘勰所说:"独照之匠,窥意象而运斤:此盖驭文之首

---

① 叶奕乾等:《图解心理学》,江西人民出版社 1982 年版,第 286—287 页。
② [俄]列·托尔斯泰:《艺术论》第 5 节,张昕畅等译,人民文学出版社 1958 年版。
③ [美]庞德:《回顾》,郑敏译,《现代主义文学研究》上册,中国社会科学出版社 1989 年版,第 390 页。

术,谋篇之大端。"(《文心雕龙·神思》)

　　作家在创造文学形象时表达情感的第二步是将意象变成物象。这就是通过物质媒介,即用语言将上述意象加以物化,变成具体可感的形象,并从而达到与读者进行情感交流的效果。当然这里所说的"具体可感的形象",对于文学作品来说,它最先呈现出来的只是抽象的文字符号,只是一大堆符号的痕迹,它需要通过读者的辨识和认知把握一个个语词概念,再借助想象、联想和幻想等心理活动,转换成历历在目的视觉形象,进而体验到作品的意象所包含的情感内涵,并获得强烈的感染。因此如何营造物象,对于确切而有效地传达情感、产生艺术感染力来说,就不能不是一大要事了。这里有两个要点,一是物象虽然是由文字符号构成,但它的营造必须以意象为中心,而不是以观念为中心。阿恩海姆说:"语言只有同另一种知觉,即作为思维之主要工具的意象相互作用时,才不至沦为思想成形之后为它追加的标签或标记。"[①]这里有显现情感意蕴与图解思想观念的重大区别。二是要强化语言媒介的可感性,即提高读者的兴味、延宕感受的时间、增强感受的深度。在这一点上,俄国形式主义文论所提出的"陌生化"方法值得借鉴。其要义就是通过文字形式的反常变化,如扭曲、延缓、颠倒、停顿、重叠等等,把读者从由于习惯成自然的麻木状态中惊醒过来,改变对作品的冷漠态度,恢复原先的新鲜感和激情。在俄国形式主义看来,这种"陌生化"手法乃是文学作品创造形象的关键所在,其代表人物什克洛夫斯基说:"凡是有形象的地方,几乎都存在陌生化手法。"[②]具体地说,在塑造文学形象时,"陌生化"手法表现在选字用韵的不同寻常、遣词造句的诡谲屈曲和谋篇布局的精巧奇特上。这就设置了种种语言的障碍,以提高形象的可感性,让读者在欣赏中不得不反复推敲、仔细玩味,投入较多的脑力、注意和兴趣,从而增强了受作品感染的可能性。例如汪国真的诗《江南雨》:

　　　　江南也多晴日
　　　　但烙在心头的
　　　　却是江南的
　　　　蒙蒙烟雨

---

① [美]鲁道夫·阿恩海姆:《视觉思维》,滕守尧译,光明日报出版社1986年版,第355页。
② [俄]什克洛夫斯基:《作为手法的艺术》,《俄国形式主义文论选》,三联书店1989年版,第8页。

    江南雨斜斜
    江南雨细细
    江南雨斜
    斜成檐前翩飞的燕子
    江南雨细
    细成荷塘浅笑的涟漪

  诗人将对江南的怀念之情凝结为"江南雨"的意象,采用重叠、对仗、顶真以及比喻、拟人、拟物等修辞手法,追求一种"陌生化"的效果,激发起读者的想象、联想、回忆等心理功能,从而给读者留下鲜明生动的印象,使读者受到强烈的感染。不过"陌生化"也不能走过了头,搞得佶屈聱牙、晦涩难通,便将适得其反。说到底,所谓"陌生化"的要义在于独特的创作个性和艺术风格。有个性、有风格的文学形象总是感人至深的。

第二节 文学的典型性

一、什么是文学的典型性

  中外文论史上关于典型性的理论有一个很长的发展过程。我国早在《周易》中,就认识到易象具有"其称名也小,其取类也大。其旨远,其辞文,其言曲而中,其事肆而隐"(《周易·系辞下》)的特点。后来司马迁评价屈原的创作特点是"其文约,其辞微,……其称文小而其指极大,举类迩而见义远"(《史记·屈原传》)。刘勰在《文心雕龙》中多次论及文学创作必须做到以小见大、在个别中见一般的问题,如"观夫兴之托喻,婉而成章,称名也小,取类也大","以少总多,情貌无遗矣","乘一总万,举要治繁","辞约而旨丰,事近而喻远"(《比兴》;《物色》;《总术》;《宗经》),等等。对于文学典型性理论作出较大贡献的金圣叹,他在评论《水浒传》时提出了许多精彩的观点,如"《水浒传》写一百八个人性格,真是一百八样","《水浒》所叙,叙一百八人,人有其性情,人有其气质,人有其形状,人有其声口","读此七十回,反把三十六个人物都认得了,任凭提起一个,都是旧时熟识"。(金圣叹:《读第五才子书法》;《〈水浒传〉序三》)。这些论述,涉及的其实都是典型性的问题,当然古人对于这一问题还没有完全形成自觉的认识。

  在西方文论史上较早涉及典型性问题的是亚里斯多德,他在《诗学》中对此进行了初步的探讨。他说:"诗人的职责不在于描述已发生的事,而在于描述可能发生的事,即按照可然律或必然律可能发生的事。……写诗这种活动比写历史更富于哲学意味,更被严肃地对待;因为诗所描述的事带有普遍性,历史则叙述个别的事。"①亚氏的这段话其实已经触及到了文学典型的关键:文学典型来源于现实生活,而又能描述生活发展的"可然律或必然律",体现事物的普遍性。这一思想后来在文艺复兴时期得到了进一步的发展,达·芬奇、钦提奥等人曾就文艺作品如何对生活进行加工、提炼以及如何反映生活"应有的样子"等问题作了很好的论述。近代对典型问题作出重要贡献的是歌德、黑格尔和别林斯基。歌德以其艺术创作和欣赏的丰富经验为文学的典型理论作了很好的总结,指出典型性是文艺作品中的"健康的因素",它能"从这特殊中表现出一般"②。黑格尔从现代辩证思维出发对个别性、特殊性、普遍性三者的关系所作的分析则为典型理论提供了哲学基础。在此思想积累和发展的基础上,别林斯基对典型问题作出了经典性的阐述,他说:"创作独创性的,或者更确切点说,创作本身的显著标志之一,就是这典型性……。在一位具有真正才能的人写来,每一个人物都是典型,每一个典型对于读者都是熟悉的陌生人。"③这就是说,典型人物既是富于个性的、令人感到陌生的;又是具有普遍意义的、令人感到熟悉的,是个别性与普遍性辩证统一的艺术形象。

由此可见,文学的典型性与形象性二者既有密切联系,又有重大的区别。一方面,一切典型都必定具有生动具体的形象性;另一方面,某个形象只有在表现出鲜明的个性,同时又体现出一定社会生活的本质和规律时,这一形象才具有典型性,才能被称为典型形象,或简称典型。古今中外文学艺术长廊中所涌现出的典型,如哈姆莱特、阿巴贡、冉·阿让、安娜·卡列尼娜、武松、贾宝玉、阿Q、吴荪甫、华威先生等,无一不是既具有突出的个性,又具有普遍社会意义的有血有肉、呼之欲出的艺术形象。

要进一步理解文学的典型性,需要对几个与之密切相关的重要概念作出分析,即典型人物、典型环境、典型化。

---

① [古希腊]亚里斯多德:《诗学》,见《诗学·诗艺》,罗念生等译,人民文学出版社1962年版,第28—29页。
② [德]歌德:《歌德谈话录》,爱克曼辑录,朱光潜译,人民文学出版社1978年版,第90页。
③ [俄]别林斯基:《论俄国中篇小说和果戈理君的中篇小说》,辛未艾译,《别林斯基选集》,第1卷,上海文艺出版社1979年版,第191页,译文按原意稍有改动。

二、典型人物与典型环境

关于典型人物与典型环境的关系问题,恩格斯在 1888 年给英国女作家哈克奈斯的一封信中做了论述。在这封信中,恩格斯针对她的小说《城市姑娘》所存在的问题指出,在无产阶级革命的时代,进步作家应该在自己的作品中努力塑造出工人阶级的先进典型。他指出,作家应当在作品中正确地表现环绕人物并促使人物行动的特定环境,把人物放到时代的、阶级的具体环境中去表现,而不是将人物局限在某一个狭隘的范围里来表现。虽然在当时,工人阶级中确实还存在着像伦敦东头的工人那样"不积极地进行反抗"、"消极地屈服于命运"的情况,但是如果像《城市姑娘》那样,只是孤立地去描写这种消极面,而不去揭示这种消极面在整个工人阶级已经普遍觉醒的时代只是一种局部现象,那么这种孤立的描写就够不上"典型性"的水准。在此,恩格斯说了一句名言:"据我看来,现实主义的意思是,除细节的真实外,还要真实地再现典型环境中的典型人物。"[①]根据恩格斯这封信的总的精神,以及对现实主义所下的这一定义可知,所谓典型人物是指在作品所展现的典型环境中形成的、具有独特个性而又能够表现一定历史条件下社会关系之本质的人物形象。所谓典型环境则是指作品中典型人物所处的、体现一定历史时期社会关系本质的特定的环境,包括社会环境、自然环境等等,其中最主要的还是决定人物的思想、性格的人与人之间的社会关系。

另外,典型环境是分层次的,各个层次的共同作用促使人物性格的形成。要正确地表现出典型环境,就必须真实地表现各个层次之间的相互制约关系以及它们对于人物性格形成所起的总体作用。例如在《城市姑娘》中,18 世纪末西欧无产阶级革命风起云涌,空前有力地冲击着资本主义制度,这是大环境;伦敦东头相对落后的工人阶级的精神面貌和生活状况则是小环境;而主人公女工耐丽与资产阶级绅士阿瑟·格兰特以及其他人的相互关系则构成了更加具体的环境。如果只是在其中孤立地截取某一个层次,而不去完整地反映这三个层次的相互关系以及对于人物性格所起的作用,那么这样的环境就不足以成为典型环境。在这个问题上,黑格尔关于人物性格的论述值得借鉴,黑格尔认为要把人物性格放到一般世界情况、情境和动作这三个层面中去理解,所谓"一般世界情况",也就是我们所说的总体

---

① [德]恩格斯:《致玛·哈克奈斯》,《马克思恩格斯文集》第 10 卷,人民出版社 2009 年版,第 570 页。

历史背景;所谓"情境",就是决定个别人物行动的具体环境;所谓"动作",就是人物性格的具体表现。"动作"又是由宗教、伦理、法律等"普遍力量"的矛盾冲突所引起,这种矛盾冲突在个别人物身上表现为"情致"。而人物性格就是在以上所有环境因素制约之下,综合了以上所有环节的规定性而形成的。黑格尔说:"我们原来的出发点是引起动作的普遍的有实体性的力量。这些力量需要人物的个性来达到它们的活动和实现,在人物的个性里这些力量显现为感动人的情致。但是这些力量所含的普遍性必须在具体的个人身上融会成为整体和个体。这种整体就是具有具体的心灵性及其主体性的人,就是人的完整的个性,也就是性格。神们变成了人的情致,而在具体的活动状态中的情致就是人物性格。"①如果扬弃了黑格尔美学中的客观唯心主义思想杂质,那就可以明显看出,以上论述正是对于作为塑造典型人物之前提的典型环境的界定,其中大量合理的因素值得我们吸取。

三、典型化及其原则和途径

所谓典型化,就是塑造典型形象的过程。作家从自己对现实生活的观察、思考和理解出发,对纷繁芜杂的生活现象进行开掘、提炼、加工、改造,由此及彼,由表及里,去粗取精,去伪存真,创造出具有典型性的文学形象来。这一过程就是典型化的过程。

质言之,文学创作中典型化的原则即表现为个性化与概括化的辩证统一,就是通过个别形象来显示某一类事物的共同本质,通过发生在个别形象身上的特殊的矛盾冲突,来揭示一定时代某种社会关系的普遍本质。所谓个性化,就是赋予文学形象以鲜明独特的个性。典型化仍然是以现实生活为基础,而在现实生活中,个性是到处都存在的,在文学创作中,作家不但不能抹煞和削弱它,而且要突出和加强它,使之更加鲜明、独特和出人意料,通过深入的开掘和反复的锤炼,使之成为古往今来独一无二的形象。所谓概括化,就是通过提炼、浓缩和概括,赋予文学形象以普遍意义。高尔基说:"要服从抽象化的法则,它把这个或那个社会集团突出的特征抽取出来,再把它们具体化,并概括到这个集团的一个人物身上。艺术家如能严格遵守这个法则,就能帮助他创出'典型'来。"②高尔基所说的"抽象化",就是我们所说的"概括化"。

---

① [德]黑格尔:《美学》第 1 卷,朱光潜译,商务印书馆 1979 年版,第 300 页。
② [俄]高尔基:《论文学》,戈宝权译,人民文学出版社 1978 年版,第 193—194 页。

个性化与概括化作为典型化的两个方面，它们是唇齿相依、不可分割的。个性化以概括化为基础，塑造具有独特个性的人物必须在集中、概括某一类人的特点，以及这种特点所折射出的一般历史条件和普遍社会关系的基础上进行；而概括化又以个性化为准绳，概括化并不是任意拼凑各种生活素材，而是根据对于形象的完整构思及其个性特点来选择、加工和组织这些生活素材。这里要注意避免两种倾向。一是脱离概括化的个性化，为个性化而个性化。如果缺少集中、概括一定生活现象的普遍性的基础，只是从某种主观意念出发，将若干"个性特征"像贴标签一样粘贴在艺术形象身上，那就违背了典型化的基本要求。例如在刻画人物性格的必然需要之外任意添加生理残缺、方言土语、个人癖好、习惯动作等所谓"个性特点"，那就成了"恶劣的个性化"[1]。当然不是说这些东西不能表现，相反，如果运用得当，它们甚至可能有助于典型化的创造，但是如果它们游离于作品所要表现的普遍生活现象之外，那就不可取了。黑格尔在批评德国的消极浪漫主义者霍夫曼、克莱伊斯特等人时指出，他们的作品所刻意表现的魔术、磁性催眠术、"通天眼"、睡行症等不可知的力量只是精神病的表现，"总之，为着要造成冲突或是要引起兴趣，而就用精神病来代替健全的性格，这种办法总是永远不能成功的"[2]。二是用概括化取代个性化，导致个性化的丧失。如果在创作过程中只是将个性看成普遍生活现象的从属物或附加物，看成是外在于普遍性、共同性的东西，将人物个性消融到原则里去，"把个人变成时代精神的单纯的传声筒"[3]，那就势必导致公式化、概念化的倾向。总之，一旦将个性化与概括化对立起来、割裂开来，就既破坏了个性化，又无助于概括化，最终势必导致典型化的失败。

因此，典型化就是运用个性化与概括化相统一的方法创造典型形象的过程，而这样创造出来的典型形象就是个性与共性的完美统一。这就是恩格斯所肯定的："每个人都是典型，但同时又是一定的单个人，正如老黑格尔所说的，是一个'这个'，而且应当是如此。"[4]这里恩格斯提到的黑格尔所说

---

[1] ［德］恩格斯：《致斐迪南·拉萨尔》，《马克思恩格斯文集》第10卷，人民出版社2009年版，第174页。

[2] ［德］黑格尔：《美学》第1卷，朱光潜译，商务印书馆1979年版，第310页。

[3] ［德］马克思：《致斐迪南·拉萨尔》，《马克思恩格斯文集》第10卷，人民出版社2009年版，第171页。

[4] ［德］恩格斯：《致明娜·考茨基》，《马克思恩格斯文集》第10卷，人民出版社2009年版，第544页。

的"这个",就是个性与共性的统一。这是黑格尔在《精神现象学》中专门加以论述的,他的原话是这样的:"在一切感性确定性里,如我们所看见的,真正讲来,只得到这样的经验:即这一个是一个共相。"他进一步举例说,如果我们说:"这时是中午",但转眼一过,"这时"已是晚上,可见我们所说的"这时"是一个"包含着无数这时的这时",因此"这时是一个共相";又如果我们说:"这里是一棵树",但转身一看,"这里"已变成了一幢房子,可见我们所说的"这里"是"通过诸多个这里,成为一个普遍的这里的运动",因此"这里"也是一个共相。所以黑格尔指出,由"这时"、"这里"所构成的"这一个",自然也是"属于本身是共相或具有普遍性的范围"了。① 黑格尔通过这样的例子来说明,人们所说的"这一个"或"这个",乃是个性与共性、殊相与共相、个别与一般、特殊与普遍的统一。在《精神现象学》中,黑格尔只是在哲学的意义上分析了"这个"的辩证法内涵,并没有从艺术的角度来加以研究,而在他的《美学》一书中,则从艺术典型的角度对此进行了充分的论述。他高度赞扬了荷马史诗中所塑造的人物形象,如阿伽门农、赫克托尔等,认为他们都具有一定的典型性:"每个人都是一个整体,本身就是一个世界,每个人都是一个完满的有生气的人,而不是某种孤立的性格特征的寓言式的抽象品。"② 这里所谓"每个人都是一个完满的有生气的人",是说的个性;而所谓"每个人都是一个整体,本身就是一个世界",则是说的共性;而他反对将人物形象变成"某种孤立的性格特征的寓言式的抽象品",就是前面我们所指出的那种将个性化与概括化对立起来,将人物个性消融到原则里去,把个人变成时代精神的单纯的传声筒的毛病。可见黑格尔所赞赏的艺术典型,仍然是个性与共性完美统一的"这个"。古今中外,凡是塑造得成功的典型形象,可以说都是个性与共性完美统一的"这个"。

为上述个性化与概括化相统一的原则所统摄,典型化主要通过以下几条具体途径得以实现。

其一,典型人物的塑造。如果说文学中的典型形象包括典型情节、典型细节、典型场面和典型环境的话,那么,典型人物就是其中的灵魂、中心和"眼",其他形象都是为塑造典型人物服务的。因此黑格尔将艺术美的创造最终归结为人物性格的塑造,而在这一问题上,他正是将人物性格视为艺术形象的"眼睛"而予以高度重视的。他说:"灵魂集中在眼睛里,灵魂不仅要

---

① [德]黑格尔:《精神现象学》上卷,贺麟、王玖兴译,商务印书馆1979年版,第71—72页。
② [德]黑格尔:《美学》第1卷,朱光潜译,商务印书馆1979年版,第303页。

通过眼睛去看事物而且也要通过眼睛才被人看见。"在他看来,只有人,才称得上是这种"眼睛",才称得上有灵魂:"只有受到生气灌注的东西,即心灵的生命,才有自由的无限性。"因此,"艺术把它的每一个形象都化成千眼的阿顾斯(希腊神话中的百眼怪物),通过这千眼,内在的灵魂和心灵性在形象的每一点上都可以看得出。不但是身体的形状、面容、姿态和姿势,就是行动和事迹,语言和声音以及它们在不同生活情况中的千变万化,全都要由艺术化成眼睛,人们从这眼睛里就可以认识到内在的无限的自由的心灵"。① 这也就是说,艺术中的情节、事件、细节、场面、环境的规定性,都要通过人物性格表现出来。文学的典型化亦然。它的头等大事就是必须塑造出那种栩栩如生、呼之欲出的的人物形象来,如果说这一人物形象称得上"典型"的话,那么他必须集个性与共性于一身,既是独一无二的,又是随处可见的,总之是一个"熟悉的陌生人"。

《红楼梦》中的贾宝玉就是这样一个既陌生又熟悉、既有个性又具共性的典型人物。用脂砚斋的批语来说,贾宝玉是"今古未有之一人",其独特性在于"说不得贤,说不得愚,说不得不肖,说不得善,说不得恶,说不得正大光明,说不得混帐恶赖,说不得聪明才俊,说不得庸俗平□,说不得好色好淫,说不得情痴情种"(脂砚斋:《红楼梦》第十九回批语)。也就是说,贾宝玉形象的独特性在于他是多种相互对立的性格特征的汇集。他厌弃仕途经济、功名利禄,专爱在脂粉堆里厮混,讨姊妹们的胭脂吃;他向往贾府高墙外自由的生活,偷读禁书,杂学旁收,结交三教九流,但是对于膏粱锦绣的寄生生活又有着依赖性;他对贾府中那帮浊臭逼人的须眉男子表示鄙视,但是自己又摆脱不了花花公子的那一套陋习;他对与林黛玉建立在共同思想基础上的爱情刻骨铭心,但是又无力改变以贾母为代表的封建家长所安排的婚姻;他成为封建家族的叛逆者,但是最终采取的方式是割断尘缘、遁入空门。当这一切集中在贾宝玉这个具体人物的身上,便形成了非常鲜明、独特的个性,这种言行举止唯独贾宝玉才有,别人是无法替代、无法仿效的,而且这种个性的表现,一举手一投足,都是不可更改的,一有更改,便失去了贾宝玉。总之,塑造这种无法替代、不可更改的个性形象是典型化的一个重要方面。另一方面,曹雪芹曾把《红楼梦》一书的宗旨归结为"情"之一字,他在第一章便开门见山地指出该书"大旨谈情"。脂砚斋也指出,《红楼梦》是"一篇情文字","随事得情,因情得文","作者是欲天下人共来哭此情字"(脂砚斋:《红楼梦》第六十六回、第八回、第十三回批语)。这个"情"字也就是贾宝玉这一

---

① [德] 黑格尔:《美学》第 1 卷,朱光潜译,商务印书馆 1979 年版,第 197—199 页。

典型形象的内涵之核心。然而这个"情"却并非仅仅属于贾宝玉个人,而是当时封建制度"忽剌剌似大厦倾",资本主义萌芽破土而出的时代整个社会心理的新动向,因此具有一定的普遍性。清人徐瀛说:"宝玉之情,人情也,为天地古今男女共有之情,为天地古今男女所不能尽之情。天地古今男女所不能尽之情,而适宝玉为林黛玉心中、目中、意中、念中、谈笑中、哭泣中、幽思梦魂中、生生死死中悱恻缠绵固结莫解之情,此为天地古今男女之至情。"(《红楼梦论赞》)这就指出了贾宝玉之情所具有的共性,而这种共性正是作者基于现实生活的进程对于社会心理动态的有力概括。总之,贾宝玉之"情",在当时具有普遍意义,但又是通过独特的方式表现出来的。作者曹雪芹正是把握着这种既独特又普遍的"情",创造出这个以巨大的艺术魅力特立于世界文学史上的典型人物。

然而创造典型人物又有不同的方法。其中最常用的方法之一是基本上按照一个生活原型来描写,在此基础上创造出典型形象。这是报告文学、纪实文学、传记文学在创造典型形象时经常使用的方法。例如罗曼·罗兰、欧文·斯通的传记小说中的贝多芬(《贝多芬传》)和梵高(《渴望生活》),穆青、徐迟等的报告文学中的焦裕禄(《县委书记的榜样——焦裕禄》)、陈景润(《哥德巴赫猜想》)等典型形象,都是运用这种方法创造出来的。它要求生活原型本身就必须具有一定的典型性,其生平业绩、命运遭际和行为举止不同凡响而又富于普遍意义,使得作者有可能以此为基础,通过集中和概括,进一步强化其个性特征,突出其社会意义,提高其审美价值,将其塑造成光彩夺目的艺术典型。这里不允许作者有脱离原型的想象、幻想和虚构,像罗曼·罗兰在创作传记小说时,每一部作品都用了大量真实的资料,几乎每一页都有许多脚注和引文,充分利用主人公的原话、同时代人的证明、当时的文献等,他总是尽量避免虚构,甚至不允许有半点虚构,力求让每一个伟大人物能以其独特的真实性出现在读者面前。但是在运用这种方法创造人物形象时却可以通过优选、剪裁、缀合和浓缩,将人物的典型特征加以强化和凸现。罗曼·罗兰在传记小说的创作中,总是把力量用在他看来是主要问题的方面,例如在贝多芬和米开朗琪罗等人的传记中处处将英雄主义的内容和伟大人物的道德面貌提到首位,"不仅揭示了他们那些具有最普遍和最重要的特征的艺术活动,而且揭示了他们中的每一个人的个性,以及铺满了各种痛苦、奋斗和胜利的天才的生活道路"。[①]

---

① [苏联]塔·莫蒂列娃:《罗曼·罗兰的创作》,卢龙等译,上海译文出版社,1989年版,第166页。

创造典型人物另一种常用的方法是在广泛吸收和采用多个生活原型的基础上塑造典型人物，这也就是鲁迅所说的"杂取种种人，合成一个"的方法①。鲁迅曾说过他一向是采用这一方法的，他说自己"所写的事迹，大抵有一点见过或听到过的缘由，但决不全用这事实，只是采取一端，加以改造，或生发开去，到足以几乎发表我的意思为止。人物的模特儿也一样，没有专用过一个人，往往嘴在浙江，脸在北京，衣服在山西，是一个拼凑起来的脚色"。②鲁迅笔下的阿Q、祥林嫂、孔乙己、闰土等形象都是这样创造出来的。阿Q是由一个叫谢阿桂的人与鲁迅本家的一位少爷等人拼凑而成，祥林嫂是由鲁迅远房的一位伯母与周家看坟人的妻子拼凑而成，孔乙己是由绍兴城里一个叫"孟夫子"的人与一个叫"四七"的人拼凑而成，如此等等。当然鲁迅这里所说的"拼凑"，并非毫不相干的事物的生硬凑合，而是在长期深入的观察和思考之后，按照形象的逻辑将各种原型中那些有必然联系的因素熔铸成为一个整体。这种方法在创作中具有最为充分的自由。

还有一种方法介乎以上二者之间，即以一个生活原型为基点，汇集同一类人的某些共同特点，从而创造出典型人物来。这种方法既有一个基本的模特儿，又打破了仅仅依照一人的限制，允许加以想象和虚构，有较大的自由，所以也是塑造典型人物经常使用的方法，特别是许多作者常常以自己作为基本原型，再对其他原型加以借取、挪用、移植和组合，创造出一个既留有自己的影子，又更具鲜明的个性特征和深刻的社会意义的崭新形象。这样做的长处在于，作者对于基本原型的性格特征和人生经历比较熟悉，能够设身处地、感同身受地刻画人物的行为和心理，同时又能移植和整合别的原型的特点，以接续生活链条中的缺环，填补原型本身固有的不足，从而有可能将典型人物塑造得更加完美。如《红楼梦》中的贾宝玉、巴金的《家》中的觉慧、《青春之歌》中的林道静、《钢铁是怎样炼成的》中的保尔·柯察金等典型人物，都是采用这种方法创造出来的。

其二，情节和细节的提炼。情节是展示人物性格的手段，用高尔基的话来说，情节就是"某种性格、典型的成长和构成的历史"。③它能够说明人物处于何种情境，面临何种矛盾，他将如何处理这些矛盾、解决这些矛盾，他的

---

① 鲁迅：《且介亭杂文末编·〈出关〉的"关"》，《鲁迅全集》第6卷，人民文学出版社2005年版，第538页。

② 鲁迅：《南腔北调集·我怎么做起小说来》，《鲁迅全集》第4卷，人民文学出版社2005年版，第527页。

③ ［俄］高尔基：《论文学》，戈宝权译，人民文学出版社1978年版，第335页。

最终命运如何,如此等等。因此,情节是否具有典型性,情节本身是否能够做到以小见大、见微知著,也就是说能否按照个性化与概括化相统一的原则反映生活的本质、规律,对于塑造典型人物至关重要。在《红楼梦》中有许多具有典型性的情节,例如第33回"手足眈眈小动唇舌,不肖种种大承笞挞",写金钏儿投井身亡,忠顺王府登门要人,贾环造谣生事,一波未平,一波又起,层层推进,最终导致宝玉挨打的结果。——初见时,贾政"原本无气";但看到宝玉垂头丧气,神色慌张,语无伦次,"应对不如往日","倒生了三分气";恰巧这时忠顺王府上门要人,那王府与贾府的关系紧张,来人又很不客气,使得贾政"又惊又气","目瞪口歪";这时贾环又来告密,陷构中伤,使得贾政"面如金纸","眼都红了"。——于是一声断喝,板子像雨点一样向宝玉落下……导致这一结果还事有凑巧,当宝玉被贾政喝禁在边厅上时,他料到挨打已难以避免,赶忙找人向贾母和王夫人报信,偏偏贴身小厮焙茗不见踪影,好不容易来了一个老妈子却又是个聋子,七岔八岔,急得宝玉像热锅上的蚂蚁。当然宝玉挨打还有更深层次的原因在,那就是贾政作为贾府的统治者为宝玉铺设的是"仕途经济"的人生道路,而宝玉作为封建家庭的叛逆者却对此极为反感,二者在此之前的多次较量已经为这一结局作了充分的铺垫。因此这一情节极富于典型性,对于烘托贾家父子的形象具有重要意义。

　　细节是情节的基本元素,也是人物描写的基本单位,或者说细节是情节的血肉,能够起到丰富情节的作用。因此在典型化的过程中,细节是否典型也十分重要,就像一滴水能够映照出太阳的光辉一样,只要处理得好,一个小小的细节也能折射出人物性格某些重要的方面。在《史记·项羽本纪》"鸿门宴"一节中有一个表现项羽性格特征的细节:

　　　　沛公旦日从百余骑来见项王,至鸿门,谢曰:"臣与将军戮力而攻秦,将军战河北,臣战河南,然不自意能先入关破秦,得复见将军于此。今者有小人之言,令将军与臣有隙……"项王曰:"此沛公左司马曹无伤言之。不然,籍何以至此?"

　　在两军对垒,形势十分复杂微妙之时,项羽就这样随口向对方泄露了其属下给自己通风报信的机密,其结果是不难想象的。文章最后对此作了照应:"沛公至军,立诛杀曹无伤。"这一细节恰到好处地表现了项羽有勇无谋、心浮气躁的性格特征,而他最终不能成大器、得天下,落得个乌江自刎的下场正是其性格逻辑的必然结果。

既然恰到好处的情节和细节与典型人物的塑造有如此密切的关系,那么,如何选择、丰富、提炼、安排情节和细节就无疑是典型化的一个重要方面。那种以为任意安排情节和细节便可以创造出典型形象的想法是不切实际的。正是在这个意义上,恩格斯把"细节的真实"视为创造典型的重要手段。历来有许多作家为了提炼恰如其分地表现人物性格的典型情节和典型细节而反复修改作品,就都体现了典型化的规律。列·托尔斯泰在写《复活》时,仅仅为小说的总体情节安排就数易其稿。初稿先是按照自然时间的顺序来写的,经过几次修改才改成现在这种倒叙加插叙的写法。很显然,现在的这种安排更能加强过去与现在的对照,更能突出"执法者"与"罪犯"的对比,更有利于表现聂赫留朵夫内心的冲突,更有利于塑造他悔过自新但又无力回天的复杂心态。

其三,典型环境的营构。如前所述,典型环境是文学作品中典型人物所处的自然环境、社会环境,特别是人与人之间社会关系的总和,它决定着人物性格的形成和发展。因此要塑造典型人物,就必须营构一个有利于这个典型人物成长、发展的典型环境。放眼文学艺术史,凡是典型人物,在他周围总是有着一层环绕着他而他生于斯长于斯的生活环境和人际关系,这种生活环境和人际关系往往既是大社会的缩影,又有着自身的鲜明特点,具有很强的典型性。这种典型环境的营构同样体现了个性化与概括化辩证统一的总的原则。例如巴尔扎克的小说《高老头》中的伏盖公寓就是这样一个典型环境。居住在这所公寓以及出入于这所公寓的人构成了一个小社会:退休的面条商高里奥老头被他的两个女儿榨干钱财,在贫病和孤独中悲惨地死去,赤裸裸的金钱关系淹没了父女间的脉脉温情;行迹可疑的逃犯伏脱冷教唆别人谋财害命,宣扬要成功就要不择手段的处世哲学;鲍赛昂夫人也指点别人,只有寡廉鲜耻才能到达欲望的最高峰,为了打入上层社会,可以不顾一切地追求有夫之妇。正是在这一特定的环境之中,拉斯蒂涅这个初出茅庐的穷大学生才终于变成了一个冷酷无情的极端利己主义者和卑鄙无耻的政治野心家。而在伏盖公寓中所展示的人物关系又折射出复辟王朝时期法国社会的现实状况:世代簪缨的贵族已经被资产阶级暴发户所击败,失去了昔日的显赫地位,拜金主义已经成为普遍的社会准则,而巴黎则成了野心家和冒险家的乐园。因此伏盖公寓既有特殊性,又有一般性,本身就具有很强的典型性,对于造就拉斯蒂涅这一典型形象来说,是不可或缺的温床。

然而文学作品中的典型环境又不是一成不变的,而是处于不断的变更和迁移之中，人物形象也就随之而变更和迁移，从而显得更加丰富和复杂，而典型环境的营构，则必须体现出这种变动性。例如司汤达的《红与黑》，正是在变动的环境中塑造了另一个青年野心家于连的典型形象。于连生长在法国资产阶级革命的最后阶段拿破仑帝国时期，从小受到启蒙思想的熏陶，狂热地崇拜拿破仑，企望驰骋疆场、建功立业，谋取远大的前程，但是在他步入社会之际，却正好碰上复辟时期，在既无门第又无靠山的情况下，他只能投身于教会门下，以求得一条出路。正如小说的题目所示，"红"代表红色的戎装，也代表轰轰烈烈的拿破仑帝国时代；"黑"代表黑色的道袍，也代表教会势力猖獗的复辟时代。于连就是在"红"与"黑"之间，投身军队与投靠教会之间，在变化了的时代环境中经历了理想破灭和野心膨胀的心路历程，在一系列具有深刻的社会意义的矛盾冲突中演绎成了他追求、奋斗、毁灭的悲剧命运。

四、典型与意境

典型形象是达到完美形态、优化形态的文学形象。但是将完美的、优化的形象称为"典型"是西方文学理论的习惯，我国文学理论尽管很早就有有关思想的萌芽，然而在本世纪以前却尚未提出"典型"一说。我国传统的文学理论中与之相对应的美学范畴是"意境"。中西方的意境理论与典型理论如双峰对峙、各领风骚，呈现出不同的文化特色，为世界范围内总体性的文学理论作出各自应有的贡献。

"意境"与"典型"存在着相通之处。如前所述，典型与形象相连，是个性与共性的有机统一，以个性化与概括化的辩证统一为基本原则，这恰与意境相合。意境也以鲜明的形象取胜，而且表现出以小见大、以少总多、含而不露、意在言外的特点。

但是"意境"与"典型"更多表现出的是相互之间的差异性。

首先必须界定一下：什么是"意境"？宗白华先生对此有一段十分中肯的阐释，值得参考。（见专栏2.3）

专栏 2.3

宗白华论意境

在一个艺术表现里情和景交融互渗，因而发掘出最深的情，一层比一层更深的情，同时也透入了最深的景，一层比一层更晶莹的景；景中全是情，情具象而为景，因而涌现了一个独特的宇宙，崭新的意象，为人类增加了丰富的想象,替世界开辟了新境,正如恽南田所说"皆灵想之所独辟,总非人间所有!"这是我的所谓"意境"。"外师造化,中得心源"。唐代画家张璪这两句训示,是这意境创现的基本条件。①

我们认为,所谓意境,就是在文学作品中那种情景并茂、物我双融所达到的高度凝练、余味无穷的高妙境界。意境中的"景"不是毫无生气灌注的刻板摹写,意境中的"情"也不是毫无蕴藉的直露表白,而是心与物游、神余形外,在有限的形象之中包含着无限丰富的意蕴,超越眼前的光景而达到对人生意义的深刻理解。具体地说,意境主要有这几个方面的内涵:

首先,情景合一、物我交融,人与天地精神相往来。关于这一点,前人有大量的论述,如姜夔说:"景无情不发,情无景不生。"(《白石道人诗说》)谢榛说:"作诗本乎情景,孤不自成,两不相背。……景乃诗之媒,情乃诗之胚,合而为诗。"(《四溟诗话》)王夫之说:"情景虽有在心在物之分,而景生情,情生景,哀乐之触,荣悴之迎,互藏其宅。"(《薑斋诗话》)这就是说,情与景、心与物、人与自然,在意境中得到完美的统一。景是情中之景,以情为焦点而得到凝聚,以情为枢轴而流转不息;情是景中之情,以景为触媒而得以生发,以景为寓宅而不断移入。情与景浑,思与境偕,合则并美,分则两伤。这就比孤立存在的景更富蕴藉,比直白裸露的情更含蓄深沉。

其次,无状之状、无象之象,言不尽意、得意忘言。在这一点上,意境理论继承了老庄和《周易》的有关思想,老子所说"无状之状,无物之象"和"大音希声,大象无形"(《老子》第十四、四十一章),庄子所说"言不传意"、"得意忘言"(《庄子·天道》),《周易》所说"书不尽言,言不尽意"(《周易·系辞上》),共同启发了以后的意境理论。皎然说"采奇于象外","但见性情,不睹文字"(《诗式》),司空图说"超以象外,得其环中","不着一字,尽得风流"(《二十四诗品》),严羽说"如空中之音,相中之色,水中之月,镜中之象,言有尽而意无穷"(《沧浪诗话》),王夫之说"多取象外,不失环中","全用比体,不道破一句"(《薑斋诗话》)等等,都是接受了上述思想的影响而对于意境内涵的深刻揭示。这就是说,意境往往通过具体可感的物象而显现出宇宙人生的真谛,在可睹之物、可见之色、可闻之声中包含更为深远隽永、耐人寻味的意蕴,同时把语言作为入门的向导,借助言辞去把握这种深层次的意蕴,探赜索隐,钩深致远,上升到不落言筌、妙不可言的化境。

---

① 宗白华:《美学散步》,上海人民出版社1981年版,第61页。

再次,因小见大、以近见远,于有限中寓无限。如果说取意象外、得意忘言是强调具体物象背后的精微意蕴,注重内在本质的探求的话,那么因小见大、以近见远则是强调具体物象的高度凝练,注重外部形象的创造,这二者相辅相成,都是意境理论的精髓。正如上文所引述,关于因小见大、辞近旨远的思想在我国古代文论中有着深长的渊源,而意境理论就是在此基础上发展起来的。如刘禹锡说"片言可以明百意,坐驰可以役万景,工于诗者能之"(《董氏武陵集记》),司空图说"浅深聚散,万取一收"(《二十四诗品》),葛立方说"尝鼎一脔,可以尽知其味"(《韵语阳秋》),谢榛说"以数言而统万形"(《四溟诗话》),王士祯说"一滴水可以知大海味也"(《带经堂诗话》)等等,都是意境理论中不可忽略的重要论述。

至于意境的分类,则与它的内涵有关,前人曾从不同的角度提出了种种意见。最早是相传为唐代王昌龄所作《诗格》提出的分类方法:

诗有三境。一曰物境:欲为山水诗,则张泉石云峰之境,极丽绝秀者,神之于心,处身于境,视境于心,莹然掌中,然后用思,了然境象,故得形似;二曰情境:娱乐愁怨,皆张于意,而处于身,然后驰思,深得其情;三曰意境:亦张之于意,而思之于心,则得其真矣。

王昌龄的一大贡献在于最早明确提出"意境"的概念,但这一概念又不同于后人所说的"意境"。他所说的"物境"、"情境"、"意境"似都涉及后来所说"意境"的一个侧面,"物境"得其形,"情境"得其情,"意境"得其真,属于情景相融在比例构成上各有侧重而形成的不同类型,"三境"合在一块,才大致等于后来所说的"意境"。后来南宋范晞文又根据情与景在诗歌中不同的结构方式而将意境分成不同的类型,他说:"'水流心不竞,云在意俱迟',景中之情也;'卷帘惟白水,隐几亦青山',情中之景也;'感时花溅泪,恨别鸟惊心',情景相融而难分也。"(《对床夜语》)就是说,意境有"景中之情"类,即似乎毫不动情地如实写景,但情寓景中,一切景语皆情语也;有"情中之景"类,即主要抒发作者的情感,通过作者的情感去观照外部景物;有"情景相融"类,即抒情与写景两不相间,水乳交融,情景并茂,浑然天成。再后来王国维将意境分成"有我之境"和"无我之境"两种,他说:

有有我之境,有无我之境。……有我之境,以我观物,故物皆着我之色彩。无我之境,以物观物,故不知何者为我,何者为物。①

　　这里所说的"无我之境"并非没有"我"、没有"情",否则就不成其为"意境"了,而且在文学创作中也不可能做到绝对无我、无情,所谓"无我之境"只是在情感的调制上与"有我之境"有所不同而已。我们同意佛雏先生的观点:"'有我之境',似可界定为:诗人在观物(审美和创作对象)中所形成的、某种激动的情绪与宁静的观照二者的对立与交错,作为一个完整的可观照的审美客体,被静观中的诗人领悟和表现出来的一种属于壮美范畴的艺术意境。""'无我之境'似可界定为:诗人以一种纯客观的高度和谐的审美心境,观照出外物(审美和创作对象)的一种最纯粹的美的形式;在这一过程中,仿佛是两个'自然体'('物')自始至终静静地互相映照,冥相契合:这样凝结而成的一种属于优美范畴的艺术意境。"②因此这乃是从风格情调上对意境所作出的分类。

　　意境与典型,作为中西方文学理论中相互对应的两个重要美学范畴,它们在界定文学作品的完美状态和优化状态时是各有侧重的。"典型"一般用于说明叙事类作品,特别是说明刻画人物形象所达到的水平,"意境"则一般用于说明抒情类作品。但是这一区分也不宜绝对化,有些包含叙事因素的作品也可以称之为"有意境",例如中国古代戏曲,王国维就认为可"一言以蔽之,曰:有意境而已矣"。并指出其特点在于"写情则沁人心脾,写景则在人耳目,述事则如其口出是也"。(《宋元戏曲考》)但王国维这样说,乃是基于中国古代戏曲具有较强的抒情性。同样地,有些诗情盎然的小说也完全可以用"意境"范畴加以界定。总之,不妨这样认为:所谓典型,是以叙事写人为主的文学作品所达到的优化状态;所谓意境,则是以抒情写意为主的文学作品所达到的优化状态。

第三节　文学的真实性

一、艺术真实与生活真实

　　在中外文论史上,人们往往将文学的真实性提到很高的地位来加以确

---

① 王国维:《人间词话》卷上,上海古籍出版社1998年版,第5页。
② 佛雏:《王国维诗学研究》,北京大学出版社1987年版,第227,229页。

认,将真实性视为文学的生命,认为一旦失去了真实性,文学就失去了生命,那么也就失去了文学。在我国,庄子开创了"尚真"思想,提出"法天贵真"的口号(《庄子·渔父》)。明代李贽倡言"童心"说,而"童心"也就是"真心","若失却童心,便失却真心;失却真心,便失却真人",从而确认"天下之至文,未有不出于童心焉者也"。① 明代后期以"三袁"为代表的"公安派"则崇尚"真性灵",认为民间歌诗"犹是无闻无识真人所作,故多真声","任性而发,尚能通于人之喜怒哀乐嗜好情欲,是可喜也"!② 冯梦龙对于自己的创作也在这一点上作了充分的肯定:"子犹诸曲,绝无文彩,然有一字过人,曰'真'。"(《太霞曲语》)西方文论从古希腊古罗马开始就有许多关于文学真实性的论述,特别是19世纪浪漫主义,对于文学真实性的重视已经到了无以复加的地步。斯达尔夫人在论述浪漫主义文学时提出,想象的力量只有"通过情操与图景来启发道德与哲学的真理"时,才符合诗情,作家应使自己的感情为"崇高的道德真理服务";③雪莱说,"做一位诗人,就是领会世间的真与美,简言之,就得领会善","诗可以使世间最善最美的一切永垂不朽",成为永恒的真实。济慈说得更为简洁,"由想象力捕捉到的美的也就是真的","美即是真,真即是美"。④ 雨果也说:"伟大和真实这两个字包括了一切。真实包括道德,伟大包括美。"⑤

　　中外文论史上人们不仅很早就对文学真实性给予高度重视,而且还对什么是文学的真实性提出了各种见解。从古希腊的亚里斯多德起,到文艺复兴时期英国批评家锡德尼,一直到18世纪启蒙主义美学家狄德罗,都致力将文学与历史区分开来,从而确认文学有着较之历史更高的真实,其理由在于文学比历史更具必然性和普遍性。不过他们所说的"历史"主要是指编年史。中国古代文论关于文学真实性的讨论则更多侧重于真与幻、实与虚的关系的辨析。就以一批明代文论家为例,袁于令说:"文不幻不文,幻不极不幻,是知天下极幻之事乃极真之事,极幻之理乃极真之理,故言真不如言幻,言佛不如言魔。"(《西游记题辞》)谢肇淛说:"凡为小说及杂剧、戏文,须

---

① 李贽:《童心说》,《焚书·续焚书》卷三,中华书局1975年版,第98页。
② 袁宏道:《叙小修诗》,《叙匊氏家绳集》,见《袁宏道集》,赵伯陶编选,凤凰出版社2009年版,第131、183页。
③ [法]斯达尔夫人:《论文学》,转引自《欧美古典作家论现实主义和浪漫主义》(二),中国社会科学出版社1981年版,第60、54页。
④ [英]济慈《19世纪英国诗人论诗》,人民文学出版社1984年版,第167—168页。
⑤ [法]雨果:《论文学》,人民文学出版社1980年版,第111页。

是虚实相半,方为游戏三昧之笔。"(《五杂俎》)吕天成说:"(戏曲)有意驾虚,不必与实事合。"(《曲品》)王骥德说:"剧戏之道,出之贵实,而用之贵虚。"(《曲律·杂论第三十九上》)

历来人们如此重视而又言人人殊的文学真实性问题,说到底就是文学中艺术真实与生活真实的关系问题。所谓生活真实,是指现实生活中实有的人和事,也就是供文学创作使用的素材和原型。所谓艺术真实,则是指以生活真实为基础,经过作家的选择、提炼、加工、改造,而创造出来的具体生动的艺术形象,它能够显现出现实生活某些方面的本质和规律。关于文学真实性的问题,只有将其放到生活真实与艺术真实的关系之中去才能获得确切的认识。

二、真实性与假定性

列宁说过,"艺术并不要求把它的作品当做现实"[1],"反映可能是对被反映者的近似正确的复写,可是如果说它们是等同的,那就荒谬了"[2]。就文学艺术与社会生活的关系而言,文学艺术是一种反映,但是这种反映并不像平面镜那样简单、机械、直观、被动,它已经在作家的头脑中经过了精神的涵泳和陶铸,已经灌注了作家的主观思想感情,为作家的审美理想所照亮,这种反映已经是一种复杂的、能动的、积极的行为。如果要将文学比作一面镜子的话,那么它更像是一面凸面镜、凹面镜,或者由碎片拼装起来的镜子。这就使得在文学作品中所描绘的东西与实际生活中实有的东西常常迥然有异,甚至相去甚远。既然如此,那么将这二者混为一谈,便恰如列宁所批评的,十分"荒谬"了。

我国古代文论家所见略同。王骥德说过:"元人作剧,曲中用事每不拘时代先后。马东篱《三醉岳阳楼》,赋吕纯阳旧事也。《寄生草》曲:'这的是烧猪佛印待东坡,抵多少骑驴魏野逢潘阆'。俗子见之,有不訾以为传唐人用宋事耶。"(《曲律·杂论第三十九上》)按:吕纯阳即吕洞宾,相传为唐代京兆人,而在马致远《三醉岳阳楼》一剧吕纯阳的唱词《寄生草》中提到的佛印、东坡、魏野、潘阆却都是宋代人,这就出现了所谓"传唐人用宋事"的情况。当时有人对此提出了訾议,王骥德所论便旨在为文学艺术的真实性进行辩

---

[1] [俄]列宁:《哲学笔记》,人民出版社1974年版,第66页。
[2] [俄]列宁:《唯物主义和经验批判主义》,《列宁选集》第2卷,人民出版社1972年版,第330页。

护。清人凌廷堪在《论曲绝句三十二首》中也提出了类似的见解:

> 仲宣忽作中郎婿,裴度曾为白相翁。
> 若使硁硁征史传,元人格律逐飞蓬。

> 是真是戏妄参详,撼树蚍蜉不自量。
> 信否东都包待制,金牌智斩鲁斋郎。

其中前诗提到的"仲宣"即三国时的王粲,"中郎"即东汉的蔡邕,裴度为唐代晋公,"白相"则伪托白居易之弟白敏中,照史实他们之间并无联姻关系。后诗所说戏剧即关汉卿的杂剧《包待制智斩鲁斋郎》,此剧所述也并非历史上实有之事。可见那种一味依照史传来穿凿附会、妄断戏剧优劣高下的做法是极其迂腐浅薄、荒唐可笑的,其谬误在于不知艺术真实为何物,将艺术真实与生活真实这两种不同性质的事情混为一谈了。凌廷堪在这两首诗的注文中更加明确地表达了这一层意思:"元人杂剧事实多与史传乖迕,明其为戏也。后人不知,妄生穿凿,陋矣。""元人关目往往有极无理可笑者,盖其体例如此。近之作者乃以无隙可指为贵,于是弥缝愈工,去之愈远。"

那么,艺术真实与生活真实的区别何在呢?对此似可一言以蔽之:艺术真实依托于艺术的假定性。

艺术的假定性绝非虚假性、虚幻性。虚假性、虚幻性的事物所呈现的是假象,是与本质、主流和规律相对立的;而艺术的假定性所把握的则是本质、主流和规律,但它在呈现这种本质、主流和规律时,却总是通过特殊的审美心理和艺术形式造成一种距离感、超越感和自由感,同时也造成一种审美的愉悦感。

一方面,艺术的假定性出于在文艺创作和审美活动中人的审美心理规律对于客观规律的干预和扭曲。如果说生活真实是对于外部世界的客观规律一丝不苟的契合的话,那么在文学艺术中恰恰做不到也不需要做到这一点。在文学艺术中起作用的有两条规律,一是外部世界的客观规律,一是人的主观心理规律,这两条规律都重要,或者说相比之下后者更重要。因为对于文学艺术来说,把握外部现象比把握内在本质更重要,而对于内在本质的把握需要人的感知、直觉、想象、思维等心理要素发挥作用。人们为了捕捉到艺术对象在本质层面上更为深刻的方面,往往不得不放弃对于外部世界客观规律的契合,而趋从于人的主观心理规律,有时甚至需要扭曲前者而成全后者,在这种情况下,文艺作品中呈现出来的生活与实际生活存在着一定的、甚至是较大的差距就毫不奇怪了。《歌德谈话录》中记录了这样一件事:有一天歌德让他的秘书爱克曼观赏荷兰画家吕邦斯的一幅风景画,画的是黄昏牧归的乡村风光,画中夕阳辉映着羊群、牧羊人、干草堆和树丛。爱克曼惊讶地发现,画中人物的阴影投向观赏者一面,而树丛的阴影却投向相反的方向,也就是说,画中的事物竟从两个方向受到光照。爱克曼指出:"这是违反自然的!"但歌德却认为,这正是艺术高出于自然的地方。(见专栏 2.4)

专栏 2.4

歌德论艺术规律

歌德笑着回答说:"关键正在这里啊!吕邦斯正是用这个办法来证明他伟大,显示出他本着自由精神站得比自然要高一层,按照他的更高的目的来处理自由。光从相反的两个方向射来,这当然是牵强歪曲,你可以说,这是违反自然。不过尽管这是违反自然,我还是要说它高于自然,要说这是大画师的大胆手笔,他用这种天才的方式向世人显示:艺术并不完全服从自然界的必然之理,而是有它自己的规律。"

……

"艺术家对于自然有着双重关系:他既是自然的主宰,又是自然的奴隶。他是自然的奴隶,因为他必须用人世间的材料来进行工作,才能使人理解;同时他又是自然的主宰,因为他使这种人世间的材料服从他的较高的,并且为这较高的意旨服务。

"艺术要通过一种完整体向世界说话。但这种完整体不是他在自然中所能找到的,而是他自己的心智的果实,或者说,是一种丰产的神圣的精神灌注生气的结果。……"[①]

从以上歌德说艺术家以其"较高的意旨"、以"心智的果实"和"精神灌注生气的结果"向世界说话,从而成为自然的主宰来看,他所说艺术"自己的规律"在很大程度上就是指审美心理规律。在文学中随处可见这种审美心理规律的作用,试看《诗经》中的两篇作品,一是《王风·采葛》:

---

① [德]歌德:《歌德谈话录》,爱克曼辑录,朱光潜译,人民文学出版社 1978 年版,第 136—137 页。

彼采葛兮。一日不见,如三月兮。
　　彼采萧兮。一日不见,如三秋兮。
　　彼采艾兮。一日不见,如三岁兮。

一是《周南·汉广》:

　　南有乔木,不可休思。
　　汉有游女,不可求思。
　　汉之广矣,不可泳思。
　　江之永矣,不可方思。

　　前诗极言因思念恋人而觉得时间难挨、无法排遣,后诗极言因求偶不得而觉得距离漫远、天悬地隔。这般的缠绵悱恻、寻寻觅觅,谁能说不是出于诗人特有的心理作用呢!
　　另一方面,艺术的假定性也出于文学艺术的形式规律对于生活规律的限制和修正。艺术真实不仅要靠主客观结合的运思去营造,而且也要靠一定的艺术形式表现出来,这就又多了一重制约,那就是形式规律的制约。作家艺术家必须遵循种种形式规律,才能恰到好处地描摹客观生活,抒发主观情感,于是作品的结构、格局、关系、张力、动态、气势等,都不是无关紧要的,都不能不在考虑之中,于是在艺术的形式规律面前,实际生活的客观规律有时也就不能不屈尊俯就,这就造成了又一层意义上的艺术假定性。浪漫主义画家席里柯的名画《爱普松高原上的赛马会》,为了表现赛马驰骋的气势,将马画成两腿向前两腿向后尽量分开的姿态,这种姿态经照相技术验证是完全错误的,但至今画家们仍然理直气壮地坚持使用它。因为他们认为,"虽然没有一匹马在奔跑过程中会呈现出这样一种姿态(除非跳跃),但是在绘画中却只有将马腿分离到最大限度时,才能将激烈的物理运动转换成绘画的运动力"。① 中国古代绘画也有一例与之相似,苏轼有一段题画写道:"蜀中有杜处士,好书画,所宝以百数。有戴嵩牛一轴,尤所爱,锦囊玉轴,常以自随。一日,曝书画,有一牧童见之,拊掌大笑曰:'此画斗牛也,牛斗力在角,尾搐入两股间,今乃掉尾而斗,谬矣!'处士笑而然之。古语有云:'耕当

---

① [美]鲁道夫·阿恩海姆:《艺术与视知觉》,滕守尧等译,中国社会科学出版社1984年版,第586页。

问奴,织当问婢',不可改也。"(《书戴嵩画中》)二牛扬起尾巴相斗,与赛马分开前后腿奔跑同样有悖于事理,但为了在艺术形式上取得一种动态和气势,恰恰都能为画家和欣赏者所接受。在文学作品中,这种动态、气势和张力则往往通过不同的修辞形式表现出来,对于艺术假定性的生成起着至关重要的作用。以李白的诗为例,像"白发三千丈,缘愁似个长","飞流直下三千尺,疑是银河落九天","一风三日吹倒山,白浪高于瓦官阁","燕山雪花大如席,片片吹落轩辕台"等名句,就是以夸张的修辞形式造成那种越违背实情却越让人感到真实的特殊效果。

三、真实性与逼真性

艺术真实依托于艺术的假定性,但是艺术真实更高于生活真实。这就是说,艺术真实比一般的实际生活现象更能显示生活的底蕴,更能给人留下深刻的印象,提供有力的启示,也更能打动人。因此别林斯基说:"在诗里生活比在现实本身里还显得更是生活。"① 高尔基的一段话可以为证:

> 我的外祖父是一个残暴而又吝啬的人,但是我对他的认识和了解,从没有像我在读了巴尔扎克的长篇小说《欧也妮·葛朗台》之后所认识和了解的那样深刻。……书本具有一种能给我指出我在人的身上所没有看见和不知道的东西的能力。②

这样,艺术真实与生活真实两种真实就不在同一水准上,有必要将其区分开来。于是有人将艺术真实称为"逼真性",以示与一般所说的"真实性"之区别,并认为"逼真性"是比"真实性"更高的范畴,"真实性"结束之地,正是"逼真性"开始之处。狄德罗说:"比起历史学家来,他(按指诗人)的真实性虽少些,而逼真性却多些。"③ 鲁迅也说:"艺术的真实非即历史上的真实,……因为后者须有其事,而创作则可以缀合,抒写,只要逼真,不必实有其事也。"④那么,"逼真性"高出于"真实性"之处何在呢?

---

① 转引自朱光潜:《西方美学史》下卷,人民文学出版社1979年版,第558页。
② [苏联]高尔基:《谈谈我怎样学习写作》,《论文学》人民文学出版社978年版,第179页。
③ [法]狄德罗:《论戏剧诗》,《狄德罗美学论文选》,张冠尧等译,人民文学出版社1984年版,第157页。
④ 鲁迅:《致徐懋庸》,《鲁迅书信集》上卷,《鲁迅全集》第12卷,人民文学出版社2005年版,第526页。

文学艺术显得比实际生活更加逼真，其高妙之处在于它是作家艺术家对实际生活进行加工改造的结果，从而展现在人们眼前的艺术画面要比实际生活画面更加完美，更加优化。生活现象纷纭万状，变幻莫测，作家不可能，也没有必要将所有的生活现象都描绘出来，而且也并非每一个实有的生活现象都具有同样重要的社会意义和审美价值，这就需要作家必须善于从中选取那些最具个性特征和典型意义的人物、事件、场景和环境，经过选择、取舍、缀合、集中、概括、提炼，创造出具有高度艺术真实性的性格和形象来，用以显现出实际生活之中更为本质的方面和客观事物之间更为普遍的联系。狄德罗说："在自然界中我们往往不能发觉事件之间的联系，同时由于我们不认识事物的整体，我们只在事实中看到命定的相随关系，而诗人却要在他的作品的整个结构中贯穿一个明显而容易觉察的联系。"其具体的做法在于"或者是采纳这些异常的组合，或者自己想象些类似的组合"。① 例如《水浒传》中武松的形象，就是通过景阳岗打虎、探望武大郎、怒斥潘金莲、斗杀西门庆、大闹十字坡、醉打蒋门神、血溅鸳鸯楼、夜走蜈蚣岭等经过选择和提炼的主要情节支撑起来的。在这里作者排除了纷繁芜杂的众多生活现象，而保留了最能表现其英雄本色的情节事件，像一副骨架一样撑起了武松的总体形象，同时也使其性格的不同侧面得到充分呈现，从而显得血肉丰满、熠熠生辉，成为中国文学史上不可多得的典型人物。正如金圣叹所指出，武松"固具有鲁达之阔，林冲之毒，杨志之正，柴进之良，阮七之快，李逵之真，吴用之捷，花荣之雅，卢俊义之大，石秀之警者也"，因而是一百八人之中"绝伦超群者"（《水浒传》第 25 回回首总评）。如果事无巨细、平铺直叙地加以罗列和铺陈，则有可能掩盖和冲淡了人物性格在本质方面的联系，从而模糊了人物形象，难以达到这种栩栩如生、呼之欲出的逼真程度。

　　文学艺术显得比实际生活更加逼真的原因还在于，它往往能够表现那些在实际生活中刚刚萌芽，还没有形成气候，甚至还没有为人所觉察的新生事物。尽管这些新生事物还十分柔荏和弱小，但其闪烁的光点却已经被作家艺术家的敏感所捕获并及时地投射到作品之中。当这些新生事物在实际生活中还是幼芽的时候，它们在文艺作品中却已经长成了大树，在这里作家艺术家成了预言家，事物的未来发展，在他们的作品中竟早已作了有声有色的预演。卢卡契曾对艺术真实下了这样的定义："在客观现实的再现上，艺

---

　　① ［法］狄德罗:《论戏剧诗》,《狄德罗美学论文选》,张冠尧等译,人民文学出版社 1984 年版,第 157 页。

术的真实是建立于如此的事实上的,即唯一写入再创造的现实中的东西,是作为一种可能性而存在于人物身上的。艺术创造的长处,就立于使这些蛰伏的可能性得到完全充分的发展。"①鲁迅在对于艺术的逼真性作了上述界定以后,又进一步指出:"然而他所据以缀合、抒写者,何一非社会上的存在,从这些目前的人的事,加以推断,使之发展下去,这便好像豫言,因为后来此人此事,确也正如所写。"②也是说明了文学艺术以其预言功能而比实际生活更高一筹。屠格涅夫的小说《父与子》在巴札洛夫这一人物形象身上表现了在当时俄国才刚刚露头的无政府主义倾向,而他的预感则为以后蔚为大观的无政府主义思潮所证实。鲁迅在《药》的结尾用了"曲笔",在瑜儿的坟头上放了一个花圈,也以对于当时的实际生活中所潜伏的可能性的捕捉和拓展而创造了一种已经为以后的生活进程所证明的逼真性。

四、艺术真实的内在构成

艺术真实的内在构成如何？这是一个众说纷纭,莫衷一是的问题。人们提出了许多很好的见解,但至今没有一个统一的说法。我们认为,艺术真实是主客观的有机统一。艺术真实既要有客观现实的基础,又要经过人的心灵创造;既要揭示现实生活的本质规律,又要饱含作家艺术家的思想感情,表达人们普遍的社会理想和生活愿望;既要遵循现实生活的逻辑,又要遵循人的心理逻辑。对于艺术真实的解释不能离开其中任何一个方面而达致科学的结论。如果进一步加以剖析的话,则可以分为主观和客观两个方面:从客观方面看,艺术真实是客体的外在形象与内在本质的统一,即"形"与"神"的统一;从主观方面看,艺术真实是主体的情感生活与理性思维的统一,即"情"与"理"的统一。总之,艺术真实就是形、神、情、理四者的完美结合。

一方面,艺术真实是"形"与"神"的有机统一。关于"形"、"神"关系,人们的认识经历了长期的发展、演变过程。以中国美学史为例,人们最早是将艺术真实理解为单纯追求形似,即重视艺术形象对客观事物达到外形上的肖似。《韩非子·外储说左上》记录当时人的看法,认为画犬马最难,画鬼魅最易,因为"夫犬马,人所知也,旦暮罄于前,不可类之,故难;鬼魅,无形者,

---

① [俄]卢卡契:《卢卡契文学论文集》(一),中国社会科学院外国文学研究所编,中国社会科学出版社1980年版,第178页。
② 鲁迅:《致徐懋庸》,《鲁迅书信集》上卷,见《鲁迅全集》第12卷,人民文学出版社2005年版,第526页。

不罄于前,故易之也"。这也就是说将能否达到形似视为衡量艺术真实的标准。这种情况延续时间并不很长,汉代人就提出所谓"君形者"的问题。《淮南子·说山训》说:"画西施之面,美而不可悦;规孟贲之目,大而不可畏,君形者亡焉。"高诱注:"生气者,人形之君,规画人形无有生气,故曰君形亡。"其实"君形者"的说法早在荀子就有论述。《荀子·解蔽》说:"形之君而神明之主。"可见所谓"君形者"即后来所说的"神"。东晋顾恺之最早明确提出"以形写神"(《论画》)、"传神写照"(《晋史·列传》)的主张,在艺术真实问题上提出了"神似"的要求,这就把以往单纯追求形似的思想大大深化了。但正如这些说法本身所昭示的那样,他还是主张在形似之中求神似。到了晚唐,情况又有了进展,人们虽然也十分重视"神似",但是却反过来在神似中求形似了。张彦远在《历代名画记》中评论南齐人谢赫提出的"绘画六法"时指出:"以气韵求其画,则形似在其间矣。"按"气韵生动"是"绘画六法"中的第一法,也就是对于神似的要求。可见晚唐人已把"神似"推上了比"形似"更高的位置。到了苏轼,事情又进了一步,开始不求形似,只求传神了。他的论画诗《书鄢陵王主簿所画折枝两首》写道:"论画以形似,见与儿童邻。赋诗必此诗,定知非诗人。"进到元代,关于艺术真实的认识又有了重大的发展,人们不仅不求形似,而且就以抒情写意为传神了。倪瓒《与张仲藻书》说:"仆之所谓画者,不过逸笔草草,不求形似,聊以自娱耳。"《跋画竹》说:"余之竹聊以写胸中逸气耳,岂复较其似与非,叶之繁与疏,枝之斜与直哉!"这就把强调"神似"从对于客体的要求转向对于主体的要求了。以后石涛等人主张"不似之似",便是顺着这个方向往下发展的。石涛写道:"天地浑熔一气,再分风雨四时,明暗高低远近,不似之似似之。""名山许游未许画,画必似之山必怪,变幻神奇懵懂间,不似之似当下拜。"(《题画诗》)在石涛的"不似之似"这一命题中,前一个"似"是指形似,而后一个"似"则是指神似,而"神似"又是指主观心灵的表现。他说,"夫画者,从于心者也"(《画语录·一画章》),"笔墨乃性情之事"(《题画跋》),便可为证。

综上所述,从总的趋势看,人们对于艺术真实的要求是从求"形似"走向求"神似",在形神兼备的关系中更侧重于对"神"的表现,即在客体方面要求通过鲜明生动的形象来显示事物的本质,通过美的形式来表现深刻的生活内容,而且开始重视对象的"神"与主体的情感意蕴之间的感应连通关系,这就很好地把握到了艺术真实中"形"与"神"的辩证关系,对于我们理解这一问题提供了极好的借鉴。

另一方面,艺术真实又是"情"与"理"的有机统一。"情"就是情感。情感因素对于文艺创作具有十分重要的意义。情感是一种鲜明而又强大的心理动力,对于文艺创作起着有力的推动作用。同时情感又是文学艺术的核心内容,因此古往今来人们总是对于"情"在艺术真实中的意义予以高度重视。《乐记·乐本篇》说:"凡音者,生人心者也。情动于中,故形于声。声成文,谓之音。"萧子显说:"文章者,情性之风标。"(《文学传论》)白居易说:"诗者:根情,苗言,华声,实义。"(《与元九书》)国外文艺理论家的认识亦然。德谟克利特认为,没有人"可以不充满热情而成为大诗人"。① 狄德罗认为,在戏剧中,"激情表现得越强烈,剧本的趣味就越浓。……没有感情这个因素,任何风格都不能打动人心"。② 别林斯基说:"感情是诗情天性的最主要的动力之一;没有感情,就没有诗人,也没有诗歌。"③如此等等。无论在哪种文学风格、流派的作品所构成的艺术真实中,我们都可以感受到作家情感脉搏的有力跳动。浪漫主义作品中那种火山爆发式的情感自不待言,即使在冷静的现实主义作品中,情感也仍然以潜伏的、深沉的方式执着地产生着作用。对于半封建半殖民地中国的黑暗现实的痛心疾首,在郭沫若的《女神》中化为火山爆发似的呼喊,而在鲁迅的《彷徨》、《呐喊》中则成为"冷得发热"的思索和解剖,但这二者都构成了不朽的艺术真实。

尽管情感在艺术真实中具有如此重要的意义,但是它不应该成为肆意泛滥的洪水,而应该纳入理智的轨道。不受约束的情感泛滥是十分有害的,健全的情感应当受到理智的规范和调节,这就显示出"理"在艺术真实中的重要作用。"理"即理解、理智、理性,它把握的是事物的本质和规律,因此较之其他感性心理形式上升到了更高的阶段,能够对于其他心理过程,包括情感活动,起到指导和规范的作用。作家艺术家首先要有对于生活的潜心体察和深沉思索,才能调动和调整强烈的情感因素,才有可能创造出不朽的艺术真实来。列·托尔斯泰在《复活》的写作过程中曾抱定明确的宗旨:"要修改就必须:描写他(指聂赫留朵夫)和她(指玛丝洛娃)的感情与生活。对她的——肯定而严肃,对他的——否定而嘲笑。"④由此可以见出理智在创造艺

---

① 北京大学哲学系外国哲学史教研室编译:《古希腊罗马哲学》,三联书店1957年版,第104页。

② [法]狄德罗:《论戏剧诗》,《狄德罗美学论文选》,张冠尧等译,人民文学出版社1984年版,第135页。

③ [俄]别林斯基:《爱都华·古别尔诗集》,《外国理论家作家论形象思维》,钱锺书等译,中国社会科学出版社1979年版,第74页。

④ [苏联]贝奇科夫:《列·托尔斯泰评传》,吴钧燮译,人民文学出版社1959年版,第496页。

术真实的过程中所起的重要作用。但是就艺术真实来说,作家的理性认识、思想见解和倾向性又不应以赤裸裸的哲理形式出现。文学艺术最忌讳简单抽象、枯燥乏味的说教,抽象说教、图解概念、演绎观念等做法将对艺术真实产生严重的破坏作用。作家的理性因素应该融化在活泼泼的情感之中,转化为形象的力量,才能透入人们的心灵,给人以启发,为人所领悟。

综上所述,艺术真实是主客观的辩证统一,具体地说就是形与神、情与理的辩证统一。对此可以用《文心雕龙·神思》一篇的赞语来加以概括:"神用象通,情变所孕;物以貌求,心以理应。"就是说,事物的内在本质通过外在形象得到显现,主观的情感对它起着催生的作用;虽然对象以外在的形貌引起人们的强烈感受,但它的本质却已经被人们的理智所把握。这就是我们所理解的艺术真实。

正因为艺术真实是由主客观两方面和形、神、情、理四要素所构成,而在不同的作品中这些方面的比例构成又千差万别,所以艺术真实的创造是不拘一格的。然而大致说来,主要有两种情况:一是侧重于刻画对象的"形"与"神",即以生活本身的样子如实地反映生活;一是侧重于表现作者的"情"与"理",即通过人的内心体验曲折迂回地反映生活。前者可以称为常态的艺术真实,后者则可以称为变态的艺术真实。

常态的艺术真实以刻画对象的"形"与"神"见长,它不仅要求反映生活的本质、规律,而且要求按照生活本来的样子来反映,它注重描写人与物的客观性,注重细节描写的精确性和逼真性,对于人物的行动、心理和人与人之间的关系都要求按照生活原有的样子加以描绘。当然在这里并不是说作者的情感意蕴即"情"与"理"就不重要,只是它潜藏于形象画面背后,暗中调度着人物性格的成长和故事情节的发展。这主要是现实主义的作品所采用的方法。变态的艺术真实则以表现作者的"情"与"理"取胜,它强调情感和理想的作用,常常驰骋想象、大胆虚构,采用非现实、超现实的材料,来表现实际生活中并不存在或尚未出现的理想的生活。它不要求按照生活本来的样子去反映生活,不要求细节的真实,它要求表现思想感情的真实,并借此去表现现实生活的真实。例如汤显祖的《牡丹亭》,描写了杜丽娘、柳梦梅为了爱情生生死死、生可以死、死可以复生的故事。这种情节在实际生活中是不可能出现的,这是艺术想象和虚构的结果。但是作者借此反映了在封建时代青年男女受到封建礼教的桎梏,在暗沉如磐的黑夜里所萌发出的美好梦想,体现了追求恋爱自由和婚姻自由的理想,这是完全符合历史发展和人类进步的必然要求的。因此这一情节不但不虚假,而且是更高的真实。正如作者所说:"梦中之情,何必非真?天下岂少梦中之人耶?"(《牡丹亭题辞》)这种艺术真实,主要存在于浪漫主义、现代主义的作品之中,存在于神话、寓言、童话之中。不过这两种艺术真实是相容而非相斥的,它们有时也共存于同一部作品之中,例如《水浒传》、《红楼梦》便是如此。

第四节 文学的倾向性

一、文学倾向性的丰富内涵

艺术真实高于生活真实之处不仅在于文学艺术能够对实际生活进行选择取舍和集中概括,还在于它能够寄寓作家对于这些生活现象的态度和观点,能够表达作家对于他所描写的一切的判断和评价,或者说,在于文学艺术具有倾向性。然而文学的倾向性所涉及的范围是宽泛的,它包括生活准则、处世哲学、伦理道德、文化观念、审美理想等方面的态度,当然其中也包括阶级的、政治的立场观点,它的内涵是极其丰富的。在以往战争年代和阶级斗争十分尖锐激烈的年代,突出文学的阶级倾向性和政治倾向性无疑是必要的,而且也是起到了积极的作用的。但多年以来,在"左"的思想影响下,对此作了片面化、绝对化的理解,从强调文学艺术表现阶级倾向性和政治倾向性发展到把表现阶级倾向性和政治倾向性当作文学艺术的最高的和唯一的要求,提出了"政治标准第一,艺术标准第二"、"文艺为政治服务"等口号,从而导致了文学创作中所谓"题材决定论"、"三突出"、"高大全"以及公式化、概念化等怪论和怪事的出现,最后导致了"十年动乱"中文艺创作万马齐喑的可悲局面。由此可见,我们必须肯定文学艺术具有倾向性,但是又必须强调文艺倾向性的包容性,如果对此仅仅作狭隘的理解,那事情就势必走向反面。现在党中央吸取历史的教训,在制定文艺政策时明确提出文艺"为人民服务,为社会主义服务"、"思想标准与艺术标准相统一"的方针,体现了对于文艺自身的特有规律的准确把握和实事求是的科学态度。

二、文学倾向性的存在方式

文学具有倾向性,而且这种倾向性对于文学来说至关重要,但它不能以游离于形象画面之外的议论和说教来表现,而应该通过艺术形象不露痕迹地表现出来,进而对读者产生潜移默化的作用。恩格斯多次论述到这一点,他说:"倾向应当从场面和情节中自然而然地流露出来,而无须特别把它指点出来。"①他肯定作品中的人物应该"是一定的阶级和倾向的代表",但认为这种倾向必须通过人物的行动,通过他"做什么"和"怎么做"而表现出来②。他还说:"作者的见解越隐蔽,对艺术作品来说就越好。"③历来优秀的文艺作品,大都是通过真实、生动、细腻的形象描写来表达自己的倾向性的,这要比那种运用旁白、插话和外加的阐述来说明作者的态度要更有说服力。像《红楼梦》中对于袭人告密、王熙凤图财害命、薛宝钗工于心计等事的态度都是未曾明言但昭然若揭的。例如《红楼梦》第 40 回写林黛玉在酒宴上行酒令不小心说出《牡丹亭》、《西厢记》中的唱词时薛宝钗的反应。(见专栏 2.5)

专栏 2.5

《红楼梦》第 40 回"史太君两宴大观园,金鸳鸯三宣牙牌令"(节选)

鸳鸯道:"如今我说骨牌副儿,从老太太起,顺领下去,至刘姥姥止。比如我说一副儿,将这三张牌拆开,先说头一张,再说第二张,说完了,合成这一副儿的名字,无论诗词歌赋,成语俗话,比上一句,都要合韵。错了的罚一杯。"众人笑道:"这个令好,就说出来。"

……

鸳鸯又道:"左边一个'天'。"黛玉道:"良辰美景奈何天。"宝钗听了,回头看着他,黛玉只顾怕罚,也不理论。鸳鸯道:"中间'锦屏'颜色俏。"黛玉道:"纱窗也没有红娘报。"……

其他人都没有在意,唯独薛宝钗有反应,但书中只写了"宝钗听了,回头看着他"9 个字。之后第 42 回则写到宝钗为此事开导林黛玉:"至于你我,只该做些针线纺绩的事才是;偏又认得几个字。既认得了字,不过拣那正经书看也罢了,最怕见些杂书,移了性情,就不可救了。"试问如果薛宝钗自己不读这些"杂书",她何以知道林黛玉所言的出处?如果她自己不对这些"杂书"深感兴趣,又何以对其中唱词如此熟悉?只要略加玩味便可见出,薛宝钗城府颇深的个性以及作者的褒贬抑扬便全都包含在这不动声色的 9 个字

---

① [德]恩格斯:《致明娜·考茨基》,《马克思恩格斯文集》第 10 卷,人民出版社 2009 年版,第 545 页。
② [德]恩格斯:《致斐迪南·拉萨尔》,《马克思恩格斯文集》第 10 卷,人民出版社 2009 年版,第 174—175 页。
③ [德]恩格斯:《致玛·哈克奈斯》,《马克思恩格斯文集》第 10 卷,人民出版社 2009 年版,第 570 页。

和对黛玉的开导之中了。一个成熟的作家,在如何恰当处理自己的态度问题上是有着明确的自觉意识的。当代作家汪曾祺在谈到创作技巧时说过这么一件事,他的小说《异秉》最后有这样一个情节,一个叫王二的人物,有一种将"大小解分清"的异秉,即解手时先解小手后解大手的特异本领,有一次他当众说出此事以后,在场的陈相公不见了,原来是进了厕所,这是陶先生发现的,陶先生一头进了厕所,发现陈先生已经蹲在那里,本来,这都不是他俩解大手的时候。对于这个情节,有一位评论家在一次讨论会上,说他看到这里,过了半天才大笑出来。汪曾祺说,如果我说破了他们是想试试自己也能不能做到"大小解分清",就不会有这样的效果。如果再发一通议论,说:"他们竟然把生活的希望寄托在这样的微不足道的,可笑的生理特征上,庸俗而又可悲悯的小市民呀!那就更完了。"①总之,文学倾向性在作品中的表现正像《红楼梦》中尤三姐所说的一句话:"提着影戏人儿上场,好歹别戳破这层纸儿。"

在文学作品中,倾向性首先是与情感活动相结合,如盐在水地溶化在情感之中的。文学艺术所包含的思想观点和立场态度与科学理论不同,它不是以孤立纯净的概念、公式、定义、原则的形式而存在的,它本身并不具备独立的形态,甚至不具备明确的形态,它是围绕着情感这一核心而存在、而运动的,而且它的表现也是与情感相融相济的,进而变成一种意蕴、一种情致、一种心态。因此文学艺术的倾向性不是一种哲学观念,而是一种诗情观念,不是对于思想的理性概括,而是对于思想的情感概括。别林斯基指出:"倾向本身不仅存在在头脑里,还必须主要地存在在写作人的心里、血液里,主要地必须是一种感情、一种本能,然后恐怕才是一种自觉的思想,——倾向非像艺术本身那样地生发出来不可。"②在果戈理的《钦差大臣》和《死魂灵》中作者的倾向性就是通过"含泪的笑"这一情感态度表现出来的,果戈理曾说过,在《钦差大臣》中只有一个主人公,那就是"笑"!

其次,在文学作品中,倾向性也是与作家的艺术才能结合在一块的。别林斯基说:"在艺术的领域内,倾向要不是被才能支持着,是不值一文钱的。""不管你怎样摹写自然,怎样用现成的观念和善意的'倾向'调味你的摹写,如果没有诗才的话,你的摹写还是无法令人想起原物来,观念和倾向仍将是

---

① 汪曾祺:《小说技巧常谈》,《新时期作家创作艺术新探》,人民文学出版社 1991 年版,第 284 页。

② [俄]别林斯基:《1847 年俄国文学一瞥》,《外国理论家作家论形象思维》,钱锺书等译,中国社会科学出版社 1979 年版,第 80 页。

修辞性的陈腔滥调而已。"①所谓"艺术才能"其实就是将思想观念和倾向性转化为艺术形象的能力。想法人人都有,但并不是每个人都能将自己的想法变成形象、故事和艺术画面,作家的才能就体现于此,作家与常人的区别也在于此。而艺术才能的形成,既与天生资禀有关,又与后天的阅历、修养、教育、训练和勤奋有关,它使得作家只要心中产生了某种想法,便能像春蚕吐丝那样仿佛出于本能似地马上用艺术形象表现出来,正如音乐家一有所感便马上会将其变成曲调,画家一有所得便会马上将其变成颜色和形状一样。总之由于才能的依托,文学的倾向性方能找到其适当的存在方式。陆文夫在创作小说《围墙》之前接触类似《围墙》这样的事情很多,早就有这样的看法,即"讨论不休的人不少,真正动手的人却不多,而且干了还不讨好,不干的人倒正确"。② 要将这一看法写出来,就必须找到一个地方来落笔,结果找到了围墙。至于为什么找到围墙,其原因在于他对苏州园林很熟悉,平时对砌墙之类的事情观察得挺仔细,而且搞创作的人观察事物"要比别人多一只眼睛"。他主张作品要有新鲜感,在创作过程中力求将一般化的东西统统排除掉,加之长期积累的丰富的创作经验,使得这篇小说通过建筑设计所行政科的办事员马而立砌围墙的故事将这一想法表现得恰到好处。

再次,在文学作品中作者的倾向性能否找到恰到好处的存在方式,最终仍与作者所要表达的思想观点是否正确、深刻,是否站得住脚有关。正确、深刻,具有内在真实的思想观点总是能够找到适当的艺术表现方式,但艺术表现的失败往往与思想观点的缺陷有关。因为有缺陷的思想观点本身就是肤浅、稚嫩、模糊的,总是缺乏充分的生活依据和来自生活的情感血色,也难以在艺术上找到相应的完美表现。普列汉诺夫指出:"假如宣传者没有完全成为自己思想的主人,假如再加上他的思想不明白不彻底,那末思想性就会对艺术的作品有不好的影响,那末它就会带来冷淡,厌倦,枯燥。但是要注意,在这里过错并不在于思想,而是在于艺术家研究思想的本领,在于艺术家由于这种或者那种原因,没有把思想贯彻到底。所以,跟初初看来的情形相反,问题不在思想性,而——恰好相反——在于思想性的不足。"③ 二三十

---

① [俄]别林斯基:《1847年俄国文学一瞥》,《外国理论家作家论形象思维》,钱锺书等译,中国社会科学出版社1979年版,第80—81页。
② 陆文夫:《创作靠"两条腿"》,《新时期作家创作艺术新探》,人民文学出版社1991年版,第210页。
③ [俄]普列汉诺夫:《亨利克·易卜生》,《论西欧文学》,高中甫编,吕荧译,人民文学出版社1957年版,第9—10页。

年代提倡"无产阶级文学"的创造社和太阳社在如何表现文学的倾向性问题上存在着重大的偏差,他们强调文学只是"反映阶级的实践的意欲","一切的文学,都是宣传",文学"是机关枪,迫击炮",同时无视文学艺术的审美特征,认为艺术的技巧和手法无足轻重,无产阶级文学只有四种形式,即"讽刺的无产文学"、"暴露的无产文学"、"鼓动的无产文学"、"教导的无产文学"。[1]这就导致其作品表现出严重的标语口号式的倾向,变成了思想观念的留声机。然而这种不良倾向的出现,根子仍然通到他们在政治上的左派幼稚病和激进情绪。当时他们还不能透彻地掌握马克思主义理论,对于辩证唯物主义和历史唯物主义的了解只是停留在书本知识和概念演绎的水平上,对于中国革命的性质、形势和任务存在着模糊认识,对于中国革命进程的认识夹杂着理想化、简单化的唯心色彩,而这些错误的政治观点也对其文学观造成深刻影响,导致对于文学的性质和功能的片面化、简单化理解。当时鲁迅曾针对这种标语口号式的文学作出了批评,他说:"我以为一切文艺固是宣传,而一切宣传却并非全是文艺,……革命之所以于口号,标语,布告,电报,教科书……之外,要用文艺者,就因为它是文艺。"[2]而以上错误主张片面夸大"文艺的旋转乾坤的力量"[3],则是"踏了'文学是宣传'的梯子而爬进唯心的城堡里去了"。[4] 由此可见,文学倾向性的存在方式并不只是一个艺术处理问题,同时也是思想观念本身的问题。

三、作者的主观倾向和作品的客观意义

文学的倾向性还包含作者的主观倾向和作品的客观意义这两个层面,这两个层面既相互联系,有相互一致的方面,又各有特点,有不相一致的方面。

一个作家,他要塑造什么样的艺术形象,要在这一形象身上寄寓什么样的思想感情,这在很大程度上取决于他的创作意图。一般说来,他的创作意图在形象身上是能够得到贯彻和实现的,这就能够使得作者的主观倾向和作品的客观意义两个层面达到一致。这是一种常见的基本情况。但是,作者的创作意图不能在形象身上得到贯彻和实现的情况也并不少见,在这种

---

[1] 李初梨:《怎样地建设革命文学》,《文化批判》1928年第2号。
[2] 鲁迅:《三闲集·文艺与革命》,见《鲁迅全集》第4卷,人民文学出版社2005年版,第85页。
[3] 鲁迅:《三闲集·文艺与革命》,见《鲁迅全集》第4卷,人民文学出版社2005年版,第84页。
[4] 鲁迅:《译文序跋集·〈壁下译丛·小引〉》,见《鲁迅全集》第4卷,人民文学出版社2005年版,第307页。

情况下,作者的主观倾向和作品的客观意义这两个层面就不尽一致了。例如巴尔扎克在政治上是一个保皇党人,但是他的作品却对于他所同情的贵族阶级给予辛辣的讽刺,把他们描写成不配有更好命运的人,而对于他政治上的死对头、当时代表人民群众的共和党人却丝毫不加掩饰地表示赞赏。为什么会出现这种情况呢? 这里有两个方面的原因。

  一方面,在文艺创作中存在着所谓"形象的能动性"问题。因为作品的倾向性是隐含在形象之中,通过形象而得到表现的,而形象在创作过程中一旦被赋予了生命,它便能活起来,形成自身的逻辑,甚至突破作者原先的设计和安排,反过来带领作者向前走,显现出出乎作者意料的思想意蕴。然而高明的作家往往不是违拗形象的逻辑,而是对此采取尊重和顺应的态度,使之按照自身的逻辑得到充分的显现。法国作家莫里亚克说:"我们笔下的人物的生命力越强,那么他们就越不顺从我们。""如若他顺从地做了我们期待他做的一切,这多半是证明他丧失了自己的生命,这不过是受我们支配的一个没有灵魂的躯壳而已。"[①]卢卡契则从作者一端确认对于形象的能动性的遵从乃是文学创作达到最高境界的一个标志:"作家任意控制他的形象和情节的能力愈小,现实主义胜利的希望就愈大。"[②]其实这种情况的出现,根源终究仍在作者自身思想的发展。所谓"形象的能动性"只是一个比喻,它只是说明作者原先对于形象的认识还不尽成熟、不尽透彻、不尽全面,这种认识上的欠缺随着创作进程的逐步展开而暴露出来,而作者面对这种情况能够捐弃那些不成熟、不全面的看法,从善如流地修正和改变自己既定的创作思路,因此这在本质上乃是作者的认识在创作中不断得到深化和完善,不断走向成熟的过程。于是就可以看到这样一种现象:越是有才能的作家,就越是能够创造出那种有自主性的形象,而他也越是心甘情愿地放弃对于形象的控制权,被形象牵着鼻子跑,于是原先打算赞扬的后来却成了抨击的对象,原先打算否定的后来却成了肯定的对象,原先安排的次要人物后来却成了主要人物,等等。即便并不如此,也起码要形成一些新的想法、新的情节、新的穿插、新的处理。列·托尔斯泰写《安娜·卡列尼娜》时原来并未打算让她自杀,法捷耶夫写《毁灭》时原来曾经打算让美谛克自杀,普希金写《欧根·奥涅金》时没有想到达吉亚娜后来会嫁人,鲁迅写《阿Q正传》也没有

---

 ① [法]莫里亚克:《小说家及其笔下的人物》,《法国作家论文学》,王忠琪等译,三联书店1984年版,第193、194页。

 ② [俄]卢卡契:《卢卡契文学论文集》(一),中国社会科学院外国文学研究所编,中国社会科学出版社1980年版,第231页。

想到阿 Q 会得了个"大团圆"的结局,但后来人物都自己改变了自己的命运,而现在我们所看到的结局则无疑显示了更加深刻的思想意义。

另一方面,在文艺创作中也存在着所谓"形象大于思想"的问题。文学作品意义的实现需要读者的介入,并非作者自己说了算的。而读者所处的历史阶段、所达到的思想水平、所拥有的经验和知识与作者往往不尽一致,于是读者在作品中所读出的东西往往要比作者本来在作品中所寄寓的东西多得多,这种情况特别是在阅读古代作品时常常会遇到。现在人们从《俄瑞斯忒斯三部曲》中雅典娜在法庭上投了关键一票的情节读出古代父权制对于母权制的胜利,从《哈姆莱特》中哈姆莱特的犹豫不决读出了文艺复兴运动中人文主义者的软弱和动摇,从《聊斋志异》中读出了无神论的思想,从《红楼梦》中读出了封建制度的兴衰史。如果埃斯库罗斯、莎士比亚、蒲松龄和曹雪芹地下有知的话,对于这样的理解一定会大为惊诧的。不仅如此,即使阅读同时代作者的作品,读者对于作品意义的把握也可能与作者大相径庭。杜勃罗留波夫在著名的《真正的白天何时到来?》一文中评论小说《前夜》昭示了俄国革命即将到来的先兆,竟引起作者屠格涅夫的强烈抗议,以至与杜氏绝交。由此可见,在文学作品中,确实存在着形象的客观意义与作者注入形象的倾向性不相吻合,甚至前者超出后者的情况。这种情况如果用结构主义和接受美学的理论来阐释的话,则可知任何作品都是一种"期待结构"或"召唤结构",它只是大致上规定了一个范围,期待和召唤着接受者用自己的思想、经验和知识来将其填满。正如胡塞尔所说:"好像认识是一个到处都同样空洞的形式,是一个空口袋,在里面这次装进这个,下次装进那个。"①然而接受者填充进去的经验和知识与作者往往是不尽一致或大相径庭的,于是就造成了观念的错位和悬殊。但这并不说明作者表现能力的低下,恰恰相反,作者在他的作品中留下让他人填充的空间越大,恰恰说明他表现生活的艺术功力越深厚,只不过他本人对此往往不够自觉,有待于别人来加以阐释和开掘而已。

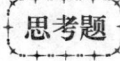

1. 文学形象有哪些特点?

---

① [德]埃德蒙德·胡塞尔:《现象学的观念》,倪梁康译,上海译文出版社 1986 年版,第 63 页。

2. 什么是典型人物？什么是典型环境？

3. 典型环境对于塑造典型人物有何意义？

4. 什么是典型化？试从个性化与概括化辨证统一的角度来说明典型化的规律。

5. 作家创造典型人物有哪几种方法？试举例说明。

6. 何谓意境？它有哪几个方面的内涵？

7. 为什么说艺术真实比生活真实更高？

8. 怎样理解作者的主观倾向和作品的客观意义不相一致的问题？

拓展阅读书目

1. 毛泽东:毛泽东论文学与艺术[M].人民文学出版社,1958年版.

2. (俄)格·尼·波斯彼洛夫:文学原理(王忠琪等译)[M].三联书店,1985年版.

3. 王一川:文学理论[M].四川人民出版社,2003年版.

第三章 文学功能论

人们经常说：一个事物，它做什么用，它就是什么；反过来，它是什么，它就做什么用。这就是说，事物的本质往往是由它的功能决定的。文学也是如此，文学的本质在很大程度上取决于文学的功能，因此文学的功能问题也是文学本质研究中的一个重要问题。

文学的始端与终端都与社会生活有关。一方面，文学以社会生活为本源，文学用形象来反映社会生活；另一方面，文学又反过来对于社会生活产生影响，发挥功能，这种影响和功能常常是重大的和不可或缺的。

那么，文学对于社会生活具有哪些功能呢？这些功能之间存在着何种关系呢？又应如何正确地看待文学的功能呢？

第一节 文学功能的分类

一、文学功能的多元取向

文学艺术在社会生活中的作用是多方面的。对此人们早就有所认识，从孔子提出"兴观群怨"说到后来梁启超提出"熏浸刺提"说，都认识到文学的功能并非只是一端。孔子说："诗可以兴，可以观，可以群，可以怨。迩之事父，远之事君，多识于鸟兽草木之名。"（《论语·阳货》）所谓"兴"，朱熹注解为"感发志意"；所谓"观"，《集解》引郑玄注曰"观风俗之盛衰"，朱熹注曰"考见得失"；所谓"群"，《集解》引孔安国注曰"群居相切磋"；所谓"怨"，《集解》引孔安国注曰"怨刺上政"。就是说，诗歌具有感染启发，认识社会现实，使人们相互砥砺、相互促进，以及批评不良政治的作用。它与整个国家的伦理政治密切相关，也是人们认识外部世界的重要途径。梁启超说，"抑小说之支配人道也，复有四种力"，即"熏"、"浸"、"刺"、"提"。"熏也者，如入云烟之中而为其所烘，如近墨朱处而为其所染"；"浸也者，入而与之俱化也"；"刺也者，刺激之义也"；"前三者之力，自外而灌之使入；提之力，自内而脱之使出"。① 就是说小说有给人熏陶,使人沉浸其中,给人以有力的刺激,以及使人移情而与主人公合而为一的作用。

在这一问题上,西方文论也有类似之处,从亚里斯多德到车尔尼雪夫斯基,也都肯定了文学艺术功能的多样性。亚里斯多德说:"音乐应该学习,并不只是为着某一个目的,而是同时为着几个目的,那就是教育、净化、精神享受,也就是紧张后的安静和休息。"②车尔尼雪夫斯基则指出,艺术具有三大作用,"即再现生活,说明生活和对生活下判断,以及艺术作为'生活的教科书'的功效"。③ 到了当代,国外文论家、美学家对文艺的功能划分得更加细致了。在这方面前苏联的学者比较突出,叶列梅耶夫将其分为8种,鲍列夫将其分为9种,斯托洛维奇则将其分为14种,这14种即认识功能、启蒙功能、教育功能、使人社会化功能、社会组织功能、交际功能、启迪功能、娱乐功能、享乐功能、补偿功能、净化功能、劝导功能、评价功能、预测功能。④ 目前这种精细化、复杂化的分类趋势仍在继续。

上述这一切只不过说明,对于文学的功能不能作简单化的理解,必须看到文学功能的取向是多元的,决非其中任何一元所能囊括无遗。

二、文学的几种主要功能

虽然古今中外人们对于文学功能的看法不一,分类也颇多歧异,但一般说来,对于以下三大功能却是基本认同的,即文学的认识功能、教育功能和审美功能。

认识功能。人们阅读文学作品,往往能够增进对于社会、人生、历史、自然的认识,获得丰富的人生经验、历史知识和科学道理,提高观察生活、了解历史、认识自然的能力,这就是文学的认识功能之所在了。

人们由于生存时间和活动空间的限制,对于社会生活的了解总是不够的、有欠缺的,这就需要通过一定的方式去了解社会生活,而文学在这方面则提供了最好的方式。不用说,人们对于不同时代、不同民族、不同地域以

---

① 梁启超:《论小说与群治之关系》,《梁启超全集》第4卷,中国人民大学出版社2018年版,第50—51页。
② [古希腊]亚里斯多德:《政治学》卷8,《西方美学家论美和美感》,北京大学哲学系美学教研室编,商务印书馆1980年版,第44页。
③ 转引自朱光潜:《西方美学史》下卷,人民文学出版社1979年版,第582页。
④ [爱沙尼亚]斯托洛维奇:《审美价值的本质》,凌继尧译,中国社会科学出版社1984年版,第176页。

及不同条件的生活状况的了解,在很大程度上都得益于文学作品。不仅如此,而且文学也能让人回忆起以往熟知但后来被忘却的事物,让人注意到那些习焉不察被忽略掉的东西。车尔尼雪夫斯基说,海是美的,但并非每个人都住在海滨,许多人终身没有见到海的机会,然而他们也希望欣赏大海的景色,于是就出现了描绘大海的绘画。"这就是许多艺术作品的唯一的目的和作用:使那些没有机会直接欣赏现实中的美的人也能略窥门径;提示那些亲身领略过现实中的美而又喜欢回忆它的人,唤起并且加强他们对这种美的回忆。"①另一方面,文学还能展示人的内心世界和情感生活。相对于包罗万象的外部世界,人的内心世界也是一片广袤的天地、一片迷乱的星空,在这个阔大的空间中也是风云际会、变幻无穷的。时而鲜花盛开,云雀在云端高歌,时而风雷激荡,乌云在头顶聚合,人的热情、欢乐、梦想、忧思、怅惘、悲伤,以及那些神秘莫测、隐匿不彰或羞于告人的情愫和思绪都在这里聚集、交织,而这正显示了人性的丰厚、深邃、微妙和神秘。元杂剧《包待制智赚灰阑记》写妓女张海棠嫁给马员外后,被马员外的大老婆构陷夺走其亲生幼儿,打进大牢,当此案交到包拯面前时,两个妇人都称孩子为自己所出,包公便设计让差人在公堂上用石灰画了一个围栏(阑),将孩子放在中间,叫两个妇人从两边往外拽拉,宣称谁将孩子拽出阑外,谁就是孩子的亲生母亲。两次三番,都是大老婆狠命将孩子拽出阑外,而张海棠深怕折断孩子手臂,怎么也不肯用力去拽。结果当然是明了了,包公作出了智慧、公正的判决。其中非常感人的是张海棠对于内心亲子之爱的泣血倾诉。(见专栏 3.1)

专栏 3.1

李行道:《包待制智赚灰阑记》(节选)

〔包待制云〕兀那妇人,我看你两次三番,不用一些气力拽那孩儿。张千,选大棒子与我打着!

〔正旦云〕望爷爷息雷霆之怒,罢虎狼之威。妾身自嫁马员外,生下这孩儿,十月怀胎,三年乳哺,咽苦吐甜,煨干避湿,不知受了多少辛苦,方才抬举的他五岁。不争这孩儿,两家硬夺,中间必有损伤。孩儿幼小,倘或扭折他胳膊,爷爷就打死妇人,也不敢用力拽他出这灰阑外来。只望爷爷可怜见咱。

〔唱〕【挂玉钩】则这个有疼热亲娘怎下得。〔带云〕爷爷,你试觑波。

---

① [俄]车尔尼雪夫斯基:《生活与美学》,周扬译,人民文学出版社 1957 年版,第 91 页。

〔唱〕孩儿也这臂膊似麻秸细,他是个无情分尧婆管甚的?你可怎生来参不透其中意?他使着侥幸心,咱受着腌臜气。不争俺两硬相夺,使孩儿损骨伤肌。

　　特别是戏中包公在判决前道出了一句点睛之语:"律意虽远,人情可推。"肯定了张海棠作为母亲所怀的人间至情,使整个作品洋溢着强烈的人文精神。总之,文学是一本关于人的大书,它教给人们认识人性人情的功效,远胜于其他知识体系之力。如果要细分的话,文学这种让人了解不同时间、不同空间社会生活以及人的内心生活的作用可以说是生活认知功能。
　　与生活认知功能相对的是科学认知功能,这是文学对于社会生活和自然世界之本质规律的认识作用,其深刻性和丰富性并不亚于科学研究。具体地说,一方面是对社会规律的科学认知,例如鲁迅在《阿Q正传》、《风波》、《药》等小说中对于辛亥革命以及中国国民性之本质的深刻揭示,就是连篇累牍的理论论证也无法企及的。另一方面是对于自然规律的科学认知,文学通过想象、直觉和灵感的作用,能够省略繁复的逻辑推论过程而一步到达结论,能够独具慧眼地发现那些凭正常思维难以看到的捷径,而达到对于自然规律的透辟把握,有时甚至比自然科学的研究更具超前性。辛弃疾的《木兰花慢》词云:"可怜今夕月,向何处、去悠悠?是别有人间,那边才见,光景东头。"在科学尚不十分发达的古代就已猜想到月球环绕地球运转的道理,难怪后来王国维惊叹:"词人想象,直悟月轮绕地之理,与科学家密合,可谓神悟。"(《人间词话》)另外像法国科幻小说作家儒勒·凡尔纳的小说《海底两万里》、《地心游记》、《从地球到月球》、《神秘岛》、《环游地球八十天》等,其中虚构出来的人造卫星、航天飞机、宇宙飞船、月球车、潜艇、地铁、人工岛、海底隧道等等后来都变成了现实,但在时间上却比文学的创造晚了一百多年!
　　肯定文学对于社会规律和自然规律具有重要的认识功能,并不等于说可以将文学的认识作用与科学的认识作用简单地等同起来。文学是运用想象、虚构,通过情感的凝聚和转换,用艺术形象来描写生活现象和自然现象,揭示生活底蕴和自然规律的,因此它的认识功能与科学仍有重大的区别。描写历史题材的文学作品就不能作为历史教科书来使用,《三国演义》不能当作《三国志》来读,《三国演义》中的曹操也不是历史上实有的曹操,《西游记》中孙悟空七十二变、一个筋斗十万八千里也不能看成自然人力所能达到的,这都是常识范围内的事。文学的认识作用最终要融化于审美作用之中,同时也为文学的审美特征所制约。可见必须将科学研究与文学的认识功能结合起来，相互补充，相互发明，人们对于整个社会生活和世界图景的认识才是完整的、全面的，否则人们对于整个世界的认识便不能不存在着缺陷。

教育功能。一个显而易见的事实是，在文学作品中总是要寄寓作家的理想、愿望和追求，总是要显示作家的态度和倾向，总是要表达作家的判断和评价，其中总是包含着一定的哲学、道德、宗教、政治等价值观念和价值评判的内容，而且作家也总是希望通过作品中的艺术形象将这种价值观念和价值评判的内容传达给读者，用这种价值体系去影响读者，以期读者在价值观念上达到与自己的认同，这就使得文学总是具有一定的教育功能。历来优秀的文学作品，如《怎么办》、《牛虻》、《母亲》、《钢铁是怎样炼成的》、《青春之歌》、《红岩》等，在帮助人们形成进步的世界观，培养崇高的思想感情、高尚的道德情操和坚强的人格力量方面，总是起着不可低估的积极作用。但是这里所说的优秀作品也不仅是指上述带有鲜明的进步倾向的作品，同样也包括那些对于生活经验作出精当概括，对于人生真谛表达透辟入微，对于人世沧桑抱有深沉感怀，而且在艺术上有很高造诣的作品，它们同样也能给人以熏陶和感化，在培养健全的人性、良好的素养和高雅的趣味等方面产生积极的作用。古今中外大量的抒情诗、山水诗、田园诗、游记散文、小品文、随笔等便是如此，如丰子恺的《缘缘堂随笔集》中的一些篇什。《儿女》感悟童心是最健全的人性，《忆儿时》对儿时虐杀生灵行为的深表忏悔，《作父亲》自责以世故之心教育子女，《放生》阐扬对生命的仁爱之心，如此等等，应该说都是不无教育意义的。而且像这样一些表现身边事、平常心的作品的教化作用恰恰是那种黄钟大吕式的作品所不能替代的。

文学的教育功能也可以根据性质、强度和形式的差别而区分出不同的层面，这就是宣传功能、启迪功能和陶冶功能。

文学的宣传功能与政治、道德、宗教等实践要求相关，往往带有强制性、单向性，强调推行、灌输、说服。这里突出的是作者的主动性。历史经验证明，将文学简单地当作宣传工具的做法是偏狭的，在实践上是有害的，既有损于文学的形象，也败坏了宣传的名声。但是在文学中有没有宣传的成分呢？回答是肯定的。当一个作家在他的作品中暗示某种人生态度和价值体系，并有意无意地用它来影响读者时，其实他已经是在进行宣传了。只不过关键是：一切文学都是宣传，但并非一切宣传都是文学。文学的宣传功能必须在充分尊重文学自身审美特点的前提下得到实现，丧失了这一前提的宣传则为文学所不取。

文学的启迪功能是文学教育功能的另一层面。孔子肯定诗歌可以感发志意("兴"),车尔尼雪夫斯基肯定艺术能够作为"生活的教科书",都是对于文学艺术启迪作用的确认。文学的启迪功能要求读者理智上的感悟、灵动和敞开,它讲究启发、点拨和诱导。这里既重视作者的主动性,又重视读者的主动性。它是以知识、经验和素养为基础,让人在感受着文学形象的同时对于作者寄寓在形象之中的情感意蕴和思想观念产生理智上的认同。美国作家杰克·伦敦的小说《热爱生命》描述了一个孤苦伶仃、冻饿交加、扭伤了脚、疲惫到极点的淘金者,与一头同样是又饿又累、跛着一条腿、不停地咳嗽的病狼在荒原上进行了几天几夜你死我活的对抗和较量,终于赢得了生的希望的故事,昭示了一个震撼人心的主题:"一切,总算剩下了这一点——他们经历了生活的困苦颠连;能做到这种地步也就是胜利,尽管他们输掉了赌博的本钱。"大概没有人在阅读了这篇小说以后能不为主人公对于生命那种执着、顽强、坚毅的追求所打动,进而对于人生的真谛多一点感悟、多一点体认的。

　　文学的陶冶功能则侧重于感染、熏陶和潜移默化,旨在让读者的情感、趣味和情操不期然而然地得到优化和提高。它将文学功能的目的性淡化到最低限度,讲究的是"微风潜入夜,润物细无声","有意栽花花不发,无意插柳柳成荫"。因此这种陶冶功能似乎在作者与读者两方面都不表现出主动性,但是它的感化力量却并不比上述宣传功能、启迪功能稍逊一筹。关于文学的陶冶作用,早在亚里斯多德时代就有论述,他在《诗学》第 6 章关于悲剧的经典性定义中,就已指出悲剧的效果在于"借引起怜悯与恐惧来使这种情感得到陶冶"。① 这里所说的"陶冶",原文作"Katharsis",是指悲剧通过调节人的心理、情感而起到感化人的作用。这种陶冶作用也就是梁启超所说的"熏"之力。在这一点上,还是梁启超说得透彻:"人之读一小说也,不知不觉之间,而眼识为之迷漾,而脑筋为之摇,而神经为之营注;今日变一二焉,明日变一二焉;刹那刹那,相断相续;久之而此小说之境界,遂入于其灵台而据之,成为一特别之原质之种子。有此种子故,他日又更有所触所受者,旦旦而熏之,种子愈盛,而又以之熏他人。故此种子可以遍世界,一切器世间、有情世间之所以成、所以住,皆此为因缘也。则小说则巍巍具此威德以操纵

---

① ［古希腊］亚里斯多德:《诗学·诗艺》,罗念生译,人民文学出版社 1962 年版,第 19 页。

众生者也。"①当然这里梁启超所说有过分夸大文学作用之嫌,但不能不承认,文学的陶冶作用确实是如春风吹拂、春雨播撒一样流布于人间的。只要是有文学的地方,就会感受到它对于人心的感发和化育之力,哪怕是一首小诗,亦不例外。如普希金的《假如生活欺骗了你》:

假如生活欺骗了你,
不要悲伤,不要心急!
阴郁的日子须要镇静,
相信吧,那愉快的日子即将来临。

心永远憧憬着未来,
现在却常是阴沉:
一切都是瞬息,一切都会过去,
而那过去了的,就会变成亲切的怀恋。

这首广为传颂的抒情短诗以其坚定的信念、乐观的态度、纯真的情感和富于哲理意味给了多少读者,特别是年青读者以潜移默化的积极影响!

审美功能。文学除了上述两种功能之外,还有一种突出的功能,那就是给人带来身心愉快,进而对人们以审美情感为核心的审美趣味、审美能力、审美态度、审美要求、审美标准、审美理想产生有力的感召和塑造作用。这就是文学的审美功能。根据文学对人的感官、心理、精神等方面所带来的不同的愉快,对人的感性、理性等不同层次所起的塑造作用,文学的审美功能又可以细分为感官愉悦功能、心理愉悦功能和精神愉悦功能。

感官愉悦功能是指文学能够给人带来悦目悦耳的快感和享受,使人在紧张的劳作之余得到休息和放松,得到娱乐和消遣。感官愉悦功能是文学的审美功能中最原初的作用,因为从身心活动的结构来说,这主要是使人的感官获得愉快。但它却是文学审美功能中最基本的方面,因为人们求诸文学艺术的,首先是娱乐和消遣。试问有谁是专门为着受教育而走进剧场、电影院的? 又有谁是特地为着接受某种思想观点和世界观体系而阅读小说、吟咏诗词的? 鲁迅就曾把娱乐视为文艺"本有之目的",认为"美术之用,大

---

① 梁启超:《论小说与群治之关系》,《梁启超全集》第 4 卷,中国人民大学出版社 2018 年版,第 63 页。

者既得三事（表见文化，辅翼道德，救援经济），而本有之目的，又在与人以享乐"①。恩格斯在论及德国的民间故事书时也说："民间故事书的使命是使农民在繁重的劳动之余，傍晚疲惫地回到家里时消遣解闷，振奋精神，得到慰藉，使他忘却劳累，把他那块贫瘠的田地变成芬香馥郁的花园；它的使命是把工匠的作坊和可怜的徒工的简陋阁楼变幻成诗的世界和金碧辉煌的宫殿，把他那身体粗壮的情人变成体态优美的公主。"②文学的感官愉悦功能体现了审美活动的无功利和非实用的一面，它能够使人暂时摆脱实际生活状况和物质条件的束缚，在超现实的境界中获得一种自由自在的享受和快乐，因而欣赏文学艺术作品成为人们娱乐消遣的重要方式。关于这一点，科林伍德这样解释："如果一件制造品的设计意在激起一种情感，并且不想使这种情感释放在日常生活的事务之中，而要作为本身有价值的某种东西加以享受，那么，这种制造品的功能就在于娱乐或消遣。"③这就是说，文艺作品所引起的情感释放有两种情况：一是将情感当作手段，用以达到情感之外的其他目的；一是将情感本身当作目的。前一种情况是为了实际生活，后一种情况则是为了娱乐消遣。也就是说，娱乐消遣是一种无关乎实际生活的情感释放方式。为了娱乐消遣，艺术往往创造出一种虚拟的情境，给人造成幻觉，它既让人的情感得到释放，又不至于造成在实际生活中可能引起的种种后果。科林伍德的这一见解存在着将娱乐消遣与实际生活截然分开的弊病，但也揭示了这样一个事实：文艺的感官愉悦功能的发挥，有着一定的心理基础。

　　文学的心理愉悦功能则进了一步，它是通过审美活动对人的情感起到激发和唤醒的作用，进而使内心郁积得以宣泄，心理能量得以释放，心理紧张得以缓解，就像人悲恸欲绝时需要大哭一场，大喜过望时需要张狂一番那样，最终获得一种如释重负般的畅快感和轻松感。这种让人宣泄情感的心理愉悦功能能够产生一种有益的心理治疗作用。关于上文所引述的亚里斯多德所说的悲剧的"Katharsis"作用究属何指还存在着不同意见。另一种意见认为"Katharsis"应作医学方面的理解，可将其理解为"宣泄"。这就是说，人应有怜悯与恐惧之情，但不可太强或太弱，悲剧能够起到这样的作用。怜

---

① 鲁迅：《集外集拾遗补编·拟播布美术意见书》，见《鲁迅全集》第 8 卷，人民文学出版社 2005 年版，第 53 页。
② ［德］恩格斯：《德国民间故事书》，《马克思恩格斯全集》第 41 卷，人民出版社 1965 年版，第 14 页。
③ ［英］科林伍德：《艺术原理》，王至元、陈华中译，中国社会科学出版社 1985 年版，第 80 页。

悯与恐惧之情太强的人在看悲剧演出的时候,只发生适当强度的情感,怜悯与恐惧之情太弱的人在看悲剧演出的时候,也能发生强度适中的情感,总之让这两种人多看悲剧演出,都能形成适当强度的情感,从而养成一种新的习惯。①弗洛伊德创立的精神分析学也力图从心理治疗的角度来说明文学艺术的心理愉悦功能,他认为通过文艺作品的欣赏,可以使读者长期被压抑在潜意识底层的本能欲望(他称之为"情结"、"本我"、"利比多")得到一种替代性的满足,于是文艺欣赏便成为人的本能欲望的"升华"或"象征",从而起到防范和缓解过于强烈的本能欲望对社会和个人产生的破坏。尽管亚里斯多德、弗洛伊德等人的说法仍有待于进一步研究,但对于文艺的心理愉悦功能从心理学方面进行探讨却无疑是可取的。

  文学最高层次的审美功能是精神愉悦功能。如果说文学的感官愉悦功能在于"悦目"的话,那么文学的心理愉悦功能在于"赏心",而文学的精神愉悦功能则在于"畅神"。这种"畅神"的精神愉悦功能不只是让人获得感官享受的快感,也不只是让人获得心理调适的快感,而是让人在审美活动中获得巨大的精神快感,同时也不排斥感官、心理的快感,而是使感官、心理、精神这三者沉浸在和谐的律动之中,这是一种身心俱安的整体愉悦。人本主义心理学家马斯洛曾提出著名的"需要层级说",得到了人们的广泛认同。该说将人的需要分为七个层级,即生理需要、安全需要、归属和爱的需要、自尊需要、认知需要、审美需要、自我实现需要。其中"自我实现需要"是整个需要层级的制高点,是人所能达到的最高境界。马斯洛对于"自我实现需要"下了这样一个定义:"一个人能够成为什么,他就必须成为什么,他必忠实于他自己的本性。这一需要我们就可以称为自我实现(Self-actualization)的需要。"②在整个需要层级中,"审美需要"是紧挨着这一制高点的层级。所谓"审美需要",包括秩序的需要、对称性的需要、闭合性的需要、行动完美的需要、规律性的需要、结构的需要等。马斯洛指出:"在某些人身上,确有真正的基本的审美需要。丑会使他们致病(以特殊的方式),身临美的事物会使他们痊愈。他们积极地热望着,只有美才能满足他们的热望。"③由此可见,马斯洛是充分肯定人的"审美需要"中感官愉悦和心理愉悦的方面的,但是他对于其中精神愉悦的方面也予以高度重视。他将人的需要层级中前四种

---

  ① [古希腊]亚里斯多德:《诗学》,《诗学·诗艺》,罗念生等译,人民文学出版社1962年版,第19页注(12)。
  ② [美]马斯洛:《动机与人格》,华夏出版社1987年版,第53页。
  ③ [美]马斯洛:《动机与人格》,华夏出版社1987年版,第59页。

需要即生理需要、安全需要、归属和爱的需要、自尊需要划归"基本需要",而将后三种需要即认知需要、审美需要、自我实现需要划归"发展需要",确认在"发展需要"中包含着许多重要的价值,特别是丰富的精神价值,如真、善、美、完整、完善、完成、正义、活跃、丰富、单纯、独特、轻松、乐观恢谐、真实、自我满足等。① 总之这是一种在豁然开朗、痛快淋漓、亢奋激越的高峰体验中得到的巨大的精神收获。而这种收获常常使得人们在审美活动中精神境界为之激扬,为之提升。法国作家拉马丁曾记叙了《马赛曲》成名的经过,这首由青年军官鲁热·德利尔创作的歌曲正是凭着它的精神愉悦功能在大革命时期极大地鼓舞了热情高涨的法国民众,从而成为法国民众共同的精神财富。(见专栏 3.2)

专栏 3.2

拉马丁:《激昂之歌:〈马赛曲〉》

已是午夜了,天气是严寒的,德利尔思绪起伏,感情激荡。他步履踉跄地回到自己孤独的卧室里。他时而在他公民激动的灵魂中,在他艺术家的键盘上寻求灵感;或先吟出灵感所赐予的乐句然后填词,或凭激动先作词然后谱曲,词和曲在他头脑里是如此水乳交融,以致他自己也弄不清先产生的是词还是曲,以致诗和音乐、感情和表达形式成了不可分割的浑然一体。这一切其实都只是在口头完成了,他并没有动笔记下任何东西。

崇高的灵感的飞扬使他疲惫不堪,他头靠着钢琴入睡了,一直到天明才醒来。前夜的歌曲像梦幻的印象逐渐重现在他的记忆里。他这才用纸笔记录下来,并且立即朝迪特里克家跑去。老市长正在菜园里翻地种菜,老人的妻子和女儿还没有起床。迪特里克把她们唤醒,又叫来几位同他一样热爱音乐的友人。老人的大女儿伴奏,鲁热演唱。唱完第一段,大家脸色苍白;唱完第二段,大家眼泪盈眶;全曲终了时,大家热血沸腾。迪特里克的妻子、他的女儿和青年军官都流着泪相互拥抱。祖国之歌诞生了。……

几天后,这首新歌在斯特拉斯堡公开演出,不久就传遍全法国,为一切民众歌咏队所演唱。这首歌被马赛各俱乐部采纳,成为群众集会开始和结束时必唱的歌曲。马赛志愿兵在开赴前线途中高唱着这首歌,所以人们称它为《马赛曲》。

---

① [美]弗兰克·戈布尔:《第三思潮:马斯洛心理学》,上海人民出版社 1987 年版,第 51—52 页,并参见第 57 页图表。

从这种群情振奋、万众传唱的壮观景象可以见出,文艺的精神愉悦功能具有多大的感召力!

综上所述,文学的认识功能、教育功能、审美功能只是在一般意义上区分出来的功能取向。具体的表现则有生活认知功能、科学认知功能;宣传功能、启迪功能、陶冶功能;感官愉悦功能、心理愉悦功能、精神愉悦功能等。对此要注意这样几个问题。首先,如果将文学的上述诸多功能排列起来,那就不难见出,它们乃是一个隐含着内在逻辑的谱系。在人类活动的认识、审美、实践三大领域中,文学处于审美的领域而与认识的领域、实践的领域搭界,从而文学的功能就像光谱一样在认识领域与实践领域之间排开,有的更接近这一端,有的更接近那一端。例如文学的认识功能与科学研究、科学认识相通,与认识的领域交界,其中尤以科学认知功能最接近认识的领域;又如文学的教育功能与伦理实践、政治实践互为表里,从而与实践的领域交界,其中尤以宣传功能最接近实践的领域。另外,在上述诸种文学功能中,也颇多相互勾连衔接之处,显示了这一功能谱系的内部联系。例如文学的心理愉悦功能与文学的陶冶功能相连,文学的启迪功能与文学的生活认知功能互补等。其次,上述诸多文学功能从来就不是等量齐观、平起平坐的,在不同的时代、不同的历史时期总是有着主次、轻重、缓急之分,其重心总是追随一定时代或历史时期的社会需要的变迁而变迁。例如,以往我们在看待文学的审美功能时,对于其感官愉悦功能常常采取存而不论的态度,这是不合情理的。应该说,文学的感官愉悦功能始终存在并起着作用,特别是在今天,随着人们的生活水平提高、生活条件改善、闲暇时间增多,尤其是网络传播技术的发展,这一功能的重要性在诸种功能中愈发凸现出来,文艺的娱乐性、消遣性、休闲性愈发受到人们的青睐。除传统文艺样式外动漫、网游等新型娱乐层出不穷,以满足大众,特别是年青人追求娱乐性、消遣性、休闲性的需要,以适应人们宣泄和调整在高速度、快节奏的现代生活中所产生的复杂多变的情感之需要。因此在文学研究中给予文学的感官愉悦功能以应有的重视理所当然。再次,尽管上述诸种文学功能各有定位,也互有参差,但总的说来,它们往往是作为一个整体而产生实际作用的。因此在任何情况下,都不应只顾一点,不及其余,而应重视它们的整体作用、综合作用,既要"赏心",又要"悦目";既要"娱情"又要"悦性";既要"融理于诗",又要"寓教于乐"。这些也就是下一节要探讨的问题了。

第二节　文学的诸种功能的辩证关系

以上文学的诸种功能在理论分析中表现为一种比较纯净的、理想化的状态，各自朝着不同方向分化开来，但是在实际运作中却总是你中有我，我中有你，相互交织缠绕在一起，任何一种功能都不可能孤立地起作用。因此在处理它们之间的关系时，一条基本原则就是必须重视它们的有机联系和整体作用，而不能将它们生硬地割裂开来、对立起来。一旦加以割裂和对立，便将导致两败俱伤的结局，最后哪一种功能也不能得到正常发挥。

一、融理于诗

如前所述，作者对于生活的认识、思考和理解，以及他的态度、立场不能用议论和说理的形式来表现，而应该通过场面、情节和人物的行动自然而然地流露出来，进而对读者产生潜移默化的启发作用。在文学作品中作者的观点愈隐蔽，作品的效果就愈好。这就是说，文学的认识功能具有特定的存在方式和表现方式，它必须与审美功能保持一种相融相济的亲和关系。文学作品中所包含的认识性、真理性因素应该如盐在水，不露痕迹地融化在形象和诗情之中，才能有效地起到启人思、增人感的认识作用。关于这一点，前人有许多精彩的论述。王骥德说："又有一等事，用在句中，令人不觉，如禅家所谓撮盐水中，饮水乃知咸味，方是妙手。"（《曲律·论用事》）钱钟书说："理之在诗，如水中盐、蜜中花，体匿性存，无痕有味，现相无相，立说无说。所谓冥合圆显者也。"[1]有趣的是，西方美学家也有类似的说法。费希尔说，概念在艺术作品里好比"一块糖融解在一杯水里，在每滴水里都还存在着而且起着作用，可是人们再也找不出那块糖来"。[2]一旦这块"盐"或"糖"在水中离析出来，变成有形的、可见的东西，成为图解概念、演绎思想或直白的议论，那就势必导致创作的失败。王国维将这种概念与形象相游离的情况称为"隔"。他说：

> 问"隔"与"不隔"之别，曰：……如欧阳公《少年游》咏春草上半阕云："阑干十二独凭春，晴碧远连云。千里万里，二月三月，行色苦愁

---

[1] 钱锺书：《谈艺录》，中华书局1984年版，第231页。
[2] 转引自朱光潜：《西方美学史》下卷，人民文学出版社1979年版，第649页。

人。"语语都在目前,便是不隔。至云:"谢家池上,江淹浦畔。"则隔矣。(《人间词话》)

这里评论的是欧阳修《少年游》一词中的两段文字。所引的上半阕主要凭形象说话,而游子的羁旅行役之情则如盐在水地融化在宛在目前的形象画面之中,具有浓郁的艺术魅力,这就是"不隔";但下半阕开头的这两句却把文学典故变成了概念。所谓"谢家池上",用的是谢灵运《登池上楼》中"池塘生春草,园柳变鸣禽"句;而"江淹浦畔",则是用的江淹《别赋》中"春草碧色,春水绿波,送君南浦,伤如之何"句。尽管谢诗江赋中的上述文字乃是情景交融、寄慨深长的千古绝唱,但是一旦作为概念来使用,它本身那种明丽的形象和婉曲的深情便消失了,提供给读者的只是抽象的概念化的认识,尽管出于同一个作者之手,但读者从这种与形象和诗情相分离的抽象概念中所获得的认识内容和情感感染便极为稀薄,与上半阕的文字则差之远矣,这就是"隔"。耐人寻味的是,王国维所说的"隔"与"不隔",正从其字面的本来意义上昭示着文学的认识功能与审美功能所应保持的合理关系,在这二者之间不应存有任何隔膜或隔阂。

二、寓教于乐

"寓教于乐"是一个古老的命题。最早提出这一命题的是古罗马的贺拉斯,他在《诗艺》中指出:"诗人的愿望应该是给人益处和乐趣,他写的东西应该给人以快感,同时对生活有帮助。……寓教于乐,既劝谕读者,又使他喜爱,才能符合众望。"[①]这段话的基本精神至今也仍然不失其正确性,韦勒克、沃伦对此作了很好的阐释。(见专栏 3.3)

专栏 3.3

韦勒克、沃伦对贺拉斯"寓教于乐"一说的阐释

整个美学史几乎可以概括成一个辩证法,其中正题和反题就是贺拉斯所说的"甜美(dulce)"和"有用(utile)",即:诗是甜美而有用的。这两个形容词,如果单独采用其中任何一个,就诗的作用而言,都要代表一种趋向极端的错误观念——也许根据文学的作用,比起文学的性质,更容易将"甜美"和

---

① [古罗马]贺拉斯:《诗艺》,《诗学·诗艺》,罗念生等译,人民文学出版社 1962 年版,第 155 页。

"有用"两者联系起来。

……

当一文学作品成功地发挥其作用时,快感和有用性这两个"基调"不应该简单地共存,而应该交汇在一起。文学给人的快感,并非从一系列可能使人快意的事物中随意选择出来的一种,而是一种"高级的快感",而文学的有用性——严肃性和教育意义——则是令人愉悦的严肃性,而不是那种必须履行职责或必须记取教训的严肃性;我们也可以把那种给人快感的严肃性称为审美的严肃性(aesthetic seriousness),即知觉的严肃性(serious-ness of perception)。①

韦勒克、沃伦这两段话的基本旨意就是,文学的教育功能与审美功能、道德教化与娱乐消遣必须融为一体,而前者必须通过后者来加以实现。这样一来,也就对文学的教育功能与审美功能本身有了特殊的限定。

反之,如果将文学的教育功能与审美、娱乐功能割裂开来,如果一部作品只是进行枯燥乏味的说教、居高临下的道德训示,变成一种修身教科书,缺乏激动人、感染人的艺术力量,不能给人以美的享受,那么它势必不会受到人们的欢迎,它也就不可能如其所愿地发挥思想上和道德上的教育作用。在这一点上,任何时代的文学概无例外。例如明人邱睿的传奇《伍伦全备记》,把戏剧变成了宣扬"三纲五常"的道学伦理剧,宣称"备他时世曲,寓我圣贤言",将封建"圣贤"的道德教条假托戏文加以传扬,甚至把剧中人物的姓名(如伍伦全、伍伦备等)也贴上封建伦理道德概念的标签,遂引起时人的猛烈抨击,称之为"不免腐烂"(王世贞:《艺苑卮言》)、"鸿儒近腐"(吕天成:《曲品》)、"纯是措大书袋子语,陈腐臭烂,令人呕秽"(徐复祚:《三家村老委谈》)。此剧宣扬的东西好不好是另外一个问题,仅就其图解概念、演绎教条的做法而言,便不能不引起读者的反感,其收效便适得其反了。正因为如此,所以王夫之说:"诗以道性情,道性之情也。性中尽有天德、王道、事功、节义、礼乐、文章,却分派与《易》、《书》、《礼》、《春秋》去,彼不能代诗而言性之情,诗亦不能代彼也。"(《薑斋诗话》)这就是说,文学的教育功能与一般的道德教育有着重要的区别,二者不能简单等同、相互替代。一般的道德教育可以由修身教科书去完成,文学的教育功能则必须是由文学的表现形式来

---

① [美]韦勒克、沃伦:《文学理论》,刘象愚等译,江苏教育出版社2005年版,第20,21—22页。

完成的。

另一方面,如果一部作品缺乏充实的、深刻的思想内容,脱离生活实际,回避人们所迫切关心的社会问题,而只是在艺术形式上花样翻新,搞一些浮泛雕琢、矫揉造作的形式主义的创意,那么它也不会有什么实际意义,也不能真正让人获得美感和愉悦。进而言之,如果文学仅仅是为了供人娱乐、消遣,将娱乐、消遣当成唯一的目的,提倡"为娱乐而娱乐"、"为玩玩而玩玩",甚至"玩文学",那就降低了文学的档次,削弱了文学的意义。一方面,文学总是有着更高的目标和追求,它总是要给人一些更加深刻、隽永、令人深思、感动和振奋的东西,一味张扬崇高和理性固然让人感到过于沉重,但是完全拒绝理性、拒绝崇高也势必导致丧失作品的内涵,发展下去乃是文学的绝路;另一方面,文学的审美效果是多层次的,有的作品是属于轻松愉快、让人感到诙谐幽默的,有的作品是紧张激烈、满足人追求刺激的欲望的,但是也有的作品是带有悲剧色彩,使人在情感的大起大落之中得到净化的,也有的作品是旨微语婉,在平淡中慢慢让人体味出深刻旨意的。如果仅仅在浅表的、感性的层面上理解文学的审美功能,是不可取的。例如法国作家蓬热的散文《蜡烛》:"一种奇特的植物,黑夜中燃烧得很旺,它的光芒把陈设家俱的房间照得到处是阴影。金色的叶子缀在焦黑的细梗的顶端,下面是晶莹洁白的小圆柱。……蜡烛放出缕缕青烟,用它颤动的光芒照耀着书本,鼓励着读者。然后,它在烛盘中倾斜,淹没在自己融化的躯体之中。"这也让人想起闻一多的长诗《红烛》:"红烛啊!/流罢!你怎能不流呢?/请将你的脂膏,/不息地流向人间,/培出慰藉的花儿,/结出快乐的果子!/红烛啊!/你流一滴泪,灰一分心。/灰心流泪你的果,/创造光明你的因。/红烛啊!/'莫问收获,但问耕耘。'"在这里作品所产生的就不是单纯的教育功能,也不是单纯的审美功能,而是这二者的水乳交融。

第三节 与文学功能相关的几个问题

一、文学功能的多元取向和综合效应

文学有不同的主题、题材、体裁和风格,其功能各不相同,甚至有较大差异。文学功能的价值取向是多元的,对此不能强求一致。思考人类命运的严肃主题与轻松活泼的幽默之作其作用截然不同,表现重大题材与描画凡人小事其作用也相去甚远,史诗与小品文的作用无法等量齐观,黄钟大吕式

的作品与雕虫小技式的作品其作用也不可同日而语。我们不能因为有了像《三国演义》这种史诗式的作品便否定吟咏性情的抒情小诗的存在价值。像曹操的《步出夏门行》、《短歌行》这种抒发个人感怀的作品,对于陶冶人们豁达开朗的胸怀、培养人们健康向上的情趣以及塑造人们积极进取的人生观,也能起到积极的作用。反过来,我们也不能仅仅热衷于表现个人感怀和生活琐事的作品而拒绝那种反映重大社会生活内容的作品。在认识社会、体验人生、纵观历史方面,后者的作用乃是无可替代的。试想一部《红楼梦》给了我们多少社会经验和历史知识!如果没有它,我们对于生活的认识和理解,我们每个人的内心世界起码要贫乏许多、欠缺许多。因此对于各种主题、各种题材、各种体裁和风格的作品的社会功能,我们需要持一种兼收并蓄、不加偏废的态度。

　　文学的功能是一种综合效应,这是因为文学本身包含许多因素,而每一种因素又可能有正负两面价值,这就可能造成在同一部作品中,各种不同的甚至对立的功能集于一身的情况。例如有的作品具有进步的思想意义,但在形式上却显得粗放和稚嫩;相反,有的作品在形式上非常精致和老到,但是在思想内容上却泛出消极晦暗的色彩。还有一种更为复杂的情况,即同一部作品在思想内容上是菁芜并存、社会功能上也是有得有失的,例如《金瓶梅》,就是一部在思想内容和社会功能上十分复杂的作品。一方面,它成功地塑造了西门庆、潘金莲等人物形象,生动细致地描绘了宋代市民阶层的生活画面,大胆地揭露了封建时代的黑暗现实,对于封建礼教也起到了否定和冲击的作用,对于读者了解当时的社会历史状况具有重要的认识价值。但是同时这部作品也以欣赏和玩味的态度赤裸裸地描写了主人公腐朽糜烂的生活方式,特别是对于男女之间性生活的不加掩饰的展示和渲染,势必对读者产生不良的影响。这就是尽管这部书的名声很大,但在任何时代都不能不对它的出版发行和传播流行加以限制的主要原因。另外,像"三言二拍"、《十日谈》、《查泰莱夫人的情人》、《廊桥遗梦》等作品也都存在着这种积极意义与消极作用共存于一体的复杂情况。由此可见,对于一部文学作品的整体功能应该从各个方面进行综合考察,而不能只见树木,不见森林,导致简单片面的理解。

二、文学的功能范围和功能限度

　　在阶级斗争、民族斗争尖锐激烈的时代,文学作为阶级斗争、民族斗争的武器和工具的功能会显得非常突出,毋庸争辩地占据着压倒一切的地位,这是完全必要的,也是别无选择的。像我国抗日救亡运动中涌现的大量的文学艺术作品,对于团结民众、激励斗志,获取抗战的最后胜利发挥了重要的作用。但是不管怎么讲,作为武器和工具来使用只是在特定时代、特定条件下人们对于文学所提出的要求。如果将这种特例当成常规,刻板划一地要求在所有的时代和生活环境中应用,让所有的文学作品不分题材不分样式不分风格地担负起这种武器和工具的作用,那就不切实际、不合时宜了。文学发挥功能的天地是广阔的,如果将其硬性拘限在一个狭小的范围内,对于文学艺术的发展只会有害而无益,对于文学功能的发挥也只会起到妨碍而不是促进的作用。例如30年代的"左翼文学运动",一批进步的理论家强调文学是人民革命事业的有机组成部分,重视文学的实际功利价值,要求文学在革命斗争中起到积极的战斗作用,这本来是不错的。但是也有人走向极端,主张文学成为"政治的留声机"、"煽动的工具"等等。这些理论在当时推动文学与革命斗争相结合,发挥实际的社会作用方面曾经产生过一定的积极意义,但同时也就不能不存在着明显的片面性和局限性。这不仅对于"左翼文学"本身,而且对于以后的文学发展也产生了消极影响。一个明摆的事实,就是在"左翼文学运动"中不曾出现"文学革命"时期那些深刻的思想内容与较高的艺术造诣完美结合的经典之作,从"文学革命"到"革命文学",文学的发展在总体上并未取得上升的走势。新中国成立后的30年中,我们在这方面也有重大失误,在种种激进的口号下给文学艺术硬性摊派作为阶级斗争的工具和武器的任务,提出了"写中心、演中心、唱中心"以及"大写十三年"的口号,发明了"领导出思想,群众出生活,作家出技巧"的"三结合"模式,直至后来"三突出"创作原则的提出。这些做法无视文学的审美特征和艺术规律,给那个时期的文学创作带来了严重的消极影响,甚至造成"十年动乱"中史无前例的大劫难。

我们肯定文学具有重要的作用,但是又不能将其夸大到不适当的地步。以往曾经有过夸大文学对于社会人生作用的情况,如梁启超在《论小说与群治之关系》一文中声称:"欲新一国之民,不可不先新一国之小说。故欲新道德,必新小说;欲新宗教,必新小说;欲新政治,必新小说;欲新风俗,必新小说;欲新学艺,必新小说;乃至欲新人心,欲新人格,必新小说。何以故?小说有不可思议之力支配人道故。"这就将小说当成了更新道德、宗教、政治、风俗、学术、人心、人格等的关键之所在。这显然是资产阶级改良主义不切实际的幻想,不仅给文学创作产生误导作用,而且在思想上也造成了一定的混乱,因而当时就有不少人对此给予批评。徐念慈说:"小说者,文学中之以娱乐的,促进社会之发展,深性情之刺戟者也。昔冬烘头脑,恒以鸩毒霉菌视小说,而不许读书子弟一尝其鼎,是不免失之过严;近今译籍稗贩,所谓风俗改良,国民进化,咸惟小说是赖,又不免誉之失当。余为平心论之,则小说固不足以生社会,而惟社会始成小说者也。"(《余之小说观》)黄人说:"昔之于小说也,博奕视之,俳优视之,甚且鸩毒视之,妖孽视之;言不出于缙绅,名不列于四部。""今也反是:出一小说,必自尸国民进化之功;评一小说,必大倡谣俗改良之旨。"(《〈小说林〉发刊词》)这些批评指出了从过于贬低小说之用的极端走向过于抬高小说之用的极端仍然失之偏颇,应该说是切中时弊的。说到底文学的社会功能终究是有限的。批判的武器不能代替武器的批判,虽然文学作为社会意识形态对于经济基础以及作为中介的政治能够产生反作用,但是要推动经济基础或政治制度的变革,文学仍然是独力难支的,它要与其他力量合力一起方能奏效,舆论宣传作用毕竟不能代替政治和军事的手段。在历史上确实出现过文学作品掀天动地、扭转乾坤的事情,如斯托夫人的小说《汤姆叔叔的小屋》引起了美国历史上著名的南北战争,1830年,戏剧《无言》的上演引发了比利时的革命,但这些都是各种经济的、政治的、军事的条件凑聚在一起产生的结果,文学作品在其中只是起到了推波助澜的作用。因此那种认为"一言兴邦,一言丧邦"的观点是不合实际的,它可能造成两个方面的误导:一方面给文学硬性地套上过于沉重的社会责任和政治使命,使其不堪重负,导致对于文学自身的审美规律的违反和无视;另一方面一旦文学创作中出现某些失误就风声鹤唳、如临大敌,似乎文学一有闪失,就会江山变色、人头落地,弄得神经十分脆弱,这样一种心态显然不利于促进文学发展、促进文艺界团结的良好氛围。这两种倾向以往都曾有过充分的表现,其结果是导致了文学发展的停滞甚至倒退。可见对于文学的社会功能强调得过了头也是极其有害的。

思考题

1. 什么是文学的认识功能、教育功能、审美功能、娱乐功能?
2. 文学的审美功能分哪几个层次?试对它们分别加以界定。
3. 什么是"融理于诗"?什么是"寓教于乐"?能否将文学的娱乐功能等同于一般的感官快乐?
4. 怎样理解文学功能的多元取向和综合效应?
5. 为什么既要肯定文学具有重要的作用,但又不能将文学的作用夸大到不适当的地步?

拓展阅读书目

1. 高尔基:高尔基论文学［M］.人民文学出版社,1978年版.
2. 吴中杰:文艺学导论［M］.复旦大学出版社,2005年版.
3. 胡有清:文艺学论纲(修订本)［M］.南京大学出版社,2013年第2版.
4. 董学文、张永刚:文学原理［M］.北京大学出版社,2007年版.

第四章 文学发展论

如果说前三章对于文学的本质、特征和功能的揭示主要是静态的话,那么本章对于文学的起源、发展和交流的论述则是一种动态的。文学的起源、发展和交流之规律的揭示为文学本质论(广义)提供了一个动态的角度,能够使我们对于文学的本质、特征和功能等问题有一个更加深刻的认识。在这一章中主要讨论文学艺术的起源、文学发展与社会发展的关系、文学自身的纵向发展和横向交流等问题。

第一节 文学艺术的起源

一、文学艺术起源的几种主要观点

关于文学艺术的起源,历来有许多不同的观点,其中最主要的有以下几种:

摹仿说。这种古老的观点,源于古希腊哲学家。这一观点认为,文学艺术起源于人类对于外在事物进行摹仿的本能。德谟克利特和亚里斯多德是这一观点的首倡者。德谟克利特说:"从蜘蛛我们学会了织布和缝补;从燕子学会了造房子;从天鹅和黄莺等歌唱的鸟学会了唱歌。"[1]亚里斯多德更明确指出,摹仿是人从儿童时期起就表现出来的天性,他说:"一般说来,诗的起源仿佛有两个原因,都是出于人的天性。人从孩提的时候起就有摹仿的本能(人和禽兽的分别之一,就在于人最善于摹仿,他们最初的知识就是从摹仿得来的),人对于摹仿的作品总是感到快感。"[2]摹仿说曾在相当长的时期内成为西方文论中一个很有影响的观点,文艺复兴运动中提出的"镜子说"以及晚近以来流行的"反映论",都与摹仿说有着很深的渊源关系。这可

---

[1] 北京大学哲学系外国哲学史教研室编译:《古希腊罗马哲学》,三联书店,1957年版,第112页。

[2] [古希腊]亚里斯多德:《诗学》,《诗学·诗艺》,罗念生等译,人民文学出版社1962年版,第11页。

以从我国古代丰富的典籍中找到佐证。如《周易·系辞上》曰："圣人有以见天下之赜,而拟诸其形容,象其物宜,是故谓之象。"又如《吕氏春秋·古乐》记载了远古时代黄帝、颛顼、尧帝等制乐作舞的情况,其中有不少诸如"听凤凰之鸣,以别十二律"、"效八风之音"、"效山林溪谷之音以歌"的文字。凡此种种,都透露了远古艺术中包含造像、摹拟因素的消息。

在目前残存的史前艺术遗迹,如洞穴壁画、雕塑和彩陶纹样中,可以发现许多摹仿外部事物的形象。不管史前人出于何种动机来描绘和塑造这些形象,这些形象本身却毫无疑问都是来自摹仿,否则就无法辨认这些形象的原型是什么了。这就说明这一观点有一定的道理。但是尽管如此,摹仿本身却并不构成艺术产生的原因,史前人不会是"为摹仿而摹仿"的,史前艺术总是联系着实用目的。如果将摹仿归结为人的天性和本能,则忽视了他们的实际需要以及为了满足这种需要而从事的实践活动在史前艺术中的主导意义。另外,用摹仿说也不能说明全部史前艺术的起源,史前艺术并非都是摹仿外部事物的,如音乐、歌唱和舞蹈,就未必都是摹仿的结果,也有其他因素在起作用,因此一概而论地归之于摹仿显然存在着片面性。

游戏说。此说主要认为发泄过剩精力的游戏是文学艺术产生的根本原因。此说最早来自康德。康德认为,包括文艺在内的审美活动是非功利的、自由的活动。后来席勒和斯宾塞对康德的这一观点加以发挥,正式提出了游戏说,被称为"席勒-斯宾塞学说"。席勒认为,人们在现实生活中受到物质和精神两方面的束缚,得不到充分的自由,于是便用过剩的精力创造了游戏的世界,这也就是艺术的世界。游戏是自由的活动,它本身既是目的,又是手段。他说:"在令人恐惧的(自然)力量世界之中以及在神圣的法律世界中,审美的创造形象的冲动在暗地里建立起一个第三种快乐的游戏和形状的世界,在这第三种世界里它使人类摆脱关系网的一切束缚,把人从一切可以叫做强迫的东西(无论是物质的还是精神的强迫)中解放出来。"[①]斯宾塞在1873年出版的《心理学原理》一书中对席勒的观点做了进一步的发挥,他认为,在低等动物那里,必须把精力全部用于维持生命和延续生命所需要的活动上,而在高等动物特别是人类那里就不必完全如此,由于有了较好的条件,在完成维持和延续生命的活动之外还有剩余的精力,游戏和艺术,就是这种过剩精力的发泄。后来谷鲁斯又对此说加以补充,认为游戏并非仅仅

---

① [德]席勒:《审美教育书简》第27封信,见《西方美学家论美和美感》,商务印书馆1980年版,第183页。

是过剩精力的发泄,而是为日后的实际生活作准备,使游戏者适应未来的生活,例如男孩玩打仗的游戏,就是对以后当战士的预演,女孩抱木偶的游戏,就是对将来做母亲的预习。王国维受西方有关学说影响,在文学起源问题上也同意"游戏说",论述也颇为周详。(见专栏 4.1)

专栏 4.1

王国维论文学的起源

文学者,游戏的事业也。人之势力,用于生存竞争而有余,于是发而为游戏。婉娈之儿,有父母以衣食之,以卵翼之,无所谓争存之事也。其势力无所发泄,于是作种种之游戏。逮争存之事亟,而游戏之道息矣。惟精神上之势力独优,而又不必以生事为急者,然后终身得保其游戏之性质。而成人以后,又不能以小儿之游戏为满足,于是对其自己之情感及所观察之事物而摹写之,咏叹之,以发泄所储蓄之势力。故民族文化之发达,非达一定之程度,则不能有文学;而个人之汲汲于争存者,决无文学家之资格也。①

从现代原始民族的考察可知,现代原始部落中的一些歌舞往往在劳动或战争之余进行,而且其表现形式如声调和节奏明显有别于劳动或战争本身,带有娱乐和娱情的作用,这在一定程度上符合游戏说的情况,而且此说将艺术看成是区分人类与动物的重要标志,也有较大的合理性。但是此说仅仅从精力发泄这一生理学、生物学的现象来看待文学艺术的发生,抹煞了影响文学艺术的社会根源,而将具有较为高级较为丰富内涵的文学艺术与一般的游戏等同起来,也是不能让人信服的。

巫术说。提出巫术说的代表人物是英国人类学家泰勒、弗雷泽和法国人类学家雷纳克。泰勒《原始文化》一书最早提出了"万物有灵论",认为原始人普遍持万事万物都有神灵并受神灵支配的观念,盛行对于神灵的信仰和崇拜。弗雷泽在《金枝》一书中提出了"交感巫术说",认为原始人有一种企图通过巫术来控制现实的倾向,而巫术的效果是通过交感的方式达到的。这种"交感巫术"可分为两种形式:一是"同类相生",即同样的结果来自同样的原因,这就是所谓"相似律",据此所施行的巫术为"顺势巫术";二是凡接触过的事物在脱离接触后仍然继续发生相互作用,这就是所谓"接触律",据此所施行的巫术为"接触巫术"。通过这种"交感巫术",施行者便可以对别

---

① 王国维:《文学小言》,《人间词话》卷下,上海古籍出版社 1998 年版,第 68 页。

人或别的事物施加影响。受到弗雷泽的影响,雷纳克在发表于1903年的《艺术与巫术:关于驯鹿时代绘画和雕塑的谈话》一文中第一次将艺术产生的原因与交感巫术联系起来,把旧石器时代的原始艺术确认为史前人巫术信仰的一种证明。后来他又明确指出,史前人的岩画和雕刻,目的不在于使人愉悦而在于召唤或祈求神灵,而史前人戴着动物面具跳舞,则是在对动物施展魔法,以此招引动物到来,以保证狩猎取得成功。他说:"在现代,人们还经常隐约地提到伟大艺术家的画笔或凿刀具有巫术力量的隐喻,巫术观念现在虽已无人相信它具有按照人的意志去左右他人或其他事物的神秘力量,不过正如我们所说的那样,这种思想至少在原始艺术家的思想中真的存在过。"①雷纳克的观点有一定道理。史前洞穴壁画的研究表明,许多动物的形象常常被画在洞穴顶部幽暗而险要的地方,要在这种地方作画需要冒生命危险,即使今天人们要看到它都是一件非常困难的事,对此除了巫术的神秘目的之外很难作其他解释;再者,有些动物的形象被反复刻划,这可能是某一处作画的地方被认为给狩猎者带来过好运气,于是被一画再画;另外,在许多动物身上的要害部位往往被刻划了一些神秘的符号,而动物的口和鼻子被画成滴着鲜血,其巫术意味更是显豁。我国学者持"巫术说"的也不乏其人,王国维和刘师培对此作过重要的论述。(见专栏4.2)

专栏4.2

王国维论戏剧的起源

歌舞之兴,其始于古之巫乎?巫之兴也,盖在上古之世。……周礼既废,巫风大兴;楚越之间,其风尤盛。王逸《楚辞章句》谓:"楚国南郡之邑,沅湘之间,其俗信鬼而好祠,其祠必作歌乐鼓舞,以乐诸神。屈原见俗人祭祀之礼,歌舞之乐,其词鄙俚,因为作《九歌》之曲。"古之所谓巫,楚人谓之曰灵。……是则灵之为职,或偃蹇以象神,或婆娑以乐神,盖后世戏剧之萌芽,已有存焉者矣。②

刘师培论文学的起源

盖古代文词,恒施于祈祀,故巫祝之职,文词特工。今即《周礼》祝官职

---

① [法]S.雷纳克:《祭礼、神话和宗教》,见朱狄:《原始文化研究》,三联书店,1988年版,第306页。
② 王国维:《宋元戏曲考》,北京朝华出版社,2018年版,第7—8页。

掌考之，若六祝六词之属，文章各体，多出于斯。又颂以成功告神明，铭以功烈先祖，亦与祠祀相联。是则韵语之文，虽匪一体，综其大要，恒由祀礼而生。欲考文章流别者，曷溯源于清庙之守乎！①

巫术说是西方的艺术起源论中最有势力的一种观点，虽然如此，但它也因自身存在的弱点而不断遭到非议。英国人类学家马林诺夫斯基经过大量调查研究指出，原始人的艺术活动未必都来自巫术，例如原始人将某些图形和符号刻在骨片、树皮、陶片、岩壁之上，用以帮助记忆和传递信息，原始人在夜晚举行的歌舞活动，也是出于饱餐后的满足或性欲的冲动，这与巫术显然没有什么关系。

情感表现说。这是19世纪浪漫主义运动以来近代西方文论中盛行的一种观点，以英国浪漫派诗人和列·托尔斯泰为代表。此说认为，人类自童年时代起，就具有表现情感的本能，喜怒哀乐都有相应的表现方式，这种本能在声音、形体和语言上表现出来，便成为音乐、舞蹈和文学。雪莱说："一般说来，诗可以解作'想象的表现'；自有人类便有诗。……野蛮人（野蛮人之于历史年代，犹如儿童之于人生岁月）表达周围事物所感发他的感情，也是如此；语言、姿势、乃至塑像的或绘画的摹拟，不外是事物以及野蛮人对事物的理解两者结合而成的表象罢了。人在社会中固然不免有激情和快感，不过他自身随又成为人们的激情和快感的对象；情绪每增多一种，表现的宝藏便扩大一分；所以语言、姿势、以及摹拟的艺术，既是媒介，又是表现，……所以，甚至在社会的幼稚时代，人在语言与行动上早已遵守某种规则，这规则与事物及其产生的印象所有的规则绝不相同，因为一切表现都遵从它所从出的根源的规律。"②雪莱在同一篇文章中其实已经论及诗人总是用自己心中所产生的快感去感染别人，进而在别人心中引起一种复现的快感。而这一点后来又被列·托尔斯泰大加发挥，视为艺术起源的根本原因，他说："艺术起源于一个人为了要把自己体验过的感情传达给别人，于是在自己心里重新唤起这种感情，并用某种外在的标志表现出来。"据此他给艺术下了一个定义："作者所体验过的感情感染了观众或听众，这就是艺术。"③我国古

---

① 刘师培：《文学出于巫祝之官说》，见《刘师培中古文学论集》，陈引驰编校，中国社会科学出版社，1997年版，第217页。
② [英]雪莱：《为诗辩护》，《19世纪英国诗人论诗》，刘若端编，人民文学出版社，1984年版，第119—120页。
③ [俄]列·托尔斯泰：《艺术论》，张昕畅等译，人民文学出版社1958年版，第5—6页。

人对于情感表现在文学艺术起源中的重要作用也多有论述,如《乐记·乐本篇》曰:"凡音者,生人心者也。情动于中,故形于声;声成文,谓之音。"《诗大序》曰:"情动于中而形于言,言之不足,故嗟叹之;嗟叹之不足,故咏歌之;咏歌之不足,不知手之舞之,足之蹈之也。"

情感表现说强调了情感因素在文艺创作中的作用,有其合理的方面,情感因素确实是文学艺术中重要的、不可或缺的因素,但如果将它视为唯一的和最高的,那就大谬不然了,那就抹煞了其他审美心理的重要性,也否定了同样重要的另一方面——客观方面,甚至连这些主观因素是从哪儿来的都无法解释清楚了。

劳动说。如果如前所说艺术的起源都有一定的实用背景,史前艺术无不带有实用功利的深刻烙印的话,那么它与解决人类最基本的需要的生产劳动实践便结有不解之缘。大量考古学、人类学的资料说明,史前艺术的产生常常与原始生产劳动相关,甚至它本身就是原始生产劳动的有机组成部分,没有生产劳动,很难设想艺术的产生。马克思指出:"生产一般是一个抽象,但是只要它真正把共同点提出来,定下来,免得我们重复,它就是一个合理的抽象。不过,这个一般,或者说,经过比较而抽出来的共同点,本身就是有许多组成部分的、分别有不同规定的东西。其中有些属于一切时代,另一些是几个时代共有的,(有些)规定是最新时代和最古时代共有的。没有它们,任何生产都无从设想。"① 马克思所说的"任何生产"当然也包括艺术生产。如果加以深入考察的话,则不难发现,原始生产劳动的规定性在推动艺术起源的各个方面都有所表现。

首先,劳动创造了人,也创造了人的审美能力。关于这一问题,恩格斯在《劳动在从猿到人转变过程中的作用》一文中对此作了重要的论述。(见专栏4.3)

专栏4.3

恩格斯论劳动创造了人

首先是劳动,然后是语言和劳动一起,成了两个最主要的推动力,在它们的影响下,猿的脑髓就逐渐地变成人的脑髓;后者和前者虽然十分相似,但是就大小和完善的程度来说,远远超过前者。在脑髓进一步发展的同时,

---

① [德]马克思:《〈政治经济学批判〉导言》,《马克思恩格斯文集》第8卷,人民出版社2009年版,第9页。

它的最密切的工具,即感觉器官,也进一步发展起来了。正如语言的逐渐发展必然是和听觉器官的相应完善化同时进行的一样,脑髓的发展也完全是和所有感觉器官的完善化同时进行的。手不仅是劳动的器官,它还是劳动的产物。只是由于劳动,由于和日新月异的动作相适应,由于这样所引起的肌肉、韧带以及在更长时间内引起的骨骼的特别发展遗传下来,而且由于这些遗传下来的灵巧性以愈来愈新的方式运用于愈来愈复杂的动作,人的手才达到这样高度的完善,在这个基础上它才能仿佛凭着魔力似地产生了拉斐尔的绘画、托尔瓦德森的雕刻以及帕格尼尼的音乐。①

联系恩格斯在文章中的其他论述,这里有这样几个要点值得注意:(1)劳动推动了从猿到人的转变的完成,劳动创造了人本身;(2)劳动促使人的脑髓、语言器官、感觉器官和手的形成,劳动也促使这些器官的各种性能的形成,如灵巧性、复杂性、完善性等,这就为最早的文艺创作提供了重要的物质基础;(3)劳动促使语言的产生,这就使得人类具备了在本质上区别于动物的精神能力;(4)更为高级的文学艺术只是在具备以上所有条件的基础上产生的结果,缺少了这些条件也就不会有这最终的结果。恩格斯的这些论述为文学艺术的起源问题提供了一种哲学的界说,这一界说的提出是以当时的考古学和人类学的研究成果为依据的,同时也得到了以后这方面研究的实证材料的支持。加拿大神经学家W.彭菲尔德在对人的大脑皮层上感觉器官的投射区的定位进行长期研究之后指出,与身体的各个部位有关的大脑皮层面积的大小,并不与该身体部位的大小而是与其使用程度成比例。他根据大量资料绘制了由与大脑左右两半球各个投射区的面积相应的感觉器官拼成的两个"矮人",从这一图示上可以看出,这两个"矮人"身上最大的部位是手,特别是大拇指,还有嘴和眼睛,也就是说,在人体上使用程度最高、最为发达的是手、眼和语言器官。② 这正证实了恩格斯以上论述的正确性。

其次,文学艺术的发生也是生产劳动的需要,如协调动作、提高效率、分散注意力、减轻疲劳等。在我国古代典籍中很早就有这方面的记载,《淮南子·道应训》写道:"今夫举大木者,前呼邪许,后亦应之。此举重劝力之歌

---

① [德]恩格斯:《劳动在从猿到人转变过程中的作用》,见《马克思恩格斯文集》第9卷,人民出版社2009年版,第554页、第552页。

② [美]R.F.汤普森:《生理心理学》,科学出版社1981年版,第7、14—15页。

也。"这种情况在现代原始部落的劳动过程中也能看到,一些人类学家在非洲原始部落中发现,当地土著的每种劳动都有自己的歌,歌的节拍总是非常精确地适应于这种劳动的节奏。划桨人配合着船桨的运动歌唱,挑担人一边走一边唱,妇女一边舂米一边唱,如此等等。而且这种情况在世界各地残存的原始部落中都能见到。希尔恩指出,在劳动中人们的相互协作往往受到歌唱和舞蹈的节奏的影响,从而像节奏感这样的审美因素适应实用方面的需要而发展起来。因此当我们在"艺术"的意义上去解释原始歌舞之类活动时,首先必须注意到它的作用,一是个体劳动所需要的刺激和协调,二是不同个体之间在劳动中互助合作的需要。① 鲁迅曾十分形象地对这一过程作出过阐释:"我们的祖先的原始人,原是连话也不会说的,为了共同劳作,必需发表意见,才渐渐的练出复杂的声音来,假如那时大家抬木头,都觉得吃力了,却想不到发表,其中有一个叫道'杭育杭育',那么,这便是创作;大家也要佩服,应用的,这就等于出版;倘若用什么记号留存了下来,这就是文学;他当然就是作家,也是文学家,是'杭育杭育派'。"② 由此可见,原始艺术本来就是生产劳动的组成部分,与生产劳动密切结合在一起,其作用就在于组织生产、减轻劳动者负担和提高生产效率,只是后来才逐步具有了相对独立性,在生产劳动中逐步独立出来,这便成了最早的文学艺术的萌芽。

再次,劳动过程和劳动对象最初是原始艺术的表现对象,构成了原始艺术的基本内容。原始人的舞蹈往往模仿他们劳动过程和劳动时的动作。如狩猎民族模仿猎取野牛和野象的舞蹈,农耕民族模仿播种和收获的舞蹈,都保留了许多对于生产劳动场面的模仿因素。又如狩猎民族的绘画和雕刻,主要描画的是与他们的劳动相关的动物的形象,其他与劳动无关的东西,他们甚至视若无睹。最早的处于萌芽状态的诗歌也是如此,《吕氏春秋·古乐篇》中记载:"昔葛天氏之乐,三人操牛尾,投足以歌八阕:一曰载民,二曰玄鸟,三曰遂草木,四曰奋五谷,五曰敬天常,六曰建帝功,七曰依地德,八曰总禽兽之极。"从其中所说的"操牛尾,投足以歌"、"遂草木"、"奋五谷"等等可以看出与当时的生产劳动有着极其密切的关系。即使远古时代的神话传说,也常常以想象和幻想的形式表现人们的劳动生活以及在生产劳动中克服困难的愿望和决心。古希腊神话中的众神是各司其职的,很多职务都与

---

① [芬兰]希尔恩:《艺术的起源》,见朱狄《艺术的起源》,中国社会科学出版社1982年版,第110页。

② 鲁迅:《且介亭杂文·门外文谈》,见《鲁迅全集》第6卷,人民文学出版社2005年版,第96页。

生产劳动有关,如阿尔忒弥斯是狩猎之神,得墨忒耳是农耕之神,赫淮斯托斯是火神,等等。另外,还描写了普罗米修斯向人类传授生产知识,教会人如何造屋、航海和治病。我国古代神话中"女娲补天"、"大禹治水"、"夸父逐日"等故事则表达了远古人类征服自然、克服困难的决心和业绩。

从以上几个方面来看,艺术的起源与劳动有着非常密切的关系,在艺术起源问题上,劳动具有其他因素所不可比拟的重要性。但是也必须看到,劳动作为艺术起源最早的源头是没有问题的,但是最早的艺术创作所需要的心理动力,最早的艺术从实用转向审美所需要的心理结构,以及最早的艺术创作所需要的表现和传达手段等等的形成,却离不开巫术、游戏、摹仿、情感表现等因素的催化作用,并不是仅仅用劳动能够完全讲清楚的。

二、对于文学艺术起源的合力论阐释

在文学艺术起源的问题上存在着多元论与一元论两种观点,这两种观点在很长时期内处于对立状态,成为相互排斥的意见。

许多探讨艺术起源的早期研究者以及当代西方的研究者倾向于多元论,如格罗塞、希尔恩、马克斯·德索、李斯特威尔等人,他们的基本观点是,摹仿、游戏、巫术、情感表现、劳动以及其他诸多因素在推动艺术起源时所起的作用都是平起平坐、不分主次的。李斯特威尔的一段话颇具代表性:"游戏、性欲、饥渴、战争、魔术仪式、日常劳动、生活方式、思想和事件的传达和纪念,这一切都在或大或小的程度上对艺术活动的发展作出了贡献,并对它的产品打上了不可磨灭的印记。"[1]甚至连被视为主张"劳动说"的普列汉诺夫也这样说:"总之,人类的进步并不是这样简单,也不是这样公式化,以致一切民族的进展都服从于同一个规律。"[2]这种多元论的观点包含了一定的真实性,人类艺术如此错综复杂,不仅有各种各样的艺术形态和艺术样式,而且其内容题材也包罗万象,实在无法确证某一种因素就是推动所有艺术形态和艺术样式以及所有内容题材的艺术起源的唯一原因,而让人信服。但是从学理上说,一个失去了内涵之边界的概念也就成了毫无意义的不确定的概念,因此什么都承认等于什么都不承认,肯定什么都是原因等于说什么都不是原因。可见多元论不是解决问题的有效办法。

但是排他的一元论也不足为训。在探讨艺术起源的问题上曾一度出现

---

[1] [英]李斯特威尔:《近代美学史评述》,蒋孔阳译,上海译文出版社,1980年版,第203页。
[2] [俄]普列汉诺夫:《论艺术·没有地址的信》,曹葆华译,三联书店,1964年版,第95页。

以"劳动说"为唯一科学的理论而排斥其他学说的倾向,这显然是一种简单化的思想方法,也是与辩证唯物主义和历史唯物主义背道而驰的。恩格斯在解释马克思的唯物史观时有一段值得重视的论述,他说:"根据唯物史观,历史过程中的决定因素归根到底是现实生活的生产和再生产。无论马克思或我都没有肯定过比这更多的东西。如果有人在这里加以歪曲,说经济因素是唯一决定性的因素,那末他就是把这个命题变成毫无内容的、抽象的、荒诞无稽的空话。……这里表现出这一切因素间的交互作用,而在这种交互作用中归根到底是经济运动作为必然的东西通过无穷无尽的偶然事件向前发展。否则把理论应用于任何历史时期,就会比解一个最简单的一次方程式更容易了。"[1]这同样适用于艺术起源问题,在这一问题上把经济因素看成唯一的决定性因素也同样是不能令人信服的。在同一封信中恩格斯还对如何看待历史发展的原因,提出了著名的"合力论"。(见专栏 4.4)

专栏 4.4

恩格斯关于历史发展的"合力论"

历史是这样创造的:最终的结果总是从许多单个的意志的相互冲突中产生出来的,而其中每一个意志,又是由于许多特殊的生活条件,才成为它所成为的那样。这样就有无数互相交错的力量,有无数个力的平行四边形,而由此就产生出一个总的结果,即历史事变,……各个人的意志——其中的每一个都希望得到他的体质和外部的、终归是经济的情况(或是他个人的,或是一般社会性的)使他向往的东西——虽然都达不到自己的愿望,而是融合为一个总的平均数,一个总的合力,然而从这一事实中决不应作出结论说,这些意志等于零。相反地,每个意志都对合力有所贡献,因而是包括在这个合力里面的。[2]

具体到文学艺术起源的问题,需要分两个层面来讨论:一是生产劳动构成了文学艺术起源的基本动因,已如上述,它为文学艺术的起源提供了主体条件、内在需要和基本内容,这是具有根本意义的;二是在生产劳动的基础

---

[1] [德]恩格斯:《致约·布洛赫》,《马克思恩格斯文集》第 10 卷,人民出版社,2009 年版,第 477 页。

[2] [德]恩格斯:《致约·布洛赫》,《马克思恩格斯文集》第 10 卷,人民出版社,2009 年版,第 478—479 页。

上,摹仿、游戏、巫术、情感表现等种种因素,对于文学艺术的起源都是不无意义的,它们都揭示了文学艺术与生产劳动最初分离的某一方面的动因。例如巫术活动,在原始人心目中它是使生产劳动获得成功的不可或缺的保障机制,然而巫术活动的这种实用性常常是被想象出来的,正如希尔恩所说:"舞蹈、诗歌,甚至低级部族的确具有的造型艺术,正如许多人种学者所同意的那样,无疑具有审美的价值,但这种艺术很少是自由的和无利害关系的;它们一般来说总是具有实用意义的——真正具有实用意义或被设想为具有实用意义——并且常常是一种生活的必需。"[①]当原始人将这种实用态度用一种假想的、虚构的、情绪化的方式表现出来时,与艺术活动便殊途同归了。这就是说,巫术活动特有的心理结构如假定性、主观性、情感性等,有力地促进了人类最早的艺术思维和审美心理的产生,为文学艺术与其母体——生产劳动的分离并从而走向独立打下了基础。又如摹仿活动所本的观察能力和操作能力,也为原始艺术走向独立作出了不可忽视的贡献。因此我们不能因为肯定生产劳动在文学艺术起源问题上的重要作用而绝然否认其他因素的积极意义,也不能因为强调其他因素在文学艺术起源问题上所作出的贡献而抹煞了生产劳动在其中的主导作用,而必须将多元论与一元论统一起来,使得对于问题的讨论既有一个基本立足点和大致的范围,又不至于犯简单化、片面化的毛病。质言之,文学艺术的起源是在生产劳动的基础上,由摹仿、游戏、巫术、情感表现等多种因素合力推动的结果。

第二节 文学发展与社会发展

一、社会发展是文学发展的客观基础

社会发展是文学发展的客观基础,这是文学发展论的一个基本观点。对此古人早就有所认识,刘勰的论述就很有代表性,"时运交移,质文代变","歌谣文理,与世推移,风动于上,而波震于下者","文变染乎世情,兴废系乎时序,原始要终,虽百世可知也"。(《文心雕龙·时序》)这些说法都揭示了社会发展是文学发展的客观基础,文学发展随着社会发展而演进这一符合唯物史观的道理。

[①] [芬兰]希尔恩:《艺术的起源》,见朱狄《艺术的起源》,中国社会科学出版社1982年版,第72页。

关于文学发展随着社会发展而演进的规律首先可以从社会分工来看。纵观人类历史，社会分工的深化显然是推动文学发展的重要原因。在人类历史上，曾经出现过几次大的社会分工，而每一次大的社会分工都有力地促进了社会的发展。根据恩格斯在《家庭、私有制和国家的起源》一文中的划分，在人类历史上曾经过了三次大的分工，第一次是游牧部落从其余的野蛮人群中分离出来，第二次是手工业与农业的分离，第三次是商业与生产的分离。① 而成熟的文学艺术连同科学、法律、政治、国家、宗教则是随着手工业和商业的出现而出现的。恩格斯指出："当人的劳动的生产率还非常低，除了必需的生活资料只能提供微少的剩余的时候，生产力的提高、交换的扩大、国家和法律的发展、艺术和科学的创立，都只有通过更大的分工才有可能，这种分工的基础是，从事单纯体力劳动的群众同管理劳动、经营商业和掌管国事以及后来从事艺术和科学的少数特权分子之间的大分工。"② 更高水平的社会分工推动了专门从事文艺创作的作家和艺术家的出现，使得文学艺术逐步摆脱了简单、幼稚、粗糙的原始状态，从内容到形式都发生了深刻的变化。这时，长期流传在民间的口耳相传的神话、传说、歌谣等才有专人进行搜集、记录、整理和加工，形成最早用文字记载的文学作品。如古希腊史诗《伊利亚特》和《奥德赛》，相传是由盲诗人荷马根据民间口头流传的史诗短歌编成，后来又由别人用文字记载下来并加以修订的，其间经过了几百年时间。我国最早的诗歌总集《诗经》，则是通过官方的采诗活动，后来经专人整理、删改而保存下来的。孔子就做过这一工作。其后兴起的寄食制进一步推进了这种专业分工。所谓"寄食制"也就是养士制度，即靠有钱有势的集团或个人来供养那些各擅其能的专业人员。在《史记》中就极其生动地描述了战国时期盛行的养士之风，留有魏之信陵君"致食客三千人"、赵之平原君门下"宾客盖至者数千人"的记载。（见司马迁《史记》中《平原君虞卿列传》、《魏公子列传》等篇）这些食客或晓礼仪、或善文辞、或通谋略、或擅武艺，各有所长，有一定的分工，而且这些豢养食客的君主礼贤下士、恭敬备至，使得这些"专门家"获得一定的独立性和施展才能的余地。在西方，情况也差不多。从古希腊、古罗马起就有养士之风，柏拉图、亚里斯多德、贺拉斯等人都曾受惠于寄食制，而"寄食制"（mecenat）一词的拉丁文词源，便来自

---

① ［德］恩格斯：《家庭、私有制和国家的起源》，《马克思恩格斯文集》第9卷，人民出版社，2009年版，第551—557页。

② ［德］恩格斯：《反杜林论》，《马克思恩格斯选集》第3卷，人民出版社，1972年版，第221页。

古罗马骑士、罗马城的执政、贺拉斯的养护人梅赛纳（M.cenas）的名字。意大利文艺复兴时期势力最大的养护人是佛罗伦萨的梅提契家族，当时的教皇雷翁十世也以养士之众而著称，他们凭着雄厚的经济实力和政治权势，豢养了一大批诗人、学者、画家、雕塑家和音乐家，他们为这些艺术家提供优厚的生活待遇，当然也要求这些艺术家为自己服务。以后由于时代的变迁和财产的相对平均化，以及文化生活的相对普及化，寄食制这种古老的形式为政府资助的形式所取代，或发放津贴，或加封官衔，或安排公职，由政府出面保障艺术家的生计，使之安心从事文化生产。当然作为回报，艺术家也必须为政府特定的政治和文化需要服务。这两种资助形式的结果如出一辙，只不过养护人变了，由个人行为变成了政府行为。通过某种社会保障体制使得艺术家能够在不愁吃不愁穿的情况下专心从事艺术创作，这无疑是一件好事。但也不能不看到，体力劳动与脑力劳动、物质生产与精神生产的分工也给文学艺术的发展带来了消极的后果。它造成了这两部分生产劳动者之间的膈膜和疏远，导致了这两部分人的片面发展。一方面使得广大劳动群众失去受教育的机会，他们的艺术才能和创造欲望受到压抑和限制；另一方面也养成了艺术家的贵族气、经院气和象牙塔主义，逐渐脱离了实际生活而升腾到云端里去了。这对文学艺术的进一步发展势必产生严重的阻碍作用。只有物质生产高度发展了，这两种生产劳动之间的对立才会逐步消失，这两部分劳动者消除了由分工所带来的片面性，人们的艺术才能和创造愿望才有可能得到充分的发展，而文学艺术的发展才有可能进入一个更高的阶段。

　　关于文学发展随着社会发展而演进的规律也可以从文学本身来看。这个问题又有文学内容和文学形式两个方面。从文学内容上看，一定的文学流派、文学思潮乃至文学运动的形成都有其社会原因，各种文学流派、思潮、运动尽管涛起云飞，纷纭万状，但无不留有追随时代前进的痕迹。比如，我国新时期文学经历了从伤痕文学、反思文学、改革文学到寻根文学、知青文学、纪实文学，再到闲适文学、王朔小说、新移民小说、新武侠小说、新写实小说、新状态小说等的变化，尽管其中有反复、有曲折，但总体态势是向前发展的。总的说来，其发展的特点：一是主题的多层次掘进，从社会客体层次向人的现实存在层次、向人的内心世界层次、再向人的文化心理层次不断深化；二是文学流派和思潮的多元并存，现实主义的传统仍在继续，而古典主义的、浪漫主义的、现代主义的，乃至于后现代主义的流派和思潮也占有不容忽视的一席之地；三是文学风格的多样化展开，本土的与外来的，东方的与西方的，古典的与新潮的，传统的与反传统的，各种美学观念、审美倾向、艺术形式和表现手法都在优胜劣汰的对抗和较量之中竞争着自身的生存权利和发展的可能性，构成了一个多色彩、多声部、多个性的世界，充满了喧哗与骚动，也充满了光荣与梦想。像这样一个生机勃勃、繁花似锦的局面离开了新时期整个社会生活的蓬勃发展是不可能形成的。新时期以来的思想解放运动和改革开放大潮，特别是社会主义市场经济体制的建立，使得中国人的生产、生活方式，包括行为方式、思想方式和情感方式上都发生了翻天覆地的巨变，经过"十年动乱"的磨难，人们更加成熟起来；国门打开，八面来风，人们的视野空前开阔；在经济面临腾飞之时，人们开始对精神的归宿投以更多的关注。而这一切都在当代文学中以文学流派、文学思潮的方式表现出来。总之，时代变化了，社会前进了，文学也终究要变化和前进的。

　　再从形式上看，无论中外，文学总是在不同体裁、不同样式的嬗递中进化的，然而文学体裁、样式的嬗递最终仍然能在社会演变中找到其根本原因。美国作家弗兰克·诺里斯指出，各种艺术往往轮流地成为反映和表达某一时代思想的方式，中世纪用建筑来反映和体现自己的理想；随着文艺复兴的到来，又产生了新的风尚，画家的时代到来了；后来又开始了戏剧的时代，莎士比亚和马洛与他们生活的时代相称；当以上诸种体裁样式不能用作表达生活的真正工具时，长诗的时代到来了，蒲伯和德莱顿便成了那个时代的优秀人物；今天则是小说的时代，无论在哪一种体裁的文学中，时代生活都没有在小说中那样得到如此充分的表现；他还预言，随着时间的推移，小说也终将失去自己的地位，为其他艺术所取代，原因在于，到那时小说也将不再是表现生活的可靠手段。因此必须承认这一事实："各类艺术彼此接替。每个时代都借其爱好的手段鲜明地表现自己。"①在弗兰克·诺里斯所指陈的事实中，别的不说，就说小说，它以巨大的艺术容量和深入细致的表现手法见长，这是其他艺术所无法比拟的，试想对于近代以来日益繁华的都市生活、日益错综的人际关系和日益复杂的内心活动，如果还是用旧的艺术体裁、样式去表现，那显然是无能为力的。我国文学史上文学体裁、样式的演变也是如此，从远古神话、《诗经》、楚辞、汉乐府到唐诗、宋词、元曲，再到明清传奇、小说，从体例上看，显然是越来越庞大、越来越复杂、越来越丰富，这也是适应不断发展、日益丰富的社会生活的需要而形成的必然趋势。由

---

① ［美］弗兰克·诺里斯:《小说家的责任》，《美国作家论文学》，刘宝端等译，三联书店，1984年版，第146—147页。

此可见,文学形式的发展看起来似乎比较缓慢和自律,不像文学内容那样直接折射现实生活,但经过分析,仍然可以从中发现社会生活强大的牵引力量。

二、精神生产发展与物质生产发展的不平衡关系

虽然我们说文学的发展取决于社会生活的发展,但这是从总体、概貌上说的,在具体的文学发展过程中,我们却常常可以看到在精神生产与物质生产之间存在着不平衡关系。某些国家、地区的文学繁荣恰恰出现在社会动荡、经济凋蔽的时期,如我国的魏晋时期;而某些国家、地区在社会稳定、经济发达的时期倒是没有出现文学创作的高潮,如古罗马时期。对于精神生产发展与物质生产发展的这种不平衡关系,马克思在《〈政治经济学批判〉导言》一文中有一段重要的论述。(见专栏 4.5)

专栏 4.5

马克思论精神生产发展与物质生产发展的不平衡关系

关于艺术,大家知道,它的一定的繁盛时期决不是同社会的一般发展成比例的,因而也决不是同仿佛是社会组织的骨骼的物质基础的一般发展成比例的。例如,拿希腊人或莎士比亚同现代人相比。就某些艺术形式,例如史诗来说,甚至谁都承认:当艺术生产一旦作为艺术生产出现,它们就再不能以那种在世界史上划时代的、古典的形式创造出来;因此,在艺术本身的领域内,某些有重大意义的艺术形式只有在艺术发展的不发达阶段上才是可能的。如果说在艺术本身的领域内部的不同艺术种类的关系中有这种情形,那么,在整个艺术领域同社会一般发展的关系上有这种情形,就不足为奇了。[①]

那么,肯定艺术生产与物质生产之间存在着不平衡现象是否就与关于文学艺术发展规律的唯物史观相矛盾呢?既然承认经济基础决定上层建筑和意识形态,承认社会发展是文学发展的客观基础,那么又如何解释艺术生产与物质生产之间的这种不平衡关系呢?

我们认为,承认艺术生产与物质生产之间存在着不平衡关系并不违背

---

① [德]马克思:《〈政治经济学批判〉导言》,《马克思恩格斯文集》第 8 卷,人民出版社,2009 年版,第 34 页。

关于文学艺术发展规律的唯物史观。我们承认经济基础对于上层建筑、意识形态在根本上具有决定意义，也肯定社会发展对于文学发展根本上具有推动作用，但是也必须指出，经济基础和社会发展对于文学发展的决定作用常常受到社会整体结构中其他因素的影响和干扰，也受到文学艺术自身规律的影响和干扰，从而使得这种决定作用不可能是直线式的和成正比的，因此在艺术生产与物质生产之间就很难保持一种平衡关系，在很多情况下恰恰倒是不相平衡的。应该说，承认这一点，不仅不违背关于文学艺术发展规律的唯物史观，相反地倒是对于这一唯物史观的一个必要的补充。

对于经济基础和社会发展在文学发展中所起的决定作用产生干扰和影响的有哪些因素呢？

首先是上层建筑，其中特别是政治的影响尤其明显。例如古希腊，历来被称为人类艺术的黄金时代，尽管当时还处于生产力水平和社会发展的不发达阶段，但却出现了令人神往的文艺的繁荣景象，在神话传说、史诗、悲剧、雕刻、音乐等各个领域内都涌现出大量在文艺史上彪炳显赫的不朽典范。这固然有当时的哲学、宗教和道德状况作为背景，但与统治者所采取的鼓励文艺创作的政策更是息息相关。艺术史家温克尔曼指出："从希腊的国家体制和管理这个意义上说，艺术之所以优越的最重要的原因是有自由。"[①] 从保存下来的史料看，在古希腊，艺术家普遍受到尊重，在各个艺术领域中获得成就的艺术家都能闻名遐迩；艺术中各种风格、特色和个人倾向都能得到同样的重视，从事文艺活动从来不是少数人的特权，而是在全体民众中广泛普及的，文艺活动所需的全部经费都由政府负担，在重要的节日还挨家挨户发放观剧津贴，艺术竞赛此起彼伏，获奖作品能够得到公开的奖赏，其作者能够获得塑像纪念的殊荣，其塑像能够与帝王的塑像甚至与神像并列，而这一切则都以制度的形式被固定下来。在这种情况下，古希腊的文学艺术能够呈现出超乎其生产力水平和社会发展水平的繁荣景象就完全可以理解了。

其次是社会意识形态中的其他因素，如哲学、宗教、道德等的影响。有时它可能使得经济发达、社会发展较快的国家和地区在文学上所取得的业绩反而显得平平，有时它却可能使得那种经济落后、社会发展滞后的国家和地区在文学上获得辉煌的成就。例如19世纪末的挪威文学，取得了令人瞩

[①] ［德］温克尔曼：《论希腊人的艺术》，邵大箴译，《世界艺术与美学》第1辑，文化艺术出版社，1983年版，第307页。

目的成就,恩格斯曾对此作出高度的评价:"挪威在最近二十年中所出现的文学繁荣,在这一时期,除了俄国以外没有一个国家能与之媲美。这些人无论是不是小市民,他们创作的东西要比其他的人所创作的多得多,而且他们还给包括德国文学在内的其他各国的文学打上了他们的印记。"[①]与其他欧洲国家比起来,挪威的自然环境较差,境内多山,耕地狭仄,土壤贫瘠,农业生产落后,而且山高路险,交通不便,地处偏僻,远离欧洲大陆的中心,这种与世隔绝的状态使之长期处于封闭式的自然经济之中。只是到了19世纪末,这个国家才出现了零星的大工业的萌芽,但是在资本积聚方面仍然不力。不过在此时挪威的经济运动中也出现了一些新的苗头,它的帆船航运居于世界前列,承担起了海外贸易的主要任务。值得重视的是,挪威从来没有实行过农奴制,挪威人民在与贵族、教会和异族统治的斗争中所取得的胜利使之较早享受到了人身自由和民主权利,并以法典的形式得到了肯定,因此挪威人历来更富于自由的个性、独立的思想和首创精神。而这一切,恰恰是一些经济发达国家的民众所不具备的。正是在这样一种精神状况的孕育之下,以挪威"四杰"的作品,特别是易卜生的"社会问题剧"为代表的文艺繁荣终于在当时的欧洲文坛大放异彩。

再次是文学艺术自身规律的作用。如前所述,文学艺术作为社会意识形态之一,在整个社会结构中是属于更高地悬浮于空中的思想领域,具有相对的稳定性和独立性,具有某些自身特有的规律,它们往往也能影响经济基础和社会生活对文学艺术的决定作用。19世纪中叶的俄国,在经济发展和社会生活上比起当时的西欧各国要落后得多,但是在文学创作方面却出现了令西欧各国无法比肩的繁荣局面,涌现了像果戈理、屠格涅夫、冈察洛夫、赫尔岑、涅克拉索夫、列·托尔斯泰以及别林斯基、车尔尼雪夫斯基、杜勃罗留波夫等文学大师,宛如众星灿烂、群峰并峙,蔚成了波澜壮阔的批判现实主义大潮。这一局面的出现,文学艺术自身承前启后的规律起了很大作用。俄罗斯文学有着悠久的传统,特别是18世纪下半叶叶卡捷琳娜二世时代以来的文学发展奠定了良好的基础。先是以罗蒙诺索夫、杰尔查文、冯维辛、拉季舍夫为代表的古典主义文学,后是以茹科夫斯基、卡拉姆辛为代表的感伤主义文学,虽然它们给俄国文学留下的影响并不都是积极的,但前者在制定文学规则、变革文学形式、建立俄罗斯民族文学、向人民生活汲取营养以

---

① [德]恩格斯:《致保尔·恩斯特》,《马克思恩格斯选集》第4卷,人民出版社,1972年版,第472页。

及运用讽刺手法针砭时弊方面,后者对于心理描写的探索和要求突出民族特色方面所留下的成就,对于其后近一个世纪俄国文学的迅猛发展作好了准备,在以后的俄国文学中,不难看出这些文学传统的血脉。没有这样一种准备,在当时俄国那种相对落后的社会、经济背景下后来俄国的批判现实主义文学突兀而起是不可思议的。

第三节　文学的纵向流变

在文学的发展过程中,文学自身的继承和革新也是一个重要的动力因,它在纵向的时间维度上推动着文学的流变。

一、优秀文学传统的继承

文学的发展是以继承历史上长期形成的优秀文学传统为前提的,这是文学发展的一条规律,也是思想文化发展的普遍规律。马克思指出:"人们自己创造自己的历史,但是他们并不是随心所欲地创造,并不是在他们自己选定的条件下创造,而是在直接碰到的、既定的、从过去承继下来的条件下创造。"①恩格斯也说:"每一个时代的哲学作为分工的一个特定的领域,都具有由它的先驱者传给它而它便由以出发的特定的思想资料作为前提。"②文学传统可以说是日后的文学创作无法跳出的手掌,有意为之的继承固然不必说,在不知不觉中受到传统制约的情况也是随处可见,即使是那些与传统持尖锐对立态度的人,在他身上最终也仍然能够找到传统留下的痕迹。这就是说,既然成为规律,那么它的作用就是不以人的意志为转移的。

文学史上许许多多优秀作家卓著成就的取得,往往是得到了他所接受的深厚传统的助力,他往往是站在巨人的肩上看世界,收割别人种下的庄稼而获得丰收的。英国批评家 T.S.艾略特说:"假如我们研究一个诗人,撇开了他的偏见,我们却常常会看出:他的作品中,不仅最好的部分,就是最个人的部分也是他前辈诗人最有力地表明他们的不朽的地方。我并非指易受影

---

① [德]马克思:《路易·波拿巴的雾月十八日》,《马克思恩格斯文集》第 2 卷,人民出版社 2009 年版,第 470—471 页。
② [德]恩格斯:《致康·施米特》,《马克思恩格斯文集》第 10 卷,人民出版社 2009 年版,第 599 页。

响的青年时期,乃指完全成熟的时期。"①后起的文学对于传统的继承可以说是全方位的,以往文学作品的主题、情节、人物形象,以往文学所形成的原则、文体、风格特色,以往文学所运用的技巧、手法、语言等等,都能够被后来的作家有意无意地接受和借取,成为他摘取硕果的垫脚石。在莎士比亚的名剧《哈姆莱特》中,不是可以看到对于荷林西德的轶事、普鲁塔克的《传记》和中世纪的故事集《罗马喻世录》中的片断进行改编的痕迹吗?在歌德的《浮士德》中,不是也可以发现对于16世纪德国的民间故事书《浮士德博士的生平》和马娄的剧作《浮士德博士的悲剧》的情节的采用吗?说出这一点可能让人感到惊诧,其实这乃是艺术史上屡见不鲜的事。作曲家亨德尔曾把阿尔尼的乐章抄进了自己的作品,贝多芬曾重复过莫扎特作品中的某些乐章,画家透纳曾吸取克劳德·洛兰的作品以提高自己的创作水平,这都是不争的事实。因此作家所取得的每一个成就,一部分归功于作家本人,一部分则应当归功于他所吸收、借鉴的传统。虽然这种吸收、借鉴尚不足以构成对他人知识产权的侵占,但严重的已属于准抄袭行为。人们常常更多从反面去看待抄袭行为,但却忽视了这一事实:没有各种各样的抄袭和准抄袭,文艺创作也就不能发展和提高。科林伍德就曾认定这一点乃是美国当代艺术衰退的原因之一。他说:"十九世纪产生了一部新的艺术道德法典,依据这部法典,抄袭就是犯罪。我不想发问,无论是作为原因还是作为结果,这和当代艺术的荒凉和平庸有多大关系;我只想说,这种围绕个人财产打转的愚蠢活动必须停止。画家、作家和音乐家能够使用的任何东西,只要他们在任何地方能够找到,那就让他们用双手去偷吧。"②这话虽说得过激一点,但也不无道理。由此可见,传统的影响力在文学发展中确实是十分强大的。

　　传统的影响力还可以从另外一面来看,那些以反传统的姿态出现的文学终究还是不能摆脱传统的制约。近代以来反传统成为时髦,离经叛道、标新立异成为无上荣光的徽号,这一倾向到了现代派文学愈发变本加厉,到达登峰造极的地步。如"达达主义"就曾公开宣示其宗旨:"每个人都呼喊吧:我们有大量摧毁性的、否定性的工作要完成。清扫,冲洗。经过一种疯狂、一种极度疯狂的状态之后,个人的廉洁从一个落入强盗之手的世界中完整地显示出来,这些强盗们正在撕裂和毁灭着世纪。没有目标,没有计划,没

---

　　① [美]T.S.艾略特:《传统与个人才能》,转引自[英]戴维·洛奇《二十世纪文学评论》上册,葛林等译,上海译文出版社1987年版,第129页。
　　② [英]科林伍德:《艺术原理》,王至元等译,中国社会科学出版社,1985年版,第326页。

有组织;难以制服的疯狂、崩溃。语言和体力的强者将生存下去,因为他们激烈抗争,他们的四肢和思想都发出敏捷的强光。"① 但是即便如此,这些反传统的文学作品也不能完全剪断连在它们身上的传统的脐带,不能抹去传统留在它们身上的胎记。就拿小说来说,像表现主义小说在运用象征手法渲染环境氛围上深受 18 世纪"哥特小说"的影响;存在主义小说在塑造那种争天拒俗、桀骜不驯的"反英雄"形象时甚得历史上"流浪汉小说"的真传;在意识流小说表现人的直觉和下意识的手法中可以发现左拉的自然主义和陀思妥耶夫斯基文学观念的影子;在法国"新小说"取消人物、情节、场面的做法中可以听见福楼拜关于"间离效应"主张的回声。总之,无论人们作出何种偏激的声明或宣言,其实都不可避免地为传统所左右,要想完全摆脱传统的羁绊,实在比拔着自己的头发离开地球还要困难。

  文学传统的力量如此强大,说明其中必定有着某些正确、真实、可靠因而不容忽视的东西。说到底,文学传统是以往无数人长期的文学实践所证明、所检验了的东西,它凝结着一代又一代人的经验和睿智,包含着真理性和真实性,因而构成了以后的文学实践由以出发的稳固的基础,而它自己也在新的文学实践中以新的形式得到复活。徐复观说:"传统是由一群人的创造,得到多数人的承认,受过长时间的考验,因而成为一般大众的文化生活内容。能够形成一个传统的东西,其本身即系一历史真理。传统不怕反,传统经过一度反了以后,它将由新底发掘,以新底意义,重新回到反省之面前。"② 因此在任何时候,文学发展的进程可以突破和变革传统,但不能超越和无视传统,否则将导致片面性和简单化的弊病,对于文学发展最终只能起到消极作用。

二、文学传统的革新

  肯定文学传统具有重要的影响力并不意味着不加选择不加鉴别地全盘照搬文学传统便能推动文学的发展。对此刘勰在《文心雕龙·通变》中有很好的论述,即所谓"变则可久,通则不乏","参伍因革,通变之数也",就是说文学的发展必须有通有变,有因有革,如果只有"通"和"因",而没有"变"和"革",那是不能真正促进文学的发展的。国外学者对此也有类似的见解,

---

  ① [法]特里斯坦·查拉:《一九一八年达达宣言》,转引自袁可嘉等编选《现代主义文学研究》(上册),中国社会科学出版社,1989年版,第 471 页。
  ② 徐复观:《徐复观文录选粹》,台湾学生书局,1980年版,第 9 页。

T.S.艾略特在肯定传统对于文学创作的意义之后,随即指出:"然而,如果传统的方式仅限于追随前一代,或仅限于盲目的或胆怯的墨守前一代成功的方法,'传统'自然是不足称道了。我们见过许多这样单纯的潮流很快便消失在沙里了;新颖总比重复好。"①值得注意的是,美国学者 E.希尔斯提出"传统的延传变体链"(chain of transmitted variants of at radition)的概念。在他看来,"传统"的概念就其最明显、最基本的意义来看,"它的涵义仅只是指世代相传的东西,即任何从过去延传至今或相传至今的东西",但就其深层次的意义来看,"人们对所接受的传统进行解释,因此,这些符号和形象在其延传过程中就起了变化;同样,它们在被人们接受之后也会改变其原貌。这种传统的延传变体链也被称为传统,……作为时间链,传统是围绕被接受和相传的主题的一系列变体"。② 这就是说,在传统的变体之间所存在的联系仅仅在于某种共同的主题、相近的表现方式或倾向以及共同的渊源关系和出发点,但是其基本方面却在不同时代的接受、阐释和再创造中发生了变异,而人们恰恰把这种传统的延传变体链视为传统。对于"传统"的这一阐释颇具启发意义,它肯定了对待文学传统必须既有继承,又有革新,将继承与革新这两者统一起来,才能推动文学的健康发展。

历观中外文学发展的历史,每一个时代文学的发展,每一个作家创作水平的发展,都是在继承以往文学传统的基础上有所变革、有所创新而取得的。

每一个时代的文学都以对前代文学传统的变革创新为必要条件。元杂剧的崛起成为中国戏曲史上辉煌的一页,甚至元杂剧就是元代文化的一种标志,涌现了关汉卿、王实甫、郑光祖、白朴、马致远等一大批杂剧作家和《窦娥冤》、《西厢记》、《倩女离魂》、《墙头马上》、《汉宫秋》等一大批杰出作品。这一成就的取得,除了当时的社会巨变和知识分子的特定生态和心态之外,戏曲本身的继承与革新的规律也起到了重要的推动作用。我国戏剧从发生到元杂剧,经历了远古的巫觋、春秋战国的俳优、汉魏的歌舞百戏、唐五代的参军戏、宋杂剧、金院本等多种样式的发展演变,而元杂剧则在以前所有戏剧样式的基础上取得了两大进步。一是形式上的进步。宋杂剧或用大曲,或用诸宫调,但因前者格律严切和后者转韵烦琐而受到极大限制;而元杂剧

---

① [美]T.S.艾略特:《传统与个人才能》,转引自[英]戴维·洛奇《二十世纪文学评论》上册,葛林等译,上海译文出版社,1987年版,第129、130页。
② [美]E.希尔斯:《论传统》,傅铿等译,上海人民出版社,1991年版,第15、17页。

则每剧都用四折,每折换一宫调,每一宫调中的曲子必在十曲以上,因此在演唱形式上比较自由,也比较雄肆。二是内容上的进步。由"叙事体"变为"代言体",即从"讲故事"变为"演故事",这就在性质上发生了根本的变化,大大地扩充了戏剧的容量,增强了戏剧的表现力。因此只有到了元杂剧,我国戏剧才真正走向了成熟。由此可见,元杂剧正是在对于以前所有戏剧样式继承和革新的基础上发展起来的,没有以往各种戏剧样式的长期准备固然不行,但是没有对于旧的戏剧样式的变革创新,元杂剧在短短不足一百年间走向鼎盛也是绝对不可能的。

每一个作家创作水平的提高也以对前人文学传统的变革创新为必要条件。例如唐代文学家韩愈,倡导了著名的古文运动,以新颖简洁、汪洋恣肆的散文而树立了一代风范,他的这一成就的取得,就是得力于他所提出的"唯陈言之务去"的口号所昭示的变革和创新精神。刘熙载这样评价:"韩文起八代之衰,实集八代之成。盖惟善用古者能变古,以无所不包,故能无所不扫。"[①]韩愈突破了六朝以来骈俪文的僵化格式,用自然质朴的散句形式进行写作,同时在文章中灌注了真情实感,追求写人状物的鲜明生动,因此在政论、书启、赠序、杂说、祭文、墓志铭等各种体裁上都对以前的陈旧格式有所改革,开启了一代新的文风。其中比较有名的文章有《祭十二郎文》、《毛颖传》、《与李翱书》、《进学解》、《送孟东野序》、《送李愿归盘谷序》等。他的《师说》中的一段文字就很有代表性。(见专栏4.6)

专栏4.6

韩愈:《师说》(节选)

古之学者必有师。师者,所以传道受业解惑也。人非生而知之者,孰能无惑?惑而不从师,其为惑也,终不解矣。生乎吾前,其闻道也固先乎吾,吾从而师之;生乎吾后,其闻道也亦先乎吾,吾从而师之。吾师道也,夫庸知其年之先后生于吾乎?是故无贵无贱,无长无少,道之所存,师之所存也。

韩愈就是通过这种言之有物的文章风格和平易晓畅的文字表达方式将当时陷于骈四俪六的僵死形式的泥坑中的文学拯救出来,引上了健康发展的坦途。

---

① 刘熙载:《艺概》,上海古籍出版社,1978年版,第20、21页

三、批判继承，古为今用

在对待文学传统的问题上，通与变、因与革，或者说继承与革新的关系是有机统一的辩证关系，这两者是不可分割、不可偏废的。如果把二者割裂开来、对立起来，孤立地强调一端而排斥另一端，那就势必导致两种偏向，最终对于文学发展不是产生促进作用而是恰恰相反。

一种偏向是历史虚无主义，即对于文学传统采取全盘否定的态度。这种情况在中外文学史上都曾出现过。苏联十月革命以后，名噪一时的"无产阶级文化派"和"未来派"都曾提出过"与传统彻底决裂"的口号，鼓吹创造一种与以往的文化毫无共同之处的更高类型的文化，即"纯无产阶级文化"。"未来派"宣称要把形形色色的博物馆、图书馆、科学院全部捣毁，要把普希金、陀思妥耶夫斯基、列·托尔斯泰从现代生活的轮船上扔出去，主张消灭句法，将名词无规则地任意罗列，要取消副词和形容词，取消标点符号，强调诗人有任意造词以扩大词汇量的权利，有痛恨存在于他们之前的语言的权利等等。在我国现代史上对于传统文化和传统文学持虚无主义态度的也不乏其人，胡适就曾说过："中国文学的方法实在不完备，不够作我们的模范。即以体裁而论，散文只有短篇，没有布置周密，论理精严，首尾不懈的长篇；韵文只有抒情诗，绝少纪事诗，长篇诗更不曾有过；戏本更在幼稚时代，但略能纪事掉文，全不懂结构；小说好的，只不过三四部，这三四部之中，还有许多疵病；至于最精彩的'短篇小说'，'独幕戏'，更没有了。若从材料一方面看来，中国文学更没有做模范的价值。才子佳人，封王挂帅的小说；风花雪月，涂脂抹粉的诗；不能说理，不能言情的古文；学这个，学那个的一切文学：这些文字，简直无一毫材料可说。至于布局一方面，除了几首实在好的诗之外，几乎没有一篇东西当得'布局'两个字——所以我说，从文学方法一方面看去，中国的文学实在不够给我们作模范。"①到了上世纪60年代的"文化大革命"，更是将传统文学统统当作"四旧"而打入被"破除"、"扫荡"、"砸烂"之列，造成了我国文化和文学的空前劫难，这是我们不能忘却的沉痛历史教训。

另一种偏向是复古主义，即认为凡是老祖宗的东西都是好的，对于文学传统采取不加选择、不加批判、全盘接受的态度。在中国文学史上明代有"文必秦汉，诗必盛唐"的"前后七子"（何景明、李梦阳、王世贞等），清代有讲

---

① 胡适：《建设的文学革命论》，《胡适文存》第1卷，上海亚东图书馆1921年版，第93页。

究"格调"、"肌理"的"复古派"(沈德潜、翁方纲等),他们对于文学发展都持一种"文学退化论"的文学发展观,把文学的黄金时代放在过去,认为后人一代不如一代,要求文学创作向古人看齐。例如何景明说:"物不古不灵,人不古不名,文不古不行,诗不古不成。"(见李开先:《昆仑张诗人传》)王世贞说:"西京之文实。东京之文弱,犹未离实也。六朝之文浮,离实矣。唐之文庸,犹未离浮也。宋之文陋,离浮矣,愈下矣。元无文。"(《艺苑卮言》卷三)这些观点显然与历史上文学的发展状况不符。现在我们提倡弘扬传统文化,但同时也要注意另一种潜在的倾向,即对于传统文化包括传统文学分析和鉴别不够,对于传统文化和传统文学中落后、消极的因素批判和扬弃不力,甚至走向复古倒退,这也是我们必须引以为戒的。

对于传统文艺,鲁迅曾经主张采取"拿来主义"的态度。他指出人们在对待传统文艺时有几种错误的做法:如果说传统文艺像一座大宅子的话,那么一种人因为"反对这宅子的旧主人,怕给他的东西污染了,徘徊不敢走进门,是孱头";另一种人"勃然大怒,放一把火烧光,算是保存自己的清白,则是昏蛋";还有一种人"原是羡慕这宅子的旧主人的,而这回接受一切,欣欣然的蹩进卧室,大吸剩下的鸦片,那当然更是废物"。这就包括前面我们反对的两种错误倾向在内。鲁迅认为,正确的态度应是"运用脑髓,放出眼光,自己来拿"!"或使用,或存放,或毁灭。"看见鱼翅,也不要为了显示"平民化"而抛掉,只要有养料,也可以当萝卜白菜一样吃掉;看见鸦片,也不要为了显示"革命"而扔进厕所,可以送进药房,以供治病之用;只有烟枪和烟灯,除了送一点进博物馆之外,其余的是大可以毁掉的了;还有一群姨太太,也以请她们各自走散为是。① 鲁迅提倡的"拿来主义"也就是我们所说的批判地继承文学传统的态度。所谓"批判",绝不是全盘否定或完全抛弃,而是有分析、有鉴别、有选择地进行一番去粗取精、去伪存真的研究;所谓"继承",也不是全盘肯定或全部照搬,而是在认真学习、研究的基础上,对文学传统中的民主性精华有所保留、有所肯定、有所吸收,达到为我所用的目的。

总的说来,批判继承文学传统的具体做法就是"取其精华,去其糟粕"。所谓"精华",一方面是指具有民主性和革命性的思想内容,包括揭露和批判反动统治阶级的剥削和压迫,反映广大劳动群众的悲惨生活和不幸遭遇,表

---

① 鲁迅:《且介亭杂文·拿来主义》,见《鲁迅全集》第6卷,人民文学出版社2005年版,第40—41页。

达他们的思想感情和理想愿望,歌颂爱国主义精神和民族气节,揭露民族败类苟且偷安、妥协投降的丑恶行径,抨击封建婚姻制度和封建礼教,对男女青年为争取恋爱、婚姻自由而进行的抗争表示同情,等等;另一方面是指具有民族风格和民族气派的文学形式,包括体裁样式、结构章法、技巧手法、语言特色等等。所谓"糟粕",也包括思想内容和艺术形式两个方面,前者指旧时代一切腐朽没落的思想在文学中的表现,如宣扬没落阶级的伦理道德准则,鼓吹正统思想和奴才主义,散布封建迷信,诬蔑农民起义,丑化劳动人民等等,后者指形式主义、唯美主义和自然主义等不良倾向在文学形式上的表现。

然而在以往的文学作品中,精华与糟粕的存在方式和表现形式是极其复杂的,它们往往并不是清一色的,更多的是相互杂糅为一体。因此在批判继承古代文学遗产时,必须运用唯物史观,对其在当时的进步作用和在今天的积极意义作出仔细认真的考察、辨析和鉴别,同时也要指出其局限性,剔除其思想杂质。大致有两个要点:一是要把作品和它所据以产生的时代背景联系起来,指出它在当时历史条件下的进步意义,也指出它时代的、阶级的局限,当然在指出这一点时也要注意不要把今人的思想强加给古人。例如《三国演义》,它生动地描写了汉魏时期三个政治集团尖锐复杂的抗衡和斗争,揭露了反动统治者的残暴罪行,反映了人民饱经战乱的苦难生活,客观上表达了人民要求统一、反对分裂的愿望,但是作品中也明显流露出封建主义的正统思想和忠孝节义之类的价值观念。二是要从当今社会生活的需要出发,考察古代作品在今天的意义和作用,扬弃其中不合时代潮流的东西,当然在这里也必须坚持历史主义的态度。例如《战国策》中《触龙说赵太后》一文说明青年人必须经过艰苦的磨练才能继承大业,养尊处优决无出息的道理就很有现实意义。

第四节 文学的横向交流

如果说有关文学的纵向流变问题是探讨本民族古往今来的文学继承与革新的规律的话,那么有关文学的横向交流问题则是探讨不同民族的文学相互影响的规律。不同民族文学的相互影响既表现在同一国家的不同民族之间,也表现在不同国家的不同民族之间,前者发生在同一个国家范围内,后者则发生在更大的范围乃至世界范围内。在横向的空间维度上展开的不同民族文学的交流是推动文学发展的又一重要的动力因。

一、不同民族文学的交流促进文学的发展

不同民族文学的交流与影响是伴随着不同民族之间经济、政治、文化等多方面的交流而来的必然现象。我国古代很早就同日本、印度等国有了文化交流，对于文学的发展起到了明显的影响。特别是到了近代，世界市场的开辟，使得过去那种地方的和民族的自给自足、闭关自守的状态被彻底打破，代之以各民族之间多方面的相互依赖和相互往来，在文学方面也逐渐开始了世界性交流的进程。正是在这种背景下，歌德宣布了"世界文学"时代的到来，他说："民族文学在现代算不了很大的一回事，世界文学的时代已快来临了。现在每个人都应该出力促使它早日来临。"[①]后来马克思、恩格斯从历史唯物主义出发进一步确认了这一命题："各民族的精神产品成了公共的财产。民族的片面性和局限性日益成为不可能，于是由许多种民族的和地方的文学形成了一种世界的文学。"[②]当然歌德和马克思、恩格斯所说的"世界文学"中的"文学"要比我们所说的更宽泛一些，但起码是包含狭义的"文学"在内的。这样，在新的历史条件下，不同民族文学的相互影响更趋深入、广泛和自觉，从而更加有力地促进了文学的发展。

在世界文学史上经常可以看到这样的现象：不同民族的文学以其深厚的艺术精神和隽永的审美价值给其他民族的文学以重要的影响，以至推动后者形成风靡一时的文学高峰。突出的例子就是拉丁美洲的"魔幻现实主义"文学，这一文学现象就是多种文化杂交产下的混血儿。它的发祥地拉丁美洲由于地理和历史的特殊条件，处于古代文化与现代文化、东方文化与西方文化的交汇点，非洲民族和阿拉伯民族的奇情异想，西班牙人的原始崇拜心理，加勒比历史的魔幻色彩，拉丁美洲人善于夸张的才具，西方现代派的反传统精神，在这里以一种奇特的方式混合起来，为新型文学的问世准备了适宜的温床。"魔幻现实主义"的开创者马尔克斯说："在拉丁美洲，我们一直被说成是西班牙人。一方面，确实如此，因为西班牙因素组成了我们文化特性的一部分，这是无可否认的。不过我在那次安哥拉之行中发现，原来我们还曾经是非洲人，或者说，是混血人。我们的文化是一种混合文化，是博采众长而丰富发展起来的。"[③]正因为如此，"魔幻现实主义"才比那种产生于

---

① ［德］歌德：《歌德谈话录》，爱克曼辑录，朱光潜译，人民文学出版社，1978年版，第113页。
② ［德］马克思、恩格斯：《共产党宣言》，《马克思恩格斯文集》第2卷，人民出版社，2009年版，第35页。
③ ［哥伦比亚］马尔克斯：《番石榴飘香》，三联书店，1987年版，第73页。

单一的文化母体的文学现象更具健旺的生命力,成为20世纪下半叶令人瞩目的文学景观。

从艺术形式和表现手法上说,各个民族的文学都有其独特的长处,在文学交流中吸收这些长处,也往往是促进本民族文学发展的重要途径。从上世纪末到本世纪席卷西方文坛的现代派文学通过各种途径和方式流传到我国,特别是改革开放以来,随着许多思想禁区的被打开,西方现代派的影响更加深入,对我国的当代文学产生了不可忽视的重要影响。意识流、表现主义、象征主义、荒诞派、黑色幽默、魔幻现实主义等都有了中国版的作品,像王蒙的《蝴蝶》《夜的眼》,高行健的《车站》,刘索拉的《你别无选择》,徐星的《无主题变奏》,扎西达娃的《系在皮绳扣上的魂》,莫言的作品等,大大地丰富了文学的表现形式,扩展了文学的表现手法,如时空倒错、多视点叙述、自由联想、意象拼贴,以及佯谬、反讽、象征、隐喻、变形、割裂、并置等。尽管人们对此褒贬不一、毁誉交加,但就这一变化带来当代文坛百花齐放、多元并存的繁荣局面这一点而言却是完全值得肯定的。

产生于不同民族的文学流派和思潮,也经常由于文学的交流而被介绍到其他民族,逐渐扩大其影响,进而推动其他民族的文学发展。在我国现代文学的发展过程中,国外的现实主义、浪漫主义、象征主义、自然主义、印象主义、唯美主义等思潮和流派都曾起过不容忽视的作用,对于当时的一代文学巨匠都有所熏陶、有所波及,像鲁迅、郭沫若、宗白华、茅盾、闻一多、徐志摩、戴望舒、李金发等人,在其创作中都可以找出西方现代派文学影响的因子。

总之,无论是从思想内容,还是从文学形式,或是从思潮、流派方面来看,都可以见出这样一个事实:文学的发展在很大程度上得力于不同民族文学的横向交流。

二、批判吸收,洋为中用

一般地说,在经济、政治、思想、文化上处于先进状态的民族的文学,往往能够对其他民族的文学产生积极影响。例如欧洲近代一大批作家如拜伦、雪莱、普希金、莱蒙托夫、裴多斐、显克维支等,代表着处于上升期的资产阶级的历史要求和理想愿望,其作品表现出强烈的进步和革命倾向。鲁迅称赞他们具有"欲自强而力抗强者"的反抗精神,"刚健不挠,抱诚守真"、不"随顺旧俗"的诗风,这些作品不仅足以"起其国人之新生",而且对于当时中国的"精神界之战士"也有启迪作用,能够诱发"先觉之声"以"破中国之萧条"。① 然而其他民族没落阶级的文学作品,一经传入以后,也可能对于本民族的文学产生某些消极影响,例如西方当代文学中的颓废主义、非理性主义、本能主义、悲观主义、僧侣主义等对于我国现当代文学的消极影响也是不容忽视的。因此,如何善于学习和吸取其他民族的优秀文学,抵制和清除其消极影响,进而促进本国民族文学的健康发展,这将是一个长期而复杂的课题。特别是在当今信息交流迅速、国际交流频繁的时代条件下,各个民族文学已经建立起广泛的联系。然而其中先进国家对于相对落后的国家特别是"第三世界"国家的文学交流存在着不平衡现象,前者主要采取单向输出的方式,而且这种输出往往带有强制性,将其思想准则和价值观念强加给"第三世界"国家,导致所谓"文化殖民主义"、"文化帝国主义"现象的产生,在这种情况下,如何解决好上述问题,更具有强烈的现实意义。

　　面对外来文学的复杂情况,在借鉴吸收外来文学的问题上,也容易出现偏差。这里也有两种偏向:一是自我封闭、排外主义的态度;一是民族虚无主义、全盘西化的态度。这两种偏向对于文学的发展都将产生极大的危害。

　　正确的态度同样在于采取"取其精华,去其糟粕"的原则,对外来文学持批判吸收的立场,只有这样,才能使得我们的文学不断取得发展,以蓬勃的生机和活力自立于世界文学之林。首先,应当以宏大的气魄广泛吸取其他民族的文学,兼收并蓄,博采众长。世界各民族的文学都程度不同地存在着优点和长处,只有全面地加以占有和了解,才有可能在此基础上加以比较、鉴别和选择、取舍,如果连这点基础都没有,那么吸收和借鉴将何从谈起?我们要有健全的神经、包容大度的胸怀和善于消化吸收的肠胃,无须那样脆弱、狭隘和消化不良。历史上中华民族曾经有过多次文艺繁荣的黄金时代,如盛唐气象,就是以融会、消化、吸收各个民族的文化艺术的阔大气度而铸成的中华文化之辉煌大厦。没有那种井蛙观天、夜郎自大,没有那种小家寒气、战战兢兢,什么都敢拿来,什么都能消化,然后转化为自己的血肉,使自己得到强健和壮大,这才是促进文学繁荣发展的人间正道。其次,在吸收借鉴其他民族的文学经验时,也要注意结合本民族的社会特点和审美习惯。对我们来说,就是要注意适合"中国国情",反对生吞活剥和生硬照搬。一方面,对于那些与我们的文化传统和审美习惯不相容的、乃至相抵触的东西必须谨慎对待。可以消化的,有选择地加以吸收;容易产生负面影响的,则坚

---

① 鲁迅:《坟·摩罗诗力说》,见《鲁迅全集》第 1 卷,人民文学出版社 2005 年版,第 101—103 页。

决予以摒弃。另一方面,与其他民族的文学相接触,总会使本民族的文学多多少少发生一些变化,而其他民族的文学进入本民族的社会生活以后,也必将在一定程度上发生改观,两者都不可能保持原貌。既然如此,那么对于我们来说,面临的一个重大课题就是如何在本民族的文学传统的凝聚之下吸收和整合外来文学,做到"洋为中用",在保持和增强中国特色的前提下使自己的文学得到长足的发展。

思考题

1. 关于文学艺术的起源有哪几种观点?在文学艺术起源问题上,劳动与摹仿、游戏、巫术、情感表现等因素的关系如何?

2. 怎样理解精神生产与物质生产的不平衡关系?肯定这两种生产的不平衡关系与关于文学艺术发展的唯物史观是否矛盾?为什么?

3. 怎样理解在纵向的时间维度上展开的对于文学传统的继承和革新是推动文学发展的一个重要的动力因?

4. 怎样理解在横向的空间维度上展开的不同民族文学的交流是推动文学发展的一个重要的动力因?

5. 在对待中国古代文学和外国文学时,如何坚持"取其精华,弃其糟粕"的原则,做到古为今用、洋为中用?

拓展阅读书目

1. 普列汉诺夫:没有地址的信[M].三联书店,1964年版.
2. 钱中文:文学原理——发展论[M].社会科学文献出版社,1989年版.
3. 陶东风:文学理论基本问题[M].北京大学出版社,2004年版.

第五章 文学创作论

在研究了文学本质论(广义)以后,紧接着需要研究文学创作论(广义),也就是研究在文学的总体结构中"作品"与"作家"的关系。在这一部分,总的任务就是要了解作家是如何创造出文学作品的,进而总结出有关文学创作的审美特征和艺术规律。在本章中,我们将研究作家应具有何种整体素质,文学创作的一般过程如何,文学创作采用的是何种思维方式,其心理机制如何,等等。

第一节 作家的整体素质

作为一个作家,他有与常人相同的地方,但他也有与常人迥然不同的地方。他是以文学创作作为终身职业和主要生活内容的,这就要求他必须具备不同于、超出于常人的整体素质。总的说来包括三个方面:丰富的生活经验、较高的思想水平、良好的艺术修养。

一、丰富的生活经验

生活经验对于一个作家来说是首要的素质,生活经验的丰富或贫乏、全面或欠缺直接决定着文学创作的优劣成败。古今中外,大凡优秀的作家无一例外地都具有丰富的生活经验。这种生活经验有着广阔的领域,不仅包括社会生活,而且包括对于大自然的游历和领略。我国古人就讲究作家不仅要"读万卷书",而且要"行万里路",不仅要"得人生之助",而且要"得江山之助"。当然相比之下,社会阅历还是重要得多。"魔幻现实主义"的代表作家马尔克斯称其自幼生于斯长于斯的拉丁美洲加勒比地区的生活是一个"教会我写作的世界",对他的文学创作有着至关重要的影响。(见专栏5.1)

专栏5.1

马尔克斯论作家的生活经验

我认为,加勒比教会我从另一种角度来观察现实,把超自然的现象看作是我们日常生活的一个组成部分。加勒比地区是一个截然不同的世界,它的第一部魔幻文学作品是哥伦布的日记,这本书描述了各种奇异的植物以及神话般的世界。是啊,加勒比的历史充满了魔幻色彩,这种魔幻色彩是黑奴从他们的非洲老家带来的,但也是瑞典的、荷兰的以及美国的海盗们带来的。这些海盗能在新奥尔良办一个歌剧院,能让太太小姐们镶上满口钻石。在加勒比地区,集中了各色人等,存在着悬殊的差别,这在世界别的地方是见不到的。我熟悉它的每一个岛屿,那儿有肤色像蜜糖那样金黄、眼睛碧绿、头扎黄色围巾的黑白混血种女人;有混杂着印第安人血统的、洗衣服和卖护身符的华人;有从他们所经营的象牙商店里出来到马路当中拉屎的印度人;还有尘土飞扬、酷热难挡的小镇,那儿一边是不堪旋风吹刮的小屋,一边矗立着装有防光玻璃的摩天大楼;那里还有七种色彩的大海。得了,我一说起加勒比就没个完。它不仅是一个教会我写作的世界,也是我不感到自己是异国人的唯一地方。①

对于作家来说,这种生活经验是不可或缺的,一旦缺少了它,创作便无从进行,作家也就不成其为作家,起码不成其为好的作家了。因此人生阅历常常成为衡量作家是否成熟的一个重要指数,法国作家莫里亚克说:"一个人不达到一定的年龄,是成不了真正的小说家的;所以说,一个年青的作者除了写自己的童年和青年外,是不能成功地写出自己一生中其他任何阶段的。"②

在作家的生活经验中,直接经验亦即直接参与生活所获得的经验尤其重要。王夫之说,"身之所历,目之所见,是铁门限","阅物多,得景大,取景宏,寄意远"。(《薑斋诗话》)且不说像列·托尔斯泰的《幼年》、《少年》、《青年》,高尔基的《童年》、《在人间》、《我的大学》,郭沫若的《少年时代》、《学生时代》、《革命春秋》、《洪波曲》等传记体作品,都是作者对自己的个人生活经历的记叙;像杨沫的《青春之歌》、李六如的《六十年的变迁》之类作品则是主要根据自己的亲身经历经过概括、提炼、加工创作而成;就是其他性质的作品,也往往可以在其中找到作者个人生活的痕迹。因此可以首肯法国当代女作家玛格丽特·杜拉斯的一个说法:"没有一部伟大的小说,或'真正的小

---

① [哥伦比亚]马尔克斯:《番石榴飘香》,三联书店1987年版,第74—75页。
② [法]莫里亚克:《作家的创作个性》,见《诺贝尔文学奖获奖作家谈创作》,北京大学出版社1987年版,第204页。

说'与作者自己无关。"①但是有些作品的题材,作家限于自身条件是无法取得直接经验的,例如历史题材、异域题材的作品,哪怕是一般题材的作品,作家也不可能一一亲历,这就需要从书本中获取间接经验。例如姚雪垠的小说《李自成》的创作,作者不可能直接参与当时的农民起义,不可能取得直接经验,于是他必须大量查阅历史档案和文献资料,还要实地考察地理山川形势,了解战争遗迹,搜集民间传说,然后对这些第二手的资料进行深入细致的考证、整理、研究和推测,在此基础上再着手进行创作。

　　作家在创作之前有时是有意识地深入生活,以期取得第一手的直接经验;也有时则是根据自己的经验对事情加以揣摩、推测和构想。作家要写小偷、妓女、罪犯,总不能亲自去偷盗、卖淫和犯罪,这是无法获得第一手资料的,像当代作家贾鲁生为了写纪实作品《丐帮漂流记》而长期打入丐帮,与之共同生活、到处漂泊、历尽艰辛,这是非常极端的例子,未必也不必每一个作家都这样做。莫泊桑曾经说过,作家要描写一个国王、凶手、小偷或者一个娼妓、修女、女商人,说到底是在表现作家自己,因为作家需要推测、体验这些人在特定条件下会干些什么,会想些什么,会怎样行动,作家要以设身处地、推己及人的全副本领,来揣摩他们处于某种境地时可能有和应该有的思想、情感、意欲和活动。但是,不管采取何种方式,作家都要想方设法取得尽可能丰富、尽可能全面的生活经验,为文学创作打下良好的基础。

二、较高的思想水平

　　在创作活动中,作家总是力图通过作品来表达他的思想见解和价值观念。他对于现实生活的感受、洞察和理解,对于美丑善恶的抑扬褒贬,对于他所塑造的形象的倾向、态度和评价,都自觉或不自觉地渗透着统摄着他的思想见解和价值观念,而且这种统摄作用往往是带有全局性和根本性的。作家的思想见解和价值观念在创作中的作用起码有这样两个方面:一是对于从生活经验中所获得的素材起到组织作用,如果没有思想见解和价值观念的凝聚,大量的生活素材就将变得杂乱无章、漫无头绪,有如缺少主心骨的散乱零落的骨架;二是能够使得作家的目光变得敏锐起来、深刻起来,在常人看不到或熟视无睹的地方发现问题,开掘出生活的底蕴,如果缺少了思想见解和价值观念的穿透,许多有价值的素材便有可能变成作家的盲点。当代作家高晓声说:"不熟悉生活,就难于写作;……但是,在大量熟悉的生

---

① 转引自吴岳添:《远眺巴黎》,敦煌文艺出版社1994年版,第212页。

活面前,如果写作的人缺乏应有的见解,也会像一个不会烧饭的人躺在米囤上饿死。而一个不断努力提高自己思想水平的人,却能够在熟悉的生活中发掘出自己原本没有认识到的东西。"①

当然,作家的思想见解和价值观念也还是有差等的,并不保持在同一水平上,而是有高有低的,文学创作的成功与否及水平高低与作家的思想水平有着密切的关系。文学史上的大量例证说明,伟大的作家首先是一个伟大的思想家,缺乏对于整个世界的不同凡响的洞察力和理解力,决计成不了大作家。列·托尔斯泰指出,要创造真正的作品,作家"必须处于他那个时代最高的世界观水平"②。在文学史上占有崇高地位的作家如巴尔扎克、列·托尔斯泰、曹雪芹、鲁迅等,尽管都受到一定时代、阶级的局限,但他们对于现实生活的思考和理解却都居于一般人之上。反之,作家思想的落后和低下则将导致艺术生命的退化和枯萎。司汤达在分析意大利文艺复兴以后文艺衰落的原因时指出:这是"因为它缺乏一种推动过去艺术家从事创作的广泛的世界的概念"③。

由此可见,血管中流的是血,水管中流的是水,作家的思想见解和价值观念是始终制约着他的创作水平、创作才能和创作个性的重要因素。然而作家正确的思想见解的获得,思想水平的提高,并不是自然形成的。首要的一条就是必须长期从事社会实践活动,投身到热气腾腾的生活洪流之中去;另外极其重要的一条就是奠定扎实的哲学基础,提高自己的认识能力,形成优化的知识结构。这里有一个作家"学者化"的问题。人们常常在思索这样一个问题,即那些大师级的作家、文化巨人式的作家,如歌德、巴尔扎克、列·托尔斯泰、鲁迅、茅盾、巴金等,需要何种条件才能产生? 其中原因固然很多,但是不容忽视的一条是,这些大作家无不具有很深的学问造诣,无不是学富五车、博大精深的。就拿鲁迅来说,不仅从事文学创作,而且研究中国小说史,研究西方摩罗诗派,翻译《死魂灵》、《毁灭》,翻译厨川白村《苦闷的象征》,研究西洋美术,另外在辑佚、钩沉、校勘等方面都卓有建树,在书法、古钱币、版本、石刻、版画等领域内都显示了很深的造诣,这一切都为他的文学创作提供了必要的知识背景。而有些作家尽管能够凭着自己的聪慧

---

① 高晓声:《生活和"天堂"》,《新时期作家创作艺术新探》,人民文学出版社,1991年版,第12页。

② [俄]列·托尔斯泰:《艺术论》,张昕畅等译,人民文学出版社,1958年版,第113页。

③ [苏联]米·赫拉普钦科:《作家的创作个性和文学的发展》,满涛等译,上海人民出版社,1977年版,第7页。

和灵气写出很好的作品来,但是往往不能长久保持这样的好势头,创作的高峰状态过去以后常常会感到后劲不足,有被"掏空"了的感觉。虽然他可以进一步丰富生活经验来弥补这种缺陷,但是如果没有良好的学问素养来熔铸、提炼和升华这些生活经验,以收到触类旁通、左右逢源之效,他仍然无法保持持久、旺盛的艺术生命力。因此,作家的思想水平、学问知识的丰富程度和结构状态也是影响创作成就一个重要的方面。在这一点上王蒙说得对:"我们常常讲思想,但身为一个作家,我们对他的思想的要求不能停留在政治态度不错、谦虚正派、不乱搞男女关系上……(当然这些公民道德也不容忽视),这里,思想是指世界观的科学性、广博性和深刻性,指对于真理的认识。思想不能仅仅是一个道德的规范、行为规范的范畴,作家的思想应该同时是一个认识论的范畴,它应该反映的是一个民族、一个社会究竟在什么程度上掌握了历史发展和宇宙变化的规律,究竟掌握了多少真理。而这一切,离不开对于自然科学、社会科学和哲学的知识的掌握。"①这就是说,所谓思想水平,不仅是个道德水准的问题,也是一个哲学认识论所达到的水准的问题,而它们对于文学创作都是一种指导的力量、规范的力量。

三、良好的艺术修养

作为一个作家,他必须具备比常人更加敏锐、准确的观察力和判断力,更加强烈的艺术感受力和丰富的想象力,以及更加高超的艺术表现力,而艺术表现力又包括语言的运用、形象的塑造、情节的安排以及各种文体特征的把握等。而这一切,都要求作家必须具备良好的艺术修养。

作家要提高自己的艺术修养,大致要做到这样几点。一是"应该学习一切",既要掌握丰富的文化、历史知识和中外文艺的发展史,还要广泛掌握生活知识。总之,作家应当成为一个杂家,对他来说,三教九流、五行八作,应该无所不知,无所不晓。例如曹雪芹,从《红楼梦》中所写的内容就可以看出,他无论在生活方面还是在艺术方面,知识素养都是极其丰厚的,涉及到绘画、音乐、书法、戏曲、园林建筑、饮食、烹调、品茶、古玩、家俱、服饰、中医中药等等,不一而足。如果没有这样良好的文化修养,很难想象他怎能将这部小说写得如此引人入胜。二是借鉴前人的文学成就,从前人的文学作品中吸取必要的营养。当然要有大的收益,首先还是应该向上乘之作、经典之

---

① 王蒙:《一个值得探讨的问题——谈我国作家的非学者化》,《新时期作家创作艺术新探》,人民文学出版社1991年版,第121页。

作学习,有言道:"取法乎上,得乎其中;取法乎中,乃为下矣。"许多优秀作家对此都作过经验之谈,海明威在回答别人关于"一个作家应该读什么书"的问题时,开列了一个长长的书单,并且特意声明远不止这些,"还有三倍这么多"。(见专栏 5.2)

专栏 5.2

海明威谈作家读书

他应当读列·托尔斯泰的《战争与和平》和《安娜·卡列尼娜》,马里埃特船长的《密息曼·依赛先生》、《弗兰克·马尔威》和《彼得·辛普尔》,福楼拜的《包法利夫人》和《情感教育》,托马斯·曼的《布登勃洛克一家》,乔依斯的《都柏林人》、《青年艺术家画像》和《尤利西斯》,菲尔丁的《汤姆·琼斯》和《大伟人约瑟夫·安特鲁斯传》,司汤达的《红与黑》和《巴玛修道院》,陀斯妥耶夫斯基的《卡拉马佐夫兄弟》和他别的两部小说,马克·吐温的《哈克贝利·芬》,斯蒂芬·克莱恩的《海上扁舟》和《蓝色的旅馆》,乔治·莫尔的《欢呼与永别》,叶芝的《自传》,莫泊桑所有的好作品,吉卜林所有的好作品,屠格涅夫所有的作品,W.H.赫德逊的《时过境迁》,亨利·詹姆斯的短篇小说,尤其是《德·莫甫夫人》和《旋转螺丝》,长篇小说《贵妇人画像》、《美国人》……①

三是重视文学与各门姊妹艺术之间的相互渗透影响。在文学与其他各门姊妹艺术之间,有着相通相融的地方,对于其他姊妹艺术的吸收借鉴,能够促使文学形成新的表现手法,开拓新的艺术意境,从内容到形式都发生一些积极的变化和发展,进而有可能使创作突破以往的水平而取得新的建树。海明威在强调作家向前人的文学成就学习的同时也确认向其他艺术学习的必要性,承认自己的创作曾受到音乐家莫扎特、画家丁托莱托、希·波斯克、布鲁盖尔、帕提尼、戈雅、乔多、塞尚、梵高、高根等的助益。可见文学大师往往都是有着良好的艺术素养的人,有的本身就是画家、音乐家或书法家,如王维、苏东坡就是画家,嵇康是音乐家,王羲之是书法家,即便不足以称"家",也是在某些艺术领域内非常在行的,如歌德在颜色学方面、罗曼·罗兰在音乐方面都有很深的造诣,我国当代作家中冯骥才、贾平凹在书法绘画

---

① [美]海明威:《关于写作技巧》,转引自王宁、顾明栋编选《诺贝尔文学奖获奖作家谈创作》,北京大学出版社 1987 年版,第 250—251 页。

方面也堪称一绝。这种艺术素养不仅能陶冶作家的性情,丰富作家的趣味,而且能在创作技巧上给作家以触类旁通的启示,对于文学创作是大有帮助的。四是坚持不懈地从事创作实践。常言道:"曲不离口,拳不离手",这是那些具有操作性的技艺不断提高水平的不二法门。文学创作也具有很强的操作性,作家也必须通过这种锲而不舍的努力使自己的写作经验得到积累,使写作技巧得到磨练,使从事创作的实际操作能力不断得到提高,逐步上升到得心应手、游刃有余的境界。

综上所述,作家的整体素质主要包括丰富的生活经验、较高的思想水平、良好的艺术修养三个方面,这三者既有联系,又有区别,是相互不能替代、不能偏废的,有了丰富的生活经验不代表就有较高的思想水平或良好的艺术修养,反之亦然。优秀的作家必须达到这三个方面的完美统一,缺少了其中任何一个方面,最终都不能获得成功。

第二节 文学创作的过程

文学创作是一个历时性过程,它由若干相互衔接相互递进的阶段所组成。如果对这一过程作一具体分析的话,那么大致可以分为以下四个阶段,即准备阶段、构思阶段、启发阶段、传达阶段。

一、准备阶段

准备阶段可以追溯到作家生命的起点,他一生的全部生活和所有经历包括社会出身、经济条件、职业特点、个人遭遇、家庭关系、社会交往以及时代精神、民族心理、文化传统等,都为他的创作活动提供了不可或缺的准备。这种准备越是充分,创作就越有可能取得成功。歌德曾以英国农民诗人彭斯为例说明这一点,他说:"倘若不是前辈的全部诗歌都还在人民口头上活着,在他的摇篮旁唱着,他在儿童时期就在这些诗歌的陶冶下成长起来,把这些模范的优点都吸收进来,作为他继续前进的有生命力的基础,彭斯怎么能成为伟大诗人呢?再说,倘若他自己的诗歌在他的民族中不能马上获得会欣赏的听众,不是在田野中唱着的时候得到收割庄稼的农夫们的齐声应和,而他的好友们也唱着他的诗歌欢迎他进小酒馆,彭斯又怎么能成为伟大诗人呢?"[①]我国唐代诗人杜甫将近半生生活在战乱频仍、民不聊生的年代,

---

① [德]歌德:《歌德谈话录》,爱克曼辑录,朱光潜译,人民文学出版社1978年版,第142页。

背井离乡、四处漂泊,亲眼目睹了广大民众的不幸遭遇,亲身体验到了社会的不平和黑暗,清醒地了解到内忧外患给李唐王朝埋下的祸根。正是这样一种丰富的生活经历,才使他能够写出《自京赴奉先县咏怀五百字》这一史诗式的作品和"朱门酒肉臭,路有冻死骨"这样的不朽诗句。

当然,作家在这一阶段中对于生活素材的积累并非时时事事都有意为之带有明确的目的性。更多的情况恰恰是,他并不特意去搜集这些材料,而只是在这些材料中生活,参与着大大小小的事件,在这些生活和事件中痛苦过、欢乐过、悲伤过、兴奋过,并将这一切保存在记忆深处,在心灵上留下种种印记和痕迹。这些材料在创作过程中的浮现也往往并非作家有意去招邀它们,在需要的时候,它们常常会因受到某种触发而复活,自动地浮现在明晰的意识之中。袁守定说:"文章之道,遭际兴会,撼发性灵,生于临文之顷也。然须平日餐经馈史,霍然有怀,对景感物,旷然有会,尝有欲吐之言,难遏之意,然后拈题笔,忽忽相遭,得之在俄顷,积之在平日,昌黎所谓有诸其中是也。舍是虽精竭虑,不能益其胸中之所本无,犹探珠于渊而渊本无珠,采玉于山而山本无玉,虽竭渊夷山以求之,无益也。"①指出这一点,就是为了说明文学创作的准备阶段在作家的个人生活中是早就开始了的。

当然作家在这一阶段也并不都是被动地接受生活的赐予。毋宁说他也是主动的,这种主动性常常表现为对于生活的留心观察和初步的思考。一个作家必须具备敏锐而精细的观察力,无论是自然界的冷暖寒暑,还是社会生活的风云变幻,无论是重大的历史事件,还是细小的生活波澜,无论是人物的外貌肖像,还是他内心的微妙波动,经过作家的细心观察,都有可能成为创作的素材。因此,契诃夫把"观察一切,注意一切"看成是作家的"本分",认为作家务必将自己锻炼成一个目光敏锐、永不罢休的观察家,让观察简直成为习惯,仿佛变成了"第二天性"。左拉在写《饕餮的巴黎》时,曾昼夜巡察巴黎的市场,观察各色人等的活动。茅盾在写《子夜》前,曾在1930年花了大半年时间到交易所看人发狂地做空头,看人奔走拉股子,想办什么厂,每天东奔西走,接触革命党、自由主义者,与企业家、公务员、商人、银行家来往,这才积累了创作所需的丰富素材。其次,作家观察生活也不能停留在一般的浏览上,还要善于把握事物的特征,只有见人之所未见,才能发人之所未发。罗丹说过:"所谓大师,就是这样的人:他们用自己的眼睛去看

---

① [清]袁守定:《谈文》,见《占毕丛谈》卷五,北京出版社2000年版,第472页。

别人见过的东西,在别人司空见惯的东西上能够发现出美来。"①在观察生活时能有独特的把握也就为创作的独特性打下了基础。

另外,作家对于生活的精细观察之中已经包含着初步的思考,这时作家对于他所接触到的生活材料的意义的把握可能还很不自觉,很不得力。但是他的直觉却在暗暗告诉他这些材料中可能隐含着某种有价值的东西,他的情感也会为之发生莫名的激动和震颤,而兴趣则在执拗地牵引着他走向那陌生的目的地。但是他的理智和悟性却还显得被动和迟钝,他只能在智慧的朦胧未明状态中摸索着向前走,时而略有所得,时而茫然若失,时而峰回路转,时而又云遮雾挡,但是他仍然在不懈怠地寻找着,探索着。屠格涅夫创作小说《父与子》的缘由是因为他对一个使他大为惊叹的外省青年医生的兴趣,在这个青年医生身上正体现出那种在俄国刚刚出现的"虚无主义"的倾向,这引起了屠格涅夫进一步的观察和思索:"这个性格给我的印象强烈,同时却不太清楚;起初连我自己也不能透彻地了解它,于是我就聚精会神地倾听和观察我周围的一切,仿佛要检查自己的感觉是否真实似的。使我不安的是这个事实:我觉得到处都有的东西,在我们全部文学作品中却连一点迹象也看不见;我不禁发生了疑惑:我不是在寻求幻影吧?"②尽管这种寻思和探求还是初步的,但它的作用却十分必要,它对于生活规律的初步摸索使得作家对于生活材料的搜集和积累向有序化的方向发展,使得他所掌握的生活材料焕发出了生机和活力,也使之从分散零乱的状态走向集中和整一。正如魏禧所说:"人生平耳目所见闻,身所经历,莫不有其所以然之理,虽市侩、优娼、大猾、逆贼之情状,灶婢、丐夫、米盐、凌杂、鄙亵之故,必皆深思而谨识之,酝酿蓄积,沉浸而不轻发。及其有故临文,则大小浅深,各以类触,沛乎若决陂池之不可御。譬之富人积财,金玉、布帛、竹头、木屑、粪土之属,无不预贮,初不必有所用之。而当其必需,则粪土之用,有时与金玉同功。"(《宗子发文集序》)

总之,准备阶段是文学创作的第一步,这是作家观察和体验生活、广泛摄取和积蓄生活素材的过程。这一阶段的特点是,作家有时是不自觉地进入这一阶段,有时是自觉地进行着这种准备。他所搜集来的生活素材堆积如山,但他还不能完全了解这些材料的意义和价值,他有时是让这些材料沉潜到意识深处,有时是因情感波动和兴味陡起而加以格外的留心。这一切

---

① [法]葛赛尔:《罗丹艺术论》,傅雷译,人民美术出版社1978年版,第5页。
② [俄]屠格涅夫:《回忆录》,蒋路译,人民文学出版社1962年版,第87—88页。

有待于进一步的取舍、提炼、比较、综合和概括,而这已经是构思阶段所要解决的问题了。

二、构思阶段

苏联作家康·巴乌斯托夫斯基曾经对于文学创作中的构思做过一个形象的说明,他说:"构思和闪电一样,产生在一个人的洋溢着思想、感情和记忆的意识里。当这一切还没有达到那种要求必然放电的紧张状态以前,都是逐渐地、徐徐地积累起来的。那个时候,这个被压缩的、还稍微有些混乱的内心世界就产生闪电——构思。构思的产生,和闪电的产生一样,有时需要轻微的刺激。谁知道一次邂逅、一句记在心中的话、梦、远方传来的声音、一滴水珠里的阳光或者船头的一声汽笛不就是这种刺激。我们周围的一切和我们自身的一切都可以成为刺激。"[1]可见在这一阶段中,最早是创作欲望的发动,这往往与一定的外部因素的刺激有关,这种刺激使得作家从前一阶段的准备状态进入紧张的创作构思状态。作家往往由于不同刺激的触发而进入构思阶段,有的作家是从某种形象得到触发,有的作家是受到某个故事情节的触发,有的作家是受到某种情绪的触发,有的作家则是由于某种理性观念而得到触发。美国当代作家亨利·詹姆斯把这种外部刺激的因素称为"宝贵的粒子","小说家的想象力一触到它,便像触到了某个尖点上的刺儿,痛得往回缩","它的价值全藏在它那针尖般大小的质量中,刺透的力量要多大有多大"。[2] 不同作家的心理特点和心理倾向不同,可以分出视觉型、听觉型、阅读型等等,因而能够使之受到触发的"宝贵的粒子"也不同。对于视觉型的作家来说,这可能是一个画面,福克纳的小说《喧嚣与骚动》的创作是从一幅画开始的,画上画着一个裤子沾上了泥的小姑娘;对于听觉型的作家来说,这却可能是一句听来的话或一个听来的事情;而对于阅读型的作家来说,这又可能是从一本回忆录、历史书或旅游书,甚至是与写作毫不沾边的书上读来的东西。

然而从创作欲望的发动到构思的完成往往并非一蹴而就,有时还会有一个漫长的过程,这是文学创作中最为艰苦的阶段。作家要对素材进行开掘和提炼,要重新梳理素材之间的联系,要深入开掘素材中所包含的底蕴,

---

[1] [俄]康·巴乌斯托夫斯基:《金蔷薇》,李时译,上海译文出版社1980年版,第38—39页。
[2] 程代熙、程红:《西方现代派作家谈创作》,文心等译,中国广播电视出版社1991年版,第5页。

要用一定的意象来表现自己的创作意图和审美理想,要设计作品的总体风格和情调,要选择能够充分表达自己创作意图的最佳方案,如此等等。在此过程中,作家的头脑忙碌得像高速运转的机器,他的每一根神经都处于高度紧张状态,每一个细胞都会发出强烈的震颤,可以说作家恰像春蚕吐丝般地用生命和心血在编织着他的作品之网。冈察洛夫说:"单是一个结构,即大厦的结构,就足以耗尽作者的全部智力活动:思量和周密考虑参与主要任务的人物,他们彼此之间的关系,事件的安排和进程,人物的作用,还要留神地检查和批评有关真实不真实、欠缺或过分等等问题。总而言之——像喝干海水一样困难!"[①]因此古往今来许多大作家的构思过程往往不是用天,而是用年来计算的:曹雪芹的《红楼梦》花费了10年时间,郭沫若的《屈原》孕育了21年,詹姆斯·乔伊斯的《尤里西斯》酝酿了10年写成,马尔克斯的《百年孤独》在头脑里盘桓了15年,罗曼·罗兰的《约翰·克利斯朵夫》在他的心目中活了20年,歌德的《浮士德》的构思过程更长,前后延续了整整60年,几乎用去了他整个一生的时间!由此可见,文学创作的构思活动常常要经历多么漫长、多么艰苦的过程!

在构思过程中作家还可能由于全身心的投入而形成"自居"现象,也就是在不知不觉中充当了作品中的人物,感同身受地去体验人物的感受、心理和情感,获得与人物类似的经验,作出像人物一样的反应。巴尔扎克说,他整天过着他所描写的人的生活,甚至写到人物与人物干仗时竟能自己与自己吵起来。福楼拜说他创造什么人物就过什么人物的生活,他可以同时是丈夫和妻子,同时是情人和他的姘头,写到他们骑马在树林里穿行时,觉得自己就是马,就是风,在写到包法利夫人服毒自杀时,自己嘴里也感到了砒霜的味道。汤显祖在写《牡丹亭》时,运思甚苦,"一日,家人求之不可得,遍索,乃卧庭中薪上,掩袂痛哭。惊问之,曰:填词至'赏秋香还是旧罗裙'句也。"(焦循:《剧说》卷五)甚至到最后,作家与作品中的人物已经分不出彼此,达到同体化了,福楼拜说"爱玛就是我",郭沫若说"蔡文姬就是我"之类表白就是情切之时的由衷之言。正因为作家具有这种推己及人、设身处地的本领,所以能够在构思过程中深入到人物的精神、心理和情感的层面,把握到更为深刻的内涵。

构思阶段的中心就是在情感的驱使、理智的引导以及多种心理功能的

[①] [俄]冈察洛夫:《迟做总比不做好》上册,李邦媛译,山东人民出版社1980年版,第423—424页。

协同作用之下推动审美意象的生成。所谓"意象",已如前述,就是表意之象、表情之象,它是融合情感意蕴与直观形象的"合金"。在创作过程中,意象则是像一粒种子落入作家的心田之中所萌发的胚胎,只有在构思过程中得到良好的孕育,它才能在日后抽出茁壮的幼苗,长成参天的大树。这种意象的胚芽完全是由作家的心血浇灌而成,作家的艰辛劳动贯穿于意象生成过程之始终。库普林在回忆契诃夫的创作生涯时写道:"他总是从早到晚,甚至可能在夜里做梦和失眠时都完成着看不见的、然而是顽强的、有时甚至是无意识的工作,斟酌、辨别和记忆的工作。他比任何人都善于倾听和提问,但是常常在生动的谈话中间可以发觉,他那专注而好意的目光突然变得呆板而深沉,仿佛深入内心某个地方,洞察在他的心中发生的某种隐秘而重要的东西。"[①]但是意象的形成又根据不同的作家而有不同的方式。有的意象的形成属于聚敛式,即先出现某一意象,然后围绕这一意象陆续出现其他意象,进而组成意象群,也就是作品的人物形象、人物关系以及情节脉络的毛坯。例如曹禺的《雷雨》,在构思时最早出现的意象是繁漪,有了繁漪以后才有周冲、四凤、周萍、周朴园、侍萍,最后才有鲁贵、鲁大海,其他人物都是围绕着繁漪而安排,汇聚在繁漪的周围而找到自己的位置的。有的意象的形成属于离散式,即意象的形成并非从可以眼见之"象"或内心涌动之"情"出发,而是从看似与情感意蕴和直观形象无关的东西出发,表现出一种随机性,它可能是一种语言形式,可能是一种文字技巧,也可能是一种表现手法。例如法国诗人瓦莱里说过,他的长诗《海滨墓园》就是在玩味一种十音步的诗歌格律时完成的,开始他并未形成明确的创作意图,只是在反复揣摩和玩味这种诗歌样式的格律和节奏,在这种空洞的状态中,词语逐渐被作为填充物留驻下来,各种意象随之出现,主题也慢慢明确起来,一首诗的完整构思也就有了大致的轮廓。有的意象的形成则属于串联式,即从某一意象开始,随着意识的流动不断地产生新的意象,逐步展开情节线索和人物关系,直至全部作品的完成。例如约瑟夫·海勒的"黑色幽默"小说《第 22 条军规》的创作,是作者躺在床上时,突然有这样一句话出现在他的脑子里:"这是一见钟情。他头一次看到那位牧师就疯狂地爱上了他。"当时在他的心目中还没有尤索林这个人物,可是一旦有了这段开场白,全书的轮廓便在他的心中逐渐展开,包括大部分细节,小说的基调和形式结构,很多人物,乃至一些以后

[①] [俄]库普林:《回忆契诃夫》,见科瓦廖夫:《文学创作心理学》,程正民译,福建人民出版社 1983 年版,第 125 页。

没有用上的人物，在一个半小时之内全都出现了，使得作者激动万分，从床上一下子跳起来，在屋里来回乱窜，他在体验当时的感觉时说："我觉得那些想法在空中浮动着，它们选择我落了下来。这些想法钻进我的脑子里，并不是我有意制造了它们。它们通过一种并不失控的白日梦钻进我的脑子，一种带方向性的冥思。"作者说这与他多年所干的写广告词的工作习惯有关。①意象的形成可能还有其他种种方式，但是不管是怎样一种情况，总是必须先有意象，然后才有可能进一步加工成实际存在的物象。

从漫长而艰苦的构思过程到作品的诞生之间还有一个重要环节，有没有这一环节对于作品所能达到的水平和境界是大不一样的，这就是启发阶段。

三、启发阶段

这是灵感爆发的阶段。在创作过程中，这一阶段最为短暂也最为奇特。所谓灵感，就是在人的思维活动中突如其来而又稍纵即逝的顿悟状态。这种顿悟状态是人类思维中经常出现的情况，科学家往往借助灵感而获得重大的科学发明，如阿基米德发现黄金的比重，牛顿发现万有引力定律，凯库勒发现苯分子的结构形态，魏格纳提出"板块学说"等，都曾得到灵感的助益。而文学艺术家借助它取得创作成功的例子就更多了，如歌德从听说一个叫做耶路萨冷的青年的自杀而获得灵感，写出《少年维特之烦恼》；屠格涅夫有一次躺在小船上看见沿河小楼上探出一个少女的身影而产生灵感，写出了小说《阿霞》；罗丹从一本书中偶然画上的犹太人的形象得到灵感而创作了雕塑作品《流浪的犹太人》；柏辽兹为贝朗瑞的诗《五月五日》谱曲，谱到末句"可怜的兵士，我终于要再见法兰西"时，再也找不到恰当的乐思，过了两年，在游罗马时，有一天失足掉进河里，遇救爬出水时口中哼的一段曲子，就是两年之中求之而不能得的。

关于灵感，历来不少人试图在理论上加以说明。古希腊人称之为"迷狂"，我国古人称之为"神助"。陆机说："应感之会，通塞之纪，来不可遏，去不可止。"（《文赋》）皎然说："有时意静神旺，佳句纵横，若不可遏，宛如神助。"（《诗式》）汤显祖说："自然灵气，恍惚而来，不思而至，怪怪奇奇，莫可名状。"（《合奇序》）王夫之说："以神理相取，在远近之间，才著手便煞，一放手

---

① 程代熙、程红：《西方现代派作家谈创作》，文心等译，中国广播电视出版社1991年版，第65页。

又飘忽去,……神理凑合时,自然恰得。"(《夕堂永日绪论内编》)这些说法都是对于灵感现象的著名描述。本世纪20年代,中国文学界开始使用"灵感"这一说法,这是从英文inspiration翻译而来,最早音译为"烟士披里纯",后来不断吸收西方对于这一问题的研究成果,取得了重要的收获。

灵感的一大特点是具有突发性。灵感的出现往往是飘然而至、突如其来的,很难用某些人为的手段去招邀它、驾驭它。前面介绍的陆机、汤显祖等人的说法也揭示了这一特点。契诃夫说,他在创作过程中往往是散步时"脑子里的发条就会忽然卡地一响,一篇小说就此准备好了"。① 然而当他搜索枯肠有意为之的时候,种种奇思妙想却常常消失得无影无踪。灵感的另一特点是易变性。在创作过程中就像它的降临神秘莫测一样,它的消失也往往出人意外,这种变幻无常的性质使人无法把它牢牢抓在手中,这是连富有经验的作家也是感到困惑的。葛立方说:"诗之有思,卒然遇之而莫遏,有物败之则失之矣。"(《韵语阳秋》)魏庆之也说:"忽有好诗生眼底,安排句法已难寻。"(《诗人玉屑》)这种难寻而易败的易变性甚至会使创作因某种偶然因素的影响而归于失败。北宋惠洪的《冷斋夜话》记载了两位江西诗派诗人之间的这样一段故事:谢逸问潘大临近日有无诗作,潘回答说:"秋来日日是诗思,昨日提笔得'满城风雨近重阳'之句,忽催租人至,令人意败,辄以此一句奉寄。"灵感的再一特点是具有强烈的情感性,伴随着灵感爆发的是精神的高度亢奋。郭沫若说他在写《凤凰涅槃》时,灵感的爆发使他有如间歇性的神经发作,"全身都有点作寒作冷,连牙关都在打战";在写《地球,我的母亲》时,灵感的袭来使他跑出图书馆,脱了鞋子,在石子路上"赤着脚踱来踱去,时而又率性倒在路上睡着,想真切地和'地球母亲'亲昵,去感触她的皮肤,受她的拥抱"。② 曹禺在动手创作剧本《日出》前的状况也不亚于郭沫若,"我捺不住了在情绪的暴发当中,我曾经摔破了许多可纪念的东西,……我绝望地嘶嗄着,那时我愿意一切都毁灭了吧,我如一只负伤的兽扑在地下,啮着咸丝丝的涩口的土壤……"③灵感的第四个特点是非理性。灵感的爆发常常与梦、醉、本能和潜意识等相联系,有时简直说不出什么道理,所谓"梦笔生花"、"斗酒诗百篇"就是说的这种情况。何其芳有一首题为《爱情》的早期诗作,其中有些非常奇特的诗句就是在梦中得到的,如"南方的爱情是沉

---

① [俄]契诃夫:《契诃夫论文学》,汝龙译,人民文学出版社1958年版,第404页。
② 郭沫若:《我的作诗的经过》,《郭沫若论创作》,上海文艺出版社1983年版,第205,204页。
③ 曹禺:《〈日出〉跋》,见沐定胜编选《曹禺:雷雨·日出·原野》华夏出版社1997年版,第374页。

沉地睡着的,它醒来的扑翅声也催人入睡","北方的爱情是警醒着的,而且有轻轻的残忍的脚步"之类,他在梦中醒来时还记得几行,是后来将它补写起来的。正由于灵感的这种非理性特点,所以许多作家艺术家常常使用一些离奇古怪的方法来招邀灵感,除了喝酒、抽烟之外,还有闻烂苹果、喝凉水、晒太阳、做体操等等。

对于灵感产生的原因,古往今来人们进行过长期的探索,也提出了许多有一定道理的见解。我们认为其原因主要有这样几个要点。其一,灵感的爆发并不是无缘无故的,而总是有着漫长的"史前期,"它是"长期积累,偶然得之"的结果,没有这样一个长期积累的过程,灵感是不可能凭空产生的。契诃夫根据自己的创作经验指出:"爱惜您的印象,把它留给深思熟虑、精心结构、而不是一挥而就的作品用。""假如有个作家对我夸耀说,他写小说并没有事先想好的意图,而只是凭一时的兴会,那我就要说他是疯子。"[1]这些经验之谈都肯定了灵感具有长期积累的史前期。其二,灵感往往产生于紧张的理性活动之后,在创作中作家往往殚精竭虑、上下求索,他要洞察事物之间隐秘的联系,补充生活之链中缺少的环节,剥离浮现于事物外表的假象,剔除掺杂在事物之中的杂质,发现贯穿于众多事物之中的主线,把这些事物连接起来,使之达到完形。因此理性的紧张活动能够成为促使灵感爆发的重要途径。王国维说,灵感的涌现必须经过三种境界:"'昨夜西风凋碧树。独上高楼,望尽天涯路。'此第一境也。'衣带渐宽终不悔,为伊消得人憔悴。'此第二境也。'众里寻他千百度,回头蓦见,那人正在,灯火阑珊处。'此第三境也。"[2]可见通向灵感爆发的第三境的道路,正是前二境艰苦的理性活动所铺设的。许多作家的创作经验谈也证明了这一点,如马尔克斯就明确指出灵感乃是紧张的精神劳动的产物。(见专栏 5.3)

专栏 5.3

马尔克斯论灵感

我认为,灵感既不是一种才能,也不是一种天赋,而是作家坚忍不拔的精神和精湛的技巧为他们所努力要表达的主题所做出的一种和解。当一个人想写点东西的时候,那么这个人和他要表达的主题之间就会产生一种相互制约的紧张关系,因为写作的人要设法探究主题,而主题则力图设置种种

---

[1] [俄]契诃夫:《契诃夫论文学》,汝龙译,人民文学出版社 1958 年版,第 25、110 页。
[2] 王国维:《人间词话》卷上,上海古籍出版社 1998 年版。

障碍。有时候,一切障碍会一扫而光,一切矛盾会迎刃而解,会发生过去梦想不到的许多事情。这时候,你才会感到,写作是人生最美好的事情。这就是我所认为的灵感。①

其三,灵感的产生还要有适当的机遇来加以诱发。历来的理解往往把获致这种机遇的方式神秘化了,其实按照格式塔心理学的观点,它只不过是对于整个思维过程中所存在的缺口的发现和弥补。也可以说,因为有了紧张的理性活动在前,所以获得这种机遇乃是偶然中有必然。冯骥才的小说《高女人和她的矮丈夫》的创作也有过一次奇特的机遇,他有一次在去北京的火车上看到一对夫妻,女的比男的高,但二人却非常融洽,这使他怦然心动,产生了创作欲,然而到写作时却因找不到能够凝聚起全篇内容的适当细节而感到无从下手,有一次他和自己的妻子出门,天上下着雨,提到要带把伞,一个"伞"字使他豁然开朗,发现了他所需要的东西,他几乎是在一瞬间就轻而易举地将全篇故事想好了,于是就有了小说中矮丈夫经常高高地举着伞为抱着孩子的高女人遮风挡雨的情节。

当然,灵感的产生并不等于创作的完成,一般还需要在此基础上进一步推敲、取舍、调整、充实,因此瞬间的灵感爆发不能代替长期的艰苦劳动。尤其是下一步还要通过恰当的文字形式将前面所有劳动过程中所获得的东西传达出来,这就进入了创作的传达阶段。

四、传达阶段

作家在构思活动和灵感爆发的基础上,通过语言文字的媒介将头脑中作品的雏型明确起来、固定下来,将意象转化为物象,这就是艺术传达。艺术传达借助物质手段将作者的创作意图定型和定格,有了这一步,才能形成真正的文本,供人欣赏、供人阅读,作者的精神追求和精神劳动才能产生社会反响和社会效果。因此传达阶段是整个文学活动的流程中从创作阶段向接受阶段过渡的桥梁,是非常关键的环节。

作家在构思过程中的意象营构能力与其语言组织能力和语言表达能力所达到的水准并不是完全一致的,甚至还存在着较大的差距。刘勰在《文心雕龙·神思》中说过:"方其搦翰,气倍辞前,暨乎篇成,半折心始。"鲁迅也

---

① [哥伦比亚]马尔克斯:《番石榴飘香》,三联书店1987年版,第44页。

说:"当我沉默着的时候,我觉得充实;我将开口,同时感到空虚。"①歌德也说过类似的意思:"这些诗原来在我头脑里已酝酿多年了。它们占住了我的心灵,像一些悦人的形象或一种美梦,飘忽来往。我任凭想象围绕它们倘佯游戏,给我一种乐趣。我不愿下定决心,让这些多年眷恋的光辉形象体现于不相称的贫乏文字,因为我舍不得和这样的形象告别。等到把它们写成白纸黑字,我就不免感到某种怅惘,好像和一位挚友永别了。"②这些论述都说明了这样一个问题,作家的构思能力与文字功夫并不是一回事,并不能相互替代,它们是属于两种不同类型的能力,要得心应手地掌握后者可能其难度更大,因此那种既有巧思妙想,又能恰到好处地用文字将这种巧思妙想表达出来的作者实在是不可多得。苏东坡说:"求物之妙,如系风捕景,能使是物了然于心者,盖千万人而不一遇也,而况能使了然于口与手乎?"(《答谢民师书》)文学的语言表达不仅需要传达构思的创造性,而且它本身也需要较强的创造性,二者一般来说是统一的,但后者也具有独立的意义,有些作品就其内容来说并无多少深文大意,但却能以其语言的活泼灵动、清新俊逸或幽默风趣而受到欢迎。

作家要具备较强的艺术传达能力,要具备深厚的文字表达功夫,这需要广泛的学习和长期的磨练。在这方面以往人们也进行了有益的探索,认为要做到这一点,其有效的途径仍然不外乎长期的、艰苦的实践、学习和磨练。陆机说:"恒患意不称物,文不逮意,盖非知之难,能之难也。"(陆机:《文赋序》)这就指出了在文学创作中构思与传达之间存在隔膜,在很大程度上仍然应归咎于能力的欠缺。唐大圆在《文赋注》中提出了具体的解决办法:"所构之意,不能与物相称,则患在心粗;或意虽善构,苦无词藻以达之,则又患在学俭。欲救此二患,则一在养心,使由粗以细;一在勤学,使由俭而博。"后来刘勰受到《文赋》的启发,也认识到"临篇缀虑,必有二患:理郁者苦贫,辞溺者伤乱,然则博见为馈贫之粮,贯一为拯乱之药,博而能一,亦有助于心力矣"。并主张"积学以储宝,酌理以富才,研阅以穷照,驯致以怿辞"。(刘勰:《文心雕龙·神思》)这就是说,既然属于能力的欠缺,那么也就可以通过人力来加以解决,首先是提炼创作立意和内心意象,然后是磨练语言技巧和文字功夫。就拿磨练语言技巧和文字功夫来说,对于一个作家,很重要的一条就是坚持不懈地写、写、写,在实际写作过程中不断提高自己驾驭文字的能

---

① 鲁迅:《野草·题辞》,见《鲁迅《野草》注解》,李何林注解,陕西人民出版社,1981年版第12页。
② 歌德:《歌德谈话录》,爱克曼辑录,朱光潜译,人民文学出版社1978年版,第207页。

力。同时他也必须广泛学习别人的语言。一是向流传在人民口头的活的语言学习,包括某些方言土语,不过这里要注意选择,所使用的方言土语必须带有一定的普适性。当代作家汪曾祺在小说《受戒》中用了"格挣挣的"一词,这个词在他苏北官话区的家乡方言中指人穿衣服干净、整齐、挺括,有样子。他在使用这个词时曾经踌躇了很久,后来发现山西话里也有这个说法,并在元曲里也发现了"格挣"这个词,这才放心地用了。二是向古典文学中具有典范性的语言形式学习。汪曾祺在他的小说中也经常使用古代诗词中的手法,创造一种特有的意境和韵味。例如对仗,在《收字纸的老人》中写道:"老白粗茶淡饭,怡然自得。化纸之后,关门独坐。门外长流水,日长如小年。"又如像马致远《天净沙》中罗列意象的手法,他在《钓人的孩子》中有这样一段文字:

  抗日战争时期,昆明小西门外。
  米市,菜市,肉市。柴驮子,炭驮子。马粪。粗细瓷碗,砂锅铁锅。焖鸡米线,烧饵块。金钱片腿,牛干巴。炒菜的油烟,炸辣子的呛人的气味。红黄蓝白黑,酸甜苦辣咸。

  三是向外国文学在语言形式上成功的范例学习,如《钓人的孩子》中有这样的句子:"每个人带着一生的历史,半个月的哀乐,在街上走。"据作者自己说,这大概是学的《巴黎的烦恼》。艺术传达在整个创作活动中的关键之处还在于它对前面的构思阶段具有明显的制约作用。
  首先,文学创作所使用的媒介——语言以及语言形式对于艺术构思具有制约作用。不同的语言形式往往决定着作品的效果。同一件事情,用诗写与用词写效果不一样;同是用诗写,用古体写与用律体写效果不一样;同是用律体写,用五言写与用七言写效果也不一样。因此作家的构思是不能脱离语言形式的媒介而孤立地进行的,对于语言形式媒介的把握已经成为构思的有机组成部分。作家在构思小说时必须连着叙事语言一起想,诗人在构思诗篇时必须连着格律、韵脚一起想,戏剧构思时必须连着人物的舞台语言一起想,这种构思才是切实可行的。
  其次,传达阶段也往往是构思阶段的深化,作者原先的构思需要受到传达活动的检验,符合传达活动要求的被保存下来,不符合的则要作出某种调整和更动,从而使之更加合理和完善。在这方面郭沫若创作历史剧《屈原》的情况就很典型。据郭沫若自述,他当初原打算将全剧分成上下两部,每部写五六幕,而侧重在下部的结束,但在写作过程中,这一打算却被推翻了,在写成第二幕之后,已到最高潮,下面颇有难以为继之感,于是决定改为四幕剧。然而在第四幕写成后,又觉得必须扩展为五或六幕,最后则是写成了五幕,将第五幕分成两场。同时剧中人物的命运也有较大改动,在第五幕第一场写完之后突然决定让婵娟误服毒酒而死;本来打算写屈原的一生,结果写了他的一天,即从清早到夜半过后,因为作者觉得这一天已经把屈原的一生都概括了。①

再次,艺术传达对于构思阶段的制约作用还表现在修改上。为了使创作上升到尽善尽美之境,作家在传达阶段往往需要反复斟酌和仔细推敲,不到作品完全妥贴、完满地表达出创作意图便不能罢休。列·托尔斯泰修改作品的认真程度是著名的,他往往在写成的稿纸上反复修改,一直改到自己都将难以辨认的时候便重新誊写一遍,然后接着再改,一直改到又难以辨认的时候,就又誊写一遍,如此再三,方肯罢休,因此在他的工作室里总是堆积着成麻袋成麻袋用废了的稿纸。其他作家又何尝不是如此。果戈理说过,一部作品起码应该修改8次。海明威的小说《永别了,武器》仅结尾就改了39次之多!作家的修改工作遵循的往往是减法法则,亦即将一切多余的、不确切的东西毫不顾惜地删除,到最后可能只是留下极其有限的文字。像欧阳修的《醉翁亭记》的开头原来有好几行文字,经过删改,最后只剩下"环滁皆山也"五个字,他甚至更有改得连一个字也不剩的情况,据宋人吕本中所记:"近世欧公作文,先贴于壁,时加窜定,有终篇不留一字者。"②古人云,"吟安一个字,拈断数茎须"、"二句三年得,一吟双泪流",都是对于传达过程中这种反复推敲、辗转修改的情况的深长感喟。

指出艺术传达对于其他阶段的制约作用意在说明,文学创作过程中的各个阶段既是相互衔接、循序渐进的,又是相互渗透、彼此牵制的,但是其中任何一个阶段却都是不可超越、不可马虎的,缺少其中的任何一个阶段,或者其中的任何一个阶段不能达到一定质量,文学创作都不可能获得成功。

第三节 文学创作中的形象思维

在第一章有关文学的本质中,我们已经接触到了"形象思维"的概念,这

---

① 郭沫若:《我怎样写五幕史剧〈屈原〉》,《郭沫若论创作》,上海文艺出版社1983年版,第383—384页。

② [宋]吕本中:《童蒙诗训》,见郭绍虞辑《宋诗话辑佚》卷下,中华书局1980年版,第600页。

里我们将其作为文学创作中的主要思维方式进行集中讨论。

一、"形象思维"概念的由来

最早提出"形象思维"这一概念的是俄苏文学批评界,这一概念的提出主要依据别林斯基的说法。别林斯基在1838年6月发表的《伊凡·瓦尔科讲述的〈俄罗斯童话〉》一文中第一次提出诗是"寓于形象的思维"这一说法,在稍后发表的《〈冯维辛全集〉和札果斯金的〈犹里·米洛斯拉夫斯基〉》一文中,他又重复了同样的命题。在发表于1840年的《艺术的观念》一文中,他又对此进行了较为系统的论述,只不过将"诗"的概念扩大为"艺术"的概念,他说:"艺术是对于真理的直感的观察,或者说是用形象来思维。"他甚至将这一点看成艺术的本质和基点:"在这一艺术定义的阐述中包含着全部艺术理论:艺术的本质,它的分类,以及每一类的条件和本质。"他还在这篇文章的注释中指出,"这一定义还是第一次见于俄文,在任何一本俄文的美学、诗学或者所谓文学理论著作中都找不到它。"[1]别林斯基在1840年到1841年间思想发生转变,从唯心主义向唯物主义过渡,此后就不再见到他使用"寓于形象的思维"这一说法,一般仍用"想象"或"创造性想象"。但这一说法却为后来的俄苏作家、理论家所继承,如屠格涅夫、冈察洛夫都曾使用过这一说法,特别值得注意的是屠格涅夫在写于1879年的一篇文章中指出,"诗人用形象思维这句名言是人人皆知的;这句名言完全正确而无可争论","用形象这三个字——(请君注意:用形象)已经构成了作家的灵魂"。[2] 到了20世纪30年代,经过普列汉诺夫、卢那察尔斯基以及高尔基、法捷耶夫等人对于"形象思维"概念的进一步阐发和强调,这一概念终于在学术界推广开来。

在西方文论中没有"形象思维"的说法,与之相应的概念是"想象"或"创造性想象",至今依然如此。我国的传统文论也没有"形象思维"一说,而是谈"赋比兴",谈"神思",谈"思理"。我国自上世纪三四十年代翻译引进别林斯基等人的理论著作起,"形象思维"这一概念逐步在学术界流行开来,在五六十年代以及七十年代末,文艺理论界和哲学界还对此进行过相当热烈的讨论。到了八十年代,对于这一问题的讨论已经不只限于文艺理论的领域,而成为众多学科关注的焦点,著名科学家钱学森认为,"有意识的思维,除抽

---

[1] [俄] 别林斯基:《艺术的观念》,《外国理论家作家论形象思维》,钱锺书等译,中国社会科学出版社1979年版,第59页。

[2] [俄] 屠格涅夫:《六部长篇小说总序》,《文艺理论译丛》第1期,人民文学出版社1957年版,第209页。

象(逻辑)思维之外,还有形象(直感)思维和灵感(顿悟)思维",不能说"形象(直感)思维和灵感(顿悟)思维本身就比抽象(逻辑)思维低一等,我以为这两种思维的客观存在和重要性是不必怀疑的"[①]。尽管现在学术界还存在着不同意见,但是这一概念毕竟已经成为不少研究者认可的通用概念,进一步深入探讨是完全必要的,但完全否定似乎目前还缺乏充分的理由。

二、形象思维的审美心理机制

形象思维作为一种特殊的思维方式,它的心理机制并不只是一两种孤立的心理要素,而是由多种心理要素所构成的审美心理结构,总的说来,形象思维包括感知、想象、情感、理智等心理要素。

感知。所谓"感知",即感觉与知觉的统称。形象思维,顾名思义,乃与形象结有不解之缘,感知的因素占有重要地位,它要直接面对形象,任何文艺作品都是有形象的。形象思维中的感知不同于抽象思维中的感知,哲学家、科学家需要从感知出发,从感性现象入手,然而他们最终要粉碎和扬弃感性现象而上升到理性的、本质的层面,通过概念、判断和推理,获得一般化的抽象结论。例如哲学或社会学研究人的本质,也是从一个个具体可感的人出发,从他们的生活经历、命运遭际和性格特征等方面着手,然后逐步扬弃其个人特点,把握其具有共性的方面,循着个别性、特殊性、普遍性的逻辑顺序上升,最后得出一个一般性的抽象概念:"人是一切社会关系的总和。"但形象思维却不同,它始终不脱离感性形象,感觉、知觉的活动始终处于兴奋状态,它是通过感性形象的展示、通过感知的活动而传达某种意蕴,因而出现在作家笔下的人物形象,便始终是栩栩如生、呼之欲出的,它的具体可感的特点始终是不被破坏、圆融浑整地呈现着的,而文学作品最后达到的目的,也不是得出一个抽象干燥的概念或结论,而是传达一种不失感知之丰满、想象之优游、情感之润泽的意蕴,对于这样的人物形象,读者可以用理智去认识它、理解它,同时也可以用感知、想象、情感去活泼泼地感受它、假想它、体验它。契诃夫笔下的别里科夫的形象便是一个绝妙的例子。(见专栏5.4)

专栏5.4

契诃夫:《装在套子里的人》(节选)

我的同事希腊文教师别里科夫两个月前才在我们城里去世。您一定听

[①] 钱学森:《关于思维科学》,见《关于思维科学》,上海人民出版社1986年版,第16、17页。

说过他。他也真怪,即使在最晴朗的日子,也穿上雨鞋,带着雨伞,而且一定穿着暖和的棉大衣。他总是把雨伞装在套子里,把表放在一个灰色的鹿皮套子里;就连那削铅笔的小刀也是装在一个小套子里的。他的脸也好像蒙着套子,因为他老是把它藏在竖起的衣领里。他戴黑眼镜,穿羊毛衫,用棉花堵住耳朵眼。他一坐上马车,总要叫马车夫支起车篷。总之,这人总想把自己包在壳子里,仿佛要为自己制造一个套子,好隔绝人世,不受外界影响。现实生活刺激他,惊吓他,老是闹得他六神不安。也许为了替自己的胆怯、自己对现实的憎恶辩护吧,他老是歌颂过去,歌颂那些从没存在过的东西;事实上他所教的古代语言,对他来说,也就是雨鞋和雨伞,使他借此躲避现实生活。

别里科夫把他的思想也极力藏在一个套子里。只有政府的告示和报纸上的文章,其中规定着禁止什么,他才觉得一清二楚。看到有个告示禁止中学学生在晚上九点钟以后到街上去,他就觉得又清楚又明白:这种事是禁止的,好,这就行了。但是他觉着在官方的批准或者默许里面,老是包藏着使人怀疑的成分,包藏着隐隐约约、还没有充分说出来的成分。每逢经过当局批准,城里开了一个戏剧俱乐部,或者阅览室,或者茶馆,他总要摇摇头,低声说:"当然,行是行的,这固然很好,可是千万别闹出什么乱子。"

小说一开始的这段描写就将一个保守反动、恐惧新生事物、阻挡社会变革、维护沙俄专制统治的卫道士的形象活脱脱地呈现在读者眼前,在后来展开的一系列情节中,作者进一步用深入细腻的形象描绘对于这种保守势力孳生的温床——沙俄专制统治下的现实作了无情的揭露。总之,在文学创作中作家的思维活动始终是与感知、与形象缠绕在一起,浑融为一体的。关于这一点,歌德有这样一段生动的经验描述:"这些诗原来在我的头脑里已酝酿多年了。它们占住了我的心灵。像一些悦人的形象或一种美梦,飘忽往来。我任凭想象围绕它们徜徉游戏,给我一种乐趣。我不愿下定决心,让这些多年眷恋的光辉形象体现于不相称的贫乏文字,因为我舍不得和这样的形象告别。等到把它们写成白纸黑字,我就不免感到某种怅惘,好像和一位挚友永别了。"[①]歌德的这段话中提到了"想象",这恰恰是形象思维中另一个重要的心理要素。

想象。形象思维在西方本来就是可以与想象互换的概念,可见想象作

---

① [德]歌德:《歌德谈话录》,爱克曼辑录,朱光潜译,人民文学出版社1978年版,第207页。

为一种心理要素在形象思维中的重要地位。历来人们给想象所下的定义多至不可胜数,其中以朱光潜的说法最为简洁、精当,他说想象是"旧材料的新综合"。① 想象是人脑对于已有表象进行加工改造,进而创造新表象的过程。这就是说,想象的原材料是表象,而表象是感知在大脑皮层上留下的痕迹,因此想象必须具有以往感知的基础,必须取自过去的经验。叶圣陶说:"想象不过把许多次数、许多方面观察所得的融和为一,团成一件新事物罢了。假如不以观察所得的为依据,也就无从起想象作用。"②表象在大脑皮层上所留下的痕迹构成了暂时神经联系,想象的心理机制其实就是大脑皮层上暂时神经联系分解以后又重新加以组合。这在文艺创作中就表现为许多旧的形象的零件被拆开以后又重新组装成一个新的形象的情况。例如龙与凤,就是想象的产物。据闻一多考证,龙的形象是以蛇身为主体,"接受了兽类的四脚,马的毛、鬣和尾,鹿的脚,狗的爪,鱼的鳞和须"③。另据许慎的解释:"凤之象也,鸿前后,蛇颈鱼尾,鹳颡鸳腮,龙文虎背,燕颔鸡喙,五色备举。"④可知它们都是用多种"零件"拼装起来的新形象。

想象还可以分成创造想象和再造想象。所谓再造想象是根据语言的描述或图样的示意,在大脑中再造出相应的新形象的过程。所谓创造想象则是不依据现成的描述而独立地创造出新形象的过程。在文学创作中这两种方式常常交错使用。另外,与想象密切相关的还有联想,所谓联想就是不同的表象根据某种内在联系由此及彼的联结。根据这种内在联系的不同情况,联想又可以分成接近联想、相似联想、对比联想等等。接近联想是对于在时间、空间上相互接近的事物产生的联想。如辛弃疾《水龙吟·登建康赏心亭》中的"休说鲈鱼堪脍,尽西风、季鹰归未"句,从秋风想到鲈鱼再想到晋人张翰(季鹰)弃官归去的旧事,便是时间上的接近联想;苏东坡《念奴娇·赤壁怀古》中的"遥想公瑾当年,小乔初嫁了,雄姿英发,羽扇纶巾,谈笑间,樯橹灰飞烟灭"句,从赤壁想到在其地有过的人和事,便是空间上的接近联想。相似联想是对于在性质上相互类似的事物产生的联想,如岑参的《白雪歌送武判官归京》:"忽如一夜春风来,千树万树梨花开"。对比联想是对于性质截然相反、相互对立的事物产生的联想,如高适的《燕歌行》:"战士军前半死生,美人帐下犹歌舞。"

---

① 朱光潜:《文艺心理学》,《朱光潜美学文集》第1卷,上海文艺出版社1982年版,第25页。
② 叶圣陶:《作文论》,《叶圣陶集》第9卷,江苏教育出版社1990年版,第225页。
③ 闻一多:《伏羲考》,《神话与诗》,华东师范大学出版社1997年版,第27页。
④ [汉]许慎:《说文解字》卷四上,浙江古籍出版社2012年版,第70页。

想象具有创造性,但其创造力的发动总是有一定的缘故,从这些缘故出发,作家才能按照一定的方向去搜寻和集中生活中的原材料,按照一定的方式将其分解和重新组合,并赋予它特有的新生命,这种缘故常常就是作家的某种情感、愿望、意图和理想。当然对于这些主观因素在想象中的支配作用,作家自己不一定都能明确意识到。沈从文在《边城》中塑造了翠翠这一明慧温柔的少女形象,据他后来回忆,这一形象有三个来源,一是他的家乡泸溪县一家绒线铺的女孩子,二是在青岛崂山北九水看到的一个乡村女子,三是他自己新婚的妻子。也许翠翠的形象还由更多的原型拼凑而成,但是在拼凑聚合种种原型以创造这一形象的过程中起着重要作用的,则是沈从文跑到大城市以后由于对都市生活的厌恶所引发的乡愁,而这一切,作家在当时却并无明确的意识。

在形象思维中,想象因其"精骛八极,心游万仞"的神奇特点而具有重要的作用。一方面,想象可以填补生活经验链条中的缺环,任何作家的经历都有一定的局限性,他不可能事事亲历,这样,在其生活经验的链条中就会留下许多空缺,他需要借助设身处地的想象和由此及彼的联想来补足他无法亲身经历的事情。例如作家没有经历过死亡却可以描写死亡,没有见过神仙鬼怪却可以写到神仙鬼怪,没有进过地狱天堂却可以写到地狱天堂,这就有助于作家的经验趋向全面和完整。另一方面,想象可以突破现实生活中不能逾越的时空界限而自由翱翔。陆机《文赋》云,"笼天地于形内,挫万物于笔端","观古今于须臾,抚四海于一瞬"。刘勰《文心雕龙·神思》云:"寂然凝虑,思接千载;悄焉动容,视通万里;吟咏之间,吐纳珠玉;眉睫之前,卷舒风云之色:其思理之致乎。"都是对于想象赋予文学创作以高度自由这一神奇特点的一种形象的描述。这就带来了一大长处,使人能够将不同时间、不同地点的事物联系起来,上下三千年,纵横五万里,进而揭示事物发展的轨迹和趋势。

由于想象的上述作用,所以形象思维能够自由地创造、虚构、揣摩、推测,获得了充分的假定性、超越感和自由感,在实际生活的基础上高高地腾越起来,对现实生活的本质和规律作更加深入全面也更加挥洒自如的揭示。

情感。法国学者李博指出,在文艺创作中,有两道"情感之流":"一道构成激情,这是艺术的材料;另一道则激起创作的热情,随着创作而发展。"[①]与

---

① [法]李博:《论创造性的想象》,钱锺书等译,《外国理论家作家论形象思维》,中国社会科学出版社1979年版,第185—186页。

之相比,科学活动所借助的抽象思维可以说只有一道情感之流,这就是说,在抽象思维中也有情感活动,但热情在其中只是作为一种外在的驱动力,作为推动科学家忘我工作、追求真理的力量,而不能成为抽象思维的内容,科学活动最忌讳感情用事,科学家不能凭着感情而改变研究对象的性质,也不能凭着感情而得出他所希望看到的结论。文学创作所运用的形象思维则不然,情感不仅是动力,而且是材料和内容。如果说情感作为动力主要对创作的发动和进展起作用的话,那么情感作为材料和内容则搏动在作品的每一根血脉、每一个细胞之中,流淌在作品的主题、形象和形式之中。

文学作品的主题不是一个命题、一个结论、一个公式,而是一种意蕴、一种倾向、一段情怀,它是思想与情感的合金,作家的情感渗透在主题的每一个细胞之中,如果缺少了情感的灌注,文学作品的主题就同科学的结论无异,最终将导致公式化、概念化的弊病。巴金的《家》、《春》、《秋》三部曲其主题用他自己的话来说就是:"我要向这个垂死的制度叫出我的控诉。"在这一主题中饱和着作者极其强烈的情感,他说:"的确,我写《家》的时候,我仿佛在跟一些人一同受苦,一同在魔爪下挣扎。我陪着那些可爱的年轻生命欢笑,也陪着他们哀哭。我一个字一个字地写下去,我好像在挖开我的记忆的坟墓,我又看见了过去使我的心灵激动的一切。"[①]这种充满情感的主题渗透在小说所有的情节、场面、人物行动和人物关系之中,就像人的精神气质流布在四肢百骸之中。

文学需要塑造形象,但文学中的形象并非对于客观事物外形的直观描摹,并非仅仅追求形似,而是力图把握形象内在的风神,从而达到神似,而这内在的风神则是以情感为核心的。缺少情感的形象形同泥塑木雕,缺乏感染力,不可能打动人,而成功的作品在这方面却总是有着上乘的表现。如张承志的小说《黑骏马》中描写白音宝力格与往日的恋人索米娅在阔别了9年以后见面的场面,对于人物感情的刻画就非常深沉、委婉和催人泪下。(见专栏 5.5)

专栏 5.5

张承志:《黑骏马》(节选)

直到活儿干完了,她领着我回家时,我们还是用这样的方式随意闲谈着。当我们转过学校前面的低缓土坡,顺着湖畔的小路朝那间半地穴式的

[①] 巴金:《谈〈家〉》,《中国现代作家谈创作经验》上册,山东人民出版社1980年版,第226页。

小泥坯屋走去的时候,突然传来一阵急促的马嘶。钢嘎·哈拉拖着脚绊,一蹦一跳地奔来。直到马儿蹦跳着来到我们跟前,不管不顾地径自把脖颈伸向索米娅,把颤动着的嘴唇伸到她的怀里时,我才明白了这黑马所具备的一切。

我惊奇万分地望着钢嘎·哈拉。它一声不吭地用黑黑的大脑袋在索米娅的怀里揉搓着,双耳一耸一耸,不安地睁大着那对琥珀色的眼睛,好像在无言地诉说着什么。

索米娅用沾满煤末的手轻轻搂着黑骏马的头,久久地抚摸着它。我看见,她的眼睛里盈满着泪水,肩膀在微微地发抖。但是她始终背朝着我,一句话也没有说。

时过境迁,物是人非,往日的青春和爱情已经像梦、像烟一样飘散,但是受伤的记忆的创口仍在流血,索米娅貌似平静的外表掩饰不了内心情感的排空浊浪,但是她又不愿让对方看到自己的感伤和哀怨。唯其有了这种深情的灌注和充实,这个人物形象才能变得如此感人。

虽然文学形式有着自身特殊的规律,不像主题和题材那样直接受制于情感,但是它终究还是要受到情感的统摄,为作品所要表达的情感服务。在文学创作中,孤立的、与情感内蕴彻底绝缘的形式是不存在的,就拿规矩严切、讲究繁琐的律诗、绝句来说,情形也是如此。例如韩愈的《左迁至蓝关示侄孙湘》:"一封朝奏九重天,夕贬潮阳路八千。欲为圣朝除弊事,肯将衰朽惜残年。云横秦岭家何在?雪拥蓝关马不前。知汝远来应有意,好收吾骨瘴江边。"作者因谏迎佛骨之事而被唐宪宗贬为潮州刺史,他的悲愤悒郁之情在诗歌的节奏、韵律、格调和章法之中也得到真切的表现,以突兀而起的开头、一气呵成的结构和骏利畅达的韵律构成了如激流直下、一泻千里的磅礴气势,有助于发泄那种激愤填膺、感慨淋漓的心情。

情感作为材料和内容存在于作品的主题、形象和形式之中,这说到底其实还是作者的情感表现方式。这里要分几种不同的情况:一是作者的情感态度,如作品主题中的情感内蕴,作者总是要对他所描绘的生活现象表达自己的爱憎好恶和喜怒哀乐;一是作者的情感体验,如人物形象的情感活动,作者为了准确表现作品中人物的情感,他常常要推己及人、设身处地地体验人物的内心活动;一是作者的情感投射,如文学形式中的情感色彩,作者为了更好地表达自己的情感态度以及人物形象的内心情感,他总是要自觉或不自觉地寻找最恰当的艺术形式。当然这三种情感表现方式在具体作品中常常是糅合为一体的。

理智。有一种观点认为,既然形象思维是伴随着形象的思维,那就必须在形象思维中将理智、理解、理性排除出去。这一观点显然是偏颇的,一个非常简单的道理就是,如果没有理智、理解的作用,文学创作就不可能对实际生活中的众多感性现象加以搜寻、集中、比较、选择、提炼、串联、组织、整合,不可能将自己对于生活的看法、态度和倾向通过形象的画面表达出来,也不可能对于各种审美心理进行有效的控制、规范和引导。在创作活动中,理智要将作家的思维从感知的水平推向理性的高度,使之脱离那种肤浅、浮泛和离散的状态;它要规范想象的内容和方向,使之不至于成为一种飘忽不定、漫无目的的玄想、梦想和妄想;它要控制情感的激流,使之按照理性的渠道奔流,而不至于肆意奔突、泛滥成灾。只有这样,所有的心理要素才能在创作活动中相互协调、相互补充,否则各种心理要素就不能上升到形象思维所需要的质量和水准,也无法融合成为一个整体,也就不能发挥积极的创造功能。

不过理智的引导和规范作用并不能脱离其他审美心理而生效,它不是游离于感知、想象、情感之外的,不是站在一旁的指手画脚和发号施令,它是融化在形象之中,变成可以触摸得到、感受得到的东西,是与情感同起伏、共始终的。用别林斯基的话说,它是一种"诗情观念",一种"直观真理"。对此别林斯基有两段话是十分中肯的:"艺术不能容忍掺入抽象的哲学概念,尤其是理性观念;它只能容受诗情观念;而诗情观念不是三段论法,不是教条,不是规则,它是活生生的情欲,它是激情。"[①]"在诗的作品中,思想是作品的激情。激情是什么?激情就是热烈地沉浸于、热衷于某种思想。"[②]雪莱在谈到他写长诗《伊斯兰的起义》的创作意图时也表达了同样的意思。(见专栏5.6)

专栏 5.6

雪莱谈《伊斯兰的起义》的创作意图

我采用的这个故事,既从极大的普遍性方面着眼于人类情操的阐述,又

---

① [俄]别林斯基:《〈普希金作品集〉第五篇论文》,《外国理论家作家论形象思维》,钱锺书等译,中国社会科学出版社1979年版,第70页。

② [苏联]米·赫拉普钦科:《作家的创作个性和文学的发展》,刘逢祺等译,上海人民出版社1977年版,第28页。

复缀以种种感人的、富有浪漫气息的事件,鄙弃一切虚伪的谰言和陋规,引起每个心灵的共鸣。我并未企图用一套完整的论据去推行我的主张,以代替人类现行的主张。我只是要唤醒人们的情感,从而使读者明了真正的德行之美,并激励他们从事探讨——我就是通过这种探讨而树立了我的道德和政治信仰,我对于人世间某些极其辉煌的智力的信仰。因此这首诗是叙事式的,而不是说教式的。……既然诗人的灵感及其成果是由于出现在他脑海里的种种栩栩如生的形象和感觉而构成的,那么,诗人的职责就在于:把他自己从这些形象和感觉中所得到的愉快和热诚传达于他人。①

这就是说,理智在文学创作中始终与情感、与感知处于一种亲和的状态中。

综上所述,可以这样说,形象思维是以感知为基础、以想象为主体、以情感为核心、以理智为引导,组成一个围绕着情感核心运转的审美心理结构,并以此与科学活动、实践活动的心理结构区别开来:科学活动以理智为核心,其他心理因素围绕着理智而运转;实践活动以意志为核心,其他心理因素围绕着意志而运转。尽管在科学活动和实践活动中也有感知、想象、情感等因素,但是因为它们处于不同的心理结构,所以其作用和地位就大相径庭了。

三、形象思维与抽象思维的关系

形象思维与抽象思维的关系是"形象思维"这一概念一诞生就碰到的问题。别林斯基提出这一概念时就力图界定这两者既对立又相容的关系。他指出,关于艺术"是寓于形象的思维"这一说法,存在着一个语义上的悖谬之处,"我们把艺术叫做思维,这样,就把两个完全对立、完全不相连结的范畴连结在一起"。这里,别林斯基单独使用的"思维"一词就是指抽象思维。但他认为正是这一矛盾彰显着艺术的本质,"实际上,在艺术和思维的本质中,正是包含着它们的敌对的对立的以及它们相互间的亲密的血肉联系",因为,"一切存在的东西,一切实有的东西,一切我们叫做物质和精神、大自然、生活、人类、历史、世界、宇宙的东西,都是自己进行思考的。一切现存的东西,一切这些无限繁复多样的世界生活的现象和事实,都不过是思维的形式

---

① [英]雪莱:《〈伊斯兰的起义〉原序》上册,王科一译,山东人民出版社1980年版,第121—123页。

和事实;因此,只有思维存在着,除了思维,什么都不存在"。① 显而易见,别林斯基的这一观点起源于黑格尔,别林斯基所说的"思维"留有黑格尔所说的"理念"或"绝对精神"的浓重阴影,而这一点,正是后来普列汉诺夫等人在唯物主义立场上运用"形象思维"概念时力图加以扬弃的,也是至今许多人仍对这一概念存在疑问的原因之一。但是不管怎么说,至少别林斯基已经认识到在形象思维与抽象思维这两种对立的思维方式之间存在着相通之处。

我们觉得,"思维"有广、狭两种含义。一般地说,狭义的"思维"是指抽象思维;广义的"思维"则是指所有的精神活动和心理形式。如果在广义上使用"思维"一词,讨论人的精神活动、心理活动的类型和方式的话,那么"形象思维"一说自有其成立的理由。费肖尔说:"思维方法有两种:一种是用形象,另一种是用概念和文词;解释宇宙的方式也有两种,一种用文词,另一种用形象。"②我们讨论形象思维与抽象思维的关系也正是在这个意义上展开的。

抽象思维又叫逻辑思维,它是通过概念的运动,以判断、推理、演绎等形式在思维中将客观世界的本质和规律复制出来。文学创作以形象思维为主,但是并不排除抽象思维的作用,毋宁说这二者更是相辅相成、相需为用的。首先,这两种思维方式面对的是同样的现实存在,同样担负着掌握世界的使命,最终都是为了改造社会、促进人生,它们在很多方面是相通的,有着相互辅助和补充的前提;其次,形象思维与抽象思维只是人们掌握世界的两种不同的思维方式,这两者在人的头脑之中并没有壁垒森严、不可逾越的鸿沟,在实际运思时只有偏于前者的艺术型思维和偏于后者的理智型思维,但决无纯形象思维或纯抽象思维,艺术家在创作中不能完全排除分析、判断、推理的因素,科学家在研究中也不能彻底杜绝想象、直觉、灵感的成分;再次,在文学创作的全过程中,抽象思维对于形象思维起着规范和协助的作用,抽象思维有助于将各种审美心理要素提高到形象思维所需要的质量和水准,并有助于将所有的审美心理要素整合为一个有机的整体。这是上面我们在讨论形象思维中的理智因素时已经分析过的,不再重复。

不过,要将形象思维与抽象思维很好地结合起来并不是一件容易的事,

---

① [俄] 别林斯基:《艺术的观念》,《外国理论家作家论形象思维》,钱锺书等译,中国社会科学出版社 1979 年版,第 59,61 页。

② [德] 费肖尔:《论象征》,见朱光潜:《西方美学史》下卷,人民文学出版社 1979 年版,第 678 页。

甚至是一件非常困难的事，唯有优秀的作家才能做到。处理不当便可能导致"理郁者苦贫，辞溺者伤乱"（刘勰：《文心雕龙·神思》）二患，前者失于简单说理，后者流于杂陈现象。正如冈察洛夫所说，"如果他的智力精细入微，善于观察，能支配想象和热情，也就能自觉地写作。这时候思想往往不通过形象而表达出来。要是才华微薄，思想就会遮盖形象，成为倾向"；"与此相反，在想象丰富和智力较才华为少的情况下，形象便吞没了意义、思想；画面只表明自己本身，艺术家常常借助细致的评论家才能看出意思"，而"在作者本人身上结合着十分客观的艺术家和异常自觉的批评家，这是颇为罕见的"。① 由此可见，将形象思维与抽象思维完美地结合起来乃是文学创作臻于佳境的一个重要标志。

但是在形象思维与抽象思维之间仍然存在着重大的区别。如上所述，这二者都以感觉、知觉和表象为起点，向着更高的水平上升。抽象思维是以舍弃事物的感性现象外壳、把握其内在本质的方式而形成概念和范畴；形象思维则是以与事物的形象同起伏、共始终而显示其本质的方式形成形象、典型和意境。二者在内容和形式上都不同。既然如此，那么在形象思维中所包含的抽象思维就有其特定的存在方式和运动方式。其特点之一是抽象思维必须以塑造形象、典型和意境为目标，必须服从于形象思维；其特点之二是抽象思维必须如盐在水，不露痕迹地融化在形象思维之中。此外，还有一些特殊情况需要进一步说明一下。

有时创作过程的发动并非来自对于感性现象的感受，而是来自理性观念的触发，出发点是理性观念，结果是形象、典型和意境的生成，其契机在于抽象思维向形象思维的转化。例如屠格涅夫创作《父与子》就是如此，他所写的巴札洛夫这一人物形象来自当时俄国刚刚产生却还没有定形、被人们称为"虚无主义"的思潮，他对此十分感兴趣，通过一段时间的观察、倾听、了解和思考，人物形象和主要情节慢慢在头脑中形成，最后写出了这部颇有影响的作品。为此当时有人说他的创作是"从观念出发"，是为了"发挥一种观念"，他承认这是事实。② 这种情况当然与什么"主题先行"、"图解概念"不同，"主题先行"、"图解概念"是脱离形象而演绎观念、套用公式，但这里不同，这里关于"虚无主义"的抽象观念只是起到了推动作者去进行调查、观

---

① ［俄］冈察洛夫：《迟做总比不做好》，李邦媛译，《外国作家谈创作经验》上册，山东人民出版社1980年版，第365页。
② ［俄］屠格涅夫：《回忆录》，蒋路译，人民文学出版社1962年版，第87页。

察、想象、构思的触发作用,大量的、艰苦的形象思维活动还在后头,其中需要"努力使自己的想象力和逻辑、直觉、理性的力量平衡起来"[①]。据屠格涅夫本人说,从受到这一观念的触动到小说的完成,经过了整整一年时间。不难想象,其中付出了多少艰苦的劳动!因此别林斯基指出:"一个人如果不赋有善于把观念变为形象、用形象进行思考、议论和感觉的创造性的想象,无论智慧、感情、信念和信仰的力量,合乎情理的丰富的历史内容及现代内容,都不能有助于他变为诗人。"[②]他这里所说的"把观念变为形象"一说值得重视。

我们说过,作家不能从某种观念出发,站在形象之外发表议论,但是也不能据此断言文学作品中就不能有议论的成分。历来在各种文学样式之中都有以议论见长的名篇,散文有贾谊的《过秦论》、晁错的《论贵粟疏》、苏洵的《六国论》等,诗歌有韩愈的《调张籍》("李杜文章在,光焰万丈长。不知群儿愚,那用故谤伤!蚍蜉撼大树,可笑不自量")、苏轼的《题西林壁》("横看成岭侧成峰,远近高低各不同。不识庐山真面目,只缘身在此山中"),至于在小说、戏剧中,议论的成分就更多了。但是问题在于,文学作品中的议论不能脱离、不能抛开、也不能压倒形象思维。说文学作品中议论不能脱离形象思维,是说这种议论必须与比兴相结合,借助比喻、象征、夸张、寓意等形象显示的手法来达到彰明主题的目的。如《六国论》中"以地事秦,犹抱薪救火,薪不尽,火不灭",属于比喻;"今日割五城,明日割十城,然后得一夕安寝,起视四境,而秦兵又至矣",属于夸张;如此等等。说文学作品中议论不能抛开形象思维,是说这种议论必须追求某种气势、意境和情调,产生巨大的感染力,如韩愈的《祭鳄鱼文》先是昭示王命,说明自己为官的职责,列举鳄鱼的罪状,再劝说鳄鱼迁离此地,并一再放宽期限至七日,最后表示如果鳄鱼违抗到底,必将赶尽杀绝。全文有放有收,曲折委婉,然而一气贯注,气势如虹,具有强烈的感染力。说文学作品中议论不能压倒形象思维,是说这种议论在量上应该是有限度的,应视文体而区别对待。散文与诗歌,小说与报告文学,现实主义作品与浪漫主义作品,议论的成分就不应等量齐观。但不管怎样,在文学作品中议论的成分还是尽可能少一些为好。

总之,文学创作的思维方式主要是形象思维,这是毫无疑问的,但抽象

---

① [俄]高尔基:《论文学》,戈宝权译,人民文学出版社 1978 年版,第 350 页。
② [俄]别林斯基:《〈杰尔查文的作品集〉第一篇论文》,《外国理论家作家论形象思维》,钱锺书等译,中国社会科学出版社 1979 年版,第 69 页。

思维也是作家必备的基本素质,缺少了抽象思维的辅助和补充,创作最终势必归于失败。理清这二者之间的关系,扭转那种仅仅强调一个方面,而排斥另一方面的状况,使得这二者在创作中协调起来、一致起来,必将有益于文学创作的进步和发展。

思考题

1. 作家的整体素质包括哪几个方面?它们如何得以提高?
2. 试对文学创作过程的若干阶段作一般性的描述。
3. 什么是灵感?灵感有哪些特点?灵感产生的原因是什么?
4. 什么是形象思维?怎样看待文学创作中的议论成分?这是否违反形象思维的一般规律?
5. 什么是抽象思维?形象思维与抽象思维的关系如何?

拓展阅读书目

1. 鲁迅:鲁迅论创作[M].上海文艺出版社,1983年版.
2. 中国社会科学院文学研究所:外国理论家作家论形象思维[M].中国社会科学出版社,1979年版.
3. 杜书瀛:文学原理——创作论[M].社会科学文献出版社,1989年版.

第六章　文学风格论

对于文学创作来说,衡量其所臻水平和境界的标志,往往在于其个性的呈现。一种缺乏个性的创作不能算是优秀的创作;创作个性在文学作品中的整体表现,包括在文学作品内容和形式上的整体表现,便是文学风格;在一定的时间和空间范围内,那些风格相似或相近的作家,又可能形成一定的文学流派;而那些具有较大势力的流派,则可能以其自觉的理论主张、艺术追求和创作实绩,在文学领域内掀起风靡一时、影响深远的文学思潮。文学风格、文学流派、文学思潮,乃是文学创作中出现的重要现象,也是文学创作论(广义)中需要研究的问题。

第一节　文学风格

一、文学风格的涵义

在文学史上,不同作家的创作往往是迥异其趣的。我们可以说,李白的创作绮丽飘逸,杜甫的创作沉着典雅;鲁迅的创作冷凝犀利,郭沫若的创作淋漓酣畅;巴尔扎克与雨果,前者形象真切,后者热情澎湃;米兰·昆德拉与萨特,前者寓意深邃,后者观念直露……而这一切,都是文学风格的表现。

中西方文论很早就开始了关于风格的研究。在古代希腊文和拉丁文中就有"风格"一词,在希腊文中该词表示那种长度大于厚度的直线体,其中有一个含义是指在蜡板上画画和写字所使用的雕刻刀;罗马人吸收了这一含义,扩展为技巧、手法、笔迹的意思,在古罗马作家特伦斯、西塞罗以及其他人的著作中,该词指组成文字的特定方式,进而指用文字装饰思想的特定方式。我国古代没有"风格"一词,与之相近的是风趣、风气、体性、滋味、格调等概念。

那么,什么是文学风格呢?

文学风格是一个带有总体性、全局性的概念,如果只是孤立地取出其中某一个方面、某一种因素而不及其余,势必不能得出正确的结论。

第六章　文学风格论

关于风格,有一个非常流行的说法,那就是18世纪法国学者布封在一篇名为《论风格》的演说中提出的"风格就是人"的命题,这一命题抓住了问题的要害,即风格必须以人为本,以人的主观精神修养为根柢,包括人的道德、品格、情感、胸襟、趣味等等。唯其如此,这一命题才赢得了后来许多人的认同,黑格尔说:"法国人有一句名言:'风格就是人本身。'风格在这里一般指的是个别艺术家在表现方式和笔调曲折等方面完全见出他的人格的一些特点。"①马克思也说:"我只有构成我的精神个体性的形式。'风格就是人'。"②我国古代文论中历来也有"文品即人品"、"文如其人"的说法,意思也大致接近。较早是扬雄在《法言·问神》中所说:"言,心声也。书,心画也。声画形,君子、小人见矣。"后来宋濂在《林伯恭诗集序》中说:"诗,心之声也。声因于气,皆随其人而著形焉。"叶燮在《原诗》中说:"诗之基,其人之胸襟是也。"刘熙载在《艺概·诗概》中也说:"诗品出于人品。"以上这些论述都表达了同样的意思,即文学风格乃是以作者主观的人格修养为根基,作者的人格修养常常能够在作品中表现出来,有什么样的作者,便会有什么样的作品,以何种人格修养作为根基,作品便会呈现出何种品位、趣味和格调。

　　文学风格不仅以内在的人格修养为根基,而且要通过客观的、物化的形象和形式表现出来,缺少这种外在的形象和形式,文学风格仍然不能成为现实的存在。文学创作是"情动而言形,理发而文见"的过程,因此文学风格乃是"沿隐以至显,因内而符外"(刘勰:《文心雕龙·体性》)的产物,或者说是主观与客观的有机统一。而这种外在的形象和形式本身也是有其内在规律的,作家要形成风格,一件要事就是必须做到对于这种客观的艺术规律的顺应和契合。正像在文学史上经常看到的那样,作家在创作中如果采用不同的题材或体裁,则往往会表现出不同的风格。表现农村题材与表现都市题材的作品风格不一,描写校园生活与描写军旅生活的作品风格殊异,小说的风格不能与戏剧一致,诗歌的风格也总是与散文有不小的区别,这都是常识范围内的事。即使是同一个作家,如果他表现不同类别的题材,或采用不同类别的体裁,最终所呈现出来的风格也会大相径庭。瑞士学者沃尔夫冈·凯塞尔说:"这种情况可能发生:同一作家的两部作品具有完全不同的风格,表现出完全不同的内容。在某种程度之下,很难在莎士比亚的十四行诗中

---

① [德]黑格尔:《美学》第1卷,朱光潜译,商务印书馆1979年版,第372页。
② [德]马克思:《评普鲁士最近的书报检查令》,《马克思恩格斯全集》第1卷,人民出版社1965年版,第7页。

重新认识那位曾经写作戏剧的创造者。……另外一个明显的例是歌德的《葛兹·封·伯利欣根》和他的《少年维特之烦恼》,我们还可以再加上这些年代各式各样的抒情诗。假如我们利用这种解释来帮助,说这刚好是关系到各种不同类别的作品的事情,让风格的差异可以理解,那么我们至少必须承认,在各种类别中有一些规定风格的力量。"①当然不管这客观的方面如何切要,它也不能是孤立存在、与主观因素相睽离的,而是必须始终受到作家内在的人格修养统摄的,客观的艺术规律只是在作家人格修养的规范之下才能发挥作用,艺术形象和艺术形式的生命只是受到作家情感和智慧的灌注才能显得光彩熠熠。德国学者威格纳特将风格的客观方面和主观方面比成衣服和肢体的关系,他说:"风格并非安装在思想实质上的没有生命的面具,它是面貌的生动表现,活的姿态的表现,它是由含蓄着无穷意蕴的内在灵魂产生出来的。或者,换言之,它只是实体的外服,一件覆体之衣;可是衣服的褶襞却是由于起因于衣服所披盖的肢体的姿态;灵魂,再说一遍,只有灵魂才赋予肢体以这样或那样的动作或姿态。"②

关于风格,还有一种流行的观点,即把风格理解为文辞形式所表现出来的特点。亚里斯多德主要在修辞学的领域内讨论风格问题。古印度的毗首那他认为,风格只是连缀词句的特殊形式。我国古代文论也常常以文辞形式作为划分文学风格的依据。曹丕《典论论文》说:"盖奏议宜雅,书论宜理,铭诔尚实,诗赋欲丽。"陆机《文赋》说:"诗缘情而绮靡,赋体物而浏亮,碑披文以相质,诔缠绵而凄怆,铭博约而温润,箴顿挫而清壮,颂优游以彬蔚,论精微而朗畅,奏平彻以闲雅,说炜晔而谲诳。"刘勰《文心雕龙·定势》说:"章表奏议,则准的乎典雅。赋颂歌诗,则羽仪乎清丽。符檄书移,则楷式于明断。史论序注,则师范于核要。箴铭碑诔,则体制于弘深。连珠七辞,则从事于巧艳:此循体而成势,随变而立功者也。"由此可见,文辞形式确实是构成文学风格的一个重要方面。但是仅此也还是不够的,一个显而易见的事实就是,那怕是同一种体裁形式,在表现不同的内容题材时,也可能形成截然不同的风格。试看下面的两首唐诗,一是王维的《辋川闲居赠裴秀才迪》:

寒山转苍翠,秋水日潺湲。

---

① [瑞士]沃尔夫冈·凯塞尔:《语言的艺术作品》,陈铨译,上海译文出版社1984年版,第372页。

② [德]威格纳特:《诗学·修辞学·风格论》,《文学风格论》,王元化译,上海译文出版社1982年版,第15—16页。

> 倚杖柴门外,临风听暮蝉。
> 渡头余落日,墟里上孤烟。
> 复值接舆醉,狂歌五柳前。

一是王昌龄的《塞下曲》:

> 饮马度秋水,水寒风似刀。
> 平沙日未没,黯黯见临洮。
> 昔日长城战,咸言意气高。
> 黄尘足今古,白骨乱蓬蒿。

虽然这二者均属五言律诗,但有谁能说它们的风格是一样的呢?另外,范仲淹的《岳阳楼记》与欧阳修的《醉翁亭记》虽然同属散文,易卜生的《玩偶之家》与契诃夫的《海鸥》虽然同属戏剧,萨特的《恶心》与加缪的《局外人》虽然同属小说,但其风格都是相去甚远的。可见在文学风格的概念中,在肯定形式意义的同时还不能排除内容的作用,毋宁说文学风格恰恰是内容与形式的水乳交融。在这一点上,苏联学者米·赫拉普钦科的一段论述值得首肯。(见专栏 6.1)

专栏 6.1

米·赫拉普钦科论文学风格

艺术作品的风格组织中所表现的不仅仅是形式的独特性,而且还有内容的某些方面的独特性。人们经常称为形式的东西——诗情语言、情节、结构法、韵律等等,——所有这一切,在一般意义上,都包含在风格之中,可是,除此之外,风格还包括揭示思想、主题的特点,对人物的描写,艺术作品的语气的因素。……应该着重指出:标志出风格来的,不是这些或那些个别的形式和内容的因素本身,而是它们的'融合体'的特殊性质。[①]

通过以上分析,可以初步对什么是文学风格下一个定义了:文学风格从本质上说,是主观与客观、内容与形式相互交融的有机融合体,它是作家主

---

① [苏联]米·赫拉普钦科:《作家的创作个性和文学的发展》,刘逢祺等译,上海人民出版社 1977 年版,第 141 页。

观方面的个人独特性在创作过程及其物化的成果——作品中的体现,它不但在作品的形式上,而且也在作品的内容上表现出来。

这里还须指出的是,一般作家虽然在创作上都可能显示出某种个性特点,但还不能说已经形成了自己的风格。对于文学创作来说,风格是较高的、甚至最高的要求。对于一个作家来说,能够称得上风格的个性特点起码必须具备这样几个条件。一是这种个性特点具有开创意义,它必须成为某种起点,并有力地影响着以后的文学风尚,像李白、杜甫的诗,辛弃疾、李清照的词,关汉卿、王实甫的戏曲,都曾起过开一代风气的作用,从而都是有风格的。二是这种个性特点必须非常鲜明和清晰,它不应是含糊不清、朦胧暧昧的,而应是让人不假思索和一目了然的。鲁迅在30年代十分险恶的斗争环境中为了避免种种麻烦,在发表杂文时常常不得不使用各种各样的笔名,但无论是广大读者还是国民党文化特务,仍然能够分辨出他的作品,正说明了其杂文创作有着极其鲜明的风格。三是这种个性特点必须保持相对的稳定性,贯穿在作家的一系列作品中,不能说一个作家写了一两篇有特点的作品就有了风格,风格应是一个作家的一批作品所表现出来的共同特点。像海明威"硬汉小说"的风格就不只是靠一两篇作品确立的,而是靠《太阳照样升起》、《永别了,武器》、《丧钟为谁而鸣》、《老人与海》等一大批作品而蔚为大观的。正因为需要这样几个条件,所以文学风格的形成是一个作家成熟的标志,也是作品达到较高境界的尺度,无论哪一个作家,都应以形成自己的风格为最高目标。说一个作家已经形成了自己的风格,或说一部作品显示了某种风格,对于这一作家、作品乃是一种最高的褒奖。

二、文学风格的成因

文学风格的形成,有着多方面的原因,总的说来,主要有社会、个人和心理方面的原因。在实际起作用的时候,这些方面总是相互交织在一起,不分彼此的,这里只是为了研究的方便,才将其分开来加以分析。

首先,作家所处的社会环境往往从根本上影响着文学风格的形成,一定时代的经济基础、政治制度、军事斗争、阶级状况、民族关系、文化背景等都可能对作家的创作个性产生制约作用,并最终在文学风格上体现出来。例如所谓"魏晋风骨",就是在特定的社会状况下形成的一代诗风。魏晋时期战乱频仍、社会动荡,各个统治集团之间的相互倾轧到了白热化的程度,民不聊生、饿莩遍地。由于农民起义的有力打击,汉王朝的统治行将崩溃,儒家思想的正统地位也开始动摇,而知识分子在这失序的社会状态中却解除了思想禁锢,滋生了离经叛道的倾向,敢于直接暴露社会黑暗,大胆表达内心意愿,于是他们往往击节高歌、直抒胸臆,其作品勃发出慷慨多气、悲怆激越的风致,形成了特有的风力和气骨,表现出刘勰所说的"雅好慷慨"、"志深而笔长"、"梗概而多气"(《文心雕龙·时序》)的特点,涌现了曹操的《蒿里行》、曹丕的《燕歌行》、曹植的《送应氏》、王粲的《七哀诗》、蔡琰的《悲愤诗》、陈琳的《饮马长城窟行》等一大批优秀的诗歌作品。试看曹操的《蒿里行》:"关东有义士,兴兵讨群凶。初期会盟津,乃心在咸阳。军合力不齐,踌躇而雁行。势利使人争,嗣还自相戕。淮南弟称号,刻玺于北方。铠甲生虮虱,万姓以死亡。白骨露于野,千里无鸡鸣。生民百遗一,念之断人肠。"从中不难了解所谓"魏晋风骨"与当时社会状况的因果关系。再如法国17世纪启蒙文学以浓厚的哲理意味而形成鲜明的风格,便与当时的文化背景息息相关。17世纪启蒙运动以推翻封建统治和破除神学伪说为己任,以照亮思想、启发理性为宗旨,标举"自由、平等、博爱"的旗帜,在近代自然科学和技术进步的基础上宣扬唯物主义和无神论,将理性视为衡量一切的唯一尺度,崇尚自然、崇尚人性,主张在现实中建立起一个"理性的王国"。而当时一批启蒙运动的斗士也就是作家,他们都致力于用深入浅出、通俗易懂的文学形式对深奥难解的哲学道理加以阐释,做了大量普及和推广的工作,以唤醒人民起来反对封建制度、封建贵族和宗教迷信,因此像孟德斯鸠、伏尔泰、狄德罗、卢梭的《波斯人信札》、《布鲁图斯》、《拉摩的侄儿》、《爱弥儿》等作品哲理化风格的形成,便表现出共同的文化特点,或者说它们本来就是整个文化氛围不可分割的组成部分。

其次,种种个人原因也是影响文学风格的重要原因,其中包括作家的生活经验、思想观念、个人的气质、性格等因素。例如作家的思想观念就是文学风格的一个重要成因。文学风格总是包含着作家的哲学、政治、伦理、宗教、美学、艺术等方面的观念,这些观念在作家文学风格的形成中起着不可忽视的作用。五四时期著名作家朱自清和俞平伯于1923年8月的一个夜晚同游南京秦淮河,相约同以《桨声灯影里的秦淮河》为名作文,在现代文学史上留下了两篇同题的名篇佳作,然而二文由于表达的思想观念不同而致使风格各异。(见专栏6.2)

专栏 6.2

朱自清:《桨声灯影里的秦淮河》(节选)

夜幕垂垂地下来时,大小船上都点起灯火。从两重玻璃里映出那辐射着的黄黄的散光,反晕出一片朦胧的烟霭;透过这烟霭,在黯黯的水波里,又逗起缕缕的明漪。在这薄霭和微漪里,听着那悠悠的间歇的桨声,谁能不被引入他的美梦去呢?只愁梦太多了,这些大小船儿如何载得起呀?我们这时模模糊糊的谈着明末的秦淮河的艳迹,如《桃花扇》及《板桥杂记》里所载的。我们真的神往了。我们仿佛亲见那时华灯映水,画舫凌波的光景了。于是我们的船便成了历史的重载了。我们终于恍然秦淮河的船所以雅丽过于他处,而又有奇异的吸引力的,实在是许多历史的影象使然了。

俞平伯:《桨声灯影里的秦淮河》(节选)

我们,醉不以涩味的酒,以微漾着、轻晕着的夜的风华。不是什么欣悦,不是什么慰藉,只感到一种怪陌生、怪异样的朦胧。朦胧之中似乎胎孕着一个如花的笑——这么淡,那么淡的倩笑。淡到已不可说,已不可拟,且已不可想;但我们终久是眩晕在它离合的神光之下的。我们没法使人信它是有,我们不信它是没有。勉强哲学地说,这或近于佛家的所谓"空",既不当鲁莽说它是"无",也不能径直说它是"有"。或者说"有"是有的,只因无可比拟形容那"有"的光景;故从表面看,与"没有"似不生分别。

这里不难感受到,朱文在清秀细腻、委婉圆融的笔触中渗透着凝重的历史感,从而呈现出一种沉着深稳的气度,而俞文在散淡洒脱、舒卷自如的文字中融贯着佛家对于宇宙人生的思辨,从而流露出一种参禅悟道的理趣。

另外,作家的性格、气质对于文学风格的影响也颇为明显,如果作家的性格、气质不同,哪怕是父子、兄弟,写出来的东西也往往是风格迥异的。曹丕的《典论论文》云:"文以气为主,气之清浊有体,不可力强而致。譬诸音乐,曲度虽均,节奏同检,至于引气不齐,巧拙有素,虽在父兄,不能以移子弟。"即以其自身为例,他与其父曹操、其弟曹植史称"三曹",同领建安一代诗风,但由于他们的性格、气质迥然有异,所以虽为父子、兄弟,但其诗作之风格仍有绝大的区别。

再次,文学风格作为文学活动中的一个重要美学范畴,它的形成还有着特定的心理基础。在风格研究中曾经盛行过这样一种观点,即认为风格的形成是出于在审美活动中节约心灵力量的规律。但是俄国形式主义文论却反对这一观点,认为节约心灵力量的规律是建立在习惯成自然的基础之上的,然而一旦人的感觉和动作变成习惯性、自动化了,那么感觉便将趋于迟钝,动作也将变得带有机械性了,这恰恰不利于形成风格,而是走到了风格的反面。据此俄国形式主义提出了"陌生化"的原则,即通过结构布局、语言技巧、修辞手法等形式因素的颠倒、重叠、浓缩、扭曲、强化、延缓而使文学语言对日常语言产生疏远和变异,从而使人从麻痹、迟钝的状态中惊醒过来,产生耳目一新的感受,这就是风格产生的心理机制。什克洛夫斯基据此断言:"我个人认为,凡是有风格的地方,几乎都存在陌生化手法。"①什克洛夫斯基的这一观点得到了艺术心理学家维戈茨基的赞同,他明确指出,斯宾塞所提出的节约心灵力量原则是不适用于艺术风格的,艺术风格的形成恰恰遵循的是相反的原则。他说:"至于艺术,那么占优势的恰恰是相反的原则,即神经能量舒泄的消耗和耗费;我们知道,这种舒泄和消耗越多,艺术就越使人感到惊心动魄。""我们的审美反应,首先是作为破坏而非保存我们的神经能量的反应向我们显示出来的,它像爆炸,而不像斤斤计较的节约。"②什克洛夫斯基和维戈茨基对于风格的心理基础的揭示可以在古今中外大量的文论中获得印证。叶燮说过:"原夫作诗者之肇端而有事乎此也,必先有所触以兴起其意,而后措诸辞,属为句,敷之而成章。当其有所触而兴起也,其意其辞其句劈空而起,皆自无而有,随在取之于心,出而为情,为景,为事,人未尝言之,而我始言之。故言者与闻其言者,诚可悦而永也。使即此意此辞此句虽有小异,再见焉,讽咏者已不击节;数见则益不鲜;陈陈踵见,齿牙余唾,有掩鼻而过耳。"(《原诗·内篇》)当代英国批评家戴维·洛奇在评价著名女作家夏洛蒂·勃朗特的小说时也说:"当我们说某一本书'风格独特'——这是一个平平常常的赞誉之词——指的是什么呢?此处并不是指通常所说的作者创作出了前所未有的作品,而是指女作家通过背离传统的、习惯上的反映现实的方式,使我们对从观念意义上说早已'熟知'的东西予以'再认识'。'陌生化',简而言之,是'独特性'的另一说法。"③由此可见,文学风格的心理基础的一大要义在于打破原有的心理定势,使心理结构暂时处于失范状态,进而在重新建立规范的过程中保持心理活动的活跃性、灵敏度和新鲜感。

但是肯定这一点并不意味着越是标新立异、嗜怪求僻就越有风格。一味求新而失却一定的规范和法度,则势必流于混乱无序和摇摆不定,缺乏必

---

① [俄]什克洛夫斯基:《艺术作为手法》,蔡鸿滨译,见《俄苏形式主义文论选》,中国社会科学出版社,1989年版,第13页。
② [苏联]列夫·谢苗诺维奇·维戈茨基:《艺术心理学》,周新译,上海文艺出版社,1985年版,第268页。
③ [英]戴维·洛奇:《小说的艺术》,卢丽安译,作家出版社,1998年版,第62页。

要的稳定和秩序,对于风格的形成只会产生消极作用。包世臣说:"比如有人焉,五官端正,四体调均,遍视数千万人,而莫有能同之者,得不谓之真异人乎哉?而戾者乃欲颠倒条理,删节助字,务取诘屈,以眩读者。是何异自憾状貌之无以过人,而抉目截耳,折节胁,踽行于市,而矜诩其有异于人人也耶?"(《与杨季子论文书》)这样,就文学风格而言,就有两种倾向必须避免,一是蹈陈习旧,乃有剿袭雷同之弊,一是追新逐异,乃有芜杂秽乱之病,二者皆不可取。因此有必要在这两极的中途找到一个恰到好处的度,唯有这个度才是创立风格的最佳条件。而这个度必须既关涉到文学的创新、变革,又关涉到文学的规范、法度:文学风格的建立,既须通过创新、变革来破除旧的规范、法式的限制,又须通过重建新的规范、法式来保持其必要的稳定性和连续性。

三、文学风格的变迁

如果说以上社会的、个人的和心理的因素影响着文学风格的产生的话,那么,一个顺理成章的事情就是,对于一个作家来说,一旦这些方面发生了变化,其文学风格最终也不能不发生变化。

在这个问题上,李商隐就很具代表性。据吴调公先生分析,李商隐七律诗的风格一生凡三变:从早年应举时期的俊丽挺拔到中年求仕时期的婉丽深稳,再到晚年幕府生涯时期的凄丽悲凉。即使是晚年的凄丽悲凉风格亦数变,也可以分四个阶段:一是在桂州作幕阶段,这一阶段他吸收了韩愈和杜甫的风格,把远方景物的萧森情境和仕途偃蹇的失意情怀交织起来,突出了晦冥萧瑟的风格;二是离开桂州在长安小住阶段,由于获得当时政治中心的一些见闻,他的爱国忧时心情重新燃烧起来,这一阶段的诗歌亢亮郁苍与高华浑朴兼而有之;三是在徐州作幕阶段,这一阶段以《偶成转韵七十二句》为代表的诗作兴会淋漓代替了忧思婉转,慷慨高歌代替了如泣如诉;四是其妻王氏死亡,严重的精神打击使其诗风产生了急遽变化,以回顾生平的杰作《锦瑟》为此期的代表作,从高昂健拔转入凄苦酸楚,比起此前的忧郁萧瑟更加深了一步。由此可见,李商隐晚年诗歌的每一次风格转变,都与当时的社会状况和个人遭遇息息相关。①

文学风格的变迁往往是作家创作活力的表现。形成自己的风格,对于一个作家来说并不是一件容易的事,当然也是一件值得欣慰的事。但是,如

---

① 吴调公:《李商隐研究》,上海古籍出版社,1982年版,第140—154页。

果他因循已形成的风格,固定不变,不断地重复自己,蹈袭自己旧日的足迹,尽管在创作水平上可能有所提高、有所前进,但毕竟使人感到似曾相识,感到单调、乏味,所谓"久入芝兰之室而不闻其香",再可口的美味佳肴缺少变化也会吃腻。因此,简单重复别人的风格不行,简单重复自己的风格也是不可取的。王蒙说:"一个青年作家以为自己的路子已经成功了,'定'下来了,不要轻易改变了。一旦这样固定下来,按既定风格写,就会走上写姊妹篇的窄路,一、二、三、四,连写几篇,风格乎风格也,彼此模样相仿,不但是嫡亲姐妹甚至像孪生姊妹,读者的兴趣就会逐渐凉下来。"[1]古往今来的文学大师大都是在创作风格的不断变迁中确立自己的崇高地位的。巴尔扎克的创作以写实风格著称,但是也曾写过像《驴皮记》这样带有荒诞意味的作品;鲁迅在创作《呐喊》、《彷徨》之前也有一个从浪漫风格向写实风格转变的过程,之后又过渡到《故事新编》借古讽今的速写和漫画风格。如果他们的创作风格始终如一的话,那倒是一件令人遗憾的事,可能他们的创作成就也不会达到像今天人们所看到的高度,起码也要逊色一些。

  对于不同作家来说,文学风格朝着什么方向变化发展并不是相同的。有的作家其风格更加趋于成熟,思想性和艺术性更高,格调和境界更高,在文学史上占有的地位也更高。如普希金,早年受到十二月党人进步思想的影响,早期作品带有明显的启蒙主义色彩,张扬民主思想、民族意识和爱国热情,如《自由颂》、《致恰尔达耶夫》、《致大海》等,在这些作品中回荡着理想和激情的音调;后来因思想激进而被流放和幽禁,接触了生活在社会底层的劳动人民,开始注意俄国的农民问题,同时他大量搜集民间故事、民歌和童话传说,钻研俄国历史,创作风格开始向平实、朴素转化,写出了像《杜布罗夫斯基》、《上尉的女儿》这样的现实主义作品。风格的变迁也有相反的情况,思想水准和艺术水准等而下之,格调和境界一落千丈。如果戈理,他开辟了俄国文学中的讽刺艺术的先河,像《钦差大臣》、《死魂灵》等作品,以泼辣、犀利的笔触对于沙皇专制统治下的官僚、政客、地主进行了无情的讽刺;然而到了晚年,由于思想矛盾的加剧,同时也由于受到斯拉夫思想的影响,虽然意识到农奴制崩溃的不可挽回,但又不赞成走资本主义道路,力图将俄国推向古代宗法制社会,他的文学创作也转向阴郁沉闷和悲观失望,最后甚至在极度的苦闷中自己将《死魂灵》第二部付之一炬。当然在这一变化中他个人的身体状况恶化,长年折磨他的癫痫病的加重也是一个不能忽视的

---

[1] 王蒙:《论风格》,《新时期作家谈创作》,人民文学出版社,1983年版,第434页。

原因。

四、文学风格的艺术辩证法

文学风格的表现方式和变化过程往往受到多种矛盾的牵制,而历来文学风格恰恰是在这多种矛盾的对立统一之中不断发展的,表现出丰富的艺术辩证法。对于这种艺术辩证法的探讨和把握,将对促进文学风格的发展起到积极的作用。

首先,文学风格是多样性和同一性的统一。

文学风格一共有多少种?这可能是无法罗列穷尽的。以我国古代文论为例,曹丕《典论论文》分为4种"盖奏议宜雅,书论宜理,铭诔尚实,诗赋欲丽";刘勰《文心雕龙·体性》分为8种"一曰典雅,二曰远奥,三曰精约,四曰显附,五曰繁缛,六曰壮丽,七曰新奇,八曰轻靡";皎然《诗式》分为19种,即高、逸、贞、忠、节、志、气、情、思、德、诚、闲、达、悲、怨、意、力、静、远;更有甚者,司空图《二十四诗品》竟分为24种,即雄浑、冲淡、纤秾、沉着、高古、典雅、洗练、劲健、绮丽、自然、含蓄、豪放、精神、缜密、疏野、清奇、委曲、实境、悲慨、形容、超诣、飘逸、旷达、流动。然而风格的分类肯定还可以再深入和细密下去。这种情况正说明了文学风格具有多样性。

文学风格的多样性首先来自作家个人个性气质的多样性。前面讲到,影响文学风格的因素之一是作家个人的气质性格,而作家的气质性格是多种多样的,这就势必使得文学风格呈现出多样性。关于这个问题李贽说过一段很好的话:"盖声色之来,发于情性,由乎自然,……故性格清澈者,音调自然宣扬,性格舒徐者,音调自然疏缓,旷达者自然浩荡,雄迈者自然壮烈,沉郁者自然悲酸,古怪者自然奇绝。有是格,便有是调,皆情性自然之谓也。莫不有情,莫不有性,而可以一律求之哉!"[①]就拿唐诗来说,既有《春江花月夜》的华丽典雅,又有《登幽州台歌》的悲酸苍凉,既有《北征》的平易直白,又有《蜀道难》的雄浑奇崛;既有"绿树村边合,青山郭外斜"的闲适安逸,又有"大漠孤烟直,长河落日圆"的苍茫寥廓,既有"停车坐爱枫林晚,霜叶红于二月花"的清新明快,又有"遥望齐州九点烟,一泓海水杯中泻"的奇特精巧。而这多种多样风格的形成,都与作者个人的自然性情不无关系。文学风格的多样性也来自作品所采用的题材的多样性。文学作品所描写的题材是丰富多采、摇曳多姿的,因之表现这些题材的文学作品也不可能只有同一种风

---

① 李贽:《读律肤说》,《焚书·续焚书》卷三,中华书局1975年版,第132页。

格。车尔尼雪夫斯基指出,每一个作家都有自己感兴趣的题材和熟悉的领域,因而他们在创作中所表现出来的心理倾向不同,其风格特色也就迥异其趣。他说:"他们对自己面前遇到的一切任何形象并不是同样乐意地用来填补自己的想象;他们的目光特别仔细地审视他们最感兴趣的那个生活领域的特点。……心理分析可以采取不同的方向:有的诗人最感兴趣的是性格的勾描;另一个则是社会关系和日常生活冲突对于性格的影响;第三个诗人是情感和行为的联系;第四个诗人则是激情的分析;而列·托尔斯泰伯爵最感兴趣的是心理过程本身,它的形式,它的规律,用特定的术语说,就是心灵的辩证法。"[1]描写心理活动的题材是如此,描写现实生活和人物形象的题材也是如此。一般说来,描绘轰轰烈烈的斗争场面应有雄浑劲健的风格与之相应,表现日常生活中的情感波澜应有细腻委婉的风格与之相应,歌颂叱咤风云的英雄人物适宜用高亢激昂的格调,刻画普普通通的凡人小事则适宜用平实素朴的格调。

　　提倡文学风格的多样化发展是促进文学繁荣的一个重要前提,它鼓励作家去描写自己所熟悉的题材和内容,用符合自己个性禀赋的方式去进行创作,通过独特的创造性劳动去实现自己的美学追求和审美理想,这是与那种给作家套上种种思想禁锢,为文学创作划定种种禁区的做法截然不同的。马克思在抨击普鲁士文化专制主义对于当时思想文化的严重钳制时指出:"你们赞美大自然悦人心目的千变万化和无穷无尽的丰富宝藏,你们并不要求玫瑰花和紫罗兰散发出同样的芳香,但你们为什么却要求世界上最丰富的东西——精神只能有一种存在形式呢? ……每一滴露水在太阳的照耀下都闪耀着无穷无尽的色彩。但是精神的太阳,无论它照耀着多少个体,无论它照耀着什么事物,却只准产生一种色彩,就是官方的色彩!精神的最主要的表现形式是欢乐、光明,但你们却要使阴暗成为精神的唯一合法的表现形式;精神只准披着黑色的衣服,可是自然界却没有一枝黑色的花朵。"[2]应该说,这一观点直到今天仍不失其现实意义。

　　另一方面,无论文学风格如何丰富多样,一定时代、民族、阶级的文学仍然具有某些带主导性的风格,不同作家的创作风格仍然存在着某种同一性,这是由这一时代的民族、阶级所处的特定矛盾、所流布的精神气候、所涌动

---

　　[1] [俄]车尔尼雪夫斯基:《〈童年〉和〈少年〉、〈列·尼·列·托尔斯泰伯爵战争故事集〉》,《古典文艺理论译丛》第5辑,人民文学出版社1962年版,第161页。
　　[2] [德]马克思:《评普鲁士最近的书报检查令》,《马克思恩格斯全集》第1卷,人民出版社1965年版,第7页。

的思想情绪、所盛行的趣味风尚决定的。这时无论作家所反映的客观生活，还是作家个人的思想情绪，都包含着某些趋同的方面，这就是文学风格尽管丰富多样但仍然不失其同一性的原因。雪莱说："在任何时代，同时代的作家总难免有一种近似之处，这种情形并不取决于他们的主观意愿。他们都少不了要受到当时时代条件的总和所造成的某种共同影响，只是每个作家被这种影响所渗透的程度因人而异。""诗人和哲学家、画家、雕刻家、音乐家一样，在一种意义上是他们时代的创造者，在另一种意义上又是他们时代的创造物。最最卓越的人物也无法逃脱这种支配。荷马和赫西俄德，埃斯库罗斯和欧里庇得斯，维吉尔和贺拉斯，但丁和彼特拉克，莎士比亚和佛莱却，屈莱顿和蒲伯，都有类似之处。"[①]要说明的是雪莱这里所对举的若干人物都是时代相近、国籍相同的伟大作家，他们既有各自的个性，又有彼此相通的共性。我国文学史上也不乏其例，譬如南宋时期，外族入侵，民族矛盾十分尖锐，山河破碎，家国沦丧，烽烟四起，生灵涂炭，民族的生死存亡问题不能不成为当时的进步作家忧心的头等大事，而南宋王朝采取的投降主义政策压制了广大爱国人士的抗敌热情，加剧了民族的深重灾难，这就导致当时的文学创作蔚成了慷慨激昂、悲愤激越的主旋律，像陆游、辛弃疾、陈亮等爱国词人的作品就是如此。如："胡未灭，鬓先秋，泪空流。此生谁料，心在天山，身老沧州！"（陆游）"醉里挑灯看剑，梦回吹角连营。八百里分麾下炙，五十弦翻塞外声。沙场秋点兵。"（辛弃疾）"尧之都，舜之壤，禹之封，于中应有，一个半个耻臣戎！万里腥膻如许，千古英灵安在，磅礴几时通？胡运何须问，赫日自当中。"（陈亮）这些千古佳句尽管仍然不失个人的明显特点，但在风格上却表现出明显的同一性。

其次，文学风格是变易性和连续性的统一。

如前所述，作家由于受到社会的和个人的两个方面因素的影响，其创作风格不会是一成不变的，创作风格的单调划一只能被视为才能欠缺的表现，正如在文学史上经常看到的那样，一个成功的作家在一生的创作道路上往往要经历多种风格的嬗递，这种风格的变易性正是他艺术生命生生不息、辉光日新的表现。但是同时也要看到，不管一个作家的风格如何变化，只要他的创作是发自内心，出于他真实的个性，最终仍然能够从中寻得一以贯之的方面，找到它们相互钩搭连环的某些迹象，就像猎犬总是能够循着猎物所留

[①] ［英］雪莱:《〈伊斯兰的起义〉原序》，王科一译，《外国作家谈创作经验》上册，山东人民出版社1980年版，第126页。

下的气味找到它的踪迹一样。这就是说,不管作家的风格如何千变万化,在其不同的风格中总是保持着一定的连续性。风格就是人,再多变化的风格也是出于作家的自我,最终都是在这一点上得到联结。例如王蒙在新时期创作的小说,其中有一些篇目如《风筝飘带》、《蝴蝶》、《布礼》、《春之声》等,曾以被评论界称为"意识流"的奇特风格而引起广泛的关注,但是对王蒙来说,这种新的风格却不是九天落花、无由而至的,它的渊源很深,甚至可以追溯到20世纪50年代初他写《青春万岁》的年月。《青春万岁》第34节就写得颇为出格,整整一节完全离开了人物和故事,来了一大篇看似毫不相干的旁白。据王蒙自己讲,这样做是因为写了那么多中学生的生活画面以后,想跳出来,拉开"距离"看一看全景、远景和中景,这样,不论是在思想意义上还是在审美心理上,都会比一味地沉浸在人物故事中不能自拔更丰富,给人更多一点东西。而这恰恰与30年后《布礼》等作品的风格相通:"《布礼》中时间的跳跃,除了是否意识流可供讨论以外,其实,也是造成距离感的一种手段。"①王蒙也讲过:"重视艺术联想,这是我一贯的思想,早在没有看到过任何意识流小说,甚至不知道意识流这个名词的时候,我就有这个主张了。"他论述这方面主张较早的一篇文章写于1962年。② 可见王蒙新时期小说风格的嬗变源自其创作刚刚起步的时候,从这一点看,日后像《布礼》等带有"意识流"风格的作品的出现并不是不可思议、无迹可求的,而是往日创作和文学观念合乎规律的延续。

当然,就像液态的水变成水蒸汽那样需要不断地加温,虽然从水到水蒸汽的变化是一个连续过程,但毕竟是从渐变走向突变,这需要一定的条件。还是以王蒙的创作为例,他的"意识流"小说风格的形成,固然有着根源,甚至可以追溯到他的五六十年代的创作,但最后在新时期蔚为大观,则是得力于新的时代的精神气候。总的说来,一是新时期以来社会生活越来越丰富、越来越复杂,到处呈现出斑驳绚烂的色彩,雄浑多样的音响,变化多端的节奏,而这一切都呼唤着文学以新的手法和新的形式来加以表现;二是经过"十年动乱"以后,人们受到压抑和钳制的心灵世界迫切地需要得到抒发,人们的心理矛盾和灵魂的撞击需要得到表现,人们内心的痛苦、悲酸和苦涩需要得到倾诉,人们曲折坎坷的心路历程需要得到描述,这一切又要求文学改

---

① 王蒙:《王蒙致高行健》,《新时期作家创作艺术新探》,人民文学出版社,1991年版,第444—445页。

② 王蒙:《关于〈春之声〉的通信》,《新时期作家谈创作》,人民文学出版社,1983年版,第467页。

变观察问题的视角和层面;三是种种思想禁区被打破,国外现代派文学作品,特别是意识流作品的大量引进,为作家的借鉴吸收提供了极为有利的条件。正是在这样的条件下,王蒙小说的创作风格才有可能在保持其总体连续性基础上实现从渐变向突变的飞跃。

第二节　文学流派

一、文学流派的涵义

文学流派是比文学风格更大的概念,文学风格一般只涉及个人,是个人在文学创作中所表现出来的个性,而文学流派则涉及到一批人,是一批人基于某种共性而形成的文学创作群体。

所谓文学流派,就是一批在思想倾向、美学观念、文学主张等方面相互趋同或接近的作家自觉或不自觉地形成的文学派别,他们在创作中往往表现出艺术特色和风格追求的一致性。在文学史上产生过较大影响的文学流派不可胜数。单从它们的命名来说就各有千秋:有的是以文学活动的地区或地点命名,如岭南派、湘西派;有的是以地方风情特色命名,如山药蛋派、荷花淀派;有的是以年代命名,如永嘉体、齐梁体;有的是以艺术特色命名,如意象派、新小说派、荒诞派;有的是以题材范围命名,如田园诗派、边塞诗派;有的是以社团或刊物命名,如太阳社、新月诗派;有的是以代表人物命名,如建安七子、竹林七贤;有的是以代表作品命名,如西昆体、香奁体;如此等等。

作为文学流派大致有以下几种情况:

一种情况是有纲领、有组织、也有创作实践,由一批作家自觉组成的文学流派。这种文学流派常常公开发表宣言和声明,明确提出一定的文学主张,并自觉按照这种主张去从事文学创作,它也常常组成自己的社会团体,开辟活动阵地,发行刊物,出版书籍等等。"五四"新文学运动中的两大文学流派——"文学研究会"和"创造社"就是如此。"文学研究会"由郑振铎、沈雁冰、叶绍钧等人发起,于1921年1月在北京正式成立,主办《小说月报》、《文学旬刊》、《诗》月刊等文学刊物,编印《文学研究会丛书》;正式发表宣言,主张"为人生"的文学,肯定文学是"人生的镜子",认为"文学应该反映社会的现象,表现并且讨论一些有关人生一般的问题"[①];它反对"为艺术而艺术"

---

① 茅盾:《中国新文学大系·小说一集导言》,上海良友图书印刷公司,1935年版。

的观点,反对将文学仅仅作为一种游戏和消遣;它受到欧洲近代文学思潮中现实主义和自然主义的影响,提倡写实主义的文学,主张对现实生活作忠实、精密、严肃的描写;它提交了不少"问题小说",大多取材于中下层社会的生活,揭露半封建半殖民地中国的黑暗现实,表现劳苦大众的痛苦生活,刻画普通市民和知识分子的平凡生活和心理苦闷,探索人生的意义和出路;它的成员也致力于对俄国、东欧和北欧等国家和地区的优秀文学作品的翻译和介绍。"创造社"则是由郭沫若、郁达夫、田汉、成仿吾等人发起,于1921年7月在日本成立,创办《创造》季刊、《创造周报》、《创造日》、《洪水》、《创造月刊》、《文化批判》等刊物;主张文学应该表现自己"内心的要求",郭沫若说,"我们的主义,我们的思想,并不相同,也不必强求相同。我们所同的,只是本着我们内心的要求,从事于文艺的活动罢了",[①]创造社的成员受到过"艺术至上"思想的影响,但仍然强调文学对于时代的使命;他们在创作上表现出明显的浪漫主义特色,创作过许多充满激情和想象力的诗歌和小说,翻译过许多国外浪漫派以及象征派、表现派、未来派的作品;在反对封建文学和游戏文学的同时,也与文学研究会在文学创作和文学批评等问题上展开争论。总之,文学研究会和创造社无论在结社、办刊,还是在揭橥文学宗旨、从事创作和其他文学实践方面,都表现出相当的自觉性。

另一种情况是,有的文学流派虽然具有一定的文学宗旨和创作倾向,但却缺少明确的纲领和严整的组织形式,只是由于共同的主张和趣味而使一批人聚集在一起,在创作上形成相对一致的风格特色。19世纪末法国带有现实主义倾向的重要派别"梅塘集团"就是如此,这一文学团体是由围绕在左拉周围的厄尼克、莫泊桑、保罗·阿来克西斯、依斯曼、塞埃尔组成。后来莫泊桑回忆他们的这一段交往时说:"我们没有意思要成为一个流派,我们不过是几个朋友;由于大家都敬佩左拉,这就使我们在他家里相聚,后来因为气质相近,一切都情投意合,又有同样的哲学倾向,这一切越来越把我们联结在一起了。"特别是他们对当时方兴未艾的浪漫主义持批评态度,浪漫主义的哲学见解,浪漫主义对于法律和逻辑学、对于理智和传统处世哲学的排斥立场,浪漫主义矫揉造作的感伤情绪,都引起了他们的反感。莫泊桑说:"有个永恒不变的哲学规律教导我们,人除了依靠他的感觉器官所认识的事物以外,他是不可能设想任何其他东西的;……唯一客观的只有存在和生活;而我们作为艺术家,就应该学会了解它们,再现它们。如果我们不能

[①] 郭沫若:《编辑余谈》,《创造》季刊第1卷,第2期,上海泰东图书局,1922年版。

给予正确的同时又是高度艺术的描绘,那就是说,我们没有足够的才能。"①而《梅塘之夜》一书中所收入的几篇体现这一流派明显特色的小说如左拉的《磨坊之役》等就是他们根据在聚会时轮流讲述的故事写成的。

再一种情况是,一批作家并没有提出什么共同的文学主张,更谈不上有什么纲领和组织,甚至这些作家自己并未意识到相互之间有什么内在联系,只是别人或后人根据其共同的创作特色而将其归入同一个派别。魏晋时期的"竹林七贤"就是如此。这一派别是指嵇康、阮籍、山涛、向秀、阮咸、王戎、刘伶等七位具有较深造诣的诗人,他们生活在魏晋换代之际,对于当时的黑暗现实深怀不满,由于深受老庄思想的影响而采取逃世哲学,宴饮啸歌于竹林山泉,同时也为怀才不遇而感到极度苦闷,这一切使得其诗歌风格趋于清峻通脱、沉郁深稳。刘义庆的《世说新语·任诞》首次将此七人并举而加以论列:"陈留阮籍,谯国嵇康,河内山涛,三人年皆相比,康年少亚之。预此契者,沛国刘伶,陈留阮咸,河内向秀,琅琊王戎。七人常集于竹林之下,肆意酣畅,故世谓竹林七贤。"刘勰《文心雕龙·明诗》也对其诗歌风格有所概括:"乃正始明道,诗杂仙声,何晏之徒,率多浮浅。唯嵇志清峻,阮旨遥深,故能标焉。"正是由于刘义庆、刘勰等人的概括和总结,"竹林七贤"才成为中国文学史上的一个重要流派,而为后人所瞩目。

二、文学流派的成因

文学流派的形成也有着客观的与主观的、社会的和审美的多种原因。

文学史上往往有这样的情况,一批志同道合的作家处于同样的现实条件,面临着同样的社会问题,他们对社会环境持有大致相同的立场和态度,提出大致相同的解决办法,形成共同的美学倾向和艺术追求,并在创作与批评的实践中体现这种倾向和追求,在这个时候,便有可能形成某种文学流派。20世纪上半叶荒诞派文学的产生,就与社会生活状况密切相关。其时西方社会陷入经济、政治、文化的危机,第二次世界大战给整个人类带来空前的劫难,奥斯康辛集中营的惨剧暴露了人类一旦丧失理智将变得何等的暴虐和残忍,经济的萧条和困顿使得大批失业者失去生计、流落街头,资本主义社会与生俱来的社会病像瘟疫一样四处蔓延,犯罪、暴力、色情、吸毒,时时对人类正常的生活秩序造成威胁和混乱,人与人之间失去了旧日的温

---

① [法]莫泊桑:《〈梅塘之夜〉这本书是怎样写成的》,《古典文艺理论译丛》,第8辑,人民文学出版社,1964年版,第67—68页。

情而变得越来越冷漠和隔绝。当人们一朝醒来发现自己置身于这样一个被扭曲了的世界的时候,会觉得这一切是多么的荒诞啊!当这一切反映到文学之中去的时候,一时间出现了卡夫卡的《变形记》、加缪的《西西弗斯故事》、贝克特的《等待戈多》、尤奈斯库的《秃头歌女》、海勒的《第22条军规》、品钦的《万有引力之虹》等一大批荒诞不经、荒谬绝伦的作品。这些作品致力于用骇世惊俗的形式阐释世界秩序的混乱、社会准则的虚伪、现实的可笑、个人的孤独和人性的分裂。在尤奈斯库的《待嫁的姑娘》一剧中,洋洋得意的母亲大谈她那位年轻貌美的女儿如何出众,但等到她在舞台上出现时,却是一个年约30的男人,体格壮实,生气勃勃,满脸又密又黑的络腮胡子,身穿一套灰色衣服。像这样一种情节在荒诞派文学中可以说俯拾皆是。这是对于实际生活的歪曲呢,还是对于实际生活的逼真写照呢?回答显然是属于后者。尤奈斯库说:"今天,有些人责备戏剧不合时代潮流。在我看来,是太合时代潮流了。"[①]卡夫卡也说:"服从不合理的法律,只是为了在不合理的社会中能活下去。"[②]据说在1957年11月的一天,当贝克特的《等待戈多》一剧在美国加利福尼亚州的一所监狱演出时,使得在场的一千四百名犯人为之轰动!这些犯人并没有感到这出剧难以理解,正如一名监狱工作人员所说:"他们能理解等待意味着什么……,而且他们知道即使戈多最终来了,他也只会使人失望。"甚至以后这出剧中的台词和角色竟在这所监狱流行开来了。由此可见,文学流派的形成首先是受到社会生活的推动。

其次,一个显而易见的事实是,在一种文学现象产生伊始,孤立、零散的作家作品和不尽成熟的艺术形式尚不可能构成流派,只有当这种文学现象经过发展上升到一定的台阶,有了一批声气相应的作家和一批蔚成风气的作品,文学创作进入了成熟阶段时,文学流派才能合乎规律地产生。因此文学流派的形成也是文学自身发展的结果。在我国戏剧史上占有重要地位的南戏诸派的形成就是如此。据考证,南戏最早产生于宋代宣和年之后、"南渡"之际,也就是12世纪前期,起初产生于民间,取自里巷歌谣、村坊小调,最出名的有《赵贞女》、《王魁》等剧,当时吸收了宋词的声韵格律,但在宫调节奏等方面却不甚讲究,所以未曾被更多的人注意。徐渭这样记述:"'永嘉杂剧'兴,则又即村坊小曲而为之,本无宫调,亦罕节奏,徒取其畸农市女顺

[①] [法]尤奈斯库:《戏剧经验谈》,袁可嘉等编选《现代主义文学研究》下册,中国社会科学出版社,1989年版,第617—618页。

[②] [捷克]卡夫卡:《卡夫卡日记》1917年9月28日,《企鹅丛书》英译本,1975年版。

口可歌而已,谚所谓'随心令'者,即其技欤?""其曲则宋人词而益以里巷歌谣,不叶宫调,故士夫罕有留意者。"(《南词叙录》)这种演艺形式最初是在民间的"社火"活动中流行,后来逐步进入城镇,由下层文人和艺人所组成的"书会"进行加工处理,并由"书会才人"创作剧本进行演出,最后进入了大都会的瓦舍勾栏,取得一席之地,进一步得到文人和艺人的整理加工,终于成为一种堪与北曲相媲美的戏剧样式。而其不同的声腔派别也就逐步形成,按当时人们的区分,共有"海盐"、"余姚"、"弋阳"、"昆山"四大声腔,四者恰如其名称所示分布在不同的地区,也各有各的风格特色。徐渭对此有一较好的概括:"今唱家称'弋阳腔',则出于江西,两京、湖南、闽、广用之;称'余姚腔'者,出于会稽,常、润、池、太、扬、徐用之;称'海盐腔'者,嘉、湖、温、台用之;惟'昆山腔'止行于吴中,流丽悠远,出乎三腔之上,听之最足荡人,妓女尤妙此,如宋之'嘌唱',即旧声而加以泛艳者也。隋、唐正雅乐,诏取吴人充弟子习之,则知吴之善讴,其来久矣。"(《南词叙录》)如果南戏没有经过长期的发展和壮大,分布如此广袤、特色如此鲜明的众多流派的形成是不可思议的。

既然文学流派是一批思想倾向、美学观念、文学主张相近的作家结合而成的,那么这些作家的主观条件在文学流派的形成中便具有不可忽视的意义。明中叶以后的"公安派"以"公安三袁"为核心,在思想上深受王阳明心学、泰州学派以及李贽的异端学说的影响,具有鲜明的启蒙主义倾向。在美学上提倡"性灵说",认为人的心灵、性灵是文艺创作取之不尽、用之不竭的源泉。袁宗道说:"至宝原在家内,何必向外寻求"(袁中道:《石浦先生传》),袁宏道说:"心灵无涯,搜之愈出"(袁中道:《中郎先生全集序》)。在文学创作上他们提倡那种自然率真、活泼灵动的诗文,推崇那种任性而发、不加伪饰的民间歌诗。袁宗道说:"田野夫之胸无一能,而比其不得已而鸣,则矢口皆经济,吐咳成谟谋,振球琅之音,炳龙虎之文,星日比光,天壤不朽。"(《士先器识而后文艺》)袁宏道也说:"古之为风者,多出于劳人思妇,夫非劳人思妇为藻于学士大夫,郁不至而文胜焉。……要以情真而语直,故劳人思妇,有时愈于学士大夫。"(《陶孝若枕中呓引》)他甚至说:"当代无文字,闾巷有真诗。"(《答李子髯》)公安派在审美趣味上也不同凡俗,嗜丑求怪、穷新极变,矫枉过正、激切直露,成为其共同的倾向,他们反对中庸之道,提倡矫枉过正,主张走极端,突破古典式的中和、单纯、典雅和高贵,追求秽杂、缺损、狂狷和俚俗。袁中道说,自"性灵"说出,一时"方圆黑白相反、纯疵错出,而皆各有所长以垂之不朽"(《中郎先生全集序》),袁宏道称赏公安派中人江盈科的诗作"近平近俚近俳",乃是"矫枉之作","其为大家无疑"(《雪涛阁集序》),以其弟中道诗之"疵处"为美(《叙小修诗》),自谓"近日湖上诸作,尤觉秽杂,去唐甚远,然愈自得意"(《与张幼于》)。另外,在"三袁"周围也麇集着陈正甫、张幼于、江盈科等志同道合、意气相投的一批人,组成了在当时风靡中南地区的具有重大影响的文学流派。

  文学流派产生于一定的历史阶段,也随着历史的发展而发展、演变乃至衰亡。再以"公安派"为例,这一流派在刚刚兴起的时候,其主趣贵真,纯任性情,峭急刻露,矫枉过正而表现出激进的色彩,到后来,特别是袁宏道万历三十二年(1604年)入德山以后,其立场和态度却发生了绝大的转变,在其著述之中颇多今是昨非、悔其少作之语,自称早期诗作是"妄意述作","多刻露之病"(《叙曾太史集》);其审美理想开始趋于倒退,他在给友人信中称,"诗文是吾辈一件正事,……然诗文之工,决非以草率得者,望兄勿以信手为近道也",(《与黄平倩》)这就弃绝了他以前关于"信腕信口"、"任性而发"之类的主张;此时的"性灵"说也发生了变质,不再追求激切直露、淋漓痛快,而是求"淡"、求"韵"、求"本色",对"性灵"说的内涵进行了修正;另外在诗歌创作上也开始转向沉稳、笃实和淡泊,以用事抄书、征典求故为佳了。正如袁中道对其后来的诗作的评价:"学以年变,笔随岁老,故自《破砚》以后,无一字无来历,无一语不生动,无一篇不警策。"(《中郎先生全集序》)导致这些变化的原因从表面上看是万历三十、三十一年(1602、1603年)与袁氏兄弟相知的李贽和紫柏和尚相继被害,明代统治集团的思想文化专制愈趋酷烈,对于这一流派中人物特别是袁宏道是严重的威胁和沉重的打击,但其深层次的原因则是在近代中国瘠薄的资本主义土壤上生发的早熟的启蒙思想存在着软弱性、动摇性和妥协性。同时也暴露了"性灵"说本身所存在的无法解决的矛盾。一是该说本来就以佛、道二家"异端"学说为立足点,而佛、道思想在消解其曾经有过的锐气和锋芒方面负有不可推卸的作用,袁宏道自谓入德山以后,研究佛道两家学说使他寻得致使早年"源头不清,致知工夫不到"的"真贼"(《与黄平倩》)。他在另一封信中也说:"若非归山六年,反复研究,追寻真贼所在,至于今日,再将为无忌惮之小人矣……无他,执情太甚,路头错走也。"(《答陶周望》)二是该说把内心视为文学创作搜之不尽的源泉,同时也就否定了现实生活对于文学创作的意义,从而在哲学上不能不陷入主观唯心主义的谬误。三是他们为了反对"前、后七子"的复古主义和形式主义,将文学表现"性灵"的重要性强调到不适当的地步,将文学的内容与形式对立起来,抛弃了必要的形式规律。四是过于强调主观"性灵"的作用,无视客观规律对人的活动的制约力量,拒绝一切必要的理性约束,这就为主观意志的恶性膨胀提供了条件,从反对违心地听命于外在的封建规范走向随心所欲地自我放纵,表现出非理性主义的倾向。而这些潜在的矛盾一旦遇到了日渐恶劣的外部条件,便迅速上升和激化,导致了思想倾向、美学观念、文学主张以及创作实践的蜕变和衰退,导致了这个一度声势浩大的文学流派的退潮和衰歇。

三、文学流派的意义

一般地说,文学流派的出现能够推动文学的发展。古往今来形形色色的文学流派层出不穷,在中外文学史上表演了一出又一出有声有色的节目。因此可以说,一部文学史就是由此起彼伏的文学流派所构成的恢宏壮观的画卷。文学流派是一种由众多作家、作品甚至是跨艺术领域的成就所构成的文化共生现象,它能够以其辉煌的实绩、浩大的声势和广泛的影响带动一个时代文学活动的总体走向,它也能借助群体的力量起到声气相应、取长补短的效果,有利于提高一个时代文学创作的整体水平,也有利于一定文学风格的发展,它往往也能产生一定的轰动效应,引起整个社会的关注,以至改变一个时代的美学趣味和鉴赏水平。西方19世纪的浪漫派巨匠就几乎是在各个艺术领域内同时登场并遥相呼应的,仅在1830年前后,就有多少艺术大师崭露头角!1830年2月雨果的《欧那尼》取得历史性的胜利,1831年5月德拉克罗瓦展出了名画《自由女神领导人民前进》,同年梅耶比尔的歌剧《恶魔罗贝尔》蜚声遐迩,大仲马的《安东尼》声誉鹊起……在这人文荟萃的岁月里,各门艺术之间固有的界限被打破了,心灵沟通的强烈愿望驱使艺术家们热情地拥抱所有的姊妹艺术,雨果、梅里美醉心于绘画,德拉克罗瓦在画架前吟哦雨果的诗篇,舒柏特为席勒的抒情诗配乐,柏辽兹和李斯特分别为《浮士德》写了歌剧和交响曲。这批人也沉湎在相互声援、相互激励的兄弟情谊之中,雨果给拉马丁、布朗叶、圣伯甫献诗,戈蒂叶给雨果、赛诺、勃莱尔献诗,圣伯甫给这一派别的全体旗手献诗,这所有的诗歌都表露出对于对方真诚而热烈的赞美,甚至当时许多作品就是他们相互合作的结晶。爱米尔·戴商鼓励雨果从古代西班牙的传奇中借取题材,圣伯甫通过文艺批评对乔治桑的小说进行帮助,乔治桑和缪塞在共同生活的阶段彼此产生过深刻的影响,吉拉尔丹夫人、梅利、桑道和戈蒂叶合作写了一部书简体的小说,如此等等。总之,在其时共同的倾向和趣味以至共同的偏见和缺陷使这些人走到了一起,完全捐弃了以往文人相轻的陋习,以其精诚的协作和卓著的成就使得浪漫派的名号誉满天下，也迎来了文学创作百花齐放的春天。

在同一个时代往往也会产生两个或两个以上的文学流派。如果这些文学流派的宗旨不一，趣味各异，则有可能发生争辩和较量，而这种争辩和较量常常能够有力地推动文学的发展。这种争辩和较量主要表现为不同艺术主张和美学思想之间的抵牾，这是完全正常的，必要的，它能够促进不同文学主张和实践的争长竞优，增进人们对于文学规律的认识，同时也能使得顺天应人、具有强大生命力的流派取得更大发展，也使得丧失生机活力、行将衰亡的流派退出历史舞台。明代中叶以后在我国戏曲创作中曾有过一场"临川派"与"吴江派"的争论。"吴江派"以沈璟为首，主张戏曲应以格律声韵为主，为了讲求格律声韵的工整、典雅、和谐，甚至可以损害作品的情感意蕴，他宣称，"名为乐府，须教合律依腔。宁使时人不鉴赏，无使人挠喉捩嗓"，"纵使词出绣肠，歌称绕梁，倘不谐律吕，也难褒奖"（沈璟：《词隐先生论曲》），甚至认为"宁协律而不工，读之不成句，而讴之始协，是为中之之巧"。①就戏曲这一艺术样式来说，为了便于演唱和欣赏，要求声腔流畅、协韵自然，都是正常的、合理的，但是如果一味追求格律声韵的整饬和谐协，而把戏曲的情感意旨视为可有可无的东西，为了恪守形式规律而不惜牺牲情感内容，那就不啻是买椟还珠之举了。对于"吴江派"的这一主张，以汤显祖为首的"临川派"持针锋相对的态度，认为就戏曲的情感意蕴与格律声韵二者的关系而言，是前者决定后者而不是相反。汤显祖指出，从历史发展来看，不同时代的词曲声律是不同时代的人吟咏性情自然形成的，而从不同地区来看，戏曲声律的舒促缓急也是基于表现不同的情感而有所变通的。但是在两派意见尖锐对立之际，汤显祖也有不少任才使气、矫枉过正之语，他说："弟在此自谓知曲意者，笔懒韵落，时时有之，正不妨拗折天下人嗓子。"②把内容与形式加以对立，将对于内容的强调建立在舍弃艺术形式美的基础上，以"拗折天下人嗓子"为佳，无疑也是偏颇失当的。尽管汤氏在实际创作中并非如此，还是比较讲究格律声韵的，但是正如他自己所承认，"不佞生非吴越通，智意短陋，加之举业之耗，道学之牵，不得一意横绝流畅于文赋律吕之事"③，

---

① 王骥德：《曲律·杂论》第三十九下，见《曲律注释》，陈多、叶长海注释，上海古籍出版社2012年版，第278页。
② 汤显祖：《答孙俟居》，《汤显祖全集》卷四十六，北京古籍出版社，1998年版，第1392页
③ 汤显祖：《答凌初成》，《汤显祖全集》卷四十七，北京古籍出版社，1998年版，第1442页

"余于声律之道,瞠乎未入其室也"①。格律声韵问题是他的薄弱之处也是事实,在他的剧作中,不依曲牌,增减字句,平仄混用,声韵芜杂等现象不一而足。由此可见,"临川派"和"吴江派"的意见都有合理之处,也都有偏颇之处,相比之下,"吴江派"的形式主义倾向更多地束缚了其戏曲创作,使其作品不免显得平庸,而"临川派"特别是汤显祖却由于把握着戏曲的情感意蕴这一更为根本的方面,所以仍然取得了像创作出《牡丹亭》这样光照千古的优秀作品的辉煌成就。然而也正是通过两派的争辩,使得双方的弱点都能有所暴露,为以后的补救和纠正提供了借鉴,从中得到教益者必能日进,否则将堵塞自己继续发展的道路。

在对于文学流派的问题上,过去曾经一度有过偏差,表现在两个方面:一是将流派之争变成了宗派斗争,将风格、趣味、观点的分歧上升为小团体、小山头之间的利害之争,宗派主义、山头主义盛行,于是相互之间党同伐异、格格不入,在竞争和较量之中夹杂着大量情绪化、极端化的成分,己方的东西就绝对好,对方的东西就绝对坏,甚至相互指责、相互拆台;二是将流派之争变成了政治斗争,将文学流派的纷争之中所产生的问题无限制地上纲上线,用政治的、阶级的标准为文学艺术划线,将不同风格、趣味、观点之间的歧异敌对化、绝对化,借助政治力量竭力抬高己方、排斥对方,甚至残酷斗争、无情打击。对于这两种偏差我们都必须加以警惕和坚决反对,历史事实已经以沉痛的教训证明了,它们对于文学流派的发展、文学艺术的繁荣以及文艺界的安定团结不仅不能起到促进的作用,而且势必产生不良的、甚至是灾难性的后果。

在今天,由于社会性质的改变和阶级斗争的基本结束,各种文学流派之间一般不是敌对性、对抗性的关系,而是相互竞争、相互促进的关系。在"为人民服务,为社会主义服务"、"百花齐放,百家争鸣"精神的大前提下,我们提倡和鼓励多种多样的文学形式和文学风格的多元并存和共同发展。今天的文学流派之间虽然仍会有是非、高低、文野、精粗之分,但它们之间并不存在敌对性、对抗性的矛盾,对待其中所出现的分歧和差异必须提倡百花齐放,而不是一花独放,提倡群言堂,而不是一言堂,提倡多元并进,而不是一元排他,让不同的文学流派在争优竞长之中得到发展,才是促进社会主义文学繁荣的人间正道。

---

① 汤显祖:《董解元西厢题辞》,《汤显祖诗文集》卷五十,上海古籍出版社,1982年版,第1502页。

第三节 文学思潮

一、文学思潮的涵义、成因和意义

文学思潮是指一定历史时期内在一定哲学思想、美学观念、文学主张支配之下所形成的文学创作的潮流。文学思潮一般都有明确的思想宗旨和理论主张,在创作上都有特定的准则和追求,而且能以卓著的成就获得社会的承认,并在历史上产生重大影响。在我国文学史上曾掀起过许多文学思潮,如唐宋时代的古文运动、新乐府运动、诗文革新运动,近代的文界革命、诗界革命、小说界革命和白话文运动等。欧洲近现代文学亦然,如文艺复兴时期的人文主义,17世纪的新古典主义,18世纪的启蒙主义,19世纪的浪漫主义和现实主义,20世纪以后的现代主义和后现代主义,等等。

一般地说,文学思潮是比文学流派更大的概念。比起文学流派来,文学思潮所牵涉的作家作品更多,其影响也更加广泛,它往往从其发源地向外辐射和传播,覆盖许多国家或地区,对这些国家、地区的文学活动产生开风气的作用。比起文学流派来,文学思潮延续的时间也较长,短者十数年、数十年,长者达一个世纪甚至几个世纪。但这还只是表面现象,文学思潮与文学流派之间的关系其实要复杂得多,在这两者之间存在着一种交叉关系。有的文学思潮不一定有流派之分,如中唐的新乐府运动,有的文学流派也不一定具有思潮的性质,如宋代的江西诗派;但是有时这二者的关系又非常密切,在一个文学思潮中有可能包含许多文学流派,最突出的当推西方现代主义思潮,包含的流派多至不可胜数。当某一文学流派重要到能够主导某个时代或某个国家、地区的创作倾向、欣赏趣味和审美时尚时,文学流派便上升到了文学思潮的地位,如以果戈理为代表的"自然派"的出现,便揭开了俄国19世纪批判现实主义的大幕。文学思潮与文学流派也各有偏重、各有胜场,一般地说,文学思潮往往超出文学的范畴,作用也往往越出文学的边界,而对整个社会历史产生重大影响。例如文艺复兴运动就远远不止所谓文艺思潮能够概括的,它的兴起甚至改写了欧洲的近代历史;而启蒙主义文学思潮本来就是启蒙运动的一个重要部分,代表着新兴资产阶级的必然历史要求,对破除欧洲的封建制度及其思想文化具有不可磨灭的功绩。相比之下,文学流派更多局限于文学本身,它在作家的思想倾向、艺术追求甚至技巧手法的趋同方面有着更加严格的要求,在文学风格上有较强的排他性,也比较讲究学统和传承。如江西诗派，北宋末年吕本中在他所作的《江西诗社宗派图》中尊黄庭坚为宗主，开列了一份包括25人的成员名单，然而后来不断有人对于何人当列入、何人不当列入以及座次如何排列等问题提出质疑和异议，就反映了在学脉和传承关系上所持标准的严格程度，以至直接影响到文学流派的界定。尽管如此，也不是说文学思潮就没有倾向、个性、风格方面的要求，只不过这种要求相对宽泛而已；也不是说文学流派就不具备文化的意义，不能起到改变历史的作用，只不过它的影响不是那么直接、强劲而已。

文学思潮的形成与一定时期国家、地区的社会、政治、经济、文化状况相关。社会生活的变动，经济发展的起落，哲学思想的转换，文化背景的更新，精神气候的流变，以及文学自身发展的需要，都可能成为引发文学思潮的触媒，而通常情况下某种文学思潮的兴起往往是上述多种因素共同作用的结果。以明中叶以后的带有启蒙主义色彩的文学思潮为例可以见出这一特点。明代中叶以后，我国东南沿海地区出现了最早的资本主义萌芽，新兴市民力量日益壮大，在大一统的封建帝国内部出现了动摇其基础的新因素，在哲学上程朱理学为陆王心学所取代，客观唯心主义向主观唯心主义过渡，其中包含着某些具有近代性质的新动向，泰州学派则代表新兴市民的利益，把"心学"引向民主主义和启蒙主义方面，在当时产生了广泛的号召力；这一时期的文艺也别开生面，令人耳目一新，在以往文艺创作基础上发展起来的小说、戏剧以及其他文艺样式，适应着广大市民阶层的趣味和需要，带着强烈的通俗性进入寻常百姓家，以全景式的视角和巨大的容量描绘了百姓大众特别是市民阶层的生态和心态。正是在此背景下，才蔚成了以李贽、汤显祖、公安派为首的，从者众、应者夥的风靡一时的文学大潮。

文学思潮涉及的面广，延续的时间长，对于文学发展的影响尤其重大。从横向看，像文艺复兴运动，从意大利发源以后，波及到德国、法国、西班牙、英国等广大的国家和地区，涌现出薄伽丘、彼特拉克、马丁·路德、拉伯雷、塞万提斯、莎士比亚等文学巨匠，产生了《十日谈》、《巨人传》、《堂·吉诃德》和《汉姆莱特》、《奥赛罗》等一大批杰作，成为世界文学史上最为辉煌的黄金时代之一。从纵向看，像我国中唐的古文运动，韩愈、柳宗元等人针对六朝文学的颓风，提出"文以载道"、"文以明道"的主张，强调文学必须具备充实的内容和积极的现实意义，在形式上提出"文从字顺"、"章妥句适"等要求，提倡"唯陈言之务去"的创新精神，并创作了大量优秀的作品，以不可抵挡之势压倒了盛炽一时的骈文。但是其时这一运动的成果并未得到巩固，到了晚唐五代，骈文东山再起，一度重新泛滥。宋代初期，柳开、王禹偁、孙复、石介等人重新举起古文运动的大旗,讨伐那种浮艳繁缛的文风,直到欧阳修成为文坛领袖时,得其身居高位的便利,借助政治的力量,实行包括以古文取士在内的一系列措施,才使得古文运动取得真正的胜利。以后的苏轼、王安石等人,又以其理论主张和创作实绩对这一运动起到巩固作用。这一运动的余波,一直延续到明代的唐宋派、清代的桐城派,对我国晚近的文学发展产生了不可低估的积极影响。

二、文学思潮的几种主要类型

在中外文学史上曾经涌现过许许多多文学思潮,这里不可能对其一一加以介绍,只能仅就几种发源于欧洲而波及世界范围的、影响较大的文学思潮作一简要的概述。

(一)浪漫主义文学思潮

浪漫主义产生于18世纪末、19世纪初欧洲资本主义以摧枯拉朽之势扫荡封建统治,为自己开辟发展之路的重大历史转折时期。它的兴起受到法国大革命以后高涨的民主潮流和民族解放运动的推动,然而它的精神气质却深深地植根于以康德、黑格尔、谢林为首的德国古典哲学的唯心主义倾向之中,这一时期空想社会主义的流行也使之平添了一种耽于幻想的特性。

欧洲的浪漫主义文学思潮从来就并不统一,由于欧洲各国国情的差异,浪漫主义在各国发展态势和性质迥然不同。浪漫主义最早的征象在德国的"狂飙突进"运动和英国的前浪漫主义文学中起于青苹之末,而真正的浪漫主义运动首先出现在德国和英国。德国浪漫派分为以史雷格尔兄弟为首的耶拿派和以阿宁、勃伦塔诺为首的海德堡派,特别是史雷格尔兄弟,最早在历史类型的意义上提出了"浪漫主义"的概念,并为之提出了纲领性的理论。在英国则出现了以华兹华斯、柯勒律治为首的"湖畔派"诗人,其后拜伦、雪莱等人以激进的姿态为英国浪漫主义开了新生面。法国的浪漫派也分为不同的阵营,早先夏多勃里昂带有消极的色彩,其后史达尔夫人开始转向积极的方面,后期的雨果则以其进步倾向成为浪漫派的一面旗帜,不过他们有一个共同的特点,即不仅以大量优秀的作品为浪漫派赢得了声誉,而且以深刻的理论总结为浪漫主义运动积累了宝贵的经验。另外,在俄国、波兰、意大利等国,涌现了雷列耶夫、普希金、密茨凯维奇、白尔谢等人,在他们的作品中,浪漫主义的激进倾向与民族民主运动的需要更加紧密地结合在一起。虽然浪漫主义运动在各国的发展并不平衡,但是从总体上看,它们仍具有以下一些共同的特点:

首先,浪漫主义在本质上是一种理想主义,虽然其中有积极浪漫主义和消极浪漫主义之分,前者是向往未来,后者是缅怀过去,然而它们通过追求理想来摆脱现实、否定现实则一致。浪漫主义虽然也描绘现实世界和客观事物,但往往将其作为理想的寄托和载体,正如乔治·普莱所说:"浪漫主义是对基本上是主观的性质的意识,是从现实中退出并回复到自我的中心来;而自我则是返回自然的出发点。"[①]因而这些描绘总是带有理想色彩,与实有的事物相去甚远。例如雨果的《悲惨世界》中所塑造的两个主要人物,冉阿让经过主教的道德感化,从一个仇视社会、凶狠残暴的罪犯变成乐善好施、道德完善的完人;警长沙威为其多年追捕的冉阿让的宽厚仁慈所感动,良心发现,投河自杀。在这些人物身上,分明寄寓着作家的理想,在人物性格的塑造上,也都留有理想化的痕迹。为了表达自己的理想,浪漫派作家也常常采用一些特殊的手法,而这些手法的设定和运用往往带有很强的主观色彩和人为因素。如歌德的《浮士德》所采用的"人魔对照"的手法,雨果的《巴黎圣母院》中所采用的"美丑对照"的手法,都是如此。

其次,浪漫主义在创作上重主观而轻客观,贵情感而贱思维,褒想象而贬理智,扬天才而抑人力,用心而不用脑,凭神秘体验而不凭常情常理。一代浪漫派作家在这方面有着许多明确的理论表述。华兹华斯说,"一切好诗都是强烈情感的自然流露","除了幻想和想象的诗以外,其他各类的诗都不需要任何特别的注意";柯勒律治说,"诗的天才是善于表现并润色诗人自己心中的形象、思想和感情的";雪莱说,诗可以解作"想象的表现","诗人是不可领会的灵感之祭司";济慈也说,想象力和激情"在达到崇高的境界时都能创造出真正的美"。[②]像这样的表述还可以举出许多许多。浪漫派的这些理论主张也在他们的创作中得到了忠实的贯彻,如拜伦的《恰尔德·哈罗德游记》、《堂·璜》,雪莱的《解放了的普罗米修斯》、《自由颂》,以及贝朗瑞、普希金、雨果、密茨凯维奇等人的作品,在创作中都突出了情感、想象、天才、灵感的主导作用。

再次,浪漫主义在创作题材上有特殊的偏重和爱好,它提倡"回归自然",通过赞美大自然以表明自己对于都市生活的否定立场,于是大自然的美丽景色常常成为它的某种精神寄托。消极浪漫主义作品所描绘的大自然

---

① [美]韦勒克:《文学思潮和文学运动的概念》,中国社会科学出版社,1989年版,第202页。
② 刘若端编:《十九世纪英国诗人论诗》,人民文学出版社,1984年版,第6、40、69、119、160、168页。

往往带有宗教神秘主义的色彩,积极浪漫主义作品所展示的大自然则往往成为它所讴歌的民族民主运动的背景和舞台。浪漫主义也歌颂自然人性,歌颂儿童,向往古代田园牧歌式的生活,向往边远地区淳厚质朴的乡风民俗,主张回到中世纪,借此表达对于现代文明的弃绝。从而它非常重视吸收民间文学的营养,借取民间文学的题材,甚至它的命名都与此有关。在浪漫主义思潮形成之初作家主要仿效中世纪"浪漫传奇"(romance)的题材和风格来写作,"浪漫传奇"包括中世纪流行于民间的英雄史诗、骑士传奇和抒情诗,因而这一思潮被称为"浪漫主义"(romanticism)。

最后,在艺术手法上,浪漫主义文学大量采用夸张、比喻、象征、变形等手法,并吸收神话和传奇的因素,运用华丽繁缛的词藻,追求自由舒展的格律,创造出大胆奇特、神秘莫测、变化多端、绚丽多彩的氛围和境界。

(二)现实主义文学思潮

浪漫主义和现实主义是前后交叉的两大文学思潮,在浪漫主义衰落之前现实主义就已初露端倪,而有的浪漫主义作家后来也转到了现实主义的阵营之中,如雨果就是如此。由于这一思潮对资本主义制度下的黑暗现实持批评态度,所以称为批判现实主义。这一文学思潮的兴起是在19世纪30、40年代,其时资本主义已经战胜封建主义而初步巩固了自己的地位,它自身固有的弊病也就暴露了出来,使得本来已十分尖锐的社会矛盾更加激化。此时的哲学背景也发生了重要的转换,黑格尔的辩证法、费尔巴哈的人本主义唯物论、孔德的实证主义以及一些自然科学方法的流行,都深刻地影响着作家观察和表现现实生活的方法。正是在这样的背景下,现实主义取代了浪漫主义,成为波澜壮阔、影响深远的文学主潮。

现实主义文学思潮的发展分前后两个时期:19世纪30、40年代是前期,这一文学思潮主要集中在西欧,涌现了司汤达、巴尔扎克、福楼拜、莫泊桑、狄更斯、萨克雷、果戈理等一大批作家;后期从19世纪50、60年代到20世纪初,产生了屠格涅夫、车尔尼雪夫斯基、列·托尔斯泰、罗曼·罗兰、易卜生等作家,这一时期值得注意的是在北欧、中欧、东南欧,现实主义也取得了重要的成就。

现实主义文学思潮具有以下一些特点:

首先,现实主义文学思潮对于资本主义制度下的社会现实持批判态度,通过文学形象十分尖锐地揭露了资本主义黑暗、丑恶的一面,活画出资本主义社会丑陋的众生相。在巴尔扎克的笔下,巴黎是一个资产者的竞技场、冒险家的乐园、野心家的温床,是一个丛集着罪恶、欺诈、贪欲的大染缸;狄更斯着力揭露了英国政治机构的黑暗、司法系统的腐败、教育制度的陈旧和慈善组织的伪善，把英国社会比成一个巨大的垃圾堆；果戈理则对俄国农奴制改革前夕的旧式地主、官僚政客、投机分子投以无比辛辣的讽刺，揭露了这些卑劣、鄙俗、冥顽的丑类才是真正的"死魂灵"。这些作家对于黑暗现实的批判立场即使从其作品的命名也可见出，资本主义制度下的社会环境在他们的眼里只是一个尔虞我诈、投机取巧的"名利场"，只是一个阴霾四起、寒风呼号的"悲惨世界"，只是一个为饥饿、贫穷、失业、犯罪所困扰的"艰难时世"。总之，这些作家站在批判的立场上用艺术的手法揭露了资本主义制度的内在矛盾和虚弱本质，具有进步的历史意义。

其次，现实主义要求如实地反映社会生活，真实地描写人物性格和人物关系，并且揭示各种人物和事件由以产生的社会原因。作家在创作时应当面对当代生活，成为当代生活的风俗史家，文学创作也必须服务于当代生活，现实主义的作品应发挥其扬善惩恶的教育作用，要做到这一点，作家本人就应该是一个有道德的人。现实主义提倡用客观的、冷静的态度来进行创作，主张对现实生活作深入细致的观察、分析和解剖。具有代表性的是巴尔扎克，他的《人间喜剧》包括了 96 部小说，共分"风俗研究"、"哲学研究"、"分析研究"三个大部分，在"风俗研究"中就分"私人生活场景"、"外省生活场景"、"巴黎生活场景"、"政治生活场景"、"军人生活场景"、"乡村生活场景"六个小部分，以如椽之笔塑造了两千多个人物，描绘了从巴黎到外省、从政治中心到穷乡僻壤形形色色的社会生活，展现了 19 世纪前半叶整个法国社会生活规模宏大、五光十色的真实画面，用他自己的话来说："法国社会将要作历史家，我只能当它的书记。"①

尽管如此，现实主义对于社会生活的描写也并不是纯客观的，而是十分讲求作家的思想对于题材的凝聚整合作用。通常被认为最善于对客观生活作真实描写的是巴尔扎克，然而最不满意对客观生活抱自然主义态度的恰恰也是巴尔扎克，他说得清楚："并不是现实生活中发生的一切都得描写成文学中的真实，同样，文学中的全部真实也不就等于现实生活的真实。"他高度评价并提倡那种"以借助于思想来表现自然为目的的文学艺术"。② 巴尔扎克的好友达文在评价他的时候也说，巴尔扎克像一切伟大的作家一样，有

---

① ［法］巴尔扎克：《〈人间喜剧〉前言》，见《欧美古典作家论浪漫主义和现实主义》（二），中国社会科学出版社，1981 年版，第 100 页。
② ［法］巴尔扎克：《〈驴皮记〉初版序言》，见《欧美古典作家论浪漫主义和现实主义》（二），中国社会科学出版社，1981 年版，第 106 页。

一个将各种题材彼此联系起来的"思想体系",因此"在大家都只在想象上用心的时候,他却在思想上下功夫"。① 现实主义所建基的思想观念有其特定的内涵,即对于资本主义丑恶现实的批判。因此,现实主义对于客观生活的描摹与古典主义又有着重要的区别。但是现实主义作家的思想倾向并不是直接指点出来,而是通过艺术形象、通过情节、细节和场面自然而然地流露出来的。

再次,现实主义注重塑造那种个性与共性相统一的典型形象,并通过这种典型形象对现实生活的内在本质和普遍规律作出概括反映,同时它也着力表现典型人物所处的典型环境,揭示典型环境对于典型人物的形成和发展的重要意义。着重塑造典型形象,这正是现实主义与自然主义的根本区别,后者流于对生活现象作事无巨细、不加选择的实录,因此它所追求的客观性和真实性就与现实主义大相径庭,缺乏现实主义作品所具有的深刻意义。在现实主义文学作品中,创造了数不清的典型形象,如于连、老葛朗台、包法利夫人、董贝先生、蓓基·夏泼、乞乞科夫、罗亭、安娜·卡列尼娜等,它们以耀眼的光辉屹立于世界文学史的艺术长廊,而且每一个典型形象都能以巨大的说服力折射出一个时代。例如老葛朗台的形象,他的吝啬和贪婪在当时的资产者中具有很强的典型意义,而从这个资产者的经营方式的转变正可以看出资本主义从原始积累时期向金融资本时期过渡的历史轨迹。

最后,与以上特点相应,现实主义在艺术上通常采取写实手法,主张对现实生活作精确细致的描写,它讲究叙事态度的客观性,细节刻画的逼真性和心理描写的深入细腻,也追求结构的谨严和语言的朴素。

19世纪中叶的现实主义文学思潮后来引出一支流,即所谓"社会主义现实主义",对现代乃至当代的文学理论产生了重大的影响。"社会主义现实主义"的提法是19世纪30年代前后,在前苏联文学理论界就"如何确定苏联文学的特质"这一问题而展开的讨论中逐步形成的。1932年5月29日前苏联的《文学报》根据联共(布)中央的有关精神在一篇文章中首先提出了"社会主义现实主义"的概念,此后这一提法得到了斯大林的认可。在1943年召开的第一次全苏作家代表大会上,这一概念被正式写进了《苏联作家协会章程》,成为苏联文学和苏联文学批评的基本方法,成为对于苏联作家的一种基本要求,即"要求艺术家从现实的革命发展中真实地、历史具体地去

---

① [法]达文:《巴尔扎克〈十九世纪风俗研究〉序言》;《〈哲学研究〉导言》,见《欧美古典作家论浪漫主义和现实主义》(二),中国社会科学出版社,1981年版,第148、146页。

描写现实。同时艺术描写的真实性和历史具体性必须与用社会主义精神从思想上改造和教育劳动人民的任务结合起来"。① 这一做法开了由政治家为文学定调子、用政治手段将一种文学思潮推而广之的先河。从40年代起,"社会主义现实主义"对我国文学理论产生过深刻影响,但是这一提法却没有作为正式口号使用,而是使用的毛泽东在1958年提出的这一说法,"革命的现实主义和革命的浪漫主义相结合的创作方法",又称"两结合"的创作方法。至于这一提法是否确切,它能否概括今天的文学创作现状,今天的文学创作应该如何界定,以及现实主义的现代命运如何,就都是值得进一步探讨的问题。

（三）现代主义文学思潮

现代主义是在19世纪末、20世纪初产生于欧美的一股影响广泛的文艺思潮。它发端于上世纪中叶的唯美主义文学,在将近一个世纪的发展过程中,出现了形形色色、数不胜数的文学艺术流派,如未来派、超现实主义、意象派、意识流、新小说、黑色幽默、表现主义、荒诞派等。晚近以来,不同派别的更替时间越来越短,新派别的诞生也越来越快,真可谓"乱哄哄你方唱罢我登台","各领风骚数十天"。如果说浪漫主义文学思潮从来不是一个统一的运动的话,那么现代主义作为思潮就更加纷纭杂沓了,欧文·豪说得中肯:"现代主义不会确立自己的普遍风格;或者说,如果它确立自己的风格,它就否定了自己,从而不再是现代的了。"② 50年代以后,现代主义开始衰微,逐渐向后现代主义过渡。现代主义文艺思潮的形成和发展,同现代西方种种反理性主义的哲学思潮和社会思潮有密切关系,包括叔本华的唯意志论、尼采的超人哲学、柏格森的直觉主义、胡塞尔的现象学、弗洛伊德的精神分析学、萨特的存在主义等。从西方文学的发展来说,现代主义文学的兴起也是在浪漫主义、现实主义衰落以后文学创作寻求出路的表现。

现代主义文学思潮有以下一些特点:

首先,现代主义文学强调表现人的内心世界。在这个意义上说,它都是用第一人称写成的,但是这种对于内心世界的表现又不同于浪漫主义文学。一是它对以往长期成为盲点的心理功能予以高度重视,甚至某些现代派干脆以之命名,"意象派"以呈现内心意象为目的,"印象派"以捕捉瞬间印象为

---

① ［苏联］《苏联作家协会章程》,《苏联文学艺术问题》,人民文学出版社,1959年版,第25页。
② ［美］欧文·豪语,见［英］马·布雷德伯里、詹·麦克法兰编：《现代主义》,胡家峦等译,上海外语教育出版社,1992年版,第14页。

宗旨,"意识流"文学主张按照主观意识的流程来结构作品,"新感觉派"主张通过刹那间的感觉来认识事物。二是它致力于发掘人内心的非理性意识,如生理本能、原始冲动、神秘体验、潜意识、梦幻等,象征主义确认做梦是唯一的创造的时刻,表现主义声称幻觉是艺术家的整个用武之地,神秘主义宣布只有直觉才是判断唯一的标准,超现实主义相信潜意识和本能冲动无所不能。现代主义文学还把人们在动荡不安的现代生活环境中所形成的特殊心态普遍化、绝对化、永恒化,将畏惧、厌烦、恶心、晕眩、苦恼、焦虑、孤独、失落、迷茫等提升到本体的高度,用以取代传统哲学在本体论意义上所确认的一切,并对其作不余遗力的鼓吹和言过其实的夸大,又在其上蒙上一层神秘的纱幕。这种主观主义、非理性主义的倾向直接影响到现代主义文学作品所描写的人物、情节、场面、环境和气氛,使之常常成为一个离奇古怪、扑朔迷离、扭曲变形的世界。

其次,现代主义文学思潮反对传统的现实主义那种客观地反映外部世界,试图在文学作品中恢复被视为外部世界运行规律的逻辑和秩序的做法。在它看来,那样做恰恰是对于外部世界的歪曲和篡改,因为世界本来就是混乱无序、荒诞不经的,根本就不存在什么逻辑和秩序。尤奈斯库的一段话很有代表性:"现实主义,不论是社会主义的现实主义还是非社会主义的现实主义,都是在现实之外,它缩小了现实、减弱了现实、粉饰了现实,它根本不考虑我们的真实和我们最根本的那些苦恼:爱情、死亡和惊奇。它把人表现在一种狭隘的、错乱的背景上;我们的真实是在我们的梦幻里,在想象中;所有的一切都无时无刻不证明这一论断。"[①]因此现代主义文学主张表现在个人的神秘体验和深层意识窥伺到的现实中,艾略特把这一做法称为"思想的知觉化",思想找到它的"客观对应物",庞德称为情绪找到它的"对等物"。而他们通过神秘体验和深层意识所把握到的东西,则是上帝和神的启示,它是神秘的、不可知的,但却是美的、真的,它超出了人与人、欲望与欲望、责任与情欲之间永恒的冲突,人们只有在寂静的沉思冥想中才能遇到它,只有在理性与感情的对话沉默下来时,才能展开人与神之间的悄声对话。这就是说,在现代主义文学看来,上帝和神是文学创作的源泉。

再次,现代主义文学普遍带有强烈的哲理意味,表现出图解观念的倾向。萨特提倡一种"倾向性文学",也称为"介入文学",加缪说过,小说从来

---

① [法]尤奈斯库:《戏剧经验谈》,袁可嘉等编选《现代主义文学研究》下册,中国社会科学出版社,1989年版,第612页。

就是形象的哲学,这些说法都表明了这一倾向。现代主义文学往往是从某种哲理观念出发来寻找生活内容,构思情节场面,调度人物行动。在这里不是人物行动显示主题,而是观念支配着人物行动。当然它并不追求完整的情节、场面,也不追求完美的人物形象,只要能够表达某种既定观念,写什么和怎么写都无所谓,结果往往搞得情节、场面、人物支离破碎、莫名其妙。例如尤奈斯库的许多荒诞剧都有一个共同的出发点,即"宇宙一旦为物体所充塞,人就不复存在",他用种种荒诞无稽的剧情来表现这一主题。在《阿美戴》里,无数的蘑菇在住宅里滋生,一个尸体以几何级数膨胀开来,把人挤了出去。在《责任的牺牲者》里,当咖啡端到人的面前时,有数以百计的杯子堆积起来。在《新房客》里,家具堵塞了所有的楼梯,最后把房客统统埋葬起来。在《椅子》里,舞台上为不出场的客人准备了几十把椅子。在《雅格》中,几个鼻子出现在一个年轻女孩儿的脸上。如此等等。而这一切都从上述同一个观念演绎而来。

最后,在艺术手法上,现代主义文学极尽标新立异、哗众取宠之能事,往往把艺术形式上的花样翻新视为最高的追求,力图借此取得不同凡响的效果。超现实主义的代表人物布列东说出了他们的想法:"超现实主义的手法也需要进一步扩大。为了从某些联想中取得所预期的突然性,什么办法都可以用。"① 在文学观念上,它打破了传统的艺术门类的划分,不拘一格地借取其他艺术样式的手法,例如"意识流小说"大量运用音乐的对位法、主题的变调和音乐性的结构等。在具体的写作技术上,它也以破除常规为乐事。例如超现实主义开创了所谓"自动写作法",即摒除一切杂念,把脑海中浮现出来的潜意识随手记下来,不作任何修改便直接当作作品;达达主义发明了"拼贴法",从书刊报纸上剪下若干片断语句,然后随意将它们拼贴起来便成为一首诗。与之相应,在创作技巧上,它大量采用象征、隐喻、寓意、暗示、比拟、夸张、变形、佯谬、反讽等手法,运用意识流动、内心独白、时空倒错、跳跃叙述等方法。这种形式上的刻意创新无疑有其积极意义,然而一旦到了随心所欲、放任无度的地步,也就流于怪诞、神秘和晦涩而适得其反了。乔伊斯的意识流小说《尤里西斯》在这方面就非常突出,企图用种种反常的方法来取得一种特殊的甚至是骇世惊俗的效果,小说将过去、现时、将来相互搅拌渗透,着力表现人的意识的流动性、飘忽性和朦胧性,夹杂种种幻想、幻

---

① [法]安德烈·布列东:《超现实主义宣言》,《现代主义文学研究》上册,中国社会科学出版社,1989年版,第499页。

觉、闪念、回忆、梦境和潜意识,同时不断变换句式和文体,运用反常的句法和生造的词汇,甚至接连若干页取消标点符号,总之在表现手法的追新逐异上达到了登峰造极的地步。为此这部书被人们称为20世纪最难读懂的"天书",不难体会,这一说法显然不是什么赞誉和褒奖。

(四) 后现代主义文学思潮

后现代主义盛行于20世纪60年代,但其萌芽却要早得多,一般认为其概念的出现可以追溯到1934年出版的《西班牙暨美洲诗选》,在这本诗选中作者费德里克·德·欧里斯首先采用"Postmodernlism"的说法,也就是后来所说的"后现代主义"。而从文学作品来说,在1939年问世的乔伊斯的《芬内根的守灵》为后现代主义文学的开山之作。在现代主义与后现代主义之间并没有壁垒森严的界限,后现代主义是现代主义发展到极端的产物,它将现代主义的逻辑推向了极致,因此在荒诞派戏剧、黑色幽默、新小说派、存在主义文学、魔幻现实主义等作品中,都有走向后现代主义的苗头,亦即否定二三十年代正宗现代主义的动向。后现代主义是信息社会、新技术革命时代的产物,或者用美国学者丹尼尔·贝尔的说法,是后工业社会的产物,其文化征象主要表现为经济力量和技术力量的全面渗透。在由市场权力和技术理性主宰的社会中,整个社会心理也为之一变,宗教迅速走向衰落,使得丧失了精神支点的人们产生了无家可归之感;传统宗教式微的地方,新的崇拜应运而生,那就是商品拜物教和技术拜物教的盛行,然而当人们对琳琅满目的商品和神通广大的现代技术顶礼膜拜的时候,也就实行了对自己的自我放逐;每日每时通过各种传媒强填硬塞的无数条新闻、消息,使得每一个人都变成了无所不知的人,但是他们却是以第二手的材料代替了真正的知识,无所不知的另一面恰恰是极端的无知;大众传媒在日益扩大其受众范围的时候,也在日益广泛地推行着标准化的思想模式和语言样板,使得人们的语言运用越来越丧失了个性的血色和创造的活力,只是按照统一的模式说话,有语的另一面恰恰是失语或者无语。后现代主义文学就是在这样的文化背景上产生的,并形成了与之相关的种种特点。

首先,后现代主义文学表现为深度模式的消失。以往的传统文化总是构成二项对立的深度模式,如现象与本质、表层与深层、非真实性与真实性、能指与所指、文本与意义等,后现代主义则力图打破这种人为的对立,削平深度,而将一切在表浅的层面上扯平,没有什么本质、真理、所指和意义,有的只是现象、形式、能指和文本,这就造成了一种平面感和无深度感。在文学创作中其表现:一是将所有的面夷平。不分遐迩,无论今昔,莫辨高下,将所有的东西在同一个面上铺开,时间趋于空间化,一切都像是在同一时间的点上发生;二是取消高潮。从古希腊的诗学起为作品结构制定的经典模式,即由头、身、尾以及高潮构成的有序结构如今被推翻了,在后现代主义文学中,情节、事件的走向都是水平式的,没有波澜曲折,没有跌宕起伏,一切都是那样的松散、凌乱和无迹可寻,看不出何为埋伏,何为照应,何为贯穿,何为铺垫,因而也就无所谓高潮了;三是价值的削平。在传统的价值观念中总是有一种标准,将世界万物从最高到最低排成一个序列,后现代主义却认为所有事物都具有同样价值而不分高下,正如东方哲学所说的,一粒砂就是一个宇宙,因此在其作品中,经常使得人物每一天中每一件琐碎小事都显示出重要意义,可以与任何重大紧迫的事件等量齐观。

其次,后现代主义文学也表现为历史感的消失。在时间方面,后现代主义有着与以往截然不同的概念,即打破过去、现在、未来的连续性,仅仅从中截取出"现在"作为孤立的存在方式,割裂现时与过去的联系,对于传统、历史和古典采取一种搁置的态度,后现代主义文学没有那么多的回忆,没有那么多的怀旧情绪,在它看来,历史和传统已经变成一种沉重的包袱,只有把握住现时和当下才是最重要的。在福克纳的小说《喧哗与骚动》中有这样一个情节:主人公昆廷·康普森在生命的最后一天打破了手表的玻璃面,把两根指针扭了下来,于是这块手表便一整天滴滴答答响个不停,但是却无法指出具体时间。这一情节再好不过地喻示了一种后现代主义的时间观念,没有指针作为标志,外部物理时间永恒的连续性被废弃了,但是滴答作响的手表仍然在提示着当下的存在,而且让人觉得更加急迫而实在,更加无可逃脱。于是在后现代主义的诗歌中,经常有一些由互不相干的零散意象和突如其来的停顿所构成的诗句,它意在造成每一个句子都存在于现时的效果,以此让人更好地把握现时,对现时留下更加强烈的印象。总之,后现代主义文学是以牺牲历史深度为代价而达到对于当下的孤立关怀。

再次,正因为后现代主义文学消解了本质、真理、所指和意义,而将一切都浮现于表面,所以虽然它所描绘的形象非常丰满,也能忠实地复制出现实,但正是在这种复制中,形象将现实抽空了,使得现实非真实化了,到处弥漫着一种空无感。正如弗·杰姆逊所说:"就像从里面将一个存在的人掏空了,成了空心人。每一样东西都可能被非真实化,成为蜡像。"[①]从而空无成

---

① [美]弗·杰姆逊:《后现代主义与文化理论》,唐小兵译,陕西师范大学出版社,1986年版,第189页。

为后现代主义文学的一个重要的主题。在卡夫卡的许多小说中，主人公往往没有姓名，他的称谓只是姓名前的第一个字母，他甚至没有自己的脸面，他只是一个代码，一个符号，一个没有实际意义的有限的存在。荒诞派戏剧《等待戈多》再好不过地表达了这样的意念：人们总是在等待，但命运给予人的只是空无，戈多就是空无，是等不来的，即使等来了，也仍然令人失望。

最后，后现代主义文学还通过制造一种自相矛盾的情境来达到去中心和非逻辑的目的。它所创造的人物形象往往是扑朔迷离、雌雄难辨的，后一种行为推翻前一种行为，后一句话否定前一句话，既像虚构又像事实，既像梦呓又像当真，甚至人物形象是一个人还是两个人，是男还是女，都无法搞清楚。在时空关系上也有意违反常理，常常造成时间的倒错和停顿，使得故事情节显得支离破碎，也常常将毫无联系的章节和片断拼凑在一起，甚至将其像扑克牌一样任意编排，造成一种"活页性"的阅读效果。它也刻意造成作品意义的不确定性，一切都显得模棱两可、似是而非，一切都无从捉摸，让人如堕九里雾中。后现代主义文学正是通过这样的方法表达它对于生活的理解，因为在它看来，生活本来就是如此。

思考题

1. 什么是文学风格、文学流派、文学思潮？这三者的关系如何？
2. 文学风格的形成应具备哪些条件？
3. 试析文学风格的多样性与同一性的关系。
4. 文学流派形成的原因是什么？
5. 文学流派对于文学的繁荣和发展的作用和意义是什么？
6. 简述浪漫主义文学思潮的特征。
7. 简述现实主义文学思潮的特征。
8. 简述现代主义文学思潮的特征。
9. 简述后现代主义文学思潮的特征。

拓展阅读书目

1. 中国社科院外国文学研究所：欧美古典作家论现实主义和浪漫主义[M].中国社会科学出版社，1980年版．

2. 海涅:论浪漫派[M].人民文学出版社,1979年版.
3. 歌德等:文学风格论(译文集)[M].上海译文出版社,1982年版.
4. 袁可嘉等:现代主义文学研究[M].中国社会科学出版社,1989年版.
5. 曾艳兵:西方后现代主义文学研究[M].中国社会科学出版社,2006年版.

第七章 文学作品论

文学作品在整个文学活动中也许只是一个局部，但就其本身而言，也是一个完整的世界，也是众多关系的集成。例如文学作品的内容与形式之间的关系，文学作品的内容诸要素之间的关系，文学作品的形式诸要素之间的关系，以及这些要素之间错综复杂的交叉关系等。对于这些关系的梳理，也就使研究进入了文学作品论（广义）的范围。需要说明的是，在这一部分中，作为文学形式之要素的体裁、语言问题较多，因此在总论文学作品的内容与形式之后，对文学体裁、文学语言单立专节、专章加以讨论。

第一节 文学作品的内容与形式

一、文学作品的内容与形式及其相互关系

内容与形式首先是一对哲学范畴。所谓内容，是指构成某一事物的内在要素的总和。所谓形式，是指某一事物的内容的组织结构和表现形态。任何事物都有内容与形式两个方面，自然、社会、精神莫不如此。就自然现象而言，万事万物的生命力是内容，其欣欣向荣的景观是形式；就社会现象而言，生产力是内容，生产关系是形式；就精神现象而言，人的认识是内容，认识所运用的概念、判断、推理、演绎是形式。如此等等。

所谓文学作品的内容与形式是上述哲学界定在文学作品中的具体化。文学作品的内容，是指通过文学作品中的艺术形象所展现的社会生活，以及这种艺术形象所隐含的思想意蕴。文学作品的内容首先来自社会生活，但又与作家的主观因素密切相关，文学作品描写什么样的生活现象，它怎样来描写这些生活现象，它要通过这些生活现象说明什么问题，它又想借此表达何种情绪愿望，这往往取决于作家的思想观念、美学倾向和文学主张。因此文学作品的内容是主观与客观两方面结合的产物。例如长篇历史小说《三国演义》，既以汉魏时期的历史事实作为基本框架和总体背景，在对于人物、事件、场面的描写中又无不体现出作者的立场和态度，无不披上了作者的主

观情感意愿的色彩,例如比较突出的一点是作者罗贯中"拥刘反曹"的正统思想对于小说的影响,使得小说对于其中典型形象、人物关系、故事情节和战争场面的处理都表现出特定的抑扬褒贬和爱憎好恶。文学作品的形式则是文学作品内容的载体,它是指作品的内部组织构造和外部表现形态。如《三国演义》的小说体裁、章回体格式、白描手法以及文白相间的语言等等,都属于形式的范畴。

我国古代文论中早就作过有关文学作品的内容与形式的区分,如文与质、言与志、辞与意、形与神、情与采、华与实等,其中质、志、意、神、情、实就是内容,而文、言、辞、形、采、华就是形式。《毛诗序》说:"诗者,志之所之也。在心为志,发言为诗,情动于中而形于言。"刘勰说:"夫情动而言形,理发而文见,盖沿隐以至显,因内而符外者也。"(《文心雕龙·体性》)柳宗元说:"以质乎中,而文乎外,为唐诗有大雅之道。"(《送诗人廖有方序》)焦循说:"辞,外也;意志,内也。"(《答黄春谷论诗书》)这些说法都对文学作品的内容与形式作了比较确切的阐释。

那么,文学作品的内容与形式之间的关系如何呢?

第一,文学作品的内容与形式互为条件、互为依存,互相过渡、互相转化,没有内容,形式无所依凭;没有形式,内容无从表现。黑格尔指出:"内容非他,即形式之转化为内容;形式非他,即内容之转化为形式。"①因此内容不能离开形式而单独存在,反之,形式也不能离开内容而单独存在,如果从内容中将形式分离出来,那最终便不能不破坏了内容,反之亦然,如果从形式中将内容分离出来,那最终也必将破坏了形式。对此列·托尔斯泰有一个十分形象的说法:"在真正的艺术作品里,在诗、戏剧、图画、歌曲、交响乐里,不能把一句诗、一场戏、一个图形、一小节音乐从原来地方抽出来放到别的地方去,而不破坏整个作品的意义,正像不能把有机生物的一个器官从一个地方取出移至另一个地方,而不破坏它的生命一样。"②这就是说,在文学作品中,内容与形式构成了一个有机的生命体,牵一发而动全身,对于其中任何一个方面、任何一种因素的更动或增删都不能不影响全体。因此像前苏联的"无产阶级文化派"只要内容不要形式的主张,像某些西方现代派只要形式不要内容的做法,都只能将文学艺术推向歧路甚至绝路。

第二,尽管在文学作品中,内容与形式存在着如此密切的关系,但是二

---

① [德]黑格尔:《小逻辑》,贺麟译,商务印书馆,1980年版,第278页。
② [俄]列·托尔斯泰:《艺术论》,张昕畅等译,人民文学出版社,1958年版,第128页。

者也并非平起平坐、不分主从的。内容是主要矛盾方面,而形式则是次要矛盾方面,其中内容具有主导的、决定的作用,是内容主导着形式而不是相反,有什么样的内容就要求有什么样的形式与之相符。正如黑格尔所说:"在艺术里像在一切人类工作里一样,起决定作用的总是内容意义。按照它的概念(本质),艺术没有别的使命,它的使命只在于把内容充实的东西恰如其分地表现为如在目前的感性形象。"①关于这个问题,可以从文学的创作过程和历史发展两个方面来看。

  从文学的创作过程看,作家总是从社会生活中提炼出一定的内容以后,再去选择和寻找适合于表现这种内容的恰当形式的。当代作家王蒙认为,文学创作有两步。第一步是选择题材,就是从浩如烟海的生活事件里,选定确实打动了你的心灵的那一点,它可能是一个精彩的故事,可能是一个留下深刻印象的人物,可能是一个美好的画面,也可能是深埋在心底的一点回忆,一点情绪,一点印象。有了这第一步以后,紧接着的第二步便是如何最大限度地挖掘这一点,使之成为一个有意义、有价值的故事,成为一个有趣的、吸引人的故事,这就需要做到"善编",即从丰富的生活基础和思维的灵活性出发,善于熔铸,善于重新排列组合,善于装配,善于加工生活。② 如果说这第一步是确定作品的内容的话,那么这第二步便是根据这一内容再去确定相应的形式。就拿采用何种体裁形式来说,作家总是需要根据所要表现的内容而有所选择,这犹如量体裁衣。同为诗歌,适合叙述一定故事情节的是叙事诗,适合抒发内心情感的是抒情诗;同是小说,适合通过凡人小事反映生活,以收到以小见大之效的是短篇小说,适合表现众多人物、阔大场景和复杂情节,而呈现出波澜壮阔之致的是长篇小说。

  从文学的历史发展看,总是由于内容的变化,形式才随后发生相应的变化的。在一般情况下,形式的变化发展总是滞后于内容的变化发展,但是也不能据此就说文学作品形式的变化发展是与内容毫不相干的,文学作品形式的变化发展说到底还是内容的变化发展所致。唐宋之际由诗而词的变化就是如此。词的形式比起诗来要自由、灵活得多,这就适应了唐宋以来文学作品的内容变化。宋代社会生活安定和都市生活繁荣使士大夫有了消遣、享乐的余暇和兴致,而唐五代以来"花间词"浓艳香软的词风正适合他们这

---

① [德]黑格尔:《美学》第 2 卷,朱光潜译,商务印书馆 1979 年版,第 385 页。
② 王蒙:《谈短篇小说的创作技巧》,《新时期作家创作艺术新探》,人民文学出版社,1991 年版,第 204—206 页。

种奢靡腐化、寄情声色的需要。另外,宋代理学兴起,被视为正统文学的诗文往往"言理而不言情"①,而当时人们也习惯给不同的文学种类划分等级,词被认为是"诗余"、"小道",上不了台面的东西,于是描绘爱情乃至色情之事成了词的专职,从而在宋代文人的诗文创作与词创作中往往表现出双重人格,哪怕一些大家也不能超乎其外,如苏轼的《东坡乐府》中就充斥着剪红刻翠的轻薄无聊之作。这就造成了以文体为界限的题材分工,即以诗言志,以词言情、言性、言欲。一代文人对于词的私心所淑导致了词的形式有可能在探索、积累、改造和锤炼之中取得长足的发展。像柳永和苏轼在这方面就作出了重要的贡献。由此可见,由诗而词在形式上的变化仍然是与内容的变化紧密关联着的。

第三,正因为在文学作品中是内容主导着形式,有什么样的内容就要求什么样的形式与之相应,所以形式的缺陷归根到底总是来自内容的缺陷,而好的形式总是与充实的内容相一致的。例如19世纪的消极浪漫主义,在其作品中总是弥漫着一种神秘阴暗的气氛,歌颂夜和死的美,缅怀古代的奇迹,热衷于异国情调,向往虚无缥缈的幻境,推崇基督教的虔诚和狂热情绪,鼓吹梦、醉、爱和情欲的神奇力量,从而在艺术形式上有其特殊的嗜好,大量运用神秘的暗示,谜样的象征,玄妙的比喻,不着边际的夸张和离奇古怪的幻想,同时在艺术手法和技巧上唯求标新立异而不及其余。例如德国浪漫派诗人诺瓦利斯主张让诗重新回到音乐和歌曲,他说:"可以没有故事没有任何连贯,但却像梦一样具有联想;诗歌可以和谐悦耳,充满美丽的词句,但没有任何意义和关联,充其量是一些个别可解的诗节,有如五花八门的碎片。这种真正的诗只能大体上有一种寓意和间接效果,像音乐那样。"②推究消极浪漫主义在艺术手法和艺术技巧上存在的种种毛病,其源仍然通向其思想观念和政治立场。消极浪漫主义深受德国古典哲学唯心主义的熏陶,对于急风暴雨式的资产阶级革命深怀恐惧,对于近代工业文明倍感厌恶,因此无论在思想观念还是在美学趣味上,都带有强烈的脱离现实的倾向,而且表现出倒退的态势,凡是非现实、超现实的东西,都能激起他们不可遏制的神往和难以掩饰的兴味,而要表现这一切,则势必在艺术形式上形成特有的嗜好,表现出特有的征候。相反的例子是,文艺复兴时期涌现的大

---

① [清]沈雄:《古今词话》,《词品》卷上,引陈子龙语,上海古籍出版社,2009年版。
② [丹麦]勃兰兑斯:《十九世纪文学主流》(第二分册),徐式谷、江枫、张自谋译,人民文学出版社,1981年版,第111页。

批优秀文学作品如拉伯雷的《巨人传》、塞万提斯的《堂吉诃德》和莎士比亚的戏剧等在形式上所取得的成就,例如莎剧对于那种平民化、生活化但不失传统底蕴和当代活力的语言的创造,与剧中所张扬的人文主义倾向是分不开的。

第四,既然文学作品中的内容与形式之间存在着这种对立统一的辩证关系,那么完全脱离内容的形式其意义便不能不是非常有限的,这种形式不可能具有很高的审美价值和长久的艺术魅力。康德是形式主义的美学始祖,他称美是一种"无目的的合目的性",他说:"美,它的判定只以一单纯形式的合目的性,即一无目的的合目的性为根据的。"① 他所说的"无目的",就是指既无利害的目的,又无道德的目的,也无概念的目的,也就是将利害的、道德的、概念的内容统统排除在外了;他所说的"合目的性",就是指形式的合目的性,也就是符合形式的目的。据此他把美分成两种,即自由美和附庸美。所谓"附庸美",也叫"依存美",它必须依附于内容而美,如人的美、马的美、建筑物的美,必须符合其完满的概念,才谈得上美;所谓"自由美",也叫"纯粹美",它不依附于任何内容,只是因自身的形式而美。那么,这种高度自由、高度纯粹的美,是指哪些现象呢? 康德所能列举的只是小鸟、贝壳、希腊风格的图案画、门框或壁纸上的簇叶饰、无标题的幻想曲、无歌词的音乐等,此外就举不出更多的东西来了。试想如果整个艺术世界只剩下这些东西,那将多么的狭窄空洞和单调乏味。有意思的是,康德在作了这样的划分以后,又提出"美的理想"的概念,认为"美,若果要给它找得一个理想,就必须不是空洞的,而是被一个具有客观合目的性的概念固定下来的美"。② 他说,以上所提到的美的花朵、美的家具、美的风景都没有什么理想可言,只有人才符合理想,而理想的美男子,则是在一千个男子之中提取出来的形体的平均数,是符合作为男子的规范概念,同时也要体现出内在的道德,也就是说,"美的理想"仍然与内容有关。这样一来,康德就在对于"美的理想"的界定中推翻了他原先给美的本质所下的定义。由此可见,形式主义美学在力图将形式从内容中截然分离开来时,是何等的自相矛盾和难以自圆其说。

第五,指出在文学作品中形式不能脱离内容而孤立地存在,并不是说形式就没有自身的相对独立性。形式的相对独立性的表现之一在于,它的发

---

① [德]康德:《判断力批判》上卷,宗白华等译,商务印书馆,1964年版,第64页。
② [德]康德:《判断力批判》上卷,宗白华等译,商务印书馆,1964年版,第71页。

展演变与内容之间往往会出现时间差,二者并不同步进行。文学作品的内容是直接从现实生活中提取出来的,与现实生活的联系相对密切,往往随着现实生活的变化而变化,因此它的变化比较快;而文学作品的形式虽说归根到底也是从现实生活中来,但是它更主要表现为一种历史的积淀,是许多代人的审美经验和艺术规范的结晶,具有一定的稳定性和普遍性,它的形成需要许多条件,有一个逐步成熟和完善的过程,因此往往并不是有了新的内容,就马上会有新的形式出现,新形式的形成往往是许多人、甚至是许多代人努力的结果,总是需要充分的准备和酝酿的时间,有时这个时间还是相当漫长的。就以我国戏剧的发展过程来说,被王国维称为"后世戏剧之源"[①]的北齐歌舞小戏《踏摇娘》、《兰陵王》在体制结构上十分粗糙稚嫩,只是一种雏型,其发展状况可从唐人崔令钦《教坊记》对《踏摇娘》的一段记载见出一斑。(见专栏 7.1)

专栏 7.1

北齐歌舞小戏《踏摇娘》

北齐有人,姓苏,䶌鼻,实不仕,而自号为"郎中"。嗜饮,酗酒;每醉,辄殴其妻。妻衔怨,诉于邻里。时人弄之:丈夫著妇人衣,徐步入场,行歌。每一叠,旁人齐声和之云:"踏摇,和来!踏摇娘苦,和来!"以其且步且歌,故谓之"踏摇";以其称冤,故言"苦"。及其夫至,则作殴斗之状,以为笑乐。[②]

王国维在《宋元戏曲考》中曾对真正意义上的"戏剧"下了如下定义:"必合言语、动作、歌唱,以演一故事,而后戏剧之意义始全。"以此为标准,可见《踏摇娘》一剧中的故事、言语、动作、歌唱等戏剧要素都不够成熟、不够完善,与日后元杂剧、元明南戏、明清传奇的规模之宏大、结构之精巧、角色之众多、音韵之繁复相去实在不可以道里计。而从这一戏剧始源到真正成熟完备的戏剧形成竟经过了数百年乃至上千年!但其间戏剧所表现的内容却因时而异、因事而异、因人而异,发生了多少变化!正因为文学形式往往需要长期的积淀和结晶,具有相对的稳定性和普遍性,所以它一旦形成,便不会轻易随着内容的改变而改变,在较长的一段时间内仍会起作用,甚至以旧形式来表现新内容,出现"旧瓶装新酒"的情况。例如西方的新古典主义所

---

① 王国维:《宋元戏曲考》,北京朝华出版社,2018年版,第12页。
② 王国维:《宋元戏曲考》,北京朝华出版社,2018年版,第6页。

崇尚的"三一律"在舞台上持续了很长时间,并未随着路易十四时代的过去而过去,在其后的启蒙主义运动中,在思想领域内高歌猛进的一代斗士如伏尔泰等人在戏剧创作中却是陈规陋习的因袭者,甚至在通过戏剧揭橥其启蒙思想时仍然沿用了"三一律",只是到后来浪漫主义运动兴起,在歌德、雨果等人的猛烈攻击下,"三一律"才被彻底打破,为浪漫主义的戏剧形式所取代。

第六,在文学作品中形式不仅具有相对独立性,而且它也能对内容产生反作用。这种反作用首先表现在只是形式才给了内容以现实性,给了内容以一定的存在方式,一个显而易见的事实是,一旦离开了形式,内容也就不能成为实有的存在,不能成为看得见、摸得着的对象,而只是成了抽象、虚无、没有特点和缺乏魅力的东西。马尔库塞指出:"借助形式而且只有借助形式,内容才获得其独一无二性,使自己成为一件特定的艺术作品的内容,而不是其他艺术作品的内容。"[①]对此黑格尔也有一段很好的论述。(见专栏 7.2)

专栏 7.2

黑格尔论形式对内容的反作用

一件艺术品,如果缺乏正当的形式,正因为这样,它就不能算是正当的或真正的艺术品。对于一个艺术家,如果说,他的作品的内容是如何的好(甚至很优秀),但只是缺乏正当的形式,那么这句话就是一个很坏的辩解。只有内容与形式都表明为彻底统一的,才是真正的艺术品。我们可以说荷马史诗《伊利亚特》的内容就是特洛伊战争,或确切点说,就是阿基里斯的忿怒,我们或许以为这就很足够了,但其实却很空疏,因为《伊利亚特》之所以成为有名的史诗,是由于它的诗的形式,而它的内容是遵照这形式塑造或陶铸出来的。同样,又如莎士比亚《罗密欧与朱丽叶》悲剧的内容,是由于两个家族的仇恨而导致一对爱人的毁灭,但单是这个故事的内容,还不足以造成莎士比亚不朽的悲剧。[②]

还值得注意的是,形式作为内容的载体和表现方式,它往往要求内容适应其自身的特征和规律,甚至要求内容为此而作出一定的更改,否则可能导

---

① [美]马尔库塞:《审美之维》,三联书店,1989年版,第193页。
② [德]黑格尔:《小逻辑》,商务印书馆,1980年版,第279—280页。

致艺术上的失败。例如《菊豆》、《炮打双灯》、《黑骏马》等根据小说改编的电影,都根据电影这一体裁形式的特点和规律对原小说的内容作了重大修改,从而取得了良好的效果。在电影《菊豆》中,将故事的场景从赶脚店改为染坊,以便借大红大紫的色彩渲染作品所要表达的强烈的生命冲动;在电影《炮打双灯》中,将作品的整个背景从津冀平原搬到了西北地区黄河之滨,将男女主人公对爱情的献祭与黄土高原的苍茫浑厚、原始蛮野的风土人情糅为一体;电影《黑骏马》则将男主人公白音宝力格从兽医改成民间歌手,借此为原先的故事情节和形象画面更增添了一种音响效果,为此对小说的情节也作了不小的更动。此外,文学作品的形式对于内容的反作用还表现在,如果是完美的、上乘的、适合于内容的形式,将大大有利于内容的表现,增强作品的感染力,例如老舍的《茶馆》,采用了三幕剧的结构和大跨度的笔法,将几十年北京城的沧桑之变表现得淋漓尽致,成为现代话剧的经典之作。反之,如果是粗糙的、低劣的、不适合于内容的形式,必然会妨碍作品内容的表达,削弱作品的感染力,例如现在一些趋时、媚俗的搞笑片、肥皂剧,用一些粗俗、拙劣的形式来吊观众的胃口,不仅在艺术上是失败的,而且也破坏了它们所采用的传统题材原有的深厚内涵。

第七,在文学作品中,形式不仅要适应内容的需要,而且也要符合形式美规律的需要,做到结构精巧,体裁得当,各种手法、技巧的高妙,以及语言表达的准确、精练、鲜明、生动。在文学作品中,形式往往处于这两种张力的对峙、抗衡、抵消和归并之中,如果处理得不好,则有顾此失彼之弊,或者以意害辞,忽视艺术形式的千锤百炼,使之流于粗放、芜杂、暧昧和平庸;或者以辞害意,将形式的追求视为最高的和唯一的目标,导致烦琐堆砌、华丽空泛的形式主义文风。在内容的需要与形式美规律这两种张力所构成的"场"之中,形式必须找到一个恰到好处的支点,这常常是作家所面临的一大难题,然而一旦找到这样一个支点,就能够取得巨大的成功。

第八,对于文学作品来说,最高境界就是达到深厚的内容与完美的形式的和谐统一。一方面,它的形式必须是灌注着深厚内容之精气神的形式,"真正的艺术作品……它的表现形式应完全符合内容";[1]另一方面,它的内容也必须是通过优美的形式表现出来的内容,"艺术作品的表现愈优美,它的内容和思想也就具有愈深刻的内在真实"。[2] 一旦在内容与形式之间存在

---

[1] [德]黑格尔:《美学》第2卷,商务印书馆,1979年版,第367页。
[2] [德]黑格尔:《美学》第1卷,商务印书馆,1979年版,第93页。

着某种游离、裂隙或悖谬,都不可能成为上乘之作。马克思、恩格斯在给拉萨尔关于《济金根》的信中,曾不约而同地指出作家应该以内容与形式的完美统一为最高目标,"在更高得多的程度上用最朴素的形式把最现代的思想表现出来",[①]"较大的思想深度和意识到的历史内容,同莎士比亚剧作的情节的生动性和丰富性的完美的融合"。[②] 他们还指出,这是根据"美学的观点与历史的观点"这一最高标准提出的要求,这种内容与形式的完美融合正代表着戏剧的未来。

二、文学作品的内容

文学作品的内容通常可分为生活内容和思想内容两个部分,前者是指作品具体描绘的对象,后者则是指作者对于作品描写的对象所持的态度、倾向和评价。文学作品就是这二者的辩证统一。

题材就是文学作品的生活内容。题材不同于素材,题材是经过作家的选择、提炼、概括、集中而进入文学作品的生活内容,它是构成作品的质料因,包括人物、情节、环境和情景。而素材则是在作家的生活经验中逐步积累起来的、有待于作家加工、提炼的自然形态的生活现象。这就是说,先有素材,后有题材,素材是题材的来源,题材是从素材当中提炼出来的。

题材在不同类型的文学作品中有不同的表现。在叙事性作品的题材中,人物形象是整个形象体系的核心,对于一部作品的评价往往以人物形象塑造的成功与否作为重要尺度,而人物形象的成功塑造莫过于达到典型的高度,亦即达到个性与共性相统一,鲜明生动、呼之欲出的程度。成功地塑造典型人物的一大要义就是必须展示他所处的环境,在这一环境中揭示他成长和行动的必然性。同时,人物形象成长和行动的历史,也就构成了作品的情节。这样,叙事性作品的题材便包括人物、情节、环境。这三者结合在一块,便构成了完整的生活画面。在抒情性作品中,以抒发作家的主观情感为主要内容,从而这类作品的题材一方面在于抒发作家的主观情感,另一方面在于描绘作家的主观情感寄寓其内和投射其上的客观景象,也就是说,写景往往是为所抒之情提供一种载体,也不免带有所抒之情的色彩。这样,情与景构成了抒情性作品的题材。而情与景又有主从之分,即以情为主,以景

---

① [德]马克思:《致斐迪南·拉萨尔》,《马克思恩格斯全集》第10卷,人民出版社,2009年版,第574页。
② [德]恩格斯:《致斐迪南·拉萨尔》,《马克思恩格斯全集》第10卷,人民出版社,2009年版,第583页。

为辅,即刘勰所说,"情以物兴"、"物以情观"(《文心雕龙·诠赋》),王国维所说,"一切景语皆情语也"(《人间词话》)。

　　文学作品题材的形成与主客观两方面有关。这首先取决于作家的生活经验,在文学创作中,作家总是从他的生活实践出发,选择他最熟悉并认为最有意义的材料作为创作的题材。例如擅长写知青题材的作家梁晓声、叶辛等能够写出《今夜有暴风雪》、《孽债》等产生重大影响的作品,离开了他们本人的知青生涯是不可想象的。文学作品的题材的形成,也与作家的思想倾向和情感态度有关。作家在他的生活实践中所获得的素材是大量的,也是纷繁芜杂的,如何在这众多杂乱的素材中挑选出适当的题材,作家的思想倾向和情感态度就是一把尺子,决定着他的选择取舍,所谓去伪存真、去芜存菁,就是靠的这把尺子。叶辛之所以在极其庞杂的知青生活中选取其婚姻问题作为小说《孽债》的题材,是由于他对当时许多知青畸型的婚姻状况以及给其本人、给其后代造成的不幸深为同情,以期通过这一特殊的社会现象引起人们对于那段特殊历史的反思和鉴戒。

　　在文学作品的题材问题上,要防止两种偏差。一是"题材无差别论";二是"题材决定论"。"题材无差别论"认为既然作家必须写他所熟悉的东西,那么只要是熟悉的题材,便事无巨细,物无差等,都具有同等的意义。这种观点抹煞了不同题材在艺术容量和艺术表现力上的区别,犯有相对主义的毛病。只要不抱偏见,谁也应当承认,描写轰轰烈烈的战争场面和叱咤风云的英雄人物的长篇小说与抒发个人生活中的一段小插曲、一点小风波、一丝小感触的抒情短诗并不具有同样份量,一出悲壮凝重的大型悲剧与一段轻松活泼的小品并不具有同样内涵。"题材无差别论"的消极后果在于,它可能成为妨碍作家投身于广阔的现实生活天地、拓宽取材范围、发展自己的创作风格的理论根据。

　　如果说"题材无差别论"抹煞了不同题材之间的区别的话,那么"题材决定论"则是把不同题材截然对立起来,二者都犯有绝对化、形而上学的毛病。"题材决定论"将文学作品的题材分等分类,分出高低上下,认为只有那种与政治相关的重大题材才能反映社会生活的本质、规律,而那些描写凡人小事、日常生活、传统故事、反面人物的题材则有害无益,进而为文学创作制订种种清规戒律,限制作家只能写什么,而不能写什么,甚至对触犯戒律者进行政治批判和组织处理。这一论调的危害在于,它违反了文学创作的审美规律,限制了作家的个人特点和个人爱好,阻碍作家去写他所熟悉的、有意义有价值的生活,严重地束缚了作家的手脚,妨碍了文学创作的多样化发展。这两种偏差在以往曾经给文学创作造成极大的危害,在今天也还有种种表现,必须坚决予以摒弃。

主题就是文学作品的思想内容,但它不是一种抽象的观念,而是与题材相互融合在一起的。文学作品的题材是丰富多样的,因此文学作品的主题也不是单调划一的,有的作品的主题鲜明突出,有的作品的主题则曲折隐晦,有的作品的主题简单明了,有的作品的主题则复杂纷繁。然而不管是何种主题,它都表明了作家对于社会人生的看法、态度和倾向。

文学作品主题的形成也与主客观两方面有关。作家在他所广泛接触的现实生活中,观察到各种各样的人与事,其中有些东西使他特别有感触、有启发,也特别能够引起他的兴味和激情,他在不断的思想反刍中对这些材料反复地加以推敲、琢磨、梳理,理清其中的各种关系和线索,使那一种使他深有感触、深感启发的意味逐步浮现出来、清晰起来、成熟起来,终于变成一种明确的思想意蕴,他用生动可感的形象画面将这种思想意蕴表现出来,这就形成了主题。这里既有作家的生活经验作为深厚的根基,又有作家的思想观念和情感方式在起作用,这两个方面缺一不可。果戈理说他的喜剧作品《钦差大臣》的主题就是"笑",这一主题的形成,就既与他对于沙皇专制制度下的俄国社会生活长期深入的观察、体验有关,又是他对黑暗现实的强烈批判态度和大胆嘲笑的情感方式的产物。

主题常常又被称为主题思想或中心思想,这是有部分道理的,文学作品的主题确实与作家的指导思想有关,如果作家没有正确的思想指导,就不可能从纷繁复杂的生活现象中发掘和清理出带有本质性、规律性的矛盾来,获得有意义的主题。但是文学作品的主题与作家的指导思想还是有着重要的区别,指导思想是指作家的立场和观点,而主题则是融化在形象之中的情感意蕴,它不是以抽象干燥的概念表现出来,而是有血有肉、鲜活生动,从场面和情节之中自然而然地流露出来的。主题是无法一言道破的,却是可以一目了然的,它是需要人们用全身心去感受的。

正如前面所指出的,在文学作品中还会出现所谓"形象大于思想"的现象,即作品中的形象所显示出来的意义,往往比作家所明确意识到并赋予形象的主题要丰富得多。出现这种现象的原因在于形象联系着广阔的生活画面,而作家从中所提取出来的主题却只是一种观念性的东西,比起观念性的东西来,生活总是要来得更加复杂、更加丰富、更加饱满,因而形象也更具包容性,它可以供人阐释的地方更多,常常超出了作家自觉把握到的主题,这就给读者和批评者的进一步阐释提供了一定的余地,即所谓"作者之用心未必然,而读者之用心何必不然"。(谭献:《复堂词录序》)但是另一方面,作品中的形象毕竟是在作家的思想指导下创作的,它基本上是按照作家赋予作品的主题而成长起来的,也不同程度地渗透着作家的思想倾向,因此在总体上也不会过于离谱,这又决定了读者和批评者从形象所把握到的意义在总体上仍然受到作者思想的引导。

三、文学作品的形式

文学作品的形式是文学作品的内容的载体,文学作品的内容需要靠文学作品的形式来加以组织,加以表现,加以物化。总的说来,文学作品的形式要素包括结构、体裁和语言。关于体裁和语言,我们另作专节、专章讨论,这里先讨论结构。

文学作品的结构即作品内容的组织构造。无论是叙事性作品中的人物、情节、场面,还是抒情性作品中的情与景,只有经过精心安排和组织,获得一种优化的结构,才能成为一个有机的整体,呈现为一幅完美的画面。然而结构的安排和组织却是一件十分艰苦的工作,需要考虑埋伏照应、穿插连络、删繁就简、虚实相间等众多因素,需要确定在所有材料中,哪些当取,哪些当舍,哪些当添,哪些当减,哪些详写,哪些略写,哪些明写,哪些暗写,哪些为主,哪些为辅,哪些在先,哪些在后,如此等等。我国古代戏剧理论在这方面有许多精彩的论述,明人王骥德将安排戏曲的结构比作"工师之作室",清人李渔更进了一步,不仅将戏曲结构的安排组织比作"工师之建宅",而且比作"造物之赋形",更强调它的有机性和生命力。(见专栏 7.3)

专栏 7.3

王骥德论戏剧结构

作曲,犹造宫室者然。工师之作室也,必先定规式,自前门而厅、而堂、而楼,或三进、或五进、或七进,又自两厢而及轩寮,以至廪、庾、庖、湢、垣、苑、榭之类,前后、左右、高低、远近,尺寸无不了然胸中,而后可施斤斫。作曲者,亦必先分数段,以何意起、何意接、何意作中段敷衍、何意作后段收煞,整整在目,而后可施结撰。[①]

有起有止,有开有阖。须先定下间架,立下主意,排下曲调,然后遣句,

---

① [清]王骥德:《曲律·论章法》,见《曲律注释》,陈多、叶长海注释,上海古籍出版社,2012年版,第159页。

然后成章;切忌凑插,切忌将就。务如常山之蛇,首尾相应;又如鲛人之锦,不着一丝纰。①

李渔论戏剧结构

至于"结构"二字,则在引商刻羽之先,拈韵抽毫之始。如造物之赋形:当其精血初凝,胞胎未就,先为制定全形,使点血而具五官百骸之势。倘无成局而由顶及踵,逐段滋生,则人之一身,当有无数断续之痕,而血气为之中阻矣!②

文学作品的结构如此复杂、如此精微,那么,其安排组织的依据是什么呢?总的说来,有这样几个方面:

首先,文学作品的结构必须适应主题的需要。这是与形式适应内容需要的原则一致的,而主题是文学作品的内容中最重要的方面,犹如灵魂,文学作品的结构必须以它为核心而得到凝聚。如果没有这样一个核心或灵魂,整个结构势必会分崩离析、不堪收拾。因此历来优秀的文学作品总是根据主题的需要而结构自身的。例如果戈理的小说《死魂灵》,就是根据作品的主题而提炼出乞乞科夫造访五地主的"旋转舞台"式的结构,让玛尼罗夫、科罗潘契卡、罗士特莱夫、梭巴凯维支、泼留希金等五个地主像走马灯一样在读者面前陆续出丑露乖,揭示了俄罗斯旧式地主的鄙俗腐朽和农奴制度面临瓦解这一无可挽回的历史趋势。

其次,文学作品的结构必须适应题材的需要。文学作品的主题是通过题材显示出来的,如何安排题材,直接关系到主题的显示,安排得恰到好处,能够更好地突出主题;反之,则可能削弱主题,因此作品的结构也要视题材而定。在抒情性的作品中,结构必须有利于表现那种最能传达作者激情的、最具特征的生活场景。例如李商隐的《夜雨寄北》:"君问归期未有期,巴山夜雨涨秋池。何当共剪西窗烛,却话巴山夜雨时。"通过回环式的结构在时间与空间、虚境与实境、现在与将来、苦趣与乐趣等多角度的对照之中表达了作者对于妻子的思念之情。在叙事性作品中,结构则主要是围绕着人物形象的塑造而展开的,作家必须根据人物性格发展的逻辑,根据人物之间的

---

① [清]王骥德:《曲律·论套数》,见《曲律注释》,陈多、叶长海注释,上海古籍出版社,2012年版,第183页。
② [清]李渔:《闲情偶寄·词曲部》,见《闲情偶寄》,中华书局,2011年版,第7页。

矛盾冲突,来构思情节、组织环境。例如欧·亨利的小说《麦琪的礼物》就是通过双线结构来组织情节,表现了男女主人公在相濡以沫的贫寒境况中,那种既体贴入微又万般无奈的情感,那种虽十分尴尬但极其动人的爱情。

再次,文学作品的结构也必须适应文学体裁的特点。文学体裁虽然也属于文学形式的范畴,但它具有相对的稳定性和独立性,不同的体裁对于作品的结构有不同的要求。在创作过程中,作者需要考虑的第一件事往往就是如何根据自己使用的体裁来进行适当的结构安排。例如戏剧,存在着演出时间(一般不超过三个小时)、舞台设置("三面墙"的舞台形式)和直接面对观众、供观众直接欣赏等特点的限制,正如狄德罗所说:"小说家有的是时间和空间,而戏剧诗人却缺乏这两样东西。"①因此戏剧在角色的配备、事件的构成、情节线索的铺设、场面的安排等方面要求高度的精练和集中,它主要是根据戏剧动作和戏剧冲突,采用幕与场的形式来安排全剧的结构。英国戏剧理论家威廉·阿契尔指出:"说戏剧的实质是'激变'(crisis),也许是我们所能得到的一个最有用处的定义。一个剧本,在或多或少的程度上总是命运或环境的一次急遽发展的激变,而一个戏剧场面,又是明显地推进着整个根本事件向前发展的那个总的激变内部的一次激变。"②这样,戏剧的结构就与内容比较单纯、主要抒发作者情感的抒情诗,以及内容比较复杂、有较大容量、以塑造人物性格为主的小说等大相径庭了。

在了解了文学作品中结构的一般情况和它形成的依据以后,还有必要对其内在构成作一解剖麻雀式的具体分析,在这方面叙事性作品的结构比较典型,姑且以它为例来作一说明。

叙事性作品的结构一般包括以下一些部分:序幕、开端、发展、高潮、结局、尾声。有些作品不一定有序幕和尾声。这里以歌德的诗剧《浮士德》③为例加以说明。

序幕,也称为"引子"、"楔子",原来是戏剧术语,是指多幕剧在第一幕以前的一场短戏,它的作用是介绍剧情的缘起、剧中主要人物的由来、预示全剧的主题等,后来泛指叙事性作品的情节正式展开以前的交代和提示。如在《浮士德》中,"序幕"部分由《献诗》、《舞台上的序剧》、《天上序幕》组成。

开端,这是作品的开始,是全部故事情节的起点。在《浮士德》中,年过

---

① [法]狄德罗:《论戏剧诗》,《狄德罗美学论文选》,张冠尧等译,人民文学出版社,1984年版,第159页。
② [英]威廉·阿契尔:《剧作法》,吴钧燮等译,中国戏剧出版社,1964年版,第32—33页。
③ [德]约·沃·冯·歌德:《浮士德》,郭沫若译,人民文学出版社,1959年版。

半百的浮士德处于苦闷和厌倦之中,魔鬼梅非斯特非勒斯乘隙而入,诱惑浮士德与之打赌。

发展,这是指情节在第一个冲突发生以后所展开的走向高潮的运动过程。在《浮士德》中浮士德喝了魔汤以后恢复了青春,随后经历了爱情的悲剧、政治的悲剧、美的悲剧和事业的悲剧,包括与甘泪卿的爱情,在皇宫里从政的经历,与古希腊美女海伦的婚姻,以及围海造田的创造活动等情节。

高潮,这是作品中所有的矛盾冲突发展到最紧张、最激烈的阶段,也是所有矛盾、冲突的最后解决。浮士德经历了所有的悲剧以后,在人们的创造性活动中获得了最大的满足,认识到"是的!我完全献身于这种意趣,这无疑是智慧的最后断案:要每天每日去开拓生活和自由,然后才能作自由与生活的享受"。

结局,紧接着高潮,是所有矛盾冲突解决以后所达到的最后结果。浮士德在认识到创造性活动的美以后,呼唤了一声:"你真美呀,请停留一下!"便倒地而亡。

尾声,是作品基本情节的补充,是在基本情节结束以后,对于人物命运和作者的未尽之言的补充性交代,它常常与序幕的预示相呼应。在《浮士德》中尾声就是第二部第五幕的最后一场《山谷,森林,岩石,邃境》,天使在天上翱翔合唱,"一切无常者,只是一虚影;……永恒之女性,领导我们走"。一切又复归于永恒。

需要说明的是,以上示例只是在一般情况下叙事性作品的构成状况,并不是所有的叙事性作品的结构都是按照这样的顺序来安排的,而是往往根据不同的主题、题材和体裁的要求有所变通。拿几篇比较有影响的当代小说为例。有的作品采用倒叙的手法,如莫言的《红高粱》,将"我爷爷"、"我奶奶"打日本鬼子的结局放在他们传奇式的婚姻这一开端之前;有的作品采用插叙的方法,类似于电影中的"闪回",如陆文夫的《井》,将徐丽莎的身世插入她与朱世一的恋爱过程之中加以叙述。至于情节线索也不都是采用同一模式,有的作品是一线到底,如池莉的《烦恼人生》,以写实的手法平铺直叙地叙述了普通工人印家厚平平常常的一天;有的作品是时分时合的双线结构,如黄蓓佳的《玫瑰房间》,以魏大利与新月、李晓明与叶薇两对夫妻的生活作为两条平行而偶有交叉的线索;也有的作品是多线结构,如方方的《风景》,以"我"的一家七个兄弟姐妹的不同命运作为多条线索结撰全篇小说。

第二节　文学体裁

体裁也是文学作品的形式因素之一，它是指文学作品的具体样式。像神话、史诗、寓言、抒情诗、叙事诗、长篇小说、中篇小说、短篇小说、悲剧、喜剧、正剧、抒情散文、杂文、报告文学等，都是不同的文学体裁。由于体裁问题内容较多，所以立专节加以讨论。

一、文学体裁的分类

人们对于文学体裁的分类有着悠久的历史，然而中西方美学和文学理论在这个问题上有着不同的传统。一般地说，我国古人侧重于从文学作品的结构体制、语言特点、表现样式等方面来进行分类。最早分为韵文和散文两大类，将诗、词、歌、赋等讲究节奏韵律的作品归入韵文，而将神话、传说、寓言、论说、游记、书信、小说等归入散文。到魏晋南北朝时期，文体分类的意识趋于自觉，曹丕《典论论文》将广义的"文学"分为四类八种，即奏议、书论、铭诔、诗赋；陆机《文赋》进一步分为十体，即诗、赋、碑、诔、铭、箴、颂、论、奏、说；而刘勰《文心雕龙》则更分出30多种！可见在我国的文体分类的发展史中，有着越来越精细、越来越具体的趋势，这反映了文体的分化和确立变得越来越丰富多样的事实。西方人侧重于从文学作品的表现手段和功能取向等方面来进行分类，而且从古到今变化不大。这种分类方法最早是亚里斯多德采用的，他指出，文学作为摹仿可以采用不同的方式："既可以像荷马那样，时而用叙述方法，时而叫人物出场，（或化身为人物），也可以始终不变，用自己的口吻来叙述，还可以使摹仿者用动作来摹仿。"[①]这就分出了西方文论习用的三种体裁：所谓"像荷马那样，时而用叙述方法，时而叫人物出场，（或化身为人物）"，是指叙事类作品，如叙事诗、叙事散文、小说、寓言等；所谓"始终不变，用自己的口吻来叙述"，是指抒情类作品，如抒情诗、抒情散文等；所谓"使摹仿者用动作来摹仿"，则是指戏剧类作品，指悲剧、喜剧、正剧等。后来贺拉斯、布瓦洛等人沿用了这种"三分法"，一直到别林斯基仍然如此，不但重申了把文学体裁分为史诗类、抒情类和戏剧类三种的主张，而

[①] ［古希腊］亚里斯多德：《诗学》，《诗学·诗艺》，罗念生等译，人民文学出版社，1962年版，第9页。

且对其中每一种体裁的特征和规律作了深入细致的分析。①

比较中西方关于文学体裁的分类方法,不难看出二者这样一些区别:首先,我国对于文学体裁的分类比较具体,以致每一种形态和样式都具有类别的意义,西方对于文学体裁的分类则比较笼统,在每一种类别中都包含多种形态和样式;其次,我国对于文学体裁的分类是纵向的,孤立的,但比较确定,西方对于文学体裁的分类则是横向的,突出了各种具体形态和样式之间的联系,但不太确定;再次,我国对于文学体裁的分类往往随着文学的发展和分化而不断变化,西方对于文学体裁的分类则从古到今基本上保持一致。

我国当代文学理论对于文学体裁普遍使用的分类法不外乎"三分法"和"四分法"两种。"三分法"分为叙事类、抒情类、戏剧类三大类;"四分法"分为诗歌、小说、散文、戏剧文学四大类。从以上比较可知,"三分法"主要吸收了西方的文体分类方法,而"四分法"则主要继承了我国文体分类的传统。

必须指出,所谓"三分法"、"四分法"的区分是相对的,它们之间多有交叉,界限并不很清晰。有些带有交叉性质或边缘性质的体裁在"三分法"中可以明确归入某一类,但在"四分法"中却难以做到这一点。如诗剧,按照它的抒情性质在"三分法"中可归入抒情类,但在"四分法"中却既可归入诗,又可归入戏剧。有时为了更好地服务于显示主题和塑造形象,某些文学体裁往往吸收其他体裁的因素,例如我国古代的章回小说,整个格式属于小说,但其中作者对于人物、事件的描述和评价却常常采用诗歌的形式。还有一些新体裁在两种分类法中都很难找到确定的归类,如报告文学、纪实文学、电影文学就遇到这样的情况,只能姑且归入其中某一类。这一切只不过说明,以上分类并不是绝对的,需要相互补充、相互辅助,才可望把问题界定得清楚一些。

我们这里采用的是"四分法"。

二、文学体裁的基本类别

诗歌

(一) 诗歌的特征

诗歌可以说是文学的第一形态,远古时代最早的语言文学可能就是诗歌,像我国古代流传下来的《弹歌》、《击壤歌》、《南风歌》等都是以诗歌的形

---

① [俄]见别林斯基:《诗歌的分类和分科》,辛未艾译,《别林斯基选集》第3卷,上海译文出版社,1980年版。

式出现的,尽管这时它们作为诗歌还很不成熟,以后经过文人整理加工的《诗经》、楚辞也透露了这方面的消息。在古希腊,盲诗人荷马歌唱的史诗《伊利亚特》和《奥德赛》,以及萨福、品达等人的诗作,为西方文学史写下了第一页。诗歌之所以早于其他文学体裁而出现,与其直抒胸臆、托物言志和琅琅上口、便于传唱的特点密切相关。

郭沫若说:"诗的本职专在抒情","情绪的律吕,情绪的色彩便是诗。诗的文字便是情绪自身的表现。"① 与其他文学体裁相比,诗歌突出地表现出它的抒情性,它的主要特点就是抒发诗人的内心情感,在其中总是回响着激情的音响,闪耀着理想的辉光。关于这一点,我国古人有大量的论述。《毛诗序》说,诗是"情动于中而形于言"。陆机《文赋》说:"诗缘情而绮靡。"白居易说:"诗者:根情、苗言、华声、实义。"(《与元九书》)汤显祖说:"世总为情,情生诗歌,而行于神。"(《耳伯麻姑游诗序》)王夫之说:"诗以道性情,道性之情也。"(《明诗评选》卷五)正因为如此,所以在诗歌中,与情感活动密切相关的想象、天才、灵感、直觉、通感等审美心理起着重要的作用,诗人常常把这些审美心理标举为自己的旗帜和徽号,这就使得诗歌往往带有鲜明的主观倾向和个性色彩。像李白的诗《梦游天姥吟留别》、《蜀道难》,苏轼的词《念奴娇·大江东去》、《水调歌头·明月几时有》等,都再好不过地体现着这一特征。

诗歌以抒情为主,它不需要像小说、戏剧那样去全面地再现人物、情节、场面,但也并不完全排除对于现实生活客观内容的展示,诗歌仍然需要描绘种种人与事、景与物。然而这种进入诗歌的客观生活内容不能不有其特殊性,它是诗人透过情感的有色眼镜所看到的世界,无一不带有诗人自身的情感色彩,而且这种人与事、景与物也往往只是生活中的一个片断、一个局部、一个环节,正如一滴水能够映照出太阳的光辉一样,通过它能够十分概括、精炼地辉映出整个大千世界,折射出诗人的深湛感受,进而创造出一种感人的艺术境界。如雪莱的《西风颂》、《致云雀》等就是如此。

正因为诗歌在把握客观生活内容时具有以小见大、以少总多的特点,所以往往需要用极少量的语言去表现相当丰富的内容,这就要做到精练,同时也要求用最恰当的语言充分表达思想感情,这就要做到准确。因此诗歌的语言往往有一个千锤百炼的提炼过程,比起小说、戏剧、散文来,它在这方面的要求更高。"新诗改罢自长吟","语不惊人死不休"(杜甫),"炼字未安姑

---

① 郭沫若:《论诗三札》,《郭沫若论创作》,上海文艺出版社,1983年版,第243页。

弃置"(陆游)、"一字千改始心安"(袁枚),都是对于这种艰苦的推敲和锤炼过程的生动描述,而那些经过千锤百炼而提炼出来的千古名句如"春风又绿江南岸"、"红杏枝头春意闹"、"云破月来花弄影"等更是为人们所熟知。

诗歌还要通过鲜明的节奏和和谐的韵律构成优美的音乐性。诗歌是抒情的,而人的情感隐含着生命的节律,这种生命的节律正是通过节奏在诗歌中得到表现。节奏即诗句在声调上的抑扬开阖、起伏顿挫所构成的节拍。诗歌常常把不同声调的字词错落有致地配置在诗句之中,造成高低、强弱、长短、缓急等变化,使得读来铿锵有力、琅琅上口,通过鲜明的节奏感增强其表现力。另外,诗人感情抑扬开阖的变化,也总是在诗歌的节奏中得到相应的表现。诗人的心情轻松愉快,往往表现为明快流畅的节奏,如杜甫《闻官军收河南河北》;诗人的心情悲伤哀怨,往往表现为低沉缓慢的节奏,如杜甫的《哀江头》。韵律就是诗通过押韵而构成动听的旋律。除了自由诗外,一般诗歌都讲究押韵,而我国诗歌的押韵往往放在诗行偶句的末尾,所以又称"韵脚"。如张继《枫桥夜泊》:"月落乌啼霜满天,江枫渔火对愁眠。姑苏城外寒山寺,夜半钟声到客船。"同时,押韵也能加强诗歌的节奏感。一般地说,韵脚越密,节奏越急;反之,韵脚越疏,节奏越缓。而这两者,也决定于作者的情感。如闻一多的诗《一句话》:

  有一句话说出就是祸,
  有一句话能点得着火。
  别看五千年没有说破,
  你猜得透火山的缄默?
  说不定是突然着了魔,
  突然青天里一个霹雳
  爆一声:
  "咱们的中国!"

  这话叫我今天怎么说?
  你不信铁树开花也可,
  那么有一句话你听着:
  等火山忍不住了缄默,
  不要发抖,伸舌头,顿脚,
  等到青天里一个霹雳

爆一声：
"咱们的中国！"

这首诗出于激切的情感而采用了密集的韵脚和快速的节奏，构成了一种急促有力的音乐美。

(二) 诗歌的分类

按照不同的原则，诗歌又可以进一步分成不同的样式。按其有无情节来分，可以分为抒情诗和叙事诗；按其有无格律来分，可以分为格律诗和自由诗；按其是否押韵来分，又可以分为有韵诗和无韵诗。这里仅对抒情诗和叙事诗稍作分析。

抒情诗。抒情诗是诗人内心情感的直接抒发，一般说来，它不去详尽地描绘客观生活内容，即使有时对客观的人物、事件和景物作一些描写，但"一切景语皆情语也"，这些事件和景物仍然只是作者思想感情的寄托而已。如何其芳的《我为少男少女们歌唱》、艾青的《黎明的通知》、光未然的《五月的鲜花》等都是现代抒情诗的名篇。根据作者抒发的情感内涵，抒情诗又可以分成颂歌、情歌、哀歌和讽刺诗等。

叙事诗。叙事诗是用诗的形式讲述一个故事或事件。它与抒情诗的不同之处在于，在它所吟唱的内容中，有人物、情节和环境，也就是包含叙事性作品所具备的基本要素，但它是满怀激情地叙述这一切，在其中灌注了深厚的情感，从而抒情的成分又占了很大比重。像《孔雀东南飞》、《木兰辞》、拜伦的《堂·璜》、普希金的《欧根·奥涅金》等，都属于叙事诗。根据不同的内容和形式，叙事诗又可以分为史诗、诗剧等。

当然抒情诗和叙事诗的分类并不是绝对的，有的诗歌并不能明确地划归其中哪一种，而是兼有二者的特点，如屈原的《离骚》、杜甫的《北征》、白居易的《琵琶行》、元稹的《连昌宫词》、艾青的《大堰河——我的保姆》、阮章竞的《漳河水》等。

散文

(一) 散文的特征

在我国古代的文学观念中，散文加韵文就是文学的全部，凡是不讲求押韵的散体文字，均归入散文，因此散文作为文体也产生得比较早，只是它开始的涵义相当宽泛而已。在现代文学观念中，散文则取狭义，即指除诗歌、小说、戏剧文学之外的小品、随笔、传记、杂文、游记、通讯报道、报告文学等。

散文比起其他文学样式来，更加轻灵、自如和宽松，散文没有那些格律、程式和规矩的讲究,没有那些情节、场面和典型人物之类的要求,什么平仄、对仗、押韵,什么"三一律"、动作线索,基本上都与散文无干,特别是散文一般不会像小说和戏剧负载那样重大的主题和巨大的容量,因此散文最少限囿和负担,最适宜于自由任意地抒写和发挥。或传人,如陶渊明的《五柳先生传》;或记事,如李白的《春夜宴桃李园序》;或说理,如韩愈的《原道》;或议论,如苏洵的《六国论》;或写景,如朱自清的《春》;或状物,如许地山的《落花生》;或抒情,如峻青的《秋色赋》;或言志,如杨朔的《荔枝蜜》。散文一般都是截取生活中的一个片断或剖面以收到以管窥豹之效。不过这样说并不意味着散文就是小摆设、小玩意,如果将大主题、大制作的小说、戏剧等比作交响乐的话,那么可以将散文比作琵琶独奏,不仅交响乐不能取代琵琶独奏,而且就是琵琶独奏,也既有"间关莺语花底滑,幽咽泉流冰下难"式的幽怨低回,又有"银瓶乍破水浆迸,铁骑突出刀枪鸣"式的激越雄壮。

一般地说,散文的体裁和题材较小,但其意味深长,我国古人早就有"文以载道"、"文以明道"之类说法,要求文章应具有充实的生活内容和深刻的思想意义。但是古人也确认散文与人的心性品格的密切联系,肯定散文表现人的内心情感的功能,如萧子显说:"文章者,盖情性之风标,神明之律吕也。"(《南齐书·文学传论》)在近现代的散文观念中,人们更多强调散文对于自我和个性的表现。冰心说:"散文最能表现作家的性格。"巴金说,他的散文作品意在"讲真话,讲心里话","把心交给读者"。早如冰心的《寄小读者》,近如巴金的《随感录》,都是向人们坦露自己真实的灵魂和个性的代表作。

散文不讲究格律声韵,不要求完整的情节场面,但它仍然富于诗情画意。散文可长可短,可简可繁,可放可收,可开可阖,做到虚实、显隐、张弛、疏密、曲直、抑扬等多种矛盾的对立统一,通过对于艺术辩证法的灵活运用,创造出一种决不亚于其他文体的美的意境。

(二)散文的分类

散文主要分叙事散文、抒情散文和论说散文三大类。叙事散文侧重于叙述事件、刻画人物,如拉马丁的《吉伦特派慷慨赴义》,记叙了法国资产阶级革命中吉伦特派被推翻后被判处死刑的一幕,拉布吕耶尔的《富人和穷人》,刻画了贫富悬殊的两类人物;抒情散文侧重于抒发作者的内心激情,如茅盾的《白杨礼赞》、魏巍的《谁是最可爱的人》;论说散文则主要抓住突出的、有代表性的人和事,来说明某一道理,表达某种思想,如贾谊的《过秦论》、韩愈的《种树郭橐驼传》。另外,报告文学、传记文学、游记等,也是散文的不同样式。这里主要介绍杂文、报告文学和传记文学。

杂文。杂文是艺术化的政论文,它一般用形象化的语言,通过比喻、夸张、归谬、反讽、双关等手法来针砭时弊、批评不良现象。杂文大都短小精悍,尖锐泼辣,诙谐幽默,富于讽刺意味,但是也需要根据不同对象而运用不同的方式。对于人民内部的缺点、错误应采用"热讽"的手法,通过善意的批评达到治病救人的目的;对于敌人则是加以"冷嘲",给予对方以无情的嘲讽和毁灭性的打击。

报告文学。报告文学是一种新型的散文体裁,它的产生与晚近以来时代生活的特点及其迫切、广泛的要求密切相关。20世纪以来瞬息万变的社会生活和天崩地坼的历史事变,世界范围内文化交流的日趋频繁,通讯手段和传播媒介的日益先进,使得人们有必要也有条件以最快的速度了解每日每时在自己周围发生的事、出现的人,报告文学也就以其报道的快速、信实和可读性而受到广泛的欢迎,以致风靡一时。从而报告文学的特点之一是速度,就是说,它能够迅速、及时地报道实际生活中那些人们热切关注的人物、事件以及从而折射出的社会问题,具有某种新闻性;其特点之二是真实,就是说,它所报道的人物、事件,应当是真有其人、实有其事,来不得一丝一毫的虚构和假想,具有较高的真实性;其特点之三是具有可读性,报告文学必须对其报道的对象进行必要的艺术加工,使之具有形象性,就是说,它对于真人真事不能照相式地有闻必录,而必须灌注强烈的情感,闪射出思想的光芒,并根据作者的思想感情进行必要的艺术加工,正确地剪裁和提炼生活素材,用鲜明的形象将对象表现得更加生动感人。约翰·里德的《震撼世界的十天》、伏契克的《绞刑架下的报告》、夏衍的《包身工》、方志敏的《可爱的中国》、穆青等的《县委书记的榜样——焦裕禄》、徐迟的《哥德巴赫猜想》、霍达的《国殇》等都是曾经引起轰动的优秀的报告文学作品。

传记文学。传记文学是以文学的笔法为人物作传。它可以写人物的一生,也可以写人物一生中的某一片断;可以为一人作传,也可以为数人合传。像《史记》的"本纪"、"世家"、"列传"中就有大量的名篇。传记文学必须以史实为根据,但也允许必要的概括和提炼。由于它是以写人为主,所以其最高境界就是通过去粗取精、去伪存真的典型化过程塑造出集共性与个性于一身的文学典型来。像司马迁笔下的项羽、刘邦、韩信等人物形象都具有一定的典型意义。近代以来著名的传记文学作家有罗曼·罗兰、欧文·斯通、井上靖等,他们的作品如《贝多芬传》、《渴望生活》、《天平之甍》都是蜚声遐迩的名著。

小说

（一）小说的特征

小说是所有文学体裁中非常重要的一种，在它成熟以后，在每一个时代都拥有大量的读者。小说也产生得较早，远古时代的神话、传说是其源头。以后在我国经历了六朝的志怪志人、唐代传奇、宋元话本和明清的章回小说，到"五四"以后才发展为现代小说；在西方则经过了中世纪的英雄史诗、骑士传奇、民间故事和寓言、笑话等，到近代特别是19世纪的现实主义思潮起来以后才蔚为大观的。"小说"这一名称，最早见于《庄子·外物》："饰小说以干县令，其于大达亦远矣。"但此时所说的"小说"并非后来的意义，但是这一说法却流传了下来，并逐步演变为今天的用法。

小说的中心任务是综合运用语言艺术的各种表现方法来塑造人物形象。小说可以运用肖像描写、动作描写和心理描写，也可以通过人物的对话、独白，从各个侧面、各种视点塑造人物形象，它可以通过情节、事件的发展来展现人物形象，也可以借助各种场面和背景的转换来烘托人物形象，它还可以通过叙述人的说明和评价来显示人物形象。小说的最高目标就是塑造典型形象。现代西方小说理论把典型人物称为"圆整人物"，与之相对的一般人物则是"扁平人物"。[①] "扁平人物"就是用静态方式描绘出的人物的单一的、固定不变的性格，这往往导致人物塑造的漫画化、抽象化和类型化；"圆整人物"则是在动态中塑造的人物，它的性格有着丰富的内涵，同时又突出了独一无二的个性，而且是处于不断的变化发展之中的。在许多小说中，这两类人物常常是共存的。

描写完整、复杂的故事情节和展现人物活动的广阔背景，是小说的又一特征。小说的篇幅较长，容量较大，有充分的余裕深入细致地描绘各个方面的社会生活，表现多种多样的矛盾冲突，通过不同情节线索的埋伏照应、贯穿联络和分离归并，来显示人物性格的各个侧面和人物关系的错综复杂。因此能够在情节描写的完整性、丰富性、复杂性上取胜，这只须与其他文学体裁相比即可见出，特别是长篇小说所包含的众多纠结缠绕的情节线索，是其他体裁无论如何也容纳不下的。由于小说不受时空限制，有着充分的自由，所以它能够对人物生活和活动的历史背景、社会状况和自然环境进行深入具体的描写，将各个层面的环境因素与人物性格生成之间的关系表现得淋漓尽致，这就为人物性格的形成和发展提供了广阔的舞台。

---

① ［英］E.M.福斯特：《小说面面观》，苏炳文译，花城出版社1981年版。

在艺术手法上,叙事性是小说的突出特征。所谓"叙事性",就是由一位叙述者从特定的角度,将以一定方式结构起来的一系列事件传达给读者和听众。依据当代小说叙事学的分析,小说的叙事过程要处理主人公与其他人物以及环境的关系,从而形成不同的叙事方式,如神话的、浪漫主义的、悲剧的、现实主义的、反讽的等。

(二)小说的分类

小说的分类有不同的原则,按用语来分,有文言小说、白话小说;按文体来分,有日记体小说、书信体小说,等等。不过现在通行的分类是分成长篇小说、中篇小说、短篇小说三种。

长篇小说。长篇小说是一种大型的叙事作品,篇幅长,容量大,能够再现丰富的生活内容,展现广阔的社会背景,追踪漫长的历史过程。它往往能够容纳形形色色的人物形象,错综复杂的矛盾冲突,林林总总的生活场面和深广的思想内容。正因为如此,所以长篇小说的主题往往有大主题与小主题之分;情节往往是若干线索的复杂交织,有主要线索与次要线索之分;其中各色人等也有主从之分、正反之分,优秀的作品甚至可能塑造出若干艺术典型,构成一个典型人物的长廊。

中篇小说。中篇小说在规模体制上介乎长篇小说与短篇小说之间,它所描写的生活画面、人物形象和情节线索比起短篇小说来,要丰富、复杂得多,但比起长篇小说来却又要简短和单纯一些,它往往选择生活中较大的一个事件,表现某些人物形象的某一段生活过程,构成有限的情节线索,用以反映现实生活的某一个侧面。较之长篇小说,中篇小说相对轻灵便捷,因而能够比较及时地把握实际生活中出现的新事物、新动向、新问题,同时又因为它有一定的容量,能够对问题作比较深入的开掘,因此它常常以其题材的新颖和意蕴的深厚而赢得广泛的关注。

短篇小说。短篇小说的特点就是"短",它的篇幅小,字数少,容量有限,情节比较简单,人物也不多,因此它所反映的往往是现实生活具有典型意义的一个侧面或局部。既然如此,那就要求它必须做到浓缩、精炼、集中,达到以一斑而窥全豹、以一目而尽传精神的效果。正因为短篇小说具有这种"短平快"的特点,所以能够迅速及时、鞭辟入里地反映瞬息万变的社会生活,有其他形式的小说所不及的优点。

戏剧文学

(一)戏剧文学的特征

戏剧的源头也可以上溯到非常久远的年代。我国秦汉时代的巫觋、俳优和歌舞百戏是其最初的萌芽,后来经过唐代的参军戏、宋杂剧、金院本、元杂剧和明清传奇,戏曲才逐步成熟起来。西方的戏剧最早是从祭祀酒神的歌舞表演开始,古希腊戏剧家埃斯库罗斯和索福克勒斯在推动戏剧的成形方面起了重要的作用,后来经过其他古希腊戏剧家、古罗马戏剧家,特别是文艺复兴、新古典主义、启蒙主义、浪漫主义和现实主义戏剧的发展,戏剧这一文学体裁在文学史上占据了极为重要的一席之地。戏剧是一种综合艺术,集文学、音乐、美术、舞蹈等于一体,戏剧必须在舞台上演出,必须直接面对观众,而且受到演出时间的限制,这一切使之形成了自身的种种特点。戏剧文学,作为供舞台演出的脚本,它的特征与戏剧的上述特点是紧密相连的。

由于受到舞台条件、演出时间以及观众的欣赏特点等因素的限制,剧本的篇幅不能过大,演出的时间不能过长,所以它在处理矛盾冲突、情节线索、舞台角色以及场景等方面都有如"带着镣铐跳舞",它必须将矛盾冲突集中在几个场景中,通过几个主要角色和主要的矛盾冲突来显示作品的主题。它不能像小说那样对所有的人物、情节、场面进行具体而微的描绘和刻画,而是只能精心选择主要的人物、情节和场景,同时将大部分人物、情节、场面推向幕后,只是通过对话或其他暗示的方法将其交代出来。如曹禺的《雷雨》中鲁妈和周朴园的往事是鲁妈说出来的;而《日出》中操纵着全剧矛盾的关键人物金八始终没有出场,只是通过人物对话交代出来的。

如果说所有的文艺作品都必须解决如何吸引接受者的话,那么对于戏剧来说,这一点就更加显得重要。因为戏剧是直接面对观众的,一旦观众对演出缺乏兴趣,以中途退场或打瞌睡的方式中止欣赏活动,那等于宣告了演出的失败,这就需要戏剧文学必须大大强化其观赏性,想方设法唤起观众的兴趣,使之在欣赏过程中欲罢不能,在欣赏结束后回味无穷。在这方面中国古代戏曲有丰富的经验,李渔总结过两条。一是根据观众心理和剧场效果来提炼戏剧结构,"开卷之初,当以奇句夺目,使之一见而惊,不敢弃去";"终篇之际,当以媚语摄魂,使之执卷留连,若难遽别";"收场一出,即勾魂摄魄之具,使人看过数日,而犹觉声音在耳、情形在目者,全于此撒娇,作'临去秋波那一转'也"。这就是元人乔吉所说:"凤头、猪肚、豹尾","起要美丽,中要浩荡,结要响亮"。二是借插科打诨以提高观众的兴趣。李渔认为,一出有一定长度的戏剧,在演出过程中必然会引起观众的疲劳,无论智愚雅俗都在所难免,这势必大大削弱演出的效果,因此"作传奇者,全要善驱睡魔",而插科打诨能够"养精益神,使人不倦",从剧场效果来看,简直是不可或缺的,因此"科诨非科诨,乃看戏之人参汤也"。在这一点上现代戏剧也有许多行之有效的宝贵经验值得总结。

用王国维的话来说,戏剧文学是"代言体",而不是"叙事体"。就是说,剧本中只有人物语言而没有叙述人的语言,它靠剧中人物的对话来展开矛盾冲突,揭示人物性格,推动情节发展,体现作者的思想倾向,这一切都不需要也不允许作者插进来讲解和提示。这就要求剧本中的人物语言(台词)必须是高度个性化的。不仅要准确、生动地表达出人物的思想感情,而且还要符合人物的身份、地位、年龄、经历、以及他所处的环境;还要做到精炼和含蓄,做到要言不烦、简洁明快,包含丰富的潜台词,留有让人咀嚼、玩味和想象的余地;由于剧本中的语言主要是给人听的,而不是给人读的,所以它还要做到流畅、明朗、悦耳动听。

(二)戏剧文学的分类

戏剧文学也可以分成多种样式。根据审美特征,可分为悲剧、喜剧、正剧;根据表现手段,可分为话剧、歌剧、舞剧、诗剧;根据结构形式,可分为独幕剧、多幕剧。另外,电影文学在广义上也可以划归戏剧文学的范围,可以看成是戏剧文学与现代科技相结合而形成的新的综合艺术。下面仅介绍一下悲剧、喜剧、正剧。需要说明的是,这里所说的悲剧、喜剧是作为一种文学体裁,而不是作为一种美学范畴而言的,二者有密切联系,但又有区别,这里是仅仅局限在戏剧文学范围之内加以讨论的。

悲剧。悲剧包含着深广的社会生活内容,它往往表现那种具有重大社会意义的矛盾冲突,表现正面人物、进步力量与反面人物、黑暗势力的较量和抗衡,而最终前者被后者压倒,遭到失败、毁灭和牺牲的结局。鲁迅给悲剧下了这样一个定义:"悲剧将人生的有价值的东西毁灭给人看。"[1]恩格斯也给悲剧下过一个定义,指出悲剧的实质在于"历史的必然要求和这个要求的实际上不可能实现之间的悲剧性的冲突"[2]。就是说,从本质上说,悲剧产生于代表生产力发展方向、具有历史进步性的社会力量与阻碍生产力发展和历史发展的社会力量之间的矛盾冲突,由于反动、保守势力的暂时强大,进步的力量遭到挫折和失败,甚至牺牲和灭亡。而悲剧的意义在于通过正面人物、进步力量的毁灭和牺牲,昭示人们,社会历史总是以迂回曲折的方

---

[1] 鲁迅:《坟·再论雷峰塔的倒掉》,见《鲁迅全集》第 1 卷,人民文学出版社 2005 年版,第 203 页。

[2] [德]恩格斯:《致斐迪南·拉萨尔》,《马克思恩格斯文集》第 10 卷,人民出版社 2009 年版,第 177 页。

式前进的,它从来不是一帆风顺的,总是会遇到这样那样的挫折和失败,甚至重大的牺牲,但最后的胜利必将属于进步力量,历史也终究是要前进的,光明就在黑暗的尽头。

从文学史的角度看,悲剧在西方起源于古希腊的"酒神颂",后来出现了古希腊的三大悲剧家,即埃斯库罗斯、索福克勒斯、欧里庇得斯,他们创作了大量的悲剧作品。文艺复兴时期莎士比亚创作了像《哈姆莱特》、《奥赛罗》等著名的悲剧作品。近代的高乃依(《熙德》)、拉辛(《安德洛玛克》)、席勒(《阴谋与爱情》)、雨果(《欧那尼》)等人也是重要的悲剧作家。在我国戏剧史上也涌现过大量的悲剧作品,如《窦娥冤》、《赵氏孤儿》、《清忠谱》、《桃花扇》等,后来曹禺的戏剧作品也大都属于悲剧,如《雷雨》、《日出》、《家》等。

喜剧。鲁迅也给喜剧下过一个定义:"喜剧是将那无价值的东西撕破给人看。"①它的特点是以笑的形式来讽刺和嘲弄那些消极、落后、倒退的生活现象和人物性格,揭示出其中的荒唐、愚蠢、悖理之处,给予批评、抨击和鞭挞,以期生活能够向着好的方向发展。因此喜剧的结局一般都是愉快的、圆满的,正如马克思所说:"世界历史形态的最后一个阶段是它的喜剧。……这是为了人类能够愉快地同自己的过去诀别。"②喜剧也起源于古代希腊农民祭奠酒神的仪式,古希腊的阿里斯多芬被称为"喜剧之父"。莎士比亚也曾创作过许多喜剧作品,如《皆大欢喜》、《第十二夜》等。后来重要的喜剧作家有莫里哀、哥尔多尼、果戈理等。我国的喜剧产生得很早,如"优孟衣冠"的故事便带有喜剧的色彩,后来关汉卿的《望江亭》、《救风尘》富于代表性。现代文学史上陈白尘的《升官图》、吴祖光的《捉鬼传》、丁西林的《三块钱国币》等也是有较大影响的喜剧作品。

正剧。正剧兼有悲剧和喜剧的因素,所以也称为"悲喜剧"。它的特点一般都是先悲后喜,最终得到一个合理的结局,反面人物得到应有的惩罚,正面人物获得胜利。外国戏剧中易卜生、契诃夫的作品一般属于正剧的性质,我国的当代戏剧《白毛女》、《红色娘子军》、《智取威虎山》等也都属于正剧。

---

① 鲁迅:《坟·再论雷峰塔的倒掉》,见《鲁迅全集》第 1 卷,人民文学出版社 2005 年版,第 203 页。

② [德]马克思:《〈黑格尔法哲学批判〉导言》,《马克思恩格斯文集》第 1 卷,人民出版社 2009 年版,第 7—8 页。

思考题

1. 试论述文学作品的内容与形式的辩证关系。
2. 文学作品内容的构成要素有哪些？文学作品形式的构成要素有哪些？
3. 文学体裁的分类方法有哪几种？
4. 文学作品的题材是如何形成的？文学作品的主题是怎样形成的？
5. 在文学作品的题材问题上，要防止哪两种偏差？
6. 文学作品结构安排组织的依据是什么？
7. 分别举例说明诗歌、散文、小说、戏剧文学的特征。

拓展阅读书目

1. 王春元:文学原理——作品论[M].社会科学文献出版社1989年版.
2. 刘勰:文心雕龙(陆侃如、牟世金译注)[M].齐鲁书社,1990年版.
3. (英)戴维·洛奇:二十世纪文学评论[M].上海译文出版社,1982年版.

第八章　文学语言论

　　文学语言是文学作品的重要组成部分,在文学作品中,文学语言担负着塑造人物形象、传达作家思想感情的任务,离开了文学语言,就不可能有文学作品,在长期的创作与接受中,文学语言也在发生变化,形成了自己区别于日常语言的许多特点,具有独特的审美作用,人们对文学语言的认识也发生了深刻的改变,尤其是随着现代语言学的发展,文学语言的本质和功能得到了进一步的揭示。

第一节　什么是文学语言

一、文学语言的地位

　　在第一章"文学本质论"中,我们已经指出,文学以语言为物质媒介,文学是一种语言艺术。关于这一点,人们并无重大歧见,但对文学语言在文学中的地位,人们的看法却不尽相同。

　　19世纪以前,支配着人们文学观念的重要的文学理论是"再现论"和"表现论"。"再现论"把文学看作是作家对外部世界的摹仿,认为文学创作的过程就是作家从实际生活出发,通过对生活的观察、提炼、加工,创造出与现实生活相似的文学作品,这样的作品相对于客观世界,称为第二自然。早在古希腊时期,柏拉图就提出了这一文学观点,而且影响很大。西班牙小说家塞万提斯认为,小说的"所有的事只是摹仿自然,自然便是它唯一的范本"①,列宁将列·托尔斯泰誉为"俄国革命的镜子"②等等,虽然说法不一,但本质上都属于再现论的文学观。"表现论"同样源远流长,比如在中国,较早的典籍《尚书》中就有"诗言志"的说法,《毛诗序》说:"诗者,志之所之也,

---

　　① ［西班牙］塞万提斯:《〈堂吉诃德〉作者原序》,见伍蠡甫主编《西方文论选》上卷,上海译文出版社,1979年版,第208页。
　　② ［俄］列宁:《列夫·托尔斯泰是俄国革命的镜子》,《列宁选集》第2卷,人民出版社,1972年版,第369页。

在心为志,发言为诗,情动于中而形于言。"都着重从作家的主观情志去考察文学与现实的审美关系,所谓"表现论"的特征也就在于此,它将文学看作是作家主观感情的表现,即使文学创作从内容上来说离不开外部生活,但相比较而言,它服从的是作家的内部情感,是作家的内部情感使那些外部生活具有意义。英国诗人华兹华斯这样说:"一切好诗都是强烈情感的自然流露。这个说法虽然是正确的,可是凡有价值的诗,不论题材如何不同,都是由于作者具有非常的感受性,而且又深思了很久。因为我们的思想改变着和指导着我们的情感的不断流注,我们的思想事实上是我们已往一切情感的代表;我们思考这些代表的相互关系,我们就发现什么是人们真正重要的东西;如果我们重复和继续这种动作,我们的情感就会和重要的题材联系起来。"①但不管是再现论还是表现论,都有一个思维上的共同特征,即认为客观世界或主观情感是文学的最后目的甚至是唯一目的,而使之成为文学作品的重要因素之一的语言则很少被考虑到,至少,它是处于第二性的,不重要的位置,即使是一些在理论上有重大建树的理论家也不可避免地出现这种认识上的偏差。俄国批评家别林斯基就说"一部艺术作品必须在艺术家执笔之前先在他的灵魂里酝酿成熟,对于他说来,写作已经是次要的劳作了"。② 这种状况到19世纪末和20世纪初得到了改变。随着文学创作中唯美主义思潮的出现,文学中的形式因素得到了强调,衡量一部文学作品的高低得失更重要的不是它再现了什么或表现了什么,而是怎么再现或表现的。布拉德雷说,"诗的本质并非真实世界的一个部分,或一个摹本,而是独自存在的一个世界","一位诗人说些什么,是无关重要的,只要他说得好。就诗而言,什么是无足重轻的,如何却是一切"。③ 而语言作为"说得好"的一个重要的方面自然倍受重视。文学语言得到空前的重视是在俄国形式主义文论出现之后,俄国形式主义文论的重要观点之一是"陌生化"。所谓陌生化就是使用不常见的语言形式造成令人耳目一新的效果,这样,语词的编排和形式技巧也就被视为艺术创作所追求的全部内容。④

---

① [英]华兹华斯:《〈抒情歌谣集〉1800年版序言》,《西方文论选》下卷,上海译文出版社1979年版,第6页。
② [俄]别林斯基:《别林斯基选集》第2卷,上海译文出版社,1979年版,第283页。
③ [英]布拉德雷:《为诗而诗》,见《西方文论选》下卷,上海译文出版社,1979年版,第102、104—105页。
④ [俄]什克洛夫斯基:《艺术作为手法》,蔡鸿滨译,见《俄苏形式主义文论选》,中国社会科学出版社1989年版,第65页。

文学语言是一种独特的媒介,这与语言的特征有天然的本质的联系。文学语言与心灵、观念之间存在着一种内在的、紧密的联系,这使文学可以不受外在感性材料的束缚,只在思想和情感的内在空间与内在时间里逍遥,从而使得想象在文学作品中得以自由地发挥和开展,极大限度地显示出主体心灵的自由。而且文学语言较之于任何艺术媒介都与观念具有更为直接而紧密联系的这一特点,也使得文学比起其他艺术种类来更具有确定的思想内容和鲜明的理性色彩。回顾人类意识发展的历史,我们不难发现:正是由于语言的产生,人类的意识发展才跃进到一个新的阶段。这是因为语言作为人类思维的工具和交际的手段,是以语词为基本单位所组成的表义系统。语词有声音、词义和语法功能三种要素,其中词义又是它的最基本的东西。而词义又是以抽象性的意义为它的核心内容的。由于这样,语言才被马克思、恩格斯称之为"思想的直接现实"。[1] 但这不能简单地理解为语言只不过是为人们意识中已有的东西所定做的外衣,消极地为表达思想服务。事实上,人总是以语言的方式拥有世界的。因此,自从语言产生之后,它同时又成为人类选择现实、把握现实的一种工具,在思维中起着认识、组织、重构现实的作用。也就是说,不论是人们的感觉经验还是情绪经验,只有当它们受到语言整合,被纳入到一定语词的意义中之后,人们才有可能对它有所认识。关于这一点,斯宾诺莎在笛卡尔的启示下,在他的《理智改进论》中曾作过精辟的阐述,他认为,认识是凭借一定的"观念规范"去进行的,我们"心灵获得的观念愈多,则同时它获得的工具也就愈多。有了更多的工具的辅助,则进行求知就愈加容易"。[2] 后来康德又在《未来形而上学导论》中对此作了更为明确而透彻的论证,他认为:"尽管一切经验判断都是经验的……都是以感官的直接知觉为根据的,但是不能因此就反过来说,一切经验的判断都是经验判断。而是在经验的东西之外,并且一般说来,在给予感性直观的东西之外,还必须加上一些特殊的概念……而每个知觉都必须首先被包摄在这些概念之下,然后才借助于这些概念而变为经验。"[3]否则,我们就只能感到某种物体或现象的存在,而不知道这些存在的物体和现象到底是什

---

[1] [德]马克思、恩格斯:《德意志意识形态》,《马克思恩格斯全集》第3卷,人民出版社1965年版,第525页。
[2] [英]斯宾诺莎:《知识改进论》,见《西方哲学原著选读》上卷,商务印书馆,1982年版,第412页。
[3] [德]康德:《未来形而上学导论》,见《西方哲学原著选读》下卷,商务印书馆,1982年版,第278页。

么。日常生活中的大量事实也向我们表明:我们在从现实世界中所得到的感知,都是十分含混、模糊、没有明确界限,是很难为我们意识所掌握的,只有经过语词化,才有可能得到相对的确定性,从而为人们所认识,并在意识中固定下来。这表明:只有经过语言的整理和规范,人类的认识乃至生活才能在混沌中创造出有序。这正是文明人的感知世界不同于动物的感知世界的特点。正如卡西尔所指出的:"我们得知动物并不是生活在稳定事物的领域内,而是生活在复杂的或扩散的性质的领域内的。它并不知道这些确定明晰、永恒不变的对象,而这些对象正是我们人类世界的显著标志。我们把一个恒定不变的'本质'赋予这些对象,即便在各种迥然不同的情形下我们也可以把它们辨认出来。动物经验中缺乏的正是这种识别能力。"①上述思想家的论断有助于人们更深刻地理解这一文学事实:正是由于语词,才使得作家在运用语言来塑造形象、抒发情感的时候,较之于其他艺术媒介更方便、更自由也更确切地表达作家自己的认识、态度和评价。

所以,文学语言在文学创作中具有重要而独特的地位,可以这么说,没有语言就不可能有思维,没有语言就不能拥有外部的自然世界和内部的心灵世界。文学语言的所有功能都是建立在这些语言的基本而本质的特征之上的,我们习惯地讲文学的活动开始于对生活的观察,然后是素材的积累、构思的展开和传达的完成,实际上,所有这一切都是通过语言来完成的,每一个具体的创作过程都离不开语言,只不过因为思维已成为人们内在的不自觉的甚至相当一部分是在潜意识中进行的,而忽视了语言的存在罢了。从这个意义上讲,没有富有美学和艺术思维特点的文学语言,就不可能有文学创作。

二、日常语言与文学语言

"文学语言"有广义与狭义的区别。语言学上所说的文学语言是广义的,指的是在民族共同语基础上经过加工而成的规范化语言,从外延上看,它包括文学作品的语言,科学著作等使用的语言也在其中,所以,有的语言学家将这种文学语言与"书面语"等同,在概念的使用上可以相互替换。而文学理论中的文学语言是狭义的,专指文学作品的语言,即诗歌、散文、小说、剧本等文学体裁所使用的语言。

文学语言可分为"抒情语言"与"叙述语言"两大类,抒情语言可以用来

---

① [德]恩斯特·卡西尔:《语言与神话》,三联书店1988年版,第148页。

表达抒情主人公内心的情感世界,也可以用来抒发对场景、人物的情感评价。叙述语言又可分为人物语言和叙述人语言,人物语言指作品中人物的对话、独白,叙述语言指作品中对人物的刻画,对景物的描写,对故事的叙述等等。

从语言上看,文学语言在许多方面区别于日常语言。所谓日常语言,顾名思义就是人们在日常生活中所使用的语言,它与文学语言的最大区别就在于它的语用环境决定它必须是一种指称性语言,也就是说人们在日常生活中表达真实事物时使用的语言。当人们在日常生活中说"今天月亮真圆"时,就意味着在说话的具体时空下存在这样的事实:1.有一个确定的时间;2.天气是晴朗的;3.月亮从视觉感受上讲是比较圆的。但如果这句话放在文学作品中,那它就不一定是对一个真实事实的陈述,"秋月仍圆夜,江村独老身。卷帘还照客,倚杖更随人。"(杜甫《十七夜对月》)这里的圆月实际上强调的是一种时间的流逝,一种空寂的人生境况,自然的月在此并不重要。美国语言学家J.R.塞尔在《作为言语行为的所指》中把日常语言在表达确定的事物时所应具备的条件概括为两条:"1.必须存在一个而且只能是一个适用于说话人所表达的事物;2.必须给予听话人足够的手段,以确认该事物。"①显然,这两条文学语言都不具备。(见专栏8.1)

专栏8.1

J.R.塞尔论文学语言与日常语言的不同

虽然圣诞老人和夏洛克、福尔摩斯现在不存在,过去也没存在过,但难道就不能指称他们吗?对小说(还有传说,神话等)中的事物的所指不是反例。可以把他们指称为小说人物,就是因为他们的确存在于小说之中,为了使这一点清楚明白,我们需要区分正常的真实世界的谈话与诸如小说和戏剧表演等寄生的话语形式。在正常的真实世界谈话中,我不能指称夏洛克、福尔摩斯,因为从来就没有这样一个人。

在真实世界的谈话中,可以只指称存在的东西;在虚构的谈话中,可以指称在虚构中存在的东西。②

文学作品的语言所指只能存在于文学作品这个特殊的语境中,人们不

---

① [美]J.R.塞尔:《作为言语行为的所指》,《哲学译丛》,1987年第3期。
② [美]J.R.塞尔:《作为言语行为的所指》,《哲学译丛》,1987年第3期。

能在日常语言的环境中指认和确定文学语言所叙述和描写的事物,比如人们不可能从真实的生活中找到太虚幻境、大观园(《红楼梦》),找到周朴园(《雷雨》)、水生和水生嫂(《荷花淀》)。

一般来说,日常语言和文学语言在释义上有一致的地方,塞尔说:"虚构的规约不改变词或其他语言成分的意义。"比如叶绍翁《游园不值》:"满园春色关不住,一枝红杏出墙来。"其基本的语义与这些词汇在日常语言中并没有多大的差别,但是,语言所承载的信息是多层次的。日本学者川野洋在《艺术信息的理论》一书中认为语言既可传达"语义信息",又可传达"审美信息",语义信息是语言解说他物的信息,是一种相对确定意义上的信息,而审美信息是表现自身的信息,在相对意义上讲要不确定一些,模糊一些。由于语境的不同,日常语言更多地传达的是语义的信息,它具有普遍性、规范性,显示的是语言交际中的实用价值,而文学语言更多地传达的是审美的信息,即使表现的是人类社会的普遍情感,也打上了信息发出者的个性特色,它带有相当自由的、独特的、不确定的特点,显示了文学语言超出了日常交际的自满自足的审美价值。对于李白的诗句"燕山雪花大如席"(《北风行》),读者就不能从日常语言的角度去看待,它主要表达的是诗人对北方风景的独特体验。当然,文学语言审美信息的传达离不开语义信息。一般来说,不管是创作,还是阅读和欣赏,首先接触的是语言文字这样的符号,如果一个作家不具备相当的语言知识,就不可能灵活自如,"从心所欲不逾矩"地运用语言文字。一个优秀的作家总是善于把握语言文字的语义信息与审美信息之间的关系,借助于语义信息而又能超越它达到对审美信息的传达。杜甫诗:"今夜鄜州月,闺中只独看。遥怜小儿女,未解忆长安。香雾云鬟湿,清辉玉臂寒。何时倚虚幌,双照泪痕干。"(《月夜》)诗人说的未见得是事实,所有的一切都是诗人的想象,也就是说,诗中的场景是虚拟的,它主要表达的是借拟想对方对自己的思念来写自己对对方的思念。而对欣赏者来说,也是如此,如果欣赏者面对文学作品中的语言材料,没有从审美的角度而是从日常语言的角度去读解它的语义信息,显然就会牛头不对马嘴。宋代大学问家沈括在《梦溪笔谈》中说:"杜甫《武侯庙柏》诗云:'霜皮溜雨四十围,黛色参天二千尺。'四十围乃是径七尺,无乃太细长乎?……此亦文章之病也。"杜甫的这两句诗争论一直很大,宋朝范镇《东斋纪事》卷四说:"杜工部云:'黛色参天二千尺',其言盖过,今才十丈。古之诗人,好大其事,率如此也。"而黄朝英《靖康缃素杂记》则说:"古制以围三径一,四十围即百二十尺,即径四十尺矣,安得云七尺也?……武侯庙柏当从古制为定,则径四十围,其长二千尺宜矣,岂得以太细讥之乎?"不管是对杜诗的批评或对杜诗的肯定,都没有把杜诗当成文学语言来看待,而是从日常语言的角度来对待(对古今度量差别的考证属于科学范畴,它也是一种日常语言)。而像范温《诗眼》对杜诗的解说就是审美的了,没有将其作为日常语言来对待:"'霜皮溜雨四十围,黛色参天二千尺'……此激昂之语。不如此不见柏之大也。"另外,对文学语言审美信息的接受还与读者的语言素质、审美心理结构等有关,所谓文学语言审美信息的不确定性在一定程度上就是由欣赏者的审美接受造成的。文学作品风格多样,一般而言,"写实类"作品的语言可以让人明显地接受到语义信息,因而确定性强一些,而"写意类"作品的语言的语义信息要模糊一些,因而歧义就多一些,除了对一些审美情调的总体把握外,往往较难作出具体的诠释,这时,审美接受的差异性就会更加突出。李商隐的诗:"凤尾香罗薄几重?碧文圆顶夜深缝。扇裁月魄羞难掩,车走雷音语未通。曾是寂寥金烬暗,断无消息石榴红。斑骓只系垂杨岸,何处西南待好风?"(《无题》)对此类无题诗,历代注家蜂起,但却一直未有一个确切的公认的读解。

　　日常语言与文学语言虽然处于不同的系统,但两者之间的联系是紧密的。一方面,生活中的日常语言是文学语言的源泉,从根本上说,文学语言是通过对日常语言的加工得来的。俄国形式主义文论认为,文学语言由于长期的使用,会形成固定的模式,从语言感知上说将成为一种不假思索的自动化,这会妨碍人们对艺术表达物的新鲜感知,这时作家就必须打破这种语言的僵化的局面,向生活去寻找语言,通过对日常生活语言包括"俗语"的加工改造,创造出新鲜的文学语言,恢复和更新人们对生活和经验的感觉。因此,所有不甘心平庸的作家总是在继承文学语言已有的传统的基础上虚心向生活学习。但丁说过:俗语"看来是因练习而高贵的,就是我们看到许多粗野的意大利语词,繁复的结构,错误的辞句,和村俗的发音中间把它精选出来达到像比斯都亚的齐诺和他的朋友在他们的抒情歌曲中所表现的那样优美、清楚、完整、流畅。这种语言因力量而高贵是很清楚的;因为像这种语言这样激荡人心,使不愿的人愿意,使愿意的人不愿,还有什么比它有更大的力量呢"?[①] 中国作家老舍也讲过:"我们须从生活中学习语言。很显然的,假若我要描写农人,我就必须下乡。这并不是说,到了乡村,我只去记几句农民们爱说的话。那是没有多少用处的。我的首要的任务,是去看农人

---

① [意大利]但丁:《论俗语》,见《西方文论选》上卷,上海译文出版社,1979 年版,第 167—168 页。

的生活。没有生活,就没有语言。"①另一方面,文学语言反过来也会对日常语言起作用,通过影响、渗透来改造和丰富日常语言。对一种民族语言来说,它的进化离不开文学语言的巨大作用,这种作用可以从两个方面来说明。首先文学语言对日常语言可以起到优化作用。日常语言有它的特色,比如它的生动性、口语化、平民化、实用性,同时,它也因历史、文化、意识形态方面的原因不可避免地带有不规范的、甚至粗俗的地方。而文学语言毕竟是按美的规律来创造的,是作家精心选择、提炼的结果,并且在其中积淀了大量的深厚的人文因素,同时,因为文学语言经过了书面的加工,总体上来讲也更规范一些,所以,它在一定程度上能引领日常语言。伴随着社会结构的巨大变革,日常语言也会产生变化,而在这种变化时期,文学语言尤其能起到相当大的推动作用,从这个意义上讲,如果没有莎士比亚、培根、但丁、普希金,现代英语、意大利语和俄罗斯语的诞生,都是不可想象的。再以中国现代白话语言为例,本世纪初民主革命引发了声势浩大的白话文运动,使白话文具有了语言主体的地位,但由于汉语长期的言文分离,白话文处于长期的受贬抑的境地,其"素质"与其应承担的文化使命有相当的差距,正是以鲁迅等人为代表的白话文作家的努力使白话文渐渐成熟,走向规范和优美。因此,统一规范的汉民族共同语是这样界定的:"以北京语音为标准音、以北方话为基础方言、以典范的现代白话文著作为语法规范的普通话。"②从这一定义中我们也可以知道文学语言对日常交际语言的作用,因此,不仅仅是汉民族,几乎所有的民族都将本民族的文学语言作为语文教育的范本,这样做不仅是为了继承传统的文学遗产,更重要的还是使受教育者从小获得良好的语言训练从而达到优化本民族语言的目的。其次,文学语言所创造的新的形象、新的意境会丰富人们的日常语言,甚至会潜移默化地影响人们的文化心理结构。文学作品所提供的人物、故事、主题等都会以语词形式积淀、镶嵌、渗透到日常生活中去,成为日常语言的有机组成部分,成为民族语言中的精粹,作家们通过对生活的观察思考,常常将生活中的哲理和情思用最精炼的语言表达出来成为千金不易的固定词组或话语。如成语、典故、格言等等,它们被人们在日常语言中反复运用,如雪莱的"冬天到了,春天还会远吗"(《西风颂》),鲁迅的"沉默啊,沉默,不在沉默中爆发,就在沉默中灭

---

① 老舍:《我怎样学习语言》,见《中国现代作家谈创作经验》上册,山东人民出版社,1980年版,第188页。

② 胡裕树:《现代汉语》,上海教育出版社1995年版,第11页。

亡"(《记念刘和珍君》)等等。另外,社会中的一些现象,人类精神生活中的一些深刻而隐秘的东西有时用日常语言很难表达出来,而使用文学语言所创造的语词却可以轻易地将它们表达出来,像"精神胜利法"等等。

第二节 文学语言的构成

一、文学语言与艺术符号

运用符号来传递信息是人们熟知的一种普遍的交往行为。当然,仅就交往行为而言,它发生在几乎整个生物界。生物学家曾将包括人类在内的整个生物界的交往行为分为多个水平级,其中最高级的符号和语言却只有人类才具有,因此,它们成为人区别于动物的显著标志之一。法国哲学家卡西尔认为一切文化现象都是人类符号活动的结果,人的特点也就在于他的符号活动,在这个意义上,卡西尔给人下了一个新的定义:人就是进行符号活动的动物。所谓符号就是在交往活动的过程中,通过某种有意义的媒介物,传达一种信息,这个有意义的媒介物就是符号。从这个定义中可以得出符号活动的几个要素,即符号的创造或使用者、符号、这一符号所传达的信息、符号和符号信息的接受者和简释者、这一符号活动得以发生的特定的语境。现在,符号学已成为一门新兴的学科,罗曼·雅各布森这样描述这门学科:"每一个信息都是由符号构成的;因此,称之为符号学的符号科学研究那些作为一切符号结构的基础的一般原则,研究它们在信息中的应用,研究各种各样符号系统的特殊性,以及使用那些不同种类符号的各种信息的特殊性。"[1]

符号与语言的关系非常密切,人们可以将符号看作"语言",也可以将语言看作符号。而准确地说,语言是人类符号系统中最重要的一种。如果把文学语言看作一种特殊的艺术符号,对其特点的研究往往首先开始于对语言符号结构特点的一般认识,然后再去寻找它与一般语言符号的差异性。瑞士语言学家索绪尔认为,语言符号的结构主要有两种关系:1.横向组合;2.纵向聚合。先看横向组合,在语言中,各个词是连接在一起的,不管是在说话,还是在书写,各个成分是次第出现的,这就构成了以时间为存现形式

---

[1] [英]特伦斯·霍克斯:《结构主义和符号学》,瞿铁鹏译,上海译文出版社,1987年版,第129页。

的语言线性关系,也就是说所有的成分总是一个接着一个排列在言语的链条上,这样的结合,就是横向组合的结构。比如"我去北京",从语言学上讲,它首先是一个横向组合,如果句子的三个成分出现的时间序列有变,那它所传达的语义就会有变化,或者,会造成传达的阻滞。按索绪尔的学说,这个横向组合可以分为若干层面,比如语音、音位、词汇、词组、句子等等,所有这些层面的组合,从最基础的语音特征到最大的语言文字作品,都遵循一个最基本的原则,符号素的前后排列都是依照区别原则构成的。这一点很重要,因为只有区别,各个符号素才能各有所指,它们也才成为有意义的符号。再看纵向聚合关系,它指的是可以在一个结构中占据某个相同位置的形式之间的垂直关系。比如,我们可以给出一个"他慢走"这一句子来,在"慢"这个位置上,还可以置放"快"、"尽快"、"往家"等等,它们之间就存在着一种聚合关系。语言中的每个词都和一组可以替换或选择的词处于纵向聚合关系。语言教学中的"替换框架"就是对纵向聚合关系的运用。索绪尔的这一研究成果在美籍俄国语言学家、形式主义文论家雅各布森那儿得到了进一步的阐述,他通过用"转喻"和"隐喻"这两个概念去替换索绪尔的横向组合关系和纵向聚合关系。组合的(或句段的)过程表现为邻近性,也就是把一个词放在另一个词的后边,它的方式因而是转喻的;替换、选择或者联想的过程表现为相似性,因为在相同的位置上,一个词与未出场的另一些词在某些方面具有相似性,因此它的方式是隐喻的。它们表明了语言的两个基本向度,也真实地揭示了语言工作的方式,雅各布森的论述可以用下面的图来表示:

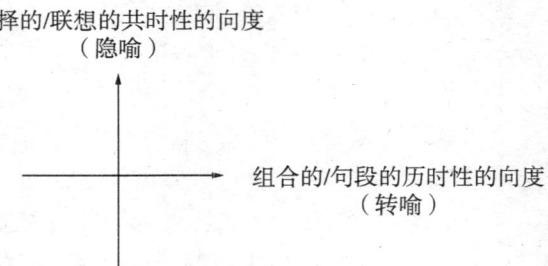

雅各布森对索绪尔语言学的推进使得从符号学的角度研究文学语言进入了具体化,转喻和隐喻也从修辞学的概念成为符号学的概念被直接运用到对文学语言方式的概括。一般地说,转喻被看成日常语言的方式,它的结构方式更真实地反映了现实生活中人与对象的思考关系、表达关系、接触关系以及行为中的施事与受事关系,文学的空间实际上是人与世界在时间中的关系。句子作为一种符号,转喻的方式更恰当和准确地传达出句子在日常交际语境中的约定俗成的含义。隐喻的方式在日常生活语言中是弱化的,在日常语言交际中,纵向的聚合关系中的语言选择,也是为了更好地服从横向关系的组合要求。但在文学语言中就不同了,首先,转喻要考虑的不是意指真实的外部世界的行为动作、施受关系,而是如何完成具有形式意味的叙述动作,而这里的形式意味则要靠隐喻的设置来完成。因此,从这个角度讲,在文学语言中,表面看上去一个作品的完成是在时间中依组合关系接续而成的,但它服从的却是隐喻的要求。从艺术符号学的角度讲,文学语言不是对客观的描述,而是对主体的表现。韦勒克和沃伦以诗歌为例这样说道:"诗歌不是一个以单一的符号系统表述的抽象体系,它的每个词既是一个符号,又表示一件事物,这些词的使用方式在除诗之外的其它体系中是没有过的。"①也就是说,诗歌中的语言从字面意思上去理解是一层意思,但它的表达目的并不在此,而是另外一层更深的意思。当然,这些语言与其更深层次的寓意有"相似"的或"联想"的关系,诗歌的欣赏者就是要依循这样的关系在阅读了之后再以深层次的寓意去"替换"它,从而完成对整个作品的读解。中国古典诗文中有所谓的"比兴"传统,刘勰《文心雕龙·比兴》说,"故比者,附也","附理者切类以指事"。"且何谓为比?盖写物以附意,言以切事者也。故'金锡'以谕明德,'珪璋'以譬秀民,'螟蛉'以类教诲,'蜩螗'以写号呼,'浣衣'以拟心忧,'席卷'以方志固,凡斯切象,皆比义也。至如'麻衣如雪','两骖如舞',若斯之类,皆比类者也。""兴者,起也。""起情故兴体以立。""观夫兴之托谕,婉而成章,称名也小,取类也大。《关雎》有别,故后妃方德;《尸鸠》贞一,故夫人象义。义取其贞,无从于夷禽;德贵其别,不嫌于鸷鸟;明而未融,故发注而后见也。"刘勰举了许多例子,认为比兴虽然有别,但都是由小见大,由明见暗,寓义深刻而又曲折隐晦。对文学语言这种字面语词意义与潜在手法的意义关系平行的"垂直"结构,刘勰称为"隐",认为它是为文之一体,这就不仅仅是某种手法,而是文学语言的一种总体性特征。他在《隐秀》中说:"夫隐之为体,义主文外,秘响旁通,伏采潜发,譬爻象之变互体,川渎之韫珠玉也。故互体变爻,而化成四象,珠玉潜水,而澜表方圆。"刘勰用《易经》占卜的原理来说明"隐"的特点,无意中揭示了文学语言的这种符号特点。

不仅诗歌,在小说、戏剧中,文学语言也具有这样的符号功能,比如文学中的"本体象征"。所谓"本体象征",简要地说,就是将作品作为一个整体来

---

① [美]韦勒克、沃伦:《文学理论》,刘象愚等译,三联书店2005年版,第211页。

处理,从故事层面上讲,它自满自足,它本身是完满的,可阅读的,而它又在整体上作为一个象征物,一个深层意义的载体。海明威的小说《老人与海》表面上看是一个老渔民打鱼的故事,但在深层次上却是对一个深刻的人生哲理的探索,如同西西弗斯神话故事一样,人明明知道面对的是不可改变的困境,但人依然要奋斗,要抗争,人生价值不在于对有限目的的追求,而是在这追求的过程中对自己的肯定。文学的语言还可以通过对某些意象的描写来传达深层次的信息,《红楼梦》中的"石"、"玉"、"林"等,都有着索解不尽的神秘寓意。在中国新时期文学中,这类手法也经常运用,韩少功的《爸爸爸》中的丙崽遇见人、事,张口就是"爸、爸、爸",鸡头寨的乡民们的语言也是那么古奥、奇崛,如同远古的声音,作家借此传达的就是对文明与野蛮的反思。莫言的著名作品《透明的红萝卜》反复出现了黑孩眼中的红萝卜,透明、红润、晶莹,它实际上是人物以及作家心中理想境界的象征。

  如果从符号的角度去看待文学语言,那么,文学语言就不能只从字面意思去理解,与字面意思相比较,符号所传达的信息要显得隐晦、含糊得多。而且,像文学语言这种特殊符号还因为是在文学语境中发挥功能的,所以,当前的符号意指的寓意可能是另一个文学作品的符号,而这个符号的意指又有可能是再一个文学作品的符号。符号学家埃科指出:"只要纠缠在一起的各种解释开始相互作用,文本就迫使我们重新考虑常规的代码和它们转变为其他代码的各种可能性。"[①]这种情况在"用事"、"用典"中体现得较为典型,李商隐诗《泪》:"永巷长年怨绮罗,离情终日思风波;湘江竹上痕无限,岘首碑前洒几多;人去紫台秋入塞,兵残楚帐夜闻歌;朝来灞水桥边问,未抵青袍送玉珂。"前人评注说,八句诗用了七事,有汉时宫中事,有舜二妃事,有晋羊祜事,有王昭君事,有项羽事,还有灞桥送别的民俗等,在阅读时,读者从现时的语符,进入到历史的时空,通过那些典故的提示进入到彼时的人事景物中,这反复穿梭几乎是没有穷尽的。李商隐的这首诗八句用了七个典故,但在典故的选择与处理上依遵的是同一色彩的情感线索。而有时作家可能反用典故,这就造成了符号之间的错位和关系的断裂,从而形成更大的空白和信息上的张力。李商隐《贾生》:"宣室求贤访逐臣,贾生才调更无伦。可怜夜半虚前席,不问苍生问鬼神。"用的是贾谊的事,贾谊是汉初的政治家,由于受当朝官员的嫉妒,被逐在外,汉文帝想到他的才能,不顾大臣的反对,

---

  ① [意大利]翁贝托·埃科:《符号学理论》,转引自特伦斯·霍克斯《结构主义和符号学》,上海译文出版社,1987年版,第147页。

召他进宫,待之甚厚,传说在晚上还与贾谊秉烛长谈,让出前面的座位接待他,问他在汉时很时髦的鬼神之事。如果直接引用这个典故,就变成正面的君王重才的故事,李商隐是反面说,慨叹汉文帝不向贾谊请教老百姓的事而谈鬼说神,这怎么能说明汉文帝是真的任用了人才呢?另外,如果用典发生在跨文化的文学创作中,其符号之间的转换可能更为复杂,它往往能传达出更为奇妙的语义信息和审美效果。美国意象派诗人庞德就非常喜欢翻译中国古典诗歌,而且经常"重新创作",他的《刘彻》就是根据伪托汉武帝刘彻思念李夫人所作的《落叶哀蝉曲》而改写的,原诗为:

> 罗袂兮无声,
> 玉墀兮尘生。
> 虚房冷而寂寞,
> 落叶依于重扃。
> 望彼美之女兮,
> 安得感余心之未宁?

庞德这样改写:

> The rustling of the silk is discontinued,
> Dust drifts over the court-yard.
> There is no sound of foot-fall, and the leaves scurry into heaps and lie still,
> And she the rejoicer of the heart is beneath them:
> A wet leaf that clings to the threshold.
> 丝绸的瑟瑟响停了,
> 尘埃飘落在院子里,
> 足音再不可闻,落叶
> 匆匆地堆成了堆,一动不动,
> 落叶下是她,心的欢乐者:
> 一片贴在门槛上的湿叶子。

两首诗显然有明显的东西方文化的差异,但如果读庞德的诗而不读原作,味道就单薄了,而有了庞德的诗之后再去读中国的那首古诗,也会有新的体验,这些效果都是由本处于两个文化系统中的符号的叠加、侵蚀、互文而产生的。

二、文学语言中的"言""意"关系

当我们将文学语言看做一种特殊而又重要的艺术符号时,也就是在说明文学的深层次意蕴要借助于语言来传达。但是,语言符号与其信息之间的关系是十分复杂的,作家想把他心中所构思的艺术世界表达出来,欣赏者要通过语言进入作品的艺术世界都是很不容易的事。中国古典哲学和美学将语言与表达对象的关系概括为"言"与"意"这一对范畴。

在文学作品中,所谓"言"指的就是作品的语言;所谓"意"其内涵和外延就比较宽泛,几乎没有固定的说法,大概指的是作家通过文学语言所企图传达出的形象、情感和意蕴等等,如果仅仅将意理解为日常语言中约定俗成的语义,那就可能不存在什么言与意的矛盾。中国古代学者对言与意的关系一直有两种不同的看法,一种认为言不尽意,一种认为言能尽意。西晋时期的学者欧阳建写有《言尽意论》,他说:"古今务于正名,圣贤不能去言,其故何也? 诚以理得于心,非言不畅;物定于彼,非言不辩。言不畅志,则无以相接;名不辩物,则鉴识不显。鉴识显而名品殊,言称接而情志畅。原其所以,本其所由,非物有自然之名,理有必定之称也。欲辩其实,则殊其名,欲宣其志,则立其称,名逐物而迁,言因理而变,此犹声发响应,形存影附,不得相与为二。苟其不二,则无不尽。"欧阳建指出了言的功能,认为"物"、"理"与"言"、"名"具有同一性,因为人们对言有约定俗成之规,只要认真对待,在用言去"殊其名""立其称"时就可以把对象表达得清清楚楚。

但更多的古代学者却认为言不能尽意,《老子》说,"道可道,非常道,名可名,非常名",意思就是说,像"道"这类有关万物本原的东西是不可以说出来的,而说出来就不是那个真正的道了。庄子也有类似的说法:"道不可言,言而非也。"(《庄子·知北游》)庄子认为,人们自以为说出了事物的真相和本质,其实,说出来的可能只是事物的一些不重要的东西。庄子说:"可以言论者,物之粗也。"(《庄子·秋水》)庄子还通过一些寓言对此作了生动的说明。(见专栏 8.2)

专栏 8.2

《庄子·天道》:轮扁斫轮

桓公读书于堂上。轮扁斫轮于堂下,释椎凿而上,问桓公曰:"敢问公之所读者,何言邪?"公曰:"圣人之言也。"曰:"圣人在乎?"公曰:已死矣。"曰:"然则君之所读者,古人之糟粕已夫!"桓公曰:寡人读书,轮人安得议乎?有说则可,无说则死!"轮扁曰:"臣也以臣之事观之:轮,徐则甘而不固,疾则苦而不入;不徐不疾,得之于手而应于心,口不能言,有数存焉于其间;臣不能以喻臣之子,臣之子亦不能受之于臣,是以行年七十而老轮。古之人与其不可传者死矣,然君之所读者,古人之糟粕已夫!"

言能尽意与言不尽意相比较,后者影响要大得多。为什么呢?因为后者确实揭示和说明了言与意在表达思想情感时的复杂状态。虽然语言在人们认识世界中的作用非常大,但是人们在对事物进行命名时,显然不可能将所有的事物都予以命名,世界上没有两片相同的树叶,世界的丰富性是人们的语言无法把握的。语言的一大特征就是概括性,总是针对某一类事物的,因此,当语言在表达对象时,往往是以牺牲这些对象的个别性、差异性为代价的。语言的又一特点是抽象化和符号性,即以中国汉字而言,它的重要造字方法虽然是象形,但它的线条性、图案化仍然牺牲了事物的感性特征,我们见到"树"会想起自然界的"树",但我们并未从"树"这个符号上看到树,而且,即使想到,那回想或想象中的"树"又是怎样的树,是说话人或写作者所说的那棵树的样子吗?语言是一种人工化的符号系统,是人们认识世界的特殊工具,语言自成系统,按索绪尔的说法,语言的能指(音形符号)与所指(语言的实际指称对象)间的关系是任意的,语言的结构和秩序并不等于真正的自然的秩序。一些学者认为,被语言所表达的世界的样子实际上是经过语言组织过的人工产品,并不能真正表达世界的真相。怀海德说:"实际经验里所见的不整齐和不协调的个性,经过了语言的影响和科学的塑模,完全被隐藏起来。这个统一调整以后的经验便被硬硬地插入我们的思想里,作为准确无误的概念,仿佛这些概念真正代表了经验最直接的传达。结果是,我们以为已经拥有了直接经验的世界,而这个世界的物象意义是完全明确地界定的,而这些物象又是包含在完全明确地界定的事件里……我的意见是……这样一个(干净利落确切无误的)世界只是'观念'的世界,而其内在的串连关系只是'抽象概念'的串连关系。"[①]而文学表达又有自己特殊的美学上的特质,它企图表现的恰恰是自然的真实面貌,是人类内心深处的情

---

① 叶维廉:《语言与真实世界》,见《古代文学理论研究》第8辑,上海古籍出版社,1983年版,第48页。

感,是大千世界玄微精深的所在,这正是它与日常语言在表达上的又一重大差别。在日常生活中,人们的交流是有限度的,它强调指称的具体性、可区别性,它遵守语言在语义上的约定俗成的规则以免发生歧义,言到意到,言尽而意止。但这样的表达不是文学的表达,按海德格尔的说法,相对于"诗"化的表达,日常语言就说不上真正的表达。这样,就出现了难以调和的矛盾,文学创作就是设法要用有限的"言"去表达那不可表达的"意"。而读者则相反,要通过有限的"言"去体会和领悟那深藏在语言之下的"意"。对于文学创作有真正体验的作家都无不深感这种"语言的痛苦",陆机《文赋》说,"恒患意不称物,文不逮意",刘勰《文心雕龙·神思》说,"方其搦翰,气倍辞前,既乎篇成,半折心始"。这是为什么呢?刘勰的感慨是:"至于思表纤旨,文外曲致,言所不追,笔固知止。至精而后阐其妙,至变而后通其数,伊挚不能言鼎,轮扁不能语斤,其微矣乎!"高尔基认为诗人对于语言的苦恼是普遍的,他说:"很少有诗人不埋怨语言的'贫乏'。……而这种埋怨的产生,是因为有些感觉和思想是语言所不能捉摸和表达的。"[①]要解决这样的矛盾,首先还是要在"意"上花工夫,只有"意"新了,"言"才能新。海德格尔有关"诗"的论述对此有很大的启发,海德格尔认为诗是"存在"的表达,诗人的言说正是在常人无法言说的地方言说,诗人的天职就是首先为人们找到一种语言,把不可言说的东西转换成可言说的言辞。海德格尔认为将"神性"的东西传达出来是诗人必须要做的工作,所以,诗人必将先行领会存在的意义,并将此意义传达给人们。而对新的存在意义的领会和传达必将促使诗人寻找新的言说方式,从而达到"诗"的独创。所以,人们平常所说的文学语言的创新其实质并不是有什么全新的语言符号,而是因为作家首先有了全新的艺术体验,新的艺术体验必然促使作家打破旧的语言惯例和模式,如果仍然袭用旧的文学语言,就无法将其传达出来。海德格尔在这方面还有不少可取的论述。(见专栏 8.3)

专栏 8.3

海德格尔论语言

诗从来就不是日常语言一种较高的样式。恰恰相反:日常语言是遭遗忘,因此也是被用罄了的诗。从这用罄和遗忘的诗中,很难再有呼唤发出

---

① [苏联]高尔基:《高尔基论文学》,林焕平编,广西人民出版社,1980 年版,第 64 页。

来了。①

因为这种言说丧失了它和所谈的存在者本源性的在的关系,或者它根本就没有获得这样一种关系,所以,它就不会以让这种在者被它享有的方式本源地传达,只能以人云亦云玩弄词藻的方式传达……闲谈即形成于这种人云亦云玩弄词藻的传达之中。在此过程中,言说立于其上的根基最初的缺失演变为全无根基。而且,这样的闲谈并不限于出声的人云亦云,它甚至扩展到我们写的东西,在那里,它的形式是"陈词滥调"。后一种情况下,人云亦云更多地不是基于听说,而是靠浮光掠影的阅读过日子。读者一般的领悟决不能够确定什么是通过斗争从源头处汲取的,又有多少是人云亦云。更有甚者,一般的领悟并不要求诸如此类的区别,也不需要这种区别,当然,因为它什么都懂。

闲谈的无根性并不妨碍它成为公共的;相反,它鼓励闲谈成为公共的。闲谈是无须事先使事物成为自己的便已经无所不知的那种可能性。如果事物预先据为己有了,闲谈将告败;而闲谈总是提防着这种危险。闲谈是任何人都可以玩一把的事;闲谈消除了人本真领会的任务,却养成一种无动于衷的理解力。对这种理解力来说,再也没有什么是闭锁着的。②

从海德格尔的这些论述中可以看出,言与意是不可分的,文学是对于存在的本真的揭示,这种揭示又通过语言呈现出来。如果一个作家不专注于此,其作品不但空洞无物,连语言也会随之消褪新意,变成老生常谈,老生常谈也就是陈辞滥调和俗套,人如果生活在这样的语言中,心灵也会变得麻木,不去追究语言的背后,不去询问和思考言是否及意,言是否及物。这种情况不但存在于写作中,在日常生活中更为普遍,从这个角度说,它伤害的就不仅是人们的语言,而且更是精神与生活,所以,中国的孔子早在两千多年前就曾对他的学生从道德的角度作过类似的告诫。《论语·卫灵公》:"子曰:'群居终日,言不及义,好行小慧,难矣哉!'"

海德格尔观点可以与中国诗歌传统相印证,只不过中国诗学在后来的演化中不再是老子的本体论,而更重视"意"的美学特征,这种"意"不是字面的意思,而是超越了语言的"境"、"味"、"韵"等等审美形态,它当然要通过语言去表达,但这表达是通过以少总多、由实化虚以及种种诗艺和修辞手法来

---

① [德]海德格尔:《人,诗意地安居》,郜元宝译,上海远东出版社,1995年版,第75页。
② [德]海德格尔:《人,诗意地安居》,郜元宝译,上海远东出版社1995年版,第62页。

取得的最终的结果,是"不著一字,尽得风流"。司空图在《与极浦书》中说:"戴容州云:'诗家之景,如蓝田日暖,良玉生烟,可望而不可置于眉睫之前也',象外之象,景外之景,岂容易可谈哉?"这种"语少意多,句穷篇尽"而"目光中恍然别有一境界意思"在司空图看来确实是捉摸不定,无法用语言明确固定的,是"遇之匪深,即之愈稀。脱有形似,握手已违"(《二十四诗品·冲淡》)的。比如王维的《鹿柴》:

空山不见人,
但闻人语响。
返景入深林,
复照青苔上。

诗只是对一个林中场景的叙述与描写。"空山不见人,但闻人语响"叙述的是一个具有对比性质的场景,它留下了一个悬念,因为"不见人",所以是"空山",但有"人语",那么又不是"空山",如果按照这个思路下去,那么诗人要提供的是"人"在哪里,一旦找到"人",又是怎样的场景等答案。但是读了诗的下联,会发现,诗人的注意力已经转移了,他被无人的景色所吸引,好像忘记了刚才的疑惑,被深林中那静谧的光照所感动,诗歌也一下子进入了"无声"的境界,诗人要写的就是这个"静",但"静"还只是一个中介,通过"静",诗人要把读者从空山的眼前场景带到一个充满玄机与禅意的精神世界,这个精神世界的具体内涵是什么,是诗人感到却无法传达的,它显然已超过了语言表达的限度,如同陶渊明《饮酒》诗所说的,"此中有真意,欲辨已忘言"。

如果说一方面作家们常常感到语言的痛苦,无法用语言来传达外在的世界与内在的精神,无法用语言来描述内心构思的形象去表达那玄奥精微的韵味的话,另一方面,我们又应该注意到作家们化这种消极的矛盾为积极的途径,即既然无法表达那么就不去表达,把不能表达的用种种方法揭示出来,留待读者去想象,即使对那些能表达的也不妨不去表达,有意造成言与意的断裂、脱节,从而造成作品的含蓄、蕴藉的审美效果。中国古典诗学发展到后来,由于禅学"不立文字"的推波助澜,这种追求文字背后的空灵境界甚至成为诗歌创作中的最高境界。宋严羽的《沧浪诗话》里说:"夫诗有别材,非关书也;诗有别趣,非关理也。而古人未尝不读书、不穷理。所谓不涉理路、不落言筌者,上也。诗者,吟咏情性也。盛唐诗人惟在兴趣,羚羊挂角,无迹可求。故其妙处莹彻玲珑,不可凑泊,如空中之音、相中之色、水中之月、镜中之象,言有尽而意无穷。近代诸公作奇特解会,遂以文字为诗,以议论为诗,以才学为诗,以是为诗,夫岂不工,终非古人之诗也。盖于一唱三叹之音,有所歉焉。"不仅是抒情文学,叙事文学也讲求语言的省俭以获得文字背后深广的语义空间,金圣叹认为王实甫《西厢记》常常"一笔作百十笔用",并总结说:"吾尝遍观古今之文矣,有用笔而其笔不到者,有用笔而其笔到者,有用笔而其笔之前、笔之后不用笔处无不到者。"他显然是竭力推崇后者的。西方作家在这方面也有相似的审美主张,海明威以冰山为例说:"我总是试图根据冰山的原理去写它。关于显现出来的每一部分,八分之七是在水面以下的。你可以略去你所知道的任何东西,这只会使你的冰山深厚起来。这是并不显现出来的部分。如果一位作家省略某一部分是因为你不知道它,那么在小说里面就有破绽了。"①

　　海明威是一位创作意识自觉性很强的作家,他认为一位作家必须拥有生活,又具有非凡的想象力,在创作时做到成竹在胸,但出现在作品中的却只是少得不能再少的部分,其他的则交给读者,海明威的语言素以简洁著称,但就是这些简洁的语言的背后却包蕴着十分丰富的内涵。捷克作家米兰·昆德拉曾对海明威的著名短篇《白象般的群山》做过精彩的分析,他认为这篇小说写得极为精炼,"这个短篇小说极为抽象,描写一个几乎典型的境况,它同时又极为具体,力图捕捉一个境况,特别是一个对话的视觉与听觉的表面"。小说叙述一位男士与一位姑娘旅途中的一些极为简单的情节,主要由对话构成,但就是这些简单的对话,"人们可以从对话出发想象无数的故事"。② 海明威认为,对一位小说家来说,将作品的故事、人物的性格全盘托出是愚蠢的,更不要说自己将小说所要表达的寓意明白地说出来了。正是根据这一立场,他虽然佩服列·托尔斯泰,但却反对列·托尔斯泰在作品中过多的议论,在谈到《战争与和平》时他说:"我爱《战争与和平》,是爱它对战争和人的绝妙的、深刻的、真实的描写,但我从来没有相信过这位伟大的伯爵的议论。我真希望当初有一个具有足够权威的人忠告他,让他删去最笨重、最没有说服力的议论,让他得以实现真实的构思。"③

　　言意之辩从欣赏活动来讲就是要求人们不要为具体的语言现象所迷

---

① [美]海明威:《海明威谈创作》,三联书店,1985年版,第50页。
② [捷克]米兰·昆德拉:《被背叛的遗嘱》,上海人民出版社,1995年版,第116,113页。
③ [美]海明威:《海明威谈创作》,三联书店,1985年版,第22页。

惑,所遮蔽,不要为有限的形象所局限,而应该深入到语言的"后面",去参悟、领会那无限的意味,中国古典诗学形象地总结为"得意忘言"。《庄子·外物》说:"筌者所以在鱼,得鱼而忘筌;蹄者所以在兔,得兔而忘蹄;言者所以在意,得意而忘言。"庄子比喻说鱼筌是用来捕鱼的,捕到鱼便忘了鱼筌;兔网是用来捉兔的,捉到兔子便忘了兔网,语言是用来表达意义的,把握了意义便不要再去眷顾言词。欣赏者就是要把握这样的辩证关系,语言既是工具,又是有限的,甚至可能是限制,既是手段,又可能成为障碍。魏晋时的哲学家王弼就说,"言"是获"意"的工具和方式,又是利用后被舍弃的对象,没有"言"就无法得到"意",而得到"意"后就不能再限制拘泥在"言"上,而应该忘掉。所谓"意",显然不能拘泥于字面涵义的理解,相反,要突破"言"的限制,否则就不能得到"意"。(见专栏 8.4)

专栏 8.4

王弼论言意关系

夫象者,出意者也。言者,明象者也。尽意莫若象,尽象莫若言。言出于象,故可寻言以观象;象生于意,故可寻象以观意。意以象尽,象以言著。故言者所以明象,得象而忘言;象者所以存意,得意而忘象。……是故,存言者,非得象者也;存象者,非得意者也。象生于意而存象焉,则所存乃非真象也;言生于象而存言焉,则所存乃非真言也。然则,忘象者,乃得意者也;忘言者,乃得象者也。得意在忘象,得象在忘言。故立象以尽意,而象可忘也;重画以尽情,而画可忘也。①

清代王士祯在《池北偶谈》中说:"世谓王右丞画雪中芭蕉,其诗亦然。如'九江枫树几回青,一片扬州五湖白。'下连用兰陵镇、富春郭、石头城诸地名,皆寥远不相属,大抵古诗画,只取兴会神到,若刻舟缘木求之,失其指矣。"王维曾有雪中芭蕉图,冬天本无芭蕉,所以王维的这幅画曾遭后人诟病,其实,中国画也是追求意境,并不拘泥实在的真实,四季同幅的作品屡见不鲜。王士祯例举了王维的诗《同崔付答贤弟》:

洛阳才子姑苏客,桂苑殊非故乡陌。
九江枫树几回青,一片扬州五湖白。

---

① 王 弼:《周易略例·明象》,楼宇烈校注,中华书局,1980 年版。

> 扬州时有下江兵,兰陵镇前吹笛声。
> 夜火人归富春郭,秋风鹤唳石头城。
> 周郎陆弟伪俦侣,对舞前溪歌白苎。
> 曲几书留小史家,草堂苎睹山阴墅。
> 衣冠若话外台臣,先数夫君席上珍。
> 更闻台阁求三语,遥想风流第一人。

　　诗中连用了几处有名的历史地名和人文景观,其旨在表达一种历史的感怀和人世的沧桑,如果只从空间上去拟想人物的行程,那就是只留于言而失却了"意"了,这就如同刻舟求剑、缘木求鱼一样,不是读诗的正途。

　　需要指出的是,一方面,我们要认识到在言意关系中意的独特地位,重视在言不尽意观念的支配下传统诗学对言外之意审美境界的创造;另一方面,如果从文学传达的角度讲,语言并不完全处于被动的地位,更不是可有可无的。认识到这一点,不管是从创作上还是从批评与鉴赏上,对理解文学语言的特性都是相当重要的。意大利美学家维科认为"诗"与语言是一体的。意大利另一位美学家克罗齐甚至认为语言对于"诗"来讲是多余的,真正的文学就是人们心中的那个"意"。这些说法虽然影响很大,但偏颇都是明显的,必须明白,在明确"意"的重要性时,还要认识到言对意的表达的能动性,只有语言,才能使"意"得到明晰,只有语言,才能把握住那飘忽幽渺的"意"。因此,如果作家在关注"意"的同时潜心于语言的提炼、选择与加工,将会使言与意的联系更为紧密,使言与意之间构成亲和关系。关于这一点,我们已在第五章关于文学创作中的传达活动的论述中作了分析,这里不再重复。

第三节　文学语言的审美特性

　　媒介是任何艺术不可缺少的,是媒介将艺术家的构思物化为艺术品。从这个意义上讲,如果没有音响、色彩就没有音乐和绘画,而当音响经过组织,色彩经过调配成为音乐与绘画的有机组成部分之后,它们也就不再是原先的音响与色彩了。它们一方面有其原先的特点,另一方面更因为艺术家的加工使其具有了审美的特点。文学也是如此,经过作家的艺术加工,作为文学的媒介的语言成为文学语言,这样的语言当然也就具有了它的审美特性,作家总是充分利用语言自身的自然属性,再根据艺术表达的需要去安排、去提炼。因此,了解文学语言的审美特性就可以从这两方面的结合入手。

一、语音层面

语言最大的自然特征之一就是它的音响特点,不同的语言有不同的语音特点,在相同的语言中,语音通过音位区别出意义。一种语言的语音构成是多方面的,以汉语而言,它包括声、韵、调,音节中元音居多,而且每个音节都有声调,它是汉语区别于其他语言的重要标志。作家们往往利用语言的这些语音构成因素,借助于语言的声调、节奏,传达现实生活中的音响,表达现实生活的变化和创作主体复杂微妙的情感意绪,从而给读者以强烈的感染。口语或日常语言的语音特征是"自然"状态的,而文学语言的语音层面往往是经过了作家精心的组织与安排,较之于日常语言,它更加整饬而又富于变化,犹如自然音响与乐音一样,所以,人们往往认为文学语言的审美特征之一就是它的"音乐性"。

中国古代文学一贯重视文学语言的音乐性,事实上,中国古代文学的众多文体几乎都与音乐有不解之缘,诗、词、赋、曲等等无一不与音乐相关,一方面诗乐相分,一方面又总能而且经常依乐而歌。《尚书·尧典》上说:"诗言志,歌永言,声依永,律和声,八音克谐,无相夺伦,神人以和。"这里不但说明了文明之初诗与乐的关系,而且将诗与乐的"八音克谐"的人工乐音与大自然的天籁之音联系起来,上升到天人合一的高度。中国古代学者和诗人对汉语语音特征的研究在齐永明年间取得了突破性的进展,从而为汉语语音层次的审美构成的进一步形式化与精致化奠定了基础。其中较为著名的是周颙、沈约的四声之说,沈约根据这一成果进一步研究并创立了诗歌声律学说。沈约在《宋书·谢灵运传论》中说:"夫五色相宜,八音协畅,由乎玄黄律吕,各适物宜。欲使宫羽相变,低昂互节,若前有浮声,则后须切响。一简之内,音韵尽殊,两句之中,轻重悉异,妙达此旨,始可言文。"使中国古代格律诗有法可依的所谓"八病之说"(沈约所说"八病"指平头、上尾、蜂腰、鹤膝、大韵、小韵、旁纽、正纽。)就是循此而诞生的。而沈约的研究成果和倡导的意义显然不仅限于诗歌,由前面一段话我们可以看出,它起码有这样几层意思:第一,文学语言不能纯任自然,而要自觉地运用调声之术,使之符合字声配合的规律;第二,强调文学语言在不同字声的穿插搭配中要造成抑扬顿挫的声音节奏,取得和谐悦耳的音响效果;第三,在相对独立的语句单位中,声调高低清浊最好不要相同。这样的见解几乎在历朝历代都得到文学家的重视。

在诸种文学体裁中,诗歌类(韵文)的语言相对而言是最富有音乐性的,人工化的审美特征最为明显。诗歌语言的音乐性构成主要包括两个方面:一是节奏,二是音律。

所谓节奏,就是声音在大致相等的时间段落里所产生的长短、高低、轻重等有规则的起伏。根据现代审美心理学的研究,文学语言的节奏与读者的审美愉悦有着密切的关系。从本质上说,文学语言的节奏是自然的节奏、社会的节奏、生活的节奏,通过语言在文学中的形式化。而人类无论从生理还是从心理上也都在长期的劳动实践中形成了一定的有规律的运动模式。按照格式塔心理学的看法,如果外在的节奏切合人的心理的节奏,就会引起愉快,而按谷鲁斯"内模仿"的理论,当外界事物的节奏被明显地感知时,人的心理和生理也会随之运动,从而产生快感。不管是中国,还是外国,都不约而同地成型了许多诗歌格律,并且在格律诗中有较严格的节奏规定,这实际上就是在长期的创作与欣赏的交互作用下人们对诗歌语言节奏最佳配置的种种选择。中国古典诗歌的节奏主要靠"顿"来体现,诗中的顿来源于平时日常语言中的"顿",但两者有区别。朱光潜说:"说话的顿注重意义上的自然区分,而读诗的顿注重声音上的整齐段落,往往在意义上不连属的字在声音上可连属。"①这是由诗歌节奏决定的,一般而言,四言诗含两顿,五言诗每句表面似仅含有两顿半,而实际上有三顿,七言诗每句表面上有三顿半而实际上有四顿,因为最后一字都特别拖长,凑成一顿,也就是说,古典诗歌基本上两字一顿,而奇数诗句的句末一字用音的延长成为一顿,比如:

四言:

> 对酒/当歌,
> 人生/几何。
> 譬如/朝露,
> 去日/苦多。
> 慨当/以慷,
> 忧思/难忘。
> 何以/解忧,
> 惟有/杜康。
>
> (曹操《短歌行》)

---

① 朱光潜:《朱光潜美学文学论文选集》,湖南人民出版社1980年版,第218页。

五言：

春眠/不觉/晓,
处处/闻啼/鸟。
夜来/风雨/声,
花落/知多/少。

(孟浩然《春晓》)

七言：

毕竟/西湖/六月/中,
风光/不与/四时/同。
接天/莲叶/无穷/碧,
映日/荷花/别样/红。

(杨万里《晓出净慈寺送林子方》)

现代白话诗虽然没有如此严格的规定,但不少诗人依然试图通过节奏来达到整饬的音乐效果,如闻一多在谈到诗歌的"音乐美"时就认为可以通过设定一定的"音尺"(相当于英、法诗的音步,也即顿)来"证明诗的内存的精神——节奏的存在与否"①。例如他的名作《死水》第一节：

这是/一沟/绝望的/死水,
清风/吹不走/半点/漪沦。
不如/多扔些/破铜/烂铁,
爽性/泼你的/剩菜/残羹。

类似于闻一多这种"带着镣铐跳舞"的做法虽然不多,白话诗依然存在着强烈的节奏,只是没有了古典诗歌的严格规定,但却可以随着情感的需要而选择不同的节奏安排。

音律,在中国古典诗歌中分为声和韵。声即平、上、去、入四类声调,在

---

① 闻一多：《诗的格律》,《中国现代文论选》第一册,贵州人民出版社 1982 年版。

音韵学上,将前者称为平声,将后三者称为仄声,它们是中国古代诗歌格律的重要基础,律诗的许多规则都与此相关。四声是有长短、高低、轻重的,它们的交替能呈现富于变化的音响效果。汉字的音节按现代语音学分为声母和韵母前后两部分,这后一部分就是韵。一个字的韵有其本身的语音效果,而相同的韵则是诗歌押韵时充分和必要的因素。韵使得一首诗处于一个有机的整体,而在较长篇幅的诗歌中,换韵往往是与意义和情感单元的变化、转换对应的。

诗歌语言的语音特征相当突出,但它所引起的效果并不仅仅是纯音响的,同时更多的是表情的需要,比如《元和韵谱》在解释四声时有这样的话,"平声者哀而安,上声者厉而举,去声者清而远,入声者直而促",指的既是读音,又是指读音所对应的情感模式。韵亦复如是。大致说来,元音中的 i、y、e 等音发音浏亮清越,其所代表的意义多是欢愉轻快、悠闲之情;a、o、u 等元音发音重浊阴沉,其所代表的意义则带有沉痛、暗淡、抑郁之感;鼻化元音发音浑重,其体现的常是模糊之意。辅音的发音各别,音质相异,其意也不同。有的清脆尖锐,有的阴浊沉重,有的发扬宏亮,有的爆烈抑塞。其所代表的意义也就有凄清轻倩、含浑缠绵、激越轻捷、迫切争遽等等的不同。诗人押什么韵往往根据诗歌表达的需要,事实上,押江阳韵与押灰堆韵其听觉感受与情感体验相差很大,因此,"声"与"义"、"声"与"诗"的关系一直是中国文字学和诗学关注的地方。刘师培《字义起于字音说》说:"古人制字,字义即寄于所从之声,就声求义,而隐谊毕呈。"王士禛《倚声集序》说:"善读诗者,由声而考义。"指出的就是这一点。

不仅诗歌语言讲究声音层次的审美效果、散体的各类体裁也有这方面的追求。陆机的《文赋》说:"文徽徽以溢目,音泠泠而盈耳。""被金石而德广,流管弦而日新。"对于散体文而言,其内容与音响之间同样存在紧密的联系,清刘大櫆在《论文偶记》中讲道:"神气者,文之最精处也;章节者,文之稍粗处也;字句者,文之最粗处也;然论文而至于字句,则文之能事尽矣。盖音节者,神气之迹也;字句者,音节之矩也。神气不可见,于音节见之;音节无可准,以字句准之。音节高则神气必高,音节下则神气必下,故音节为神气之迹。一句之中,或多一字,或少一字;一字之中,或用平声,或用仄声;同一平字仄字,或用阴平、阳平、上声、去声、入声,则音节迥异,故字句为音节之矩。积字成句,积句成章,积章成篇,合而读之,音节见矣;歌而咏之,神气出矣。"当代作家汪曾祺很推崇中国文论的这一传统,说:"这样重视字句的声音,以为这是文学语言的精髓,是中国文论的一个很独特的见解。别的国家的文艺学里也有涉及语言的声音的,但都没有提到这样的高度,也说不到这样的精辟。"汪曾祺认为:要意识到"语言的声音的重要性","一篇小说要有一个贯串全篇的节奏,但是首先要写好每一句话"。① 下面是阿城《树王》中的一句:

> 中午的太阳极辣,山上的草叶都有些垂卷,远远近近似乎有爆裂的声音。

前两句字数与节奏相近,描写的是有因果关系的两个意象,"极辣"与"垂卷",音节上听去与所写之景极为合拍,第三句似一拖腔,"远远近近"的重叠声音让人体会到动态的空间感,而"爆裂"二字又使得这个逶迤的句子在语音上有了起伏变化,同时,本身就有对声音模拟的成分。

二、语法层面

语法是语言中存在的规则性和不规则性的结构和规律。一般来说,语言是以句子的形式出现的,单个的词或词组的具体的或相对确切的意义都要由它在具体的句子中所处的位置而定,句子有句子的语法结构,字词有字词的语法意义。

严格地讲,每一种民族语言都有自己富有个性特征的语法和修辞习惯,汉语当然也是这样,但是我们要明白这样一种现象,对语法的概括与描述所形成的语法体系有时并不等于真实的语言现象中所存在的规律。因为自近代语法学诞生以来,已形成了不同的语法研究体系,而在不同的语法研究体系下,同一种语言往往呈现出不同的语法形态,如果过分依赖语法研究所得出的结论,有可能会失去对语言的准确领悟,失去对鲜活语言的语言感觉和审美体验。从大的方面来说,汉语与印欧语系有本质的区别,但由于中国古代缺乏系统的语法学,所以在语法研究上,自清人马建忠《马氏文通》问世以来,基本上沿用、借鉴的是西语的语法规则方法,往往不是去真实地描述汉语面貌,而是用汉语去"迎合"西语的语法。事实上,每一个民族的语言并不是孤立的,它的形成、发展、完善与革命都有其深刻的文化基础,它与一个民族的自然特征和人文特征都有深刻的联系,抓住了这一点,就能认识到中西语言的差别,对汉语文学语言的内在神韵有更丰富的感悟。从某种意义上

---

① 汪曾祺:《晚翠文谈》,浙江文艺出版社1988年版,第88—89页。

说,西方语言的句子是一种"焦点"式语言,抓住句中的限定动词,就抓住了句子的骨干。动词是句子的核心,它支配别的成分,而它本身不受任何成分的支配,如同西方的油画一样,采用的是严格的几何学的焦点透视法。而汉语句子的认知心理不是"焦点"透视,而是"散点"透视。典型的SVO(主动宾)只占汉语实际运用的9%,即使在这9%中还有大半是长宾语。实际上,汉语句子是以"流水句"的面貌出现的,一个个句读,按逻辑铺排才是汉语句子的构造本质。就语言的结构形态讲,印欧语采取了一种立体建构的方略,而汉语采用的则是一种线型流水的样式。如果把人类语言作二元分割的话,那么一端是形态语言,即具有丰富的形态变化的语言,它常常以主语和限定动词为主干,然后运用关系词将各种成分附加在主干上,这种附加成分可以是单词,也可以是简单句,甚至是复合句,这种句子经常前呼后拥,叠床架屋,表现了一种非常明确的立体造句的意识,再加上它们复杂的形态(格、时态……)的变化,使其呈现出超现实、超自然的特点。而汉语就不然了,它不是一种形态语言,它没有一种凌驾于人、现实与自然之上的组织建构,它非常注重语言的自然铺排,以神摄形,以意义的完整为目的,用一个个语言板块(句读段),按逻辑整理的流动、铺排的局势来完成内容的表达。汉语看上去似乎没有复杂的人工的形态标志,却使它比形态语言更富于变化,它以简驭繁,以能动、发散的基本单位为主体作创造性的发挥。①

即使是同一种民族语言,在语法上也可能呈现出复杂的形态,不同语体的语言在语法上不尽相同,如果说不同民族的语言在语法上可能有质的差别,那么同一种民族语言的不同语体间,在语法上则存在"量"上的差别。波兰语言学家穆卡洛夫斯基认为语言可以分成四个层次,即科学语言、生活语言、文学语言、诗歌语言。科学语言指在科学上所使用的语言,逻辑性很强,语法结构也相当严谨,其他如法律语言、行政语言、军事语言甚至有些新闻语言也与此相仿佛。生活语言就是我们日常口头上所使用的语言,这种语言比起科学语言来要生动一些,它不过分追求语法的严谨,一些省略、倒装、甚至不合语法的说法也可以在交际中使用。如前所述,文学语言是对生活语言的提炼加工,由于要追求更好的语言表达效果,尽可能地传达出精微的艺术内蕴,它往往要突破语法的规范,比如不用标点:

只见潘妈妈——

---

① 申小龙:《中国句型文化》,东北师大出版社1988年版,第445页。

先把脚布直头按在脚内侧靠里怀踝骨略前打脚内直扯大拇趾尖兜住斜过来绕到脚背搂紧再打脚背外斜着往下绕裹严压向脚心四个脚趾拉住抻紧再转到脚外边翻上脚背搭过脚外边挂脚跟前扯勾脚尖回到脚内侧又直扯大拇趾斜绕脚背下绕四脚趾打脚心脚外边上脚背外挂脚跟勾住脚尖二次回到脚内侧跟手还是脚内脚尖脚背脚心脚外脚背脚跟脚尖三次回到原处再来。

(冯骥才《三寸金莲》)

标点是一种停顿,是句子关系的标志之一,冯骥才在这里省去了标点,目的是为了模糊现场的动作状态,从视觉上给读者一种压迫感,让读者去感受作品中压抑、恐怖的气氛。

再如构造新词(组):

一个阔人说要读经,嗡的一声,一群狭人也要说读经。岂但"读"而矣哉,据说还可以救国哩。

(鲁迅《这个与那个》)

"狭人"就是一个新造的词,与"阔人"成为映照,以统指一帮趋炎附势、随声附和的应声虫,讽刺、针砭更为有力。

又如词的新用,再以鲁迅作品为例:

最好解下腰带,挂在梁上,自己紧紧勒死,他们又没有吃人的罪名,又偿了心愿,自然都欢天喜地的发出一种呜呜咽咽的笑声。

(鲁迅《狂人日记》)

"呜呜咽咽"通常不与"笑声"搭配,此例是一个反常,意在揭露吃人者的虚伪。当代小说家何立伟的作品中也时常见到这类情形:

唯嘶嘶的蝉鸣充实那天空,因此就有了晴朗的寂寞。

(何立伟《白色鸟》)

用"晴朗"修饰"寂寞"是一种不合常规的定语用法。下面的例子也是不合常用语法的:

这一切等等,确是十分堂吉诃德了。

(鲁迅《中华民国的"新堂吉诃德"》)

在现代汉语中名词一般不充当谓语,也不受副词修饰,而上一例显然突破了这一惯用法。何立伟的《白色鸟》中有这样一句:

远处一页白帆,正慢慢慢慢吻过来。

在现代汉语中,重叠一般是两次,如果确实需要,也可以用标点隔开,或在两个重叠的后面加上助词"地",这也是个语法的"违规"。

其实从分类上讲,诗歌语言当然应该属于文学语言,但许多语言学家和文论家常常将诗歌语言单独立为一类,其原因主要在于诗歌语言与常态语言的差异相对突出,对语法的偏离也更为明显,可以这么说,科学语言是语法上最为规范的语言,其他语体的语言虽然都要以语法为其基础,但却在客观上存在着"科学语言→生活语言→散体文学语言→诗歌语言"的"离心运动"。这一点可以说是中外皆然,比如乔治·斯坦纳在《通天塔》里这样说德国诗人荷尔德林的诗:"(荷尔德林)使用颠倒语序,把谓语和宾语分开,把名词与前面或后面的定语分开,打破谓语与定语的对称等修辞手段……"[①]英国文论家雷蒙德·查普曼以麦考莱的几句诗来说明诗歌语言对正常语法的偏离,他认为下面的例子"叙述动词、主语和修饰语同正常语言顺序相悖":

Then out spake Spurius Lartius;
A Ramnian prond was he;
"Lo, I will stand at thy right hand,
And keep the bridge with thee."
(接着斯珀里斯·拉修斯开口说话,
他得意洋洋:
"嗨,我将站在你的右手,

---

① 见葛兆光:《汉字的魔方》,香港中华书局,1989年版。

和你一起保护桥梁。")①

由于汉语的特殊性,在诗歌中非常规的语法更为普遍,它们或者省略了主词和谓词,如:

鸡声茅店月,人迹板桥霜。

(温庭筠《商山早行》)

或者省略了表示时间、空间或其他关系、语气、情状的虚词,如:

枯藤老树昏鸦,小桥流水人家。

(马致远《天净沙·秋思》)

或者是颠倒了正常的语序,如:

细草微风岸,危樯独夜舟。

(杜甫《旅夜书怀》)

特别是杜甫的《秋兴八首(八)》中的一联:

香稻啄余鹦鹉粒,碧梧栖老凤凰枝。

对这一联的语序历代注家众说纷纭,如何将其还原为正常的语序几乎没有一个统一的说法。

诗人为什么要如此安排语序?格律自然是其中的因素之一,但更重要的是出于表达的需要,这种需要既是语义的,又是形式的,同时,这样的语言又有其语言学与诗学的依据,因为从思维与语言的关系看,并不是先验地就存在着一套孰前孰后的程序规范,语法只不过是人们思维和语言趋于理性化、精致化的产物,甚至不乏语法学家抽象加工的成分。严格地讲,应该是语法跟着语言走,而不能让语言硬性地去"凑"语法的框架,按照维柯和列维

---

① [英]雷蒙德·查普曼:《语言学与文学》,王士跃等译,春风文艺出版社,1988年版,第77页。

-斯特劳斯等人的研究结论,原始的思维是最接近"诗"的,他们认为人类早期的语言就是天然的诗,但那种"前语法"的语言就很难纳入后来的语法框架。人类的思维的真实状况至今还有不能解释的地方,但有一点是清楚的,思维的材料来源于外部的摄入,因为意念的触发而启动,在一开始浮出意识之表时只是一些意指宽泛的实词,其时空、因果等逻辑关系还未得到加工。这时语言状态理性不强,意义朦胧,当然更谈不上什么语序,但诗歌有时追求的正是这种效果,这在原始思维中得到重视,强调非理性的现代主义诗歌时代尤其如此,比如意象主义诗歌,就主张非理性的介入,让思维的实体(意象)以词的方式直接出现。下面是庞德的名作《地铁车站》:

  人群中这些脸庞的隐现;
  湿漉漉、黑黝黝的树枝上的花瓣。

  如果换成正常的语序,就必须将必要的表明喻体与本体之间的关系的语词加上去,但这样一来,那种面对地铁车站中的人群时的即时性的直觉效果就体现不出来了。再者,客观世界的存在是共时性的,当语言要表达时就必须将这一共时性的世界改变为线性的结果,世界的空间性与语言的时间性一直是一个矛盾,语言在表达世界时固然有其优势,但相对于其他艺术,语词符号只能在时间中依次呈现这一点,对空间感的建立确实是先天的不足,因此,诗人们通过省略或错综可以在一定程度上恢复对世界的空间体验。比如前面所引杜诗《旅夜书怀》中"细草微风岸,危樯独夜舟"一句就是一个在时间中成功地实现了空间画面呈现的例子,这两句诗如果按正常语序排列,就会失去那些景物并存的不可分离感。诗人的这种做法正如特伦斯·霍克斯所说:"诗人意在瓦解'常备的反应',创造一种升华了的意识:重新构造我们对'现实'的普通感觉。"[①]文学语言与日常语言不同,一方面是通向形象和意蕴的通道,一方面又是独立的存在,这确实是个两难,因此在语言观上一直存在不同的主张。比如"语贵自然"就是一种有相当影响的文学语言观,《文镜秘府论》谈到这一点时说要"不以力制,故皆合于语而生自然",这里的"语"就是日常语言,也就是诗论家谢榛在《四溟诗话》中说的"平平道去,且无用工字面,若秀才对朋友说家常话,略不作意"。这样创作的结

---

 ① [英]泰伦斯·霍克斯:《结构主义与符号学》,瞿晶译,上海译文出版社,1987年版,第61—62页。

果自然是自然了,但却让人忘记了语言的存在,那么语言自身的独立性、形式感就得不到重视,文学作为语言的艺术,其语言媒介的审美价值就失去了如色彩在绘画中的地位。因此,有的诗论家和诗人尤其是形式主义诗人们就主张文学语言要与日常语言区别开来,这里又要提到什克洛夫斯基的"陌生化",他将诗歌文体描述为"难懂的、晦涩的语言,充满障碍的语言",他对诗歌的定义就是"一种困难的、扭曲的话语"。[①] 其实,在更高的层次上,形式与内容是可以辩证地统一的,错乱的语序使人集中到语言上去,延长了对语言的感知,其结果将是对语言背后内容的深刻的感悟,如果太顺,可能就在大而化之中滑过去了,所以什克洛夫斯基才说陌生化的目的归根结蒂是为了恢复对生活的感觉。

三、修辞层面

文学研究与语言研究各有分工,但又存在交叉,由于交叉,可能存在边界模糊不清的地方,从而导致了研究的深入。前两节已经反复讲了普通语言或日常语言与文学语言的差别,普通语言讲求准确、规范、朴实、自然,强调它的指称性,所谓"辞达而已矣"(《论语·卫灵公》),如果在日常生活中,人们的语言有过多的色彩,就会被视为华而不实,如果不是将语言与它的指称之间的关系理得很明确,而是绕着弯子将两者间的关系搞得很复杂,就会影响交流,甚至使人怀疑它的真实性。老子讲"信言不美,美言不信",就是这个道理。然而,即使再朴素的文学语言也不同于生活中的日常语言,而是从风格角度刻意加工的结果,研究如何把话讲得更好,如何把文学的语言处理得更好,是文艺学也是语言学的中心问题之一,这里面就存在一门交叉学科,就是修辞学。在学科没有独立的时代,修辞学是横跨语言与文学的,由于研究对象存在一致的地方,语言学和文艺学相对独立后,两者仍割不断与修辞学的联系,亚里斯多德同时撰写了《修辞学》与《诗学》,他告诫两书的读者,读《修辞学》的别忘了去读他的《诗学》,读《诗学》的千万要去读他的《修辞学》。在西方,自文艺复兴以来,修辞问题得到了文艺学的高度重视,雷蒙德·查普曼介绍说:当代的评论家和作家都把注意力集中到语言的修辞用法上了。批评家们认为,词汇在文学语言中起着强调和突出的作用,语言是一个可以从中汲取各种不同文体、不同方言的整体。历史遗留下来的包括

---

① [俄] 什克洛夫斯基:《艺术作为手法》,见《俄苏形式主义文论选》,中国社会科学出版社,1989年版,第76、77页。

术语在内的修辞遗产"确实有助于我们更好地探讨文学作品中经常展示的特种'现实':这种'现实'不同于对话或读报过程中所能找得到的那种客观事实;却能唤起读者的共鸣、使其身临其境"。① 修辞批评早已成为西方重要的批评方法和批评分支,前苏联著名学者维·乌·维诺格拉多夫将其称为"文艺修辞学",他认为"文艺修辞学的主要任务是分析、揭示文学的结构形式的审美特性和审美力量","文学现象,因为它们是用语言手段表现出来的,就可以从纯语言的角度"来进行研究。维氏以文学语言为主要研究对象,同时又认为文学语言处于一个复杂的系统中,尤其与语境、语用以及"作者形象"密切相关,从而建立起了完整的批评范式。②

应该说,从《周易》提出"修辞立其诚"起,中国古代就有相当悠久的文艺修辞学传统,许多诗论、文论探讨的实际上都是一些修辞问题。但到了现当代,由于学科分工趋于精细,修辞学与文艺学越来越远,相较于文艺学的其他范畴,修辞学的工作对象和工作方法相对来讲要显得"技"化一些。也正因为如此,当代文艺学由于疏于修辞,使得研究与批评往往流于空泛和粗疏,特别是对文学语言的研究很难落到实处。著名评论家诺思罗普·弗莱曾发出过"大规模复兴文艺复兴时期修辞学"③的号召,我们当代的文学研究也应这么做。

从广义上讲,一切艺术都存在修辞,艺术分类的根据是其媒介,严格地说,不管是创作还是批评,唯有修辞是关乎媒介的。列夫·托尔斯泰在讨论艺术创作时指出:"在自己心里唤起曾经一度体验过的感情,在唤起这种感情之后,用动作、线条、色彩、声音,以及词句所表达的形象来传达出这种感情,使别人也体验到同样的感情——这就是艺术活动。"④作家的目的也就在于此,即总是用"词句"去表情达意,而修辞正是解决怎样运用才是最佳等问题的。从传统的修辞学观点看,篇章结构也属于修辞,由于在文艺学中另有专门的范畴,在此不予讨论。从修辞角度来看文学语言,可以宏观,也可以微观,它涉及作家的语言观念,作家语言的修辞技巧以及作家的修辞风格和一个民族的语言修辞观。

---

① [英]雷蒙德·查普曼:《语言学与文学》,王士跃等译,春风文艺出版社,1988年版,第124—125页。

② 张会森:《维诺格拉多夫与修辞学》,《修辞学习》,1995年第2期。

③ [英]雷蒙德·查普曼:《语言学与文学》,王士跃等译,春风文艺出版社,1988年版,第124页。

④ [俄]列夫·托尔斯泰:《论创作》,漓江出版社,1982年版,第16页。

每个作家对语言都有自己不同的理解和感觉,作家的修辞风格和语体风格都首先建立在这样的理解和感觉上。为什么说李白飘逸,为什么说杜甫沉郁,其中重要的原因就在于他们的语言。其词汇通过统计学显示,差异是非常大的。李白喜欢使用接近口语的,从音韵上讲开口呼较多的词,所以显得自然、顺畅、响亮;而杜甫则基本是书面色彩,而且繁复、冷僻、曲折的字和句法居多,语音特征重而"闷",因而显得"沉郁顿挫";李贺的奇诡是以他多变的句法与瑰丽而阴冷的、与色彩相关的字词为基础的;而李商隐的晦涩也与他诗作大量用典有关。海明威素以简洁著称,研究表明,之所以如此,是因为他的千万字的作品实际是用令人难以置信的有限的常用字写成的。

修辞的重要的也是最显著的标志是"辞格",辞格是人们在语言运用中逐步定型的技巧,从创作上讲,熟练地运用辞格能加强表达效果,有时,富于独创的辞格本身就具有较强的审美价值,而且能脱离原先的作品而得到广泛的流传。据陈望道《修辞学发凡》,汉语修辞辞格就有近40种,随着汉语的发展,新兴的辞格还在出现。对辞格运用的广泛程度与新巧程度往往是衡量一个作家文学语言素养的标志之一。以元代曲作家关汉卿为例,他就是一位辞格运用大师,如:

对偶:

轻裁虾万须,巧织珠千串。

(《赠珠帘秀》)

比喻:

髻挽乌云,蝉鬓堆鸦,粉腻酥爽,脸衬红霞。

(《双调·新水令》)

引用(用典):

秋景堪题,红叶满山溪;松径偏宜,黄菊绕东篱。

(《双调·碧玉箫》)

设问:

为甚忧？为甚愁？为萧郎一去经今久。

(《闺怨》)

映衬：

子规啼，不如归，道是春归人未归。

(《双调·大德歌·春》)

夸张：

若得小心肝儿敬重，眼皮儿上供养，手掌儿里高擎。

(《崔张十六事·三》)

顶真：

胡猜咱，胡猜咱居帝辇。和别人，和别人相留恋。上放着，上放着赐福天。你不知，你不知神明见。

(《二十换头·双调·新岭·风流体》)

排比：

忧则忧鸾孤凤单，愁月缺花残。为则为俏冤家，害则害谁曾惯？瘦则瘦不似今番。恨则恨怖诱衾寒，怕则怕黄昏到晚。

(《双调·沉醉东风》)

反复：

俺也自知，鸾台懒傍尘土迷；俺也自知，金钗环享单云鬓堆；俺也自知，绝鳞翼，断信息。

(《怨别》)

复叠：

>伴的银筝女银台前理银筝笑倚银屏,伴的是玉天仙携玉手并玉肩用登玉楼,伴的是金钗客歌金缕捧金樽满泛金瓶。

(《不伏老》)

拈连:

>月下砧声幽,月下砧声幽。风前笛奏,断肠声无了无休,捣碎我心头。

(《仙思·桂枝香》)

仅就其散曲作品而言,所用辞格就有十几种,它是关汉卿散曲幽默、通俗风格的重要构成之一。

一种民族语言都有自己修辞方面的观念、传统和风格。汉语的修辞传统简而言之,就是不以文害辞,不以辞害意,意为主,辞为辅。杜牧说:"凡为文以意为主,以气为辅,以辞采章句为之兵卫。"(《答庄充书》)修辞当然是要修饰语言,但这种修饰不能只重形式,要文质彬彬,如果文胜质就会走向反面,吴可在《藏海诗话》里这样论述两者的辩证关系:"凡装点者好在外,初读之似好,再三读之则无味。要当以意为主,辅之以华丽,则中边皆甜也。装点者外腴而中枯故也。或曰秀而不实。晚唐诗失之太巧,只务外华,而气弱格卑,流为词体耳。又子由叙陶诗,外枯中膏,质而实绮,癯而实腴,乃是叙意在内者也。"重意,也就必然重理、重情,总而言之就是将表达放在第一位,顺理成章的语言美要求就是修辞作为技巧要用得自然,即使奇、巧,也不是刻意为之,奇为奇情奇理服务,巧为巧构巧品服务,因而本质上依然是自自然然。修辞虽是外观,但却是有根有源的:"凡物之生而美者,美本乎天者也,本乎天自有之美也。"(叶燮:《已畦文集》)所以"盖天地有自然之文章,随我之所触发而宣之,必有先有其自然者,为至文立极"。① 这种修辞理想发为极端就是"自然妙者为上,精工者次之"。举朴拙而为高格:"因朴生文,因拙生巧,相因相生,以至今日,其大也无根,其深也叵测。孰能返朴复拙,以全其真,而老于一邱也耶?"② 对汉语的这种传统修辞观念,我们一方面要认识到这种返朴归真是一种从拙到巧再到拙的由绚丽而归于平淡的高境界,但

---

① 叶燮:《原诗·内篇下》,蒋寅笺注,上海古籍出版社,2014年版,第150页。
② 谢榛:《四溟诗话》卷二,人民文学出版社,1985年版。

另一方面也要注意到这种古典时期的特定的语言理想具有消极的一面,它不利于语言的发展,影响文学语言的独立品格,甚至取消文学语言与日常语言的区别,这是我们面对这一传统时要辩证对待的。

思考题

1. 文学语言与日常语言的关系如何?
2. 文学语言作为艺术符号,具有哪些特征?
3. 怎样理解"言不尽意"与"立象尽意"的现象?
4. 通过什么途径解决"言不尽意"的问题?
5. 文学语言的"涵义"与"意义"是不是一回事,为什么?
6. 文学语言的"涵义"的形成和表达通过什么途径?
7. 文学语言有哪些审美特征?

拓展阅读书目

1. 李荣启:文学语言学[M].人民出版社,2005年版.
2. (荷兰)佛克马、易布思:二十世纪文学理论[M].三联书店,1988年版.
3. 王一川:文学理论[M].北京大学出版社,2011年版.

第九章 文学鉴赏论

本章与第十章属于文学接受论(广义)的范畴,研究文学活动四要素中的"作品"与"读者"之间的关系。严格地说,文学作品如果不与读者相接触,那么它就没有真正完成,也就不能在社会生活中起作用。文学作品只有经过读者的鉴赏和批评,才能真正达到完成,才能对社会生活产生实际作用。本章主要研究文学接受的重要环节——文学鉴赏问题,包括文学鉴赏的性质和作用,文学鉴赏的条件和过程,文学鉴赏的一般规律,以及共鸣、曲解、成见等文学鉴赏论的重要范畴。

第一节 文学鉴赏的性质和作用

一、文学鉴赏的性质

文学鉴赏是一种特殊的接受活动,阅读文学作品与阅读哲学、历史、政治、经济等理论性学术著作不同,这是一种带有享受和娱情性质,但又不乏创造力、主动性和理性深度的审美活动,读者通过阅读文学作品愉悦心灵、陶冶情操、增长知识,进而重新塑造自我。具体地说,文学鉴赏的性质表现在这样几个方面:

首先,文学鉴赏是一种审美活动。文学鉴赏具有距离感、假定性和超越感,这是阅读其他理论学术著作所不允许也不需要的。所谓距离感,是说文学鉴赏以情感活动为主导,而不是以认识活动为要义,它往往将认识的逻辑转化为情感的逻辑,并非用理智,而是用情感去把握作品,因此与现实始终保持一定的距离。在阅读小说这种用"谎言"编织起来的故事时,在观赏戏剧这种用布景道具搭建起来的世界时,欣赏者的心态总是与现实不粘不脱、若即若离,在乎有意无意之间的。所谓假定性,是说文学鉴赏必须调动起丰富的想象和联想,复现作品虚构的情节、场景和人物,特别是需要把语言文字在想象和联想中转换成栩栩如生、宛在眼前的形象,而这一切在欣赏者来说都带有非现实的、假定的性质。所谓超越感,是说文学鉴赏的距离感和假定性使得欣赏者在欣赏过程中有可能摆脱狭隘的实际生活的束缚,在超越个人功利和物质实用的层面上对作品进行审美观照,保持一种"观照"或"静观"的态度,更加专注地把握作品的审美价值。凡此种种,都使得文学鉴赏有可能成为一种享受、一种娱乐、一种消遣、一场游戏。亚里斯多德早就指出,文艺不光达到给人以教育和净化的目的,而且要给人以精神享受,也就是紧张工作后的安静和休息。鲁迅曾将给人以享乐视为文艺"本有之目的"。这都指出了文学鉴赏给人以审美享受的特点。当然既然是审美享受,那就不是单纯的肉体享受,而主要是一种精神享受。

其次,文学鉴赏是一种艺术再创造活动。文学鉴赏看来似乎是对于作品的被动回应,一般认为,有作品在前,方能有欣赏在后,作品如何,欣赏便必定产生相应的效果。但这只是一种粗浅的理解,对于作品来说,欣赏活动从来不是消极、被动的,它总是积极、主动地参与着作品的意义建构和价值实现,没有它的参与,作品就不能达到最终完成。这就是说,一件作品的诞生,不仅要经过作家的创造,而且还要经过读者的再创造。罗兰·巴特把作品称为"期待结构",伊瑟尔把作品称为"召唤结构",就是说作品内部留有无数空白点,期待或召唤着读者用自己的经验、体会、情感和理解去将它填满,未经读者填充的作品只具有潜在的意义,只有经过读者填充的作品才真正具有实在的意义。正是在这个意义上,伊瑟尔将"作品"与"文本"这两个概念区分开来,认为"文本"是属于作者一极,而"作品"则属于读者一极,也就是说,"文本"是未完成态,"作品"才是完成态。创作活动所得到的产品如果只是"藏之名山",那么它只是一个"文本";只有将它"传之其人",才称得上是一件"作品"。在"文本"向"作品"转化的过程中,读者的经验、知识、情感、意蕴等起着关键的作用,读者将它们填进了"文本"所留有的意义空白之中,使"文本"获得了新的生命。如果用一个公式来加以表示的话,那就是:

作品＝文本＋读者的经验、知识、情感、意蕴等

接受美学关于"作品"的这一定义并不排斥作家、创作和文本本身的规定性,但同时也将读者的规定性吸收其中,这样的理解显然是更加全面周到的。伊瑟尔曾以英国作家菲尔丁的小说《约瑟夫·安德鲁斯》中的一个细节为例来说明这种关系,小说写女主人公包比夫人设法引诱她的男仆约瑟夫,约瑟夫不敢从命,无奈中只能用道德作为挡箭牌,包比夫人在听到"道德"二字时却表示出极度的惊恐。小说写到这里对读者说了以下这段话。(见专

栏 9.1）

> **专栏 9.1**
>
> **菲尔丁:《约瑟夫·安德鲁斯》片断**
>
> 　　看官,你听到过诗人所讲的"惊讶"的塑像,你也听到过,不然就是孤陋寡闻了,惊讶怎样使克利塞斯的一个哑巴儿子开口讲话。当布里奇沃特、威廉·米尔斯先生或者别的有一副鬼相的人擦了一脸白粉,穿着血糊糊、破拉拉的衣衫,随着轻音乐,或者简直没有音乐,从舞台的活板门下冒出来的时候,你在票价十八便士的顶层楼座上见过看客们惊讶的脸色吧,但是你既不能从这些脸上,也不能从菲狄亚斯或普拉雪特勒斯(假如他们复活的话)所雕刻的塑像上——不,甚至不能从我的朋友荷迦斯无比的画笔下——得到映入你眼帘的那份惊讶的概念。因为当约瑟夫说出最后几个字的时候,包比夫人所显露的惊讶,即使给他们看到了,他们也无法模拟。"你的德行!"夫人哑口无言了。两分钟之后清醒过来说,"我再也不能容忍它"。①

　　小说在这里并未直接去描绘包比夫人的惊恐状,而只是列举了古希腊的神话传说(吕底亚国王克利塞斯)、古希腊的雕塑(菲狄亚斯、普拉雪特勒斯的作品)、同时代的绘画(荷迦斯的作品)、以及同时代的恐怖剧中所表现的"惊恐"给人留下的印象,让读者用自己在这方面所储存的经验和知识等去填补在文本中所留下的意义空白,进而把握作品所要表达的东西。伊瑟尔将这种引导读者去填补的意义空白称为"图式",他指出,"这些图式为他提供了具体的知识,它们能够帮助他去想象包比夫人的惊讶","图式宛如一种中空的形式,它要求读者往里面填入他自己的知识储藏"。② 正因为读者总是要运用自己的经验和知识等去填补空白,参与作品意义的创造,所以欣赏过程也就是一个艺术再创造的过程。

　　再次,文学鉴赏也是一种艺术判断活动。阅读文学作品与阅读理论学术著作一样,也包含着判断的成分,对于作品的高低优劣、成败得失总是有一个大体的估价和评判,对于作品的主题和内涵总是有一定的认识和理解,这一切都同样体现着理性的作用。但是文学鉴赏所包含的判断因素是一种艺术的判断、情感的判断,它是以情感为主,以认识、理解为辅的,在这里有

---

① ［德］沃·伊瑟尔:《阅读行为》,金慧敏等译,湖南文艺出版社 1991 年版,第 183—184 页。
② ［德］沃·伊瑟尔:《阅读行为》,金慧敏等译,湖南文艺出版社 1991 年版,第 184,185 页。

认识、理解的作用,但它必须取得一种情感的存在方式,以喜怒哀乐、爱憎好恶的形式表现出来,而不是变成一种抽象的逻辑判断或一个简单的结论。宋代文论家严羽曾经说过:"读《骚》之久,方识真味,须歌之抑扬,涕泪满襟,然后为识《离骚》。"(《沧浪诗话》)就是说,对于屈原的《离骚》的真正认识和理解,总是与情感的起伏和波动纠结在一起的。而且还会出现这样的情况,一旦在文学鉴赏中情与理发生矛盾,即情感判断与理智的判断、认知的判断相互错位甚至相互对立的时候,读者往往是以情感判断为转移,而不是以理智的、认知的判断为标准。例如在阅读《长恨歌》、《长生殿》时,人们一般是将其作为描写青年男女委婉动人的爱情故事来读,而不是将其作为封建帝王与后妃之事来认知的。唯其如此,读者才能对文学作品抱有一种健全的欣赏态度和审美趣味,既不乏理性内涵,又不至于滑入简单化、公式化、概念化的歧途。当人们关注着《红楼梦》中大观园内少男少女的命运遭遇时,不至于导致将其作为"阶级斗争的教科书"来认识的片面性,当人们为《水浒传》中栩栩如生的人物性格感到兴味盎然时,也不至于堕入将其视为投降主义的"反面教材"的简单和武断。也唯其如此,读者才能在鉴赏过程中,精神上得到充实,思想上获得教益,情感上受到陶冶。

二、文学鉴赏的作用

虽然文学接受是整个文学活动的最后一个环节,但它的作用却能辐射到文学活动的其他环节之中,只有将文学鉴赏放到这一互动关系之中,才能对其作用得出一个确切的认识。首先,文学鉴赏是文学的社会功能的实现机制。文学的社会功能可以举出种种,但是其中无论哪一种社会功能,离开了文学鉴赏都无法得到实现。就一定的作品而言,它具备了某种性质并不意味着它已经产生了实效,作品的性质还只是一种前功能或潜功能,在这里要将潜在的变成实在的、可能的变成现实的,还必须借助于文学鉴赏,只有通过文学鉴赏,作品才能满足读者的欣赏需要,才能对读者产生影响,才能发挥实际意义,也才能谈得上产生社会功能。正如马克思所说:"供给的产品本来并没有效用。它的效用是由消费者确定的。即使产品的效用得到公认,但产品究竟不仅仅代表效用。"[①]这就相当于一件衣服、一份食物,当人们还没有穿它、吃它时,它虽然不失其固有的性质,但是无所谓功能;一旦它发

[①] [德]马克思:《哲学的贫困》,《马克思恩格斯文集》第4卷,人民出版社,2009年版,第85—86页。

挥了功能,产生了实效,则事先必然已有穿和吃的消费行为加诸其身了。同样道理,一部小说、一首诗歌、一出戏剧,无论作者在其中注入了多少优良的美学品质,但是只要它还没有进入欣赏过程,还没有被人感受、领悟、理解和激赏,那么它就不会产生任何影响,不会收到任何效果。这种情况只有在文学鉴赏中才能得到改观。接受美学的倡导者姚斯对此有一个很好的比喻,他认为作品就像一部乐谱,欣赏者就相当于演奏者,不通过演奏,乐谱还只是一堆死材料,只有通过演奏,乐谱才能获得现实的生命。历史上无数事实证明,那些具有重大影响的文学作品,它们的社会功用无一不是通过文学鉴赏而得到实现的。总之,文学鉴赏是从文学创作到文学产生社会功用这一过程中不可缺少的环节,也是文学作品来自现实生活再回归现实生活的必由之路。

其次,文学鉴赏对文学创作具有制约和反馈作用。文学鉴赏对于文学创作的制约作用可以从文学创作始终在"隐含的读者"监督之下进行这一点见出。所谓"隐含的读者"是接受美学提出来的概念,是指作者在创作活动中预先构想的接受者,作者在创作过程中要了解它的需要,揣摩它的兴趣爱好,设想它可能作出的反应,听从它的劝告和建议,并从而调整和变更自己创作的意图、目标、思路和方法。在这里作者与读者存在着某种易位现象,作者面对着他心目中的"隐含的读者"倒成了接受者,而这个"隐含的读者"的态度倒起着主导的作用。伊瑟尔指出,在文学作品本文的写作过程中,作者的头脑里始终有一个隐含的读者,而写作过程便是向这个隐含的读者叙述故事并进行对话的过程。既然如此,那么这个"隐含的读者"也就不可避免地成为作品本文的一个有机组成部分,伊瑟尔说,隐含的读者"作为一种概念,深深地植根于本文的结构中",它"包含着一部文学作品实现其效应所必需的一切规定。本文的规定取向并不是由某种外在的经验现实设制的,而是由本文自身设制的。"。①

在创作过程中对于这种"隐含的读者"的预想有人是不自觉的,但有人则具有明确的自觉意识。陆文夫曾提出"为读者想"的主张,他说:"最好是在创作的过程中,抽空把自己退居到读者的地位,或者是设想有几个读者站在你的面前。观察他们什么地方微笑,什么地方叹息;什么地方紧张而又激动,什么地方需要一点休息。什么地方他们可能知道,要从简;什么地方他

---

① [德]沃·伊瑟尔:《阅读活动:审美反应理论》,金元浦等译,中国社会科学出版社1991年版,第43页。

们很想知道,要详细。什么地方应该顺其心意而发展,什么地方又该出其所料用奇笔;什么地方可以娓娓而谈,什么地方应该一口气到底……"①在创作中作者必须考虑到的有这样几个方面:一是欣赏者的一般欣赏规律,力求做到使欣赏者始终保持较高的兴奋度。例如中国古代戏剧经常运用插科打诨的办法来调动欣赏者的兴趣,清代戏剧家李渔说过,因为戏剧演出的时间较长,所以观众在观看过程中势必会感到疲劳,这就大大削弱了演出的效果,因此"作传奇者,全要善驱睡魔",而插科打诨能够"养精益神,使人不倦",对于维持演出效果能够起到积极的作用,因此从观众的欣赏规律来看,插科打诨实在不可或缺,从而李渔说:"科诨非科诨,乃看戏之人参汤也。"②二是欣赏者的欣赏层次,据此而对创作进行分层处理。如果是比较高雅的欣赏层次,就必须突出思想性、现实性和社会性;如果是大众化的欣赏层次,就要注意到通俗性、普及性和娱乐性;如果是贤愚同观、雅俗共赏的情况,那么创作便应做到就高不就低。李渔认为戏剧的文词形式应在"浅处见才","其事不取幽深,其人不搜隐僻,其句则采街谈巷议",因为"传奇不比文章,文章做与读书人看,故不怪其深;戏文做与读书人与不读书人同看,又与不读书之妇人小儿同看,故贵浅不贵深"。③ 三是欣赏者的构成状况,不同的文学体裁所面对的欣赏者的构成状况判然有别,阅读小说或诗文一般都是个人接受行为,但是戏剧所面对的则将是聚集在剧院中的庞大群体。发生在公众群体中的事情与发生在个人接受行为中的事情有着截然不同的性质。个人接受行为比较宽容一些,公众接受行为则更加挑剔;个人接受行为比较冷静,公众接受行为则更加情绪化;个人接受行为比较随意,公众接受行为则更加限定。例如戏剧、朗诵诗欣赏者的构成就不同于小说和散文,相应地,它们的创作也就各有一套不同的规矩,因此,戏剧的"三一律"和"程式化",小说的章回体,散文的"起承转合",诗歌的格律声韵等等的形成,其实都与"隐含的读者"有关。凡此种种,作家在创作时都不能不考虑在内。

但是"隐含的读者"还并不就是"现实的读者",尽管这两者密切相关,前者为后者的活动勾勒了粗略的轮廓、圈定了大致的范围,但它们却总是不可能完全吻合的,作家所构想的"隐含的读者"的作用在实际接受活动中并不能完全奏效,在实际接受活动中"现实的读者"总是要进一步发挥、补充、修

---

① 陆文夫:《为读者想》,《文艺报》1980年第3期,第48页。
② [清]李渔:《闲情偶寄·词曲部下》,见《闲情偶寄》卷二,中华书局,2011年版,第56页。
③ [清]李渔:《闲情偶寄·词曲部下》,见《闲情偶寄》卷二,中华书局,2011年版,第57页。

正甚至推翻作家原有的构想。当然就不同的作家而言,这种差距往往不尽一致。一般地说,富于创作经验的作家能够较为充分地预料到在实际接受活动中出现的情况,在作品中所设计的"隐含的读者"可能会比较接近"现实的读者",从而在实际接受活动中更有效地实现他的创作意图;反之,一个初出茅庐的新手则往往对实际接受活动的规律缺乏经验,以至他所设想的"隐含的读者"与"现实的读者"相去甚远,从而在实现其创作意图时总是显得力不从心。但不管怎样,任何作家在创作中都不可能将"隐含的读者"与"现实的读者"二者严丝合缝地弥合起来,以他预成的设计取代实际的接受活动,取代"现实的读者"的作用。

出现这样的情况,原因在于"隐含的读者"只是作家在创作时头脑中构想的对象,他的品格只是作家根据创作经验预先设定的,只是意念性、理想化的,是一般、抽象、普泛的观念,他的作用是使作品更加切合实际接受活动的情况,从而更加有效地实现作品的审美价值和社会功能。但"现实的读者"则是生活在五光十色、变动不居的现实生活之中的,他的接受活动有着为作家的超前构想所不可企及的复杂性和随机性,他是特殊的、具体的、限定的,时代、民族、地域、阶级、个人的特点都可能改变其接受活动的倾向和取径,历史的演进、时代的更替、民族心理的差异、风俗的流变,都可能使其接受活动带有新的特点。而作家在作品中所预先设定的"隐含的读者"却总是跟不上"现实的读者"在日新月异的实际生活中所发生的变化,这就难免造成二者之间这样那样的落差、错位和距离。这就要求作家还必须密切注视"现实的读者"的欣赏需求、欣赏特点和欣赏动向,将其作为不断调节、修正以至变更自己的创作行为的重要依据。一般地说,当一部小说受到读者冷落时,作者就要考虑如何改变写作的套路了,当一场演出让观众昏昏欲睡或纷纷退场时,导演和演员就要考虑如何增强戏剧的舞台性和剧场性了。反之,一部作品或一场演出引起轰动,以至红极一时、家喻户晓,那就将极大地激发起作家的创作热情,使之进一步提高创作水平。例如当代作家叶辛的小说《孽债》所引起的轰动,就是对于作者贴近现实生活、思考现实中所存在的问题的创作道路的肯定和褒奖,它无疑将对作家的创作激情起到有力的激励作用。

再次,文学鉴赏也是文学批评的基础。一个优秀的批评家必然是一个具有较高的鉴赏力和良好的欣赏趣味的人,缺乏良好的艺术感受力、洞察力和鉴赏力的人决计成不了好的批评家,他对于文学作品的批评意见往往不能切中肯綮,总是使人难以消除隔靴挠痒之感。因为文学批评是对于作品的主题、意蕴、题材、形象、形式、技巧等美学内涵的理性把握,这种理性把握是否可能以及达到什么程度,批评者的理论功底和思维训练固然重要,但是对于作品的形象体系和美学内涵的感受、洞察、体会和领悟却是必要的基础,理论的分析和概括只是在这一基础上进一步的结晶和升华。一旦缺少这一基础,理论便成为空中楼阁,只是成了从概念到概念、从思想到思想的智力游戏,脱离作品实际而变成枯燥乏味的教条。古今中外的大批评家,无不具备良好的艺术素养和丰富的欣赏经验,对于他们的批评对象总是表现出餍心切理的感悟和鞭辟入里的洞察。例如19世纪著名法国批评家丹纳的《艺术哲学》就是不可多得的文艺批评的经典之作,该书在评论西方从古希腊雕塑到中世纪的哥德式建筑、意大利文艺复兴时期的绘画、17世纪新古典主义戏剧、直至19世纪的近代艺术时,表现出透辟的美学识见、犀利的艺术敏感和灵气斐然的审美悟性,这是可以被一般批评家援为圭臬的。这一点即从他对17世纪法国悲剧写下的以下一段批评文字便可略见一斑。(见专栏9.2)

专栏 9.2

丹纳论 17 世纪法国悲剧

我们先考察法国悲剧的总的面目。这些面目都以讨好贵族与侍臣为目的。诗人从来不忘记冲淡事实,因为事实的本质往往不雅;凶杀的事决不搬上舞台,凡是兽性都加以掩饰;强暴,打架,杀戮,号叫,痰厥,一切使耳目难堪的景象一律回避,因为观众过惯温文尔雅的客厅生活。由于同样的理由,作者避免狂乱的表现,不像莎士比亚听凭荒诞的幻想支配;作品结构匀称,绝对没有突如其来的事故,想入非非的诗意。前后的场景都经过安排,人物登场都有说明,高潮是循序渐进的,情节的变化是有伏笔的,结局是早就布置好的。对白全用工整的诗句,像涂着一层光亮而一色的油漆,用字精炼,音韵铿锵。如果在版画中翻翻当时的戏装,可以发现英雄与公主们身上的飘带,刺绣,弓鞋,羽毛,佩剑,名为希腊式而其实是法国口味与法国款式的全部服装,就是17世纪的国王,太子,后妃,在官中按着小提琴声跳舞的时候所穿戴的。……

这种戏剧可说是贵族社会极妙的写照,像哥德式建筑一样代表人类精神的一个鲜明而完全的面貌,所以也像哥德式建筑一样到处风行。①

---

① [法]丹纳:《艺术哲学》,傅雷译,人民文学出版社,1963年版,第57、59页。

很显然,丹纳在这里评论 17 世纪法国悲剧时所表现出来的美学识见、艺术敏感和审美感悟都是建立在良好的艺术鉴赏力基础之上的。

第二节 文学鉴赏的条件和过程

一、文学鉴赏的条件

虽然文学鉴赏是一种即时的实际行为,欣赏者或者在广场上倾听诗人面对人群朗诵诗歌,或者斜倚在枕边就着床头的灯光阅读小说,或者在剧院的池座里观赏话剧演出,都似乎是无须特意准备的,但他的欣赏活动却往往表现出特有的价值取向和审美特征,而这恰恰并非全部是由欣赏对象的性质决定的,在这里有若干条件起着重要的作用,影响着欣赏者对于作品的欣赏活动。

首先,读者并不是从思想真空出发,而是从他的"期待视野"出发进入欣赏过程的。所谓"期待视野",就是指读者的全部知识、经验和修养等所构成的欣赏背景,它对欣赏活动起着一种参照框架的作用,一旦缺少这一参照框架,欣赏活动便会变得毫无意义。姚斯说:"一部文学作品,即便它以崭新面目出现,也不可能在信息真空中以绝对新的姿态展示自身。但它却可以通过预告、公开的或隐蔽的信号、熟悉的特点、或隐蔽的暗示,预先为读者提示一种特殊的接受。它唤醒以往阅读的记忆,将读者带入一种特定的情感态度中,随之开始唤起'中间与终结'的期待,于是这种期待便在阅读过程中根据这类本文的流派和风格的特殊规则被完整地保持下去,或被改变、重新定向,或讽刺性地获得实现。"[1]期待视野的存在,是文学欣赏得以顺利进行的一个重要条件,道理非常简单:对于一个像白板一样空洞贫乏的头脑来说,再完美的作品都将失去意义,这样的头脑根本无法与之建立联系,只有当作品激活了潜藏在读者意识深处的知识、经验和修养,使之产生巨大的内心反响和情感波澜时,读者才能对作品产生强烈的印象和深刻的感悟,欣赏活动才能顺利进行,才能收到积极的效果。

关于期待视野,艾·威尔逊说得很形象,他说观众去剧场看戏时,每个人手中除了节目单之外,还持有一张目录表,在这张目录表上,保存着他的

---

[1] [德] 姚斯:《走向接受美学》,《接受美学与接受理论》,周宁等译,辽宁人民出版社 1987 年版,第 29 页。

个人经历和记忆，记载着他个人的情感创伤、童年的记忆和秘密的幻想，"舞台上所发生的任何事情，只要它使我们回想起了这些东西，就会对我们产生强烈的影响"。① 如果将这张目录表详细开列出来的话，其中应包括加诸读者其身的时代精神、民族心理、文化传统；读者的社会出身、家庭状况、经济生活、职业特点、文化教养、社会交往、生活遭遇；以及读者个人在生活中偶然遇到的个别动因等不同层面的诸多因素，它们在具体的欣赏过程中都将起着不容忽视的作用。《红楼梦》第 23 回中关于林黛玉欣赏《牡丹亭》唱词的一段描写可以说明这一问题。（见专栏 9.3）

专栏 9.3

《红楼梦》第 23 回"西厢记妙词通戏语，牡丹亭艳曲警芳心"（片断）

刚走到梨香院墙角外，只听见墙内笛韵悠扬，歌声婉转，黛玉便知是那十二个女孩子演习戏文。虽未留心去听，偶然两句吹到耳朵内，明明白白一字不落道："原来是姹紫嫣红开遍，似这般，都付与断井颓垣……"黛玉听了，倒也十分感慨缠绵，便止步侧耳细听，又唱道是："良辰美景奈何天，赏心乐事谁家院……"听了这两句，不觉点头自叹，心下自思："原来戏上也有好文章，可惜世人只知看戏，未必能领略其中的趣味。"想毕，又后悔不该胡想，耽误了听曲子。再听时，恰唱到："只为你如花美眷，似水流年……"黛玉听了这两句，不觉心动神摇。又听道："你在幽闺自怜……"等句，越发如醉如痴，站立不住，便一蹲身坐在一块山子石上，细嚼"如花美眷，似水流年"八个字的滋味。忽又想起前日见古人诗中，有"水流花谢两无情"之句；再词中又有"流水落花春去也，天上人间"之句；又兼方才所见《西厢记》中"花落水流红，闲愁万种"之句：都一时想起来，凑聚在一处。仔细忖度，不觉心痛神驰，眼中落泪。

从林黛玉欣赏《牡丹亭》唱词的整个过程和她达到欣赏活动的高潮："不觉心痛神驰，眼中落泪"，可以看出"期待视野"始终在其中起着重要的作用，这里有以往读过的古人诗词和刚刚偷读的《西厢记》中的曲词，也有她对这些词曲的领会和玩味，她不免要联想起自己不幸的身世和遭遇，"一年三百六十日，风刀霜剑严相逼"的险恶环境，特别是"心比天高，命如纸薄"的巨大人生矛盾，在这众多因素的反复作用、相互推移、层层加深之下，终于产生了带有强烈的悲剧色彩的欣赏效果。

---

① ［美］艾·威尔逊:《论观众》，李醒等译，文化艺术出版社，1986 年版，第 36 页。

其次，文学鉴赏也要看读者所持的态度。即使是欣赏同一部作品，每一个读者的阅读态度也是大相径庭的，这最初的出发点势必影响着整个欣赏活动的取向和特点。总的说来，读者的阅读态度可分认知性阅读、实用性阅读、审美性阅读和消遣性阅读等几种。

认知性阅读主要把握文学作品中的认识内容，包括自然规律、社会本质和人生真谛等，以达到改造自然、变革社会、促进人生的目的。在读者的心理结构中理智和理解对其他心理要素占据主导地位，阅读过程中在进行着审美欣赏的同时，需要用理性的形式去把握对象的理性内容，诉诸判断、推理、演绎、分析、综合等逻辑思维的形式。这种阅读态度主要留心的是作品的主题和题材。社会学家、经济学家、历史学家以及文学批评家主要采取这种阅读态度。实用性阅读主要在文学作品中寻找一定的证据，以达到某种政治的、道德的或宗教的实际功利目的，在这里意志和欲望占据了主导地位。持这一态度的读者也主要关心作品的内容，但是如果缺乏审美的距离感和超越感，则往往难免附会和曲解，导致简单化和庸俗化之弊。审美性阅读以情感为核心，其他心理要素服从于情感活动的需要，它主要达到愉情悦性的目的，从而不仅在作品的内容上取得审美经验，而且在作品的形式上获得精神快慰，在欣赏过程中常常对作品的情节发展产生强烈的悬念，为人物的命运而感到忧心如焚，同时也会对作品的格律声韵击节赏叹，对活泼灵动的语言表达拍案叫好。消遣性阅读与审美性阅读相互貌似但实质上相去甚远，它更多情绪和兴趣的成分，主要满足排遣和休闲的需要，它在作品的所有要素中最关心的只是情节和故事。

再次，读者所处的情境也是影响文学鉴赏的一个重要条件。所谓"情境"既与读者所处的情感状态和心境有关，又是一定环境气氛的产物。桓谭的《新论》中有这样一个故事：善于鼓琴的雍门周见孟尝君，孟尝君问他，你弹琴能使我悲伤吗？雍门周说，我弹琴是想使你高兴，怎能使你悲伤呢？不过我替你想想，的确也有许多值得悲伤的事。譬如百年以后，你的坟头上长满了荆棘，放牛的、砍柴的在上面跳跳蹦蹦地唱起歌来，他们唱道："唉，像孟尝君那样尊贵的人，竟也会这样啊？"孟尝君听了，不禁悲从中来，眼泪已涌到了睫毛边，不过还没有掉下来。这时，雍门周拨动琴弦，轻轻一弹，孟尝君挂在睫毛边的眼泪不由得"噗嗒"一声落下来了。[①] 雍门周鼓琴能收到如此

---

① 参见钱谷融：《艺术的魅力》，《艺术·人·真诚》，华东师范大学出版社，1995年版，第198—199页。

强烈的效果,诀窍在于他善于制造气氛,让孟尝君在烘托演奏效果的气氛中产生特定的心意状态,再通过演奏来巧妙地达到目的。后来陆机在评论这一典故时说:"落叶俟微风以殒,而风之力盖寡;孟尝遭雍门而泣,而琴之感以末。"(《豪士赋序》)就是说,秋天的黄叶虽然因微风而摇落,但秋风所起的作用其实是很小的;孟尝君虽然听了雍门周的琴声而落泪,但琴声所起的作用也是很微弱的。琴声之所以能够收到这样的欣赏效果,就是因为特定气氛的作用。在欣赏活动中,读者的心境和情感也往往由外部环境所决定,因之外部环境也能对欣赏活动产生重要影响。萨特说,假如一个作家要向没有经历过二次大战的美国读者讲述德军占领时期的情况,那么小说就要增加20页的篇幅;但要是他对饱经战乱的法国读者讲述同样的事,那就只消"一个德国军乐队在公园里的凉亭里演奏"[①]一句话就能解决问题。对于美国和法国的读者来说,欣赏效果之所以如此悬殊,就是因为他们历史背景和所处的外部环境不同。

二、文学鉴赏的过程

在读者所持的期待视野和阅读态度、读者所处的情境等前提条件的制约和推动之下,文学鉴赏进入了实质性的欣赏过程,一般地说,完整的文学鉴赏过程包括四个阶段,即预期、感知、领悟、余兴。这里以法国作家法朗士的《首次观剧印象》一文所写他早年第一次观剧的经历为例说明之。

预期。读者在实质性的文学鉴赏活动尚未开始或刚刚开始时往往抱有一种"预备情绪",它是由注意力、好奇心、求知欲、爱悦心交织而成的一种激动不安的心情,这时读者所有的经验和知识开始向这种复杂的情感体验集中、靠拢,转化为一种感兴、趣味和情怀。金圣叹说《西厢记》须扫地读之、焚香读之、对雪读之、对花读之、与美人并坐读之、与道人对坐读之(《读第六才子书西厢记法》),就是讲如何促进这种"预备情绪"的形成。这种"预备情绪"的作用在于使读者的审美经验与日常经验拉开距离,降低功利考虑的成分,进入富于创造性的主动状态,由于注意力、好奇心、求知欲、爱悦心的弥漫,读者的审美经验似乎被笼罩在一层半透明的氛围之中,如烟如雾,如诗如梦,尽管日常经验仍然在根本上起着制约作用,但它的范围已明显缩小,它的压力已大为减弱,甚至使他暂时忘却了现实世界,这种神思专注的时刻也成为个人经验中极其活跃、极其主动,迫切要求与观赏对象交流和向观赏

---

① [法]萨特:《萨特文论选》,施康强译,人民文学出版社,1991年版,第138页。

对象投射的扩张状态之中,这就有力地推动其日常经验向审美经验过渡。《首次观剧印象》如实地描述了小法朗士观剧前的这种"预备情绪":

> 整整二十四小时里,我情绪激动,焦躁不安,既担忧又满怀期望,等待实现这个前所未有的、千金难买的由突然响起的门铃声可能毁灭的幸福。一直到最后一刻,我还担心有人请父亲去出诊。那天的太阳好像迟迟不肯落山似的;我觉得晚餐拖得很长,而我却难以下咽,我非常担心迟到,误了看戏。……我们终于到达剧场了。引座的女人把我们带进一间通红的包厢;包厢面对一个嘈杂的大厅,从那儿传来乐师调试乐器的不和谐的声音。台上响起了庄严的三声击木,随后是笼罩大厅的深沉的肃穆,我这时的心情十分激动。①

这里作者所运用的"情绪激动"、"焦躁不安"、"满怀希望"、"心情十分激动"等字眼都确切地刻画了这种"预备情绪"的特定心理状态。

感知。在欣赏活动中,欣赏者首先接触到的是作品的外在形式,而他所有的心理功能中最早起作用的则是感知,他要用视觉、听觉去感受作品的各种媒介,在此基础上逐步形成对于作品所提供的形象画面的体验、领悟和情感反应,这是一个由表及里、由浅入深的过程。正如刘勰所说:"夫缀文者情动而辞发,观文者披文以入情,沿波讨源,虽幽必显。"(《文心雕龙·知音》)没有感知这一起点,更为深入的欣赏活动则无从谈起。法朗士在同一篇文章中也记录了这一过程:

> 帷幕徐徐升起,把我从一个世界带进另一个完全不同的世界。而且这是一个多么光灿夺目的世界!这个世界里住着骑士、青年侍从、贵夫人和小姐;那儿的生活比我出生的这个世界更加壮阔和华丽,激情更加强烈,妇人更加美丽。在这些哥特式的大厅里,人物的服装、动作、声音令人眼花缭乱,令人心旷神怡。对我来说,除了这个蓦然向我的好奇心和爱情敞开的奇妙的世界,别的东西都不复存在了。我被无法抵御的幻觉所征服,那些本来应该提醒我台上不过在做戏而使我清醒的东西,如舞台、立幕条、绘成天空的布景、帷幕,反而使这个神奇的世界更强烈地吸引着我。剧情把我们带到查理七世统治时代的末年。台上出

---

① [法]拉马丁、布封等著:《法国散文选》,程依荣译,湖南人民出版社,1987年版。

现的每个人物,包括守夜的更夫和巡逻的哨兵,都给我留下了生动的印象。马格里特·德科思(王太子路易十一的王妃——引者)在台上亮相时,我心荡神驰,六神无主,几乎昏了过去。我爱上她了。①

不难看出,这里作者的感知是在审美的距离感、假定性和超越感的支配下形成的。

领悟。文学鉴赏也是一个充满理性色彩的精神活动,欣赏者需要认识作品中的人物,玩味作品中形象的意义,把握作品的主题思想,其中都包含着大量理解的成分。但是这种理解与逻辑思维中的理解又不一样,它始终是与情感相融合,与直觉、灵感、体验、感悟相表里的,因此这种理解主要表现为一种领悟。这是欣赏过程中比较深入的阶段,是在此前的预期和感知基础上所达到的高峰状态,其作用将延续到欣赏活动结束以后很长时间,造成"余兴"。同时这种领悟也是作品产生积极的社会功用的重要原因,作品的认识作用、教育作用和审美作用,都不能缺少这种领悟的启发之功。法朗士观剧中在对于整个作品的情节事件、人物关系和主题思想不断理解和认识的基础上,最终所获得的领悟是充满了情感色彩的:

帷幕又升起了。我重新开始生活。马格里特又回到我身边。可是,唉!我重新得到她之后不久又失去她了!弓箭手跪倒在她脚下的当儿,马格里特被王太子路易刺死了。弓箭手也被同一把匕首刺倒在地上,而他在咽气时终于得知妃子爱自己。我多么羡慕他的命运呀!②

余兴。在欣赏活动完成以后,作品中的人物、情节、场景往往长时间地萦绕于欣赏者的脑际,作品的意境和情趣引起欣赏者的反复回味,欣赏者的心情受到激荡而久久不能平静,其思想感情、道德情操和审美趣味在较长时间内都将受到作品的影响。这种欣赏者主观上感到余音绕梁、三日不绝,以至余意未尽、念兹在兹的情况就是余兴。前人对此多有论述。《论语·述而》所述"子在齐闻韶,三月不知肉味,曰:'不图为乐之至于斯也'",就是说的孔子欣赏乐舞后的余兴。梁启超在《论小说与群治之关系》中指出:"人之读一小说也,往往既终卷后数日或数旬而终不能释然,读《红楼》竟者,必有

---

① [法]拉马丁、布封等著:《法国散文选》,程依荣译,湖南人民出版社,1987年版。
② [法]拉马丁、布封等著:《法国散文选》,程依荣译,湖南人民出版社,1987年版。

余恋、有余悲；读《水浒》竟者，必有余快、有余怒。"这是说的阅读小说时的余兴。在法朗士的《首次观剧印象》一文中虽然并未叙述他观剧结束之后的心情，但不难想象，他在此后的一段时间内肯定是梦萦魂绕、如痴如醉，为浓厚的余兴所激荡。余兴是文学作品产生社会功用的重要机制之一，它有如长效类药物的作用，使得欣赏活动不至于戛然而止、骤然中断，而是余音袅袅、不绝如缕，对人的精神风貌、情感生活和趣味涵养长久地产生潜移默化的感化和陶染。因此，对于一部文学作品来说，能否产生余兴及其时效的长短，乃是衡量其价值和水平高低的一个重要尺度。

总之，文学鉴赏的这四个阶段是以预期为起点，以感知为门径，以领悟为高潮，以余兴为收煞，起始是收视返听、用志不纷，继之是由表及里、由浅入深，然后是于心戚戚、若有所悟，最后是含英咀华、余味无穷，通过这一完整的过程深入而反复地领略作品美的奥秘。

第三节　文学鉴赏的一般规律

文学鉴赏有一个很奇特的现象，即它往往是多种矛盾方面的对立统一。它既具有客观性，又具有主观性；既表现出差异性，又表现出一致性；既表现出确定性，又表现出不确定性；这些矛盾构成了文学鉴赏的一般规律。

一、文学鉴赏的客观性与主观性

首先必须承认这样一个事实：一部文学作品一旦问世，它便具有某些客观存在的、不以人的主观意志为转移的性质和特点，它的题材和情节、形象和场景、结构和语言、技巧和手法等都是有其自身规定性的，并不是没有客观标准、可以由人随意解释的，这些规定性也是大多数人必须而且可以认同的。不管读者的理解如何独特、诠释如何新颖，这些客观的规定性都是不能否定和推翻的。这就有如"种瓜得瓜、种豆得豆"的道理，不管种子撒在什么土地上，遇到的生长条件如何，种瓜总不至于得豆，种豆也不至于得瓜。读者的主观鉴赏能力再悬殊，在阅读《死魂灵》时，也不至于将乞乞科夫造访的玛尼罗夫、科罗潘契加、罗士特莱夫、梭巴开维支、泼留希金五人混为一谈，尽管他们都是旧俄农奴制度下的地主形象；在阅读《红楼梦》时，也不会对大观园中数十上百的少女混淆不清，尽管她们都是那样的活泼可爱。这就是文学鉴赏的客观性。

但是这只说明了问题的一个方面。既然作品是一种"期待结构"、"召唤结构",在作品内部留有无数空白点,期待、召唤着读者用自己的经验和知识去将它填满,那么文学鉴赏就不是一种纯然被动俯就作品的单向性行为,而是一种既被动地俯就作品、又主动地建构作品的双向性行为,从而表现出一定的主观性,这样,读者在欣赏过程中对于作品的感受、理解和阐释,就有可能与作家的创作本意有一定的出入,甚至有很大的悬殊。这种出入和悬殊的产生,原因在于读者的经验和知识与作者之间存在着差距,而这些经验和知识的形成又联系着二者不同的时代背景、文化环境、民族心理、生平经历、文化修养、职业特点、思想观念、个人性情等等。王夫之说:"作者用一致之思,读者各以其情而自得。"(《诗绎》)谭献说:"作者之用心未必然,而读者之用心何必不然。"(《复堂词录序》)就是说的文学鉴赏中的主观性问题。例如现在的读者在阅读李煜的词时,对于其中所寄托的怀旧情绪和感伤心情就不一定都有深切的体会,读者更有感触的倒往往是李煜词在对于人生的普遍话题和典型经验的概括之中所透露出来的哲理意味和绵长情趣。像"问君能有几多愁?恰似一江春水向东流","剪不断,理还乱,是离愁,别有一番滋味在心头","独自莫凭栏,无限江山,别时容易见时难。流水落花春去也,天上人间"等千古绝唱,今人的感受和理解总是与其本义存在着相当大的变异,导致这种变异的原因就是今天读者的主观性的加入。

二、文学鉴赏的一致性与差异性

文学鉴赏的一致性与差异性是与上述文学鉴赏的客观性与主观性密切相关的:既然文学鉴赏具有客观性,那么阅读同一部作品的读者尽管主观条件各异,但其对于作品的基本看法仍然会有一致的方面。朗加纳斯说:"一篇作品只有在能博得一切时代中一切人的喜爱时,才算得真正崇高。如果在职业、生活习惯、理想和年龄各方面都各不相同的人们对于一部作品都异口同声地说好,这许多不同的人的意见一致,就有力地证明他们所赞赏的那篇作品确实是好的。"[①]当然朗加纳斯的这一观点带有理想主义的色彩,至今还没有出现那种"能博得一切时代中一切人的喜爱"的作品,但是那些在文学史上堪称经典之作的伟大作品,一般都能赢得普遍的赞誉,其崇高地位的确立,乃是大多数人认同的结果。

然而由于欣赏者的种种主观条件千差万别,所以在文学鉴赏中更多表

---

① [古罗马]朗加纳斯:《论崇高》,钱学熙译,见朱光潜:《西方美学史》上卷,人民文学出版社,1979年版,第110页。

现为个人与个人之间的差异性。狄德罗指出:"在整个人类中或许就找不出具有某些近似之处的两个人。总的身体组织、感官、外貌、内脏各有不同。纤维、肌肉、骨骼、血液各有不同。智力、想象、记忆、意念、真知、成见、营养、训练、知识、职业、教育、兴趣、财产、才能各有不同。物体、气候、风俗、法律、习惯、成规、政府、宗教也各各不同。怎么可能使两个人具有完全一样的爱好,对真、善、美具有完全一样的概念呢? 不同的生活和相异的经历就足以产生不同的判断了。"[①]这就势必导致在文学鉴赏中出现较大的差异性。其一,不同的人往往偏好不同的作品。刘熙载说:"尚礼法者好《左氏》,尚天机者好《庄子》,尚性情者好《离骚》,尚智计者好《国策》,尚意气者好《史记》。好各因人,书之本量初不以此加损也。"(《艺概·文概》)其二,即使同一个人,在不同年龄也往往趣味互异。郑板桥说:"少年游冶学秦柳,中年感慨学辛苏,老年淡忘学刘蒋,皆与时推移而不自知者。人亦何能逃气数也!"(《词钞·自序》)其三,不同的人对于同一部作品,也往往是各有所爱的。诸联说:"《石头记》一书,脍炙人口,而阅者各有所得:或爱其繁华富丽,或爱其缠绵悱恻,或爱其描写口吻——逼肖,或爱其随时随地各有景象,或谓其一肚牢骚,或谓其盛衰循环提觉聩,或谓因色悟空回头见道,或谓章法句法本谓诸盲左腐迁。亦见浅见深,随人所近耳。"(《红楼评》)上述三位清人的这些说法揭示了这样的道理:文学鉴赏确实存在着各种各样的差异性,往往因人而异、因时而异、因事而异。有言道:"说不尽的莎士比亚"、"有一千个观众就有一千个哈姆莱特"。我们也可以说:"说不尽的曹雪芹"、"说不尽的鲁迅","有一千个读者就有一千个贾宝玉"、"有一千个读者就有一千个阿Q"!

三、文学鉴赏的确定性与不确定性

在《红楼梦》第48回中"香菱解诗"一节,涉及到了文学鉴赏的确定性和不确定性问题。(见专栏9.4)

专栏 9.4

《红楼梦》第 48 回"滥情人情误思游艺,慕雅女雅集苦吟诗"(片段)

香菱笑道:"据我看来,诗的好处,有口里说不出来的意思,想去却是逼真的;又似乎无理的,想去竟是有理有情的。"黛玉笑道:"这话有了些意

[①] [法]狄德罗:《论戏剧诗》,《狄德罗美学论文选》,张冠尧等译,人民文学出版社,1984年版,第229页。

思！——但不知你从何处见得？"香菱笑道："我看他《塞上》一首，内一联云：'大漠孤烟直，长河落日圆。'想来烟如何直？日自然是圆的。这'直'字似无理，'圆'字似太俗。合上书一想，倒像是见了这景的。要再找两个字换这两个，竟再找不出两个字来。再还有：'日落江湖白，潮来天地青。'这'白''青'两个字，也似无理。想来，必得这两个字才形容的尽；念在嘴里，到像有几千斤重一个橄榄似的。……"

在文学鉴赏中，读者对于作品表层意义的把握，一般都是比较明确、限定和没有歧义的，而这种明确性、限定性和一义性是由作品固有的题材、形象、情节和画面等所决定的，如香菱所说王维诗中的"直"、"圆"、"白"、"青"等字，其字面意义都是确定的，但是这些字所构成的意境和氛围却也如香菱所说"有口里说不出来的意思"，"念在嘴里，到像有几千斤重一个橄榄似的"，这就需要由读者用自己的感受和理解赋予它特定的内涵。然而由于读者的感受和理解因人而异，因时而异，因地而异，所以作品的内涵又往往显得很不确定，不同的读者往往有不同的解释，而且其中任何一种解释都不能有效地说服其他解释而定于一尊。例如李商隐的无题诗，到底说的什么，历来众说纷纭，有人认为是政治诗，有人认为是爱情诗，也有人认为是悼亡诗，意见很分歧。冯浩说："自来解无题诸诗者，或谓其皆属寓言，或谓其尽赋本事，各有偏见，互持莫决。余细读全集，乃知实有寄托者多，直作艳情者少。夹杂不分，令人迷乱耳。"[①]当代作家王蒙也说："西洋的那一套创作理论，用来研究李商隐的创作，总觉得不是特别够用。因为西洋的分得比较细：现实主义，浪漫主义，神秘主义，象征主义，等等。李商隐的诗里，好像什么都有。"[②]像脍炙人口的名句"身无彩凤双飞翼，心有灵犀一点通"，"春蚕到死丝方尽，蜡炬成灰泪始干"，"刘郎已恨蓬山远，更隔蓬山一万重"，"春心莫共花争发，一寸相思一寸灰"等到底是何意思，可以说至今仍是不确定的。

第四节 文学鉴赏的重要范畴

晚近以来，现代阐释学和接受美学对于文学鉴赏作了饶有新意的探讨和阐释，提炼出一些重要的文学理论范畴，如共鸣、曲解和成见等，如果将这

---

① ［清］冯浩：《玉溪生诗笺注》卷一，上海古籍出版社，1979年版。
② 王蒙：《李商隐的挑战》，见《王蒙说》，中央编译出版社，1998年版，第198页。

些范畴的内涵加以展开,可以充分揭示文学鉴赏的本质和规律,因此有必要单独拿出来加以研究。

一、文学鉴赏中的共鸣

"共鸣"原是从物理学吸收而来的概念,它是指两个振动频率相同的物体之间所发出的声音的共振,在文学鉴赏中则是指读者在阅读文学作品时,与不同对象形成心灵的交流,进而发生思想感情的共振。这表现在三个方面,一是读者与作品中的人物形象之间产生思想感情的共振,二是读者与作者之间产生思想感情的共振,三是在欣赏过程中读者与读者之间产生思想感情的共振。不过无论是哪一种情况,都基于以下两个方面的原因:

一方面,作品本身的美学价值和艺术性是引起共鸣的重要原因。大凡能够引起读者共鸣的作品,一般来说在艺术上都具有较高的水准,能够产生强烈的艺术感染力,特别是能够找到维系读者的情感纽带,使得读者在阅读时能够不知不觉地进入作品所营构的境界、氛围和情调,为作品的情感力量所打动、所征服、所支配。例如《史记》,堪称"史家之绝唱,无韵之《离骚》"[1],它超出了一般历史著作的范畴而以其丰富的情感内涵和审美价值成为不朽的文学杰作,往往以强大的情感力量使读者为之神往、为之动容,产生强烈的共鸣。如《项羽本纪》以悲壮苍凉的笔触写到"垓下之战"一代豪杰项羽的英雄末路时,不能不引起读者仰天慨叹;《廉颇、蔺相如列传》刻划廉、蔺二人顾全大局、捐弃前嫌的气度,不由得让人深为感动;《李将军列传》以委曲深沉的笔法叙述一代名将李广的赫赫战功和坎坷命运,也常常让人为之扼腕痛惜;《刺客列传》、《游侠列传》热情洋溢地歌颂荆轲、聂政、朱家、郭解等人的侠胆义肝,也使人油然而生由衷的敬佩之情。明人茅坤说得好:"今人读游侠传,即欲舍生;读屈原贾生传,即欲流涕;读庄周鲁仲连传,即欲遗世;读李广传,即欲力斗;读石建传,即欲俯躬;读信陵平原君传,即欲好士。若此者何哉?各得其物之情而肆于心故也。"[2]所谓"各得其物之情而肆于心",就是讲读者在阅读《史记》时产生了强烈的共鸣。

另一方面,读者的"期待视野"与欣赏对象达成某种感应和认同,也是引起共鸣的重要原因,或者说这是更重要的原因,因为共鸣现象是发生在读者阅读之时,文学作品的审美价值再高,也只有与读者的"期待视野"达到一

---

[1] 鲁迅:《汉文学史纲要》,《鲁迅全集》第9卷,人民文学出版社2005年版,第420页。
[2] 茅坤:《与蔡白石太守论文书》,《茅鹿门集》卷三。

致,才有可能在读者那里产生效果,否则它就毫无意义,什么也不是。白居易《琵琶行》写到作者对于琵琶女的演奏产生强烈的共鸣:"座中泣下谁最多?江州司马青衫湿。"这固然是琵琶女跌宕顿挫的演奏和凄苦悲酸的身世使然,也与作者仕途失意、屡遭贬谪的境遇有关:"予出官二年,恬然自安,感斯人言,是夕觉有迁谪意。"可见导致作者对演奏产生强烈共鸣的基础在于其"期待视野"与琵琶女的遭遇达成了感应和认同。

二、文学鉴赏中的曲解

既然在作品中往往留有许多空白点,有待于读者用自己的感受和理解去将它填满,而每一个读者的感受和理解都基于一定的"期待视野",那么在文学鉴赏中读者的阐释就往往成为一种"曲解"。从现代阐释学的观点来看,所谓"曲解"并不一定就不好,一是在欣赏过程中"曲解"不可避免,二是"曲解"往往能够发掘出作品中那些为以往人们所忽略的内涵。马克思在评价17世纪法国新古典主义戏剧所建立的戏剧规则"三一律"时指出:"路易十四时期的法国剧作家从理论上构想的那种三一律,是建立在对希腊戏剧(及其解释者亚里斯多德)的曲解上的",但"被曲解了的形式正好是普遍的形式,并且在社会的一定发展阶段上是适于普遍应用的形式"。① 这就是说,人们总是按照一定社会发展阶段普遍适用的形式去曲解作品的。这种曲解甚至是作者本人都未曾意识到的,然而它恰恰又是不无道理的。例如,今天的读者将《红楼梦》理解为封建制度的兴衰史,且已成共识,可以设想,如果曹雪芹地下有知,那么这种曲解一定会使他大感意外;今天有读者将《金瓶梅》中潘金莲当作封建礼教的叛逆者和追求个性解放的正面形象加以肯定,如果其作者天上有灵,也会大为吃惊。因此罗贝尔·埃斯卡皮提出"创造性的背叛"的概念,认为这是理解文学现象的一把钥匙。他说:"'创造性的背叛'指的是对作者创作时的实际意图的无意或有意的曲解。这种重新阐释可能挖掘出作者自己未曾意识到的作品的潜在意义,或者增加一种预料不到、甚至可以代替原意的新意义。"他举的一个典型事例就是斯威夫特的《格列佛游记》和笛福的《鲁滨逊漂流记》,它们原来是作为具有哲学意味的严肃作品而被人阅读的,现在却被当成儿童读物而受到欢迎。②

---

① [德]马克思:《致斐迪南·拉萨尔》,《马克思恩格斯全集》第30卷,人民出版社,1974年版,第608页。

② [法]罗贝尔·埃斯卡皮:《文学社会学》,于沛译,《现当代西方文艺社会学探索》,海峡文艺出版社,1987年版,第16页。

如果说上述情况属于"曲解"中的"正解"的话,那么还有一种属于"误解"的情况。所谓"正解",就是读者填入作品的"空白点"中的东西与作品的客观性质和特点处于亲和状态;而"误解"则是这二者处于游离状态甚至抵触状态。例如《红楼梦》,曹雪芹在第一回就开宗明义说明此书"大旨谈情",脂砚斋在批语中也指出此书"作者是欲天下人共来哭此'情'字",但在小说问世之初,一班世俗之人却只是沉溺于其中的儿女风月之事,而于"情"上无所用心,正如清人邱登所说:"乃读是书者遍天下矣,而其用情之微,卒无人窥焉者。"(《红楼梦论赞序》)这就是误解。

总之,在文学鉴赏中"曲解"虽然不可避免,但仍有"正解"与"误解"之分,至于何以有这样的差别,则又牵涉到现代阐释学的一个重要概念"成见"。

三、文学鉴赏中的成见

如前所述,在文学鉴赏中,读者不是以"白板"似的头脑去理解作品,而总是从一定的先入之见出发去主动地参与理解,现代阐释学的代表人物伽达默尔将这种先入之见称为"成见"。他说:"一个不承认他为成见所支配的人,将看不到成见的光芒所显示的东西。"[①]他还进一步将"成见"分为"真成见"与"假成见",指出只有"真成见"才能达到科学的结论,才能获得"正解",而"假成见"则不能达到科学的结论,只能造成"误解"。这里关键在于前者是一种深刻、高尚、健全的先入之见,而后者则是一种肤浅、低俗、偏狭的先入之见,因此在文学鉴赏中必须从作品的实际出发对读者的先入之见进行一番清理鉴别和选择取舍,克服和摈弃"假成见"而让"真成见"得到彰明和强调,进而使得"真成见"在欣赏过程中占据主导地位,确保对于作品的阐释在较高的水平上展开。

而要做到这一点,一条重要的途径在于长期的社会实践和审美实践,这也就是所谓"操千曲而后晓声,观千剑而后识器"(刘勰:《文心雕龙·知音》)的道理。而要做到这一点,具体途径有这样几个方面:其一是积累生活经验。明人刘基中年以后对于杜甫的诗曾有一个认识的深化过程,他说:"予少时读杜陵诗,颇怪其多忧愁怨抑之气。而说者谓其遭时之乱,而以其怨恨悲愁发为言辞,乌得而和且乐也。然闻见异情,犹未能尽喻焉。比五六年

---

① [德]伽达默尔:《真理与方法》,洪汉鼎译,见张汝伦《意义的探究》,辽宁人民出版社,1986年版,第177页。

来,兵戈迭起,民物凋耗,伤心满目,每一形言,则不自觉其凄怆愤惋,虽欲止之而不可。然后知少陵之发于性情,真不得已,而予所怪者,不异夏虫之疑冰矣。"①刘基少年时代对于杜诗的误解乃是由于他对社会人生缺少必要的阅历和体验,从而他的阅读背景只能是一种"假成见",只是在他本人有了类似的遭遇和感受以后,他的阅读背景才向着"真成见"转化,到这时他才真正读懂了杜诗并对以往的误解有所纠正,从"假成见"向"真成见"转化,使得欣赏水平得到了提高。其二是充实知识结构。宋人叶梦得曾对黄庭坚诗句中的"马龁枯萁喧午梦,误惊风雨浪翻江"两句深感不解,"一日,憩于逆旅,闻旁舍有澎湃鞺鞳之声,如风浪之历船者,起视之,乃马食于槽,水与草龃龉于槽间,而为此声,方悟鲁直(黄庭坚)之好奇。然此亦非可以意索,适相遇而得之也"。(《石林诗话》卷上)叶氏这一偶遇的经历弥补了他原先知识结构中的欠缺,使其获得了排除"假成见"、形成"真成见"的契机。其三是储存审美经验。尽管文学鉴赏是受动性的,但它又必须是有准备的,只有在具备丰富的审美经验基础上才能顺利地展开,博览群书、流连百艺是它必要的准备,而且必须向大师看齐,以经典为楷模。严羽说:"先须熟读楚词,朝夕讽咏以为之本;及读《古诗十九首》,乐府四篇,李陵、苏武、汉、魏五言皆须熟读,即以李、杜二集,枕藉观之,如今人之治经,然后博取盛唐名家,酝酿胸中,久之自然悟入。"(《沧浪诗话》)只有储备了丰富的审美经验,才能在文学鉴赏中清除"假成见"而让"真成见"入主其中。

思考题

1. 文学鉴赏的性质是什么?
2. 文学鉴赏的作用有哪些?
3. 文学鉴赏的条件有哪些?
4. 文学鉴赏的过程有几个阶段?
5. 怎样理解文学鉴赏的共同性和差异性。
6. 怎样理解文学鉴赏的确定性和不确定性。
7. 试析文学鉴赏中的"共鸣"、"曲解"和"成见"。

---

① [明]刘基:《项伯高诗序》,见《诚意伯文集》卷五,商务印书馆,1936年版。

拓展阅读书目

1. 左健:中国古代文学鉴赏论[M].复旦大学出版社2009年版.
2. 朱立元:接受美学导论[M].安徽教育出版社,2004年版.
3. (德)H.R.姚斯、(美)R.C.霍拉勃:接受美学与接受理论(周宁、金元浦译)[M].辽宁人民出版社,1987年版.
4. (德)沃尔夫冈·伊瑟尔:阅读活动:审美反应理论(金元浦译)[M].中国社会科学出版社,1991年版.

第十章 文学批评论

文学批评是文艺学的重要组成部分,也是文学活动的重要环节之一。人们在接受文学作品之后总会作出相应的反应和评价,可以说,文学批评是与文学创作相生相随的。因此,文学的发展也必然包含着文学批评的发展,以至形成许多的批评方法、批评标准和批评流派。文学史表明,科学的文学批评是文学繁荣的重要因素之一。

第一节 什么是文学批评

一、文学批评的特点

在"绪论"中,我们已经对文学理论、文学批评、文学史的性质、对象、范围和功能作了研究和比较,不过那是从整个文艺学学科的角度对文学批评作界定,这里则是从文学本身所包含的关系,具体地说,就是从作品与接受者的关系的角度对文学批评所作的界定。所谓文学批评,是指批评家在一定的文学理论的指导下,运用一定的批评标准,对作家、作品、文学现象、文学思潮、文学流派、文学运动包括文学批评本身等所作的探讨、分析和评价。因而,文学批评具有自己的一些特点。

首先,文学批评是审美活动的一种特殊形式,它虽然从形态上看是理论性的,但它一般来说不可能脱离文学创作和文学作品,批评家如果要成功地进行文学批评,必须按照文学创作的审美规律去探讨、评判其成败得失。文学是语言的艺术,它通过语言来塑造形象,反映社会生活,表达作者的思想感情,作家对社会的洞察,对生活的真知灼见都"隐藏"在艺术形象或生动的故事情节后面,它们与形象共同组成一件生气灌注的艺术品,批评家首先要以审美的态度去对待它,判断它是不是一次成功的艺术创作,同时,要充分地感受作品的艺术特征。只有在此基础上,才可能对作品进行艺术分析。英国批评家马尔科姆·布雷德伯里在评挪威戏剧家亨利克·易卜生的《社会支柱》时就是通过一个细节切入的:"楼纳,一个'现代'的女子,从美国回来,她拉开窗帘,让阳光照进屋子,并且如她所说的,让一些新鲜空气吹到这个社会里来。"①这样的批评开始于批评家敏感的审美感觉,而揭示的则是剧作家通过细节所要表达的形象意义。俄裔美籍作家兼批评家纳博科夫评论英国作家简·奥斯汀的《曼斯菲尔德庄园》时,仅作品的第一句"大约30年前,亨廷顿的玛丽亚·沃德小姐……"纳博科夫就用了整整三页,详尽地谈了自己对这一句中所包容的时间、空间及人物命名所隐含的人物性格和境遇等等的体味。对叙事作品来说,细节确实是体现作家艺术功力的地方,也是意味丰富之处。因此纳博科夫认为:"我们在阅读的时候,应当注意和欣赏细节。如果书里明朗的细节都一一品味理解了之后再做出某种朦胧暗淡的概括倒也无可非议。但是,谁要是带着先入为主的思想来看书,那么第一步就走错了,而且只能越走越偏,再也无法看懂这部书了。"②纳博科夫的批评实践和告诫,不但说明任何文学批评都要从美学的角度入手,而且揭示文学作品的艺术构成本身就是文学批评的题中之义。

其次,由于文学批评要尊重文学创作的规律,可以说,在一定意义上,文学批评部分地与文学创作的思维有交叉或近似之处,但文学批评从本质上讲是一种理性活动,作为学术研究,它又具有科学性的特点。因此,文学批评不同于文学创作,也不同于文学鉴赏,它必须运用一定的观点,对文学现象进行由表及里的全面考察和深入研究,并上升到理论的高度,对其进行科学的分析,得出科学的结论。严格地说,文学批评的整个过程是抽象思维的过程,它运用的大多是概念、判断和推理的形式,只不过在理论方法上有它的独特性,它的研究对象、工作范式、研究成果都是建立在对文学规律和特点的深刻理解、对作品的独特个性的把握上。从研究的角度讲,它必须具有创造性、提倡独创,切忌人云亦云。同时,它又要遵循一般科学研究的规范,要从文学的客观实际出发,详尽地占有材料,并对其进行周密而系统的分析,在一定的理论和文学史的背景上思考,它不允许批评家掺杂个人的偏见。个性、发现、创造是一回事,偏见、集团私利或主观随意又是一回事。鲁迅在论及文学批评时就提倡"必须有更真切的批评"③,当时的文坛对小品文的风格和体式存在许多不同的看法,而其实质关系到对文学与社会关系的理解。许多批评家和文艺家不从实际出发,为了表明自己或派别的立场不

---

① [英]马尔科姆·布雷德佰里:《亨利克·易卜生》,《外国文艺》1998年第4期。
② [美]弗·纳博科夫:《文学讲稿》,三联书店,1991年版,第19页。
③ 鲁迅:《〈文艺与批评〉译者附记》,《鲁迅全集》第10卷,人民文学出版社,2005年版,第302页。

惜歪曲研究对象的本来面目,鲁迅曾以当时文坛对明代公安派代表人物袁宏道的批评为例指出,对批评对象的批评要真实、客观、科学,鲁迅形象地称为不能"骂杀",也不能"捧杀"。(见专栏 10.1)

专栏 10.1

鲁迅论文学批评

人古而事近的,就是袁中郎。这一班明末的作家,在文学史上,是自有他们的价值和地位的。而不幸被一群学者们捧了出来,颂扬、标点、印刷……正如在中郎脸上,画上花脸,却指给大家看,啧啧赞叹道:"看哪,这多么'性灵'呀!"对于中郎的本质,自然是并无关系的,但未经别人将花脸洗清之前,这"中郎"总不免招人好笑,大触其霉头。①

以现在最流行的袁中郎为例罢,既然肩出来当作招牌,看客就不免议论这招牌,怎样撕破了衣裳,怎样画歪了脸孔。这其实和中郎本身是无关的,所指的是他的自以为徒子徒孙们的手笔。然而徒子徒孙们就以为骂了他的中郎爷,愤慨和狼狈之状可掬,觉得现在的世界是比五四时代更狂妄了。但是,现在的袁中郎脸孔究竟画得怎样呢?时代很近,文证具存,除了变成一个小品文的教师,"方巾气"的死敌而外,还有些什么?。②

再次,因为文学是社会生活的反映,它来自于社会生活,又反过来对社会生活产生能动的影响,所以,对文学的批评与研究必然要对其所涉及的问题给予批评和回答,所以也就必然带有社会性和一定的倾向性。从这个意义上讲,文学批评也就是一种特殊的社会批评。例如俄罗斯批评家别林斯基在评论普希金的《欧根·奥尼金》时一方面充分肯定了它的艺术成就,认为《奥尼金》可以说是俄罗斯生活的百科全书,并且是至高无上的民族性的作品"。③ 另一方面,又结合书中的描写对当时俄罗斯黑暗统治予以猛烈的抨击,对新兴社会的兴起给了了准确的界定和描述,而且,通过对作品中人物形象的分析指出了上述社会环境与新兴人物之间的冲突,这样的冲突可以看作是对当时社会的悲剧性的控诉:"在这个道德沦亡的世界中,还存在

---

① 鲁迅:《花边文学·骂杀与捧杀》,《鲁迅全集》第 5 卷,人民文学出版社 2005 年版。
② 鲁迅:《且介亭杂文二集·"招贴即扯"》,《鲁迅全集》第 6 卷,人民文学出版社 2005 年版。
③ [俄]别林斯基:《论普希金的〈欧根·奥尼金〉》,《外国文学评论选》,湖南人民出版社 1982 年版,第 387 页。

着一些稀有的,可喜的特殊人物,具有真正伟大的气度,可是为了他们的独特,永远得付出巨大的代价,并且为了他们自己的优越而牺牲了。这是些天才的性格,他们并不知道自己是天才,而麻木不仁的社会却把他们作为抵偿它自己罪恶的牺牲者严酷地处死了。……这就是普希金笔下的泰基雅娜。"[1]由于批评家总是隶属于一定的社会阶层,有着自己对社会生活的见解和价值判断,因而对作品中反映出的社会生活总会作出倾向性的评价。毫无疑问,即使针对同一作家的创作,不同的批评也会显示出不同的倾向性。在这方面,列宁和当时俄国资产阶级文人围绕列·托尔斯泰的争论就是一个典型的例子。当俄国革命即将来临时,资产阶级文人利用列·托尔斯泰大做文章,渲染列·托尔斯泰创作中的"不以暴力抗恶"的说教和僧侣主义,反映了他们对待当时现实矛盾的立场倾向,而列宁则运用马克思主义辩证地分析了列·托尔斯泰的创作,作出了许多精辟的论断。(见专栏 10.2)

专栏 10.2

列宁论列夫·托尔斯泰

列·托尔斯泰的作品、观点、学说、学派中的矛盾的确是显著的。一方面,是一个天才的艺术家,不仅创作了无与伦比的俄国生活的图画,而且创作了世界文学中第一流的作品;另一方面,是一个发狂地笃信基督的地主。一方面,他对社会上的撒谎和虚伪作了非常有力的、直率的、真诚的抗议;另一方面,是一个"列·托尔斯泰主义者",即是一个颓唐的、歇斯底里的可怜虫,……一方面,无情地批判了资本主义的剥削,揭露了政府的暴虐以及法庭和国家管理机关的滑稽剧,暴露了财富的增加和文明的成就同工人群众的穷困、野蛮和痛苦的加剧之间极其深刻的矛盾;另一方面,狂信地鼓吹"不用暴力抵抗邪恶"。一方面是最清醒的现实主义,撕下了一切假面具;另一方面,鼓吹世界上最卑鄙龌龊的东西之一,即宗教,力求让有道德信念的僧侣代替有官职的僧侣,这就是说,培养一种最精巧的因而是特别的僧侣主义。[2]

---

① [俄]别林斯基:《论普希金的〈欧根·奥尼金〉》,《外国文学评论选》上册,湖南人民出版社 1982 年版,第 348 页。

② [俄]列宁:《列夫·托尔斯泰是俄国革命的镜子》,《列宁选集》第 2 卷,人民出版社,1972 年版,第 370 页。

由此可见,优秀的批评家往往又是那个时代最杰出的思想家。

二、文学批评的历史发展

正如前面所指出的,文学批评与文学创作是相生相随的,只要有文学作品出现,就会有人对其进行批评。孔子是中国较早、影响也较大的批评家,他当年就曾对中国最早的诗歌总集《诗经》进行过评论,认为"诗三百,一言以蔽之,曰:思无邪"。(《论语·为政》)针对当时对《关雎》的理解,孔子提出了自己的看法:"《关雎》乐而不淫,哀而不伤。"(《论语·八佾》)孟子在文学评论上也有许多贡献,比如他提出了著名的"以意逆志"和"知人论世"的批评原则和方法,所谓以意逆志就是"说诗者,不以文害辞,不以辞害志,以意逆志,是为得之"。(《孟子·万章上》)认为批评家不要拘泥个别文词而曲解了句意,不要拘泥于个别词句而曲解了全诗的主旨,批评的目的就在于将作家体现在作品中的创作意图揭示出来。而"知人论世"说的是"颂其诗,读其书,不知其人,可乎?是以论其世也"。(《孟子·万章下》)批评不能脱离作家,了解作家又不能脱离作家所处的环境,这种批评观是具有历史观点的。中国的文学批评在两汉、特别是在魏晋南北朝取得了更大的发展,钟嵘《诗品》的出现可以说是一个标志。在这部著作中,钟嵘根据自己的批评标准对122位诗人进行了评价。如果说钟嵘的贡献主要在实践上,那么刘勰《文心雕龙》的贡献则主要在理论上,他认为文学批评不仅要重视内容,而且要顾及到文学作品的形式。唐宋以降,一直到元明清,中国的文学批评一直在文学活动中发挥着重要作用,影响深远的批评家代不乏人,如韩愈、司空图、苏轼、朱熹、严羽、元好问、李梦阳、何景明、李东阳、李贽、袁宏道、叶燮、沈德潜、李渔、袁枚、翁方纲、方苞、刘大、张竹坡、金圣叹、王国维等。中国古代文学批评非常讲究对作品的审美感受,力求传达出原作的神韵,在表达上也相当灵活,论说、书信、序跋、点评,大都短小精悍,许多批评采取了与作品相同的体裁,如以诗论诗等等。

从发端上说,西方古典文学批评与中国古典文学批评一样也是由对文学作品的评论开始的。古希腊、古罗马的文学批评主要集中在对当时的悲、喜剧的评论上,但与中国古典文学批评的肇始有别,古希腊、古罗马的文学批评家们在一开始就表现出浓厚的理论兴趣,他们往往从各自的理论出发去品评作家作品,或从作家作品出发归纳出具有普遍意义的文学理论问题,如亚里斯多德的《诗学》等著作,这几乎成为中西文学批评的一个区别。文艺复兴之后,西方的文学批评与社会的政治斗争和社会思潮结合得更加紧密,文学批评成为社会思想斗争的不可分割的组成部分,如英国批评家约翰逊、德国批评家莱辛,特别是俄国三大批评家别林斯基、车尔尼雪夫斯基和杜勃罗留波夫,他们的文学批评不仅对当时的文学,而且对整个俄国的民主主义革命都产生了重要而积极的影响。随着社会的发展,当代西方文学批评产生了很大的变化,一方面,许多人文科学的方法在批评领域得到了成功的移植,另一方面,批评本身也朝着多元的方向展开。继承古典批评遗产,借鉴西方批评的理论和方法是发展我们民族文学批评的有效途径。

第二节 文学批评的对象和功能

一、文学批评的对象

在人们的一般印象中,文学批评的对象可能只是作品,事实上,如果从量上讲,作品确实更多地成为文学批评关注的对象,而从质上讲,由于文学的创作是作家最基本的实践活动,所有的文学活动及其相关因素都程度不同、形态各异地体现、晶化在作品中,因此,以作家作品为文学批评关注的焦点是理所当然的。

但是,文学批评的对象显然不止于作品,而且,即使在以作家作品为对象的批评实践中,它们牵涉到的范围也要大大地超过作品本身,特别是随着近现代文学批评的发展,其对象与范围越来越得以拓展,从宏观上看,文学批评显然是在更深更广的疆域里展开的。当然,这个疆域也不是漫无边际、无从把握的,如果将文学活动看作一种生产过程,那么,它至少包括这样一些主要环节:一是文学活动的发生,它包括一定的社会背景、文学背景以及作家的个人因素;二是创作过程,包括作家感受生活的过程,以及构思、传达;三是作品,包括作品本身以及作品所涉及到的相关世界;四是文学作品的消费,包括读者及作品的接受过程和影响等等。简而言之,社会——作家——作品——读者都在文学批评的范围之内,都可以综合地或相对独立地成为文学批评的对象。

一部文学作品不可能是飞来之物,也不可能是孤立的存在,因此,研究作品必须关注到它周围的世界。这个世界指某一具体的作家作品所关涉的其他作品以及更为广阔的社会文化背景,以此为文学批评的对象,意味着重视作品所关涉的外部世界、它所得以诞生的文化环境,注重在一个文学文本与其他文本乃至文本的相互关系中去研究、探索作品的内在意义。这种对批评对象的选择方式接近文化史的研究领域,意大利理论家维柯、法国批评家丹纳、德国诗人兼批评家海涅,法国批评家斯达尔夫人,中国批评家陈寅恪、钱钟书等从理论及批评实践上都侧重于这样的批评对象。陈寅恪的《元白诗笺稿》就是以诗证史,以史证诗,将元稹和白居易的诗与唐代的社会政治史联系起来,而且在史与诗的关系中,尤为关注前者。邓云乡的《红楼风俗谈》,对《红楼梦》的批评关注的则是《红楼梦》中的民俗成分,将其与当时的民俗风情予以对照。当然,在对这种批评对象的批评中,马克思主义文学批评贡献最大,它将对象大都限定在作品所关涉的社会变革的范围之内,通过作品对与作品相关的社会经济政治生活展开批评,马克思主义经典作家的一些批评代表作如《致斐迪南·拉萨尔》、《致敏·考茨基》、《致玛·哈克奈斯》等虽然涉及到文学内部特别是有关现实主义的一些基本命题,如典型、真实性、倾向性等,但更重要的还是这些作家作品所处的社会、政治环境,马克思和恩格斯更关注这些作品(《济金根》、《城市姑娘》、《旧人和新人》等)对当时社会政治生活的表达状况,并从他们对社会政治生活的判断为依据来评判作品的得失。从一定意义上说,以作品所关涉的外部世界作为批评的主要对象,近似于一种发生学的批评,因为它是以文学发生的外部机制作为主要对象,这种批评有助于人们理解文学作品中共时性的语义关联域,尤其有助于意识形态意义的发现,有助于文化意义的认知,但在这样的批评中一定不能忽视文学的审美特征,忽视文学在反映生活上的独特性,否则,就可能导致批评的庸俗化。

　　作者经常是文学批评的主要对象,在文学活动中,作者是作品与社会之间一个重要的中介环节,对作家的批评也就意味着研究社会与作品之间独特的联系方式,作品中的寓意、风格乃至细节都可以与作家的生活有关。美国批评家阿瑟·华尔多恩在《海明威的生平》中认为海明威的战争生涯与其创作的关系密不可分:"《永别了,武器》和一些短篇小说出色地描述了战争在社会、感情和道德方面的含义,然而,使他的战争经验'难能可贵'的不止是这番描述:它在他心灵上锻铸出他对人的命运的看法,这几乎影响到他所有的作品。迫击炮的碎弹片成了残酷世界破坏力量的比喻,海明威和他的主人公成了寻求生存道路的、受伤的人类的象征。"[①]事实上,对作家的个人气质、生活阅历、文化背景及创作动机等内容的了解,是分析作品的一个相

---

① [美]阿瑟·华尔多恩:《海明威的生平》,《海明威研究》,中国社会科学出版社,1985年版,第4页。

当有价值的角度。不管是在古代,还是在现当代,将文章与人联系起来,可以说是一种批评传统。当代批评有两种截然相反的态度,一方面认为作者不应构成批评的对象,一方面又将作品看作是作家生命的艺术存在形式,是作家的生活,尤其是心理的投射。从后者出发,一方面可以从对作家的研究来发现作品的意义,甚至,作家本身就构成文学批评尤其是创作心理学独立的对象,而对作品的分析则是为了反过来寻绎作家的生活和心理踪迹。捷克作家兼批评家克里玛对卡夫卡有精湛的研究,他的著名批评《刀剑在逼近》所要解决的问题就是"卡夫卡灵感的源泉",那么,卡夫卡灵感的源泉到底在哪里?克里玛对卡夫卡平凡而充满矛盾与痛苦的私人生活作了剖析,然后又将卡夫卡的作品与这样的生活之间的隐秘的联系作了揭示。克里玛指出:"卡夫卡的生活充满令人受尽折磨和无法解决的冲突,这一最个性化的经验,刺激了他创造的动力。"[1]中国当代批评家刘小枫也是从这一角度去研究卡夫卡的,他从卡夫卡的婚姻生活入手,对卡夫卡的心理世界作了理性的透视,他认为卡夫卡一辈子摇摆在道德与宗教之间,"卡夫卡的受苦是自己性情中的两个世界的紧张引起的,他的信仰就是这两个世界的紧张之间的绳索。这根绳索绞住了他的脖子,令他窒息,没有这根绳索,他又无法呼吸"[2]。刘小枫认为这是理解卡夫卡小说寓义的钥匙。与将作品所关涉的外部世界作为批评对象一样,将作者作为研究对象也要注意作者与作品之间的复杂关系,切忌穿凿附会和庸俗化。

　　作品显然是文学批评主要的基本的对象。没有作品,所有的批评活动都无法展开。将作品作为批评对象一般有两种方式。一是将作品看作作品以外的意义世界的媒介与载体,看作作家思想的反映物,由此展开对这些意义与思想的推究与阐释。以此作为批评对象,需要批评家理性的洞察力、丰厚的学养与理论的勇气,而且,随着批评背景的变化,对这些意义的阐释也会出现变化。比如黄子平对巴金小说意义的阐释就与流行的说法有些区别,他从社会历史的巨大转型入手,认为"甚至于像《激流》三部曲这样立意于'控诉'的家族史长篇小说,也不可避免地写成一曲挽歌",从社会的历史巨变来看,"在工业文明的世界性进程的威迫之下,支撑中国社会两千年的旧家族制度确乎走向了灭亡的命运。倘若把'家'定义为维系安顿生存意义

---

[1] [捷克]克里玛:《布拉格精神》,作家出版社,1998年版,第219页。
[2] 刘小枫:《沉重的肉身》,上海人民出版社,1999年版,第218页。

的基本空间单位,那么近百年来的历史发展已然将它摧毁了"。① 这样的方式在中外都具有传统,在当代批评中依然占据重要地位。第二是将作品看成一个独立的符号系统,一般不去考虑作品以外的意义,而只就作品的形式去分析作品自身的结构和作品本身的秩序,如著名的法国批评家罗兰·巴特就是专注于此类批评对象的批评家,当代中国文学批评也有不少批评家集中于此类批评对象,如吴亮、孟悦、季红真等。这样的批评需要语言学、结构主义方面的知识,需要对作品形式的敏感和精细的分析能力,像吴亮的《马原的叙述圈套》就是较有影响的一篇。马原是当代中国具有代表性的先锋实验小说家,他比较关注对小说叙述形式的创新,只有以此作为批评对象才可能揭示出他创作的独特性并且有助于对当时整个新潮小说的读解,吴亮抓住的正是这一点,从"真"与"假"、叙述角色的转换以及对传统情节模式的颠覆、片断式和拼合式的结构方式,从而"揭露"了马原的"叙事圈套"②,使得以马原为代表的中国当代实验小说逐步为读者所接受。

　　文学消费这一环节作为批评的对象是晚近的事,这就是以读者的反应作为批评和研究的对象。读者反应成为批评的对象与现代阐释学、接受美学、读者反应批评的诞生有着密切的关系,综合这些理论的成果,一个显著的特点就在于将文学不仅仅看做作家、作品,更重要的还有读者。如果没有读者的阅读行为,那么作家所创作的作品就只是一堆印刷物,是"死"的,真正的文学并没有实现,文学的实现有助于读者阅读,而读者的阅读一旦介入,那么作家创作意图的表达与文学作品寓义的呈现就由不得作家和作品。因为每一个读者的情况,如其生活、个性、阅读、审美水平、审美趣味是千差万别的,所以,作为文学或印刷形态的作品,可能只有一种,但经过阅读实现了的作品却可能是无数的。因此,对文学活动展开批评就决不能遗忘了读者及其对作品的阅读。对阅读的反应的批评可以旨在通过作品与各种文化背景的读者之间的不同关联方式的调查,发现某种审美经验传播的流向,它可以通过对各阶层的读者阅读状况的批评来获得,也可以通过对某些作品在不同读者中的阅读情况的研究而获得。如果对某一部作品在不同时期中的反应变化进行研究,则可以构成某部作品的接受史,它是研究社会、文化包括文艺思潮变化在内的极好的方法和角度。如果从这一点来说,中国古

---

　　① 黄子平:《命运三重奏:〈家〉与"家"与"家中人"》,见《二十世纪中国文学史论》第 2 卷,东方出版中心,1997 年版,第 395 页。
　　② 吴亮:《马原的叙述圈套》,见《二十世纪中国文学史论》第 3 卷,东方出版中心,1997 年版,第 340 页。

典文艺批评就有极好的传统,许多"集释","集评"所收集整理的就是某一作家或作品在不同时期的阅读反应,这一点也正是接受美学代表人物尧斯所提倡并实践的工作。他认为批评的重要工作就是要认真研究并描述或重构一定时期读者的期待水平,然后考察这个水平与各时代读者水平之间的逐步变迁以及这种变迁对作品接受方面的影响。尧斯认为这种方法可以"揭示对一部作品过去的理解和现在的理解之间的阐释差距,并且使我们意识到它的接受历史"①。对读者反应的批评目前在中国文学批评界还停留在理论介绍与研究的水平,真正用于实践的还不太丰富和成熟。

二、文学批评的功能

文学批评的功能在上面的介绍中已经可以看出来,随着批评对象的不同,批评所发挥的功能也就会相应地发生变化。它可以对作品进行评价,也可以对创作和阅读起到启发与引导的作用,从最基本的方面讲,文学批评具有选择与判断的功能,具有阐释的功能和理论归纳的功能。

文学批评是一种实践活动,它是一定的文学理论的具体运用。因此,文学批评总要依据一定的理论对文学活动予以评判,而批评活动总是开始于选择,不仅是肯定什么,否定什么,一个批评家决定将什么作为自己的批评对象这一行为本身就是一种选择。通过选择,优秀的作品能从大量的作品中被发掘出来。优秀的作家也是通过多次的选择得以确认的。当然,选择不可能是一致的,更不可能是唯一的,因为不同的价值取向决定了不同的选择标准,而不同的选择标准不但导致对作家不同的作品的不同的肯定或否定,而且常常引发批评之间激烈的论争。如果从历时性的角度讲,一些作家作品在批评中遭受不同的对待是自然的,比如张爱玲。在张爱玲创作鼎盛时期,她是一位相当走红的作家,许多批评家对她予以充分肯定,而其后则陷入寂寞,因为她的创作与某些理论的价值取向太不合拍了,到了本世纪80年代以后,批评家们又重新"发现"了张爱玲,因为她正好可以验证文学审美特性的回归。因此,文学批评的判断功能实际上是与选择同时的,一个批评家总要对自己的批评对象从一定的角度作出判断,文学批评从它诞生的时候起就具有这一功能,这从批评的词源学上就可以看出来。批评一词源于希腊文 Krioikos,原义为判断和评论,后来引伸为批评、鉴定、审美等意

---

① [德]汉斯·罗伯特·尧斯:《试论接受美学》,转引自张隆溪《二十世纪西方文论述评》,三联书店,1986年版,第201页。

思。别林斯基认为："从广义上说来，批评就是'判断'。因此，不仅有对于艺术及文学作品的批评，也有对于科学、历史、道德及其它事项的批评。"[①]车尔尼雪夫斯基也说："批评是对一种文学作品的优缺点的评论。"[②]

　　文学批评不仅要对批评对象进行品评、判断，还要对其意义进行阐释。特别是随着批评观念的变化，阐释的功能越来越受到重视，从作品意义到批评家笔下的意义，这是一个转化，批评家需要用逻辑的语言，将各种批评对象中发现的意义表达出来，不仅是作品，包括作家。思潮与阅读的审美经验都需要批评予以阐释。说批评能启发创作，说批评有助于阅读和鉴赏，其中重要的一方面就在于批评能将作品各方面的意义，有些甚至是连作家本人也未意识到的意义阐发出来。因此，一个优秀的批评家往往能在阐发中有所发现，给作家和读者提供警醒。比如1846年12月，果戈里出版了《与友人书信选集》，这本书反映了作者严重的精神危机。在书中果戈里一方面否定了他前此所写的一系列优秀作品，认为那些作品毫无用处；另一方面则极力宣扬基督教的顺从与虔诚，拥护农奴制和专制制度，歌颂沙皇教会。结果立刻遭到了读者的反对，而果戈里对此却茫然不解，于是别林斯基给果戈里写了一封公开信，对果戈里作品中表露出来的思想进行了细致的阐发和批评，在当时的俄国文坛产生了积极而深刻的影响。再如中国新时期文学之初的一些作品，如《伤痕》、《班主任》、《爱，是不能忘记的》、《人到中年》等，其影响以及对社会思想所起的作用也都得力于批评对它们所含意义的阐发。

　　如前所说，文学批评与文艺理论非常密切，如果没有文学批评不断地提供新的文学信息，就不可能有文艺理论的发展，因此，文学批评还具有理论归纳的功能。文学批评面对的是鲜活的文学现象，而它在借助一定的理论对文学现象进行归纳与总结的同时，就在将其升华为理论。事实上一个好的批评家不仅仅体现在他能自觉地运用一定的理论去分析文学现象，而且还在于具备理论的独特敏感，能在经验形态的基础上分析总结乃至创造出新的理论、新的范畴，从而不但影响创作与阅读，而且推动了文学批评乃至文学理论的发展，比如马克思、恩格斯有关现实主义的一些经典范畴就是在整体的批评中归纳出来的。再如车尔尼雪夫斯基，他在评论列·托尔斯泰的创作时着重指出了他对人物心理的刻画，车尔尼雪夫斯基将列·托尔斯

---

① ［俄］别林斯基：《别林斯基选集》第3卷，上海译文出版社，1980年版，第574页。
② ［俄］车尔尼雪夫斯基：《车尔尼雪夫斯基论文学》中册，上海译文出版社，1979年版，第164页。

泰与其他俄国小说家在心理观察力与表现力方面作了比较之后指出"列·托尔斯泰伯爵最感到兴味的却是心理过程本身,心理过程的形式,心理过程的规律,用明确的术语来表达,这就是心灵的辩证法"。[①]"心灵的辩证法"这一说法不仅仅是对列·托尔斯泰创作的准确性概括,而且也成为后来作家在塑造人物性格时努力追求复杂的内心冲突的目标和批评家们评价和衡量作家这一努力的重要范畴。优秀的批评家可能同时就是一位文艺理论家,车尔尼雪夫斯基就是如此。再如俄国另一位理论家兼批评家巴赫金,他在评论陀思妥耶夫斯基的创作时成功地将欧洲民俗概念"狂欢化"和音乐概念"复调"引入文学批评,科学地揭示了陀思妥耶夫斯基作品中的"对话"关系,由此,"狂欢化"、"复调"、"对话"都成为现代文艺理论的重要范畴被广泛地运用于文学研究及批评。

第三节 文学批评的标准和方法

一、文学批评的标准

　　文学批评的标准是文学批评的一个重要问题,也是争论比较大的问题,不仅围绕标准本身有许多争议,而且,批评的许多争论实际上也源于标准上的分歧。因此,不少文学家主张淡化或否定文学批评的标准,但是,这不符合文学批评的实际。鲁迅曾就这个问题用比喻的方式说道:"我们曾经在文艺批评史上见过没有一定圈子的批评家吗?都有的,或者是美的圈,或者是真实的圈,或者是前进的圈。没有一定的圈子的批评家,那才是怪汉子呢。"[②]所以,我们一方面要承认,文学批评总是有一定的标准的,另一方面,又要看到文学批评的标准是发展的,有其相对的一面。也就是说,文学批评的标准实际上指的是一定时代、一定阶层的人们衡量、评价、品鉴文学作品的价值尺度和依据。对于文学批评的标准的特点,我们都可以从这一点出发去认识。一是文学批评的标准具有时代性和功利性。文学批评具有社会批评的性质,它必然要体现一定时代和一定阶级、阶层对文学的要求,通过对某些特定标准的强调去影响甚至规范文学创作,使文学所反映的生活内

---

① ［俄］车尔尼雪夫斯基:《童年与少年》,《车尔尼雪夫斯基论文学》下卷,上海译文出版社1982年版,第261页。
② 鲁迅:《花边文学·批评家的批评家》,《鲁迅全集》第5卷,人民文学出版社2005年版,第10页。

容和思想符合时代的要求和一定阶级、阶层的政治取向、经济利益和道德风尚。孔子主张"诗无邪",甚至在表达情感时也要"怨而不怒","哀而不伤","乐而不淫",合乎中庸之道,这实际上是儒家政治观点在文艺标准上的体现,其目的就是要恢复和维护他理想中的社会政治秩序。柏拉图也从其理想国的标准出发,认为文学作品要对人有益,要符合当时教育的规范,不这样做的诗人就没有资格在理想国里。在欧洲中世纪,神学是文学的唯一标准,这自然是政教合一时代僧侣阶级、阶层利益的反映。而著名的古典时期的"三一律"也显然与当时封建王权高度集中统一的政治要求有关。而文艺复兴之后,新兴的资产阶级主张将人从神学和封建的道德规范中解放出来,于是主张文学表现人、表现人的世俗生活和内心情感,文学的标准也随着反映出这一点。1800年华兹华斯在给约翰·威尔逊的信中说:"我们从哪里寻找最好的标准呢？我回答,从内心去找;先全部裸露我自己的心,然后去观察天真坦率、生活平凡、永远不懂虚伪造作的人们。"[1]文学一直是意识形态中较为敏感的部分,因此,对其的评判不可避免地要带有各个时代不同阶层的功利色彩,过去,不少文学家无视这一点,认为有所谓超功利的文学和超功利的文学观,提倡超功利的文学评判标准,这是错误的。鲁迅在介绍普列汉诺夫的文艺观时指出:"在一切人类所以为美的东西,就是于他有用——于为了生存而和自然以及别的社会人生的斗争上有着意义的东西。功用由理性而被认识,但美则凭直感底能力而被认识,享乐着美的时候,虽然几乎并不想到功用,但可由科学底分析而被发现。所以美底享乐的特殊性,即在那直接性,然而美底愉乐的根柢里,倘不伏着功用,那事物也就不见得美了。"[2]这是文学批评标准的第一个特点。文学批评标准的第二个特点是它总能体现出一定时代的审美意识,是一定时代人们对文学特点、文学规律等的认识以及美学风尚的反映。比如我国南朝时期就提倡一种华丽柔媚的诗风与文风,所谓"诗赋欲丽",而到了唐代,文论家们对这种诗风与文风多有指责,在品评诗文时倡导的是一种质朴、刚健、清新的风格标准。19世纪的欧洲小说,其审美标准代表了资产阶级对日常生活的趣味,因此,追求情节的曲折与完整,在描写上追求细致、逼真,并且要求作品的每一描写都是作品的有机组成部分,都尽可能与作品的人物与主题建立起联系,就成为

---

[1] [英]华兹华斯:《1800年给约翰·威尔逊的信》,《西方文论选》下卷,上海译文出版社1979年版,第3页。

[2] 鲁迅:《〈艺术论〉译本序》,《鲁迅全集》第4卷,人民文学出版社1993年版,第263页。

了当时的批评标准。而到了 20 世纪，现代主义小说打破了这一传统，批评家们建立了新的小说品评体系，"人物形象"、"情节"甚至"主题"等小说的经典范畴不再作为小说批评的必要标准，而"视点"、"叙述策略"却成为判断小说是否具有现代性的重要依据。

马克思主义文学批评在批评标准上既继承了古典批评的理论遗产，又从历史唯物主义的高度对社会发展与文学状况作了科学的分析与概括，提出美学的观点与历史的观点的批评标准。恩格斯在《诗歌和散文中的德国社会主义》一文中，批判了对歌德的偏见和歪曲，提出了自己的批评标准，恩格斯指出，"我们绝不是从道德的、党派的观点来责备歌德，而只是从美学和历史的观点来责备他"。① 恩格斯认为这个标准是文学批评的最高标准，他对拉萨尔说："我是从美学观点和史学观点，以非常高的亦即最高的标准来衡量您的作品的。"② 作为马克思主义文学批评的标准，美学的和历史的观点确实从宏观上体现了文学作为一种特殊的意识形态的总体特征。首先，文学是审美的产物，它应该是一种艺术产品因而应该首先从美的、艺术的，也就是文学的审美特征等角度去评价它、对待它。正如别林斯基所说的："毫无疑问，艺术首先必须是艺术，然后才能够是社会精神和倾向在特定时期中的表现，不管一首诗充满着怎样美好的思想，不管他多么强烈地反映着现代问题，可是如果里面没有诗意，那么，它就不可能包含美好的思想和任何问题，我们所能看到的，充其量不过是执行得很坏的美好的企图而已。"③ 马克思主义的经典作家在进行具体的文学批评时总是要看其对象是否符合文学的审美规律，是否在艺术上具有独创，是否为时代提供了较高的审美价值。例如马克思和恩格斯都批评拉萨尔的悲剧作品《济金根》的概念化倾向，指出他常常"席勒式地把个人变成时代精神单纯的传声筒"④，"为了观念的东西而忘掉现实主义的东西，为了席勒而忘掉莎士比亚"。⑤ 他们都曾在不同

---

① ［德］恩格斯：《诗歌和散文中的德国社会主义》，《马克思恩格斯全集》第 4 卷，人民出版社 1958 年版，第 257 页。

② ［德］恩格斯：《致斐迪南·拉萨尔》，《马克思恩格斯文集》第 10 卷，人民出版社 2009 年版，第 177 页。

③ ［俄］别林斯基：《一八四七年俄国文学一瞥》，《西方文论选》下卷，上海译文出版社 1979 年版，第 388 页。

④ ［德］马克思：《致斐迪南·拉萨尔》，《马克思恩格斯选集》第 4 卷，人民出版社，1972 年版，第 340 页。

⑤ ［德］恩格斯：《致斐迪南·拉萨尔》，《马克思恩格斯文集》第 10 卷，人民出版社 2009 年版，第 177 页。

场合指出德国作家席勒概念化的非审美的毛病,而一致推崇莎士比亚,因为莎士比亚总是将思想寓于形象之中,也就是恩格斯所说的,真正的文学应该是"较大的思想深度和意识到的历史内容,同莎士比亚剧作的情节的生动性和丰富性的完美的融合"。① 其次,美学的和历史的观点又揭示了文学与社会生活的关系,因为文学不是抽象的,它总是具体的、特定的历史条件下的产物,按照唯物主义认识论的观点,文学是生活的反映,是作家对社会生活进行观察、分析、提炼、概括,进行艺术加工后的作品,因此,这里面有一个是否正确而深刻地反映社会生活的问题。所谓历史的观点应该从两个方面去理解,一是看作品是否反映了特定时期的社会现实,二是对这一特定现实的反映是否达到了一定的深度。马克思主义批评在分析自己的批评对象时,总是将其放在相当重要的地位,并将其视为现实主义的不可逾越的原则之一。

在我国现代文学批评史上,对批评标准曾提出各种不同的观点。其中最有影响的是毛泽东《在延安文艺座谈会上的讲话》中提出的文学批评标准:"文艺批评有两个标准,一个是政治标准,一个是艺术标准。"他又说:"又是政治标准,又是艺术标准,这两者的关系怎么样呢?政治并不等于艺术,一般的宇宙观也并不等于艺术创作和艺术批评的方法。我们不但否认抽象的绝对不变的政治标准,也否认抽象的绝对不变的艺术标准,各个阶级社会中的各个阶级都有不同的政治标准和不同的艺术标准。但是任何阶级社会中的任何阶级,总是以政治标准放在第一位,以艺术标准放在第二位的。"② 毛泽东的讲话有着当时特殊的社会时代背景,但后来由于未能很好地解决政治与文学艺术的关系,将文学艺术从属于政治,以至出现了文学为政治服务的口号,很大程度地限制了文学对生活反映的深度与广度,将文学看作了政治的传声筒,忽视了文学的审美属性,阻碍了文学创作的健康发展,在建国以后特别是在"十年动乱"之中,造成了极为恶劣的后果。有鉴于此,邓小平在中国文学艺术工作者第四次代表大会上的《祝辞》中及时宣布,"党对文艺工作的领导,不是发号施令,不是要求文学艺术从属于临时的、具体的、直接的政治任务","在文艺创作、文艺批评领域的行政命令必须废止。如果把这类东西看作是坚持党的领导,其结果,只能走向事情的反面","文艺这种

---

① [德]恩格斯:《致斐迪南·拉萨尔》,《马克思恩格斯文集》第 10 卷,人民出版社 2009 年版,第 177 页。

② 毛泽东:《毛泽东选集》第 3 卷,人民出版社 1966 年版,第 826、823、826 页。

复杂的精神劳动,非常需要文艺家发挥个人的创造精神。写什么和怎样写,只能由文艺家在艺术实践中去探索和逐步求得解决。在这方面,不要横加干涉"。①并且在中央工作会议上进一步指出:"不继续提文艺从属于政治这样的口号,因为这个口号容易成为对文艺横加干涉的理论根据,长期的实践它对文艺的发展利少害多。但是,这当然不是说文艺可以脱离政治。文艺是不可能脱离政治的。任何进步的、革命的文艺工作者都不能不考虑作品的社会影响,不能不考虑人民的利益、国家的利益和党的利益。"②这就在当前条件下对于文艺批评标准的制定提出了科学的、实事求是的原则性意见,在此之后,文学艺术与社会生活,文学艺术与上层建筑,尤其是与政治的关系渐渐理顺,有关文学批评的标准问题也随着得到了较为科学的讨论,并在理论与实践上取得了积极的成果,促进了文学批评的健康发展,推动了文学创作的繁荣。

纵观古今中外的文学批评,虽然提法有别,各有侧重、内涵不同,但都离不开思想性与艺术性。因之文学批评的标准,现在越来越倾向于提思想标准与艺术标准,科学的文学批评应该是将思想标准与艺术标准结合起来,客观、公正地对批评对象予以评价。思想标准不等于政治标准,它是衡量文学作品思想性的尺度。文学作品的思想性指的是作品题材、主题或形象、意境所显示的社会、政治、道德、哲学、宗教等观点以及与之相关的情感。在对文学作品的思想内容进行评价时主要从下面两个方面来考察,一是从文学与生活的关系来考察,它反映生活的真实性,这样的真实性当然指的是艺术的真实,也就是如亚里斯多德所说的"按照可然律或必然律可能发生的事",③它体现了社会生活的某些规律或本质方面,对人们认识社会,体察生活具有一定的价值。杜勃罗留波夫之所以给予冈察洛夫以极高评价,就在于从真实性的角度看,冈察洛夫首先是一个善于把生活现象的完整性表现出来的作家,一切生活现象反映在他的作品中,就好像反映在魔术的镜子里似的。杜勃罗留波夫盛赞冈察洛夫摄住生活的非凡能力,他在对冈察洛夫的长篇小说《奥勃洛莫夫》的主人公奥勃洛莫夫的性格进行了精到的分析后指出,体现在奥勃洛莫夫身上的种种性格特征如懒惰、寄生、无所事事等实际上是俄国腐朽的农奴制度的产物,"在我们每一个人身上,都包含有奥勃洛莫夫

---

① 邓小平:《在中国文学艺术工作者第四次代表大会上的祝辞》,《邓小平文选》,人民出版社1983年版,第185页。
② 邓小平:《目前的形势和任务》,《邓小平文选》,人民出版社1983年版,第220页。
③ [古希腊]亚里斯多德:《诗学》,《诗学·诗艺》,人民文学出版社,1962年版,第28页。

的显著的部分"①。二是从作品与作家的关系去考察作家通过作品表露出的倾向性。这样的倾向性包括作家对社会生活和历史发展的认识与理解,也包括作家对自己笔下的社会生活和人物的情感评价。应当说,从主客观统一的辩证角度来看,一个作家在反映生活或塑造自己笔下的人物形象时,总会或显或隐,或多或少地流露出自己的观念、立场和情感趋向,完全"客观"或"超我"的作家是没有的。文学批评必须历史地、具体情况具体分析地看待这一切,在看到作家所处的特定情境乃至无法克服的局限性的情况下科学、中肯地指出作家反映生活塑造形象的立场进步与否,是否反映出合乎历史发展的趋向,是否一定程度上表达了人民的进步愿望,是否表露出健康、积极、高级的情感和趣味。德国作家和批评家托马斯·曼在评论契诃夫时曾着重对契诃夫的思想和性格进行了深入的讨论,他认为契诃夫对祖国和人民是怀着满腔的热爱的,他认为契诃夫确实异常敏锐地看到了当时俄国社会的种种罪恶以及广大人民饱受的深重灾难。同时,托马斯·曼通过对契诃夫作品的细致的分析指出,契诃夫在如何改变这样的社会现实上并未找到有效的途径,所以契诃夫笔下的小人物们经常痛苦、彷徨,缺乏某种坚定的精神重心。但托马斯·曼认为,即或如此,契诃夫作品所流露出的倾向与情感仍然对当时的社会起到了积极而良好的影响。②

　　文学批评的艺术标准是用来评价作家的艺术创造性和作品的艺术价值的。作家的艺术创造总会体现在作品中,一位作家的艺术趣味、才情、修养以及独创性等都会以各种形式反映到他的作品中,使作品呈现出一定的艺术水平。文学批评在对作品进行艺术批评时就是要从作家作品所处的具体的美学背景出发,从文学创作的历史发展出发进行纵横比较,指出作品的成败得失,并给予恰当的评价。作品的艺术性的体现是多方面的,它涉及到题材的选择与处理、情节的安排与设置、形象的塑造与描绘,以及传达与风格等等。所有这些可以归结为两个大的方面。一是看作品是否塑造出富于内蕴的文学形象或营造了富于美感的意境。对于文学作品尤其是叙事文学作品来说,能否塑造出富于内蕴的人物形象实际上是作品成败的标志。对于现实主义文学来说,富有个性的包蕴了生活的某些本质特征的人物形象被视为具有"典型性"的形象,在现实主义文学中,典型化的程度便是衡量作品

---

①　[俄]杜勃罗留波夫:《什么是奥勃洛莫夫性格?》,《杜勃罗留波夫文学论文选》,上海译文出版社,1984年版,第50页。
②　[德]托马斯·曼:《论契诃夫》,《外国文学评论选》下册,湖南人民出版社,1982年版,第297—329页。

艺术高下的重要尺度。巴尔扎克不可动摇的文学史地位就是来自他的《人间喜剧》许多成功的典型形象,鲁迅作为中国白话小说的奠基人和成功者也因为他刻画了像阿Q这样的不朽的典型人物。抒情性作品也有形象的问题,但更重要的是看它是否营造出具有审美价值的意境,王国维说"词以境界为最上,有境界则自成高格。"①以有无意境或意境高下来品评抒情文学或文学中的抒情性成分,将会使其从构思到传达等各个环节得到阐发。艺术标准的第二个大的方面是文学作品艺术表现形式的完美性和独创性。艺术形式的方方面面很多,而完美则是指作家从具体的创作目的和需要出发,选择了恰当的艺术形式,并且在运用的过程中将其处理和安排得和谐、自然和统一,最大可能地发挥了它们的艺术表现力。因此,没有抽象的孤立存在的艺术形式或形式美,关键要看它是否适合于表现对象,看它们是否被处理成一个生气灌注的艺术整体。而独创性则是一个作家或一部作品使自己区别于他者的重要性状。与独创性一起使用的还有新颖性,如果说独创性是艺术标准中较高的一级的话,那么新颖性则是基本的标准。因为不管怎么说,文学创作说到底是一种创造性活动,是一种个性化的劳动,如果文学作品千人一面,千部一腔,重复、雷同,那就从本质上失去了它存在的理由。

在具体的批评活动中,可以根据批评的目的和批评对象的实际情况对批评标准的运用有所侧重。但从根本上讲,思想标准与艺术标准是密不可分的,对思想内容的批评的前提是作品必须首先是一件成功的文学作品,而对艺术的批评又必须看其是否具有丰富、健康的思想内涵,如果忽视了这一点,就不可能有正确的全面的文学批评。

二、文学批评的方法

不管是社会科学,还是自然科学,都有一个方法的问题,在一定的意义上,方法比知识更重要,方法是人们把握世界的方式,是手段,是一种广泛意义上的工具,通过正确的、科学的、良好的方法,人们可以发现新的知识。

方法这一概念的涵义有好几层。第一层次是一般的和哲学的,它指的是认识世界、改造世界的根本方面,如"形而上学"、"辩证法"、"唯物主义"、"唯心主义"等等,它既是世界观,又是方法论。由于它是最基本的,关系到人们运用怎样的世界观去观察对象,认识对象,因此,它就必然与文学批评有关,因为文学批评也是要对自己的对象提出看法。那么,在批评过程中,

---

① 王国维:《人间词话》卷上,上海古籍出版社1998年版,第5页。

究竟是从怎样的出发点，用怎样的观点去看待作品，尤其是如何看待作品所反映的社会生活和作家对这些生活的倾向就显得特别重要。比如，在如何评价列·托尔斯泰上，列宁与当时的"自由派"就存在本质的分歧，之所以如此，就在于双方的世界观是对立的，列宁是唯物主义的，无神论的，而自由派是唯心的，有神论的，而世界观的差异又导致了方法论的差异，从而面对同一研究对象却得出了截然相反的结论。比如针对列·托尔斯泰的创作，自由派曾发表过完全不相容的观点，这一方面固然与其政治倾向有关，但这种忽左忽右的态度显然反映出他们方法上的特点，而列宁却始终坚持自己对列·托尔斯泰的判断，既指出列·托尔斯泰对俄国社会历史过程的真实反映，肯定列·托尔斯泰对社会矛盾的揭露与批判，同时又指出其创作的不足和倾向上的严重错误，这种具体问题具体分析，并将作家作品置于特定的环境与背景之下，充分认识到对象的复杂性的方法则是与自由派不同的辩证的方法。

在方法的第一层涵义中还有逻辑学上的含义，形式逻辑是研究推理形式和证明形式的科学，它为所有的科学研究提供方法，文学批评作为一门人文科学，在具体的批评实践当中要遵循思维的一般规律，要针对具体的批评对象选择适合的逻辑方法，比如归纳法和演绎法就是文学批评中常用的方法。归纳法是从经验和事实出发，经过概括得出一般性结论或规律的一种推理方法。它在文学批评中运用得非常广泛，比如"多余人"这一形象及其形象含义就是19世纪俄国批评家对当时许多现实主义小说进行分析、概括后得出来的。现实主义、浪漫主义等文学思潮的特点，也是人们在对大量创作现象进行归纳后形成的。一般而言，在对作家作品进行批评时，首先都是从具体的经验、现象，从作品的实际出发，进行分类、概括，然后得出有关的结论和判断。归纳法的运用能使批评建筑在坚实的文学实践的基础上，当然，这要求文学批评的作者要大量地占有材料，同时在归纳和抽象时要注意全面，避免武断地下结论，以免造成结论与文学的不符，影响批评的信度。演绎法则是从一般的知识前提推出未知的个别事实结论的一种逻辑方法。如果说归纳法是从特殊到一般，那么演绎法则是从一般到特殊。在文学的发展过程中，人们不断总结出一些特征和规律，在某些具体的文学环境中，总是存在一些带有普遍特征的社会及美学思潮，所有这些在文学批评时都有可能成为针对具体文学现象进行研究的一般性前提。比如中国当代文学发展到90年代，曾出现了一批以工厂、农村等基层生活为题材的作品，在论定它们是否属于现实主义的创作时许多批评家运用的就是演绎法，他们先将现实主义文学思潮的特点提出来,再分析具体的创作现象,将这样的创作现象与现实主义文学思潮的特点进行对照比较,最后得出了结论,称这一创作现象为"现实主义冲击波"。在运用演绎法时一定要注意前提的科学性,同时又要注意材料与观点的一致性,在具体的批评中,演绎法与归纳法往往是结合运用的。

随着科学的发展,一些具有普遍意义的方法不断诞生,如系统论方法、信息论方法与控制论方法等,这些方法近来也被运用到文学批评中,并取得了较好的效果。

方法的第二层次是特殊的,它指人类认识客体世界过程中所形成的具体学科的方法。像数学、物理学、化学、生物学、政治学、经济学、史学、伦理学、社会学等,都有把握世界的方法,这些方法因学科的关系,其具体方法都有自己的特殊性,运用于此学科的方法不一定适用于彼学科。但随着现代科学的综合性趋势,不同学科互为方法,学科方法的横向移植的情况越来越多,因研究对象和目的的需要,以至产生了许多交叉学科、边缘学科。文学批评也在借鉴其他学科的方法,形成了许多新的视角,使文学批评的方法得到了拓展,同时促进了文学批评的多样化。比如,在注重考察文学的社会内容时,可以借助社会学的方法,运用社会学方法的批评一般称之为社会学批评。过去,社会学批评曾经非常盛行,由于受前苏联社会学批评的影响,过多地使用流行的政治口号去评价文学作品,从而导致了这一批评种类的庸俗化,但这一批评方法仍然具有很强的现实意义。比如当年《乔厂长上任记》(蒋子龙)、《人到中年》(谌容)、《李顺大造屋》(高晓声)等一批作品出现后,许多批评家就是运用社会学方法对作品中所反映的社会现象以及其中透出的人民的改革呼声和热切关心的问题给予了及时的阐释,使文学的社会和认识作用得到了更及时更有效的发挥。再如人类学的方法也是有相当影响的,当代文化人类学的发展使这一方法更科学更规范。在国外,拉丁美洲"爆炸文学"产生了世界性的影响,而这一文学流派的兴起正是拉美作家将欧洲大陆文学与拉美本土文化相结合的产物,带有相当浓厚的拉美传统地域文化积淀,故又称为"魔幻现实主义",如果不是运用文化人类学的方法,就很难将这一文学流派研究透彻。与拉美魔幻现实主义相类似,中国当代文学在80年代中期也有过一场文学寻根运动,代表作家如韩少功、郑万隆、王安忆等,也涌现了如《爸爸爸》(韩少功)、《小鲍庄》(王安忆)等优秀作品,批评界马上予以响应,像季红真、程德培、李庆西等批评家成功地运用了文化人类学的方法分析了这批作家作品对民族文化的再现与探寻,对它们所展示的文明与野蛮的冲突给予了深刻的剖析。另外,心理学方法在本世纪也具有较大的影响和地位,这与心理学,尤其是精神分析心理学的兴起有很大关系,文学作品是塑造人的,对人物心灵世界的再现是文学的重要方面,而人物的言行又无不受制于人物的心理,所以,心理学方法在文学批评中一直被运用,而在精神分析心理学影响下的心理批评则更具有这一心理学流派的独特内涵,它对人的心理世界的假设,进而对人类社会深层次集体无意识的研究确实给心理批评注入了活力。又比如语言学方法,20世纪人文科学的最大特征之一就是语言学的转向,由于萨丕尔、洪堡德、布龙菲尔德,特别是索绪尔和乔姆斯基等语言学家的杰出研究,使语言学的成果超出了本学科而具有了方法论的意义,而文学由于是语言的艺术,因此受到语言学方法的影响也就更为直接。因此,语言学不仅是文学批评的邻近学科,而且因为它们的工作对象几乎是相同的,所以,语言学中的亚学科都可以成为文学批评的重要角度。比如从语义学的角度研究作品主题;从语法学的角度研究作品的内部结构乃至作家的思维特征;从语音学的角度研究作品的节奏韵律;从语汇学的角度研究作家作品的风格特征等。在当代,语言学批评是相当活跃的批评类型,并且有向其他批评类型渗透的趋向。其他如历史学、哲学、文化学以及这些人文科学、社会科学彼此结合起来如文化心理学、哲学人类学等学科的方法,都在文学批评领域得到运用。

　　当然,文学批评也在自己长期的实践中形成了自己特殊的方法,比如中国古典文学批评就有品第法、选本法、评点法等。从文学批评的发展来看,一方面注重对邻近学科方法的引进,但另一方面更注重对自身方法的更新与创造,尤其是西方现当代文学批评,十分强调从文学的内部关系入手,重视对文学作品从形式的角度进行分析,形成了许多行之有效的批评方法,并以这些方法为核心,诞生了许多有影响的批评流派。比如,重在分析和揭示文学作品内部各要素之间的关系,探讨和研究在这些关系的作用下,作品的意义是如何生成的,这样的批评就属于主题学批评;如果仅仅重在对各种形式,比如在诗歌中重在分析其格律、在叙事类作品中重在分析视角、叙事动作等则属于诗文的或叙述学批评。后者在本世纪发展得较为迅速,从俄国批评家普罗普对民间故事的研究开始,到法国如托多罗夫、热奈特对当代作品的研究,叙事批评已成熟为一门相对独立的叙事类作品批评门类,并且在实践中逐步形成了自己的知识体系,称为"叙事学",这一批评流派近年来在我国也较为盛行。

　　文学批评还在发展,方法的引进和创造可以说是没有穷尽的,中国当代文学批评自五四运动以来受西方传统批评方法的影响较大,基本上运用的是社会学的道德批评的方法。近年来开始重视文学内部关系的研究,特别自20世纪80年代中期以来,在方法论上有较大的突破,引进和吸收了西方许多批评方法,在此同时,中国的批评家们还在注意结合中国本土文学实践的状况,寻找和构建本民族文学批评的方法。

三、文学批评的文体

文学批评的文体与文学批评的方法有密切的联系,有些方法必须用谨严的论文,而有些方法则宜于用较为自由的随笔。常见的文学批评文体大概有以下几种:

专著。专著是以书本的形式对批评对象进行系统的研究。专著篇幅大,容量也大,因此,批评家可以较为从容、全面而深入地分析批评对象。由于专著的出版周期以及投入等因素,其批评对象必须是有影响的,有批评价值的,也就是说,必须用专著的形式对其进行研究,才能揭示其各方面的意义,并且以此对文学创作或某一时期的文学思潮乃至文学史起到影响、把握或总结的作用,比如钱谷融的《〈雷雨〉人物谈》。专著不但对批评对象有一定要求,对批评家也有相应的要求,它要求批评家有深厚的学养,对批评对象及所处的社会、文学背景有全面而深入的了解,同时从技术上讲也必须具有驾驭专著的写作能力。

论文。文学批评论文指的是文学批评的专题文章,它是文学批评中最常见的体裁,它能相对集中,较为系统地阐释批评对象,尤其对批评对象的某个侧面进行评价更是论文的擅长,与专著相比,论文相对而言能迅速地反映文学实践的实际,回答文学领域的问题。因此,它是文学批评中运用最多的文体,文学论文有相当的适应性,它既可以针对思潮,也可以针对作家和作品。

随笔。随笔运用于文学就是文艺随笔。它行文自由,短小灵动,富于知识性和趣味性,它批评的对象往往是文学形象的某一点或某一侧面,论述不求完备,主要是迅捷而简要地陈述批评家的意见,点到为止。比起专著与论文,它在系统性与深刻性上可能因篇幅的关系而略显欠缺,但在及时性、可读性和沟通创作、批评与阅读上都有其不可取代的优越性,随着报刊业的发展,文艺随笔这一文体将因其特点和功能而更为普及。

以上是文学批评的三种最主要的文体,除此之外,像对话体、书信体、诗歌体以及序、跋、传记等也是文学批评的常见文体,都可以根据具体情况选择使用。

第四节 文学批评家

一、文学批评家的素质

从文学史的发展来说,创作与批评是同步的。对文学创作与文学鉴赏来说,文学批评具有极其重要的意义,文学创作如果没有优秀的作家是不可想象的,而没有优秀的批评家也不可能出现健康、繁荣的文学创作与鉴赏。优秀的批评家首先是时代的产物,是整个文学大背景的产物,但也与其自身的塑造分不开。一个优秀的批评家首先应该培养和确立自己的批评品格,而批评品格的重要内涵就是人格。由于文学批评具有科学性,又由于批评具有社会性和舆论功能,因此,作为一名批评家,其人格应该包括实事求是的科学态度、客观全面的公正态度和在艺术上坚持民主的平等态度。只有如此,才能促进批评、创作与阅读鉴赏的多边交流,有利于各种风格,各种流派,各种不同艺术见解的创作与批评的共存共荣,也才能不受一己私见、偏见、时风流俗乃至集团利益的左右,从艺术规律出发,力求真实地描述出文学的发展状态,并且坚持言之有据、持之有故、认真细致的文风。除了这些批评人格的要求之外,批评家还需具备下述专业方面的素质。

首先是良好的艺术感受力。艺术感受力是在审美欣赏过程中对审美对象的感知、表象、想象、情感活动所唤起并形成美感经验的能力。一位批评家最重要的也许就是这样的素质,他能从具体的文学作品出发,对作品所塑造的形象和表现出的情感等有准确的体察和把握,而且,他的形式感特别强,能够领悟到作品形式的独特性以及这样的形式所传达出的独特的"意味"。对文学作品有形世界所蕴藏的深层次的"韵味",他有一种直觉的能力。

其次是丰富的审美活动经验。这一点与艺术感受力有密切的关系,因为艺术感受力一方面与批评家的心理构成有关,但另一方面更与其大量的审美活动有关,长期的审美活动对一个批评家形成敏感的艺术感受力可以说至关重要。丰富的审美活动的另一作用就是有助于批评家积累大量的审美经验,这些经验会潜移默化地影响他的批评活动,使其获得思维的材料并具备选择的能力,指认作品审美价值的知识背景。批评的一个重要的功能,同时也是手段和方法,那就是比较,如果没有大量的审美经验的积累,就不可能获得比较的前提、背景和有效的参照系。刘勰说:"凡操千曲而后晓声,观千剑而后识器;故圆照之象,务先博观。"①说的正是这个意思。

再次是广博的学识。文学的审美特性只有在与其他意识形态的比较中才能显示出来,因此一名批评家不但要了解文学本身,而且要具备与文学相关方面的广博的知识,同时,文学批评的多种视角以及与其他相邻学科的关系也要求批评家是一个"通才"。通常来讲,博览群书当然是达到博识多才的有效途径,而一定的社会阅历,也有助于提高批评家的认知和理解能力。当多学科的综合研究成为一切学科包括文学批评在内的当代趋势时,尽可能地掌握多学科的知识,就成为拓宽思维和研究领域,灵活自如地运用各种批评角度与方法的必要前提。当然,文学自身的知识性积累更是一位批评家自身紧要的素养,很难设想一个对中外文学史知识缺乏全面了解与深刻认识的人能从事批评活动。

最后,批评家还必须具有一定的理论素养。从一定意义上讲,文学批评属于应用学科,它是对文学理论的运用,因此,不但要求批评家要对各种文学理论有系统的掌握,而且,要能在具体的批评活动中熟练地运用它们,同时,还要具备相关的判断能力、推理能力以及将感性经验抽象、概括上升到理论的能力。文学批评的成果是理论形态的,所以批评家固然要对作品有敏锐的感知,但又不能停留在感知和经验的层面上,而应该对作品的意义和美学价值作出阐释和评判,把具体的文艺现象及其创作思想提升到理论的高度,只有这样,才能起到总结创作经验,解释创作思潮,乃至构建新的创作理论或文学理论的作用。没有理论含量的批评是没有分量的,同样,没有理论素养的批评家也成不了优秀的批评家。

另外,表达能力也应是一个批评家的基本素质。不管一个批评家持何种观点,依据何种标准,也不管一个批评家运用哪种文体来写作,其批评实践的终极成果就是批评文章,正如一个作家创作的最后标志性成果是作品一样。一个批评家进入具体的文学批评写作时,他必须善于收集资料,整理资料,善于在占有资料的基础上形成自己的判断,要能简明而清晰地复述和描述作品或文学现象,要言不烦地将批评对象生动而准确地呈现在读者面前,然后,再对对象进行细致而深入的分析。一个优秀的批评家并不强迫读者接受自己的观点,但他总能在论据充实、逻辑严谨的前提下以理服人。同时,因为文学批评的对象大多是具有审美特性的文学作品,批评家在写作时要把文学批评当作美文来写,不但要以理服人,还要以情动人,至于文字的

---

① 刘勰:《文心雕龙·知音》,见《文心雕龙校注》,杨明照校注,中华书局1959年版,第306页。

色彩、结构的合理与新颖等方面当然比一般人文学科的文章要高得多。

二、文学批评的创造性

从文学批评的发生来说,文学批评是不能离开创作而独立存在的。也正因为这一点,人们对文学批评有许多误解,甚至认为批评是创作的臣仆,批评是依附于创作的,即使在对创作的阐发上,批评也只能跟随创作。有人认为,对作品意义阐释的权威不是批评家而是作家,这样的习惯看法始终是文学批评走向独立、突出主体品格的阻力。随着近代文学批评的繁荣和批评流派的不断崛起,批评的主体性不断得到张扬,批评家不再被看成是跟在创作后面亦步亦趋的注释者,而是从作品实际出发,结合自己的社会经验、人生阅历、审美鉴赏和理性判断独立地对创作现象予以阐释和评判,也就是说,从本质上讲,文学批评是一种创造性的活动。阿诺德认为,批评的任务是"创造出一个纯正和新鲜的思想潮流"。① 王尔德认为批评家和艺术家是平等的,"评论家也是艺术家"。在他看来,作品是给批评提供一个舞台,而批评的目的则是批评家在舞台上尽情地表演以展现自己的精神世界,"最高的评论的真正本色,是其人自己的灵魂的记录",而不是一味阐释艺术作品,这样,"评论是创作的创作","是个人印象最纯洁的形式,它的表达方式比创作更富于创造性"。② 法国学者蒂博代对文学批评的创造性也作了很好的论述。(见专栏10.3)

专栏10.3

蒂博代论文学批评的创造性

关于文学体裁,链条,一代人和区域的概念,在我们看来,更近于抽象的建筑,雄辩的大厦,而不是对存在的真正的创造。况且,在建设和创造之间并不存在明显的分界,一个伟大的批评家和一个平庸的批评家之间的区别在于,前者能够给这些重要的概念以生命,能够用呼吸托起它们,并时而通过雄辩,时而通过精神,时而通过风格,给它们注入一种活力,而对后者来说,这些概念始终是没有生气的技术概念,总之,不过是概念而已。哪里有

---

① [英]阿诺德:《当代批评的功能》,《西方文论选》下卷,上海译文出版社1979年版,第81页。
② [英]王尔德:《评论家也是艺术家》,《英国作家论文学》,三联书店1985年版,第232、261、260页。

风格,独创性,强烈而富于感染力的真诚,哪里就有创造。①

不管是从文学批评的发生,还是从文学批评的成果形态来看,都应当承认文学批评是一种创作活动。一个最基本的事实是,一部文学作品,写出来总得有人看,而阅读了之后就必定会引起各式各样的反应。如果从宽泛的非专业的角度讲,人们在各种场合以口头的方式去谈论他们所阅读过的文学作品,也可以视作一种文学批评。因为就是在这样的谈论中,表露出阅读者的审美体验以及与这些读者自身和环境相关、与作品内容与背景相关的牵涉到政治、经济、道德、法律、乃至宗教等方方面面的因素。也就是说,作品只是一个因由和机缘,它的功能在于激活了阅读者的审美活动,以及其他智力活动,包括想象、体验、认知等等,使他们得以以作品为出发点来整合他们独特的经验世界。换一个角度又可以这么看,读者也激活了作品,读者的文化背景与作品艺术符号所关联的文化背景,也许是重合的,也许是交叉的,也许毫无关系,但被激活了的作品却以其丰富的内蕴与被激活的读者的经验世界产生了交流、对话、撞击和融和。但不管从哪个角度看,没有读者的参与,就不可能有作品的实现,没有读者的作品实际上也就是不存在的,创作主体在作品中即使寄寓了再深广的内容也得不到应对,而经过读者的阅读,那实现了的作品已不再可能是原作品本身,这一点是创作主体无可奈何的。这种宽泛意义上的文学批评已经包含了专业性文学批评的所有起点,它已经证明文学批评是一种创造性的活动。

作为一种能动的审美创造活动,文学批评与文学创作有着相似的地方,其区别在于文学创作是以作家的审美表现力去直接整合作家的经验世界,而文学批评则需要文学作品这一基本中介的刺激来重新整合批评家的经验世界。不妨这么说,如果文学创作面对的是一度自然的话,那么文学批评则面对的是作品这个第二自然以及与这一自然相关的一切,文学批评家将面对第二自然时所引发的体验、感受进一步总结升华,并诉诸文字形式,这就形成了文学批评的结果。其实,这样的文字形式也是一种独特的文类,它也是一种创造活动。文学批评的文字方式从来就浸染着批评家的精神气质、审美风格,其本身就具有艺术的感染力。从作家面对第一自然开始,到批评家产生由作品所激发的审美活动,再到批评家运用一定的理论对其进行总结、升华,用逻辑的方式来重构出一个理论的世界,是一个完整的、相互接续

---

① [法]蒂博代:《六说文学批评》,三联书店1989年版,第163—164页。

的创造过程。这其中一同体现了作家与批评家的情感、思想,是作家、批评家全部心智的投射。

三、文学批评的个性和流派

和文学创作一样,文学批评也应该是个性的天地。文学批评的最高境界应该是批评的科学性、公正性、规范性与个性的完美结合,在这两者的关系当中,个性应该是更内在的处于支配地位的一方。几乎从一开始,从批评家对批评对象的选择开始,就存在着批评家个性因素的影响,至于对作品审美世界的体验、重视和二度创造,更与批评家的个性密切相关,乃至批评的理论成果,都彰显着批评家的风格。那些人云亦云、千篇一律、逢时应景、毫无生机与创见的批评是不能算作真正的批评的。

批评个性的形成有主观和客观两方面的因素。从客观方面来讲,有时代的因素,有民族的因素。一个批评家不可能脱离他所处的环境,批评家个性的形成当然要受制于特定的文化和美学背景。王国维批评个性的形成与其所处的环境密不可分:旧时代的没落下去,新时代的模糊不辨,传统文化面临崩溃但又气息尚存,西方文化大量入侵但又难医沉疴。王国维一方面是旧学大师,一方面又精谙西学,种种矛盾冲突内化成他的矛盾型的人格,又转化成他的文学批评活动中的批评个性,重审美,重体验,重内心世界,而在对这些精神现象的批评分析中,又总浸染、弥漫着一股末世的苍凉悲悯之气。又如中国 20 世纪 80 年代文学批评,出现了像吴亮、南帆等一批锋芒毕露的青年批评家,他们主张批评家要忠实于自我,在批评实践中大胆地展现自我的内心世界,这实际上是与当时的思想解放分不开的。前此的中国的文学批评一度被形而上学和庸俗社会学所左右,批评成了政治的传声筒,成了时髦概念的演绎,批评文章也成了八股,毫无生气可言。而思想解放运动冲破了这一沉寂,文学艺术的复兴以及域外思潮的引进使得文学批评这一敏感的学科充满了生机与活力,反映到了这批青年批评家的批评个性上就是对自我的张扬。批评个性的形成从主观因素上讲与一个批评家的性格、气质、生活阅历、自身修养有关。王国维的敏感与悲怆,鲁迅的冷峻与热烈都是其生活道路和个性气质的投射,而李健吾崇尚体验与印象的个性则与他深厚的学养有很大的关系。因此,一个批评家若要有鲜明的个性,除了从时代中主动或被动地接受影响外,还需培养和珍惜自己主观的因素,如果不保持自己富于个性的东西,迟早有一天会使自己淹没。应该说,批评个性是贯穿于批评过程始终而后"物化"于批评文章上的,批评家的个性将通过极富风格的文字得到展示。比如鲁迅的冷峻与热烈:"这《孩儿塔》的出世并非要和现在一般的诗人争一日之长,是有别一种意义在。这是东方的微光,是林中的响箭,是冬末的萌芽,是进军的第一步,是对前驱者的爱的大纛,也是对于摧残者的憎的丰碑。一切所谓圆熟简练,静穆幽远之作,都无须来作比方,因为这诗属于别一世界。"①又如李健吾的细致与灵敏:"作者(指女作家林徽因——编者)引着我们,跟随着饭庄的挑担,走进一个平凡然而熙熙攘攘的世界:有失恋的,有作爱的,有庆寿的,有成亲的,有享福的,有热死的,有索债的,有无聊的,……全是那样亲切,却又那样平静——我简直要说透明;……一个女性的细密而蕴藉的情感,一切在这里轻轻地弹起共鸣,却又和粼粼的水纹一样轻轻地滑开。"②

  文学批评是对文学理论的运用,文学批评家总是以某种美学思想、文学理论为依据,从一定的批评观念出发,采取相应的批评视角和批评方法进行批评实践的。因此,文学批评的流派就是指在一定历史时期里,由于思想倾向、美学观点、审美趣味、批评主张相同或相近的批评家自觉或不自觉地形成的批评群体。文学批评流派和文学流派有联系又有区别,在中国古代文学史上,文学批评流派大都与文学流派结合在一起,创作与批评往往集于一身,作家在创作的同时总是不断总结自己的创作经验,品评同仁的作品。批评流派的作用主要是在阐发与其一体的创作流派的文学主张,比如明代的前后七子、公安派、竟陵派、清代的桐城派、阳羡派等等都是这样的文学批评流派。再如在现代文学批评史上,文学批评流派大多也是如此,如围绕《新青年》形成的文学批评流派,以及"文学研究会"、"创造社"和其后的语丝派、现代评论派、新月派等等都是集文学流派与批评流派与一体的。文学批评流派独立于流派的情况也是存在的,比如俄国形式主义批评、法国的结构主义批评、美国的新批评、德国的法兰克福学派等等。

  文学批评流派的形成因素相当多,与文学流派的形成一样,也有时代与文学思想诸方面的原因。但相比较而言,由于批评的特性,其哲学及人文思想的影响、选择与认同在其中的作用要大得多。因为归根结底,文学批评要依托于一定的理论体系,要选择一定的研究方法,或者,其最终目的是为了提出某种文学主张,构建某种文学理论和批评方法。比如明代公安派实际

---

① 鲁迅:《白莽作〈孩儿塔〉序》,《鲁迅论文学与艺术》下册,人民文学出版社1980年版,第959—960页。
② 温儒敏:《中国现代文学批评史》,北京大学出版社,1993年版,第136页。

上是依附于其时以李贽为代表的启蒙主义哲学的,李贽虽然也是一个作家和批评家,但他更重要的是一位对当时和后代都产生了巨大影响的哲学家和思想家,他的主要思想就是反对理学,主张个性解放,公安派不满当时的复古主义文学,起而与僵死的文坛作斗争,拿的就是李贽提供的思想武器,最后形成的主张性灵的文学主张也是以李贽的哲学思想为其核心的。而法国结构主义批评也是在结构主义和索绪尔语言学影响下的批评流派,他们的贡献是在俄国等批评家的基础上进一步发展了文学的结构主义,将其模式化,成为一种方法,在批评上得到了完善与发展,他们的贡献主要在方法上。心理分析批评流派则是在精神分析学影响下的批评流派,他们的方法是传统的逻辑推理与现象描述的结合,但在思想上却是相当现代的,通过他们的批评实践,进一步宣扬或论证了文学创作与人的个体心理或社会心理的密切关系,提出了全新的创作见解。

批评流派的诞生往往是一个时期文学批评繁荣的标志,中国当代文学批评在20世纪80年代得到了新的发展,可以说是20世纪中国文学批评最为发达的时期。但是如果从流派的角度讲,还需要批评界作出努力,我们还未形成具有影响力的文学批评流派,这其中最大的原因就在于思想建设、理论建设还相当薄弱,缺乏将批评家凝聚为一体的思想或方法。因此,在如何继承传统文学的批评资源,引进西方文学批评方法的同时,加强自身的思想文化建设,构建属于自己的方法和体系,是中国当代文学批评亟需解决的问题。

思考题

1. 文学批评与文学鉴赏的关系如何?
2. 文学批评的作用表现在哪几个方面?
3. 什么是文学批评的思想标准?
4. 什么是文学批评的艺术标准?
5. 怎样看待客观批评和主观批评这两种批评类型?
6. 文学批评有哪几种主要的模式?
7. 在文学批评中批评者应持何种正确态度?
8. 文学批评要求批评者具备哪些素质?
9. 选择适合自己的批评文体写一篇小说或诗歌评论。

> **拓展阅读书目**

1. 张伯伟:中国古代文学批评方法研究[M].中华书局,2006年版.
2. 邱运华:文学批评方法与案例[M].北京大学出版社,2006年版.
3. 王先霈主编:文学批评原理[M].华中师范大学出版社,2008年版.
4. (英)艾·阿·瑞恰慈:文学批评原理(杨自伍译)[M].百花洲文艺出版社,2010年版.

参考书目

《马克思恩格斯论文学与艺术》	人民文学出版社
《列宁论文学与艺术》	人民文学出版社
《毛泽东论文学与艺术》	人民文学出版社
《党和国家领导人论文艺》	人民文学出版社
《外国理论家作家论形象思维》	中国社会科学出版社
《西方文论选》（二卷）伍蠡甫等编	上海译文出版社
《现代西方文论选》伍蠡甫等编	上海译文出版社
《二十世纪文学评论》（二册）	上海译文出版社
《欧美古典作家论现实主义和浪漫主义》（二册）	中国社会科学出版社
《现代主义文学研究》（二册）	中国社会科学出版社
《后现代主义文化与美学》	北京大学出版社
《中国文学批评史》（三册）	上海古籍出版社
《中国文学理论史》（五册）蔡钟翔等著	北京出版社
《中国历代文论选》（四册）郭绍虞主编	上海古籍出版社
《管锥篇》（四册）钱钟书著	中华书局
《谈艺录》钱钟书著	中华书局
《鲁迅论创作》	上海文艺出版社
《郭沫若论创作》	上海文艺出版社
《茅盾论创作》	上海文艺出版社
《老舍论创作》	上海文艺出版社
《王蒙论创作》	中国文联出版公司
《新时期作家谈创作》	人民文学出版社
《新时期作家创作艺术新探》	人民文学出版社

《文艺对话集》柏拉图著　　　　　　　　　　人民文学出版社
《诗学·诗艺》亚里斯多德、贺拉斯著　　　　人民文学出版社
《狄德罗美学论文选》　　　　　　　　　　　人民文学出版社
《汉堡剧评》莱辛著　　　　　　　　　　　　上海译文出版社
《歌德谈话录》　　　　　　　　　　　　　　人民文学出版社
《论浪漫派》海涅著　　　　　　　　　　　　人民文学出版社
《十九世纪英国诗人论诗》　　　　　　　　　人民文学出版社
《论文学》雨果著　　　　　　　　　　　　　人民文学出版社
《艺术哲学》丹纳著　　　　　　　　　　　　人民文学出版社
《十九世纪文学主流》(六册)勃兰兑斯著　　　人民文学出版社
《论文学》斯达尔夫人著　　　　　　　　　　人民文学出版社
《没有地址的信·艺术与社会生活》普列汉诺夫著　人民文学出版社
《列夫·托尔斯泰论文学》　　　　　　　　　漓江出版社
《论文学》阿·托尔斯泰著　　　　　　　　　人民文学出版社
《别林斯基选集》(三卷)　　　　　　　　　　上海译文出版社
《车尔尼雪夫斯基论文学》(三卷)　　　　　　上海译文出版社
《杜勃罗留波夫选集》(二卷)　　　　　　　　上海译文出版社
《论文学》高尔基著　　　　　　　　　　　　人民文学出版社
《卢卡契文学论文集》(二册)　　　　　　　　中国社会科学出版社
《文学理论》韦勒克、沃伦著　　　　　　　　三联书店
《文学理论的未来》拉尔夫·科恩主编　　　　中国社会科学出版社
《文学原理引论》特里·伊格尔顿著　　　　　文化艺术出版社
《二十世纪文学理论》佛克马、易布思著　　　三联书店

《文学原理——创作论》杜书瀛著　　　　　　社会科学文献出版社
《文学原理——作品论》王春元著　　　　　　社会科学文献出版社
《文学原理——发展论》钱中文著　　　　　　社会科学文献出版社
《文学理论要略》童庆炳主编　　　　　　　　人民文学出版社
《文学理论学习参考资料》　　　　　　　　　春风文艺出版社
《文学理论争鸣辑要》　　　　　　　　　　　上海文艺出版社

后 记

现在呈现在读者面前的《文学概论》原先是原江苏省教委组织的五年制师范专业教材之一,其初版的问世已是二十多年前的事儿,其书其人其事差不多都已淡忘了。去年年底突然接到南京大学出版社有关负责人的电话,告知该书若干年来一直有用户使用,销量还可以,不过已不仅限于作为师范专业的教材了。时过境迁,希望我作一次修订,以便以后继续使用。这让我感到意外,该书居然还顽强地活着,其学术生命竟还在延续!单凭这一点,我也得接下这活儿,不说赋予它新的学术生命,起码也得让它不枉其存在,对当今文学理论的专业教学产生一点益处。

教材修订最重要的是出新,但由于时势迁移、人事变动,已无法重整旗鼓、重振旧业,只能在局部和形式方面作一些修订和补充,一是对全书的目录作一调整;二是对马恩经典著作的引用基本采用新版;三是在行文和文字上进行了全面的订正。

在修订过程中得到了原参编作者汪政先生的支持,也得到了扬州大学文学院黄石明副教授的大力协助,在此表示衷心感谢!

对于南京大学出版社胡豪先生的策划和指导一并表示感谢!

姚文放
2020 年 10 月 5 日